Mensonge mortel

Titre original :
ACTS OF LOVE
Viking

Copyright © 1994 by Emily Listfield
Pour la traduction française :
© Éditions J'ai lu, 1995

ISBN 2-277-37061-4

Emily Listfield

Mensonge mortel

Traduit de l'américain
par Oscar Spouque

Je tiens à remercier David Lewis et Nancy Northup pour le temps qu'ils m'ont accordé, leur patience, et leurs précieux conseils en matière juridique.

Pour George

1

Les feuilles mortes qu'elle avait ratissées quelques heures plus tôt bruissaient dans la brise de cette fin d'après-midi. Ayant cru entendre des pas, elle tourna les yeux vers la porte et attendit, immobile. Mais la brise retomba et ne laissa place qu'au silence — et au ronronnement régulier de la voiture de Pete Conran, qui revenait du travail à 17 h 45, qui rentrait à la maison comme tous les soirs à 17 h 45. Oui, il existait des familles comme ça. Ann Waring se détourna de la porte et marcha jusqu'au pied de l'escalier.

— Allez, les filles, remuez-vous un peu. Votre père sera là d'une minute à l'autre. Julia ? Ali ?

Ali, la plus jeune des deux filles d'Ann, descendit la première, son sac à dos orange fluo à l'épaule. Elle essayait de son mieux de cacher son excitation, pas tout à fait certaine que cela soit réellement de circonstance. Ces réticences à dévoiler ses émotions étaient nouvelles chez elle, comme bien d'autres choses à la maison depuis un an.

— Tu as pensé à emporter un pull de rechange ? Il va faire froid, là-bas, tu sais.

— Oui m'man...

Même si elle semblait se moquer un peu de l'inquiétude d'Ann, elle avait toujours besoin de ce regard sur elle, de cette attention maternelle dont elle n'avait pas encore appris à se passer. Ann lui sourit et appela de nouveau en direction de l'étage.

— Julia ?

Julia descendit l'escalier d'un pas lourd. Son visage fermé, buté, encadré par une impeccable coupe au carré, paraissait résolu par avance à bouder tout ce qu'on lui proposerait. Depuis quelque temps, Ann pensait souvent à l'époque où Julia était une enfant sinon gaie, du moins un peu plus légère. Elle avait le sentiment que le changement ne s'était pas opéré progressivement, qu'il n'était pas seulement dû à l'entrée de sa fille dans cette période de l'adolescence où l'on peut s'attendre à ce genre de repli sur soi, mais plutôt qu'il s'était effectué d'un jour à l'autre, à un moment où Ann avait le dos tourné, l'esprit ailleurs. Elle avait essayé de fouiller dans ses souvenirs pour retrouver cet instant qu'elle avait si négligemment laissé passer, mais en vain : il était resté insaisissable, enfoui quelque part dans l'année écoulée. Renfermée, isolée, Julia gardait seule le secret de cette métamorphose, et il ne restait à Ann que la conscience de son propre malaise face au comportement de sa fille aînée.

— Je comprends pas pourquoi tu es si pressée, dit Julia à voix basse, presque méprisante. Tu sais bien qu'il est toujours en retard.

— Je continue à espérer qu'il va nous surprendre un jour...

— Tu parles.

Ann savait bien que sa fille avait raison. Elle savait également que Julia lui en voulait pour toutes ces fois où elle avait attendu, où elle les avait fait attendre — attendre quelque chose, n'importe quoi, un indice, un signe d'évolution, persuadée que Ted allait enfin finir par changer, par les surprendre. Mais Julia lui en voulait aussi, exactement de la même manière, d'avoir un jour cessé de l'attendre. Oui, elle lui en voulait pour cela aussi, avec toute l'intransigeance de son cœur de treize ans.

Julia regardait attentivement sa mère. Comme toujours lorsqu'elle avait conscience de l'avoir blessée — en cela elle n'avait pas changé —, elle le regrettait sincèrement ; mais la docilité de sa mère la dégoûtait.

— De toute façon, pourquoi on serait obligées d'aller à la chasse ?

— Parce que c'est le week-end que vous devez passer avec votre père.

— Oui, mais pourquoi à la chasse ?

— Je n'en sais rien. Sûrement parce que son père l'y emmenait quand il était petit.

— Et alors ?

Ann fronça les sourcils, agacée. Quelques années plus tôt, Ted, résigné à ce qu'il appelait la conspiration des femmes sous son toit, avait décidé que la meilleure réponse n'était pas d'élever ses filles comme si elles étaient des garçons, ce qu'il avait tenté de faire au début, mais plutôt comme si les jeunes filles pouvaient, après tout, être naturellement intéressées par les activités dont on pense a priori qu'elles ne passionnent que les garçons. La nuance lui semblait importante. Il leur achetait des maquettes d'avions, les emmenait sur ses chantiers, leur apprenait comment renvoyer une balle à la batte sans faire pivoter leurs poignets, et elles se débrouillaient très bien. Ann, qui ne désapprouvait pas la méthode, se demandait simplement de temps en temps dans quelle mesure cette volonté de Ted de rendre les filles actives et indépendantes pouvait être une sorte de reproche, subtilement formulé, à son propre mode de vie.

— Essaye, au moins, dit Ann à Julia. Si ça ne te plaît pas, tu n'y retourneras pas.

Lorsqu'elles entendirent la voiture de Ted se garer dans l'allée, elles s'immobilisèrent toutes les trois, soudain gênées de se regarder ainsi en chiens de faïence, d'être témoins de leur propre attente : le cercle qu'elles formaient encore autour de lui, le vide qu'il avait laissé entre elles... Ann se raidit en entendant la clé tourner dans la serrure de la porte d'entrée.

Ted entra d'un pas léger, insouciant : son corps d'athlète, ses yeux sombres et ardents, pleins de confiance en ce week-end qui s'annonçait, en tous les autres plaisirs à venir, en sa propre capacité à effacer les erreurs du passé.

— Salut les mômes ! Prêtes à aller taquiner le cerf ?

— Je t'ai déjà dit que je n'aimais pas que tu te serves de ton vieux jeu de clés, fit Ann, les mains posées sur les hanches d'une manière peu naturelle. Tu n'habites plus ici.

— Ça, ça peut s'arranger, dit-il avec un grand sourire.

— Je veux pas aller à la chasse, fit Julia en reculant d'un pas. C'est dégoûtant.

Ted détourna lentement les yeux d'Ann, de ses cheveux auburn, fraîchement lavés, qui tombaient sur les épaules d'un pull blanc qu'il ne connaissait pas.

— Ce n'est pas dégoûtant, Julia. Il y a beaucoup trop de cerfs, dans les montagnes. Une bonne moitié vont crever de faim et de froid cet hiver, de toute façon.

— Mais pourquoi on doit les tuer, nous ?

— Parce que c'est la nature qui veut ça. C'est cruel mais c'est comme ça. Tu sais, là-bas, dans le monde sauvage, les pacifistes ne courent pas les sentiers.

— Essaye de ne pas trop leur polluer l'esprit, quand vous serez là-bas...

Ted se tourna vers sa femme en riant.

— Y a pas d'ours, hein, papa ? demanda nerveusement Ali.

— Si ! Et puis des lions, et des tigres, et...

— Arrête, Ted. Tu leur fais peur.

— Oh, elles sont moins trouillardes que tu ne crois. N'est-ce pas, les filles ? Bon, si vous alliez m'attendre un peu dans la voiture ? Je voudrais parler une petite minute avec votre mère.

Elles jetèrent un coup d'œil à leur mère pour voir si elle était d'accord, comme toujours — et Ted, remarquant cela, comme toujours, bascula d'avant en arrière sur ses grosses chaussures de marche pendant qu'Ann leur faisait le petit signe de tête qu'elles attendaient. Julia et Ali se dirigèrent vers la porte.

— Minute, papillons! gronda Ann. Même pas un petit bisou à votre vieille maman?

Elles firent demi-tour pour aller l'embrasser, sous l'œil de Ted, comme toujours; après tout, c'est ainsi que les choses devaient être. Ann les serra longtemps dans ses bras, humant avidement la peau tendre et mate de leurs cous. Elle se redressa à contrecœur et les regarda s'éloigner : Julia se tourna vers elle une dernière fois avant de franchir la porte, comme pour vérifier si tout allait bien derrière elle. Ann et Ted attendirent en silence qu'elles soient sorties. Il s'approcha d'un pas.

— Alors? Tu as réfléchi?

— A quoi?

Il fit une petite grimace d'impatience. Deux nuits plus tôt, ses lèvres, sa bouche, sa bonne conscience qui résiste un temps, puis non, elle se laisse aller, elle se donne à lui comme il se donne à elle, le corps accepte ce que l'esprit tentait de refuser : l'envie, le besoin, l'appartenance.

— L'autre nuit, ça ne signifiait rien pour toi?

— Bien sûr que si, fit-elle en détournant le regard. Mais je ne sais pas exactement quoi.

— Ann... Tu sais aussi bien que moi que l'année qui vient de s'écouler... c'était une erreur.

— C'est peut-être l'autre nuit, que nous avons commis une erreur.

— Ne me dis quand même pas que tu es heureuse comme ça, en ce moment?

— Je n'étais pas heureuse avant non plus

— Jamais?

— Pas depuis longtemps.

La fin de leur histoire en éclipsait le début, elle en était consciente. Aujourd'hui, lorsqu'elle pensait à eux, elle ne voyait plus que la chaîne sans fin des petits drames quotidiens, prévisibles, inévitables, une spirale toujours plus vertigineuse qui les laissait finalement hagards, comme si le sol s'était dérobé sous leurs pieds pour ne laisser place qu'au bourbier de la colère et de la rancune.

— Je ne peux pas revivre ça, conclut-elle.

— Mais nous n'avons pas à revivre ça, Ann.

— Non?

— Je peux changer.

— Qu'est-ce que tu veux, Ted, qu'est-ce que tu attends de moi? C'est toi qui es parti, non?

— C'est la chose la plus stupide que j'aie jamais faite. Et ce que je veux maintenant, c'est réparer cette bêtise.

— Qu'est-ce qui te fait croire que ce serait différent ?

— Notre amour, tout simplement. La passion. Nous n'avons pas perdu ça, Ann.

— Si tu veux mon avis, la passion sert surtout d'excuse à pas mal de trucs moches...

— A pas mal de plaisir aussi, fit-il en souriant.

Elle lui rendit son sourire du bout des lèvres, une fraction de seconde d'harmonie, puis secoua presque imperceptiblement la tête. C'était nouveau chez elle, constata Ted, c'était inhabituel, ce tressaillement, ce tic musculaire, infime, si délicat.

— Et tout le reste ? insista-t-il. Tu oublies les bons moments. Tu crois que tu pourras retrouver ça avec quelqu'un d'autre ? Non.

— Je le sais, Ted, dit-elle calmement. Je sais tout ça. Mais je ne suis pas sûre que ce soit si grave.

— Bon Dieu, Ann, qu'est-ce qu'il faut que je fasse ? demanda-t-il d'une voix sèche, crispée, en avançant vers elle. Je fais tout ce que je peux pour t'aider, pour aider les filles, pour nous faciliter la tâche. Qu'est-ce qu'il te faut de plus ?

S'apercevant soudain, sous le regard froid de sa femme, qu'il était à nouveau en train de s'énerver, comme autrefois, il recula d'un pas et baissa la voix.

— Je suis désolé, reprit-il. Tout ce que je te demande, c'est de réfléchir un peu avant de signer les papiers. D'accord ? Pense aux filles.

— Holà. Ce n'est pas très fair-play, ça.

— Je sais.

Il s'approcha à nouveau d'elle, si près cette fois qu'elle eut un instant l'impression de se laisser absorber par ce visage qu'elle connaissait si bien, de se perdre dans les profonds sillons qui marquaient ses joues, du coin de ses yeux à son menton. Ces rides prématurées avaient fait leur apparition lorsqu'il avait vingt ans, comme les traces d'expériences qu'il n'avait pas encore vécues.

— Je t'aime, murmura-t-il.

Comme si elle sortait soudain d'un rêve, elle fit un brusque pas de recul.

— Tu ferais mieux de partir, maintenant, les filles t'attendent. Ted, promets-moi que tu seras prudent, là-bas. Avec toutes ces saletés qu'elles regardent à la télé, je ne suis pas sûre qu'elles soient bien conscientes que ces fusils ne sont pas des jouets.

— Ton problème, fit-il en riant, c'est que tu t'inquiètes trop. Tu as toujours été comme ça, de toute façon. Tout ce qu'on va tirer là-bas, c'est un bon paquet de photos.

Il tapota la sacoche du Polaroïd qu'il portait en bandoulière, et se dirigea vers la porte. Au moment où il posait la main sur la poignée, il se retourna :

— Qu'est-ce que tu fais ce week-end ?

— Rien de spécial. Je suis de garde à l'hôpital.

Il courba les épaules avec une mimique effrayée. Il redoutait ses histoires d'hôpital, son obsession des descriptions les plus précises, les plus sordides, la forme et la profondeur des blessures, la corrosion progressive du corps par la maladie, il détestait cette façon qu'elle avait de se plonger dans les détails de la souffrance, de l'agonie, de raconter la mort jusqu'à ce qu'elle soit en danger de s'y noyer elle-même, et de l'y attirer, lui, avec elle.

— Bon, fit-il. Entre deux bassins hygiéniques, je voudrais que tu penses un peu à nous deux. C'est tout ce que je te demande. Pense simplement à nous. D'accord ?

Elle hocha doucement la tête. Il la dévisagea un moment, comme pour être sûr qu'elle avait bien compris, puis lui fit à son tour un petit signe de tête.

— Bien, fit-il en souriant. Très bien.

Il n'essaya pas de l'embrasser avant de partir. Il était bien trop intelligent pour ça.

Les maisons vides, même les plus propres, ont toujours une odeur particulière, le parfum des traces que l'on y a laissées, la poussière et les miettes de vie qui semblent s'étendre, se dilater, pour remplir les recoins abandonnés. Ann se tenait immobile à l'endroit où il l'avait laissée. A certains moments, elle haïssait réellement son sourire, cette suffisance, et se haïssait plus encore elle-même pour y avoir répondu, et pour y répondre encore.

A dix-sept ans, d'abord : *Je t'observais depuis un moment*. Elle se souvenait de la première balade en voiture qu'ils avaient faite ensemble, dans une Oldsmobile verte décapotable sur laquelle il avait travaillé quatre mois, une longue promenade, ses mains tranquilles sur le grand volant, des poils sombres sur ses doigts, son sourire quand il s'était tourné vers elle, *je t'observais depuis un moment* ; elle n'avait jamais connu personne d'autre, même s'il lui était arrivé de le regretter, de regretter d'être montée dans cette voiture, de n'en être plus jamais sortie, pas vraiment, en tout cas pas avant qu'il ne soit trop tard. Elle l'observait depuis un moment, elle aussi.

Elle consulta sa montre, monta l'escalier en vitesse, enleva son jean et son pull à peine entrée dans la salle de bains carrelée de bleu, et se fit couler un bain. Pour la première fois depuis la naissance des filles, pendant ces week-ends qu'elles passaient avec Ted, elle pouvait s'offrir quelques heures oisives, à se laisser tremper longtemps dans la baignoire sans autre souci que son propre corps, son propre confort. Elle s'autorisait même quelques petites folies, s'offrant crèmes, savons, gants de toilette et poudres, quand elle pouvait difficilement se le permettre. Elle n'était cependant pas toujours très fière de ces petits accès de luxe : malgré le plaisir qu'ils lui procuraient, elle avait le plus grand mal à se débarrasser de l'ombre lugubre du devoir et de la raison, et devait constamment se rappeler que, au-delà de son simple bien-être, c'était indiscutablement une bonne chose pour elle, une étape importante qu'elle venait de franchir.

Ann était en train d'enfiler une robe de soie qu'elle n'avait pas mise depuis trois ans lorsque la sonnette de la porte d'entrée retentit. Elle chaussa ses escarpins en vitesse et atteignit la porte à la quatrième sonnerie.

— Bonjour, Ann.

Le Dr. Neal Frederickson se tenait devant elle, vêtu d'une élégante veste de tweed au lieu de la longue blouse blanche qu'il portait à l'hôpital, le seul costume qu'elle lui ait jamais connu. Ce changement logique, auquel elle aurait bien entendu pu s'attendre, avait cependant quelque chose de déconcertant : ce qui était si familier, apprivoisé depuis longtemps, revêtait soudain l'apparence déstabilisante et presque menaçante de l'inconnu.

— Je suis en avance? demanda-t-il en remarquant le léger désarroi qui venait d'apparaître sur son visage.

— Non non, pas du tout. Je suis désolée. Entrez, je vous en prie. Voulez-vous... comment dire... Vous voulez boire quelque chose?

Dès qu'elle eut fait demi-tour pour le guider vers le salon, elle réalisa qu'elle avait oublié de remonter la fermeture Eclair de sa robe.

— Ô mon Dieu!

Il sourit gentiment et s'approcha d'elle pour l'aider à la fermer. Le bout de ses doigts effleura sa peau.

— Je suis vraiment désolée.

Et malgré tous ses efforts, ses joues s'empourprèrent; cette tendance à rougir à la moindre gêne était l'une des choses dont elle n'avait jamais réussi à se débarrasser.

— Désolée? Pourquoi?

— Je ne sais pas, fit-elle avec un petit rire embarrassé. Je n'ai jamais fait ce genre de chose.

— Quelle chose?

— Un rendez-vous, avec un homme. Ça doit vous sembler bête, mais ça ne m'était jamais arrivé. Enfin si, avec mon mari, bien sûr, mais... nous n'étions que des enfants. Et puis ce n'était pas vraiment un rendez-vous. Je ne sais pas ce que c'était, une rencontre, je ne sais pas comment dire, mais ce n'était pas la même chose. Pas un vrai rendez-vous. Mon Dieu, qu'est-ce que je raconte? Vous n'avez sûrement pas envie d'entendre parler de ces choses-là.

— Et pourquoi pas? Vous me raconterez ça à table. J'ai réservé aux Colonnades.

Il finit par lui tendre le bouquet de roses jaunes auquel ils essayaient tous les deux depuis un moment de ne pas prêter attention, comme s'ils espéraient qu'il allait changer de mains tout seul, par un petit phénomène de magie qui serait passé inaperçu.

— Je vais tout de suite les mettre dans l'eau.

Elle partit vers la cuisine, soulagée de trouver un prétexte pour s'éloigner quelques secondes.

Les Colonnades, installées au rez-de-chaussée d'un immeuble victorien à tourelles de l'ouest de la ville, avaient été inaugurées dans les années cinquante, pendant la période la plus faste de l'histoire de Hardison, quand la fabrique de jouets Jerret, à quinze kilomètres au nord, était l'une des plus productives du pays. Des familles qui fuyaient le chômage et l'agitation d'Albany émigraient vers ce comté boisé, et l'on parlait même d'ouvrir une annexe de l'université de l'Etat de New York sur le territoire de Hardison — ce qui d'ailleurs ne se fit jamais. Depuis cette époque, le restaurant avait survécu sans problème aux deux récessions qui avaient sérieusement entamé le rayonnement économique de la ville, grâce à une réputation bien établie d'« endroit idéal pour les grandes occasions ». Pendant plus de quarante ans, c'est là que les jeunes gens invitaient l'élue de leur cœur pour lui demander sa main et, plus tard, si tout s'était bien passé, pour fêter chaque anniversaire de mariage; c'est là que même ceux qui sortaient le plus rarement venaient fêter diplômes ou promotions; et c'est là que ceux qui avaient quitté la ville emmenaient dîner l'épouse qu'ils étaient allés chercher ailleurs, avec l'argent qu'ils étaient allés gagner ailleurs, lorsqu'ils revenaient pour lui faire visiter la ville de leur enfance. L'endroit n'avait quasiment pas changé depuis l'ouverture : une épaisse moquette à fleurs pourpres, des chandeliers à la française, et de grandes tables à nappes blanches, installées assez loin les unes des autres pour offrir au moins un semblant d'intimité aux habitants d'une ville qui ne faisait pas grand cas de telles frivolités.

Ann jeta discrètement un coup d'œil autour d'elle dans la salle, heureuse de constater qu'elle ne connaissait personne parmi les clients. Ou plutôt, que personne ne la connaissait.

— Ça n'a pas été trop difficile, de reprendre le travail après une si longue interruption? demanda le Dr. Frederickson.

— Je pensais que ce serait plus dur. Enfin, il y a quand même eu des changements considérables dans le métier, depuis que je suis partie.

Elle se souvenait de ses débuts à l'hôpital, fraîchement sortie de l'école, contractée et naïve, de cette époque où toutes les infirmières se levaient quand un médecin entrait dans la pièce. Plusieurs années plus tard, le premier jour de son retour, elle s'était levée comme autrefois, sous l'œil ahuri des jeunes infirmières qui étaient assises près d'elle. Elle n'avait pas répété cette erreur.

— Ça ne doit pas être évident, de s'habituer de nouveau à ces horaires.

— Oh, ça m'est égal. Les filles les plus jeunes détestent ça, mais moi ça ne me dérange pas, de travailler le week-end, par exemple. Au contraire. Quand Ted a les enfants, la maison est si... vide.

Elle but une petite gorgée du vin qu'il avait commandé avec beaucoup de soin — c'est du moins ce qu'il avait laissé entendre en s'attardant longuement, en véritable connaisseur, sur la carte imprimée en relief.

— J'ai besoin de gagner de l'argent, bien sûr. C'est un peu idiot de ma part, d'avoir tant attendu pour revenir travailler. D'ailleurs, je me demande maintenant à quoi je pouvais bien occuper mes journées...

— Vous êtes divorcés depuis combien de temps?

— Nous ne sommes pas divorcés.

— Ah bon?

— C'est-à-dire... C'est pour très bientôt. Dans deux semaines. Ou peut-être trois. Dès que les papiers seront prêts.

— Moi, ça va faire cinq ans.

Ann avait souvent considéré son ex-femme, Dina Frederickson, avec une certaine admiration. Elle la voyait traverser la ville au volant de sa Jeep, organiser les collectes de sang de la Croix-Rouge, se rendre à ses cours d'aérobic dans son survêtement turquoise, et, quelques heures plus tard, courir pour arriver à l'heure au conseil municipal. C'était une femme énergique et mince, toujours en mouvement, toujours radieuse. En l'observant, Ann se demandait où se cachait le motif du divorce dans ce large et franc sourire, ces permanentes toujours impeccables, ce maquillage soigné. Elle paraissait heureuse, libre.

— Tout devient plus facile, dit-il.

— C'est vrai?

— Oui.

Elle sourit poliment. Elle se sentait soudain comme une touriste dans un monde étranger, où l'on utilisait un langage qu'elle ne connaissait pas, un langage qu'elle n'avait jamais pris la peine d'apprendre. Personne ne lui avait dit qu'elle en aurait besoin un jour.

— Vous verrez, continua-t-il d'une voix rassurante. Ce sont surtout les petites choses, les détails. Manger quand on veut. Ranger ses livres exactement comme on veut. Même le temps semble se modifier, quand on ne doit pas rendre compte de chaque minute à quelqu'un d'autre. On change complètement d'optique, de regard sur la vie. Sincèrement, c'est assez excitant.

Une petite bulle de salive perla au coin de sa bouche, qu'il essuya délicatement avec le coin de sa serviette de lin. Le serveur débarrassa leurs assiettes et revint un moment plus tard avec la carte des desserts.

— Qu'est-ce qui vous a donné envie de devenir médecin? demanda-t-elle pour essayer de changer de sujet.

Elle venait de se rappeler qu'elle avait lu quelque part, dans un magazine féminin qui donnait des trucs de séduction, qu'il était préférable de poser les questions plutôt que d'y répondre, de faire mine d'être intéressée, d'être l'auditrice de l'autre.

Après le dîner, il la reconduisit chez elle, devant la maison de bois blanc à deux étages, et l'accompagna à pied, dans la petite allée dallée, jusqu'à la porte. Elle eut une pensée pour ses filles, là-haut, dans le froid de Fletcher's Mountain, les vit un instant comme si elles étaient vraiment assises devant elle, baissa les yeux et frissonna.

— Merci. C'était un merveilleux dîner.

— J'ai deux places pour un concert à Albany, vendredi prochain. Ça vous dirait?

— Ah? Eh bien... Je ne sais pas trop. Je veux dire, avec les filles, ce n'est pas très pratique.

— Vous m'avez dit tout à l'heure que votre mari les prenait pour le week-end.

— C'est vrai, oui. Bien sûr. Bon, il faudra que je consulte mon planning, à l'hôpital.

— Vous m'appelez lundi?

— Oui, d'accord.

Ils hésitèrent maladroitement à se faire une bise avant de se séparer, se contentèrent de se tapoter mutuellement l'avant-bras, et Ann se glissa chez elle.

16

Ann était couchée sur le grand lit dans l'obscurité, incapable de trouver le sommeil. Elle prit le second oreiller, le pressa contre sa poitrine pour ne pas se sentir trop seule, et tenta de mettre un peu d'ordre dans ses pensées. Constatant vite qu'elle n'y parviendrait pas, elle alluma la lampe de chevet, décrocha le téléphone qui était posé sur sa table de nuit et composa lentement le numéro.

Depuis le début, elle avait préféré laisser croire à son entourage que c'était à cause de Ted qu'elle avait abandonné le travail d'infirmière, et à cause des filles qu'elle n'avait pas voulu y retourner plus tôt. Pour rendre l'histoire plus crédible, elle allait même jusqu'à se plaindre de temps en temps de cette oisiveté forcée, et Ted ne se fatiguait pas trop à la démentir; c'était l'un de ces petits faux-fuyants de la vie de couple, qu'il était plus pratique pour tous les deux d'accepter. Mais en vérité, Ann n'était sans doute pas faite pour le métier d'infirmière, et avait secrètement ressenti un grand soulagement lorsqu'elle l'avait quitté : il lui manquait l'une des principales qualités nécessaires à l'exercice de cette profession, la faculté d'oublier, d'effacer, le pouvoir de détachement. Les premières années, elle se réveillait presque chaque nuit en sursaut, hantée par l'image des patients dont elle avait pris soin dans la journée, trop angoissée pour dormir, et se torturant jusqu'à l'aube à se demander s'ils avaient réussi à passer la nuit, ou bien si, comme cela arrivait parfois, elle allait retrouver leur lit vide en arrivant à l'hôpital — ou, pire encore, déjà occupé par un nouveau patient. Les nuits les plus pénibles, elle descendait discrètement pendant que Ted dormait et, imitant la voix d'un parent, la tante qui avait passé la journée à pleurer dans la salle d'attente, la sœur qui avait supplié le médecin d'augmenter les doses d'analgésiques pour son frère mourant, elle appelait l'hôpital pour obtenir des informations sur le patient. Il arrivait qu'elle trouve Ted dans l'embrasure de la porte en se retournant, et sous son regard noir, elle promettait de ne plus le faire; mais c'était plus fort qu'elle.

Elle avait espéré que les années passées à la maison auraient changé quelque chose et d'ailleurs, durant les huit premiers mois à l'hôpital, après son retour, il lui avait paru possible d'entretenir l'équilibre précaire entre l'attention et le détachement, non pas aisément, mais avec une sorte de maîtrise bancale qui paraissait suffisante. Mais tout s'était effondré la veille, lorsque le vieux monsieur de quatre-vingt-trois ans s'était cassé la figure dans les escaliers et avait atterri dans le lit numéro sept de l'unité de soins intensifs, l'un des trois lits dont elle avait la garde cet après-midi-là.

Quelques heures plus tard, elle vit le bras décharné du vieillard se soulever lentement au-dessus des draps, centimètre par centimètre, ce bras si fragile dont la peau semblait dégouliner sur les os, s'élever vers le plafond en un effort insoutenable, à tel point que les autres infirmières furent obligées de détourner les yeux — il y avait une telle volonté, dans ce bras de cadavre qui tentait d'atteindre le ciel, une telle volonté, mon Dieu. Ann s'approcha de lui et se pencha pour l'entendre murmurer très vite :

— Je veux faire pipi.

Elle se débrouilla pour introduire son pénis grisâtre et rabougri dans le pistolet de plastique, qu'il remplit d'à peine un centimètre d'urine avant d'agripper à deux mains sa maigre poitrine, tout ce qu'il lui restait.

— Je n'ai pas mangé depuis des jours, gémit-il. Je pourrais avoir un peu de nourriture, s'il vous plaît?

— Centre hospitalier de Hardison, j'écoute. Allô? A qui désirez-vous parler? Allô? Centre hospitalier de Hardison, j'écoute.

Elle raccrocha lentement le téléphone, éteignit la lumière et se replongea dans la nuit.

Le soleil se levait au-dessus de Fletcher's Mountain, baignant de ses lueurs roses et grises le faîte des grands pins qui dressaient une barrière dense entre eux trois et l'immense damier des champs cultivés, piqueté çà et là de petites fermes, tout en bas. Ted s'étira en levant les bras au ciel, goûtant avec plaisir la caresse de l'air humide et frais sur son visage mal rasé. A quelques pas de là, Ali se débrouillait comme elle pouvait, passant et repassant ses doigts largement écartés dans sa lourde chevelure blonde, pour faire toute seule sa queue-de-cheval. Il y avait dans cette concentration presque douloureuse quelque chose de si intime, de si purement féminin, que Ted, en la regardant, brûlait d'envie d'aller la prendre dans ses bras, de la serrer fort, pour la protéger contre tous ces hommes, tapis quelque part dans le futur, qui, en la regardant à leur tour, brûleraient d'un tout autre désir. Pour la garder pure.

Mais il ne bougeait pas. Et Julia l'observait. Devinant ce regard pesant fixé sur lui, il abandonna Ali à ses efforts et se tourna vers elle.

— Allez, la Belle au Bois Dormant, il est l'heure de se lever.

— Ne m'appelle pas comme ça.

— Holà, comme nous sommes susceptible ce matin ! Allez hop, Miss Waring! Où tu te crois, ici, dans une station thermale pour mémères?

— Vas-y avec Ali. On se retrouve ici ce soir.

— Pas question. On y va tous les trois.

— Normalement, on devait y aller tous les quatre.

— C'est vrai. Et ce sera peut-être pour la prochaine fois, d'ailleurs. Mais pour l'instant, tu peux compter tant que tu veux sur tes doigts, tu trouveras toujours trois. Alors lève-toi et marche, ma fille.

Il laissa Julia sortir à contrecœur de son duvet, alla chercher le fusil qu'il avait laissé près de son sac, et caressa un moment du bout des doigts le long canon d'acier froid, la crosse de noyer douce. Il l'avait rarement utilisé depuis que son père, chasseur invétéré, le lui avait offert lorsqu'il avait onze ans, dans un surprenant accès de générosité. C'était depuis toujours l'arme favorite de son père et, dans les jours qui suivirent ce cadeau inattendu, Ted l'avait huilé et astiqué chaque soir, dans l'espoir de se montrer à la hauteur de la confiance que lui témoignait ainsi celui-ci. Dix mois plus tard, pourtant, lorsque son père succomba au cancer qu'il avait tenu secret jusqu'à ce qu'il ait fallu le transporter d'urgence à l'hôpital — le foie —, Ted mit le fusil de côté, tout au fond de son placard. Il savait pertinemment que si son père avait pensé qu'il pourrait encore utiliser le fusil une saison, il ne le lui aurait jamais donné. Mais Ted ne pouvait pas lui en vouloir, c'était un petit mensonge d'amour. Il cessa de contempler rêveusement le fusil, cracha sur une trace de doigt sur le canon, et l'essuya avec sa manche.

— Bon, les filles, je veux que vous soyez très attentives, maintenant.

Elles baissèrent les yeux ensemble sur la Winchester 30-06 que Ted tenait bien droite entre eux, crosse en terre, le bout du canon arrivant à la hauteur du menton d'Ali.

— C'est avec ce fusil que mon père m'a appris à tirer.

— Passionnant, murmura Julia.

Ted tourna vers elle un œil mauvais, mais elle lui rendit son regard sans fléchir, pleine d'arrogance. C'est lui qui détourna les yeux le premier.

— Il n'y a pas de quoi avoir peur, mais il y a tout de même certaines règles à respecter. La plus importante : vous ne devez jamais pointer le fusil vers quoi que ce soit que vous n'ayez pas l'intention de tirer. Pigé ? Bon. Maintenant je veux que chacune d'entre vous le prenne en mains, juste pour se faire un peu à la sensation.

Il passa d'abord le fusil à Ali, qui ne réussit pas vraiment à le soulever à hauteur de poitrine, et se contenta finalement de passer ses mains de bas en haut sur la crosse et le canon, guettant un signe de son père qui signifierait qu'elle avait accordé suffisamment d'attention et de respect au précieux engin. Ce n'est que lorsqu'elle vit Ted sourire qu'elle le tendit solennellement à Julia. Celle-ci passa rapidement ses mains sur le canon, pour la forme, et le rendit sèchement à son père.

Assis, la Winchester en équilibre sur les genoux, Ted donna trois balles aux filles, les douilles de cuivre étincelant dans la lumière crue du matin. Il leur montra comment charger le fusil, comment verrouiller le cran de sûreté et l'enlever juste avant de tirer en le repoussant vers l'avant, comment aligner les deux mires jusqu'à ce qu'elles ne fassent plus qu'une, et il leur expliqua que lorsqu'on faisait feu, il fallait s'attendre à recevoir un véritable coup de tonnerre dans l'épaule.

— Quand vous aurez pris le coup, ça vous paraîtra très simple. Allez les filles, on n'a pas que ça à faire. Prenez vos petits sacs, et en route, mauvaise troupe.

Il attendit qu'elles soient bien plongées dans les derniers préparatifs avant le départ — remplir de tout ce dont elles auraient besoin les sacs de nylon qu'il leur avait achetés pour le week-end, le visage grave et concentré au-dessus de leurs petites affaires, lui donnant de nouveau l'occasion de saisir une image volée de leur intimité — et pendant ce temps, il sortit prudemment une petite flasque argentée de son propre sac, but une longue gorgée de whisky, et la remit en vitesse dans sa cachette. L'alcool lui brûlait agréablement la gorge, les tripes.

Mais Julia, qui avait levé les yeux, avait aperçu son père, les yeux fermés, la flasque à la bouche, et avait interprété ce geste caché comme un nouvel acte de trahison, un de plus, qu'elle inscrivit mentalement sur les tablettes où elle consignait avec soin tous ses méfaits.

— Prêtes ? fit joyeusement Ted.

— Prêtes, répondit Ali.

Ils s'engagèrent tous les trois sur le petit chemin escarpé qui grimpait doucement à flanc de montagne, en une sorte de spirale jusqu'au sommet. Ali juste derrière Ted, Julia quelques pas en arrière, tandis que le soleil continuait à monter dans le ciel, adoucissant progressivement les dernières piques du froid.

— Je vais vous raconter ce qui m'est arrivé la toute première fois que je suis allé chasser, dit Ted, assez fort pour que Julia l'entende. Ça vous dit ?

— Si ça t'amuse, murmura Julia.

Cependant, comme Ted faisait rarement allusion à son enfance, elle tendit l'oreille, orienta son attention vers son histoire, vers lui, à la recherche de quelques informations.

— Bien, poursuivit Ted sans trop prêter attention à Julia et à ses sarcasmes, comme il avait essayé de le faire toute l'année écoulée, en se disant qu'il fallait être patient, attendre que ça passe. C'était en Pennsylvanie, sur une montagne très différente de celle-ci. Et pour ma toute première chasse, j'ai traqué un ours.

— Un vrai ours? demanda Ali, toujours bon public.

— Y a pas d'ours ici, grogna Julia. Et pas plus en Pennsylvanie. Pourquoi tu l'écoutes, Ali? Il passe son temps à mentir, tu le sais bien.

— Non, je ne mens pas. Je m'étais levé très tôt ce matin-là, juste au moment où le soleil apparaissait derrière les arbres, et j'étais parti tout seul avec ma Winchester, celle que vous voyez là. A un peu plus d'un kilomètre de notre camp, j'ai découvert dans la terre humide des empreintes de pattes énormes. Grosses comme tes fesses, Ali.

— Et qu'est-ce que tu as fait?

Ted sentit Julia s'approcher dans son dos, intéressée malgré elle. Il continua comme si de rien n'était :

— Exactement ce que tu aurais fait. Je les ai suivies. Je me suis dit que ça nous ferait de la bonne viande d'ours pour le dîner.

— Ça ne se mange pas, l'ours, déclara fermement Julia, heureuse d'avoir pris une nouvelle fois Ted en défaut.

— Tu n'as jamais entendu parler des ours-burgers? Avec un peu de ketchup, je ne connais rien de meilleur. Bon, bref, je continue à suivre les traces, le doigt sur la gâchette, j'arrive près d'une clairière, et là, vous ne devinerez jamais sur quoi je suis tombé. Une famille d'ours, mes enfants, une famille tout entière, qui prenait tranquillement son petit déjeuner.

— Ils mangeaient quoi?

— Eh bien, Ali, ils avaient tous de petites serviettes à carreaux rouges et blancs attachées autour du cou, et ils mangeaient des petits promeneurs, exactement comme toi. Ils trempaient d'abord la tête des enfants dans une bassine de miel, ensuite ils mordaient dedans à pleines dents et se mettaient à mastiquer joyeusement.

Ted éclata de rire, un rire puissant et victorieux qui parut résonner jusque dans la vallée.

— Papa... gémit Ali.

— Je te l'avais dit, il ment comme il respire, marmonna Julia d'une voix sévère.

— Ah non, ce n'est pas mentir, c'est raconter de bonnes histoires. Si vous allez à la chasse, il va falloir que vous appreniez à raconter de bonnes histoires en rentrant. Allez, maintenant, pour que la règle soit respectée, la suivante doit faire mieux. Julia?

— J'ai dit que j'avais envie d'aller à la chasse, moi?

— Chut! fit soudain Ali. Regardez.

A deux mètres, la tête d'une biche dépassait de derrière un épais tronc d'arbre et posait sur eux deux yeux marron grands ouverts, prudents, curieux. Ses oreilles pointées frémissaient légèrement, ils étaient si près qu'ils pouvaient distinguer les petits poils blancs qui ondulaient à l'intérieur.

— On va le tuer ? demanda Ali.

— Non, Ali, regarde. C'est une biche. C'est interdit, de tuer les biches.

— Pourquoi ?

— Parce que sinon, il n'y aurait plus de cerfs l'année prochaine.

Ils restèrent un moment absolument immobiles, à écouter leur propre respiration et les craquements souterrains de la montagne, qu'ils n'avaient pas remarqués jusque-là mais qui semblaient soudain faire désagréablement vibrer l'air entre l'être humain et l'animal. La biche, tête dressée, leur renvoyait sans bouger le regard fixe qu'ils posaient sur elle. Tout à coup, sans que rien ne l'ait laissé prévoir, elle fit un brusque demi-tour sur ses jambes chétives et disparut dans les bois.

— J'ai faim, se plaignit Julia dès qu'ils eurent repris leur marche. Quand est-ce qu'on mange ?

Cet après-midi-là, pendant que Ted faisait la sieste, affalé la bouche ouverte sur son sac de couchage, Julia guida Ali vers un grand pin à quelques mètres de là, pour lui donner la leçon du jour. Depuis plusieurs années, elles avaient ainsi instauré leur petite école secrète : Julia notait les cahiers d'Ali en vérifiant si elle écrivait bien droit sur les lignes, Julia transmettait à Ali les informations importantes qu'elle possédait par expérience sur les professeurs qu'elle aurait l'année suivante, et lui indiquait comment se comporter au mieux avec eux, Julia interprétait pour Ali les événements de la cour de récré, les alliances, les ruptures et les trahisons qui faisaient rage dans le préau, Julia déchiffrait les disputes de leurs parents, qui s'échappaient de sous les portes closes et se répandaient dans toute la maison comme un nuage de fumée, Julia préparait pour sa sœur des conclusions qu'elle lui amenait sur un plateau ; et de la sorte, Ali, simple et un peu paresseuse, avait pris l'habitude de recevoir d'elle des informations déjà toutes prêtes, bien ficelées.

Julia observait Ali, son visage attentif et ouvert, si avide d'apprendre, d'obtenir des solutions immédiatement utilisables. Toute cette douceur, cette mollesse, l'inquiétait un peu. Elle savait à quel point cela pouvait être dangereux. Facilement retourné contre elle. Chaque leçon était destinée à la rendre plus solide et plus maligne, à remédier à cette faiblesse presque apathique d'Ali, que la plupart des gens trouvaient si douce. Julia avait décidé de lui apprendre patiemment tout ce que leur mère ne pouvait pas lui transmettre. Comment être dure, rusée, débrouillarde. Comment survivre. Des choses réellement utiles, pour elle. Un jour, Julia avait forcé Ali à ramper sous toute une rangée de voitures garées, comme si toute cette ferraille sous laquelle elle était passée pouvait lui mettre un peu de plomb dans la cervelle, et de poids sur les épaules. Après tout, il n'y a que les adultes pour penser avec tant de sentimentalisme que l'enfance est faite pour durer le plus longtemps possible.

Elle ôta de la main d'Ali l'ortie avec laquelle elle était en train de jouer, et attendit quelques secondes avant de commencer à parler. A treize ans, Julia avait déjà un sens parfait du timing.

— Ne crois jamais ce qu'il dit, ordonna-t-elle d'une voix pleine de violence. Jamais. Tu m'entends ? Jamais.

Ali acquiesça de la tête en ouvrant de grands yeux attentifs, et Julia fit une nouvelle pause avant de continuer.

— Ne crois jamais personne.

Cette nuit-là, Ted, Julia et Ali étaient assis autour du feu de camp qu'il leur avait appris à préparer en érigeant une petite pyramide de branches sèches. Les flammes vacillaient à leurs pieds, illuminant leurs visages par en dessous d'une lueur orangée, et emplissant leurs cheveux de l'odeur âcre de la fumée.

— Bon, d'accord, peut-être qu'on ne rapportera pas une tête de cerf à accrocher dans le salon. Mais ça fait quand même du bien d'être là-haut, de pouvoir respirer un peu, non ?

Il ramassa une pleine poignée de terre, et la broya lentement entre ses doigts.

— Oh oui, ça fait du bien, approuva Ali tout endormie.

Ted essuya sa main et sourit. Ali, dont les doutes et les craintes étaient encore si faciles à apaiser, Ali dont il n'avait pas besoin de regagner l'amour chaque jour, Ali qui l'aimait toujours, qui l'aimait malgré tout...

— Allez, miss, je crois que j'entends venir le marchand de sable.

Il prit Ali dans ses bras, étonné par son poids, ce corps de onze ans déjà bien en chair, et la déposa dans son sac de couchage.

— Je t'aime, murmura-t-il en lui embrassant le front.

— Je t'aime aussi, répondit-elle, assez bas pour que Julia n'entende pas.

Lorsqu'il revint vers le feu de camp, Julia effaça rapidement les messages secrets qu'elle avait tracés dans la terre, et serra ses genoux osseux entre ses bras, contre sa poitrine. Ted alla s'asseoir à côté d'elle et observa un moment son profil anguleux, immobile dans la lumière dansante des flammes.

— Tu sais, dit-il doucement, je ne suis pas ton ennemi.

— J'ai jamais dit ça.

— Tu n'as pas arrêté de le répéter pendant toute l'année qui vient de passer. Julia, tout ce qui est arrivé ne concernait que ta mère et moi. Ça n'a rien à voir avec toi.

Julia restait silencieuse, passive et patiente comme un chasseur qui guette une erreur de sa proie.

— C'est compliqué, poursuivit Ted. Et je ne te demande pas de comprendre, puisque je ne comprends pas tout moi-même. Tout ce que je sais, c'est que ce qui s'est passé n'est pas entièrement ma faute. C'est certain, c'est moi qui ai fait le plus de bruit. Et je ne ferai jamais croire à personne que j'ai très bon caractère. Mais nous avons chacun, ta mère et moi, notre part de responsabilité. Nous avons fait tous les deux des erreurs. Personne n'est parfait, tu sais, ni chez nous ni ailleurs.

— Quelles erreurs ? demanda-t-elle en se tournant légèrement vers lui, mais en restant sur ses gardes.

— Le fait que je sois parti, par exemple, c'en est une.

Elle le regarda droit dans les yeux, attendant visiblement la suite, et sourit d'un air mauvais quand elle comprit qu'il ne dirait rien de plus.

Ted détourna la tête. En fait, il n'avait jamais vraiment eu l'intention de partir, et encore moins de rester si longtemps loin d'elle. Il avait simplement claqué la porte, un jour, au beau milieu d'une dispute, et n'avait pas réussi ensuite à trouver un moyen habile de revenir. Il ne s'en était pas trop inquiété au départ, mais les heures s'étaient changées en jours et en nuits, passées sur le canapé-lit de son associé, et son départ était devenu une réalité. Quand Ann l'avait appelé au bureau au bout de trois jours et l'avait prévenu que s'il ne venait pas chercher ses affaires dans une heure elle les apportait à la décharge municipale, il avait cherché une façon de reconnaître son erreur, mais n'avait pas réussi à prononcer une seule parole d'excuse ; prouver à l'autre qu'on n'avait pas besoin de lui était devenu une sorte de compétition permanente entre eux, même si ni l'un ni l'autre n'avait réellement envie de gagner. Il était allé récupérer ses affaires à l'endroit où elle les avait laissées, dans deux grands sacs-poubelle sur le perron, et s'était mis quelques semaines plus tard à chercher un appartement et un avocat. Malgré tous ses efforts, il ne parvenait même plus à se souvenir du sujet de cette dernière dispute.

— Ecoute, Julia, il se passe des choses entre un homme et une femme. Des choses qu'ils ne parviennent pas toujours à contrôler. Bon, de toute façon, je crois que tu es un peu jeune pour tout ça.

— J'ai treize ans.

— Je sais bien.

— Et je connais plus de choses que tu ne crois.

— Oh, ça, j'en suis sûr.

Il ramassa un bâton et enfonça une branche un peu plus profondément dans le feu. Il aurait voulu lui expliquer que leur histoire était comme une balle derrière laquelle on court sans pouvoir l'attraper, qu'à partir du moment où cette balle s'était mise à rouler, on ne pouvait plus rien faire pour l'arrêter, cette balle qui représentait leur couple, ou ce qu'était leur couple autrefois, il aurait voulu lui expliquer qu'il n'y a plus d'autre solution que de continuer à courir derrière, et que même lorsqu'on a l'impression d'être sur le point de s'en saisir, elle vous glisse entre les doigts et poursuit sa course folle.

— Nous nous sommes tout simplement laissé dépasser, dit-il.

Julia, qui plissait les yeux pour se protéger de la fumée, l'observait et l'écoutait maintenant avec beaucoup d'attention.

— Je t'ai vu discuter avec Ali, reprit-il. Tu vois, parfois on commence à parler de quelque chose, on a une idée précise à faire passer, et avant d'avoir fini on ne sait plus où on voulait en venir. Eh bien, c'est comme ça pour tout. C'est exactement comme ça que les choses sont arrivées entre ta mère et moi. Mais c'est différent, aujourd'hui.

— C'est-à-dire?

L'autre nuit. Elle résiste, puis elle s'abandonne. Il examina longuement Julia, cherchant les mots justes, pesant avec soin chaque parole qu'il allait prononcer, essayant d'en prévoir les effets et d'adapter ses propos en conséquence.

— Je n'ai jamais voulu faire de mal à ta mère. Ni à Ali, ni à toi. J'ai beaucoup réfléchi. Beaucoup. Si je te dis un secret, tu promets de ne le dire à personne, même pas à Ali?

Il essayait encore une fois de l'attacher à lui, de l'enchaîner avec des secrets qu'elle rangerait sans doute au plus profond de son cœur, meurtri mais si dur, si intraitable. Des secrets qu'elle porterait toujours en elle, précieusement, comme une petite part de lui.

— D'accord.

— J'ai demandé à maman de nous laisser, de me laisser, une seconde chance. Il n'est peut-être pas trop tard pour rattraper nos bêtises, après tout. Qu'est-ce que tu en penses?

— J'en sais rien.

— On t'a déjà dit que t'étais pas une cliente facile, ma fille?

— Quand tu n'es pas là pour te disputer avec maman, c'est beaucoup plus calme, à la maison.

— Je suis bien d'accord avec ça. C'est exactement ce dont je parle.

Ted sauta sur l'occasion, avec cette faculté qu'il avait de changer les handicaps en atouts, et qui lui avait permis de faire prospérer son entreprise de bâtiment en partant de zéro. Un vendeur-né.

— Ce ne sera plus comme ça, justement.

— Tu me le promets?

— Oui, je te le promets. Je te le jure.

Il étendit le bras et laissa sa main flotter une seconde à quelques centimètres du dos de Julia, se demandant s'il allait sentir sous sa paume ce petit frisson qui avait accueilli chacune de ses caresses durant l'année écoulée. Il finit par se décider, posa doucement la main et put percevoir, même à travers la veste de laine, la soudaine tension des muscles de sa fille, qui semblaient se révolter contre cette présence étrangère.

— Il faut que tu me croies.

— Pourquoi?

— Parce que je voudrais que tu me rendes un service.

— Lequel?

— J'aimerais que tu parles un peu de moi à ta mère. Elle t'écoutera, toi. Dis-lui que je l'aime. Que je l'aime plus que tout au monde. Tu ferais ça pour moi?

— Je sais pas.

Ted ôta lentement sa main et examina de nouveau sa fille, tentant d'évaluer les points qu'il était en train de marquer, avant de continuer d'une voix plus douce encore :

— Chaque minute que j'ai passée loin de vous a été un véritable cauchemar pour moi. Je crois que ça va marcher, Julia. Je le crois sincèrement. Pour commencer, je voudrais que tu lui proposes que nous allions tous ensemble dîner quelque part demain soir, d'accord? Tu es d'accord, Julia? Tu te rappelles, quand on allait au restaurant tous les dimanches soir, tous les quatre? On va retrouver ce temps-là, j'en suis sûr.

Il fit craquer ses genoux en étirant ses jambes, et soupira profondément. Julia cligna des yeux. Pendant un instant, elle eut envie de se laisser porter par l'optimisme de son père, comme autrefois : il les entraînait toujours dès qu'il était enthousiasmé par quelque chose, une idée, un projet, il montait dans leur chambre pour les aider à faire leurs devoirs, les tirant irrésistiblement derrière lui, il les emmenait le week-end en excursion, dans des lieux toujours nouveaux qu'il choisissait, avec de nouveaux gadgets, de nouveaux jouets. Lorsqu'il se montrait ainsi exalté par un projet, particulièrement dans sa phase préliminaire, aucune d'elles ne pouvait y résister. Julia se leva rapidement.

— Je crois que je vais aller me coucher.

— Pas de problème, miss.

Elle répondit à son sourire, plus vaguement, plus brièvement, mais tout de même. Et en se retournant vers son sac de couchage, elle mordit profondément la chair tendre et pleine de ces lèvres qui venaient de la trahir, jusqu'à ce qu'elle sente le goût salé de son sang.

— Dors bien, fit Ted. Et n'oublie pas : on commence dès demain soir en rentrant, d'acc ?

Elle disparut dans la pénombre et se glissa dans son duvet. Ted resta un moment assis près du feu à le regarder s'éteindre, attendit que Julia eût fermé les yeux, puis sortit la petite flasque de son sac, la serra fort dans sa main en la portant à sa bouche pour la vider d'un trait, et la laissa lourdement retomber sur son genou. Le whisky, la nuit, ses filles — tout était parfait.

Au milieu de l'après-midi, Ann avait déjà lu le journal, nettoyé la chambre des filles, et recouvert deux étagères de la cuisine d'un nouveau papier vert marbré. Elle faisait nerveusement les cent pas dans la maison, rangeant des magazines, allumant et éteignant la radio, et ne distinguant devant elle que des dimanches après-midi creux et interminables, à perte de vue, alignés les uns à la suite des autres comme des dominos qui jalonneraient son existence de femme divorcée. Elle décrocha le téléphone de la cuisine.

— Sandy ? Salut. Qu'est-ce que tu fais ? Tu ne veux pas venir un moment tenir compagnie à ta grande sœur ?

Vingt minutes plus tard, Sandy gara sa vieille Honda bleu-vert toute cabossée dans l'allée. A travers les voilages de la fenêtre du salon, Ann vit sa sœur avancer vers la porte, de ce pas vif et déterminé qu'elle adoptait même lorsqu'elle marchait sans but précis. C'était une copie d'Ann en plus petit, plus finement ciselée, taillée au rasoir par une énergie nerveuse débordante et une vigilance de chaque instant. Tête basse, front volontaire, elle allait sans cesse de l'avant mais se débrouillait néanmoins toujours pour assurer ses arrières. Elle portait en permanence à l'épaule un énorme sac de cuir qu'Ann trouvait bien mystérieux et tentant, avec tout ce qu'il laissait deviner d'une existence plus variée et plus complexe que la sienne. Elle ouvrit la porte d'entrée en souriant.

— Merci d'être venue.

— Alors, où est-ce que Ted le Magnifique a emmené les enfants pour le week-end ?

Elle suivit Ann dans la cuisine, prit une chaise près de la table de Formica blanc, et se servit un verre du vin blanc qu'Ann avait sorti pour elle.

— Ils sont partis chasser à Fletcher's Mountain.

— Il fait tout ce qu'il peut pour changer ses filles en bons petits gars, hein?

— Pourquoi les filles n'auraient-elles pas autant le droit de chasser que les garçons?

— Tu apprends vite, remarqua Sandy en souriant. Mais ce n'est pas la question. Je croyais que tu détestais la chasse?

— C'est vrai.

— Je ne comprends pas pourquoi tu laisses toujours Ted n'en faire qu'à sa tête.

— Sandy, je ne suis pas toute seule, c'est leur père.

— Eh oui, la nature commet aussi des erreurs. Allez, peut-être qu'avec un peu de chance il va avoir un petit accident, là-bas. S'asseoir sur son fusil, ou quelque chose comme ça.

— Comment peux-tu dire des choses pareilles? Pendant tout le week-end, je n'ai pas arrêté de penser à eux, là-haut, sans téléphone...

— Sans magnétoscope, sans console Nintendo...

— Je ne plaisante pas.

Elle fixa un moment Sandy, si pragmatique et si sûre d'elle, elle qui ne se laissait jamais envahir par quoi que ce fût qu'elle n'eût pas désiré, ni pensées moroses, ni craintes, ni doutes, et qui terrifiait Ann par la force péremptoire de ses jugements.

— Tu te rappelles, poursuivit Ann, au début de notre mariage, quand Ted devait aller estimer des maisons à travers tout le pays? J'avais pris l'habitude de coller des petits mots d'amour dans sa valise chaque lundi matin, avant qu'il ne parte. Ça a commencé comme une plaisanterie, mais petit à petit...

Elle s'interrompit un instant, se remémorant combien elle était en ce temps-là surprise et heureuse de se retrouver mariée, de lui appartenir, toutes ces choses auxquelles elle ne s'était jamais attendue, et combien surtout elle craignait de le perdre, au point de se fabriquer tout un système de petits rituels superstitieux pour le protéger, pour se protéger...

— Petit à petit, j'ai commencé à croire que si j'oubliais de lui laisser un de ces mots, il lui arriverait quelque chose, que l'avion s'écraserait, ou un truc de ce genre.

Elle n'osa pas raconter à Sandy qu'elle passait ses journées à côté de la radio quand Ted prenait un avion, pour s'assurer qu'aucune catastrophe aérienne n'était signalée.

— Tu veux entendre quelque chose de bête? J'ai collé des petits mots dans les sacs des filles avant qu'elles ne partent, vendredi, juste pour être sûre.

— Rends-toi compte comme les choses iraient mieux aujourd'hui si tu avais oublié un jour de mettre un de ces mots dans la valise de Ted, et si l'avion s'était écrasé. Il a une bonne assurance-vie ?

— Arrête, Sandy. Tu ne veux pas l'oublier un peu ?

— D'accord, d'accord. Alors, qu'est-ce que tu as fait, tout le week-end ?

— Tu promets de ne le répéter à personne ?

— Répéter quoi ?

— Je suis sortie avec un type.

— Arrête ton char, Ben Hur ! Qu'est-ce que ça a de secret ? Je comprends pas, là. Tu n'es plus avec Ted, au cas où tu l'aurais oublié.

L'autre nuit, sur le divan, comme des adolescents, sauvages, doux, ce petit goût de péché.

— Je ne veux pas que Ted le sache, c'est tout. Il est si possessif.

— On peut dire ça comme ça, oui. Alors, qui est l'heureux élu ? Avec qui t'es-tu livrée à ce festin sexuel ?

— Sandy, je t'en prie. On n'a pas fait l'amour.

— Bien sûr que non. Dieu merci. Tout le monde sait que c'est mon rayon, ça. Donc, je disais, avec qui t'es-tu assise sur la balançoire dans le jardin ?

— Neal Frederickson. Il dirige le service de neurochirurgie à l'hôpital. Il m'a apporté ces roses.

Elles se tournèrent toutes les deux vers le bouquet. Les pétales jaune pâle s'ouvraient maintenant en corolle, pleins de promesses.

— Pas mal, remarqua Sandy en piochant dans la boîte de gâteaux apéritifs posée sur la table. Comment c'était ?

— Disons... horrible.

— Je me demande si tu abordes la chose sous le bon angle, Ann.

— Je n'ai pas dit qu'il était horrible, lui. C'est cette histoire de rendez-vous, tout ça... C'était horrible, il n'y a pas d'autre mot. Je ne sais pas comment tu fais, depuis si longtemps.

— Merci bien.

— Tu comprends ce que je veux dire.

— Malheureusement, je crois que oui. Dans trois minutes, tu me parles de mon horloge biologique et on passe aux sermons. Je sais bien que tu débutes dans le domaine, Ann, mais il y a des sujets qu'il vaut mieux éviter, le dimanche après-midi.

— Tout ce que je voulais dire, c'est que je me suis mariée si jeune que je me suis souvent demandé ce que j'avais manqué...

— Ça ressemble étrangement à un regret, ça.

— Un regret ? Non. Je n'étais pas comme toi. Il ne m'était jamais venu à l'esprit qu'il pouvait y avoir d'autres chemins, une autre possibilité. Il n'y en avait peut-être pas pour moi, d'ailleurs, je n'en sais rien. En tout cas, ta vie m'a toujours semblé beaucoup plus romantique que la mienne.

— Ouais, on ne peut pas faire plus romantique que ces somptueux rendez-vous avec des vendeurs de voitures d'occasion que tu n'as jamais vus de ta vie, ni que ces folles nuits érotiques en tête à tête avec un pot de Häagen-Dazs.

— Arrête... Tu as un super-job au *Chronicle*. Et un petit ami adorable. Au passage, tu devrais être plus gentille avec John.

— Où tu as vu que je n'étais pas gentille avec lui ?

— Je ne comprends pas pourquoi tu ne l'épouses pas. Vous êtes ensemble depuis bientôt un an. Ce n'est pas une sorte de record, pour toi ? Il te l'a déjà proposé deux fois.

— Parce que si je fais ça, il passera sa vie à me ramener des tennis de mémé de son magasin de sport minable, et à essayer de me faire faire du jogging le dimanche. Beurk.

— Je suis sérieuse, Sandy.

— Moi aussi, Ann. Tu sais ce que je pense du jogging. Et puis parfois je me dis que s'il insiste tant pour qu'on se marie, c'est juste pour pouvoir rayer ça de sa liste. Tu vois ce que je veux dire ? Université, c'est fait. Magasin, c'est fait. Mariage, c'est fait. Tu comprends ?

Ann, abasourdie, ne trouva rien à répondre. Elle dévisageait sa sœur comme on regarde un extraterrestre.

— Ecoute, reprit Sandy en changeant de méthode. En réalité, je ne suis pas sûre du tout de croire au mariage. J'ai l'impression qu'il arrive aux hommes un truc bizarre, quand ils se marient, un truc hormonal. Ils changent, je te jure.

— Eh oui, ils deviennent des maris.

— Exactement.

— Et les femmes changent aussi.

— Elles deviennent des épouses, oui. Et je crois que ça m'effraie encore plus.

— Papa et maman ont réussi leur mariage.

Sandy fronça les sourcils. Ils l'avaient tellement réussi, leur mariage, ils étaient si proches l'un de l'autre qu'il ne restait plus beaucoup de place pour le reste, même pas pour Ann et Sandy, qui passaient des heures et des heures dans la petite chambre qu'elles partageaient à l'époque, à trente kilomètres d'où elles se trouvaient maintenant, tentant inlassablement de les comprendre, ces parents qui étaient censés être les leurs et qui semblaient les avoir oubliées. Les nuits d'orage, l'atmosphère était si lourde, si dense, que l'air de la chambre semblait s'épaissir et se charger d'un parfum qui lui était particulier, un mélange nauséabond de l'odeur des livres de classe, des vieux couvre-lits verts en velours côtelé de leurs lits jumeaux, des marqueurs magiques, du vernis à ongles bon marché et de sang menstruel, l'odeur de leur vie, de leur souffle, une odeur compacte et prisonnière de cette petite chambre dans laquelle les parents ne pénétraient jamais, ni l'un ni l'autre, comme s'ils devinaient que c'était dans ces profondeurs sombres et marécageuses que leurs filles étudiaient les hypothèses et les théories qu'elles développaient en les observant, pesant chaque indice et chaque nouvel élément, les faisant rouler inlassablement entre leurs doigts comme des billes.

— Je n'appelle pas ça un mariage réussi, dit Sandy. J'appelle ça de la psychose.

— Tu as peut-être raison. Et après tout, peut-être qu'ils nous ont fait beaucoup de mal.

Sandy posa son verre de vin et leva un regard curieux vers sa sœur. Elle ne se rappelait pas l'avoir jamais entendue tenir ce genre de propos.

— Qu'est-ce que tu veux dire?

— Ils nous ont fait croire — en tout cas ils m'ont fait croire — que deux êtres humains pouvaient véritablement s'unir, au point de devenir presque indissociables l'un de l'autre, et que tout autre résultat constituait un échec.

— Attends. Tu avais vraiment envie de ce genre de truc? Rien que d'y penser, j'en ai la chair de poule.

— Je ne sais plus, fit Ann en se servant un verre de vin. Mais c'est plutôt une bonne chose qu'ils n'aient pas vécu assez longtemps pour voir le gâchis que nous avons fait, Ted et moi.

Ali était assise sur le siège avant de la voiture, entre Julia et son père. De chaque côté de la route, la plupart des arbres étaient presque complètement secs et nus, hormis l'épais rideau de pins qui s'accrochait au-dessus d'eux à flanc de montagne.

— Bon, on n'est peut-être pas les meilleurs chasseurs du monde, d'accord. Mais ce n'était que notre premier essai. On reviendra. Et on en aura un, la prochaine fois.

— On reviendra, approuva Ali.

— Julia? Tu aimerais y retourner?

— Je sais pas.

Ted ôta sa main droite du volant et lui effleura les cheveux, en passant au-dessus de la petite tête d'Ali.

— Peut-être même qu'on pourra emmener maman avec nous, hein, Julia? Je lui parlerai. En attendant, ça te dirait de garder le fusil de ton grand-père?

Ted tourna brusquement dans le parking du Burl's Lounge, un petit bâtiment sombre et bas, sans fenêtres, à huit kilomètres de Hardison, juste en face du nouveau centre commercial.

— Attendez-moi ici, les filles, dit-il en tirant le frein à main et en ouvrant la porte. J'en ai pour une seconde, un petit besoin pressant.

A l'intérieur, il plissa les yeux dans la pénombre et se cogna le tibia contre une chaise. La petite estrade où se produisaient l'après-midi des danseuses topless — de très jeunes filles, de quinze ou seize ans, qui n'avaient encore la plupart du temps que des formes naissantes, des filles qui étaient prêtes à tout pour quelques billets — était vide. Deux hommes étaient perchés sur des tabourets de bar, voûtés au-dessus de leurs gros ventres, et suivaient en silence un match de foot universitaire sur l'écran qui était installé de l'autre côté du comptoir. Un troisième tabouret était occupé par une femme à l'allure négligée, engoncée dans une robe à pois ridicule, et dont les cheveux décolorés tombaient sur les épaules en boucles rigides et sèches. Ted se glissa entre eux et se pencha au-dessus du vieux comptoir de bois en le tapotant impatiemment du bout des doigts.

— Jack Daniel's, demanda-t-il au barman, qui faisait l'inventaire d'une commande qui venait d'arriver. Un double, s'il vous plaît.

Ses doigts continuaient à tapoter tout seuls tandis qu'il regardait le barman lui servir son verre, sans remarquer que la femme s'était levée de son tabouret pour venir se poster près de lui.

— Je vous en offre un autre? demanda-t-elle après qu'il eut englouti le bourbon en une gorgée et essuyé sa bouche du revers de sa main.

— Un autre jour, chérie. Pour l'instant, j'ai une femme et deux gosses qui m'attendent.

— Tous les mêmes...

Les deux hommes se rejetèrent en arrière sur leur tabouret et se mirent à rire grassement. Lorsqu'ils virent le regard glacial, impénétrable, que Ted braquait sur eux, ils s'arrêtèrent aussi sec et retournèrent à leur match sans insister. Ted les fixa un moment encore, et sortit en vitesse à la lumière du jour.

— Ça va mieux! s'exclama-t-il en grimpant dans la voiture et en mettant le contact.

Il alluma la radio et ils reprirent paisiblement leur route, bercés par l'une de ces chansons lentes et mélancoliques de Willie Nelson — sa voix un peu déglinguée, sa guitare, et rien d'autre.

— Tu vas le revoir? demanda Sandy.
— Qui ça?
— Quoi, tu en as plusieurs en liste d'attente? Le docteur Trucmuche.

— Neal. Neal Frederickson. Je n'en sais rien. Il voudrait que j'aille à Albany avec lui le week-end prochain, mais...

— Mais quoi?

— Sandy, Ted veut qu'on se remette ensemble.

— Arrête un peu tes conneries, s'il te plaît. Tu n'y penses pas sérieusement, non?

— Je ne sais pas. Peut-être.

— Tu viens à peine de réussir à te débarrasser de lui.

— Tu sais, j'ai l'impression de connaître Ted depuis toujours. Tout ce qui m'est arrivé dans la vie, que ce soit bon ou mauvais, a quelque chose à voir avec lui. Je sais bien qu'on était sur des drôles de montagnes russes, ces dernières années, mais...

— J'arrive pas à y croire, je t'assure. Les montagnes russes c'est une distraction, Ann. Et sérieusement, je ne vois vraiment pas ce qu'il peut y avoir de distrayant dans votre histoire. Tu as oublié tous ces trucs dont tu me parlais il y a à peine quelques mois? Tu me disais que tu en avais vraiment ras le bol de la bagarre, qu'il n'écoutait jamais ce que tu avais à dire, tu ne te rappelles pas? Bon sang, qu'est-ce que tu fais de toutes ces nuits que tu as passées sans dormir, sans même savoir où il était? Comment tu peux oublier tout ça du jour au lendemain?

— Je n'oublie rien du tout. Tu es tellement excessive, Sandy. Avec toi, il faut toujours que tout soit blanc ou noir, bien ou mal, et rien d'autre. Ça ne marche pas comme ça, le mariage, c'est bien plus compliqué. On navigue un peu en eau trouble, tu sais.

— Et alors, qui t'a forcée à aller patauger dans l'eau sale?

— On a parlé, Ted et moi. Je crois qu'il a changé. Et moi aussi, sans doute. Il me semble que tout ça nous a un peu ouvert les yeux. On a peut-être appris à ne pas tout attendre de l'autre, tout simplement.

— Tu es sûre que c'est cette leçon-là que tu veux retenir de cette histoire?

Ann regarda Sandy, toujours aussi entière, toujours aussi sûre d'elle. Elle ne comprendrait jamais ce que pouvait représenter un foyer, celui qu'Ann avait réussi à former, celui qu'elle avait aujourd'hui perdu, elle ne comprendrait jamais que l'amour est parfois si insaisissable, que ses frontières peuvent devenir si floues qu'on ne sait plus si l'on aime ou si l'on méprise, si l'on doit s'enfuir ou persévérer.

— Ecoute, il n'a rien fait de si terrible, après tout, ce n'est pas comme s'il m'avait trompée, ou trahie. Il aime les enfants, c'est évident. Et elles ont encore besoin de lui. Ça n'a pas été très facile pour elles, ces derniers temps, surtout pour Julia... Et puis il dit qu'il m'aime.

— Tu es trop naïve.

— Tu es trop cynique.

Toujours les mêmes mots, si familiers maintenant qu'elles ne se donnaient presque plus la peine de les écouter.

— Tu ne peux pas comprendre ce que c'est que d'avoir tant de choses en commun derrière soi, continua Ann. Ecoute, on ne va pas en faire tout un plat, tout ce que j'ai dit c'est que j'y réfléchissais. Parce que tout de même, il y a toujours le problème du pamplemousse.

— Le problème du pamplemousse?

— Eh oui. Toutes les nuits avant de se coucher, Ted s'envoie un pamplemousse entier. Enfin, aujourd'hui je ne sais pas, mais... Il épluchait ça comme une orange, et bon, je ne sais pas comment il se débrouillait pour le manger, mais je ne te raconte pas les bruits de bouche, ça faisait un de ces boucans de glurp et de slurp! Pire qu'un gosse. Ça me retournait l'estomac, je t'assure. A la fin, ça me rendait tellement folle que je pensais toute la soirée à ce pamplemousse, j'attendais avec horreur le moment où il allait le prendre, et dès qu'il commençait, j'étais obligée de sortir de la pièce. Ted et ses foutus pamplemousses... Je me suis même mise à fantasmer, ne rigole pas, je m'imaginais que je lui en enfonçais un dans la gorge jusqu'à ce qu'il crève. Ou que je lui tapais dessus avec un sac de pamplemousses jusqu'à ce qu'il s'écroule. Je me demande si je pourrais encore supporter ce truc-là. Alors, tant que le problème du pamplemousse n'est pas résolu, ma situation conjugale est en suspens.

Elles étaient en train de rire lorsqu'elles entendirent la voiture arriver, les portières s'ouvrir et claquer. Ted et les filles firent irruption dans la maison. Ann se précipita hors de la cuisine pour les accueillir, et prit Julia et Ali dans ses bras, aussi avidement que lors de leur départ, mais comme si elle voulait cette fois absorber tout ce qu'elles ramenaient avec elles de l'extérieur, la fumée dont étaient imprégnés leurs cheveux, l'odeur des pins, les traces d'herbe, les traces de terre. Pendant ce temps, Ted, en appui sur le fusil qu'il avait posé devant lui crosse en bas, observait Sandy avec méfiance. Elle lui rendait le même regard.

— Je sais que tu adorerais que je reste un peu pour prendre part à de si touchantes retrouvailles, dit-elle à Ann, mais il est temps pour moi d'aller délivrer mon petit chéri des passionnants inventaires de coquilles et de suspensoirs. Tu veux qu'on déjeune ensemble demain?

Elle continuait à les embrasser, à leur caresser les cheveux, les joues, à les palper comme pour s'assurer qu'elles étaient bien vivantes.

— D'accord, répondit-elle distraitement. Je t'appelle au boulot.
— Parfait. Salut les filles.
— Salut, répondit Ali en souriant.
Sandy quitta la maison sans avoir échangé le moindre mot avec Ted.

— Qu'est-ce qu'elle faisait là ? demanda Ted.
— C'est ma sœur, non ? Alors, comment s'est passé ce petit week-end, les filles ?
— On a vu une biche, s'empressa de répondre Ali. Mais on l'a pas tuée. J'ai mangé deux hot dogs, hier soir.
— Deux ? C'est impressionnant, dis donc. Et toi, Julia ? Tu t'es bien amusée ?
— Notre petite grincheuse s'est plus amusée qu'elle ne voudra bien te le dire.
Ann se tourna vers Ted, soupçonneuse, essayant de sonder son regard, sa voix, de le tester, à l'affût d'un détail révélateur. Elle croisa les bras sur sa poitrine. Ted changea de jambe d'appui, prit le fusil par le canon et le déplaça de quelques centimètres pour trouver un meilleur soutien.
— En fait, commença-t-il, gêné par ce regard inquisiteur, toujours le même, ce regard qui semblait le scruter en permanence, je crois même que je vais lui laisser le fusil ici, il sera en de très bonnes mains.
— Arrête, Ted, tu sais bien que je ne veux pas de ce truc à la maison.
— Holà, du calme.
Lorsqu'il la vit froncer les sourcils, lorsqu'il vit la balle qui recommençait doucement à s'éloigner d'eux, il fit aussitôt machine arrière et se calma lui-même.
— Je te l'ai toujours dit, Ann, tu t'inquiètes trop.
— Et toi tu commences bien...
— Tu nous as manqué, fit-il en ignorant la remarque, n'est-ce pas les filles ?
— En tout cas, fit Ann en se tournant vers Julia et Ali, je suis contente que vous vous soyez bien amusées.
— Tu viendras peut-être avec nous, la prochaine fois, dit-il en la regardant droit dans les yeux, et en comprenant immédiatement qu'il valait mieux ne pas trop insister là-dessus pour l'instant. Et toi, comment s'est passé ton week-end ?
— Bien.
— Qu'est-ce que tu as fait ?
— Je travaille, tu t'en souviens ?

— Ah oui, pardon. Quelqu'un est mort dans tes bras?

— Tu sais, il y a des gens qui trouvent que ce que je fais est important. Il y a même des gens qui me respectent pour ça, figure-toi.

— Mais je te respecte, Ann.

— Alors ça va.

— Est-ce que je ne t'ai pas toujours encouragée à retourner travailler?

Elle détourna les yeux, soudain trop fatiguée pour ce genre de discussion, qui semblait se répéter à l'infini.

— Laisse tomber, Ted.

L'autre nuit, après tout, ce n'était rien, rien d'autre qu'un dernier sursaut, quelques miettes, l'habitude.

Ted lut dans ses pensées, devina dans ses yeux la lassitude et le découragement, la démission, ses ennemis les plus implacables, les seuls contre lesquels il ne pût rien. Froissé, inquiet, il balaya la pièce d'un regard noir, jusqu'à ce qu'il découvre les roses jaunes.

— Jolies fleurs. D'où viennent-elles?

— Je les ai achetées.

— Tu t'offres des roses, maintenant?

— Et pourquoi pas?

— Oui, c'est vrai. Je n'ai pas le souvenir de t'avoir déjà vue t'acheter des roses, c'est tout.

— Tu n'arrêtes pas de me dire qu'on change, dans la vie. Ça ne serait pas valable pour moi?

Ted haussa les épaules, et ses lèvres se tordirent en un rictus sarcastique qui lui fit l'effet d'une gifle.

— Si tu veux vraiment savoir, ajouta-t-elle d'une voix amère, c'est un homme qui me les a offertes.

— Qui?

— Neal Frederickson.

— Et tu peux m'expliquer qui est ce type-là?

— Le chef du service de neurochirurgie.

— Tu m'en diras tant! Et depuis quand ça dure?

— Je ne pense pas que ce soient tes oignons.

Elle le testait de nouveau, se testait elle-même, poussant maintenant le défi de plus en plus loin, sans en connaître les limites ni les conséquences; et comme elle n'était pas accoutumée à ce genre d'audace, elle était allée plus loin qu'elle ne l'avait voulu.

Ali était debout près du divan et les observait, les écoutait. Ils l'avaient oubliée, avaient oublié tout ce qui était extérieur à leur affrontement, et ne s'aperçurent même pas qu'elle passait près d'eux, juste en dessous d'eux, qu'elle s'éloignait d'eux pour échapper à cette tension qui l'effrayait, qui la fatiguait. Elle se dirigea droit vers la cuisine, sans se retourner, ouvrit la porte du réfrigérateur et se tint debout un moment dans la lumière blanche et froide, parfaitement immobile.

Julia remarqua le départ de sa sœur mais n'eut pas la force de la suivre, clouée sur place, même si elle aussi se rendait bien compte qu'elle n'existait plus pour eux à cet instant. Ann restait les bras croisés pendant que Ted, visiblement de moins en moins maître de lui-même, gesticulait devant elle, criait et agitait fiévreusement les mains — dont l'une tenait toujours la Winchester de cinq kilos, qu'il semblait avoir oubliée.

— Nom de Dieu! Bien sûr que c'est mes oignons!

— Au cas où tu ne t'en souviendrais plus, je suis libre de faire ce que je veux, maintenant.

Les mots semblaient sortir de sa bouche tout seuls, de plus en plus vite, de plus en plus facilement, comme une bobine qui se déroulerait sans effort, une bobine de mots nouveaux, insolents, grisants.

— Ce n'est pas ce que tu voulais? reprit-elle.

— Tu sais très bien ce que je voulais, bordel! Et ce n'est pas ça du tout.

— Tu n'as pas à me donner d'ordres, Ted. Je suis libre.

— Ah, tu le prends sur ce ton-là? Bon, primo, je ne suis pas sûr que tes petites parties de jambes en l'air à droite à gauche soient idéales pour l'équilibre de nos filles.

— Mes quoi? Mes parties de jambes en l'air? J'ai dîné avec un homme, d'ailleurs très gentil, pour la première fois en un an, et tu appelles ça des parties de jambes en l'air à droite et à gauche?

— Tu fais ça pour me rendre jaloux, fit Ted en hochant la tête. Bon, d'accord. Je peux le comprendre.

— Ô mon Dieu, pourquoi faut-il toujours que tu ramènes tout à toi? Ça ne te vient pas à l'esprit que je puisse avoir envie de faire quelque chose pour moi, simplement pour moi?

— Pour toi et pour qui d'autre? Il y a quelqu'un d'autre, Ann, je le sens.

— Ne sois pas idiot. Non, il n'y a personne. C'était juste un dîner.

Elle s'interrompit quelques secondes, soudain consciente du ridicule de la situation, et reprit en baissant la voix :

— Tu ne veux pas qu'on arrête un peu? Qu'est-ce qui nous arrive? On était censés ne plus retomber là-dedans, tu te rappelles? Non, mais regarde-nous...

— Je t'ai posé une question, insista-t-il comme s'il ne pouvait plus revenir en arrière, comme toutes ces fois où elle l'avait vu continuer ainsi sur sa lancée et où, passé un certain stade, elle ne pouvait plus rien faire ni dire pour le ramener à la raison. Tu as quelqu'un d'autre, et tu vas me dire qui.

— Ted, je t'en prie. Arrête ça. Arrête.

Mais il était trop tard.

— Alors c'est ça? C'est ce que tu cherchais? Ta liberté? Mais dis-le! C'est ça, Ann?

— Qu'est-ce qu'il faut que je dise? Qu'est-ce que tu veux?

— Tu parles comme ça te préoccupe, ce que je veux! Ça saute aux yeux, tu n'en as absolument rien à foutre, de ce que je veux.

— Ted, arrête. Tu ne sais plus ce que tu dis.

— Au contraire, je commence tout juste à y voir clair. Oui, c'est ça, je crois que j'y vois enfin clair. Mais je veux te l'entendre dire. Dis-le, Ann, que tu ne veux plus de moi... Que tu veux retrouver ta liberté. Hein? C'est ça?

— Bon, oui! lâcha-t-elle en se mettant à crier à son tour. Oui. C'est ce que tu voulais entendre? Oui. Je n'en peux plus de les attendre, ces papiers. Je n'en plus d'attendre le jour où je vais enfin les signer. Si tu savais, je n'en peux plus.

Il fit un brusque mouvement des bras vers elle, comme pour essayer de lui couper physiquement la parole, et un éclat de lumière scintilla sur le canon d'acier du fusil.

— Mon Dieu, ce que je suis con! Je suis le dernier des cons. Tu veux savoir à quel point je suis bête? Dis, Ann? Je te pose une question. Tu veux savoir à quel point? Je vais te le dire. Je croyais qu'il nous restait encore une chance. J'ai passé le week-end entier à penser à nous. Je suis vraiment le dernier des cons. J'ai sincèrement cru que ce qui s'était passé l'autre nuit signifiait quelque chose pour toi.

— Ted.

— Un pauvre con. Je t'ai crue, Ann. Je t'ai crue quand tu m'as dit que tu allais penser à nous, toi aussi. Et pendant ce temps, tu te tapais une partie de jambes en l'air avec un putain de médecin.

— Quand tu te mets dans des états pareils, tu n'entends plus un mot de ce que je dis. Tu veux bien te calmer une seconde et m'écouter?

— Qu'est-ce que tu veux que j'écoute? Tu m'as déjà appris tout ce que j'avais besoin de savoir. Tu m'as menti, Ann.

— Je t'ai menti? Mais qu'est-ce que tu croyais, Ted, que j'allais rester gentiment assise ici à attendre que tu reveuilles bien de moi, comme une petite gourde de dix-huit ans? Ça m'a pris du temps, je te l'accorde, mais j'ai quand même fini par grandir un peu, figure-toi.

Ali écarta le lait pour attraper une bouteille de jus d'orange, et alla s'en verser soigneusement un verre sur la table. Elle le tint à deux mains en buvant à petites gorgées, les yeux grands ouverts, pendant que les voix de ses parents emplissaient la cuisine comme une brume insidieuse qui l'enveloppait. Elle se servit un autre verre en les écoutant. Ce n'étaient plus que des voix maintenant, cela n'avait plus rien à voir avec ses parents, simplement des voix...

— A partir de maintenant, je sors avec qui je veux, quand je veux. Tu m'entends? Et quand monsieur aura envie qu'on discute, tu m'appelles et on prend rendez-vous. Ou mieux, tiens, appelle mon avocat. Comment oses-tu venir me faire ce genre de scène ici? Tu sais ce que je vais faire, je vais appeler mon avocat demain matin à la première heure, et je vais demander à ce qu'on revoie ton droit de visite.

— Tu crois que je vais rester là à rien faire et te laisser baiser avec la moitié de la ville?

La pulpe était restée collée à l'intérieur du verre. Ali la récupéra avec son index, le porta lentement à sa bouche et le suça, les yeux dans le vide.

— Tu n'as pas le choix, je te signale.

— C'est chez moi, ici.

— *C'était*, Ted, *c'était*. Dès que j'aurai appelé mon avocat, je téléphone à un serrurier et je fais changer toutes les serrures.

— Et à chaque fois que je passerai dans la rue, je vais buter contre un petit mariole qui sortira d'ici en se rebraguettant? Si tu crois que je vais laisser les choses se passer comme ça, tu n'es pas au bout de tes surprises! Jamais. Tu m'entends? Jamais!

Puis la voix de Julia. Le hurlement de Julia :

— Non! Arrête!

Le coup de feu se répercuta dans toute la maison.

Ali courut jusqu'à la porte du salon et vit Julia et Ted l'un sur l'autre, immobiles, un enchevêtrement de bras et de jambes; et quelque part au milieu, le fusil, coincé. Lentement, très lentement, ils commencèrent à se séparer, à se démêler l'un de l'autre, dégageant une main, un genou. Ils tournèrent la tête ensemble vers le bas de l'escalier, au pied duquel Ann était étendue, désarticulée, la tête sur la première marche, un énorme trou rouge au-dessus de l'œil gauche.

Ted se releva et se précipita vers elle.

— Ô mon Dieu! Oh non! Mon Dieu!

Il pressa un moment la paume de sa main sur la blessure, comme pour tenter de stopper le flot de sang, de retenir la vie.

— Ann?

Sa main était trempée, poisseuse, inondée d'elle. Le sang s'écoulait malgré ses efforts, sa vie lui passait entre les doigts et dégoulinait sur le tapis.

— Appelle une ambulance! cria-t-il à Julia qui restait plantée là, pétrifiée. Dépêche-toi. Ô mon Dieu! Appelle une ambulance!

Il parvint à poser la tête de sa femme sur ses cuisses et se mit à lui caresser le front, écartant les cheveux du sang.

— Ann? Ann?

Julia et Ali fixaient leur mère, paralysées d'effroi, jusqu'à ce que Ted hurle une dernière fois :

— Appelez une ambulance, bordel!

Ils couvrirent son visage d'un drap blanc, avant d'attacher son corps sur le brancard avec une sangle. La police arriva juste au moment où les ambulanciers la sortaient de la maison.

— Bon, que s'est-il passé ici? demanda le premier inspecteur.

Il sortit un calepin de la poche de sa veste, l'ouvrit sans se presser, et ôta méticuleusement le capuchon de son stylo — les gestes professionnels et familiers qui le maintenaient à l'écart de l'horreur qu'il venait de découvrir en soulevant le drap.

— C'est ma femme.

Ted posait sur lui des yeux implorants, comme s'il cherchait un soutien, de l'aide, comme s'il attendait de lui les mots qui ne viendraient jamais, *elle va s'en tirer.*

— C'est lui qui a fait ça, fit Julia en reculant, tremblante, les yeux hagards. Il lui a tiré dessus.

Ted fit brusquement demi-tour vers elle, ébahi.

— Julia? Dis-leur ce qui s'est passé. Julia... C'est un accident. Dis-leur. Tu m'as bousculé, non? Si tu ne m'avais pas sauté dessus comme ça, le coup ne serait jamais parti. C'est un accident.

Julia se tourna lentement vers l'inspecteur, qui maintenait son stylo au-dessus de son calepin.

— Il lui a tiré dessus! s'exclama-t-elle d'une voix forte et perçante, presque un cri. Il a tué ma mère.

Sans quitter Julia des yeux, l'inspecteur posa la pointe du stylo sur le papier. Il finit par se tourner vers le père sans avoir rien écrit.

— Vous allez devoir me suivre, monsieur.

— Ce n'est pas possible...

La voix de Ted s'éteignit comme s'il était pris de vertige, et son visage devint livide. L'inspecteur le prit par le coude et le guida fermement vers la porte, pendant que son collègue, qui était resté jusque-là dans l'embrasure de la porte, s'occupait de ramasser le fusil avec deux mouchoirs.

— Je ne comprends pas pourquoi elle dit ça. Dis-leur, Julia. Tout ce que je te demande, c'est de leur dire la vérité. S'il te plaît. Raconte-leur ce qui s'est réellement passé. C'est un accident.

Mais Julia ne dit plus un mot et resta silencieuse encore long-temps après avoir entendu la voiture, sirène hurlante, démarrer en trombe et disparaître dans le lointain; toujours silencieuse lorsque Ali se mit à pleurer et à gémir comme un petit animal blessé; silencieuse lorsque Sandy, blême, hébétée, fit irruption dans la pièce en se heurtant au policier qui était resté pour veiller sur elles, toujours debout toutes les deux au milieu du salon.

2

Elles essayaient toujours de deviner l'humeur de leur mère selon les variations de la couleur de ses cheveux, de savoir à l'avance si une bonne période s'annonçait, si elle allait s'affairer dans la maison en chantonnant les refrains de sa jeunesse, Sinatra, Basie, et surtout Nat King Cole, en souriant toute seule et en attrapant celle qui passait par là pour faire un petit pas de deux qui se terminait toujours en un feu nourri de baisers humides, comme une rafale de mitrailleuse ; ou bien si elle allait s'enfermer dans sa chambre pendant des jours et des jours, en appelant de temps en temps Ann d'une voix triste et douce, parfois Sandy, pour qu'elles viennent écouter une histoire, une pensée ou un rêve qu'elles rapporteraient précieusement dans leur chambre pour l'analyser. Estelle (elle insistait pour qu'elles l'appellent comme ça, comme si « maman » était un nom trop lourd à porter pour elle, chargé de trop d'attentes et de reproches potentiels), lorsqu'elle restait au lit, recouvrait la maison tout entière d'un voile sinistre et pesant, les chambres s'obscurcissaient, les sons s'assourdissaient — jours sombres et tendus, jours brumeux, malheureux. Elles essayaient de prévoir tout cela en étudiant la teinte de ses cheveux, parfois orangés comme le plus chatoyant des couchers de soleil, et virant d'autres fois au pourpre brillant d'une aubergine trop mûre. La plupart du temps, cela se situait quelque part entre les deux : le rouge d'un camion de pompiers qui passe au crépuscule.

Leur père, Jonathon, bien qu'extérieurement moins lunatique, réclamait une attention tout aussi particulière. Avec ses cheveux noirs, ses yeux noirs et son épaisse barbe noire, il ne ressemblait en rien aux autres pères de Hardison, rasés de près, qui respiraient la mesure et la compétence. Jonathon Leder enseignait la musique à leurs enfants, des leçons particulières de guitare et de piano auxquelles les mères attachaient encore une certaine valeur — et cela ressemblait suffisamment à de l'art pour qu'elles soient disposées à faire preuve d'un peu d'indulgence à l'égard de sa barbe, de ses yeux sardoniques. Comme malgré tout elles n'aimaient pas trop que leur progéniture se rende chez lui, il allait s'installer dans leurs chambres ou leurs salles de jeux, avec son pupitre métallique pliant et une serviette remplie de partitions. Pour la guitare, il divisait généralement la leçon en deux parties, d'abord classique, puis folk. Mais si l'enfant avait une voix particulièrement affreuse (qu'il imiterait avec humour à la maison, après le dîner), il consacrait l'heure entière à la musique classique. « C'est là que tu as le plus de chances de réussir », leur disait-il, et ils ne savaient jamais s'il fallait le prendre comme un compliment ou non. Il se moquait un peu de savoir s'ils s'exerçaient en dehors des leçons. Pour lui, un enfant ou un autre, un instrument ou un autre, c'était à peu près la même chose. Il avait la fâcheuse habitude d'oublier les prénoms de ses élèves, même de ceux dont il était le professeur depuis des années et, bien qu'il essayât de le cacher de son mieux à leurs mères, cela ne faisait qu'ajouter au vague malaise qu'elles ressentaient en sa présence. Pendant qu'il donnait son cours, elles laissaient toujours la porte de la chambre ouverte.

Il passait son temps à composer des symphonies entières en pensée. Mais, pour une raison ou une autre, leur traduction sur le papier n'était jamais fidèle à ses projets, loin s'en fallait, et les chefs-d'œuvre devenaient des cacophonies méconnaissables après l'accouchement. L'espoir persistait néanmoins toujours qu'une symphonie propre et claire finirait par jaillir un beau jour de son cerveau bouillonnant. C'était du moins ce que croyait Estelle, avec cette foi inébranlable qu'elle avait en son mari et que des années de déceptions n'avaient pas altérée le moins du monde. « Votre père est un génie », disait-elle aux filles ; et, du moins pendant un temps, elles en furent elles aussi convaincues. Plus tard, elles en vinrent à se demander si Estelle croyait aussi fermement en lui qu'elle le proclamait, ou bien si elle répétait cela simplement parce que c'était ce que devaient dire les femmes, les épouses. Cependant, la maison restait imprégnée de cette sensation d'attente, d'espérance diffuse, et même longtemps après qu'Ann eut réalisé que la symphonie ne verrait jamais le jour, le désir de voir son père réussir resta ancré en elle, et de petites bulles d'espoir continuaient à remonter de temps en temps à la surface : *Peut-être, après tout ; on ne sait jamais.* Mais Sandy se montrait si sévère et ironique lorsqu'elle lui en faisait part qu'elle apprit peu à peu à garder tout cela pour elle.

Les filles n'invitaient jamais aucune de leurs amies. Malgré les efforts répétés d'Ann pour mettre un peu d'ordre dans la maison (Sandy avait abandonné du jour au lendemain, brutalement, comme on finit par piétiner un casse-tête que l'on ne parvient pas à résoudre), elle n'obtenait pas l'ombre d'un résultat. Tout ce qui évoluait, si l'on peut dire, était le désordre : toujours plus de désordre, toujours plus d'objets qui s'entassaient. Le salon était encombré de piles de livres qui arrivaient à hauteur de taille, de partitions, de vieux magazines, de boîtes en carton bourrées de petits bouts de tissu inutiles, de disques rayés, d'outils rouillés, et de lampes cassées dont les abat-jour sales et déchirés pendouillaient comme de vieux bérets. Pour aller d'un endroit à un autre, il fallait littéralement slalomer entre ces amoncellements hétéroclites. Certaines nuits, pendant qu'Estelle et Jonathon dormaient, Ann fourrait tout ce qu'elle pouvait dans des sacs-poubelle qu'elle allait jeter discrètement, mais la plupart du temps, Jonathon réussissait à les retrouver le matin, et remettait tout en place. Il ne pouvait se résoudre à se débarrasser de quoi que ce soit ; tout pouvait se réparer.

La cuisine croulait sous les bons de réduction, les vieux prospectus, les plats sales entassés sur la table, l'évier, et dans le réfrigérateur. Ann faisait la vaisselle tous les matins avant de partir, mais lorsqu'elle revenait de l'école le soir, les couverts et les assiettes sales avaient réapparu comme par magie. Elle se demandait même parfois si ses parents remarquaient ses interventions quotidiennes.

— Arrête de les aider comme ça, lui reprochait Sandy, ça ne fait que les encourager à continuer.

Mais malgré cette attitude indifférente et presque dédaigneuse, Ann la surprenait tout de même parfois en train de plier des serviettes ou de ramasser des papiers gras — et dans ces moments-là, lorsqu'elle était prise la main dans le sac, Sandy prenait un air innocent et agacé, et prétendait agir ainsi machinalement, sans intention particulière. Mais rien de ce que pouvaient faire les filles ne semblait avoir la moindre importance pour Estelle et Jonathon ; tout ce qui intéressait chacun d'eux, c'était la présence de l'autre.

Le jour de la remise des diplômes au collège, Sandy se leva de bonne heure, se lava les cheveux, les enroula sur des boîtes de jus de fruits vides pour redonner de la souplesse à ses boucles, et se servit pour la première fois de son rouge à lèvres moka glacé, à l'odeur forte et acidulée, le premier rouge à lèvres qu'elle ait jamais acheté. A quatorze ans, elle savait déjà qu'il valait mieux s'attendre à une cruelle déception lorsque Estelle et Jonathon promettaient de se rendre quelque part à une heure donnée. Pourtant, cette fois, ils semblaient si enthousiastes, si excités... La veille au soir, Estelle avait pris sa fille par les épaules :

— On ne raterait ça pour rien au monde, ma crotte.

Sandy avait hoché distraitement la tête.

Après que Sandy fut partie, Ann descendit préparer le café en attendant qu'Estelle se lève. Mais la chambre du fond restait obscure et silencieuse. Lassée d'attendre, et vaguement inquiète, Ann remplit une tasse et se glissa dans la chambre pour la lui porter. Estelle, vêtue d'une robe à fleurs, de bas nylon et d'escarpins vernis, était étendue sur son lit au milieu d'un éparpillement de journaux de la semaine passée, de paquets de gâteaux vides et de miettes de chips. Elle avait les yeux fermés et respirait péniblement. Ann resta un instant debout près du lit à l'observer, à détailler ce visage terne froissé par le sommeil, privé du masque habituel du maquillage. Elle s'imagina furtivement prendre un marteau et un burin pour ôter par plaques cette peau épaisse et grisâtre. Comme un sculpteur sur un bloc de marbre, elle ferait sauter morceau par morceau la couche de laideur qui recouvrait son visage, jusqu'à ce qu'apparaissent ses véritables traits, la beauté qui se cachait en dessous, elle ferait sauter un à un les inquiétudes, les phobies et les chagrins qui dénaturaient ce visage et dont elle n'avait jamais su la cause exacte — et que trouverait-elle ?

Elle s'assit sur le bord du lit et but le café elle-même. Au bout d'un moment, Estelle releva la tête, ouvrit lentement ses yeux gonflés, et murmura :

— Je voudrais bien me lever, mais des petits anges sont assis sur mes jambes. Et je t'assure qu'ils sont très, très lourds...

Elle laissa sa tête retomber sur l'oreiller et ferma de nouveau les yeux pendant un instant.

— C'est bête, non ? fit-elle en pressant doucement la main d'Ann. Mais ne t'inquiète pas pour moi. Ça va aller. Je crois que même les anges finissent par se fatiguer à rester assis comme ça, sans bouger, pendant si longtemps. Ils vont bientôt aller s'asseoir sur quelqu'un d'autre.

Mais ils ne se fatiguèrent pas ; pas un seul n'eut l'idée d'aller chercher une place sur quelqu'un d'autre, en tout cas pas avant qu'il ne soit trop tard pour le diplôme de Sandy.

Sandy rentra tard ce soir-là, le rouge à lèvres presque entièrement effacé, une gourmette de garçon au poignet, et se dirigea tout droit vers la petite chambre qu'elle partageait avec Ann. Elle enleva la gourmette d'argent, la déposa maillon par maillon sur son bureau et se débarrassa de ses chaussures.

— Je suis désolée, dit Ann.

Sandy ôta sa robe sans répondre, puis son soutien-gorge rembourré.

— J'ai essayé, tu sais.

— Tu veux pas rendre un service à tout le monde? grogna Sandy en se retournant brusquement. Tu veux pas arrêter d'essayer? Hein? N'essaye plus rien, ça t'évitera de te fatiguer pour des prunes.

— C'est pas sa faute, Sandy. Elle voulait y aller, je te jure. Elle se sentait pas bien, c'est tout.

— Ne me dis pas que tu gobes encore ces trucs-là?

— Si.

— T'es vraiment incroyable, dit Sandy en secouant la tête. Quand est-ce que tu vas arrêter de leur chercher des excuses?

— Je sais que ça lui a fait de la peine. Elle était vraiment désolée.

— Tu parles. Elle est toujours désolée. Ecoute, laisse tomber. Je suis contente qu'ils soient pas venus, finalement. Tout ce qu'ils auraient réussi à faire, c'est à me gâcher ma journée.

— Tu ne les aimes pas, Sandy?

Sandy lui tourna le dos, prit sa brosse, et commença à se démêler rageusement les cheveux, de plus en plus fort.

— C'est pas la question, dit-elle.

Ann ne put pas le voir, mais un sourire victorieux et sarcastique illumina alors son visage. Car depuis leur plus jeune âge, les deux sœurs s'étaient toujours efforcées de ramasser des preuves chacune de leur côté, pour ou contre leurs parents, et de les rapporter dans cette pièce pour les aiguiser, les polir, et se les jeter à la figure l'une de l'autre.

Lorsque Ann rencontra Ted, au cours de sa dernière année de lycée, elle n'en fit part à personne à la maison. Le jour où elle prit place pour la première fois à ses côtés dans l'Oldsmobile verte, elle sut qu'elle venait enfin de trouver quelque chose qui n'appartenait qu'à elle. Quelque chose qu'elle pouvait vivre loin d'eux. Et ce fut cette sensation d'éloignement qui attira Ted, car elle faisait écho à celle qu'il ressentait lui-même.

Il arrivait d'un autre lycée, d'un autre Etat. Et bien qu'il n'eût qu'un an de plus qu'elle, il avait déjà l'air d'un adulte : il semblait parfaitement indépendant, libre de toute attache. Il avait quitté sa famille de Pennsylvanie à l'âge de seize ans, et était venu s'installer à Hardison avec l'un de ses cousins. Il ne parlait quasiment jamais de son passé (à dix-huit ans, il était conscient d'avoir un passé, ce qui en soi était déjà impressionnant), mais faisait parfois de vagues allusions à son beau-père ou à ses demi-frères avec une voix pleine de haine.

— J'aimerais qu'il crève, avait-il dit un jour. Je sais que ça ne résoudrait rien, mais je suis sûr que je me sentirais mieux.

Imaginer tant de mouvement, tant de changements dans une famille — un père décédé, un autre père qui le remplace, des frères et des sœurs qui ne le sont qu'à moitié — relevait presque de l'impossible pour Ann, qui avait passé toute sa vie confinée avec les trois seuls autres membres de sa famille dans une petite maison grise, où l'on n'avait même pas prévu une chambre d'amis.

De temps en temps, au début de leur histoire, Ann demandait à Ted : « Tu connais cette émission à la télé ? Tu te souviens de cette chanson, il y a deux ou trois ans ? » Et il la rembarrait toujours avec un certain agacement : « J'ai autre chose à faire que m'occuper de tout ça. Jusqu'à maintenant, j'ai surtout passé mon temps à essayer de survivre. » Elle l'imaginait dans la rue, seul et misérable, à faire les poubelles pendant toute la nuit — même si elle savait bien que la situation n'avait jamais été aussi critique. Mais tout de même, il avait eu besoin de chaque minute de son existence pour s'en sortir. Ce qui ne manquait pas d'être séduisant pour Ann, dont la maison était si pleine de temps, de temps coincé, de temps stagnant, de temps pourrissant, qu'elle finissait par craindre d'en être infectée et de ne plus jamais pouvoir s'en défaire.

Ann n'eut aucun mal à garder le secret vis-à-vis d'Estelle et Jonathon, qui, selon elle, n'avaient qu'une idée très brumeuse de ce qu'elle faisait en dehors de la maison, et ne se posaient pas réellement la question de savoir si elle allait à l'école et fréquentait des amies ou si elle se désintégrait au moment où elle passait la porte — ils se souciaient déjà peu d'elle lorsqu'elle était là, elle n'était sans doute plus pour eux qu'une image immatérielle dès qu'elle était hors de vue. Sandy, bien entendu, savait qu'Ann faisait le mur après avoir lavé la vaisselle du dîner et ne revenait qu'à deux ou trois heures du matin, encore pleine de lui, ivre de lui. L'évolution des choses n'était d'ailleurs pas pour lui déplaire. Elle voyait là un bon présage, qui laissait espérer qu'Ann pouvait encore s'en sortir, qu'elle ne se laisserait peut-être pas engluer par leurs parents jusqu'à ce que la fuite ne soit plus possible. Pourtant, elle ne lui posait jamais la moindre question au sujet de son petit ami, par crainte que leur histoire ne soit pas encore assez solide pour résister à un examen minutieux. Et pour l'instant, Ann ne semblait pas décidée à en parler d'elle-même. Sandy, qui courait toujours après les garçons dans les couloirs, dans les rues, et ne cherchait auprès d'eux qu'un peu de plaisir et d'amusement, pensait qu'il en allait de même pour sa sœur avec Ted. Mais c'était différent.

Ann était tombée amoureuse de Ted parce qu'il savait tout réparer. En tout cas, c'était l'une des raisons. Il réparait la voiture dans laquelle ils roulaient, la démontait, jetait les pièces défaillantes, les remplaçait par d'autres, les disques d'embrayage, les plaquettes de freins, les pistons, toutes ces choses dont Ann n'avait jamais entendu parler. Il réparait les radios, les télévisions, les ventilateurs. Il arrangeait tout. Il avait une confiance absolue en sa capacité à remettre les choses en état et, si parfois cela prenait plus de temps que prévu parce qu'il refusait obstinément de demander de l'aide, ses efforts étaient toujours couronnés de succès.

— Personne ne m'a jamais rien donné, lui disait-il. Il a fallu que j'apprenne à me débrouiller tout seul.

Il refusait d'admettre les problèmes, ne se plaignait jamais, ne confiait jamais ses doutes ni ses soucis. Il arrangeait tout.

Ann ne se faisait pas de souci pour Sandy ; Sandy, avec tous les scénarios qu'elle échafaudait pour s'enfuir, trouverait toujours le moyen de s'en sortir. Mais elle, elle avait besoin de Ted, et de la certitude qu'il avait de pouvoir arranger l'avenir.

Ce n'était pas un homme curieux. Il ne lui posait jamais de questions sur son passé, sa famille, ni même sur ce qu'elle avait fait le jour précédent. Lorsqu'elle le lui fit remarquer, il se contenta de répondre :

— J'imagine que si tu as envie que je sache quelque chose, tu me le diras.

— Mais si tu ne demandes rien, Ted, j'ai l'impression que ça ne t'intéresse pas...

C'était pour l'instant leur record en matière de dispute, et ils battirent tous les deux en retraite très vite. Elle acceptait sa discrétion comme une conséquence naturelle de son indépendance, et se sentait finalement plutôt soulagée qu'il ne réclame pas grand-chose d'elle. Le reste viendrait plus tard, se disait-elle.

Il était donc apparemment logique qu'il ne pense pas à lui demander pourquoi elle ne lui avait pas encore présenté sa famille, ni pourquoi elle se faisait toujours déposer à une rue de chez elle, même pendant la journée. Mais Ann ne se doutait pas que c'était de sa part une omission tout à fait consciente. Le foyer, la famille étaient pour lui des choses à laisser dans le passé, à oublier. Des choses sans importance, dont on pouvait aisément se détacher. Et cela convenait parfaitement à Ann.

Après le lycée, elle entama ses études d'infirmière. Et tandis que la plupart des autres élèves s'étaient installées dans des appartements qu'elles partageaient à deux, trois ou quatre, avec des salles de bains constamment encombrées de produits de beauté et de bas blancs qui pendaient comme des voiles de mariées, Ann restait chez elle. Chaque matin, avant de partir pour la faculté, elle préparait le petit déjeuner de ses parents. Et souvent, lorsqu'elle rentrait le soir, il était toujours là, intact et rassis, bien qu'ils aient manifestement passé du temps dans la cuisine, mangé des tas d'autres choses, et laissé leur vaisselle sale derrière eux. Ils n'y prêtaient pas attention, tout simplement. Sandy, qui n'avait pas encore quitté le lycée, n'était presque plus jamais à la maison. Cela devenait une sorte de mystère pour Ann, qui se demandait où elle pouvait bien aller. Elle était avec des garçons, bien sûr. Mais où ?

Ted avait trouvé du travail dans une entreprise de bâtiment spécialisée dans ces petites cités coquettes qui commençaient à pousser comme des champignons dans les banlieues. Même si les travaux finis ne l'emballaient pas vraiment, il ne trouvait rien de plus fascinant que les charpentes nues qui se dressaient le long des routes, ces structures complexes de droites et d'angles de bois pâle, toute une géométrie qui se découpait sur le ciel comme la matérialisation des équations les plus abstraites. Il communiquait peu avec ses collègues mais observait attentivement ceux qui travaillaient là depuis plus longtemps que lui, et s'imprégnait vite de leur savoir-faire. Le soir, il prenait des cours de comptabilité, de dessin technique et d'architecture. Même s'il ne regrettait pas d'avoir fait l'impasse sur l'université, il étudiait tout de même secrètement une bonne partie des programmes de culture générale que proposaient les cours du soir, et se débrouillait ainsi pour étendre ses connaissances par lui-même. Il ne se souvenait pas d'avoir vu un seul livre dans la maison de ses parents durant toute son enfance, et fut complètement pris au dépourvu par l'espace immense qui s'ouvrit soudain devant lui, autour de lui, en lui — cet espace sans bornes dont seuls les livres peuvent ouvrir les portes. Il se découvrit un amour particulier pour Emerson et Thoreau, trouvant dans leurs ouvrages de quoi comprendre et étayer son besoin essentiel de solitude et sa foi en la perfectibilité. Il garda secrète cette nouvelle passion pour la lecture, car il craignait qu'elle ne perde un peu de son intensité et de son impact sur sa vie s'il l'ébruitait, et elle continua à croître dans l'ombre. Le week-end où Ann vint lui rendre visite chez lui pour la première fois, il cacha ses livres au fond d'un placard — il en possédait alors une vingtaine. En règle générale, il préférait aller la voir à Hardison, où ils se retrouvaient dans la maison de son cousin, ou bien au motel E-Z de la route 87.

Un samedi que Ted était venu passer à Hardison avec elle, ils étaient étendus enlacés sur les vieux draps froissés du motel E-Z. Ils venaient de faire l'amour dans un silence inhabituel, poussés l'un contre l'autre par une force sourde et fiévreuse, sans cris ni paroles. Mais dans les instants d'intimité et de relâchement qui suivirent, Ted lui parla d'une voix douce et profonde de sentiments qu'il n'avait encore jamais confiés à qui que ce soit, de rêves, de désirs, de ces projets qu'il élaborait et peaufinait chaque semaine pour bâtir sa vie future, avec toute l'énergie et la conviction d'un homme qui n'a pas d'autre choix. Ces mots chantaient aux oreilles d'Ann comme une berceuse — cette voix tranquille, cette soif de vivre, cette absence de doute, doux murmure dans lequel elle se laissait agréablement envelopper. Il la serra un peu plus fort dans ses bras et continua son monologue; jusqu'à maintenant, personne ne l'avait encore écouté ainsi. Il y eut même de rares moments où il se laissa aller à lui dévoiler quelques images de son passé.

— Souvent, mon beau-père s'asseyait en face de moi pendant que je prenais mon petit déjeuner et me disait : « Sais-tu à qui sont les corn flakes que tu manges? A moi. Sais-tu quel papier hygiénique tu utilises, tous les jours? Le mien. Sais-tu sur quelle chaise tu es assis? » Et si je ne répondais pas : « La tienne », il sortait la ceinture. De temps en temps, les voisins le voyaient me courir après dans le jardin, et appelaient la police.

— Comment faisais-tu pour supporter cela? demanda Ann.

— J'allais dans ma chambre, dit-il en souriant, j'accrochais un drap de bain à mes épaules et je m'imaginais que j'étais Superman. Je sautais de mon lit, pour m'entraîner à voler.

Ils entendirent un trente-six-tonnes se garer dans le parking du motel.

— Je me disais que tu pourrais peut-être venir dîner chez moi demain soir, proposa-t-elle timidement. Pour que je te présente mes parents, quoi.

— Pas de problème.

La profonde désinvolture de sa réponse la fit frissonner. Elle remonta l'édredon jusqu'à ses épaules.

— Ils ne sont pas comme les autres parents, je crois.

— Oui, tu me l'as déjà dit. Mais tu sais, je n'ai pas tellement de points de comparaison...

Il lui sourit et embrassa ses seins l'un après l'autre.

Elle partit de bonne heure le lendemain matin, alors qu'il était encore plongé dans ce sommeil lourd et impénétrable qui lui était particulier, et que rien ni personne ne pouvait troubler. Le printemps touchait à sa fin et Sandy, qui était de retour à la maison après plusieurs mois en faculté, prenait une tasse de café dans la cuisine lorsque Ann entra en soupirant, comme si elle découvrait pour la première fois l'état désastreux de la pièce. Elle prit une éponge, de la poudre à récurer, et se mit à nettoyer. Sandy, qui n'était jamais au mieux de sa forme le matin, la regardait faire comme on observerait un animal étrange.

— Je comprends toujours pas pourquoi tu tiens tant à le faire venir ici, dit-elle en soulevant sa tasse pour qu'Ann puisse passer l'éponge dessous. T'as envie qu'ils te foutent tout en l'air ou quoi ?

— Je suis sûr qu'ils seront très bien.

— Jonathon et Estelle peuvent parfois faire illusion, je te l'accorde. *Parfois.* Mais de là à être très bien, comme tu dis, je voudrais voir ça. Qu'est-ce que ça veut dire, « très bien », de toute façon ?

— Si tu pouvais oublier deux secondes tes cours de sémantique, ça ne serait pas plus mal. Tu sais parfaitement ce que ça veut dire.

— Ce que je sais surtout, c'est que tu peux rien faire sans leur approbation. Et là, excuse-moi, mais je comprends pas pourquoi.

— Toi, tu passes ton temps à essayer de prouver que tu n'en as pas besoin, de leur approbation.

— Tu l'aimes ? demanda brusquement Sandy, en posant sa tasse et en examinant Ann d'un regard calme.

— Oui.

— Je crois pas que je sois le genre à tomber amoureuse, moi...

— Tu trouveras quelqu'un.

— Je crois que j'en ai pas vraiment envie. En tout cas, pas si ça mène à ça, fit-elle avec un petit signe de tête vers Ann, qui récurait de plus en plus frénétiquement. Et ça mène toujours à ça, pour les femmes, hein ? Je t'assure, j'ai l'impression que la suite logique de l'amour, c'est une éponge et de l'Ajax. Sauf si on s'appelle Estelle, évidemment. Tu parles d'une alternative. Non merci.

— Tu sauras tenir ta langue, ce soir, hein ? demanda Ann en la fixant du regard.

— Bien sûr que je saurai tenir ma langue. Si tu veux mon avis, c'est pas moi qui te causerai le plus de soucis, ce soir.

Quand elle en eut fini avec la cuisine, Ann prit la voiture jusqu'au supermarché et acheta un poulet, des haricots verts, des pommes de terre, et tous les ingrédients nécessaires pour faire un gâteau au citron. Depuis peu, elle s'était mise à étudier des livres de cuisine, en fin de soirée, lorsqu'elle n'avait plus la tête à se plonger dans des textes de chimie et de biologie moléculaire qui étaient apparemment si éloignés de ce qui l'avait a priori attirée vers le métier d'infirmière. Quelque chose l'apaisait profondément dans le principe de la recette de cuisine, cette sensation réconfortante que les mêmes causes produisent toujours les mêmes effets.

Elle n'improvisait jamais, ne changeait jamais les ingrédients que préconisait la recette, respectait les temps de préparation et de cuisson à la minute près, et emportait même un minuteur avec elle lorsqu'elle partait se remaquiller ou prendre une douche.

A chaque étape de la préparation, Ann allait jeter un coup d'œil inquiet dans le salon, pour s'assurer qu'Estelle n'avait pas profité du relâchement de sa surveillance pour filer se coucher en douce, et que Jonathon conservait une humeur à peu près égale — ce qui réduisait les risques qu'il se mette en tête de faire partager à Ted sa colère contre la société moderne, et se lance dans une tornade de critiques enragées qui pourrait garder toute son intensité pendant plus de deux heures. En fait, attendre un invité était une situation si inhabituelle pour eux qu'ils se regardaient tous avec anxiété, se demandant ce qui allait bien pouvoir ressortir d'une telle soirée. Au dernier moment, Sandy ramassa une pile de journaux qui traînait dans le couloir et alla la fourrer sous son lit.

— Ça va très bien se passer, murmura-t-elle à Ann. Tu es magnifique.

Ted, assis sur le divan, écarta du bout du pied une bobine de fil à souder et une radio cassée qui traînaient là.

— C'était en plomb, quand j'étais petite, remarqua Estelle en observant la bobine. Mais de nos jours, on ne trouve plus de plomb nulle part. C'est bizarre, non, comme les choses disparaissent? Je me demande où elles sont passées.

Elle avait revêtu pour la soirée une robe droite à rayures orange et bleues, un châle de laine noire, et des bas à paillettes dorées. Ses joues rondes et pleines étaient toutes roses, et ses yeux noirs luisaient comme deux petites nappes de pétrole.

— On s'amuse bien, non? J'ai toujours adoré les petites fêtes comme ça. Je ne comprends pas pourquoi nous ne recevons plus personne.

Elle détourna le regard pendant un instant, égarée, mais revint vite à eux, au grand soulagement d'Ann.

— Je crois que nous devrions organiser ce genre de soirées plus souvent. Oui, il me semble que ce ne serait pas une mauvaise idée.

Ted souriait et ne disait rien. Le peu de fois où Ann avait pu l'observer en société, elle avait remarqué qu'il était incapable de participer aux bavardages auxquels on a souvent recours dans ces circonstances, de poser les questions futiles qui mettent les interlocuteurs à l'aise, de tenir ces propos anodins qui font office de conversation la plupart du temps. C'était sans doute l'une de ces choses qu'il n'avait pas eu le temps d'apprendre lorsqu'il lui fallait avant tout réussir à se débrouiller tout seul dans l'existence.

Ann jeta un coup d'œil à sa montre.

— Je crois que le poulet doit être prêt. On passe à table?

Pendant qu'Ann servait tout le monde, Sandy s'accouda à la table et se mit à examiner fixement les biceps nus de Ted.

— Tu dois en soulever, de la fonte...

— Non, seulement des outils.

— Mon Dieu, comme c'est viril!

— Sandy... grogna Ann en s'asseyant.

— Ce n'est rien, dit Ted avec un sourire.

— Tu es dans le bâtiment, non? Tu vas construire des châteaux en Espagne?

— Pour des princesses dans ton genre?

Elle sourit, et inclina la tête d'un air malicieux.

— Je construirai ce qui me plaît, dit-il.

— Mouais... Je me demande si c'est la meilleure stratégie pour réussir dans les affaires, ça.

— Laisse faire le chef, répondit Ted. Laisse faire le chef.

— Bien, patron. A vos ordres.

Ann prit une pleine bouchée de haricots verts pour ne pas avoir à participer à ce babillage dont elle se sentait exclue. Elle se trouvait brusquement lourde et maladroite, elle avait l'impression de peser des tonnes sur sa chaise : une gourde trop sincère, ennuyeuse, plus bête que jamais. Estelle chantonnait en mangeant.

— Tu sais, continua Sandy, c'est un véritable événement pour nous que tu nous honores de ta présence. Je suppose qu'Ann t'a déjà expliqué qu'on était un peu comme des parias, dans cette ville.

Estelle leva les yeux, déconcertée.

— Pourquoi dis-tu ça? s'exclama-t-elle en levant les yeux de son assiette. Vous avez beaucoup d'admirateurs, vous, les filles. Exactement comme moi à votre âge, d'ailleurs.

— Elle va me demander d'une seconde à l'autre si j'ai un béguin, marmonna Sandy, je le sens. Tu sais, Estelle, ça n'existe plus, les béguins. C'est comme le plomb. Un de ces trucs qui disparaissent. Et on se demande où ils sont passés. T'es pas d'accord, Ted?

Ted se contenta d'un petit rire pour toute réponse, et se tourna vers Jonathon :

— Ann m'a dit que vous enseigniez la musique.

— Je n'enseigne pas la musique, répondit sévèrement Jonathon. Ce que j'enseigne n'a rien à voir avec la musique. La musique est insaisissable, ça ne s'apprend pas. En revanche, ce que je peux apprendre aux enfants, c'est à lire des signes noirs sur du papier, et à produire un son approximatif qui abusera suffisamment leur mère pour qu'elle mette la main au porte-monnaie. Et je le répète, ça n'a absolument rien à voir avec la musique.

Ted sourit et prit un autre petit pain. Visiblement, il s'amusait. Il avait l'air de se dire qu'il se retrouvait projeté dans un sitcom, au milieu de ces personnages farfelus. Il ne semblait pas réaliser à quel point ils étaient dangereux.

Pourtant, ce soir-là, quand Ann le raccompagna à sa voiture après le dîner, il se tourna vers elle avant d'ouvrir la portière et dit :

— Je crois qu'on devrait se marier.

Comme ça. Et elle accepta aussi simplement.

Elle l'embrassa, et rentra dans la maison pour nettoyer.

Ann et Ted se marièrent trois semaines plus tard, à New York. Elle ne dit pas un mot de leur projet à Estelle et Jonathon avant de partir, non pas par crainte qu'ils tentent de s'y opposer, car elle les en savait incapables, mais plutôt parce que le fait de leur en parler, d'officialiser la chose avant l'heure, risquait d'altérer sa propre volonté. Elle se demandait sans cesse comment ses parents se débrouilleraient pour préparer leurs repas, pour payer leurs factures de téléphone et d'électricité à temps (encore une des responsabilités qu'avait assumées Ann, après que la ligne et le courant eurent été coupés de nombreuses fois), pour sortir les poubelles eux-mêmes. Elle craignait qu'ils ne finissent par étouffer littéralement dans leur désordre. Elle leur laissa un petit mot sur la table de la cuisine pour leur expliquer son départ.

Quand Ann et Ted allèrent chercher leur certificat de publication des bans, le bureau qui s'en occupait était en travaux, et avait été temporairement relocalisé dans le service des véhicules motorisés. Personne n'avait pris la peine d'ôter les écriteaux — Réclamations, Contraventions, Remboursements — qui étaient apposés au-dessus des guichets de la petite salle sinistre et faiblement éclairée. Près d'eux, une femme en tailleur de lin maculé de sueur plaisantait bruyamment avec son fiancé à propos du nombre de divorces qu'ils totalisaient à eux deux, en remplissant les formulaires. Comme la plupart des autres couples, assis en rangs d'oignons sur des chaises pliantes, têtes basses, à tripoter les bords de leurs feuilles roses, Ted et Ann échangèrent à peine quelques mots, jusqu'au moment où l'on appela leurs noms.

Cette formalité remplie, ils entrèrent dans la bijouterie qui se trouvait une rue plus loin, et essayèrent des bagues. Ann avait une préférence pour un anneau simple et fin, mais Ted, qui ne se voyait pourtant pas trop porter une bague, au départ, en choisit une large et brillante.

— Si tu ne l'aimes pas, prends celle que tu veux, proposa-t-il. Moi, je garde celle-ci.

Mais sceller une union avec des anneaux dépareillés semblait plutôt de mauvais augure à Ann, et elle opta finalement pour la petite sœur de la sienne. Elle les rangea toutes les deux dans son sac à main de paille tressée jusqu'à la cérémonie, qui devait avoir lieu le matin suivant.

Quand des amis lui demandaient plus tard comment s'était passé son mariage, Ann inventait souvent toutes sortes de détails, une belle robe, des témoins, du champagne et des toasts — tous les fantasmes d'une petite fille de treize ans, à cette époque de la vie où l'amour n'a pas encore à se soucier d'argent. En réalité, le souvenir le plus marquant qu'elle gardait de cette suffocante matinée new-yorkaise était d'avoir laissé tomber l'anneau au tout début de la cérémonie, et d'avoir dû lui courir après avant qu'il ne roule sous un meuble. L'officiel ânonnait avec un ennui mal dissimulé les mots qu'il répétait des dizaines de fois par jour, humectant sans cesse du bout de la langue ses lèvres pâles, minces, gercées, jusqu'à ce que la longue litanie des engagements qu'ils auraient tous les deux à tenir ne devienne qu'une succession de mots abstraits pour elle aussi, et qu'elle ne puisse plus penser qu'à cette langue qui jaillissait, disparaissait, jaillissait, trois, quatre, cinq fois.

Ils quittèrent le bâtiment hébétés. L'absence de parents, d'amis, et même de vagues connaissances, avait donné à la cérémonie le caractère artificiel d'un mariage de fiction, sans véritable valeur ; ils essayèrent de leur mieux d'estomper ce sentiment de déracinement en riant dans les bras l'un de l'autre, en haut des marches de pierre qui faisaient face à un minuscule jardin public bondé de fonctionnaires qui mangeaient leurs sandwichs en vitesse. L'air était lourd et humide, leurs corps se collaient l'un à l'autre.

— Rentrons à l'hôtel, fit Ted en souriant. On va fêter ça.

Pendant les trois jours qui suivirent, ils visitèrent consciencieusement les sites touristiques de la ville : la Statue de la Liberté, bien entendu ; le sommet de l'Empire State Building, où le vent, dégagé des rues moites qui le retenaient prisonnier tout en bas, leur fouettait le visage ; Chinatown, dont les venelles grouillantes étaient bordées d'étals de poissons et de canards ensanglantés pendus par le cou, de petits kiosques à journaux sur lesquels étaient placardées les affichettes du *Playboy* asiatique, et de petits marchands de légumes autour desquels des femmes à chaussures plates marchandaient avec acharnement ; et plus haut, le quartier des magasins de luminaires, dont les vitrines surchargées clignotaient d'un trottoir à l'autre, encombrées d'hallucinantes structures lumineuses en forme de fleur ou de poisson, de néons multicolores et d'halogènes sobres et froids. Ann n'était encore jamais allée à New York, et ce qui la frappait par-dessus tout, c'étaient ces marées humaines qui engorgeaient les trottoirs, ces flots de gens pressés qui se déversaient dans toutes les directions autour d'eux, se divisaient et se reformaient pour les éviter, anonymes et indifférents. Où qu'elle fût allée jusqu'alors, elle s'était toujours imaginée reliée par un fil invisible à un petit point sur la carte — la maison grise de Rafferty Street. A New York, si loin de chez elle, où ce point d'attache était occulté par l'effervescence et l'immensité de la ville, par l'omniprésence de Ted, par cette étrange et courte cérémonie, elle se sentait prise de vertige en permanence, redoutant à tout instant de perdre l'équilibre et de basculer dans le vide.

Ce n'est que dans leur chambre de l'Hôtel de Madrid, avec son lit grinçant et sa reproduction décolorée d'une *Vue de Tolède*, qu'ils parvinrent enfin à respirer un peu. Ann se donna à Ted avec une ardeur et une violence qui les surprirent tous les deux, comme si l'officialisation de leur union lui donnait maintenant la possibilité de laisser s'exprimer sa fougue et sa soif de lui, pulsions qu'elle avait inconsciemment réprimées jusqu'à présent.

— Il faut se méfier de l'eau qui dort, plaisanta Ted, en reprenant son souffle.

Elle se dégagea de son étreinte et roula sur le côté, honteuse. Elle n'avait pas envie d'en parler. Ce qu'elle exprimait là ne pouvait pas se traduire par des mots.

Le dernier soir qu'ils passèrent à New York, alors qu'ils flânaient entre les enseignes lumineuses et les clochards de Times Square, Ted posa une main dans le creux de ses reins pour l'aider à traverser la rue en vitesse, juste avant que le feu ne passe au vert. Ce geste, sa main dans le creux de ses reins, pour la guider, la protéger, demeura gravé en elle pendant des années, comme un tatouage intérieur. C'est ce qui resta toujours pour elle la véritable illustration de l'amour — sa main dans le creux de ses reins — et même plus tard, à l'époque où cette volonté de veiller constamment sur elle lui devint vraiment pesante, elle ne pouvait repenser sans un pincement au cœur à ce moment où, pour la première fois, elle s'était sentie protégée par amour, couvée comme un trésor.

Pendant que Ted prenait une douche ce soir-là, elle composa tranquillement le numéro de la maison à Hardison — et raccrocha quand Jonathon répondit.

Elle savait que c'était presque un hasard, si elle avait réussi à les quitter. Elle savait que sans Ted, elle serait encore là-bas, elle serait toujours là-bas.

Ann et Ted emménagèrent tout près de Hardison, dans une maison meublée à deux chambres, avec un petit jardin. Les rideaux, la moquette et le papier peint étaient tous à motifs orange et marron, des formes et des couleurs dans le style des années cinquante, complètement démodés, qui ajoutaient encore au sentiment qu'ils avaient de se glisser dans l'existence de quelqu'un d'autre, dans ses meubles et à son époque. Ann reprit la faculté, ainsi que son job à temps partiel à la boutique de cadeaux de l'hôpital, et Ted dénicha un emploi dans une entreprise locale de bâtiment.

Durant ces premières semaines de mariage, Ann avait pris l'habitude de passer presque tous les matins en voiture devant la maison d'Estelle et Jonathon. Elle se garait quelques rues plus loin et se faufilait dans le jardin pour aller jeter un coup d'œil par les fenêtres de derrière. Elle réussissait parfois à les apercevoir en train de lire le journal, d'errer dans la cuisine, les mains chargées d'assiettes pleines — l'électricité fonctionnait encore, ils mangeaient encore, s'habillaient encore : en fin de compte, elle se demandait si elle ne s'était pas trompée, autrefois, en se croyant si indispensable. Qui avait berné qui ? L'esprit confus, elle s'éloignait sur la pointe des pieds et remettait à plus tard l'heure de son retour.

La pensée lui traversa aussi l'esprit qu'ils ne lui avaient pas pardonné d'avoir fugué comme une adolescente amoureuse, d'avoir déserté. Elle savait à quel point ils pouvaient se montrer rancuniers — envers les épiciers qu'ils soupçonnaient d'avoir voulu les rouler de deux dollars, envers les parents qui avaient décidé d'interrompre les leçons de Jonathon. Ils se cramponnaient férocement à ces petites rancunes, et les nourrissaient au fil des années. Ils gardaient toujours tout pour eux.

Lorsqu'elle essaya d'expliquer à Ted ce qui la tourmentait, il l'écouta à peine. De son côté, il n'avait écrit à sa famille pour la prévenir de son mariage que sur les instances d'Ann, et la lettre lui était revenue avec la mention « N'habite plus à cette adresse ».

— Nous serons orphelins de cœur, si nous ne le sommes pas dans les faits, lui dit-il en la prenant dans ses bras.

Mais elle n'avait jamais désiré ce genre de liberté, qui s'apparentait plutôt à un exil ou à un abandon, et elle se désolidarisa instinctivement de l'empressement excessif de Ted à trancher tous les liens qui pourraient le gêner dans sa progression.

Dès qu'elle eut un nouveau jour de congé, Ann prépara une tarte aux pommes, l'installa avec précaution sur le siège passager de la voiture, et se rendit chez Estelle et Jonathon. Cette fois, elle se gara juste devant la maison, et sonna à la porte — pour la première fois de sa vie. Ce fut Jonathon qui vint ouvrir.

— Pourquoi tu sonnes, tu as oublié tes clés ?

— Non, je pensais simplement que...

— Allez, entre.

Elle ne l'embrassa pas pour lui dire bonjour. Il n'avait jamais été très démonstratif avec ses filles (en revanche, il caressait souvent Estelle, ses mains, ses joues ou ses cheveux, avec beaucoup de tendresse), et un baiser n'aurait pu que l'embarrasser ou, pire, devenir prétexte à ses moqueries. Ils avancèrent en silence entre des cartons de livres qui menaient comme une tranchée jusqu'au salon, où Estelle était assise devant un jeu télévisé.

Elle tourna la tête, sourit furtivement à Ann, et se replongea dans son jeu. Ann n'eut d'autre choix que de s'asseoir près d'elle, la tarte aux pommes sur les genoux, et de regarder une femme gagner 4 700 dollars en trouvant la solution d'un rébus. Quand retentit enfin la musique du générique, Estelle se tourna vers elle.

— Tu ne veux pas qu'on aille un peu dans la chambre ? Je suis fatiguée.

Ann suivit sa mère jusqu'à la petite chambre au fond du couloir, et la regarda s'installer sur le bord de son lit.

— Viens là, dit Estelle en tapotant le lit à côté d'elle.

Lorsque Ann se fut docilement assise, sa mère lui sourit et prit ses deux mains dans les siennes, qui restaient remarquablement douces et claires.

— Il est gentil avec toi ? demanda-t-elle à voix basse.

— Oui.

— Je crois bien que je suis censée te donner quelques conseils, dit-elle en secouant doucement la tête, mais je ne sais absolument pas lesquels.

Elles restèrent assises en silence, les mains entrelacées, la tarte à côté d'elles, tandis qu'Estelle essayait désespérément de se souvenir des conseils à donner dans ces cas-là.

— Ton père et moi, nous avons toujours été très heureux. C'est un homme...

Elle s'interrompit un instant, se creusant la tête pour trouver le mot exact, celui qui expliquerait clairement ce qui était par essence inexplicable, c'est-à-dire qu'elle ne pouvait véritablement pas s'imaginer vivre sans cet homme.

—...irremplaçable.

Elle dodelina de la tête et fit la moue, pas tout à fait satisfaite de ce qu'elle avait trouvé.

— Mais ça, évidemment, c'est le destin. Ça ne se provoque pas, on ne peut rien y faire. C'est comme un chat, ça ne vient jamais quand on l'appelle.

Elle soupira longuement, et se laissa aller en arrière sur les oreillers. Ses yeux se perdirent un moment dans le vide.

— Après tout, peut-être que vous avez aussi un bon destin, Ted et toi.

Aux oreilles d'Ann, cela sonnait comme une maladie.

— La chance est utile aussi, tu sais, continua Estelle en fermant les yeux. Vous êtes notre chance, Sandy et toi. Mes adorables petites filles.

Sa voix baissait peu à peu. Elle ouvrit de nouveau les yeux, mais ses paupières semblaient peser des tonnes.

— Je suppose que ce serait bien d'organiser une petite fête en votre honneur, non? Qui faudra-t-il inviter?

Ann se glissa discrètement hors de la chambre, tandis qu'Estelle, emportée par un flot de noms et de visages oubliés depuis longtemps, toutes les amies d'Ann depuis la maternelle, ses propres amies lorsqu'elle était petite fille à Buffalo, sombrait dans un sommeil béat.

Une seule fois, Sandy avait dit à Jonathon :

— Tu ne penses pas qu'elle devrait consulter quelqu'un? Tu ne penses pas qu'elle a besoin qu'on l'aide un peu?

Avant même qu'elle n'achève sa question, la gifle était partie.

— Tout ce dont ta mère a besoin, c'est de moi.

Après son diplôme, Ann trouva un poste dans l'unité de neuro-chirurgie de l'hôpital. Ce n'était pas un endroit très gai, et nombreuses étaient les jeunes infirmières qui demandaient à changer de service, vite dépassées par l'écrasante et perpétuelle présence de la mort, à laquelle les années passées à étudier Kübler-Ross ne les avaient nullement préparées. Hormis quelques patients qui ne souffraient que de hernies discales, la plupart étaient amenés là pour des tumeurs au cerveau, des ruptures d'anévrismes ou des apoplexies. Chaque matin, dans tout l'étage, on entendait les questions que l'on posait aux malades : « Savez-vous en quelle année nous sommes? Savez-vous qui est le président des Etats-Unis? », et le murmure confus des réponses qu'ils bredouillaient.

Après avoir mesuré la quantité de liquide qui s'était écoulée pendant la nuit du crâne de Mrs. DiLorenzo par le long tube qui y était relié, Ann se rendit au bureau de l'unité de soins intensifs pour noter le résultat dans son dossier. A quelques pas de là, deux médecins discutaient avec David Lowenshon, un homme de trente-sept ans à qui on avait résorbé un kyste au cerveau la nuit précédente. Deux mois plus tôt, on lui avait ôté une tumeur maligne, mais elle avait déjà réapparu. Les deux médecins plaisantaient avec lui, essayant de le faire rire, ou du moins sourire.

— Je ne sais plus comment on sourit, leur expliqua-t-il d'une voix polie et neutre.

Le cancer avait attaqué la partie frontale de son cerveau, et il ne parvenait plus à associer des réactions physiques à ses émotions. Quand les médecins le quittèrent, il appela Ann et lui demanda quelque chose à lire, un livre, un magazine, n'importe quoi. C'était une requête plutôt inhabituelle, car peu de personnes dans cette salle étaient encore capables de déchiffrer un texte, ou tout simplement de relever suffisamment la tête pour lire. Ann lui promit que dès qu'elle aurait un moment de libre, elle irait lui chercher quelque chose. Mais à l'instant où elle s'apprêtait à y aller, Mrs. DiLorenzo se mit à hurler qu'elle voulait rentrer chez elle.

— Vous savez, bafouilla-t-elle, vous savez, madame, eh ben le docteur il m'a dit de vous dire ça : C'est une bonne fille, laissez-la partir. A y est, je vous l'ai dit. Je suis une bonne fille, madame, je peux partir.

Au même moment, deux garçons de salle poussèrent la civière d'un autre malade qui sortait d'opération, et l'installèrent dans le lit vide qui se trouvait près de la porte. Il y eut ensuite le déjeuner à trier selon les patients, ceux qui avaient droit aux aliments solides, ceux qui devaient se contenter de liquides, puis les quantités de nourriture absorbées à inscrire dans leurs dossiers respectifs. Elle avait vaguement conscience de l'agitation croissante de David Lowenshon, mais ne pouvait rien y faire pour l'instant. Et finalement, lorsqu'elle vint le voir pour s'excuser, il laissa exploser sa colère.

— Ça fait deux heures que je vous l'ai demandé. Deux heures! C'est au-dessus de vos compétences, de fournir aux gens quelque chose à lire dans cet enfer? Si vous êtes fainéante, faut changer de métier.

Ann, les larmes aux yeux, furieuse et vexée, courut vers la salle d'attente qui se trouvait au bout du couloir et lui rapporta un *National Geographic* de l'année précédente.

Ce soir-là, après le dîner, quand elle essaya d'expliquer à Ted à quel point la colère du malade l'avait blessée, il l'interrompit :

— Juste une chose, Ann : il va mourir?

— Ben oui, mais...

— Alors fous-lui la paix, sois sympa.

La plupart des infirmières qui persévéraient dans le service étaient parmi les plus solides de l'hôpital, celles qui s'étaient fait une raison et que ni la déchéance des patients ni leur mort ne pouvaient plus atteindre. Elles buvaient des verres ensemble au pub du coin, couchaient avec les internes quand l'envie leur en prenait. Pourquoi pas ? Chacune avait conscience qu'elle pouvait être la prochaine occupante de l'un des lits dont elle avait la charge. Manger, boire, s'amuser, sans penser à demain...

Quand David Lowenshon fut transféré en rééducation à l'étage en dessous, Ann lui rendit visite après son service. Ses parents, un couple effondré mais plein de bonnes intentions, se tenaient silencieusement près de lui. Ils étaient manifestement de plus en plus inquiets et fébriles face à l'inexorable avancée de la maladie, comme si le cancer qui se développait sous son crâne était de sa part une façon délibérée de leur reprocher un défaut quelconque dans l'éducation qu'ils lui avaient donnée, et pour lequel il se décidait seulement maintenant à les punir. Lorsqu'il essaya de leur parler de la mort, ils détournèrent le regard et balbutièrent quelques phrases de circonstance : « Ne dis pas ça », « Qu'est-ce que tu racontes ? » ou : « Ne sois pas bête, tout va bien se passer. »

Les médecins, quant à eux, lorsqu'il leur demandait leur avis sur ses chances de survie, cachaient leur embarras derrière le bouclier du latin, et insistaient sur le côté aventureux de tout pronostic.

Ann était la seule à aborder le sujet avec David Lowenshon. Ils en parlaient d'une manière plus ou moins détournée, parfois très crûment, évoquaient le désespoir ou la délivrance, évaluaient les chances et les risques avec une objectivité qu'elle se sentait obligée de respecter quand elle discutait ainsi avec lui, assise au bord de son lit, en balançant doucement les pieds à quelques centimètres au-dessus de l'étincelant carrelage blanc.

— Vous avez peur ? lui demanda-t-elle un jour, songeant surtout à sa propre peur, parfois si accablante qu'elle pesait sur chacun de ses mouvements, chacune de ses pensées, comme une chape de plomb.

— De la mort ? Non.

Elle ne parvenait pas à déterminer si cette absence de peur était simplement due à la tumeur qui rongeait sa raison, ou à une particularité naturelle de son caractère. Une particularité enviable.

Elle rêva qu'elle le tenait en équilibre à l'horizontale sur le bout de son index, son corps dur et cassant comme une planche sèche, et qu'il finissait par tomber à ses pieds et se briser en mille morceaux — par sa faute, à elle.

Boire, manger, s'amuser, sans penser à demain...

Le travail de Ted s'avéra bien moins intéressant qu'il ne l'avait espéré. Son patron, Tony Liandris, n'était pas le genre d'homme à apprécier les suggestions de ses employés, et s'entêtait dans des choix totalement dénués de pertinence, dont les clients, qui pour la plupart n'y connaissaient rien dans le domaine du bâtiment, payaient les conséquences sans le savoir. Ted, perfectionniste à outrance dans son travail comme ailleurs, ne parvenait ni à tenir sa langue, ni à dissimuler son agacement sous des formulations qui auraient pu mieux faire passer ses opinions.

— Je ne vous paye pas pour parler, Waring, lui rappelait Liandris avec un sourire plein de suffisance, inaccessible derrière son gros ventre, son fric et son bureau de chêne massif.

Obligé de travailler sur des projets de second ordre avec du matériel de second ordre, Ted laissa peu à peu se développer en lui une colère sourde et secrète à l'encontre des incompétents qui l'empêchaient de s'exprimer pleinement. Ses collègues, d'autres jeunes gens qui ne semblaient pas partager sa répugnance à l'égard de l'autorité ni la susceptibilité de son amour-propre, restaient polis avec lui, mais toujours sur leurs gardes. Sans ambition, il leur était facile de considérer Liandris avec une sorte d'indulgence apathique qui dégoûtait Ted presque autant que l'ignorance et la fatuité de son patron : la bêtise et la glorification de la bêtise, une véritable épidémie. Après avoir refusé les premières propositions qu'ils lui firent d'aller boire une bière ou se faire une petite partie de billard après le travail, Ted fut mis à l'écart, seul — et c'est ce qui lui avait toujours le mieux convenu.

Il n'aimait rien tant que la première heure qu'il passait à la maison, le soir, en rentrant, quand Ann, encore vêtue de sa blouse blanche et de ses petites chaussures blanches, suivait consciencieusement une recette pour préparer le dîner, en mordillant sa lèvre inférieure comme un enfant qui s'applique, pendant qu'il travaillait sur la table de la cuisine, son papier millimétré et ses manuels étalés devant lui. Il s'était mis depuis peu à commander par correspondance des brochures d'écoles d'architecture de la région, et pendant qu'elle cuisinait il lisait à voix haute la description des cours, la biographie des professeurs, les succès des anciens élèves dans la vie active, et parlait du bonheur qu'il éprouverait s'il pouvait un jour donner vie à ses propres projets de construction.

— Il faut sept ans d'études, dit-il en soupirant.

Ce n'était pas la durée des études qui l'inquiétait, mais la manière dont les autres avaient sans doute occupé le temps que lui-même avait perdu, avec des livres, des calculs, et des stages en entreprises qu'il n'avait pas pu s'offrir.

— Tu réussiras tout ce que tu voudras, fit-elle en se retournant vers lui, souriante. Tu as toujours réussi, jusqu'à maintenant. Je crois en toi, Ted.

C'est cette foi qu'il aimait, qu'il avait aimée depuis l'instant où il l'avait perçue pour la première fois dans ses yeux, une foi que personne d'autre n'avait jamais eue en lui. Comment ne pas désirer la retenir, la garder près de lui pour toujours, cette foi absolue qu'elle avait en lui?

Vers la fin, David Lowenshon ne reconnaissait plus Ann, ne relevait plus la tête, avec cette politesse qui avait survécu à l'espoir, lorsqu'elle entrait dans sa chambre. Pourtant, elle était sûre de voir ses paupières bouger de contentement quand elle prenait sa main amaigrie, toute molle dans la sienne, lors des visites quasi quotidiennes qu'elle lui rendait. Le jour où elle trouva son lit vide, elle resta un long moment dans l'embrasure de la porte, sans comprendre. Le lit était fait, la table de chevet nettoyée. N'osant croire ce qu'elle voyait, elle se tourna vers une infirmière qui passait dans le couloir et lui demanda :

— On l'a emmené faire des tests?

— Il est mort ce matin.

— Quoi?

Les infirmières ne se donnaient pas la peine de se mentir entre elles lorsque quelque chose de grave arrivait — et c'était très bien ainsi, pensait Ann — car elles avaient assisté, même les plus jeunes d'entre elles, au spectacle effroyable des derniers efforts que même les malades les plus atteints déployaient pour se cramponner à la vie, au détriment de toute dignité, ces halètements avides et déchirants pour trouver encore un peu d'air avant le dernier soupir.

— Vers dix heures.

A dix heures, Ann était en pause. Elle buvait un café à la cafétéria. Elle n'avait rien senti, pas le moindre pressentiment, pas la moindre vibration. Elle buvait simplement son café, en se demandant ce qu'elle allait faire à dîner ce soir-là.

Le lendemain, lourde et sans forces, elle appela pour dire qu'elle était malade, et retourna au lit.

Le jour suivant : incapable de bouger.

Vers la fin de la semaine, l'infirmière en chef, Cynthia Neary, la fit venir dans son bureau pour bavarder un peu.

— J'ai parlé aux gens de la rééducation, et à ceux de notre étage. Vous savez, Ann, vous ne pouvez pas prendre chaque décès autant à cœur. Vous devriez peut-être demander à être transférée dans un service un peu moins stressant...

Ann ne répondit pas, mais secoua doucement la tête de droite à gauche.

— Bien, dans ce cas, je vous suggère vivement de prendre contact avec l'un de nos conseillers psychologiques. Car ce genre d'attitude ne vous aide pas, et n'aide certainement pas non plus nos patients.

Ann lui donna raison, accepta sa proposition, mais ne prit jamais rendez-vous avec le psychologue.

Au lieu de cela, elle apprit à dissimuler sous le masque de la froideur professionnelle l'affection trop impliquée qu'elle portait aux malades, jusqu'à ce que la seule trace qu'il en restât en surface fût une simple lueur perplexe au fond de ses yeux, indéfectible. Cynthia Neary la surveillait de près.

Ted décrocha un nouvel emploi un an plus tard. A présent, chargé d'évaluer des terrains à construire dans tout le nord-est du pays, il passait une semaine sur deux loin de la maison. Ces responsabilités lui donnaient au moins un semblant de pouvoir. Il emportait avec lui les brochures des écoles d'architecture, pour les lire en avion.

Un dimanche soir sur deux, Ann préparait sa valise, sans jamais oublier de glisser un petit mot d'amour entre ses chemises et ses sous-vêtements pour le protéger, et à 5 h 30 le lundi matin, elle l'emmenait en voiture à l'aéroport, dans l'obscurité froide qui précédait l'aube. Elle restait toujours pour voir l'avion décoller, assise dans la voiture, persuadée qu'elle ne le reverrait plus jamais. Car finalement, c'était pour elle un incroyable coup de chance de l'avoir rencontré, une erreur d'inattention du destin, qui ne manquerait pas d'être corrigée un jour ou l'autre. Alors qu'elle n'avait jamais cru en quoi que ce soit, elle se signait trois fois avant de redémarrer, et priait pour qu'il revienne sain et sauf.

Ted devint un habitué des chambres d'hôtels de Buffalo, de Pittsburgh ou Cleveland. La première chose qu'il faisait après avoir posé sa valise sur le lit était d'y chercher le petit mot d'Ann, et de le poser sur sa table de nuit — du moins au début, quand la nouveauté de cette vie, de leur vie, rendait encore chaque jour différent du précédent. Plus tard, quand voyager ne fut plus devenu pour lui qu'une routine comme une autre, il oubliait souvent jusqu'au mardi ou au mercredi, parfois même jusqu'au jeudi, d'aller récupérer son mot au fond de la valise — ou bien, s'il y pensait, il ne se donnait plus la peine d'ouvrir l'enveloppe. Car le texte était toujours le même : « Je t'aime un peu plus chaque jour. » Et Ted n'avait pas réellement conscience que cette répétition était due aux craintes superstitieuses de sa femme, et non à un simple manque d'imagination. Il travaillait dur, lisait les auteurs russes, dormait bien, se lassait de la nourriture d'hôtel.

Ann ne s'était encore jamais retrouvée toute seule, s'était toujours montrée attentive aux autres, ajustant son humeur et son comportement en fonction de ceux qui l'entouraient et, lorsque Ted était absent, elle ne parvenait plus désormais qu'à errer comme une âme en peine dans la maison vide, seule avec ces heures inutiles, cet espace inutile, qu'elle ne pouvait remplir, malgré tous ses efforts pour s'occuper, que de ces obsessions et de ces craintes incessantes que l'effervescence de la vie avec Ted maintenait d'habitude à distance. Elle en vint à redouter le moment où elle devrait aller se coucher seule, à redouter la nuit et ses cauchemars, les réveils en sueur à trois ou quatre heures du matin, dans le noir. Les cauchemars. David Lowenshon qui lui faisait signe de le suivre. Venez, venez. Et Estelle, toujours Estelle.

Elle passait ses journées à étudier des ouvrages sur les différentes formes de folie, en se faisant croire que c'était uniquement pour son travail. Mais ce qu'elle voulait savoir en réalité, ce qu'elle avait toujours voulu savoir, c'était si cela pouvait être héréditaire, les anges d'Estelle, les délires d'Estelle, la malédiction qui frappait Estelle. Elle se demandait parfois si Sandy éprouvait les mêmes craintes. Bien qu'elle en ait eu souvent l'intention, elle n'avait jamais eu le courage de lui poser la question, car elle pressentait qu'une réponse négative de sa sœur ne ferait que souligner ses propres prédispositions.

Ce n'est qu'en compagnie de Ted qu'elle oubliait de se regarder vivre et de chercher des symptômes révélateurs.

Un vendredi, en attendant Ted, Ann passa l'après-midi à préparer un poulet Tetrazzini et un baba au rhum. Elle expérimentait chaque semaine une nouvelle recette, souvent des plats riches et roboratifs, et dressait soigneusement la table, avec des bougies et les assiettes portugaises ornées de coqs que Sandy leur avait offertes en cadeau de mariage. Une heure avant l'atterrissage prévu de l'avion, elle commença à téléphoner à l'aéroport et à écouter plus attentivement la météo. Elle avait appris récemment les dégâts que pouvaient causer de trop fortes turbulences en haute altitude.

Ted se fit reconduire de l'aéroport par l'assistant que la société venait de lui adjoindre. Calvin Hopson, un petit brun à lunettes vêtu d'une veste de golf ocre, bondit hors de la voiture dès qu'il se fut garé devant la maison, et courut autour pour aller ouvrir la portière de Ted avant qu'il ne puisse l'en empêcher.

— Tu as vu ça ? demanda Ted, écœuré, debout dans le vestibule, sa valise à ses pieds.

Ann opina vaguement de la tête.

— Il m'a saoulé toute la semaine avec ce genre de conneries. Tu ne peux pas imaginer. Et il a fallu que je me tape trois repas par jour avec ce crétin. « Où voulez-*vous* aller ? Que voulez-*vous* manger ? » Je t'assure, c'est gênant de voir un adulte se mettre à plat-ventre comme ça devant soi. Sans arrêt accroché à mes basques, à me demander si tout allait bien, si je ne désirais pas ceci ou cela. J'avais l'impression de voyager avec un chihuahua sous amphétamines.

L'odeur de l'air sec et aseptisé de l'avion lui emplit les narines lorsqu'elle l'embrassa un centimètre au-dessous de l'oreille, le point le plus haut qu'elle pouvait atteindre s'il ne se penchait pas vers elle.

— Le dîner est presque prêt, dit-elle en souriant, pour essayer de rendre son retour agréable.

— Il jappe du matin au soir à mes pieds, il essaye de deviner tout ce dont j'ai envie, d'anticiper tout ce que je vais dire. De toute ma vie, je n'ai jamais rencontré quelqu'un d'aussi nerveux, ni d'aussi servile. Rends-toi compte, même dans le restaurant le plus minable, ce type donne du « monsieur » au dernier des serveurs. Et je suis sûr qu'il est presque sincère. Mais d'un autre côté, c'est tout à fait le genre à te planter des poignards dans le dos. Il est tellement obsédé par ce qu'ils vont penser de lui à la boîte que je suis sûr qu'il n'arrive même pas à pisser droit.

Ted se mit à faire les cent pas dans le salon, d'un mur à l'autre, comme s'il essayait de passer à travers. Il lui arrivait de plus en plus souvent de tourner ainsi comme un tigre en cage, comme si son trop-plein d'énergie nerveuse cherchait à briser des entraves qu'il était le seul à voir, et le regard d'Ann, qui ne demandait qu'à l'aider mais n'y comprenait rien, ne faisait qu'accroître son agitation. Ils commençaient à envisager l'hypothèse d'un déménagement, même si le besoin ne s'en faisait pas véritablement sentir.

A table, Ann déposa un à un les plats devant lui, avec un rien de fierté. Mais il ne s'était toujours pas calmé et tapotait nerveusement du pied en commençant à manger, coupant son poulet en silence, mâchant et avalant en silence, sous l'œil déconcerté d'Ann. Elle finit par se mettre à manger du bout des lèvres, avec encore l'espoir que la tension s'estomperait d'elle-même et qu'il retrouverait peu à peu ses marques, le langage de la maison, leur langage. Mais le silence qui les séparait ne faisait que s'épaissir.

66

— Quelque chose ne va pas? se décida-t-elle à demander.

— Pourquoi?

— Je ne sais pas, tu ne dis rien.

— Qu'est-ce que je suis censé dire?

— Je ne sais pas, admit-elle.

Elle planta sa fourchette dans un morceau de poulet et le fit tourner lentement dans la sauce claire.

— Je t'ai parlé du nouvel interne qui est arrivé la semaine dernière? essaya-t-elle en prenant une voix légère et enjouée. On l'appelle Bébé Eprouvette, tellement il a l'air jeune. Le bébé qui s'occupe des ép... Bref, l'autre jour, il entre dans le service et... Tu es sûr que tout va bien, Ted?

— Bon Dieu, Ann, je t'ai dit que ça allait. Tu veux que je te le dise en quelle langue?

Elle recula instinctivement et, voyant cela, voyant la surprise et l'humiliation lui empourprer le visage, il poussa sa chaise en arrière dans un accès de colère.

— Mon boulot m'oblige à bavarder toute la semaine, Ann. Alors, je te prie de me croire, la dernière chose que j'aie envie de faire quand je rentre à la maison, c'est de continuer à bavarder. Tu peux comprendre ça, non?

A toujours vouloir qu'une ambiance gaie et conviviale règne dans la maison, avec toutes ces questions qu'elle n'osait pas poser mais qui se pressaient dans ses yeux — Tu vas bien? On va bien, tous les deux? —, elle l'asphyxiait, elle l'étouffait. Il grogna d'agacement.

— Pourquoi veux-tu toujours me donner l'impression que je te déçois, Ann?

— Je n'ai jamais dit ça.

— Tu ne *dis* jamais rien. Bon sang, parfois j'aimerais que tu dises les choses, justement.

Les lèvres d'Ann tremblaient. Il ne pouvait rien faire face à ce visage pétrifié, ouvert et vide, qui n'attendait que lui. Qui n'avait d'autre raison de vivre que de l'attendre. Il se leva brusquement, pivota sur lui-même et envoya son poing dans l'abat-jour de papier plissé du petit lampadaire de cuivre qui se trouvait derrière lui. Il quitta la cuisine en claquant la porte.

Ann restait assise, groggy, seule, et regardait fixement l'abat-jour qui glissait peu à peu de son support, qui tombait sur le carrelage. Elle n'avait pas bougé d'un centimètre lorsque Ted revint, et ouvrit doucement la porte. Il se tint là un moment, la poignée dans la main, à l'observer.

— Je suis désolé, grommela-t-il en passant une main dans ses cheveux. J'ai passé une très mauvaise semaine.

Pour toute réponse, elle inclina doucement la tête. Il retourna s'asseoir à table, et finit son poulet froid, qui baignait maintenant dans la sauce coagulée.

Après qu'ils eurent débarrassé la table ensemble, ils rafistolèrent l'abat-jour avec du chatterton gris; mais par la suite, lorsque le temps était humide, l'adhésif se décollait et l'abat-jour retombait sur le carrelage.

Après son diplôme de l'Université de Binghamton, Sandy revint passer l'été à Hardison. Elle avait l'intention d'envoyer quelques CV, de récupérer certaines de ses affaires, et de quitter cette maison le plus tôt possible.

— Je ne resterais ici pour rien au monde, dit-elle à Ann.

Les matins d'été, elle rendait visite à Ann et s'asseyait dans la cuisine, souvent vêtue d'une chemise nouée au-dessus du nombril et d'un jean coupé, bras et jambes bronzés et musclés.

— Je vais partir dans un endroit où personne n'a jamais entendu parler de notre famille. Quelque part où je ne croiserai pas sans arrêt des gens qui me rappellent mon passé ici, tu vois? Pourquoi vous n'avez pas bougé, Ted et toi?

— Bah, d'abord parce qu'on travaille dans le coin...

— On peut trouver du travail n'importe où. Ted tient à rester ici, lui aussi?

— Je n'en sais rien. On habite ici, Sandy, c'est tout. On n'en a pas vraiment discuté.

— Vous parlez de quoi, alors?

Ann reposa le courrier qu'elle était en train d'ouvrir distraitement. Elle savait que si sa sœur lui rendait ainsi ces visites matinales, c'était en partie pour amasser des bribes d'informations sur la vie de couple, pour lui arracher un témoignage direct. Le seul dont elle disposait pour l'instant était celui d'Estelle et Jonathon, et, comme tout ce qui les concernait, il semblait absurde, quasiment indéchiffrable, et pas du tout représentatif. Mais Ann, qui entamait la troisième année de son mariage, était justement en train d'essayer de prendre un peu de recul pour s'y retrouver elle-même, et tout ce qu'elle pouvait donner en pâture à Sandy était une sombre mixture de ses doutes et de ses désirs. Si elle avait eu réellement confiance en sa sœur, si elle n'avait pas craint qu'elle ne s'empare comme d'un trophée de l'état de confusion dans lequel elle se trouvait, elle lui aurait dit à quel point elle était surprise de s'apercevoir qu'après tout l'amour n'était pas une constante, comme le leur avaient laissé croire Estelle et Jonathon, mais un sentiment fluctuant, qui pouvait parfois s'estomper pendant plusieurs jours, et resurgir brusquement du détail le plus infime — la manière dont un jean plisse derrière ses genoux, une mèche de cheveux sur son front.

— Parfois, dit Ann, je me dis que s'il m'arrivait quelque chose, Ted serait peut-être triste pendant un jour ou deux, mais retrouverait vite son existence de tous les jours. Tu comprends ? J'ai l'impression que ça ne changerait pas profondément sa vie.

— Qu'est-ce qui te fait penser ça ?

— Je ne sais pas. Rien. J'ai simplement le sentiment qu'on est encore... comment dire... *dissociables*. Et d'une certaine manière, ce n'est pas ce que j'attendais.

Contrairement à ce que craignait Ann, Sandy n'en profita pas pour lui réciter son couplet habituel. Elle se contenta de hocher la tête.

La fin du mois de juillet approchait, et Sandy parlait de moins en moins de CV et de villes lointaines — même si, lorsqu'elle entra comme journaliste au *Chronicle*, en septembre, juste après le Labor Day, elle annonça à tout le monde que ce n'était que temporaire, en attendant de trouver quelque chose d'autre, quelque chose de mieux, plus loin.

— C'est bon pour mon CV, disait-elle avec un brin de mépris dans la voix.

Elle passait moins de temps dans la cuisine d'Ann, peut-être parce qu'elle avait trouvé ce qu'elle était venue y chercher, ou peut-être parce qu'elle désespérait de le trouver — Ann n'en savait rien.

Pendant l'automne, Sandy quitta Estelle et Jonathon pour emménager dans un studio qu'elle avait trouvé à louer en ville, au-dessus de l'épicerie Riley's. Ann savait qu'elle continuait à aller les voir, s'arrêtant chez eux à n'importe quelle heure lorsqu'elle partait en reportage, mais personne ne parlait jamais d'organiser un repas de famille, ou une petite réunion de ce genre. Ann elle-même s'en gardait bien.

Les questions au sujet du mariage d'Ann, au sujet de Ted, se faisaient de moins en moins nombreuses, absorbées peu à peu par le quotidien, jusqu'à ne devenir qu'une simple facette de l'été, comme les week-ends à Hopewell Lake, et les fumées de barbecue dans la rue, qui s'évaporaient dans la chaleur du soir.

Ann s'assit sur le bord du lit, tendit le bras pour attraper son peignoir, et l'enfila en se levant. La chambre n'était éclairée que par le lampadaire du coin de la rue, dont la lumière pâle filtrait à travers les voilages.

— Pourquoi tu fais toujours ça? demanda Ted en se redressant sur ses coudes.

— Je fais toujours quoi?

— Tu mets ton peignoir avant de te lever. Tu as peur que je te voie toute nue ou quoi?

— Je n'ai pas peur. Il fait froid.

— Qu'est-ce que tu es pudique... dit-il en se laissant retomber sur l'oreiller, un sourire aux lèvres. Prude, même, on pourrait dire.

— Je ne suis pas prude, protesta-t-elle en revenant s'asseoir sur le bord du lit.

— Oh que si!

— Qu'est-ce que tu voudrais que je fasse et que je ne fais pas?

— Je voudrais, dit-il d'un ton soudain plus grave, que tu me dises ce que *tu* voudrais, toi, pour une fois.

Du bout des pieds, elle tripotait les franges de la descente de lit, les lissait ou essayait de les enrouler autour de ses orteils.

— Tu veux dire sexuellement?

— Oui. Sexuellement.

— Mais notre vie sexuelle me convient parfaitement.

— Ann, je t'en prie, il doit bien y avoir quelque chose dont tu as envie.

Elle se doutait bien qu'il avait raison, elle en était même persuadée, mais rien ne lui venait à l'esprit sur le moment.

— Qu'est-ce qui te ferait plaisir, à toi? demanda-t-elle, bien qu'elle n'eût pas réellement envie de le savoir, pas envie de l'entendre désirer autre chose que ce qu'ils avaient.

— L'une des choses que j'aimerais, par exemple, c'est qu'on arrive à se masturber l'un en face de l'autre.

— Mais quand on fait ça, fit-elle en fronçant les sourcils, je ne suis pas très à l'aise, j'ai l'impression que je ne le fais pas bien. Pourquoi tu ne me montres pas, pourquoi tu ne me dis pas comment tu veux que je te touche?

— Non, tu ne comprends pas. Ce que je voudrais, c'est que tu te touches aussi, devant moi.

— Mais je préfère quand c'est toi qui me le fais, Ted.

— Tu ne crois pas que ce serait une preuve de confiance suprême, d'intimité suprême, si on était capables de faire ça l'un devant l'autre?

Il tendit le bras pour lui toucher le genou, et se mit à le caresser doucement; elle eut un petit frisson.

— Non, fit-elle en écartant son genou et en le grattant nerveusement, comme si elle ne l'avait écarté que parce qu'il lui démangeait. Non, je ne crois pas.

Elle changea de position sur le bord du lit et se tourna vers lui, les yeux soudain plus brillants, plus durs.

— Tu rêves d'intimité sexuelle suprême, mais qu'est-ce que tu fais du reste de la journée ? Ça t'intéresse moins, l'intimité dans la cuisine ?

— Tu crois que tu peux entrer complètement en moi, s'emporta-t-il, mais tu ne peux pas. Tu ne pourras jamais me posséder tout entier. J'ai toujours gardé une petite place pour moi, à l'intérieur, uniquement pour moi, et ça ne changera pas. C'est grâce à ça que j'ai pu survivre.

Pourtant, le lendemain matin, il s'approcha d'elle par-derrière pendant qu'elle faisait le café, lui embrassa la nuque, et murmura :

— Après cette discussion, je crois que je t'aime encore plus. On a tout le temps pour arranger ces petites choses. On a toute la vie.

3

Dans le cimetière de Baron's Hill où ses parents étaient enterrés, au nord de Hardison, Sandy regardait le cercueil d'Ann entrer en terre. Elle avait posé un bras autour des épaules de Julia, et l'autre autour de celles d'Ali. John Norwood, son ami, se tenait derrière elles, les bras ballants, les yeux perdus dans les reflets auburn et blonds que créait la lumière d'automne dans leurs cheveux. Quelques couronnes envoyées par l'hôpital et l'association des parents d'élèves encadraient la tombe ouverte. Trois des infirmières qui travaillaient avec Ann au quatrième étage du centre hospitalier de Hardison étaient présentes, en petit groupe silencieux ; deux administrateurs de l'hôpital, le Dr. Neal Frederickson, vêtu d'un costume marine à fines rayures, ainsi que quelques parents des camarades de classe d'Ali et Julia, avaient également tenu à faire acte de présence. Ils gardaient leurs distances les uns des autres et se tenaient respectueusement à l'écart de la famille, terrifiés par le coup de feu qui résonnait encore, jusque dans les derniers mots du Notre-Père. Sandy, le dos droit, le visage livide, ne trouvait un peu de réconfort que dans la démonstration de sa dignité ; c'était tout ce qu'il lui restait. Dans cette assemblée muette et figée, le seul mouvement provenait d'un jeune homme qui se tenait à trois mètres de là, le pied sur une pierre tombale, et qui griffonnait des notes dans un petit carnet à spirale.

Dans l'embrasure de la porte, Sandy prenait congé des dernières personnes qu'elle s'était sentie obligée d'inviter chez elle après la cérémonie. Ils étaient restés un moment dans son salon, la plupart ne se connaissant pas, ne connaissant pas Sandy, isolés les uns des autres par des fossés de silence, ne sachant pas trop comment se comporter dans cette phase particulière du rituel du chagrin. Ils posaient des yeux débordants de pitié sur Julia et Ali, toutes droites dans leurs robes empesées, tentaient d'exprimer le minimum convenable de compassion à Sandy, mais parlaient peu.

Cela viendrait plus tard, Sandy le savait, chez eux, à l'heure du dîner, puis ce seraient les coups de téléphone à la famille, aux amis, les ragots dans les files d'attente au supermarché : ils relateraient l'événement à leur manière, se délectant de chaque détail, de chaque nouvelle théorie, et l'inévitable frisson que suscite la mort d'autrui serait accru par le fait qu'ils connaissaient les protagonistes du drame, qu'ils étaient là, pour ainsi dire, lorsque c'était arrivé.

— Merci d'être venue, dit Sandy à l'infirmière qui était de garde avec Ann deux jours avant le crime.

C'est ainsi qu'elle nommait ce qui s'était passé, et si quelqu'un parlait d'« accident » devant elle, elle s'empressait de le corriger avec véhémence.

— Si vous avez besoin de quelque chose, de quoi que ce soit...

— Merci.

— Les filles restent avec vous ?

— Oui.

— Comment cet homme a-t-il pu... ? Quand j'y pense, j'ai envie de...

— Oui, je sais. Merci. Au revoir.

Elle referma la porte. Des assiettes et des verres traînaient un peu partout dans le salon. Julia, Ali et John étaient tous les trois debout derrière le divan de toile et l'observaient sans bouger, attendant qu'elle leur dise ce qu'ils étaient censés faire maintenant, l'attitude qu'ils devaient adopter. Comme elle n'ouvrait pas la bouche, ils commencèrent à s'agiter, à gratter ces vêtements qui leur étaient si peu familiers et à tapoter du pied, sur le vieux tapis indien qu'elle avait trouvé dans une vente de charité.

— Je suis content que ce soit terminé, fit John d'une voix qui se voulait encourageante.

— C'est vrai ? Moi je pensais que je me sentirais soulagée, mais pas du tout. Dites, les filles, vous n'avez pas envie d'enlever ces accoutrements et de remettre vos jeans ?

Elle les regarda s'éloigner docilement vers l'escalier en traînant les pieds et attendit qu'elles aient disparu pour se laisser tomber sur le canapé. John s'assit à côté d'elle, son corps athlétique et souple mis en valeur par son plus beau costume.

— Ça va ?

— Super. Je suis paumée dans un putain de cauchemar mais tout va bien, merci.

Pour la première fois de la journée, elle ne parvint pas à retenir les sanglots qui se pressaient dans sa gorge, et se mit à pleurer comme une petite fille.

— Je continue à me dire qu'Ann va ouvrir la porte d'une

seconde à l'autre pour venir chercher les filles. Je n'arrive pas à croire que je ne vais plus jamais la revoir.

— Je sais, Sandy.

— Je ne sais pas quoi leur dire. Je ne sais pas quoi faire.

— Tu t'en sors très bien.

— Tu crois ?

— Oui.

— Alors dis-moi pourquoi je me sens comme une somnambule en enfer ?

En haut, dans la chambre d'amis que partageaient Julia et Ali, elles fouillèrent dans la grande valise que Sandy avait remplie pour elles trois jours plus tôt dans la maison de Sycamore Street — dans sa précipitation aveugle, hébétée, elle s'était contentée de prendre des poignées de vêtements au hasard dans chaque tiroir jusqu'à ce que la valise soit pleine, et les filles se retrouvaient à présent avec cinq fois plus de chemisiers que de pantalons, beaucoup trop de chaussettes et pas assez de culottes. Elles ôtèrent leurs robes et se débarrassèrent de leurs collants en se tortillant.

— Où est papa ? demanda Ali d'une petite voix.

Julia était en train de l'aider à extraire ses chaussures du tas de vêtements qu'elles avaient déversés sur le sol. Ali baissa timidement les yeux — « papa » était devenu l'un de ces mots qui deviennent tabous sans que l'on sache vraiment pourquoi ; des mots qui engendrent le même silence chez les adultes, le même embarras.

— Tu sais très bien où il est.

— En prison ?

— Oui.

Elles enfilèrent toutes les deux un col roulé à rayures, plièrent soigneusement leurs robes, leurs collants, et rangèrent tout dans la valise, en bonnes petites invitées, polies et soignées.

— Tu l'as vu, hein ? demanda Julia.

— J'ai vu qui ?

— Lui. Tu l'as vu tirer sur maman.

— J'étais dans la cuisine. Tu le sais, que j'étais dans la cuisine.

— Non. Tu es sortie. Et tu l'as vu. Tu t'en souviens pas, c'est tout.

— Je sais pas, fit Ali en secouant doucement la tête, troublée par le regard féroce de sa sœur.

— C'est un assassin. Dis-le.

Les lèvres d'Ali se mirent à trembler.

— Allez, dis-le.

Elle ne pouvait pas. Elle regardait Julia comme si elle avait sincèrement voulu lui faire plaisir mais, malgré toute sa bonne volonté, elle ne pouvait pas prononcer ces mots.

— T'es vraiment une idiote, grogna Julia en lui tournant le dos. Tu crois que je t'ai pas entendue, l'autre nuit, quand tu lui disais que tu l'aimais ? J'ai tout entendu.

Elle s'approcha de la commode et s'observa longuement dans le miroir. Elle fut satisfaite de constater la géométrie parfaite de sa coiffure ; elle arrangea du bout des doigts une petite mèche rebelle pour que ce soit encore plus impeccable.

— Allez, dit-elle en se retournant brusquement vers Ali. On sort d'ici.

Quand Sandy entendit Julia et Ali descendre l'escalier, elle se leva pour aller à leur rencontre, toujours à la recherche d'un mot, d'un contact qui permettrait de commencer à exorciser cette horreur sans nom dont elles n'avaient pas encore parlé, et qu'aucune d'entre elles n'osait affronter pour l'instant. Mais chaque fois qu'elle posait une main sur elles, elle se rendait compte qu'elle ne possédait pas le pouvoir d'une mère, que ses caresses n'avaient rien de cette douceur et de cette légèreté naturelles qui peuvent faire des merveilles. Les gestes qu'elle faisait vers elles ne passaient jamais inaperçus ; ils semblaient artificiels et calculés, empruntés. Elle posa doucement les mains sur les épaules d'Ali, et ajusta un peu son col roulé.

— Ça va, ma chérie ?

— On va rester combien de temps, ici ?

— Vous allez vivre ici, maintenant. Avec moi. Avec votre vieille folle de tante.

— Pour toujours ?

— Je n'en sais rien.

— Je veux rentrer à la maison, annonça très simplement Ali.

Les doigts de Sandy se contractèrent malgré elle sur les épaules de la petite fille.

— Je vais te dire ce qu'on va faire. Demain, on va aller au centre commercial et acheter quelques trucs pour votre chambre. D'accord ? Qu'est-ce qui vous ferait plaisir ? Des posters de beaux mecs en maillots de bain ? Des animaux en peluche ? Tout ce que vous voudrez. Ensuite, on passera à la maison de Sycamore Street et on ira chercher vos jouets et vos livres. Ça marche comme ça ? Et puis je vais vous commander deux lits tout neufs, vous ne pouvez pas continuer éternellement à dormir toutes les deux dans le canapé-lit.

Ali ne la quittait pas du regard, comme si elle en attendait plus — ou plutôt, comme si elle attendait complètement autre chose.

— Viens Ali, dit Julia, on va faire un tour dehors.

Elle entoura ses épaules d'un bras protecteur et la conduisit vers la porte d'entrée.

— Prenez vos blousons, dit Sandy dans leur dos. Il commence à faire froid, dehors. Et ne jouez pas dans la rue.

D'un pas pesant, elle revint s'asseoir près de John sur le divan, manifestement abattue.

— Prenez vos blousons ? Ne jouez pas dans la rue ? D'où je sors ça, moi ? C'est ce que doit dire une mère ? Je ne sais pas comment leur parler, John. J'ai besoin qu'on me dise ce qu'il faut faire.

— Chut, fit-il en attirant sa tête sur son épaule. Viens là.

— Qu'est-ce que j'y connais aux enfants, moi ?

— Tu t'es toujours très bien entendue avec Ali et Julia...

— Mais maintenant, ça ne suffit plus. Elles dépendent de moi, elles ont besoin de moi. Je ne saurai pas m'en occuper.

— Je crois qu'elles ne font plus pipi au lit, tu sais.

— Je suis sérieuse, John. Je suis surtout inquiète à propos de Julia. L'autre nuit, je l'ai entendue pleurer dans sa chambre, et quand je suis entrée pour voir si tout allait bien, elle a fait semblant de lire. Elle est tellement... Comment dire...? Froide.

Ce silence méfiant et impénétrable dans lequel elle s'enveloppait en permanence, comme une véritable cloche de verre protectrice qui décuplait la distance entre elle et les autres...

— J'ai l'impression qu'elle surveille chacun de mes gestes.

— Les gens ne réagissent pas tous de la même manière aux chocs.

— Sans doute, oui.

— Sandy, tout ce qu'il faudra que tu fasses, tu le feras. Et tout ce qu'il faudra que tu apprennes, tu l'apprendras. J'en suis sûr.

Elle hocha lentement la tête, ne partageant visiblement pas tout à fait son optimisme.

— J'ai appelé l'école pour savoir s'il y avait moyen de fournir une assistance psychologique aux filles. Ça pourra peut-être les aider, fit-elle en se redressant sur le divan. En tout cas, je te jure que ce salaud va payer pour ce qu'il a fait.

— Il ne t'est pas venu à l'esprit que Ted disait peut-être la vérité ?

— Même si c'était pour lui une question de vie ou de mort, Ted serait incapable de dire la vérité. Surtout si c'était une question de vie ou de mort, d'ailleurs.

— Je sais que tu as toujours eu quelque chose contre lui, et je reconnais que je ne l'aime pas beaucoup non plus. Mais on ne peut pas savoir ce qui s'est réellement passé.

76

— Comment peux-tu te faire l'avocat de ce type? Il a tué ma sœur, nom de Dieu!

— Sandy, tu es journaliste. Tu devrais savoir qu'il faut se garder des conclusions trop hâtives. Tu devrais savoir qu'il n'y a qu'une chose qui compte : les faits.

— Je le sais, John. Et les faits, dans cette affaire, c'est que ma sœur est morte. Et que c'est Ted Waring qui l'a tuée. Demande à Julia, elle te le dira.

— Julia a treize ans.

— Et dix sur dix à chaque œil. Tu es en train de me dire que tu trouves à peu près normal qu'un homme s'amuse à tirer sur son ex-femme?

— Holà, redescends sur terre. Bien sûr que non, je ne trouve pas normal qu'un homme s'amuse à tirer sur son ex-femme. Mon Dieu... Tout ce que je dis, c'est que nous ne connaissons pas encore vraiment les faits. Il va y avoir un procès. Tu le sais bien, Sandy.

Elle hocha la tête d'un air mécontent, et s'enferma dans un mutisme boudeur.

— Apparemment, reprit John, la police n'a plus rien à demander à Ali; sa première déposition leur suffit. Après tout, elle n'a rien vu de ce qui s'était passé. Mais ils veulent revoir Julia demain.

— Je sais. Je l'emmènerai là-bas dans l'après-midi. Je veux d'abord leur acheter deux ou trois trucs, pour qu'elles s'installent un peu mieux ici. Quand je les regarde, quand j'entends Ali dire qu'elle veut rentrer chez elle...

Elle laissa sa phrase en suspens et baissa les yeux. John se tut également, et ils restèrent un moment silencieux, côte à côte sur le canapé.

— Tu sais, finit par dire Sandy à voix basse, j'ai toujours eu le sentiment qu'il était de mon devoir de protéger Ann. Même quand on était petites. Elle était si... si douce, tu sais? Si naïve, si fragile. Moi, j'ai toujours été un peu plus coriace.

— Sandy, tu sais bien que tu n'y es pour rien. Ça n'avait rien à voir avec toi.

Mais elle savait que ce n'était pas aussi simple.

Sandy se leva de bonne heure le lendemain matin et, resserrant son peignoir contre la fraîcheur de cette fin octobre, ouvrit la porte pour ramasser le journal sur le paillasson. La une du *Chronicle* était occupée par une photo d'Ann, Ted et les filles, au-dessus de laquelle on pouvait lire en gros caractères : « Accident tragique ou meurtre? » Elle s'appuya contre le mur du couloir, le souffle coupé.

Elle avait toujours été fascinée par ces événements violents, imprévisibles, qui peuvent faire basculer la vie d'une personne ou d'une famille tout entière, et les faire tomber du jour au lendemain dans le domaine public. Pour quelques minutes d'égarement. Ces événements qui enchaînent un homme sous le regard des autres comme Prométhée sur le mont Caucase, les entrailles livrées en pâture aux médias. Les voisins, les amis font toujours le même genre de remarques à propos de ces visages qui sont propulsés sous les projecteurs, parlent de famille ordinaire, de gens sans histoires. Mais Sandy était persuadée que si elle avait l'occasion de gratter un peu sous la surface (car c'était elle qui posait les questions, qui prenait les notes), elle pourrait à chaque fois trouver un symptôme quelconque, un présage, un détail qu'ils auraient laissé échapper sur le moment, ou qu'ils auraient peut-être remarqué mais sans y accorder la moindre importance.

Bien entendu, elle n'avait jamais considéré sa famille comme une famille ordinaire et sans histoires. Jusqu'à présent, elle avait toujours eu l'impression que cette singularité restait à l'abri des regards extérieurs sous une fine pellicule élastique et opaque, qui se déformait sous la poussée mais ne cédait pas. Mais au fond d'elle-même, Sandy avait toujours su que ce voile finirait par se déchirer. Ses craintes se vérifiaient mais, d'une certaine façon, elle en était maintenant presque soulagée, adossée au mur du couloir, le journal à la main, comme un hypocondriaque à qui l'on vient d'annoncer un cancer. Cependant, parmi tous les membres de la famille, elle n'aurait jamais imaginé que ce serait Ann qui paierait. Elle entendit Ali et Julia s'engager dans l'escalier, et se dépêcha de cacher le journal sous un coussin avant qu'elles n'arrivent en bas.

— Bonjour les filles.

Elle fut étonnée de constater qu'elles étaient déjà habillées, chaussures aux pieds, les cheveux soigneusement peignés, comme si elles voulaient partir tout de suite.

— Bonjour, répondirent-elles.

Elles la suivirent dans la cuisine sans un mot de plus, et la regardèrent ouvrir la porte du réfrigérateur.

— Bon. Voyons voyons... Il y a deux salades basses calories. Des yaourts. Et un ou deux trucs que je serais incapable de décrire autrement que comme des expérimentations scientifiques sur le développement de la moisissure en milieu réfrigéré.

— T'as pas de corn flakes ? demanda Julia.

Elle réalisa qu'elle s'était levée après elles les deux matins précédents, et qu'elle n'avait pas la moindre idée de ce qu'elles avaient pris pour le petit déjeuner. Pire, qu'elle n'avait même pas pensé à le leur demander. Une preuve de plus qu'elle n'était pas vraiment faite pour ça.

— Des corn flakes ? Ecoutez, les copines, je suis dans la catégorie « célibataires névrosées », moi, d'accord ? Vous savez, le genre de filles dont on parle sans arrêt dans les magazines féminins. Pour moi, par exemple, le café fait partie des trois principaux groupes alimentaires.

— Quatre, dit Julia.

— Quoi ?

— Les groupes alimentaires — ils ont décidé qu'il y en avait quatre, maintenant.

— Pourquoi on n'irait pas prendre le petit-déj' au centre commercial ? demanda Sandy en soupirant. Beignets et Coca, ça vous dit ?

Les filles hochèrent la tête d'un air peu enthousiaste et, avant d'être de nouveau confrontée à leurs regards impatients et curieux, ces regards avides de ce qu'elle ne pouvait sans doute pas leur donner, Sandy courut s'habiller.

Elles étaient assises autour d'une petite table de Formica orange, collante et bancale, sur la place centrale du nouveau centre commercial de Hardison, et mangeaient d'énormes beignets pendant qu'une femme entre deux âges, un filet sur la tête, vidait la poubelle qui se trouvait près d'elles. Elles n'avaient encore jamais mis les pieds ici à cette heure, en semaine — pas même lorsqu'il avait été inauguré l'année précédente, et que la nouveauté poussait les familles à venir à toute heure du jour pour faire peindre le portrait de leurs enfants en horribles tons pastel sous la coupole de la grande place, ni pendant les vacances scolaires (Ann résistait aux prières des filles car la première fois où elle y était allée, elle avait failli tomber dans les pommes dans ce tourbillon de lumières et d'odeurs écœurantes, ces relents de sucre cuit et de fromage fondu, et avait dû se précipiter deux fois aux toilettes pour vomir). Elles n'étaient pas habituées à voir si peu de monde dans ces allées immenses, simplement quelques hommes et quelques femmes désœuvrés, probablement au chômage, qui erraient devant les portes ouvertes des boutiques sans y entrer, des ménagères qui fonçaient d'un magasin à un autre, profitant des caisses désertes, et qui rayaient les chemises ou les sous-vêtements de la liste qu'elles tenaient en main au fur et à mesure que leurs achats étaient enregistrés, et quelques autres qui ne venaient dépenser un peu d'argent ici que parce qu'elles s'ennuyaient toutes seules chez elles.

A la table voisine de la leur étaient assises deux jeunes femmes en jeans et en vestes de satin matelassées, avec une poussette dans laquelle dormait un bébé — une petite fille dont le corps grassouillet était couvert de rubans roses des pieds à la tête. Elles avaient le nez plongé dans leurs gobelets de café, et jetaient à tour de rôle des regards en coin vers Sandy, Julia et Ali.

— Je te dis que c'est les filles de la photo. T'as pas vu le journal ? Tommy va à l'école avec la petite.

— Il a fait ça juste devant les gosses, à ce qu'il paraît. C'est ça qui me débecte, moi. Devant elles, tu te rends compte ?

— Ma belle-mère dit que la famille a toujours été un peu... Tu vois le genre, un peu tordue, quoi. Celle de la femme, je veux dire. Qui se ressemble s'assemble, hein ?

— Rich connaît quelqu'un qui travaille avec lui. Paraît qu'il a toujours eu un caractère de chien, qu'il voulait jamais se mélanger à eux, tu vois. Il devait croire qu'il valait mieux qu'eux, je suppose. Tu parles !

Julia reposa son beignet et se leva lentement. Avant que Sandy eût vraiment réalisé ce qui se passait, elle se dirigea vers les deux femmes, leur jeta un regard glacial, et posa calmement les mains sur la poussette. Sous leurs yeux ahuris, elle la tira brusquement en arrière et l'envoya rouler au milieu des tables, sous les vagissements terrifiés du bébé. Sandy se leva d'un bond et parvint à la rattraper juste avant qu'elle ne heurte le stand de glaces DeLite.

— Seigneur Dieu ! hurla la mère du bébé, en arrachant la poussette des mains de Sandy. Elle aurait pu la tuer ! T'es pas bien ou quoi, espèce de sale gosse ?

Elle se baissa pour prendre sa fille dans ses bras, et se mit à lui faire des mamours en roucoulant et en tiraillant les petits rubans roses.

— Je suis désolée, dit Sandy.

— Vous êtes tous malades, dans cette famille.

Sandy revint vers la table, près de laquelle Ali et Julia se tenaient à présent debout et ramassaient leurs boîtes de Coca et leurs papiers gras. Elle attrapa Julia par le bras.

— Comment as-tu pu faire ça ?

Julia restait immobile et silencieuse, mais son visage était écarlate. Elle baissa les yeux et fronça nerveusement les sourcils.

— Allons-nous-en, dit Sandy.

Elles s'éloignèrent dans l'allée centrale, entre les bancs de fer forgé peints en blanc et les palmiers en plastique, sans un regard pour les vitrines des magasins, et ne ralentirent un peu le pas que lorsqu'elles furent suffisamment loin de la terrasse du fast-food. Sandy commençait enfin à retrouver une respiration plus régulière. Elle observait Julia, à la recherche de quelque signe de trouble ou de remords, mais celle-ci continuait à marcher devant, entêtée, le plus vite possible pour ne pas laisser voir que ses jambes tremblaient. Sandy essaya cependant de sauver la journée, en puisant au fond d'elle-même pour retrouver un semblant de naturel et de décontraction.

— Vous voulez faire un tour là-dedans? leur demanda-t-elle devant une vitrine pleine de posters de pop stars qu'elle ne connaissait pas, des garçons aux cheveux longs, en jeans déchirés et blousons cloutés.

— Nan, grommela Ali en lui jetant un regard sévère.

— Et là, ça vous dirait?

Elle leur désigna du doigt une boutique de gadgets et de cartes postales, dont la vitrine débordait d'animaux en peluche : des ours blancs géants, des singes et des chatons soyeux. Elle eut une pensée pour ceux qu'elle aimait tant quand elle était petite, comme ce serpent de deux mètres de long qui terrorisait Estelle au point qu'elle ne s'aventurait à le déplacer que du bout de l'aspirateur.

— On dirait qu'ils ont des trucs pas mal, non?

— Beurk.

— Beurk? Je suis has been ou quoi? Ne me dites pas que je suis déjà désespérément ringarde à trente-cinq ans?

Elle avait la voix trop volontairement enjouée d'une fille toute seule dans une soirée, qui aurait forcé un peu trop sur le champagne. Elles entrèrent dans le magasin, sachant toutes les trois par avance que ce serait peine perdue, mais prises dans la spirale de leur malaise, emmêlées dedans, incapables de s'en extirper.

— On peut rentrer à la maison, maintenant? demanda Ali après qu'elles eurent visité quatre autres boutiques sans le moindre intérêt.

— Vous ne voulez vraiment rien acheter pour votre chambre?

— Non.

— Julia?

Julia secoua la tête sans lui accorder un regard et se tourna vers les escalators.

— Bon, ça va. Vous avez raison. Beurk. Complètement beurk. Un exemple flagrant du matérialisme américain dans tout ce qu'il a de plus superficiel. On s'en va.

Elles prirent les escalators et traversèrent le niveau 0 du centre commercial, au milieu des innombrables pancartes qui annonçaient des promotions sur les téléphones ou les micro-ondes, des magasins de vêtements qui se ressemblaient tous, des machines à pop-corn, des stands de glaces, et débouchèrent enfin sur le parking. Une fois dehors, elles s'éloignèrent un peu les unes des autres, soulagées de laisser un peu d'air frais s'immiscer entre elles.

Julia, qui restait à présent un peu à la traîne, étudiait la trouble démarche de Sandy, le galbe de ses mollets dans ses jambières noires, les boucles souples qui flottaient sur ses épaules, son pas à la fois léger et volontaire, la façon dont elle se penchait gracieusement pour ouvrir la portière de la voiture et jeter son sac à l'intérieur avant de monter : elle analysait chaque mouvement pour essayer de trouver le secret du charme féminin, de ce qu'elle avait entendu appeler le sex-appeal sans comprendre exactement ce que cela signifiait, comme si elle voulait le capturer, le tremper dans le formol et l'épingler quelque part ainsi qu'elle le faisait autrefois avec ces insectes qui rendaient sa mère folle, afin de pouvoir l'examiner tranquillement, dans l'intimité de son petit laboratoire mental. C'était l'une de ses obsessions, depuis quelque temps. Elle grimpa sur la banquette arrière et se mit à observer les cheveux de Sandy.

Plus elles approchaient de Sycamore Street, plus Julia paraissait tendue. Par la vitre sale de la voiture, elle regardait défiler ces maisons familières, ces trottoirs et ces arbres familiers, tous ces endroits où elles avaient l'habitude de jouer dans cette vie désormais passée, autant de souvenirs qui semblaient resurgir d'un rêve déjà presque oublié. Sandy tourna lentement dans la petite allée qui menait à la maison, et s'arrêta devant la porte fermée du garage. Les filles descendirent de voiture après elle et la suivirent sur le chemin dallé, couvert des feuilles qu'Ann avait ratissées dix jours plus tôt, et qui s'étaient de nouveau dispersées un peu partout.

— Je suis désolé, on n'entre pas ici, fit une voix posée mais autoritaire.

Elles levèrent toutes les trois la tête et aperçurent un policier en faction devant la porte, les pieds largement écartés.

— Comment ça, on n'entre pas ici ? C'est la maison de ma sœur. La maison de ses filles.

— J'ai reçu ordre de ne laisser entrer personne. Nous n'avons pas écarté l'hypothèse d'un crime.

— Encore heureux... Je suis au courant, figurez-vous, qu'il y a eu un putain de crime dans cette maison !

Le policier semblait avoir une bonne dizaine d'années de moins qu'elle. A force de rester dans le froid toute la journée, il avait le nez tout rouge.

— Excusez-moi, fit-elle en reprenant son calme. Ecoutez, il nous faut juste leurs livres de classe et deux ou trois petites affaires... Je vous promets qu'on ne touchera à rien.

— Entendu, consentit-il après les avoir observées un moment d'un air hésitant. Vous pouvez entrer, mademoiselle. Mais je pense qu'il serait plus raisonnable que les filles vous attendent dehors.

Sandy adressa un petit signe de tête rassurant à Julia et Ali, et pénétra dans la maison.

Quelques rayons de soleil ténus passaient entre les rideaux de la porte d'entrée et scintillaient sur le carrelage du vestibule comme du cristal brisé. Elle respira profondément, la gorge serrée. Il fallait qu'elle ne pense qu'à ce qu'elle avait à faire en haut, récupérer quelques livres, quelques jouets — de simples objets. Facile. Elle avança d'un pas dans le couloir. S'immobilisa. Les voleurs éprouvent peut-être les mêmes sensations, lorsqu'ils s'introduisent dans une maison vide dont les propriétaires sont en vacances à des centaines de kilomètres de là, insouciants, à se prendre en photo sur une plage ensoleillée pendant que leurs biens sont à la portée de n'importe qui, que leur maison abandonnée résonne encore faiblement de leur présence, du battement de leur cœur, en les attendant.

Elle cligna des yeux, et continua à avancer. Mais avant qu'elle n'eût atteint l'escalier, elle fut stoppée par le trait de craie blanche qui marquait la place du corps d'Ann, les jambes écartées, la tête sur la première marche. Trois taches rouge sombre apparaissaient sur le tapis comme des stigmates. Elle tendit une main tremblante vers la rampe pour garder son équilibre, et parvint ainsi à s'arracher à cette vision d'horreur et à s'engager dans l'escalier. Ce n'est qu'en haut des marches que ses jambes retrouvèrent suffisamment de sûreté pour lui permettre d'aller sans appui jusqu'à la chambre d'Ali, puis dans celle de Julia, ramassant au hasard sur leurs bureaux des livres et des papiers qu'elle fourrait dans le grand sac qu'elle avait apporté, l'esprit vide et le cœur battant, le front couvert de sueur froide.

En redescendant, elle dut faire un effort pour ne pas baisser les yeux sur la silhouette qui l'attendait au bas de l'escalier, mais faillit tomber dessus en dévalant les dernières marches à toute vitesse. Regardant toujours droit devant elle, elle aperçut les roses jaunes que Neal Frederickson avait offertes à Ann, toujours sur le buffet dans un petit vase de porcelaine autour duquel étaient éparpillés les pétales fanés, délaissés.

Julia vit le policier tourner la tête pour jeter un coup d'œil dans l'entrebâillement de la porte, incapable de résister à la tentation du voyeurisme, à ce singulier plaisir que l'on prend à assister à la douleur d'autrui. Il introduisit la tête de quelques centimètres à l'intérieur.

Elle fit signe à Ali de se taire et de ne pas bouger, et se précipita de l'autre côté de la maison, en courant sur la pointe des pieds dans l'allée latérale, surchargée en été de quatre variétés différentes de lis. Elle monta sur une pierre, colla son nez contre la fenêtre froide, et tenta d'apercevoir quelque chose par le petit espace laissé entre les rideaux.

En mettant ses mains de chaque côté de ses yeux, elle put voir l'extrémité du divan, le bas de la rampe d'escalier, et un segment de la ligne de craie blanche. Qui lui fit penser à la côte ouest de l'Afrique.

Sandy quitta l'allée sur les chapeaux de roues, tandis que les filles fouillaient fébrilement dans le sac qu'elle avait placé entre elles sur la banquette arrière, en quête de quelques souvenirs.

— Tu as oublié mon livre d'histoire, dit Julia d'une voix sèche.

— Je suis désolée.

— Qu'est-ce que je vais dire à Mr. Wheeler, moi, demain matin ?

— Je me fiche de ce que tu vas dire à Mr. Wheeler. Tu n'as qu'à lui faire croire que le chat l'a bouffé, tiens. Ou que l'ordinateur l'a bouffé, si ça t'amuse. Oui, voilà, tu n'as qu'à lui dire que n'importe lequel de ces engins qui bouffent tout, de nos jours, a bouffé ton livre d'histoire.

Elle s'arrêta à un feu rouge au croisement de Sycamore Street et de Haggerty Road, et se tourna vers elles.

— Excuse-moi, Julia. Je reviendrai le chercher demain.

— Fais ce que tu veux, grommela Julia.

Sandy serra le volant de toutes ses forces, jusqu'à ce que les jointures de ses doigts blanchissent. Elle regardait fixement la voiture arrêtée devant elles. Sur le pare-brise arrière, un autocollant disait « Change de vie ou crève ».

— Je fais du mieux que je peux, murmura-t-elle comme si elle parlait toute seule.

Julia ne répondit rien, se contentant de serrer les poings jusqu'à ce que ses ongles mal coupés s'enfoncent profondément dans la chair tendre de ses paumes.

Plus tard dans l'après-midi, après avoir confié Ali à un voisin, Sandy et Julia se rendirent en ville en voiture et se garèrent derrière le supermarché Grand Union, à quelques rues du commissariat de police. Dans Main Street, elles passèrent d'un pas rapide devant la porte immense de la vieille bibliothèque de pierre, léguée à la ville par la famille Baylor une centaine d'années plus tôt (il existait encore des rescapés de la dynastie Baylor à Hardison, des gens plutôt agréables dont Sandy se méfiait pourtant, par principe), devant la quincaillerie et sa brouette rouge exposée sur le trottoir, et devant plusieurs vitrines vides sur lesquelles étaient placardés des panneaux « A louer », victimes parmi tant d'autres du nouveau centre commercial. Elles marchaient tête baissée, sans regarder autour d'elles, le plus vite possible.

— Pourquoi on doit y retourner ? Je leur ai déjà dit ce qui était arrivé.

— Je sais, ma grande. Mais il faut bien que les policiers fassent leur métier. Ils veulent être bien sûrs de n'avoir rien oublié, c'est tout.

Depuis la discussion dans la voiture, quelques heures plus tôt, elles ne s'étaient adressé la parole qu'avec cette politesse exagérée qui sert souvent de pis-aller lorsqu'on n'a pas réellement envie de s'excuser.

— Bon.

— Je sais que c'est dur. Je donnerais n'importe quoi pour t'éviter tout ça, tu sais. Julia ?

— Oui ?

— Tu es sûre, hein ? Il l'a fait volontairement ?

— Oui.

— Bien. Tout ce que tu as à faire, c'est de leur dire la vérité. Je serai près de toi, ne t'inquiète pas.

Sandy ouvrit les lourdes portes vitrées du commissariat dans lequel elle avait passé tant d'heures, quand elle débutait dans le journalisme, à écouter les voix rauques qui lui parvenaient de l'autre côté du grillage, à attendre que quelque chose se produise, quelque chose d'un peu plus intéressant que les conduites en état d'ivresse et les vols à la tire, qui étaient le lot quotidien de la police de Hardison. Elle connaissait l'odeur du commissariat, le marbre froid, le café réchauffé, l'attente, le cliquetis des serrures. Elle guida Julia jusqu'au bureau du fond, devant lequel les attendait le sergent Jefferson, qui avait réussi à décrocher la mission de l'année après des négociations très animées avec l'un de ses collègues et deux supérieurs.

— Bonjour, Julia.

— Bonjour.

— Je suis content que tu sois revenue. Ça ne prendra pas long-temps. Mademoiselle Leder, si vous voulez bien attendre ici, j'aimerais parler quelques instants avec Julia en tête à tête.

— Je ne bouge pas d'ici, dit Sandy à Julia avec un sourire encourageant. Tu sais que je suis là.

Le sergent Jefferson conduisit Julia à l'intérieur de son bureau, et ferma la porte vitrée derrière eux.

— Tu veux un Coca?

— Non merci, dit-elle en s'asseyant au bord d'une chaise de Skaï marron barrée par une bande de chatterton blanc.

— Comment ça se passe, Julia? Tout va bien?

— Ça va.

— Parfait. Je suis désolé de devoir te faire repasser par tout ça, mais j'ai besoin de quelques éclaircissements à propos d'une chose ou deux, et je me disais que tu pourrais peut-être m'aider.

— D'accord, fit sèchement Julia, agacée par la note de condescendance qu'elle décelait dans sa voix.

— Très bien. Alors, l'autre jour tu m'as raconté le week-end que tu avais passé avec ton père. Ce que je veux savoir, c'est si ton père paraissait particulièrement en colère, sur le chemin du retour, ou énervé? Tu t'en souviens?

— Il était très en colère.

— Est-ce qu'il t'a dit quelque chose à propos de ta mère?

— Je me rappelle pas.

— Quand vous êtes revenus à la maison, ils se sont disputés?

— Oui.

— Est-ce que tu te rappelles pourquoi?

— Elle voulait pas revenir avec lui. Il insistait, mais elle voulait pas.

— Et alors, qu'est-ce qu'il a dit?

— Il a dit qu'elle n'était pas au bout de ses surprises.

— Maintenant, il faut que tu réfléchisses bien, Julia. A quelle distance te trouvais-tu de ton père? A peu près comme ça?

Il se leva, contourna son bureau et vint se placer à un peu plus d'un mètre d'elle.

— Ou plutôt à cette distance-là? demanda-t-il en s'approchant d'une trentaine de centimètres.

— A peu près comme ça, oui.

— Donc, il ne t'aurait fallu qu'une demi-seconde pour sauter sur ton père. Tu l'as peut-être fait sursauter. Et c'est peut-être ça qui a fait partir le coup, non? Ce ne serait pas ta faute, tu sais. Ce ne serait la faute de personne. Ça s'est passé comme ça, Julia?

— Non, répondit-elle fermement, je vous ai déjà raconté. J'ai sauté sur lui après que le coup est parti. Après. Je le jure.

86

— Tu as vu ton père pointer le fusil sur ta mère?
— Oui.
— Tu en es absolument certaine? demanda-t-il en la regardant droit dans les yeux. Tu as vu ton père diriger intentionnellement le fusil vers ta mère?

Il vit ses yeux commencer à s'emplir de larmes, et en prit note dans son petit calepin. C'était l'une des choses auxquelles on leur avait depuis peu appris à faire attention: l'humeur, l'attitude de ceux qu'ils interrogeaient. Comme tous les autres policiers de Hardison, Jefferson avait participé à ce sujet à un séminaire qui réunissait les polices des trois comtés voisins, et dont les responsables politiques du coin n'étaient pas peu fiers. Des après-midi entiers à rester enfermé dans des salles lugubres, à écouter des conférences sur la psychologie des criminels et le droit des victimes, données par des théoriciens qui n'avaient jamais porté un insigne. Pourtant, ces cours ennuyeux allaient peut-être lui être utiles: c'était sa première affaire de meurtre, et il tenait à assurer ses arrières.

— Tu es sûre?
— Oui. Il a visé sa tête.

Jefferson fit une nouvelle fois le tour de son bureau et alla s'accroupir devant la chaise de Julia.

— Il ne faut pas m'en vouloir, Julia. Je suis obligé de te poser toutes ces questions.

— J'ai essayé de l'en empêcher, mais c'était trop tard. J'avais pas envie d'aller à la chasse, de toute façon. Et j'en voulais pas, de son fusil.

— C'est bon, Julia. On en a fini pour aujourd'hui.

Elle se frotta les yeux, secoua la tête, et se leva lentement. Il la prit par l'épaule et la guida vers la porte.

— Qu'est-ce qu'il va lui arriver? demanda Julia avant qu'ils n'aient rejoint Sandy.

— A ton père?
— Oui.
— Je ne sais pas. Ce sera le tribunal qui décidera de ça.

— Ça s'est bien passé? demanda Sandy en faisant un pas vers elle.

— Oui.

— C'est une vraie petite pro, dit Jefferson en tapotant l'épaule de Julia.

— Je sais bien. Julia, tu peux m'attendre ici une minute? Je voudrais dire un mot au sergent Jefferson.

Julia regarda les adultes s'éloigner d'elle de quelques mètres, et se rapprocher l'un de l'autre pour qu'elle ne puisse pas les entendre, même lorsqu'elle s'approcha d'un pas.

— Vous êtes leur tutrice légale ?

— Oui.

— Sale histoire, hein.

— Est-ce qu'il me serait possible de voir Mr. Waring ?

— Si c'est une affaire personnelle et que ça n'a rien à voir avec votre journal...

— Oui.

— Dans ce cas... Je les préviendrai de votre visite.

Ted Waring était assis à la table de bois du parloir vert pomme, les yeux fixés sur une longue fissure qui zébrait le mur en face de lui et laissait deviner une couche antérieure de vert pomme, et encore une autre en dessous. Une seule chose lui manquait véritablement : la lumière.

Dans ce parloir, il n'y avait ni ces grillages, ni ces cloisons de verre sur lesquelles les visiteurs pressent désespérément leurs mains en parlant au téléphone au prisonnier, ni ces portes électriques qui s'ouvrent silencieusement et se referment avec un petit bruit sourd qui résonne dans la pièce, comme pour ne plus jamais s'ouvrir. Il se disait que ce serait sans doute pour plus tard, ailleurs. S'il n'avait pas de chance. Ou s'il se débrouillait mal.

Sur son visage mal rasé, fatigué, se dessinaient des ombres qui dissimulaient en partie ses yeux cernés et ses joues creuses. Le surveillant qui se tenait contre le mur derrière lui, les bras croisés sur son ventre imposant, regardait Ted passer sans arrêt ses mains sur ses tempes, les doigts écartés dans son épaisse chevelure sombre. On acquérait vite des tics, ici.

— Il fallait simplement que je te voie de mes yeux, dit Sandy, pour te prévenir que tu n'allais pas t'en tirer comme ça.

— Je l'aimais, Sandy.

— Je suis pas venue pour entendre ce genre de truc.

— Comment vont les filles ?

— Qu'est-ce que tu crois ? Elles sont effondrées.

— Tu les amèneras ici ? S'il te plaît.

— Et puis quoi encore ?

— Il faut que je parle à Julia. Je t'en prie, laisse-moi la voir.

— Tu espères pouvoir l'intimider pour qu'elle change sa déposition ?

— C'était un accident, Sandy. Tu ne comprends pas ? Personne ne peut comprendre ça ? Pour quel genre de monstre est-ce que tu me prends ?

— Je te connais, n'oublie pas.

— Qu'est-ce que ça veut dire ? fit-il en soupirant, exaspéré.

Ecoute, je me fous de ce que tu crois. La vérité, c'est que Julia m'a sauté dessus. Je ne sais pas ce qui lui a pris, mais elle m'a sauté dessus. Et je ne sais pas non plus comment, mais le coup est parti. Elle a dû taper dans le cran de sûreté, je n'en sais rien. Tout ce que je sais, c'est que c'est comme ça que ça s'est passé.

— T'en as d'autres, des conneries pareilles ?

— Laisse-moi parler à Julia. Elle ne sait plus ce qu'elle dit parce qu'elle est sous le choc, et parce qu'elle a peur, c'est tout.

Ne croyant pas ce qu'elle venait d'entendre, et incapable de répondre, Sandy ne put que le fusiller du regard.

— Pourquoi tu me fais ça ? demanda-t-il avec rage.

— Moi ? Je ne te fais rien. Tu as tout fait tout seul.

Elle le regarda un moment droit dans les yeux, prit une profonde inspiration, et se pencha vers lui au-dessus de la table :

— C'était ma sœur, Ted. Ma sœur.

— Sandy ?

— Quoi ?

— Dis aux filles que je les aime, d'accord ? Dis-leur simplement que je les aime.

Sans un mot de plus, elle se leva et quitta le parloir.

— Pas la peine de te lever, lui dit le surveillant, t'as un autre visiteur. T'es un type plutôt populaire, hein ?

Harry Fisk entra dans la pièce, une petite mallette de cuir sombre à la main. Il portait une veste qui, espérait-il, paraissait plus chère qu'elle ne l'était en réalité (il achetait loin de chez lui des magazines de mode masculine, et en étudiait les photos en cachette avant de les fourrer discrètement dans une poubelle comme si c'était de la pornographie), et une cravate au nœud très lâche — car il avait décidé en sortant de la faculté de droit que c'était le style qui évoquait le mieux l'homme d'action, le fonceur, celui qui réussit tout ce qu'il entreprend. Il avait rencontré Ted pour la première fois quatre jours auparavant, après que celui-ci eut appelé le seul avocat qu'il connaissait, Stuart Klein, qui s'était occupé des préparatifs de son divorce.

— C'est trop fort pour moi, Ted, avait avoué Klein avant de lui donner le numéro de téléphone de Fisk, beaucoup trop fort pour moi.

De l'avis général, Fisk était l'avocat qui montait. Jusqu'à présent, il était surtout réputé pour avoir pris en main quelques-unes des plus sombres affaires auxquelles étaient mêlés certains députés d'Albany, des histoires d'adultère ou de prostitution, des trafics financiers douteux, affaires pour lesquelles ils préféraient ne pas s'adresser à leur avocat de famille. Or on ne pouvait sans doute pas trouver plus magouilleur et plus opportuniste que Fisk dans tout Hardison. Et, heureusement pour Ted, qui aurait eu bien du mal à s'attacher ses services sans cela, il s'imaginait que ce procès probablement retentissant serait un excellent tremplin pour sa carrière. Leur première rencontre n'avait été qu'un simple échange d'informations, chacun essayant de prendre la mesure de l'autre, de deviner comment il allait jouer en déchiffrant les quelques cartes qu'il consentait à étaler devant lui.

— Pourquoi l'aurais-je tuée? s'exclama Ted avant que Fisk n'eût fait deux pas dans le parloir. Voilà ce que vous devez leur faire comprendre. Je voulais qu'elle revienne. Je l'aimais. Je l'aimais encore. On avait fait l'amour deux jours avant, bon sang!

Fisk s'assit calmement, sortit son calepin jaune sans se presser, le posa sur la table, et leva enfin les yeux vers Ted.

— Quelqu'un vous a vus?

— Quelqu'un nous a vus faire l'amour? Vous êtes malade ou quoi? Non, si c'est ce que vous voulez savoir, on nous a vus ensemble à la pièce de l'école, ce soir-là.

— Bon...

— Ali jouait le rôle d'un Indien.

Ted le regarda fixement, comme s'il pensait que cette précision pouvait avoir une grande importance. Fisk, qui n'avait pas d'enfants, hocha distraitement la tête.

— Je l'ai dit à Julia, reprit Ted.

— Vous avez dit à Julia que vous aviez couché avec Ann?

— Je lui ai dit que j'aimais Ann.

— Quand?

— La nuit d'avant. A notre retour dimanche soir, on était sur le point de sortir manger tous les quatre ensemble. Comme une famille. Tout simplement, comme une famille.

Il détourna les yeux et se replongea quelques secondes dans l'observation de la fissure du mur, des couches successives de vert pomme.

— Je ne sais pas ce qui est arrivé. Ça s'est mal passé, c'est tout.

— Tout d'abord, comme le sait le moins assidu des lecteurs de journaux à scandales, l'amour, et a fortiori le sexe, constitue souvent une piètre défense dans une affaire de meurtre. Je me demande même si cela ne fait pas qu'aggraver les choses. Bien... Quoi qu'il en soit, au bout du compte, ce sera la parole de Julia contre la vôtre. Et inutile de vous préciser celle que la plupart des jurés auront tendance à croire, s'ils ont le choix entre une orpheline angélique et... vous. On parle beaucoup de votre caractère, vous savez. Vos voisins meurent d'envie d'aller parler à la police de toutes les fois où ils ont entendu du grabuge chez vous...

— Si on enfermait tous les couples qui se disputent aux Etats-Unis, j'aime mieux vous dire qu'il y aurait un paquet de maisons vides dans ce putain de pays.

— Vous n'êtes pas ici à cause d'une petite dispute, mon ami. Vous êtes ici pour homicide. Vous aviez plus d'un gramme d'alcool dans le sang. On a retrouvé vos empreintes partout sur le fusil.

— Evidemment, on a retrouvé mes empreintes sur le fusil ! Je le tenais quand le coup est parti, nom de Dieu ! Mais le coup ne serait jamais parti si Julia ne m'avait pas sauté dessus.

— Il va nous falloir contrer le témoignage de Julia. Pourquoi ment-elle, selon vous ?

— Elle m'en veut pour beaucoup de choses. Pour la séparation. Pour tout.

— Il m'en faut plus, Ted. Donnez-moi quelque chose de solide. Il me faut de la matière, mon vieux, si vous voulez que je vous sorte de là. Elle n'a pas eu de problèmes ? Quelque chose dont on pourrait se servir ?

Ted recula lentement sur sa chaise et lança un regard plein de dégoût à son avocat. Quelques secondes pesantes s'écoulèrent entre eux.

— C'est ma fille.

— Je sais que c'est votre fille. Mais je sais aussi que vous êtes pour l'instant au fond d'une prison, et que vous risquez bien d'y passer un sacré bout de temps. Et ce ne sera pas dans cette petite résidence secondaire, si vous voulez mon avis.

Ted le fixa de nouveau pendant un long moment. Quand il se décida à parler, sa voix était dure comme de l'acier, froide et lointaine :

— Elle a vu la psy de l'école. Je crois qu'elle a passé une année pénible. C'est une fille intelligente, attention, mais elle a eu de très mauvais résultats. Ça ne lui était jamais arrivé auparavant. Il a dû se passer quelque chose, je ne sais pas. Elle a un comportement bizarre. Elle se bat avec les autres enfants. Elle n'a aucun respect pour ses professeurs. Elle est peut-être un peu dérangée, après tout ? Vous voyez ce que je veux dire ? Peut-être qu'elle est tout simplement un peu dérangée...

— Parfait, dit Fisk en souriant. C'est parfait.

— Sortez-moi d'ici, nom de Dieu ! Je ne peux absolument rien faire, enfermé ici.

— Votre éventuelle mise en liberté sous caution sera discutée demain matin au tribunal.

Ted passa les mains dans ses cheveux et hocha lentement la tête.

Le *Chronicle* avait installé ses bureaux dans un immeuble de ciment, bas et plat, à trois kilomètres de la ville, sur Deerfield Road. L'équipe de rédaction, dont beaucoup regrettaient amèrement la grande maison blanche de style victorien, en plein centre-ville, que le journal avait quittée six ans plus tôt, appelait cet endroit le Bunker — et il semblait effectivement avoir été construit avant tout pour résister aux catastrophes naturelles ou nucléaires. Le déménagement avait fait partie d'un vaste plan d'expansion, décidé à l'époque par la société commerciale plus ou moins transparente qui venait de racheter le quotidien à la famille qui le dirigeait depuis trois générations. De leur temps, les banlieusards d'Albany émigraient encore vers l'intérieur du comté, les revenus de la publicité ne cessaient d'augmenter, et l'équilibre du journal semblait plus qu'assuré. Cependant, depuis quelques années, après deux fermetures d'usines et un effondrement du prix de l'immobilier, la situation était devenue plus critique. Mais le *Chronicle* restait malgré tout la principale source d'information pour les gens du comté, qui avaient tendance, comme bien d'autres habitants des régions isolées par les montagnes, à ne pas trop faire confiance à ce qui venait de l'extérieur.

Sandy gara sa voiture sur le parking derrière le Bunker, et entra d'un bon pas dans le hall d'accueil, où Ella, assise au standard, lui jeta l'un de ces regards de curiosité insensible qu'une soudaine notoriété, quelle qu'en soit la cause, peut provoquer. Elle humecta ses lèvres et se pencha légèrement en avant, attendant que Sandy lui adresse un petit signe comme elle le faisait chaque matin, afin de pouvoir y répondre, ne serait-ce qu'en haussant les sourcils d'une certaine façon, pour lui faire savoir qu'elle la plaignait, qu'elle comprenait, et prendre ainsi part à sa manière à la tragédie dont tout Hardison parlait. Mais Sandy passa sans lever les yeux, et Ella, restée seule avec toute sa prétendue compassion, répondit d'un « Oui ? » sec et nerveux au téléphone qui sonnait depuis un moment, au lieu de son joyeux « Bonjour ! » habituel.

Sandy attrapa au passage un exemplaire de l'édition du jour et traversa la grande salle de rédaction, entre les longues lignes de bureaux au-dessus desquels une télévision branchée sur CNN diffusait des images muettes. Elle s'engouffra dans le bureau du fond et jeta le journal sous les yeux de Ray Stinson.

— Vous pouvez me dire qui est responsable de ça ?

Avant de lever les yeux sur elle, le directeur de la publication remit d'aplomb la petite statue de pêcheur à la ligne en fil de fer qu'elle avait déplacée en lançant le journal sur le bureau.

— Calmez-vous, Sandy.

— Vous avez décidé de faire concurrence au *National Enquirer* ? Je n'étais pas au courant.

Ray posa sur elle un regard tranquille et patient. C'était un homme long et maigre, aux cheveux blond-roux, qui portait de grosses lunettes à monture d'écaille pour corriger un léger strabisme et parlait sur un rythme haché, en marquant toujours une petite pause sur l'accentuation des mots, comme un bègue qui ferait de gros efforts pour contrôler sa diction.

— Je compatis tout à fait à votre douleur, mais vous vous rendez bien compte que c'est un événement important. L'un des plus importants qu'ait connus ce comté, autant que je m'en souvienne.

— Non, ce n'est pas un événement important, justement. Un événement important est quelque chose qui est susceptible d'influer sur la vie des gens. Un changement dans le conseil d'établissement, à l'école. Les lois sur l'avortement. La position du gouverneur sur la peine de mort. En couvrant cette affaire, vous ne faites que rapporter des potins pour satisfaire la curiosité malsaine des lecteurs.

— N'est-ce pas vous qui m'avez appris ce principe : « Tout est politique, ce qui touche une personne touche toutes les autres » ?

— Vous avez pensé aux filles ? continua Sandy, exaspérée. Ça ne vous a pas traversé l'esprit, hein ? Vous savez qu'elles vont devoir aller à l'école demain ? Faire face à leurs amis ? Vous n'avez pas pensé à ça, avant de balancer vos saletés à la une ?

Il déplaça de nouveau le pêcheur de quelques millimètres, pour qu'il retrouve sa place exacte sur le bureau.

— Je suis désolé, mais je n'ai pas à me soucier de ça, ce n'est pas mon travail.

— Ce n'est pas votre travail ? s'exclama Sandy, abasourdie. Je rêve. Je rêve, là...

— Et vous n'avez jamais eu à vous soucier de ça non plus, en tant que journaliste.

Il soutint le regard fixe et dur qu'elle posait sur lui. Si elle lui était devenue si précieuse, c'était en grande partie grâce à son absence totale de sensiblerie, à l'objectivité dont elle s'était toujours efforcée de faire preuve depuis qu'il la connaissait. Bien qu'elle eût grandi dans cette ville, elle n'avait jamais laissé transparaître la moindre émotion personnelle lorsqu'elle rendait compte d'un changement quelconque à Hardison, qu'il s'agisse de démolitions de vieux bâtiments, de bouleversements politiques ou d'évolution des mentalités, mais semblait au contraire accueillir chaque nouveauté ou chaque disparition avec une lucidité qu'il trouvait à la fois très utile et déconcertante.

— Tout ce que nous pouvons faire, poursuivit-il après une pause, c'est essayer de rapporter les faits le plus honnêtement possible.

— Honnêtement ? « Accident tragique », vous appelez ça de l'honnêteté ?

— C'est une hypothèse, Sandy. Waring a droit à un procès équitable, comme tout le monde. Et c'est aussi valable pour la presse que pour le tribunal.

— Vous avez l'intention de laisser Peter Gorrick sur l'affaire ?

— Oui.

— Depuis quand est-il sorti de son école de journalisme ; trois mois ?

— Quatre.

— Il n'est même pas d'ici.

— C'est vrai.

— Quelle expérience a-t-il des affaires judiciaires ? Quelle expérience a-t-il du journalisme d'investigation ?

— Sandy, je veux que vous restiez en dehors de cette histoire. Vous êtes trop impliquée dans tout ça. Pourquoi ne prendriez-vous pas deux ou trois semaines de repos ? Il vous reste des congés, il me semble.

— Pourquoi ? Ma présence ici vous pose des problèmes ?

— Je sais que c'est un moment très pénible pour vous, c'est tout. J'ai entendu dire que vous aviez la responsabilité des enfants. Alors appelons ça un congé de maternité, si vous voulez.

— Appelez ça comme ça vous chante, ça ne changera pas grand-chose. Je reste ici.

— Très bien. Alors continuez votre série d'articles sur le recyclage. Le conseil municipal se réunit jeudi. Soyez-y.

— Ils se réunissent sans arrêt depuis huit mois, et ils ne se sont même pas encore mis d'accord sur la couleur des poubelles réservées aux matières plastiques.

— C'est votre travail. Et s'il ne vous intéresse pas, prenez des vacances.

— D'accord, d'accord, ça m'intéresse. Je raffole de ce genre de boulot, d'accord ? C'était mon rêve, les reportages sur la couleur des poubelles.

Elle laissa la porte ouverte en sortant, car elle savait que ça l'agacerait, et traversa de nouveau la salle de rédaction, en évitant de croiser le regard de ses collègues, qui lui jetaient des regards furtifs par-dessus l'écran de leur ordinateur. Elle avait presque réussi à quitter la salle quand elle eut la désagréable surprise de trouver Peter Gorrick en travers de son chemin, manifestement décidé à ne pas s'écarter. A peine plus de vingt ans, bien de sa personne, shetland, tweed, visage de jeune premier. Il avait affecté depuis son arrivée au *Chronicle* une certaine désinvolture élégante, une sorte de nonchalance qui n'était trahie que lorsqu'il semblait un peu nerveux ou distrait : il passait rapidement sa langue sur ses dents de devant. Il était arrivé plusieurs fois à Sandy, en levant la tête de son ordinateur par hasard, de se rendre compte qu'il l'observait, les yeux plissés, ses longs doigts croisés sous son menton — et sa langue comme un petit point rose.

— Sandy ? Vous avez une minute ? Je pensais que nous pourrions peut-être parler un moment ensemble de... vous savez...

— Je suis occupée, marmonna-t-elle en lui lançant un regard noir, avant de faire un pas sur le côté pour le contourner, tandis que les journalistes présents dans la salle essayaient de regarder ailleurs.

— Ça ne prendra qu'une minute.

— Tu te prends pas pour de la merde, hein ? fit-elle en se retournant brusquement vers lui.

— Pardon ?

— C'est toi qu'on a mis sur le gros coup, t'es content ?

— Je fais simplement ce qu'on me demande de faire.

— Tu parles...

— Quel est votre problème, Sandy ? Vous savez bien que Ray ne pouvait pas vous confier ça.

— Mon problème, c'est que je n'aime pas les bellâtres dans ton genre, qui sortent des grandes universités et viennent se faire la main ici pour avoir quelque chose à mettre dans leur CV, et qui se sauvent ensuite en laissant toute la merde derrière eux pour que quelqu'un d'autre nettoie. Ça te plaît, de venir patauger un peu dans la misère des autres, hein ?

Gorrick, bien que touché au vif, demeura impassible. En réalité, toutes les grandes universités auxquelles il s'était adressé avaient refusé son dossier, et il avait été obligé de suivre les cours d'une université de second rang, à Boston, spécialisée dans la « communication », royaume des artistes underground et des passionnés de vidéo. Il avait passé quatre ans à essayer de se distinguer d'eux, en rêvant du temps où il pourrait combler tout le retard qu'il prenait et surpasser ceux qui avaient été plus chanceux que lui lors de la sélection.

— Je suis un journaliste, comme vous.

— Vous ne savez rien de moi, fit-elle avant de tourner les talons.

Gorrick la regarda s'éloigner avec ce regard stupéfait qu'il avait travaillé pour les démonstrations publiques d'étonnement. Ce n'est que lorsqu'il fut retourné à son bureau qu'il permit à son visage de se relâcher. Il avait essayé, durant ses quatre mois au *Chronicle*, de gagner l'amitié de Sandy : il lui posait des questions sur l'histoire de la ville et de ses habitants, lui apportait du café, encensait ses articles mais, tout en restant toujours polie, elle lui avait fait comprendre qu'elle ne désirait pas franchir avec lui le stade des rapports professionnels. Il devait se contenter d'étudier dans le journal les papiers qu'elle écrivait, toujours marqués par une précision et une clairvoyance qu'il s'appliquait à imiter de son mieux.

Sandy venait de franchir la porte d'entrée lorsqu'elle aperçut John sur le parking, venant à sa rencontre.

— Qu'est-ce que tu fais là ? lui demanda-t-elle avant qu'il n'ait eu le temps de l'embrasser.

— Ce que j'aime avec toi, tu vois, c'est qu'on se sent toujours désiré.

— Excuse-moi. Tu as vu le journal d'aujourd'hui ?

— Oui.

— C'est tout ce que ça te fait ?

— Tu sais bien que non. Où tu vas, si pressée ?

— Faut que j'aille faire des courses, il n'y a plus rien à manger à la maison.

— Tu vas faire des courses, toi ? demanda-t-il en lui jetant un regard incrédule.

— Ecoute, je ne peux pas demander à Julia et Ali de se nourrir exclusivement de mes yaourts et de mes Snickers *ad vitam æternam*...

— Où sont les filles, au fait ?

— Je les ai laissées à l'étude. Le fait de rester un peu avec les autres, je ne sais pas, j'ai pensé que ça les aiderait peut-être à revenir à une vie plus normale.

— On peut aller discuter quelque part ? demanda John.

— Qu'est-ce qu'il y a ?

— Pas ici.

— Accompagne-moi au supermarché, si tu veux, fit Sandy en haussant les épaules.

— Parfait.

John la regarda monter dans sa voiture et courut vers la sienne, garée quelques places plus loin. Il fit de son mieux pour ne pas perdre de vue sa Honda, qui roulait facilement à quinze ou vingt kilomètres heure au-dessus de la vitesse limite, vers le Grand Union. A un feu rouge, il parvint à s'arrêter à ses côtés. Il entendait la musique de l'autoradio à plein volume, mais ne parvint pas à accrocher son regard. Il se demanda quand viendrait le temps du deuil, du chagrin, de la douleur ; il se demanda combien de temps encore elle pourrait se cramponner à cette colère flamboyante qui maintenait tout cela à distance pour l'instant. Même lorsqu'ils faisaient l'amour, elle semblait maintenant seule et farouche, et ses cris de plaisir ressemblaient plutôt à des hurlements de rage, comme si elle se débattait furieusement contre des fantômes qu'il ne pouvait pas voir.

Ils poussaient un caddie rempli de provisions dans les allées carrelées, sous la lumière blafarde des néons. L'esprit visiblement absent, Sandy attrapait des boîtes et des bocaux dans les rayons, sans prêter attention aux marques ni aux prix, et les laissait tomber dans le caddie. Il ne leur était arrivé qu'une seule fois de faire des courses ensemble, un soir où ils avaient décidé de se préparer un petit dîner d'amoureux ; c'était amusant et romantique, chaque ingrédient leur semblait précieux, ils goûtaient aux premiers plaisirs puérils de l'intimité. Elle attrapa les quatre premières boîtes de corn flakes qui lui tombèrent sous la main.

— Je me disais que samedi, tu pourrais peut-être emmener Julia et Ali avec toi au magasin, dit-elle en ajoutant une cinquième boîte dans le caddie. Elles te donneraient un coup de main dans la réserve, pour ranger les tee-shirts, les baskets, des choses comme ça. Non ?

— Tu sais, fit John en remettant trois boîtes de corn flakes dans le rayon, il y a des lois sur le travail des enfants.

— Arrête... Tu n'as qu'à dire que ce sont des conseillères privées, ou quelque chose dans le genre. Si tu veux mon avis, elles en savent sûrement beaucoup plus que toi sur ce qui plaît aux gosses.

— Tu as tout prévu, hein ?

— Je pensais que ce serait bien pour elles, c'est tout. Qu'elles aient de quoi s'occuper. Et puis, je suis sûre qu'elles aimeraient ça. Peut-être simplement parce qu'elles savent que moi, le sport, ça me file des boutons.

Il avait accéléré le pas et, au moment où elle terminait sa phrase, il disparut au coin d'une allée.

— Qu'est-ce qui ne va pas ? demanda-t-elle en le rattrapant.

— Rien, ça va.

— Bon...

Il se retourna vers elle, apparemment sur le point de lui dire quelque chose, mais parut changer d'avis au dernier moment.

— Je disais ça comme ça, pour le magasin, reprit-elle. Je ne vois pas trop où est le problème. Tu y penseras, au moins ?

— Je croyais qu'on avait prévu d'aller tous les deux à Haggertyville, samedi, pour la vente aux enchères.

L'une des roues du caddie s'était bloquée, et Sandy se baissa pour la remettre droite, prenant plus de temps qu'il n'était nécessaire. Elle se redressa lentement, alla chercher un sac de deux kilos de riz dans le rayon, et le laissa tomber dans le caddie avec un bruit sourd.

— Je ne peux pas sauter comme ça dans la bagnole et laisser les filles toute la journée toutes seules.

Elle se pencha au-dessus du bac des légumes congelés, et fixa un moment les boîtes colorées parfaitement alignées.

— Je sais bien, dit-il.

— Bon, au fait, de quoi tu voulais me parler?

— C'est à propos de Ted...

— Qu'est-ce qu'il a, celui-là?

— Il a été mis en liberté sous caution.

— Il a été quoi? Tu plaisantes?

— Non. Ils ont dû se dire qu'il n'était pas dangereux, je suppose.

— Pas plus dangereux qu'un sèche-cheveux dans un bain moussant, non.

— Il a toujours été un bon père, tu ne peux pas lui enlever ça. Alors, malgré ce qui s'est passé, ils savent bien qu'il ne va pas se sauver en abandonnant ses enfants.

— Au contraire, même. S'il essaie de les reprendre, je te jure que...

— Ne t'inquiète pas. J'ai rempli des formulaires pour le priver de son droit de visite. Tu te doutes bien que je n'ai pas eu de mal Tu n'as plus qu'à aller au commissariat les signer.

— Tu as fait ça?

— Oui.

Elle le regarda dans les yeux; c'était nouveau et troublant pour elle, de s'apercevoir que quelqu'un prenait soin d'elle, s'occupait de ses affaires à sa place. Elle poussa le caddie jusqu'au rayon des gâteaux et prit trois gros paquets de cookies.

— Je crois qu'on en aura assez comme ça, dit John en en reposant deux.

Depuis quatre ans, les élèves du collège de Hardison avaient la possibilité de rester à l'étude après les cours, service instauré pour ceux dont les deux parents travaillaient, et qui ne savaient pas où passer la fin de l'après-midi. Ali et Julia y étaient restées quelques fois durant l'année qui venait de s'écouler, lorsque Ann ne parvenait pas à faire coïncider ses horaires à l'hôpital avec ceux de leurs cours, mais leur présence sporadique ne leur avait pas permis de s'intégrer vraiment au groupe des habitués. Ali, avec cet enthousiasme et cette bonne volonté qui ne la faisaient douter de rien, s'était immédiatement glissée au sein de la petite bande : elle se tenait à présent debout au milieu des autres, souriant timidement à des plaisanteries qu'elle ne comprenait pas vraiment.

Julia était assise toute seule sur un banc au fond de la cour, et lisait un guide touristique sur Milan. Elle avait retiré plusieurs ouvrages de ce genre à la bibliothèque, tous ceux qu'elle avait pu trouver, des guides sur l'Europe de l'Est, Miami, la France, l'Australie, San Francisco, et apprenait par cœur le nom des restaurants, les promenades à faire, les sites à visiter dans les environs, l'histoire de la ville ou du pays. Le voyage ne l'intéressait pas en tant que tel — la notion de séjour, de retour avec des photos en poche. Elle cherchait tout simplement un nouveau cadre de vie, un nouveau départ, une destination vers laquelle elle pourrait embarquer dès qu'elle serait libre. Elle étudiait chaque ville, chaque pays, pour essayer de savoir si cela lui conviendrait, imaginant la rue dans laquelle elle habiterait, l'emploi qu'elle pourrait trouver (l'esprit pratique, elle prenait soin d'étudier l'industrie et l'économie locales), la manière dont elle s'habillerait ; elle mémorisait phonétiquement quelques phrases utiles.

Loin de sa sœur qui se dandinait gauchement d'une jambe sur l'autre au milieu de « sa bande », elle lisait un texte sur l'imprimerie milanaise, réputée pour ses ouvrages aussi somptueux et nobles que l'art qu'ils reproduisaient. Elle se vit partir au travail chaque matin sur un scooter rouge, dans les petites rues pavées, avec des lunettes de soleil et un foulard de soie sur la tête.

Dès qu'elle sentait sur elle le regard d'un autre élève, ou entendait quelqu'un s'approcher, elle se plongeait plus encore dans son livre et tournait bruyamment une page — ils n'insistaient jamais. Même avant les événements récents, ils la considéraient tous comme une fille bizarre et vaguement dangereuse. L'année précédente, elle avait jeté la petite boîte métallique qui contenait ses fiches de lecture à la tête de son professeur, et avait écopé pour cela d'innombrables heures de colle. Depuis, elle se contentait d'une violence purement verbale, des uppercuts cinglants décochés à l'intelligence des autres élèves, à leur façon de parler, à leur coiffure, à leurs habitudes, jusqu'à ce que, au bout du compte, plus personne ne s'approche suffisamment d'elle pour entendre ses sarcasmes. Ce qui lui convenait très bien. Ainsi, à l'écart, elle pouvait étudier à loisir le comportement de ceux qui avaient réussi à conquérir l'estime et le respect des autres, comment ils s'y étaient pris, ce qu'ils faisaient pour les conserver. Elle en comprenait toute l'utilité et, bien qu'il fût trop tard pour elle, elle était déterminée à en faire profiter Ali. Les leçons du soir étaient souvent centrées là-dessus : avec qui se lier d'amitié, à côté de qui s'asseoir en classe, comment rouler correctement le bas de son jean, comment rire. Julia était persuadée que l'on pouvait disséquer le mécanisme de la popularité, point par point, et l'enseignait à Ali comme de l'algèbre.

Au milieu de la cour, Ali souriait de toutes ses dents, dans l'espoir d'être choisie pour une équipe de balle au prisonnier, lorsque Theresa Mitchell s'approcha d'elle en se trémoussant, écarta d'un petit geste maniéré une mèche blonde qui tombait sur ses yeux, et lui dit en ricanant :

— Qu'est-ce qu'elle va faire, ta sœur, si on te choisit pas ? Elle va nous tirer dessus ?

Au fur et à mesure qu'elle comprenait la question, le sourire d'Ali s'estompait.

— Ta gueule.

— Vous avez toujours le fusil chez vous ? Si vous faites pas vos devoirs, votre père vous tire dessus ?

— Arrête ça, Theresa, grommela nerveusement Tim Varonsky, pas très convaincant.

— Je parie qu'il y a des fantômes, là-bas, continua Theresa. Hooouuuu, hoooouuuuu.

Elle agita les mains autour de la tête d'Ali pendant que les autres enfants émettaient de petits gloussements hésitants, sachant pourtant que c'était « mal » — car ils avaient entendu discuter leurs parents, leurs frères ou sœurs aînés et, s'ils ne connaissaient pas exactement la profondeur et la gravité de la blessure, ils savaient néanmoins qu'elle était là.

Ali se jeta sur Theresa et tira de toutes ses forces sur sa queue-de-cheval, entraînant violemment sa tête en arrière.

— Ta gueule. Je t'ai dit ta gueule.

Julia, qui venait à peine de lever les yeux, se rua vers le centre de la cour et fonça dans le tas, griffant des bras et des poitrines au passage jusqu'à ce qu'elle atteigne sa sœur, affalée sur le ciment. Elle la prit sous les aisselles et la releva pendant que les enfants se dispersaient, mécontents mais impressionnés par Julia, par son assurance et son courage, sa solitude, son histoire avec le fusil. Elle empoigna Ali par le coude.

— Viens, ordonna-t-elle avec emphase, partons d'ici. Tu n'as rien à faire avec ces crétins.

Elles étaient sur le point de franchir les portes de la cour quand Theresa Mitchell cria dans leur dos :

— Bang bang bang !

Les autres enfants éclatèrent de rire.

Sur le chemin du retour, Julia sortit le guide touristique de son sac, l'ouvrit sur une reproduction de *La Cène* de Léonard de Vinci, et le tendit à Ali.

— Bon, regarde. C'est dans une église. Santa Maria delle Grazie. Et ça a été peint il y a cinq cents ans.

Elle regarda par-dessus l'épaule d'Ali. Les mains de Jésus, paumes vers le haut. Les paupières baissées. Les apôtres, qui s'agitent et chuchotent de chaque côté. Elle prit le livre des mains de sa sœur et le referma. Elle ne croyait pas vraiment en Dieu, mais elle avait une notion assez précise et personnelle du bien et du mal, et classait tous ceux qu'elle connaissait en conséquence.

— Je t'emmènerai là-bas, promit-elle quand elles tournèrent au coin de la rue, et que l'école disparut derrière elles. Tu verras.

Ils étaient assis tous les quatre autour de la table ronde dans la cuisine de Sandy, silencieux, chacun écoutant avec embarras les sons qu'émettaient les autres en mangeant; les bruits de bouche gênés. Ils n'avaient pas encore trouvé le langage de la famille, ce murmure constant de paroles futiles et de couverts qui s'entre-choquent, les gestes de tous les jours, cette façon de vivre les uns près des autres, comme encastrés les uns dans les autres, soudés par ce bruit de fond familier et rassurant que l'on ne remarque jamais, sauf lorsqu'il s'est tu. Ils ne parvenaient pour l'instant qu'à se lancer des regards en coin, indécis et nerveux. Ils cherchaient un rythme.

Sandy regardait la petite fortification de haricots verts qu'Ali avait bâtie sur le bord de son assiette, en cercle luisant.

— Tu ne manges pas beaucoup.

— J'ai pas faim.

— Je sais bien que je ne suis pas encore tout à fait championne en cuisine. On essaiera autre chose demain soir, d'accord? Qu'est-ce qui te ferait plaisir? Un soufflé au chewing-gum? Une omelette aux Smarties? Des spaghettis sauce chocolat?

Ali ne souriait pas.

— Je suis pas bien, dit-elle calmement. Je crois pas que je devrais aller à l'école demain.

Sandy posa le dos de sa main sur le front d'Ali, aussi lisse et frais qu'il pouvait l'être.

— Il s'est passé quelque chose cet après-midi?

Du bout de sa fourchette, Ali ajouta distraitement un haricot à ses remparts, avant de se lever d'un bond et de quitter la cuisine, en se cognant dans une chaise au passage. Pendant quelques secondes, Sandy, John et Julia restèrent comme pétrifiés, les yeux braqués sur sa chaise vide. Julia fut la première à s'en détacher, et mordit dans son hamburger. Sandy repoussa son assiette et partit chercher Ali.

— Que se passe-t-il, Julia? demanda John en se penchant pour relever la chaise qui était tombée.

— C'est qu'une gamine. Je comprends pas pourquoi ils la laissent pas tranquille. Elle a rien fait.

— Qui est-ce qui l'embête?

Julia leva les yeux vers John, son cou épais, sa chemise en oxford couleur maïs, les marques rouges du feu du rasoir près du col, et cette mèche de cheveux châtains qui lui cachait toujours l'œil droit, malgré ses efforts constants pour la remettre en place.

— Personne. Tout va bien, tout va très bien.

Elle prit une nouvelle bouchée de son hamburger, en faisant attention de ne pas se mettre de ketchup sur les doigts.

A l'étage, Sandy s'assit au bord du lit et attira Ali debout entre ses jambes, en serrant contre elle sa petite poitrine agitée de sanglots.

— Chut... C'est fini, c'est fini, fit-elle en lui caressant tendrement les cheveux. Ça va aller. Chut.

— Ils l'ont emmenée où? demanda Ali d'une voix fluette et entrecoupée par les larmes.

— Qui?

— Maman. Je les ai vus l'emmener. Où est-ce qu'ils l'ont emmenée?

— Oh, ma chérie... Elle est partie. Je ne sais pas où. Elle est partie, c'est tout.

— Je sais qu'elle est morte, lâcha Ali. Je suis pas idiote. Mais ils l'ont emmenée où?

— On l'a enterrée. Tu le sais bien.

— J'étais dans la cuisine, dit doucement Ali en essuyant ses larmes avec ses poings. Julia le sait bien, que j'étais dans la cuisine.

— Je sais, ma chérie.

— Sandy?

— Oui?

— Est-ce que papa est parti aussi? Tu crois que je vais le revoir un jour?

— Ali...

— Oui ou non?

— Je ne pense pas que ce soit une très bonne idée pour l'instant, fit Sandy en soupirant.

— Et, Sandy... Est-ce que je suis obligée d'aller à l'école demain?

— J'ai bien peur que oui.

Plus tard dans la soirée, après que les filles furent montées se coucher, Sandy et John s'installèrent tous les deux sur le divan, les pieds posés sur la table basse. Sandy posa sa tête au creux de l'épaule de John.

— J'aimerais pouvoir aller à l'école à leur place, dit-elle.

— Les enfants sont très cruels entre eux. Ça a toujours été comme ça.

— C'est une bonne préparation à l'âge adulte, je suppose. Julia t'a dit quelque chose, pendant que j'étais en haut?

— Non. Je crois qu'elle ne me fait pas encore confiance.

— A mon avis, elle ne fait confiance à personne, fit-elle en se pelotonnant un peu plus contre lui. John... il s'est passé quelque chose, ce matin, au centre commercial.

— Quoi?

Elle leva doucement la tête vers lui. Ce visage de bon garçon, ces yeux raisonnables, cette certitude inébranlable qu'en l'absence de dons exceptionnels, seuls le travail et la persévérance pouvaient mener à la réussite — c'est ce qu'elle cherchait au départ, de toute façon, ce qu'elle avait du moins voulu essayer; cette stabilité, ce sérieux et ce dévouement. Cependant, par la suite, elle avait souvent craint de se laisser prendre au piège, et s'était appliquée à garder ses distances. Elle détourna les yeux. Elle avait très envie d'une cigarette. Elle avait arrêté de fumer depuis des années.

— Non, ce n'est rien. Ce n'était pas important. Je crois qu'elle ne m'aime pas beaucoup, tu sais.

— Bien sûr qu'elle t'aime.

— Les enfants n'aiment pas forcément les adultes, John. Pas plus que les adultes ne s'aiment forcément entre eux. Et ce n'est peut-être même pas le problème. Elle doit trouver que je ne fais pas ce qu'il faut, c'est tout. C'est ce que je te disais hier soir...

— On ne peut pas changer de sujet, pour une fois? fit-il en tapotant nerveusement du pied sur la table basse.

— De quoi veux-tu qu'on parle?

— De n'importe quoi. De ce qui se passe dans le monde. Du temps qu'il fait. De *nous*.

Elle ôta ses pieds de la table basse, s'écarta de lui et se pencha en avant, comme quelqu'un qui veut essayer d'analyser un peu la situation. Il posa une main sur son dos, et se mit à la caresser doucement, en décrivant des cercles lents et appuyés sous ses omoplates avec sa paume.

— Si on allait manger quelque part demain soir? proposa-t-il. Tous les deux.

— Et les filles?

— Elles sont assez grandes pour rester toutes seules quelques heures, non?

— Peut-être... Je ne sais pas.

— Tu n'as qu'à appeler une baby-sitter.

La sécheresse de sa suggestion la déconcerta un peu. Tout cela semblait si simple pour lui... Elle se sentit soudain débordée, bousculée — bousculée par les filles, par la mort de sa sœur, par John; bousculée par les doutes qu'elle ne parvenait pas à réprimer, par les choix qu'elle n'avait jamais eu le courage de faire.

— Je verrai, fit-elle en se penchant plus encore vers l'avant. Tu sais que Stinson a confié l'affaire à ce petit jeune qui vient de débarquer? Peter Gorrick.

— Et alors?

— Rien, je n'aime pas ce genre de mec, c'est tout. Je les connais par cœur. Ils passent un an ici pour avoir leur nom dans le journal, et dès qu'ils ont de quoi remplir un CV, ils plient bagage et ils vont démarcher les grands quotidiens, dans les grandes villes, sans se préoccuper de ce qu'ils laissent derrière eux.

— Tu aurais pu faire ça, si tu avais voulu.

— Oui. J'aurais peut-être dû, d'ailleurs.

— Qu'est-ce qui t'en a empêchée?

— J'aimerais bien le savoir.

Elle s'était demandé plus d'une fois si ce n'était pas par manque de courage qu'elle n'avait exploré aucune de ces innombrables possibilités de carrière qu'elle énumérait avec tant d'enthousiasme à trois ou quatre heures du matin, à l'époque où elle rêvait encore de quitter Hardison pour conquérir le monde de la grande presse. Ou peut-être simplement par manque d'ambition.

— Et toi, John Norwood, qu'est-ce qui t'a empêché de partir à Albany ou à Syracuse et d'ouvrir toute une chaîne de magasins, genre Norwood Sport? Je suis certaine que tu aurais pu trouver le financement pour ça.

— Rien ne m'en a empêché. Je n'en ai pas eu envie, c'est tout. J'aime cet endroit, Sandy. Je m'y sens chez moi.

Il lui avait peu parlé des batailles qu'il avait dû livrer quelques années plus tôt contre les banques pour trouver l'argent nécessaire au démarrage de son magasin, ni des cinq premières années si incertaines, ni de la fierté qu'il avait ressentie quand la réussite était enfin arrivée. Il n'était pas dans sa nature de se plaindre ni de se vanter de quoi que ce soit et, même s'il était conscient que cette discrétion pouvait facilement être prise pour de la suffisance, il ne voyait pas de raison de changer.

— Comment j'ai pu me retrouver dans une telle galère, au fond de ce trou paumé? gémit-elle.

— Ce qui me plaît en toi, fit-il en riant, c'est que tu n'es pas du tout sectaire.

104

Elle resta un moment silencieuse, les yeux dans le vide. Elle se souvint de lui au lycée, une classe au-dessus d'elle, elle se souvint que sa mère venait assister à chaque match de basket auquel il participait, que son père tondait la pelouse chaque samedi ; elle se demanda même s'il n'avait pas été délégué de classe. Mais elle se souvint également de cette brume qui semblait flotter autour de lui, de cette petite aura de mystère dont elle ne connaissait pas la cause. En tout cas, c'était évidemment ce mystère qui l'avait attirée.

— On n'oublie jamais, dit-il d'une voix soudain plus grave, en lui caressant doucement la joue, mais avec le temps, on s'y fait, ça devient moins pénible. Tu verras. D'une certaine manière, on s'y fait.

Ce n'est que lorsqu'ils s'étaient retrouvés, quinze ans après le lycée, que Sandy avait appris que la sœur aînée de John était morte d'une leucémie quand elle avait dix ans, et lui huit.

— Après sa mort, avait-il dit, j'ai senti que tout signe de fatigue ou de paresse de ma part devenait suspect. Ils voulaient à tout prix que je sois gai, optimiste, que je réussisse. La nuit, il m'arrivait parfois de surprendre ma mère toute seule dans la petite pièce où elle cousait, en larmes, au milieu de ses mannequins sans bras ni têtes. Mais je ne l'ai jamais vue pleurer dans la journée, ni devant qui que ce soit. Nous n'avions plus le droit de parler de ma sœur.

— Si tu avais vu ma mère... avait dit Sandy. Elle pleurait dans toute la maison sans la moindre raison.

— J'aurais aimé la connaître.

— Oh, ne t'avance pas.

— Tu as sans doute eu plus de chance que moi... Au moins, dans ta famille, vous étaliez les problèmes au grand jour. Ils étaient peut-être fous, mais ils ne s'en cachaient pas. Chez moi, ce qui était si déstabilisant, c'était la dissimulation. L'hypocrisie, même. J'en venais à me demander si le problème ne venait pas de moi, puisque tout le monde disait que mes parents faisaient face admirablement.

Quelques mois après qu'ils furent devenus amants, John avait avoué à Sandy, d'une manière curieusement désinvolte, qu'il avait fait une dépression pendant sa première année de faculté.

— Plus rien ne m'intéressait, tout simplement.

Mais après deux semaines d'hôpital et quelques mois de psychanalyse, il avait décidé, comme on décide un beau jour de ne pas devenir pompier ni vétérinaire, que les problèmes mentaux n'étaient finalement pas pour lui. Cette force de caractère, qui faisait maintenant partie intégrante de sa personnalité, était plus une qualité qu'il avait acquise et travaillée qu'une particularité naturelle. C'est sans doute cette capacité à influer sur son propre tempérament qui avait tant intrigué Sandy, et l'avait séduite. Mais à chaque fois qu'elle essayait de mettre le sujet sur le tapis, pour en comprendre le mécanisme, il se défilait et parvenait à éluder les questions les plus directes.

— Tu sais, dit-il en posant une main sur la cuisse de Sandy, il ne faut pas avoir honte d'assumer les choses. Je me demande parfois si tu ne préférerais pas que je sois abattu ou angoissé... Un peu comme si le fait d'être content de son sort était une preuve de simplicité d'esprit.

— John... J'ai toujours dit que la petite dépression que tu avais faite t'avait sauvé, fit-elle avec un petit sourire.

— Sauvé de quoi?

— De la folie complète.

— C'est malin. Bon, tu peux me dire ce qu'il y a de mal à rester ici, à Hardison? Pourquoi te faut-il absolument des excuses?

— C'est passionnant, un reportage sur le conseil municipal de Hardison, Etat de New York, mais je me demande si c'est tout à fait suffisant pour obtenir le prix Pulitzer.

— Il y a autre chose dans la vie que le prix Pulitzer, quand même.

— Si tu pouvais m'épargner le petit refrain classique, « rester à la maison à préparer des cookies n'a rien de déshonorant », ce ne serait pas plus mal. Je le sais bien, que ça n'a rien de déshonorant. Mais ce n'est pas trop pour moi, je crois.

— Je ne savais pas que tu n'avais que ces deux options.

— Il n'y a pas si longtemps, fit-elle après un temps d'hésitation, je me voyais assez bien prendre la place de Ray à la direction de la publication, quand il se retirerait.

— Et aujourd'hui non?

— Je ne suis pas certaine d'avoir envie de m'occuper d'un journal, si c'est pour mettre des photos pareilles à la une...

— Tu n'aurais pas fait la même chose?

— Je n'en sais rien... J'y ai beaucoup réfléchi, et je ne sais vraiment pas. C'est ça qui est terrible.

— Si tu veux mon avis, mon humble avis, tu ferais une superdirectrice de publication.

— Merci.

— Et tu fais aussi du bon boulot avec les filles, dit-il après une pause.

— Arrête d'être aussi gentil avec moi, ça me rend nerveuse.

— Je sais. Peut-être que quand tu n'auras plus besoin de te chercher des excuses pour rester à Hardison, tu n'auras plus besoin non plus de te chercher des excuses pour rester avec moi.

Elle leva sur lui un œil curieux, comme toujours lorsqu'il faisait ainsi preuve d'une acuité d'esprit que l'on ne devinait pas a priori sous le vernis de son insouciance et de sa confiance en lui.

— Tu veux que je t'avoue quelque chose de ridicule? Je suis parfois obligée de m'empêcher de composer le numéro d'Ann pour lui demander des conseils.

— Sandy, tout ce dont elles ont besoin, c'est que tu les aimes. Et c'est quelque chose que tu sais très bien faire.

— Mouais... Il faut qu'elles m'aiment aussi. Et ça, c'est plus facile quand on est à l'autre bout de la ville.

Il lui sourit et la prit dans ses bras.

— Pas pour moi, en tout cas.

Julia et Ali étaient allongées côte à côte sur leur canapé-lit. Elles avaient des chambres séparées dans la maison de Sycamore Street — c'était l'une des choses auxquelles Ann tenait vraiment, que chacune puisse garder un minimum d'intimité, même si elle ne repensait jamais sans un petit pincement au cœur à la chambre qu'elle partageait avec Sandy, leurs souffles et leurs odeurs entre-mêlées, indissociables. Ali respirait presque deux fois plus vite que Julia, les yeux fixés sur les ombres lugubres qui se dessinaient au plafond.

— Julia?

— Quoi?

— Tu dors?

— Non.

— Tu crois que maman est au paradis?

— Je sais pas.

— Moi oui. Je crois qu'elle y est.

Depuis un an, Ali éprouvait le besoin croissant et obsédant de savoir où se trouvaient les gens qu'elle aimait, pour pouvoir se les représenter dans un lieu concret. Elle demandait à ses baby-sitters de téléphoner à l'hôpital pour être certaine que sa mère y était, de rappeler quelques minutes plus tard pour savoir à quel étage elle se trouvait, puis une troisième fois pour s'assurer qu'elle n'avait pas bougé. Elle avait appris par cœur le numéro de téléphone du nouvel appartement de Ted, le nom de la rue, l'étage.

— Julia?

— Quoi?

— Tu crois qu'elle nous voit ? Tu crois qu'elle sait où on est ?

Ils étaient debout dans le salon, tous les quatre, tous les trois, figés dans l'esprit de Julia, debout dans le salon pour l'éternité, tous les trois, un éclat de lumière sur le fusil.

— Je sais pas où elle est, Ali.

Julia tourna la tête vers le mur pour qu'Ali ne puisse pas voir les larmes qui commençaient à couler sur ses joues, des larmes qui coulaient parfois même dans son sommeil — et au réveil, elle ne savait pas si elle avait rêvé qu'elle pleurait, ou bien si elle avait réellement pleuré pendant la nuit, quand personne ne pouvait la voir.

La leçon de Julia ce soir-là : la mémoire est quelque chose de fragile et d'imprécis, souviens-toi, souviens-toi, tu as vu ce que j'ai vu, réfléchis, souviens-toi, souviens-toi bien.

Quand la respiration d'Ali devint lente et régulière, les voix s'étant tues depuis longtemps de l'autre côté de la porte, Julia se glissa prudemment hors du lit et traversa la chambre sur la pointe des pieds.

Sandy avait laissé la lumière du couloir allumée, au cas où les filles auraient besoin d'aller aux toilettes au milieu de la nuit, mais en avançant à pas feutrés sur le carrelage, Julia laissait néanmoins ses doigts courir le long du mur, comme pour se guider. Elle s'arrêta devant la porte de la chambre de Sandy et tendit l'oreille. Elle ne put percevoir qu'un ronflement d'homme, sourd et caverneux.

Elle appuya doucement sur la poignée, pour voir si la porte était fermée à clé, si elle grinçait, non : elle l'entrouvrit juste assez pour pouvoir se glisser dans la chambre.

La tête de Sandy reposait tout près de celle de John sur l'oreiller, le nez contre son front, leurs corps, l'un contre l'autre, sous la couette bleue. Couchée sur le côté, elle avait une main posée sur sa large poitrine, très naturellement, comme si la placer là avait été le geste le plus simple du monde. Ils dormaient paisiblement.

Julia s'approcha d'eux, jusqu'à pouvoir presque sentir la caresse de leurs souffles chauds. Comme s'il avait perçu une présence, Jonh se retourna dans le lit en dérangeant un peu Sandy, qui se tortilla pour se pelotonner de nouveau contre lui. Le tout sans se réveiller.

Julia pivota lentement et se dirigea vers la commode de Sandy. Elle ouvrit le tiroir du haut, rempli de soutiens-gorge, de collants, de bas, de culottes. Du bout des doigts, elle en retira un string de dentelle noire. Elle referma le tiroir sans bruit, roula la petite culotte en boule dans sa main, et sortit de la chambre.

A l'aube, Sandy raccompagna John sur la pointe des pieds jusqu'à la porte d'entrée. Dans le couloir, les premières lueurs pâles du matin éclairaient crûment leurs visages encore gonflés de sommeil. De mauvaise grâce, John se laissait tirer par la main par Sandy, et la suivait en geignant et en traînant les pieds.
— Chut, fit Sandy.
— Je n'arrive pas à croire que tu me fasses faire ça.
— Que penseraient les filles ?
— Probablement rien de plus que ce qu'elles pensent déjà. Elles ne sont pas aveugles, tu sais.
— Je n'ai pas envie qu'elles te trouvent ici le matin, d'accord ?
— Depuis quand te soucies-tu de choses comme ça ? Tu frôles la bonne hypocrisie ordinaire, tu sais.
— Oui, répondit-elle avec un sourire cynique, je sais. Apparemment, c'est l'une des qualités que l'on me réclame maintenant au boulot.
En réalité, son mépris pour les convenances dans la vie de tous les jours, en ce qui concernait les vêtements, le langage, le comportement en société, n'était pas réellement inné — c'était plutôt un choix intellectuel conscient, qu'elle faisait quasiment chaque matin en se levant, par principe ; un choix qu'elle continuait à assumer, même si la raison lui en devenait curieusement plus brumeuse, sans doute à cause de l'omniprésence des enfants.
— Allez, fiche-moi le camp d'ici.
— Epouse-moi.
— Pas maintenant.
— Pas maintenant quoi ? Tu ne veux pas m'épouser maintenant, ou tu ne veux pas me répondre maintenant ?
— Pas maintenant, c'est tout. Tu ne dois pas aller faire ton jogging, ou quelque chose comme ça ?
Elle lui donna un petit baiser espiègle et le poussa fermement dehors.

Ted était assis sur un grand tabouret, accoudé au comptoir blanc qui séparait la cuisine du salon dans son appartement de Royalton Oaks — un ensemble d'immeubles proprets en bas de Tyler Street, occupé par des divorcés de fraîche date, des veufs, des célibataires qui venaient d'abandonner tout espoir : un petit terminus de solitude. Son appartement était d'une propreté irréprochable, avec son divan gris qu'il dépliait à l'époque où ses filles venaient encore lui rendre visite, sa moquette grise, sa table sobre et ses lampes, son lit et sa vaisselle, le tout acheté en un seul week-end. De temps en temps, il tombait encore sur une étiquette de prix qu'il avait oublié d'enlever, souvent sur l'un de ces objets qu'il croyait indispensables à une maison — un presse-ail, une esso-reuse à salade, un appareil à couper les pommes de terre en frites — mais qui ne serviraient sans doute jamais dans la sienne.

Les coudes posés sur le comptoir de Formica, il agitait douce-ment son verre pour faire tourner le dernier petit morceau de glace dans le whisky. De l'autre côté des fines cloisons, il entendait son voisin repasser pour la millième fois le même enregistrement de Maria Callas dans *Madame Butterfly*. Il termina son verre en une gorgée, le reposa devant lui (il avait acheté un jeu de vingt-quatre verres pour 66 dollars; il ne pouvait pas s'empêcher de gar-der en mémoire le prix exact de ses achats, au *cent* près), et décro-cha le téléphone qu'il fixait depuis cinq minutes. Il approcha son doigt du cadran, mais reposa presque aussitôt le combiné.

Il se versa un autre whisky, qu'il dégusta lentement. Une nuit, en prison, il avait rêvé de whisky, de sa couleur et de son goût, il avait rêvé d'ivresse. Il n'avait jamais rêvé d'Ann, pas une fois. Il s'y attendait chaque soir avec angoisse, allait se coucher en sueur, mais elle ne daignait jamais lui apparaître. Il posa son verre sur le comptoir et composa le numéro, sans hésiter cette fois.

— Sandy? C'est Ted. Je crois qu'il faudrait qu'on parle, toi et moi.

— Je n'ai rien à te dire, fit-elle, les jambes coupées par la sur-prise.

— Ah non? Ce n'est pas toi qui as les filles, par hasard?

— Tes filles ne veulent pas te voir.

— J'imagine assez bien les conneries dont tu as pu leur bourrer le crâne.

— Je n'ai pas eu à me donner cette peine. Tu leur as donné toutes les preuves dont elles avaient besoin.

— Il n'y a pas de preuves, Sandy.

— Tu avais autre chose à me dire, Ted?

— Ecoute, ce procès va être ignoble. Ça va être ignoble pour tout le monde. C'est ce que tu veux?

— Ce que je veux ne fait pas la plus petite putain de différence, autant que je sache. Je veux ma sœur, voilà ce que je veux.

— Laisse-moi voir Julia. Juste dix minutes.

— Va te faire foutre. Tu n'as plus de droit de visite, tu le sais aussi bien que moi.

— On n'est pas obligés de le crier sur les toits.

— Tu délires.

— Tout le monde va perdre, dans cette histoire, Sandy. Toi aussi.

Elle serra le combiné de toutes ses forces entre ses doigts, et le reposa lentement sur son support.

Ted attendit quelques secondes et raccrocha à son tour. Il but une nouvelle gorgée de whisky, et prit la petite photo encadrée d'Ann et des filles qui était posée sur le comptoir. Elle avait été prise deux ans plus tôt, en été, à Hopewell State Park. Ann était debout dans le lac, de l'onde jusqu'aux genoux, ses longues jambes finement galbées sortant de l'onde noire comme deux colonnes de marbre, les mains sur les hanches, en maillot de bain une-pièce noir, luisant. Son visage, ni gai ni triste, fixait l'appareil avec un air de patience moqueuse — *C'est ce que tu veux ? C'est ça ?* — tandis que les filles faisaient la planche près d'elle, comme deux poissons plats. Il fixa le cliché d'un œil vide en terminant son verre.

Pendant les quatre jours et cinq nuits qu'il avait passés en prison, sur le petit lit dur qui dégageait des effluves de moisi dès qu'il bougeait, il imaginait ce qu'il aurait pu faire à chaque instant s'il n'avait pas été enfermé ainsi à l'écart de sa véritable vie — à 10 h 30, lundi matin, à 5 h 45, à 9 h 00 mardi —, les coups de téléphone, les repas, le journal du matin, et même la douche ou les toilettes ; il se représentait de manière très précise son moi parallèle évoluant dans ce monde parallèle hors d'atteinte — c'est pourquoi maintenant, en ouvrant la grande porte sur laquelle était inscrit « Waring et Freeman » en lettres noires, comme il l'avait fait tant de fois auparavant, il ne savait plus tout à fait s'il le faisait réellement ou s'il était encore en train de se l'imaginer. Il lui semblait avoir laissé même le temps et la pesanteur derrière lui dans cette cellule : revenu à l'air libre, il avait eu le sentiment que le temps et la pesanteur avaient changé. Tout lui paraissait plus lumineux, moins dense. Plus rapide, moins lourd.

— Salut Ruth.

Ruth Becker, la standardiste, refusa ostensiblement de croiser son regard, et se mit à remuer bruyamment des papiers, au cas où il n'aurait pas compris. Quinze kilos de trop, une chevelure volumineuse teinte en blond platine, ce n'était pas une femme encline à la mesure. Quand il avait quitté Ann, Ruth avait pris l'habitude de découper des articles de magazines aux titres effrayants — « Les risques de crise cardiaque multipliés par deux chez les hommes divorcés » ou « Les hommes divorcés et le suicide » — et les déposait sur son bureau le matin, les passages importants surlignés en jaune fluo.

— Je me suis toujours demandé pourquoi les gens qui n'ont jamais été mariés en connaissent tellement plus sur le mariage que ceux qui l'ont été, lui disait-il.

Cependant, il ne savait plus vraiment lui-même ce qu'était le mariage, il en avait oublié le goût, il avait perdu la notion de ses joies et de ses contraintes et, même s'il faisait mine de les jeter immédiatement, il ramenait les articles chez lui et les lisait pendant ces nuits interminables qu'il passait seul dans l'appartement gris de Royalton Oaks.

Il tapota du pied et sourit gentiment à Ruth. D'habitude, il arrivait ainsi à mettre fin à ses petites bouderies. Mais elle continua à remuer des feuilles et des trombones sans lever la tête.

— Comme vous voudrez, marmonna-t-il avant de s'éloigner vers le bureau de Carl.

Ted débarrassa le fauteuil d'une pile de plans d'immeubles dessinés par ordinateur, et s'assit en face de son partenaire.

— Alors, quels sont les dégâts? demanda-t-il.

Carl Freeman se laissa aller en arrière dans son fauteuil. Plus costaud, plus exubérant que Ted, porté sur les grosses boucles de ceinture argentées et les bottes de cow-boy hors de prix, il était néanmoins d'une nature beaucoup plus calme que lui et avait depuis longtemps conçu une stratégie pour arrondir les angles trop aigus de son associé, la plupart du temps en n'y prêtant pas attention.

— Ce n'est pas fameux, dit-il.

— Je me doute que ce n'est pas fameux, oui. Même cette bonne vieille Ruth n'a pas voulu m'adresser la parole. Ce que je veux savoir, c'est l'ampleur des dégâts.

— On a perdu quatre clients. Ils déguerpissent tous, Ted, comme si tu avais la peste.

— Je ne leur demande pas de coucher avec moi, je leur demande juste de nous laisser construire leurs foutues baraques. Les temps sont déjà assez durs comme ça.

Ces derniers mois, ils avaient dû se battre comme des diables pour maintenir la boîte hors du rouge, alors que l'avenir semblait assuré quelques années plus tôt — il avait fallu licencier des employés, et accepter des rénovations qu'ils avaient toujours refusées jusqu'à présent, quand ils pouvaient encore s'offrir le luxe de ne se consacrer qu'à la construction.

— Où on en est, avec les Briar? Tout est prêt?

— Ils font partie des quatre.

— Quoi? Ils ne peuvent pas changer d'entrepreneur deux semaines avant le début des travaux!

— Tu as tiré sur ta femme, Ted. Tu t'attendais à quoi?

Ces inflexions de colère lasse, d'exaspération, étaient rares dans la voix de Carl, conséquence des efforts épuisants qu'il avait dû faire depuis quelques jours pour essayer de limiter la casse. Dès le début, il avait décidé qu'il croirait Ted, qu'il était obligé de le croire — malgré sa femme, Alice, qui « le croyait autant que l'on peut croire un assassin ». Cette dissension avait causé bien des tensions dans leur cuisine, dans leur chambre, et en regardant Ted, maintenant, c'était en partie ce qu'il voyait.

— C'était un accident.

— Je sais. Mais personne n'oubliera que c'est toi qui tenais le fusil quand le coup est parti.

— Je ne l'oublie pas non plus, dit-il en se penchant pour s'accouder sur le bureau, et en passant les mains dans les cheveux. Ecoute, si tu veux, je m'en vais. Enlève mon nom de la porte. Je comprendrai.

— Non, dit Carl d'une voix posée et résolue, pour bien montrer qu'il y avait déjà réfléchi. Non, c'est hors de question.

Pendant un moment, il n'y eut plus en lui qu'un puissant sentiment de solidarité, rien d'autre — et comment aurait-il pu en être autrement, demanderait-il à Alice plus tard, comment pouvait-il en être autrement? Mais elle se contenterait sans doute de secouer la tête, et quitterait la pièce.

— Merci.

Carl inclina doucement la tête. Derrière lui, Ted laissa errer son regard par la baie vitrée, sur le parking, et plus loin l'arrière de la pharmacie, avec ses boîtes de carton entassées en piles près de la porte métallique.

— On allait se remettre ensemble.

— Peut-être que si le jury...

— Ouais, d'accord, fit Ted d'un ton brusque. Bon, excuse-moi. Je crois que je vais y aller. Je peux faire quelque chose? Un truc que je pourrais ramener chez moi?

— Non, laisse, tu as besoin de toute ton énergie pour essayer d'arranger cette histoire.

Carl fit le tour du bureau, posa son bras autour des épaules de Ted, et le guida vers la porte. Il ne vit pas, en lui tapotant le dos, que les yeux de Ted étaient humides et fiévreux, pleins de colère, de remords ou de douleur, pleins d'un désespoir qu'il n'aurait pas été capable d'exprimer.

Fait numéro un : alors que Ted faisait des courses cet après-midi-là au Dairy Farms du coin, le caissier, lorsqu'il l'eut reconnu, refusa d'emballer ses achats et le laissa à la caisse au milieu d'un amoncellement de boîtes et de bouteilles, sans même daigner lui donner un sac.

Fait numéro deux : Frank DiCello, l'un des partenaires de poker de Ted le mardi soir, lui téléphona pour lui dire :

— Je voulais que tu saches que je suis avec toi. A cent pour cent. Joe et Robby aussi. Terry, bon, Terry ne viendra pas — enfin si tu... tu vois... si tu viens, quoi. Mais t'en fais pas, on peut toujours trouver quelqu'un d'autre à sa place. Et même si on trouve pas, qu'est-ce qu'on en a à foutre ? On jouera à trois, et puis voilà. Alors au fait, tu penses venir ou pas ? Je me disais que ça te dirait peut-être pas grand-chose. Je me mets à ta place, tu sais. Moi, je crois pas que je viendrais, si j'étais toi. Enfin tu vois, je me dirais que ce serait, comment on pourrait dire, peut-être un peu mal vu. Je me dirais ça, je crois. Dans le contexte, tu vois.

Fait numéro trois : Son téléphone sonnait quatre ou cinq fois par nuit, mais lorsqu'il décrochait, il entendait seulement quelqu'un respirer pendant quelques secondes, puis raccrocher violemment. Il pensa à changer de numéro et à se faire mettre sur liste rouge, mais à la pensée qu'Ali ou Julia ne parviendraient pas à le joindre si jamais elles se décidaient à l'appeler, il se ravisa.

Et tant d'autres faits encore... Des faits qui s'entassaient comme des pierres au fond de sa poche, pour être triés et étudiés plus tard, pas tout de suite, pas encore, même s'il ne pouvait pas s'empêcher d'y penser, d'en sentir le poids ; même s'ils cognaient en permanence contre sa jambe.

Assis sur le petit balcon qui prolongeait son salon, les pieds sur la balustrade, un verre à la main, Ted regardait le soir tomber sur les petites rues qui étendaient leur toile entre les immeubles de Royalton Oaks.

Il ne s'était levé qu'à deux reprises durant les trois dernières heures, une première fois pour se resservir un verre et faire un détour par les toilettes, une seconde pour aller chercher une couverture, quand le soleil avait disparu et que sa veste de daim ne s'était plus avérée suffisante. Lorsqu'il avait recouvré la liberté, il ne pensait pas que le couloir de l'attente — l'attente de quoi, il ne le savait pas au juste, même si c'était clairement ce qu'il était en train de faire, attendre — serait aussi long et hermétique, que toutes les portes latérales en seraient si solidement closes.

Il repensa aux dernières vacances qu'il avait prises avec Ann, l'année précédente, en Floride. C'était en janvier, ils avaient laissé les filles à la maison avec Sandy. Ils étaient partis sur un coup de tête, comme cela leur arrivait souvent à l'époque, tentés tous les deux par ce brusque changement d'air qui leur redonnerait peut-être un second souffle et les aiderait à prendre un peu de recul par rapport à leur couple. Et si cela n'apportait rien de concret, cela ferait toujours des souvenirs et des commentaires à faire au retour.

Ils étaient descendus dans un motel à Saint Petersburg, au bord de la plage, tenu par un hippy sur le retour nommé Hank, qui leur avait offert deux joints en cadeau de bienvenue et diffusait des films underground dans les chambres à la demande des clients. Dans le patio, parmi les palmiers nains, les hibiscus et la pelouse sèche et négligée, une statue de pirate s'élevait au centre d'un petit bassin. On disait qu'à l'époque de la Seconde Guerre mondiale, le bâtiment avait abrité un bordel.

La chambre n'était pas moins pittoresque : un grand lit rond recouvert de fausse fourrure noire, une kitchenette violette, et un plateau de backgammon encastré dans une table haute autour de laquelle deux tabourets de bar attendaient les joueurs ; et sur les murs, le même stuc vieux rose qu'à l'extérieur.

Ils se levaient de bonne heure chaque matin, passaient le vieux portail en ferronnerie du motel, dont les entrelacs baroques semblaient ployer sous les couches de sel qui s'y étaient déposées au fil des années, et n'avaient qu'à traverser la route pour se rendre à la plage. Ils se promenaient au milieu des touristes pliés en deux dans l'espoir de trouver des dents de requin ou de l'or, certains même armés de pendules ou de baguettes de radiesthésiste, tous emmitouflés dans de gros pulls à cause de la vague de froid inattendue qui s'était abattue sur la région, passaient près des vieux docks abandonnés, marchaient ainsi pendant des kilomètres, ramassant de temps en temps quelques coquillages sur le sable, et les jetant vingt mètres plus loin. L'après-midi, ils allaient parfois se payer une partie de golf miniature, et notaient consciencieusement sur les feuilles de score les progrès qu'ils faisaient dans le franchissement des petits ponts ou des moulins à vent. Pendant les quelques heures à peu près tièdes, ils s'étendaient près du bassin sur de vieux transats décolorés, et regardaient les caméléons se prélasser sur les hauts-de-chausse de pierre du pirate ou en descendre pour se faufiler dans l'herbe, passant aussitôt du gris au vert.

Ils faisaient preuve l'un envers l'autre d'une amabilité inhabituelle, n'oubliant jamais de se consulter pour choisir l'endroit où ils allaient manger ou l'itinéraire d'une promenade. Ils achetèrent un livre sur le backgammon et apprirent à jouer, perchés sur les tabourets dans la demi-pénombre de la chambre aux volets clos, qui sentait l'iode et la poussière. Le soir, ils s'enveloppaient dans des couvertures pour s'asseoir sur le balcon, un verre de vodka pamplemousse à la main, et regardaient les pélicans plonger en piqué dans l'océan et reprendre leur envol à contre-jour dans la lumière orangée du soleil couchant. Mais il savait qu'elle ne s'était pas encore décidée à son sujet, qu'elle n'était toujours pas sûre de vouloir continuer, et il commençait à trouver un peu ridicules les efforts sincères et constants qu'il devait faire pour tenter de la reconquérir. Il savait surtout qu'il n'allait pas tarder à lui en vouloir, comme il en voulait à tous ceux qui avaient un jour été témoins de l'un de ses moments de faiblesse.

Le dernier jour, ils prirent la voiture jusqu'à une réserve naturelle située à trente kilomètres de Saint Petersburg, et entamèrent une excursion à pied dans ce parc consacré à la protection d'une espèce d'aigles en voie de disparition. Un petit chemin de terre serpentait sous des palmiers et des fougères géantes qui tissaient au-dessus de leur tête une voûte vert sombre, à travers laquelle ne filtrait que très peu de lumière. L'air était lourd et fétide, infesté de moustiques et de moucherons, et résonnait partout du chant strident des grillons. Autrefois appelée l'île aux Serpents, la réserve avait été débaptisée sur décision du conseil municipal, qui pensait que cette appellation contribuait peut-être à la baisse constante de la fréquentation du site que l'on observait depuis quelques années. Elle s'appelait désormais l'Ile. Pourtant, pendant toute leur randonnée, Ted et Ann ne croisèrent qu'une seule personne, une sexagénaire énergique, qui portait de grandes jumelles autour du cou. Ils inclinèrent la tête au passage.

Au bout de trois kilomètres, le chemin s'arrêtait face à l'océan. Ils s'allongèrent derrière des rochers pour s'abriter du vent, face au soleil.

— Ted ? fit-elle, les yeux fermés, le visage vers le ciel.

— Oui ?

— Tu n'as pas envie, de temps en temps, que quelqu'un te dise ce qui est possible et ce qui ne l'est pas ?

Sans répondre, il se redressa sur ses coudes et tourna les yeux vers elle.

— Tu comprends ce que je veux dire ? Tu ne trouves pas que ce serait mieux, si on pouvait savoir à l'avance ? Que se passerait-il si on restait ensemble, par exemple, est-ce que ce serait le mieux à faire ? Il n'y aurait plus de raison de se tourmenter. Et puis, si ce n'est pas... Tu vois, quoi. Tu n'aimerais pas qu'on puisse savoir, tous les deux ?

Elle ouvrit doucement les yeux, et se tourna vers lui. Fuyant son regard, il prit du sable dans ses mains et le laissa s'écouler entre ses doigts. Elle ne lui avait jamais parlé de cette manière, ne lui avait jamais laissé entendre explicitement qu'elle n'était pas plus satisfaite que lui de leur relation et, même s'il s'en doutait depuis un moment, il était très surpris qu'elle le formule aujourd'hui si simplement, sans les reproches et l'agressivité qui lui auraient au moins permis de se défendre.

— Ce qui est terrible, c'est de ne pas savoir, reprit-elle calmement.

— On ferait bien de prendre le chemin du retour avant qu'il ne fasse nuit, dit-il d'un ton sec, en se levant.

Quand ils furent garés dans le parking du motel, il étendit le bras devant elle et ouvrit sa portière.

— Ça ne t'ennuie pas de rentrer toute seule? Je voudrais faire un petit tour en bagnole. Je reviens tout de suite.

Il rentra après avoir longé la côte pendant quarante minutes, la radio allumée, le coude à la fenêtre, et la trouva assise dans la chambre de Hank, à boire du thé et à fumer de l'herbe. Il l'avait entendue rire en franchissant la porte du motel, un rire clair et presque sauvage, qu'il n'avait pas reconnu tout de suite.

Dans leur chambre, elle s'assit en tailleur sur le couvre-lit de fausse fourrure noire et le regarda faire les valises. Elle avait les yeux rouges, et un sourire diabolique. Il reposa la chemise qu'il était en train de plier, monta lentement sur le lit, et la prit comme un animal.

Son visage défait, le corps arqué vers lui, la bouche ouverte, les yeux fermés, vaincue par la jouissance.

La pleine lune argentée éclairait un peu la ville. Les mains à plat sur l'écorce sèche du vieux chêne derrière lequel il se cachait, Ted observait la maison de l'autre côté de la rue. La fenêtre de la cuisine se découpait en rectangle de lumière vive sur les murs sombres. Ils étaient là tous les quatre, à table. Julia posait sa fourchette, prenait sa serviette. La bouche d'Ali articulait avec soin des mots qu'il ne pouvait pas entendre. La main de Sandy. Celle de John. Il avança d'un pas vers le bord du trottoir, mais recula vite en voyant des phares approcher. Il écrasa sa cigarette sur les racines épaisses et noueuses du chêne, les regarda terminer le dessert, débarrasser leurs assiettes, quitter la cuisine, et resta encore un long moment à fixer ce rectangle jaune de l'autre côté de la rue. Il attendrait son heure.

4

La chambre n'était éclairée que par la lueur vacillante de la télévision. Ann observait la nuque de Ted, qui fixait l'écran.

— Tu ne vas pas recommencer? dit-il en se retournant à moitié, un œil toujours sur son talk-show.

— Mais tu ne crois pas que tu risques de passer à côté de quelque chose? Tu n'as pas peur de le regretter plus tard?

— Non.

Les mots restèrent comme en suspension entre eux, épais et lourds. Il finit par couper le son sur la télécommande, se tourna vers elle et posa une main sur son pied.

— Ecoute, dit-il calmement, je ne comprends pas ce qu'il y a de si enthousiasmant à donner la vie à quelqu'un. Si encore on avait eu une enfance merveilleuse, toi et moi, je comprendrais peut-être. Mais là... Je ne sais pas. Peut-être que je préférerais que l'histoire des cigognes soit vraie. Tu vois, si on adoptait un enfant qui a vraiment besoin d'aide, ça ne serait pas pareil.

— Donc tu n'es pas contre l'idée d'avoir un enfant. C'est d'en faire un avec moi, qui te gêne.

— Je n'en sais rien, Ann.

— Ce qui est marrant, tu vois, c'est que si j'en veux un, moi, c'est justement parce qu'il serait de toi.

— Arrêtons ça, dit-il avant de remettre le son de la télé.

Le lendemain, pendant que Ted était au travail, Ann fit quatre petits trous dans son diaphragme avec une aiguille. Le caoutchouc était plus résistant qu'elle ne le croyait, et elle dut tirer dessus à deux mains pour tenter d'élargir les trous. Mais ils étaient minuscules, et disparaissaient complètement dès qu'elle relâchait le diaphragme. On verrait bien. Elle le replaça dans sa boîte de plastique rose et referma le tiroir de la table de nuit.

Quand Ann s'aperçut qu'elle était enceinte, elle attendit trois semaines avant d'en parler à Ted, non pas parce qu'elle avait peur de sa réaction, mais parce qu'elle se demandait si le fait de rendre public ce poids nouveau qu'elle venait de prendre, si l'on peut dire, ne risquait pas de le dissiper un peu, de l'éparpiller. Elle suivait de près chaque nausée, la sentait naître dans son ventre et monter en vapeurs acides dans sa gorge, chaque petite douleur dans les mamelons, chaque gramme qu'elle prenait, en imaginant qu'elle allait devenir si lourde qu'elle n'aurait plus à craindre de partir à la dérive, comme autrefois, si lourde qu'elle les ancrerait tous les deux dans leur amour.

Ted, qui venait de rentrer du travail, était assis dans le salon, sa deuxième bière en main, et racontait sa journée à Ann — même s'il doutait fort, malgré ses protestations, qu'elle pût être intéressée par ses histoires de bois de charpente ou de double vitrage. Elle s'assit à côté de lui et attendit qu'il eût fini (en vérité, elle trouvait ses comptes-rendus plutôt assommants, mais refusait encore de se l'avouer et, a fortiori, de l'avouer à Ted).

— Je suis enceinte, dit-elle pendant qu'il prenait une gorgée de bière.

— Tu es quoi?

— Enceinte.

— Mon Dieu... murmura-t-il en portant une main à son front et en se laissant tomber en arrière sur le divan. Non, Ann, non. Comment veux-tu que je sois un bon père? Je me souviens à peine de la tête qu'avait le mien.

— Tu disais souvent que ce qui te plaisait dans notre histoire, c'était qu'il fallait tout réinventer de zéro. Tu ne te rappelles pas? Tu disais que, comme nous n'avions aucun exemple valable à suivre, il fallait recréer les règles et les méthodes nous-mêmes.

— J'ai dit ça?

— Oui.

— Ça devait être à l'époque où j'ai acheté ce stock de bouquins de psychologie de comptoir à l'Armée du Salut. Une phase de délire temporaire, ça s'appelle.

Il se leva et se mit à tourner en rond dans le salon.

— Je ne comprends pas pourquoi tu persistes à considérer l'enfance comme une bonne chose. Surtout toi, Ann.

— Mon enfance n'a pas été si terrible, tu sais. La tienne si? Vraiment, je veux dire?

— Le seul souvenir que j'ai de mon enfance, c'est que je voulais en sortir. J'ai commencé à fuguer à onze ou douze ans; j'allais n'importe où, je me débrouillais pour trouver une porte de garage ouverte quelque part dans le quartier et je dormais sur le ciment froid. N'importe quoi valait mieux que de rester à la maison. Au bout de quelques jours, ma mère appelait la police. Ils me retrouvaient sans problème et ils m'emmenaient passer deux ou trois nuits au dépôt pour mineurs, jusqu'à ce qu'elle vienne me chercher. Après, quand elle a refait d'autres gosses, elle ne se donnait même plus la peine de les appeler.

— Quel rapport avec nous?

— Je ne sais pas, fit-il en se retournant vers elle, au bord des larmes. Je ne sais pas. Tu le veux vraiment?

— Oui.

— C'est le genre d'article qui demande un peu d'entretien, tu sais, un enfant.

— Je sais, dit-elle en s'approchant de lui. Je suis sûre que tu ferais un père formidable.

— Ben voyons.

— Je ne plaisante pas.

Il l'examina un moment, sérieuse et confiante, et se mit soudain à rire. A cet instant, elle sut que c'était gagné. Exactement comme elle l'avait espéré : ce qui était fait ne comptait jamais vraiment pour lui, seul importait ce qui restait à faire. Il ne croyait pas au passé, en particulier au sien — même le passé le plus récent —, et reportait toujours toute son énergie sur l'avenir. C'était manifestement ce qu'il venait de décider de faire.

— Mon Dieu, répéta-t-il en lui touchant délicatement le ventre.

Il resta éveillé toute la nuit, à écouter le rythme lent de la respiration de sa femme, ce souffle familier qui lui caressait l'épaule en vaguelettes chaudes et fragiles. Il avait l'estomac noué d'excitation, comme chaque fois qu'il était sur le point de s'engager dans une nouvelle direction; le trouble du possible. Au lieu de se sentir coincé, comme il l'avait craint, encombré d'avance par la future présence du bébé, il se le représentait maintenant comme un être bien distinct d'eux deux — rien à voir avec cette sorte de fusion poétique, d'entité triple qu'Ann imaginait —, une personne à part, déjà indépendante, qui pouvait donc agir sur lui et le propulser dans l'avenir avec une force nouvelle.

Ted fut renvoyé de son travail deux mois plus tard. La direction avait longtemps reculé l'échéance, à cause de ses évidentes compétences, mais les plaintes constantes des autres employés, en particulier les rapports écrits de la main crispée et appliquée de Calvin Hopson, devenaient trop nombreuses pour être ignorées. Il était irritable, imprévisible, arrogant. Il ne suivait pas les instructions de ses supérieurs, et ne s'entendait pas avec ses collègues. Or, le travail d'équipe était la base de tout.

— Je les emmerde. Je voulais partir, de toute façon.

Ann admit que c'était la meilleure chose qui pouvait lui arriver, et exhuma les brochures d'écoles d'architecture qui étaient depuis longtemps enterrées dans le placard de l'entrée, sous les patins à glace qu'ils avaient achetés deux ans plus tôt et n'avaient jamais utilisés, les numéros du *Gastronome* qu'elle conservait, et les décorations de Noël qu'elle ressortait amoureusement chaque année.

Chaque soir en rentrant de l'hôpital, elle s'apercevait que les brochures avaient changé de place, étaient passées de la chambre à la cuisine ou au salon, et elle continuait à attendre patiemment un signe d'évolution, n'importe lequel ; mais il n'en parlait jamais, et elle ne demandait rien. Elle avait toujours supposé que son ambition et sa volonté étaient des constantes, et les failles qu'elle distinguait à présent, cette apparente léthargie, insinuaient en elle des doutes déplaisants. Il restait enfermé toute la journée, s'occupait consciencieusement de ses allocations chômage, et se montrait encore plus énergique et méticuleux qu'elle dans l'entretien de la maison, qu'il avait pris à son compte, jetant toutes les éponges, les lavettes ou les balais qui ne lui paraissaient plus en état et les remplaçant par des modèles plus chers, plus modernes, plus efficaces.

Il se lança également dans la construction de meubles pour la chambre du bébé, un berceau, une commode, une table à langer, dans ce style sobre et utilitaire qu'il préférait aux fantaisies et aux fioritures qui plaisaient à Ann. Il venait de commencer à garnir la chambre d'étagères quand Ann, dans son huitième mois, quitta son travail.

Le vrombissement permanent de la scie électrique et le sifflement criard de la perceuse lui parvenaient du garage du matin au soir et, malgré ses appréhensions, elle ne pouvait s'empêcher d'être optimiste : il construisait l'avenir, littéralement. Même quand le vacarme se poursuivait jusque très tard dans la soirée, la privant ainsi du sommeil dont elle avait tant besoin, elle ne s'en plaignait jamais, craignant que la moindre critique puisse le détourner de ce qui était devenu le seul but de ses journées. Elle restait assise au bord du lit, ses pieds nus posés sur le sol qui résonnait des efforts de Ted ; l'esprit embrumé, clouée sur place par son poids, elle attendait.

Julia, qui souffrait de coliques, était un bébé braillard. Ses crises, durant lesquelles son visage rouge, congestionné, grimaçait de douleur durant des heures en poussant des hurlements perçants, les laissaient tous les trois en nage, éreintés. Ted et Ann se chargeaient à tour de rôle de la promener dans les pièces et les couloirs de la maison pour la distraire un peu, en berçant de leur mieux son petit corps chaud et rondelet, agité de spasmes de colère, les poings serrés. Trop épuisés pour se parler d'autre chose que de détails pratiques — sirops, bains et visites chez le médecin qui ne s'avéraient d'aucun secours —, Ann et Ted perdirent toute notion du temps. Les heures, les jours et les nuits disparaissaient dans le tourbillon tyrannique de la fureur du bébé.

Au bout de six semaines de ce que Ted appelait « le règne de terreur de Julia », il décida de l'emmener en voiture avec lui à la bibliothèque, pour qu'Ann — qui, à deux heures de l'après-midi, n'avait toujours pas réussi à quitter son peignoir souillé par Julia — pût au moins trouver une minute pour prendre une douche. Il prit sous un bras les livres qu'il allait rendre, deux recueils de nouvelles russes, le bébé sous l'autre, et chargea le tout dans la voiture : les livres à côté de lui, et Julia à l'arrière dans le siège bébé que Sandy leur avait offert. Il conduisit plus lentement que d'habitude, commençant à ralentir en douceur cinquante mètres avant les stops, et redémarrant si progressivement que les voitures qui le suivaient klaxonnaient à tous les carrefours.

Ce n'est qu'au bout d'un kilomètre qu'il prit conscience que quelque chose manquait : le son. Il jeta un coup d'œil dans le rétroviseur et vit que le visage bouffi de Julia semblait parfaitement détendu ; les paupières lourdes, elle observait la route avec une sorte de curiosité bienveillante. Ce n'est que lorsqu'il se gara, la prit dans ses bras et l'emmena à l'intérieur de la bibliothèque écrasée de silence qu'elle se remit à hurler. Ses cris déchirants se répercutaient entre les longs rayonnages et les tables, et il adressa de petits sourires gênés aux visages qui se tournaient vers eux pour savoir le genre de torture que l'on faisait subir à ce bébé martyr. Il n'eut pas le courage de s'attarder pour choisir de nouveaux livres à emprunter, comme il le faisait avec beaucoup de soin toutes les deux semaines.

Julia ne se calma que lorsqu'ils furent revenus dans la voiture, et par la suite, Ted prit l'habitude de l'attacher chaque jour sur son petit siège, à côté de lui, et de lui faire visiter les rues de Hardison pendant des heures.

— Laisse-moi cinq minutes pour faire un brin de toilette et je viens avec vous, avait proposé Ann un jour.

— Non, ce n'est pas la peine. Tu ne préfères pas rester ici et en profiter pour t'occuper un peu de toi, pour une fois? lui avait-il gentiment demandé.

En vérité, il ne voulait pas qu'Ann se joigne à eux, il ne voulait pas qu'elle s'incruste dans ces moments privilégiés.

Le crépuscule tombait sur une journée sans soleil, noir sur gris, au moment où ils passaient devant le nouveau collège, dont la construction n'était pas encore tout à fait terminée, et se dirigeaient vers les collines peu élevées qui bordaient la ville. Il aimait les routes étroites qui y menaient, sans feux ni stops, un dédale de chemins ombragés qui montaient et descendaient à travers les bois. Il jeta un coup d'œil sur le côté et tendit une main pour essuyer les bulles de salive qui se formaient au coin de la petite bouche écarlate de Julia. Elle regardait la route, sérieuse et vigilante.

— Qu'est-ce que tu en penses, mon ange? Tu n'as pas un conseil à donner à ton père?

Il ralentit, et jeta en passant un coup d'œil curieux par le portail d'une vieille et imposante demeure, récemment léguée à une maison de retraite du coin pour qu'elle y installe ses pensionnaires.

— Ce n'est pas en retournant à l'école que je vais pouvoir te ramener des couches et des petits pots à la maison, tu comprends. Ta mère a l'air d'envisager ça comme une possibilité, mais le réalisme ne figure pas parmi ses nombreuses qualités. Ce n'est peut-être même pas la question, après tout. Bon, de toute façon tu ne te souviendras de rien, alors je peux bien te le dire : ça n'a jamais été vraiment mon truc, l'école. Un jour, un de mes professeurs m'a dit qu'il allait falloir que j'apprenne à choisir entre A, B et C, parce que dans la vie, l'option « D : aucun des trois précédents » n'existait pas. Le problème, tu vois, c'est que leurs options ne m'intéressaient pas du tout. « A force de rêver, finira par ne plus savoir ouvrir les yeux » — ils ont réellement marqué ça sur l'un de mes bulletins. Mais tu ne seras pas comme moi, hein, mon ange? Je le vois dans tes yeux. Une brave petite écolière. Tu iras à la fac, toi, peut-être même en troisième cycle. Tu vas les épater, ma fille.

Il faisait nuit, les cônes blancs des phares se perdaient dans l'obscurité de la route. Il entra en marche arrière dans un sentier et fit demi-tour. Une tristesse familière s'empara de lui, celle qui l'accompagnait toujours sur le chemin du retour, comme s'il ne réalisait qu'à cet instant-là qu'il ne pourrait pas simplement continuer à aller de l'avant, encore et toujours, le bébé endormi près de lui, vers l'infini qui s'ouvrait devant eux.

Malgré lui, il eut le cœur un peu serré quand les coliques cessèrent — et les hurlements avec, du jour au lendemain, pour ne plus jamais reprendre. Ann reconquit le bébé, la chaleur de son petit corps, l'odeur aigre et douce qui se cachait dans les replis de ses cuisses dodues, de ses bras ; son intimité, son âme.

L'entreprise de bâtiment qui avait été chargée de construire le nouveau collège, Parsell Brothers, se vit confier par la suite l'architecture intérieure de plusieurs de ces nouveaux centres commerciaux qui surgissaient dans tous les comtés alentour. Ted parvint à s'y faire embaucher, et décrocha une place de chef de chantier à Graydon, à cinquante kilomètres de Hardison. Il partageait son temps entre le chantier, un gros gâteau blanc et chromé blotti dans les collines, et les locaux de Parsell à Hardison, où il disposait d'un grand bureau personnel et d'une secrétaire qu'il partageait avec deux autres chefs de chantiers. Au siège de la société, dans les centres commerciaux, dans la ville tout entière, on ressentait une forte impression d'expansion, d'épanouissement presque tangible ; la ville, en tapotant fièrement son ventre rond, souriait avec bienveillance aux braves ouvriers qui l'engraissaient en posant des briques. Ce sentiment d'enthousiasme général était contagieux, et Ted n'eut bientôt plus qu'une idée en tête : se frayer un chemin jusqu'au sommet.

En réalité, il n'existait qu'un seul Parsell, le « brother » ayant été inventé à la création de la société pour lui donner un peu plus de poids, d'ampleur. Ce frère fantôme était un éternel sujet de plaisanterie dans les bureaux, et dès que quelque chose allait de travers — des dossiers égarés, des commandes de bois mal évaluées — on accusait Machin Parsell. Le Parsell en chair et en os, Nolan, était un homme plutôt sympathique et insouciant, la quarantaine joviale, qui — du moins à cette époque où les contrats tombaient de tous les côtés — acceptait de bon cœur les blagues de ses employés au sujet de son frère fictif et du nom ronflant de la société. Nolan Parsell s'aperçut immédiatement que Ted avait des dons particuliers pour la conception des projets et l'organisation du travail, et lui confia d'emblée plus de responsabilités que son expérience professionnelle ne le justifiait. Ted, plus touché et reconnaissant qu'il ne s'en serait cru capable (personne ne lui avait jamais témoigné une telle confiance auparavant), se mit à travailler douze à quatorze heures par jour pour ne pas décevoir les espoirs que l'on plaçait en lui. Pour la plupart, les hommes qu'il dirigeait le trouvaient trop têtu et sans humour, vite irrité s'ils ne comprenaient pas tout de suite ce qu'il attendait d'eux, bien qu'il ne fût pas toujours clair dans ses explications — mais les résultats étaient indiscutables et, s'ils ne l'appréciaient pas particulièrement en tant qu'homme, ils le respectaient néanmoins. Le centre commercial de Graydon fut achevé avant la date prévue, pour un coût inférieur au budget initial, et Ted fut chargé de superviser les travaux d'un centre commercial plus important, celui de Deertown. Deux ans plus tard, Parsell lui confiait le chantier du Kennelly Plaza, avec ses quatre-vingt-douze boutiques et sa cascade intérieure.

Ann, qui ne savait plus où donner de la tête avec le bébé, le lait en poudre, les premières dents, les premiers pas, semblait perdue dans un nuage de talc, tour à tour épuisée, dépressive, nerveuse, anxieuse. Des jours, des semaines passaient sans qu'elle adresse la parole à un autre adulte que lui. Lorsqu'elle pensait à ce qu'elle avait fait la veille, elle se rappelait tout juste avoir aperçu Ted, avoir échangé deux ou trois mots avec lui, l'avoir étreint furtivement à trois ou quatre heures du matin; ils n'étaient plus que des silhouettes nocturnes, des ombres dans la nuit.

Elle rédigeait des listes. Des listes de ce qu'elle avait à faire chaque jour : aller à la pharmacie pour les gouttes de Julia, passer l'aspirateur, appeler Sandy, se laver les cheveux. Des listes des sommes qu'il leur faudrait dépenser, et de celles qu'ils pourraient économiser. Des listes des qualités qu'elle devait travailler en elle : patience, gentillesse et, plus récemment, après avoir lu un livre que Sandy lui avait offert, confiance en elle. Toutes ces listes avaient surtout pour but de remplir ces journées interminables à tourner dans la maison, dans laquelle elle avait l'impression de passer sa vie à attendre Ted, même lorsqu'elle était débordée de travail.

Elle mettait un soin particulier à élaborer des emplois du temps. Petit déjeuner à 7 h 15 précises, lessive le mardi, dîner aux chandelles le samedi — tout devait être programmé. Plus ou moins consciemment, elle avait le sentiment que de cette grille, si l'on s'y conformait de manière stricte, pourraient naître la charpente et le ciment qui tiennent un foyer et semblaient si naturellement acquis dans toutes les familles qu'elle connaissait — sauf dans la sienne. Rôti le mercredi, repassage le jeudi.

Mais ces emplois du temps, que Ted avait trouvés amusants au début, touchants même, lorsque les années les eurent en quelque sorte consolidés, finirent par lui donner l'impression d'une cage que l'on élevait autour de lui et qui le privait peu à peu de sa liberté de mouvement, qui l'étouffait.

Il fixait la petite pendule posée sur son bureau. 18 h 45. Exactement l'heure à laquelle il était censé être de retour à la maison. Il se pencha en avant, en faisant grincer les roulettes de son fauteuil. Fronça les sourcils, un moment immobile. Composa le numéro.

— Je vais être un peu en retard, lui dit-il. J'ai encore deux ou trois trucs à finir.

A dix-neuf heures trente, il rappela.

— Ça prend un peu plus de temps que prévu.

Et à huit heures, une troisième fois.

Lorsqu'il arriva à la maison, comme les trois soirs précédents, après neuf heures, Ann était debout dans la cuisine, lui tournant le dos, et remuait la salade qu'elle avait préparée des heures plus tôt. La fourchette et la cuillère cliquetaient fort l'une contre l'autre.

— Au moins, dit-il, j'ai appelé.

— Si tu penses rentrer à neuf heures, pourquoi tu ne le dis pas carrément? Comme ça, je pourrai prévoir ma soirée en conséquence. C'est de t'attendre, que je ne supporte pas. Ce n'est pas que tu ne sois pas là. C'est l'attente.

— Eh bien ne t'occupe pas de moi, fais ce que tu as envie de faire. Je ne t'ai jamais demandé de m'attendre.

— Tu sais bien que je ne peux pas m'en empêcher.

— Et c'est ma faute?

De temps en temps, elle essayait de suivre ses conseils, de planifier sa soirée comme si elle ne l'attendait pas. Mais c'était une habitude difficile à rompre, et même lorsqu'elle mangeait toute seule, donnait son bain à Julia, la mettait au lit, regardait la télévision, elle tendait l'oreille en permanence, attentive à tous les bruits de la rue, elle guettait son retour, se demandait s'il ne lui était rien arrivé — elle l'attendait.

Sandy était assise dans la cuisine d'Ann, une pile de *Chronicle* devant elle. Même si la signature de sa sœur apparaissait assez régulièrement dans les colonnes du journal depuis deux ou trois ans, Ann continuait à découper tous ses articles. Elle venait même de lui demander d'apporter des exemplaires en double des numéros qui contenaient la série qu'elle avait écrite sur les efforts du comté pour empêcher la construction d'une centrale nucléaire dans la région — efforts finalement couronnés de succès. Son reportage avait été relayé par les agences de presse, et repris par un grand nombre de journaux dans tout le pays.

— C'est plus fort que moi, dit Ann en souriant, je suis fière de toi.

Depuis le huitième mois de sa deuxième grossesse, son visage avait pris une plénitude indolente, et le sourire fit ressortir plus encore ses joues dodues. Cette fois, les kilos en plus n'étaient que des kilos en trop, quelque chose dont il faudrait réussir à se débarrasser le plus vite possible.

Sandy écarta les journaux d'une main. Ces derniers mois, elle avait pris l'habitude de venir dîner souvent chez sa sœur, officiellement pour lui tenir compagnie pendant que Ted s'attardait au bureau. Mais elle arrivait toujours armée d'une liste de nouveaux mots qu'elle venait d'apprendre et voulait transmettre à Ann, lui en expliquant longuement et sérieusement le sens, avec une patience doctorale : « maniaco-dépressive », « schizophrène ».

— Qu'est-ce que ça peut faire, que ça s'appelle comme ci ou comme ça ? demanda Ann. Estelle est ce qu'elle est, point.

— Mais ça porte un nom, ce n'est pas fait pour rien. Il ne faut pas voir qu'Estelle, ni seulement les conséquences, ce qu'elle nous a fait. Ce n'est pas quelque chose d'abstrait, Ann. C'est réel. C'est une maladie. Ça a un nom, des symptômes...

— Je ne vois toujours pas en quoi ça change quoi que ce soit.

— Si, ça change beaucoup de choses pour nous. Ça prouve tout simplement que nous ne l'avons pas inventé, que ça ne vient pas de notre regard sur elle. Ce n'était pas notre faute.

Ann resta silencieuse un moment, semblant peser la valeur des arguments de Sandy. Elle secoua lentement la tête.

— Tu crois que si tu étiquettes Estelle et Jonathon et que tu les mettes dans une petite boîte, tu en seras débarrassée. Tu ne peux pas simplement les accepter pour ce ils sont ?

— Non. Tu peux, toi ?

Ann fixa sa sœur pendant quelques secondes, et finit par détourner les yeux sans répondre.

Quand Ted rentra, une heure plus tard, il sortit une bière du frigo, vint les rejoindre à la table de la cuisine et posa sa bouteille sur la pile de *Chronicle*.

— C'est du bon boulot, ça, Sandy, dit-il ironiquement.

— Qu'est-ce qu'il y a ? Tu n'aimes pas mon style, peut-être ?

— Oh non, je n'ai absolument rien à dire sur ton style. Parfait. Le problème n'est pas là. Le choix du sujet, ça, c'est une autre histoire.

— Qu'est-ce que je dois comprendre là ?

— Oh, rien de très important. Simplement que la centrale à laquelle tu semblais si farouchement opposée aurait pu créer beaucoup d'emplois dans cette ville. Et par les temps qui courent, on a plutôt intérêt à ne pas cracher sur ce genre de petit détail.

— Dis donc, Ted, fit Ann, je croyais que tu étais contre l'installation de la centrale ? Tu disais toi-même qu'on n'en savait pas encore assez sur le nucléaire...

Il continua à dévisager Sandy sans se soucier de la remarque de sa femme.

— Qu'est-ce que ça fait, Sandy, d'avoir tant de pouvoir?

— J'ai du pouvoir? Première nouvelle. Ça ne me dérangerait pas, remarque.

— Ça, je m'en doute, fit Ted en riant.

— Tu dois savoir, toi, ce que ça fait. Non? J'ai l'impression que tu as pas mal de pouvoir, dans cette maison.

— Ah oui, tu as cette impression?

— Ouais. Tout le pouvoir, même.

— Et qu'est-ce qui te rend si affirmative?

— Mes grands talents d'observatrice, disons.

— Tu sais, fit Ted en souriant, il ne faut pas se fier aux apparences. Derrière cette façade angélique, ta sœur est une véritable diablesse qui arrive toujours à ses fins. Pas vrai, Ann?

Ils se tournèrent ensemble vers elle et la regardèrent fixement en attendant sa réponse.

— Va te faire foutre, dit-elle d'une voix si calme que, dans un premier temps, aucun des deux ne fut sûr d'avoir bien entendu. Allez vous faire foutre, tous les deux.

Elle se leva et quitta la cuisine aussi vite que le lui permettait son ventre, en se dandinant. Sandy croisa le regard de Ted, et suivit sa sœur dans le salon.

— Ann?

— Fous-moi la paix, d'accord?

— Je suis désolée. Je ne comprends rien à ce qui se passe, mais je suis désolée.

— Je n'écris pas dans un putain de journal, alors évidemment, je suis la dernière des idiotes. C'est ce que tu penses? Tu te rends compte, je n'ai même pas de travail. La brave bobonne, quoi. Tandis que toi, c'est autre chose, hein?

— Ann, ce n'est pas ce que j'ai voulu dire. Je t'assure. Ça ne m'a même jamais traversé l'esprit.

— Qu'est-ce qui te donne le droit de juger ma vie?

— Je suis désolée. S'il te plaît...

Ann soupira et baissa les yeux sur le tapis.

— Je t'appelle demain, proposa Sandy en rassemblant ses affaires, ses clés de voiture à la main. D'accord? D'accord, Ann?

— Oui oui, d'accord.

Quelques instants plus tard, quand il entendit la porte d'entrée se refermer, Ted rejoignit Ann sur le divan du salon.

— C'était pour rire, dit-il en enfouissant son nez dans ses cheveux, je ne pensais pas que tu le prendrais mal. Tu sais bien que j'adore quand tu fais ta diablesse. Hein? Viens là, embrasse-moi. Viens. Voilà, comme ça.

128

Julia, qui venait d'avoir trois ans, galopait devant eux vers la maison, de toute la vitesse de ses petites jambes robustes, la tête tendue vers l'avant. Elle n'avait marché que tardivement, mais avait rattrapé le temps perdu avec beaucoup de bonne volonté et d'application. « Moi » fut l'un des premiers mots qu'elle apprit à prononcer. Elle parvenait désormais à formuler des phrases entières et cohérentes, mais dès qu'elle se sentait frustrée ou énervée, particulièrement si l'on essayait de faire à sa place quelque chose qu'elle était certaine de pouvoir réussir toute seule, le langage et la volonté se télescopaient dans son esprit et il n'en résultait qu'un déferlement de « moi, moi, moi », jusqu'à ce qu'elle arrive à ses fins. De tous les enfants de son âge qu'Ann connaissait, elle était la seule qui ne fût nulle part plus heureuse que toute seule dans sa chambre.

Ann marchait à quelques mètres derrière elle, tenant Ali dans ses bras, emmaillotée dans une couverture jaune qu'elle avait tricotée elle-même. Ted la suivait, les bras chargés de deux cartons de livres. C'était leur sixième et dernier voyage de la journée. Des boîtes et des sacs étaient entassés devant l'entrée de leur nouvelle maison de Sycamore Street, et Ted, qui ne voyait pas où il mettait les pieds, se cassa la figure en buttant contre un carton de vaisselle.

— *Home, sweet home,* dit-il en se tenant les reins pour se relever.

Ann emmena Ali en haut, dans la chambre vide où elle n'avait pour l'instant installé que le berceau, et la coucha avec précaution. Il n'y avait encore ni moquette, ni papier peint, ni rideaux dans la pièce, et lorsqu'elle se retourna avant de sortir, elle eut le sentiment d'abandonner son bébé, de le laisser flotter sans défense dans le vide. Dans la chambre voisine, Julia était debout devant la fenêtre, les yeux juste à hauteur du rebord, et regardait dehors, au-delà du jardin, avec au fond des yeux toute la satisfaction et la fierté des nouveaux locataires. Elle n'entendit pas Ann s'approcher derrière elle, et déposer sur le lit sa couverture préférée, celle qu'elle avait depuis toute petite, un rectangle de laine chinée rouge.

Ann redescendit tranquillement et s'arrêta près de Ted, qui maintenait une boîte à outils en équilibre sur le bas de la rampe.

— Ça fait drôle, non ? demanda-t-il en souriant. On a l'impression d'être adulte, tout à coup.

— Mouais... J'ai plutôt l'impression d'être une tricheuse, moi. Tu crois qu'on va savoir se débrouiller ? Tu crois qu'on va s'en sortir ?

— Tu veux dire financièrement ?

— Pas seulement. Pour tout.

— Oui, fit-il en l'attirant vers lui.

Elle l'embrassa dans le cou, et son odeur, sa chaleur réveillèrent en elle des désirs qui s'étaient quelque peu assoupis ces derniers temps. Lorsqu'il sentit sa bouche s'entrouvrir, il glissa une main sous son pull.

— Pas ici, murmura-t-elle, d'une voix déjà tremblante.

Il l'attira doucement vers le grand placard vide de l'entrée. Là, debout dans le noir, ils se jetèrent l'un contre l'autre sans perdre une seconde, avec une fougue et une envie que l'urgence rendait plus enivrantes encore.

— Tu as entendu? chuchota-t-elle soudain, le front posé contre sa poitrine en sueur.

— Quoi?

— Chut...

Elle rabaissa son pull, remonta la fermeture Eclair de son jean, et entrouvrit la porte du placard : Julia était assise en bas de l'escalier, la couverture rouge pressée contre son oreille.

Après le boom sur les centres commerciaux, quand les années fastes furent terminées pour la société, Nolan Parsell, qui espérait garder Ted à ses côtés, fut obligé de lui confier des projets de moins en moins importants, des extensions de maisons, des patios, des garages. Dans les locaux de l'entreprise, l'ambiance était à présent à la morosité. Parsell lui-même devint de plus en plus acariâtre et, à travers les bribes d'informations qu'il délivrait sans s'en rendre compte lorsqu'il piquait des crises de colère, il devenait évident que la société croulait aujourd'hui sous les dettes qu'elle avait contractées à l'époque où l'expansion semblait devoir durer toujours.

— Machin avait besoin d'argent, marmonnait-il. Crétin, salaud de rapace.

Ted, habitué à diriger des hommes et à s'occuper de plusieurs sous-projets en même temps, fut soudain contraint de replonger dans la paperasserie, comme aux heures noires de son premier emploi. Toute la compassion qu'il aurait pu ressentir pour Parsell était éclipsée par sa propre frustration, et par l'aigreur croissante dont Parsell faisait preuve.

Dorénavant, si Ted restait au bureau plus tard que nécessaire, c'était pour photocopier les dossiers de la société, les noms des clients, les informations sur les comptes, la facturation, les fournisseurs de bois de charpente, les transporteurs, les assurances. Des chiffres et des adresses plein les poches de son manteau, il traversait la rue et retrouvait Carl Freeman au Bluebird Inn, pour échafauder des plans d'avenir devant des chopes de bière. Petit à petit, les rêves des deux collègues, apparemment utopiques au départ, commençaient à prendre plus de consistance. A force d'en discuter, les choses semblaient devenir possibles. Pourquoi pas ?

L'idée continuait à germer dans son esprit, et à s'étendre peu à peu jusque dans ses discussions avec Ann, tard dans la nuit, comme à l'époque des confidences sur l'oreiller du motel E-Z, quand il lui avait fait part de ses projets et de ses rêves pour la première fois. Maintenant, si longtemps plus tard, c'était de son indépendance qu'il était question. Chaque mot, chaque pas qui le rapprochait de l'accomplissement de ses plans semblait l'enhardir un peu plus ; toute la maison vibrait d'une énergie et d'une tension nouvelles, comme de l'électricité statique qui galvanisait aussi Ann, et même les filles. *Voilà, peut-être, voilà ce qu'il fallait.*

Pour la naissance de la « Waring et Freeman », Ted et Carl organisèrent une petite fête dans les locaux flambant neufs. Pendant toute la semaine qui venait de s'écouler, Ted avait souffert d'insomnies qui, au lieu de l'épuiser, n'avaient fait qu'accroître sa tension nerveuse et son impatience, jusqu'à ce qu'il ne parvienne même plus à rester assis suffisamment longtemps pour manger ou se reposer un peu. Il passa tout cet après-midi dans les bureaux avec Carl et leur nouvelle secrétaire, Ruth Becker, à observer les téléphones muets, blancs et brillants, à feuilleter l'énorme agenda que lui avait offert Ann, à boire à petites gorgées le whisky qu'il cachait dans son tiroir et dont les vapeurs se dissipaient dans le feu de son excitation sans effet apparent.

Ann demanda aux filles de mettre leurs plus belles robes, des socquettes blanches et des chaussures vernies — même si Julia, à neuf ans, se considérait déjà comme trop grande pour porter un tel déguisement. Elles s'assirent toutes les trois à l'avant de la Buick d'Ann. Derrière, elle emportait des paniers contenant des ailes de poulet au sésame, des champignons farcis et des brownies maison. La femme de Carl, Alice, se chargeait du punch, et les hommes avaient rempli de grandes poubelles de bières et de glace.

A leur arrivée, les bureaux étaient déjà pleins de gens qu'Ann n'avait jamais vus, des sous-traitants, des techniciens, des fournisseurs locaux, des clients potentiels, ainsi que toute la famille de Carl. Les bureaux, les fenêtres, le sol, tout étincelait de fraîcheur et de pureté. Ann posa ses paniers sur la table qu'Alice avait installée et regarda les filles prendre la poudre d'escampette, Julia la première, Ali sur ses traces. Elle repéra Ted de l'autre côté de la salle, qui tapotait le dos d'un petit bonhomme rougeaud tout en balayant l'assemblée du regard, trop vite pour s'arrêter sur qui que ce soit en particulier. Un léger rictus de mécontentement déformait sa bouche, une expression qui lui était familière mais qui avait complètement disparu pendant tous ces mois de projets fébriles.

— Qu'est-ce qu'il lui arrive?

Ann se retourna et vit Sandy qui se penchait au-dessus d'une poubelle pour y prendre une bière.

— Je n'en sais rien. C'est peut-être une sorte de déception, ou de baisse de tension. Ils ont travaillé si dur pour en arriver là, ça doit leur faire drôle. Rends-moi un service : va lui dire que leurs locaux sont super.

— SOS Bonne Humeur, à votre service!

Ann la regarda se faufiler entre les invités jusqu'à lui, se dresser sur la pointe des pieds pour l'embrasser et, pour la première fois de la soirée, les épaules et le visage de Ted parurent se détendre. Leurs voix se fondaient dans le brouhaha de la pièce et, malgré ses efforts, Ann ne parvint pas à deviner ce qui les faisait rire, Ted d'abord, puis Sandy. Leur conversation ne cessa que lorsque Carl s'approcha en compagnie d'un homme qu'il voulait présenter à Ted.

— Mission accomplie, dit Sandy en revenant vers Ann.

Quand Ann, Ted et les filles partirent ce soir-là, les derniers, Ted prit l'une des quelques bières qui flottaient encore dans la poubelle, la vida cul sec, et leva la boîte vide à bout de bras.

— Bienvenue à mon avenir!

— Je vais conduire, murmura Ann tandis qu'il se repenchait au-dessus de la poubelle, pour s'en prendre une petite dernière pour la route.

Elle déshabilla les filles, les coucha, les borda. Quand elle revint dans la chambre, Ted était allongé sur le lit, tout habillé, les yeux au plafond.

— Tu veux manger quelque chose? demanda-t-elle.

— Non.

— Tu n'as rien mangé de la journée, Ted. Tu ne veux pas que je...

— T'es bouchée ou quoi? Je t'ai dit non.

Elle lui tourna le dos et commença à se déshabiller, très calmement, comme si elle craignait qu'un geste brusque, un bruit ne le fassent exploser.

— Qu'est-ce que tu as, encore? grommela-t-il dans son dos.

— Rien.

— Bon.

— Tu devrais faire un peu attention avec l'alcool, dit-elle en pivotant vers lui.

— Je t'emmerde, Ann. On m'a jamais dit ce que je devais faire, c'est pas toi qui vas commencer.

— Je ne te dis pas ce que tu dois faire.

— C'est pas toi qui vas me dire ce que je dois faire, continua-t-il sans l'écouter, j'aime mieux te prévenir tout de suite. Tu vas pas me dire ce que je dois faire. Tu m'entends?

Il se déshabillait en bredouillant d'indignation, le visage de plus en plus rouge.

— Pour qui tu te prends, nom de Dieu? Je me suis toujours occupé de moi tout seul et jusqu'à maintenant, j'ai plutôt fait du bon boulot. Alors ne me dis pas ce que je dois faire, s'il te plaît! Ne me dis pas ce que je dois faire.

Il avait roulé sa chemise en boule dans une main, et la malaxait au rythme de ses radotages d'ivrogne. Elle était debout devant lui, pétrifiée, et se demandait avec un calme et une lucidité surprenants s'il allait la lui jeter au visage — il y avait dans cette éventualité quelque chose de presque excitant, cela aurait soudain tout rendu si clair, si explicite — mais il finit par la jeter au sol où, malgré la violence de son geste, elle atterrit silencieusement.

Ils se couchèrent sans un mot de plus.

Au beau milieu de la nuit, Ann fut réveillée par le bruit du corps de Ted qui s'affalait par terre au centre de la chambre. Elle se leva d'un bond et arriva près de lui juste à temps pour voir ses yeux se révulser, sa bouche s'ouvrir. Elle hurla, l'appela, le secoua, frotta ses joues blafardes, mais il ne bougeait pas — absent, mort. Elle se précipita sur le téléphone de la table de nuit et appela la police.

— Mon mari vient d'avoir une crise cardiaque, haleta-t-elle, partagée entre l'affolement et le fatalisme, l'amour désespéré et cette certitude que ses pires craintes se justifiaient, que le destin venait de lui reprendre ce qu'il lui avait accordé par erreur.

Mais, juste au moment où elle donnait l'adresse au policier, elle entendit Ted grogner, puis bredouiller quelque chose en reprenant conscience. Elle raccrocha le téléphone et s'approcha de lui. Il venait de se pisser dessus; le tapis était mouillé.

— J'ai cru que tu étais mort, dit-elle, les yeux emplis de larmes.

— Excuse-moi... Excuse-moi, excuse-moi.

Elle l'aida à ôter son caleçon trempé, et le ramena au lit.

— Excuse-moi, excuse-moi, marmonna-t-il avant de sombrer dans le sommeil.

Ted était complètement absorbé par ses nouvelles responsabilités et les efforts qu'il fallait déployer pour faire démarrer la société. Carl et lui passaient de longues heures à rechercher des clients, à espionner les concurrents, et à apprendre à travailler à deux. Après quelques expériences malencontreuses, ils décidèrent que Carl se chargerait de négocier les contrats et les prix avec les clients. Il adorait la négociation, le marchandage, les discussions interminables où chacun essaie de gagner quelques pouces de terrain sur l'autre — exactement ce que Ted détestait et méprisait. Les premiers temps, Carl se moquait un peu de lui :

— Cool, Ted, cool ! C'est le jeu, il n'y a pas de quoi en faire un drame.

Mais Ted considérait presque comme une injure personnelle le fait de discuter le prix qu'il avait fixé pour les fenêtres ou l'installation électrique d'une maison, et risquait à tout moment d'éclater. « Allez vous faire foutre, c'est à prendre ou à laisser. »

En revanche, il se sentait parfaitement à l'aise sur les chantiers, au milieu des outils et des matériaux, sûrs et francs, dans l'odeur du bois frais.

Cependant, ça ne semblait pas lui suffire, et en tout cas n'apaisait pas son agitation. Il se passa alors quelque chose d'inattendu : Ann perdit foi en lui. Au début, elle crut qu'il en allait de la confiance comme de l'amour, que cela pouvait disparaître un temps avant de refaire surface — mais elle se rendit vite compte qu'une fois perdue, la confiance que l'on a en quelqu'un ne peut plus renaître.

Ted remarqua le changement dans son regard, le vide qu'avait laissé cette soudaine perte de foi, et, pour la première fois depuis le jour de leur mariage, il réalisa qu'elle pouvait se détacher de lui : il fut brusquement saisi par la panique de perdre ce qu'il avait toujours considéré comme acquis et définitif, indestructible malgré les hauts et les bas, de perdre cet amour qu'il croyait ne pas avoir besoin de remettre en question ni de reconquérir chaque jour.

Ann se levait de bonne heure chaque matin, habillait les filles pour l'école, et leur préparait des corn flakes et du lait tiède. Elle aimait s'asseoir en face d'elles dans la cuisine, les regarder boire leur lait, cette manière qu'elles avaient de tenir le verre à deux mains, les yeux grands ouverts, fixés dans le vide. Si sérieuses, si graves, comme si elles observaient l'infini.

Puis vint le temps où elles n'eurent plus besoin que d'une main, sirotant leur lait de manière désinvolte, presque sans s'en rendre compte. Vives. Grandes. Bientôt perdues pour elle.

Elle décida de se lancer dans le bénévolat. Et pas seulement par altruisme. Elle espérait avoir ainsi l'occasion de rencontrer de nouveaux visages, de se rendre à des réunions, pour pouvoir remplir le petit agenda de cuir rouge qu'elle s'était offert le jour où elle avait pris cette décision. Il semblait y avoir moyen de s'entraîner à l'indépendance, d'apprendre peu à peu à vivre autre chose de son côté. Elle s'engagea pour deux après-midi par semaine dans le programme d'activités bénévoles de l'hôpital, pour faire la lecture aux aveugles.

Elle était à présent assise dans une cabine de verre en face de Mark Karinski, un quadragénaire séduisant et bien bâti, qui perdait progressivement la vue à cause de problèmes de pigmentation de la rétine.

— C'est comme un miroir brisé dont des éclats se décollent peu à peu, lui dit-il. A certains endroits il reste encore une image, à d'autres non, plus rien.

Il avait travaillé pour un institut public chargé d'étudier la mortalité dans le pays, mais cela lui était désormais impossible. Cependant, il mettait un point d'honneur à rester en contact avec son milieu professionnel, et apportait chaque semaine à l'hôpital le *Rapport de mortalité*, qui contenait les statistiques concernant les accidents mortels de la semaine précédente, leur nombre et leurs causes.

— Lisez-moi l'index, demandait-il. Et lisez vite, s'il vous plaît. C'était si lent, la dernière fois.

La chaleur sèche qui s'infiltrait par la grille d'aération déshydratait les lèvres d'Ann pendant qu'elle lisait. Au bout de quelques minutes, Mark ouvrait le petit sac de noix qu'il avait rapporté de la boutique d'aliments diététiques ; sans lever les yeux, sans cesser de lire le plus vite possible, elle l'entendait régulièrement casser une coquille, couper la chair tendre de la noix, la mâcher, l'avaler. Toutes les cinq minutes, il ouvrait le couvercle de sa montre et effleurait du bout des doigts les chiffres en relief.

Ce jour-là comme tous les autres, il interrompit la lecture d'Ann très exactement deux heures après qu'elle eut commencé, alors qu'elle allait entamer un nouveau paragraphe sans perdre une seconde.

— C'était parfait. Nous nous revoyons mardi prochain ?

Ann acquiesça d'un signe de tête, mais lorsqu'elle leva les yeux et aperçut son regard vide, elle se ressaisit vite :

— Oui.

Ce soir-là, elle essaya de se diriger dans la cuisine les yeux fermés, ou même, pour essayer d'être plus fidèle à la description qu'il avait faite de son handicap, en formant une grille devant ses yeux avec ses doigts. Plus tard, couchée avec Ted, elle écoutait le film qui passait à la télévision en fermant les yeux.

— Ça va ? lui demanda-t-il.

— Oui, je suis juste un peu fatiguée.

Vers la fin de la semaine, à force d'expériences, elle avait les tibias et les genoux couverts de bleus.

Dans son programme de bénévolat, l'hôpital avait pour règle de faire tourner régulièrement les lecteurs, afin d'éviter que ne se créent des liens trop personnels entre eux et les non-voyants. Ils firent cependant une exception dans le cas de Mark, qu'ils savaient si difficile à satisfaire, et qui semblait avoir enfin trouvé une lectrice qui lui convenait. Chaque mardi et chaque jeudi, Ann s'asseyait dans la petite cabine de verre en face de lui. Il se montrait souvent irritable, cherchant manifestement à éviter toute source de désagrément, et en particulier tout ce qui pouvait dénoncer chez Ann une trace quelconque de compassion pour son infirmité croissante. Les premiers temps, Ann entamait sa lecture sitôt assise, soucieuse de ne pas empiéter sur son temps avec des civilités ou du bavardage dont il n'avait que faire. Petit à petit, pourtant, ils se mirent à discuter avant chaque séance. Il passait plusieurs heures par jour à entretenir sa forme, et suivait même les cours d'un Chinois qui lui enseignait les bases de l'autodéfense, comment pressentir l'imminence d'une attaque, comment neutraliser l'assaillant en quelques gestes. Même en plein hiver, il préférait à présent porter des chemises à manches courtes, qui mettaient en valeur ses biceps impressionnants. Il raconta à Ann le départ de sa fiancée, qui l'avait quitté après quatre ans de vie commune, et lui parla de son projet d'aller emménager à Albany, ou peut-être même à New York.

— Il est impossible de vivre à la campagne si l'on n'est pas capable de conduire. Les villes sont bien plus pratiques pour les aveugles.

Quand Ann en avait terminé avec le *Rapport de mortalité*, il lui demandait de lire le bulletin mensuel d'une organisation à laquelle il appartenait, « L'Humaniste Laïque ». Elle ne parvenait pas à s'intéresser à ce qu'elle lisait, les mots ne semblaient être que des sons, sans aucun sens. Il n'y avait que la chaleur de la climatisation détraquée, les noix, sa gorge sèche, et son désir constant d'impressionner Mark par la vitesse et la qualité de sa lecture.

La nuit, elle rêvait de lui. Des rêves étranges, obscurs et muets, des rêves de corps disloqués, des jambes, des bras et des poitrines qui se frôlaient, s'entrelaçaient, se fondaient les uns dans les autres. Dans ces rêves, même la sensation du toucher était différente.

Un jeudi, environ deux mois après leur première séance, il lui demanda de le ramener chez lui en voiture.

— En général, c'est mon voisin qui vient me chercher, mais il a la grippe.

En traversant le parking jusqu'à la voiture d'Ann, il lui tenait l'avant-bras, fermement, comme si elle lui appartenait.

Ils se garèrent devant son immeuble et restèrent assis un moment dans la voiture en silence, pendant que le moteur tournait. Elle se demandait s'il fallait lui proposer de le raccompagner jusqu'à sa porte — lorsqu'il s'agissait de l'aider, elle ne parvenait jamais vraiment à faire la distinction entre ce qu'il considérerait comme une insulte et ce qu'il apprécierait, en partie parce qu'elle n'avait pas une idée très précise de la gravité de son handicap. Elle venait de se décider à lui proposer de l'aide, lorsqu'il se pencha vers elle et l'embrassa, trouvant sa bouche après une très brève hésitation. Il s'écarta d'un centimètre, comme pour lui laisser le temps de réagir. Son souffle chaud avait une légère odeur de noix. Elle ferma les yeux, et l'attira vers elle.

Ils continuèrent à se retrouver deux fois par semaine dans la cabine de lecture, et à garder entre ses parois de verre un ton poli, impersonnel, reflet d'une relation purement utilitaire, je lis et tu écoutes. Et deux heures plus tard, ils rentraient chez lui. Dès qu'ils ouvraient la porte, Mark prenait soin d'allumer le vestibule, bien que cela ne fît aucune différence pour lui.

Tout à l'intérieur était parfaitement rangé. Dans ses tiroirs, il avait disposé les chemises blanches à droite, les grises à gauche. Dans l'armoire, cinq pantalons noirs pendaient côte à côte, soigneusement repassés. Dans la cuisine, douze boîtes de soupe Campbell à la tomate étaient rangées en trois piles sur une étagère. Après avoir acheté trop de saveurs qu'il n'aimait pas, il avait fini par demander à l'employé du magasin de remplir son caddie de toutes les soupes à la tomate qu'ils avaient en rayon, soit vingt-sept boîtes. Depuis, il vivait sur cette réserve. Ann était fascinée par l'ordre qui régnait dans l'appartement, la discipline qu'il s'imposait, et, à l'opposé, par la frénésie vorace et tumultueuse qui reprenait le dessus quand ils faisaient l'amour. Les premiers jours, il n'y avait rien d'autre que cette faim qu'ils avaient l'un de l'autre, ce besoin de fusion, comme pour combler un manque, pour se rassasier. Plus tard, lorsqu'ils avaient un peu de temps, il faisait courir tendrement ses doigts sur son corps pendant de longues minutes, lui faisant découvrir des zones et des recoins qu'elle avait l'impression de ne pas connaître elle-même, la caressant avec calme et passion en même temps, comme s'il touchait un corps de femme pour la première fois.

Et ils parlaient.

Après qu'Ann eut plusieurs fois éludé les questions qu'il posait sur son mari, ses enfants, sa maison, ils s'orientèrent vers un passé plus lointain, leur enfance. Le père de Mark avait souffert des mêmes problèmes de pigmentation rétinienne et, depuis son plus jeune âge, Mark s'attendait que vienne son tour.

— Même si je savais bien que c'était une affection qui ne se déclarait que progressivement, j'ai toujours été persuadé que ce serait brutal, que je me réveillerais un matin complètement aveugle. Et chaque jour en ouvrant les yeux, quand je voyais la fenêtre, je pensais que j'avais gagné, que je m'en étais tiré. Mais en fin de compte, même s'il n'y avait que cinquante pour cent de risques, j'ai toujours su au fond de moi que ça finirait par me tomber dessus. Je me dis même parfois que c'est à force d'attendre que c'est arrivé. Je sais que ça peut paraître absurde. Mais mon frère a deux ans de plus que moi, et il va très bien. C'est difficile à expliquer.

— Je comprends, dit Ann.

Et elle lui parla d'Estelle, des journées entières qu'elle passait au lit avec ses anges et de sa crainte, à elle, d'avoir à subir leur présence à son tour — quelque chose qu'elle n'avait avoué à personne auparavant.

— Tu n'as rien à craindre d'eux, lui dit-il d'une voix rassurante.

— Qu'est-ce qui te fait dire ça ?

— C'est que tu peux voir l'ennemi, tout simplement. Ça supprime le facteur surprise, et c'est comme ça qu'on gagne les guerres.

— Mais tu pouvais voir l'ennemi, toi aussi.

— J'sais point comment que j'pourrais vous dire ça, m'dame, fit Mark en riant, mais j'y vois plus goutte, là maintenant. Bon Dieu, je ne sais même pas de quelle couleur sont tes cheveux. Tout ce que je sais, c'est que tu as une voix magnifique.

— Châtains, dit-elle.

Elle se leva pour leur faire du thé, et rapporta deux grandes tasses sur le lit.

— Ça ne te rend pas furieux ?

— Si tu savais le nombre de choses qu'on croit indispensables et dont on s'aperçoit en fait qu'on peut très bien se passer...

Ann prenait garde de ne pas modifier son comportement en présence de Ted, de ne pas paraître se soucier moins de lui, ni plus — et en réalité, elle n'avait pas beaucoup d'efforts à faire. Elle ne se sentait pas coupable. C'était comme si Mark et son appartement existaient dans un coin isolé de sa vie, dans un univers parallèle qui communiquait avec le leur par une porte que Ted ne trouverait jamais. Ils étaient tous les deux comme ces enfants qui jouent à cache-cache et qui, en mettant leurs mains sur leurs yeux, croient qu'ils sont invisibles parce que eux-mêmes ne voient plus rien.

Un matin, elle passa chercher Mark et l'emmena à trente kilomètres de Hardison, au Cineplex de Handley. La salle de cinéma était presque déserte, et ils s'assirent tout au fond, au centre d'une rangée de sièges vides.

Entre les dialogues, Ann lui décrivait la scène à voix basse, les yeux sur l'écran, la joue tout près de la sienne; elle le sentait se pencher vers elle pour absorber l'information, hochant la tête impatiemment, *encore, encore*, et cette attention intense à ses paroles était aussi nouvelle pour elle que l'assurance qu'elle découvrait dans sa voix, un murmure calme et régulier, dans l'obscurité de la salle.

Pendant qu'elle parlait ainsi, un homme coiffé d'une casquette de laine qui était assis cinq rangs devant eux se retourna et lui jeta un regard vicieux. Elle lui répondit d'une grimace, sans interrompre une seconde sa description de ce qui se passait sur l'écran.

Ils n'eurent pas le temps de faire autre chose ce jour-là. Elle le ramena directement chez lui, et le vit se diriger lentement vers sa porte, prudent, raide. Il se retourna avant d'entrer, semblant humer l'air pour la trouver — à cet instant, elle n'avait qu'une envie, bondir hors de la voiture et pénétrer avec lui dans l'appartement sombre, mais elle ne bougea pas, se contenta de le regarder pivoter doucement et refermer la porte sur lui. Elle démarra et partit en vitesse pour arriver chez elle avant les filles.

Le téléphone sonnait quand elle ouvrit la porte de la maison.
— Allô?
— Bonjour. Je suis bien au domicile d'Ann Leder Waring?
Le ton officiel de son interlocuteur la mit aussitôt sur ses gardes.
— Qui est à l'appareil?
— Sergent Thomasis. Police d'Etat, m'dame. Vous êtes la fille d'Estelle et Jonathon Leder?
— Oui...

— M'dame... J'ai, euh, j'ai peur d'avoir une nouvelle pénible à vous annoncer. Ils... Ils ont eu un accident.

— Où sont-ils?

— Ils sont morts, m'dame.

Ensuite, des détails, un lieu, des circonstances. Des corps.

Cette voix monocorde et intarissable, ces élucubrations incompréhensibles. Absurdes.

Ann avait sans doute raccroché, sans doute appelé Sandy, et sans doute convenu qu'il valait mieux que ce soit Sandy qui aille identifier les corps.

Mais tout ce dont elle se souvenait, c'était d'un long silence écrasant, et d'un seul mot : corps.

Corps, corps, qui se répétait à l'infini. Corps. Il fallait faire quelque chose pour effacer ce mot de son esprit, l'étouffer. Corps.

Les funérailles eurent lieu dans la plus stricte intimité. Le frère de la conductrice impliquée dans l'accident — une jeune femme qui n'avait eu qu'une jambe cassée, et s'en sortirait très bien après quelques mois de rééducation — se gara à quelques dizaines de mètres de la tombe, mais n'eut pas le courage de sortir de la voiture : les personnes présentes étaient trop peu nombreuses, et semblaient trop accablées. Il observa un moment la scène par la vitre, puis s'en alla.

Pendant toute la cérémonie, Ann ne pensait qu'à une chose : Au moment où les deux voitures se sont percutées, ont-ils eu le temps d'apercevoir les yeux de celle qui leur apportait la mort, a-t-elle aperçu les leurs? Peut-être, à travers le pare-brise éclaté en toile d'araignée, des milliers d'yeux, des millions d'yeux, les yeux horrifiés de la mort, plus grands, plus ronds que la pleine lune... Pendant une fraction de seconde, ont-ils compris que leur tour était venu?

Ou peut-être qu'Estelle et Jonathon s'étaient simplement tournés l'un vers l'autre. Un dernier regard. Oui, c'était probable.

Sandy et Ann se retrouvèrent une semaine plus tard dans la maison grise de Rafferty Street, perdues dans le chaos qu'Estelle et Jonathon avaient laissé derrière eux. L'air était imprégné de cette odeur de moisi et de beurre rance qu'elles connaissaient si bien. Dans la cuisine, deux sacs-poubelle éventrés répandaient leurs entrailles pourries sur les carreaux noirs et blancs du linoléum. Sur la table de Formica, deux plateaux télé décongelés baignaient dans une flaque.

Une éponge à la main, Ann s'accroupit pour essuyer le jaune de l'œuf qui avait dégouliné sur ses chaussures en daim lorsqu'elle avait ouvert la porte du réfrigérateur.

— La famille Cradingue a encore frappé? demanda Sandy en s'approchant.

Ann hocha la tête et se redressa. Dans le frigo s'entassaient pêle-mêle des cartons de lait, d'énormes bouteilles de soda en plastique, trois ou quatre boîtes d'œufs semblables à celle qui était tombée aux pieds d'Ann, et des tas d'autres aliments plus ou moins identifiables, bien plus en tout cas qu'il n'en fallait pour deux personnes, mais certainement tous achetés en promotion à des prix imbattables. Elle passa dans le salon et s'y promena un moment, effleurant du bout des doigts quelques objets de-ci de-là, des journaux jaunis, un paquet de gâteaux vide, des serviettes sales, deux vestes légères posées sur un lampadaire.

— Qu'est-ce qu'on va faire de tous ces trucs? fit-elle.

— On vote. Je suis pour faire appel à une bonne entreprise de débarras, répondit Sandy, non sans une certaine prudence car lorsqu'il s'agissait d'Estelle et Jonathon, Ann oubliait un peu son sens de l'humour.

Mais elle sourit de bon cœur, et quand Sandy, encouragée par cette réaction, lui adressa un petit signe de tête interrogateur, elle se contenta de hausser les épaules et de sortir du salon.

Elle laissa ses pas la guider vers la salle de bains, et s'empara d'une petite boîte de henné posée sur l'étagère. De quelle couleur étaient les cheveux d'Estelle, ce jour-là? Son sang s'était-il mêlé au rouge sang de ses cheveux?

Lorsque Sandy vint la rejoindre, elle la trouva assise sur le carrelage froid.

— Ça va?

— Tu sais, dit Ann en inclinant la tête, c'est drôle, mais je n'ai même pas réussi à pleurer. Pas une fois. Pas la moindre larme. Tu sais ce que j'éprouve, Sandy? Tu veux savoir ce que j'éprouve vraiment?

— Oui?

— Je me sens libre.

Quelques semaines plus tard, Sandy appela sa sœur au beau milieu de la nuit. Sa voix était douce, hésitante et triste.

— Il faut que je te dise quelque chose.

— Quoi?

— La dernière fois que j'ai vu Estelle et Jonathon, c'était dans Main Street. J'allais déjeuner au Ginger Box avec la fille que le journal venait d'embaucher comme secrétaire de rédaction. Je crois que je t'en ai parlé... Bref, je les ai aperçus sur l'autre trottoir, à une cinquantaine de mètres de nous. Estelle portait sa jupe orange et un pull de Jonathon, et lui marchait comme d'habitude, tout voûté, avec son pas de héron, une main sur sa barbe. On aurait dit des touristes qui venaient de la lune. Je ne sais pas ce qui m'est passé par la tête, Ann, c'est peut-être tout simplement le fait de tomber sur eux comme ça, à l'improviste... En tout cas, j'ai eu peur de les présenter à cette fille. Tu comprends ? Même pas peur, non, presque honte. Elle n'était pas au courant, tu vois, je ne lui avais jamais parlé d'eux, de nous. Bon... Ils étaient complètement absorbés par leur conversation, et quand ils se sont arrêtés devant la vitrine de la librairie, j'ai accéléré le pas pour qu'on les dépasse sans qu'ils nous voient.

Pendant de longues secondes, Ann n'entendit plus à l'autre bout du fil que la respiration lente et difficile de Sandy.

— Toutes les nuits, quand je suis couchée et que je n'arrive pas à dormir, je revois cette scène. Les longs cheveux roux d'Estelle, la drôle de démarche de Jonathon, sur l'autre trottoir, ils avancent vers moi, ils avancent vers moi. A chaque fois j'essaie de traverser la rue, de me forcer, pour aller leur dire bonjour et les présenter à cette fille. Mais j'ai beau faire tous les efforts, je n'y arrive jamais. Je reste sur mon trottoir pour les éviter.

Elle n'ajouta rien d'autre, Ann non plus, et elles raccrochèrent exactement en même temps. Alors il n'y eut plus entre elles deux que la nuit épaisse qui s'étendait sur la ville, et ces mots en suspens, comme une dernière pièce d'un puzzle égaré depuis longtemps.

Lorsqu'elle revit Ann quelques jours plus tard, Sandy lui dit :
— Ça a toujours été plus facile pour toi, non ? Avec eux. L'amour, les choses comme ça, ça te pose moins de problèmes qu'à moi.

Ann n'allait plus lire à l'hôpital depuis plusieurs semaines, se faisant régulièrement porter malade. Elle finit par se décider à donner sa démission, sans avoir jamais parlé directement à Mark. Tous les mardis et tous les jeudis, elle l'imaginait errant au milieu des petites cabines de verre, la cherchant en vain, et devant se résoudre en fin de compte à s'asseoir en face de sa remplaçante. Elle avait composé son numéro de téléphone une bonne douzaine de fois, mais avait toujours raccroché avant que la sonnerie ne résonne dans son appartement obscur.

Finalement, un matin, après avoir fait grimper les filles dans le bus de l'école, elle prit sa voiture et traversa la ville. Lorsqu'elle sonna à la porte d'entrée, il venait de sortir de la douche : sous la chemise blanche impeccable, sous le pantalon noir, sa peau était encore humide et parfumée. Manifestement troublé par son arrivée, il oublia d'éclairer le salon pour elle, et ils s'assirent côte à côte dans la pénombre.

— Je suis désolée, dit-elle. J'aurais dû t'appeler.

— Je me suis inquiété. Ils disaient que tu étais malade.

— Non, ce n'était pas ça.

— Il est arrivé quelque chose ?

— Non. Si. Enfin, pas vraiment... J'avais juste besoin de temps pour réfléchir.

— A propos de nous ?

Elle vit son corps se raidir, se mettre tout entier sur ses gardes. Les leçons d'autodéfense.

— On ne peut pas continuer de cette façon, Mark. Moi, en tout cas, je ne peux pas. A partir d'un certain stade, tu sais, ça prend ce côté un peu dégoûtant de l'adultère. Je n'avais pas cette impression au début. Ça n'avait rien de sordide, tu comprends ce que je veux dire ? Mais je crois que si on continuait, ça le deviendrait vite. Ce n'est pas tant à cause de Ted ; je n'ai pas tout à fait le sentiment de le tromper, même si je ne sais pas exactement ce que ça veut dire, mais ça peut être plus général ; on ne trompe pas forcément *quelqu'un*, il me semble.

— J'ai toujours cru que si, répondit-il froidement, sans un geste pour la toucher, pour la convaincre. Alors dis-moi, je n'étais qu'un sujet d'expérience, pour toi ? Un cobaye ? Ou bien c'était de la charité ?

— Arrête. S'il te plaît.

— Une petite distraction originale pour la femme au foyer qui s'ennuie ? Un caprice un peu snob, l'amant aveugle ?

— Mark. Tu sais que ça n'avait rien à voir avec ça.

— Je ne suis plus trop sûr de ce que je sais.

Elle tendit la main pour lui caresser le visage, mais il recula vivement dès qu'il sentit le contact de ses doigts sur sa joue.

— Personne ne m'a jamais écoutée comme toi, dit-elle d'une voix calme.

— Oui, c'est l'une de nos spécialités, à nous autres les aveugles. On n'a pas vraiment le choix, si tu veux.

— Excuse-moi. Je croyais que c'était peut-être parce que ce que je disais t'intéressait réellement.

Il ouvrit la bouche pour répondre, mais se ravisa. Ils restèrent un long moment silencieux.

— Je suis mariée, fit-elle doucement.

Il hocha doucement la tête, prit une profonde inspiration, et se leva.

— Je crois que tu ferais mieux de partir...

— Mais...

— Sois gentille. Epargne-moi les conneries du genre « restons bons amis », d'accord ?

— Bon.

— Va-t'en, s'il te plaît.

Il contourna le divan sans avoir besoin de s'aider de la main et disparut dans le couloir. Elle l'entendit arpenter la maison à grands pas, sans la moindre des hésitations qu'il marquait sans cesse, pour prévenir des dangers éventuels, lorsqu'il évoluait en dehors de ses frontières.

Ann resta plantée une longue minute dans la pièce obscure, avant de se décider à partir en claquant bruyamment la porte derrière elle, pour qu'il sache qu'elle n'était plus là, qu'il pouvait revenir dans le salon sans crainte.

Chaque matin en ouvrant les yeux, elle pouvait croire pendant les premières secondes de semi-conscience que le jour qui se levait serait un jour nouveau, où tout pourrait être différent. Mais c'était toujours très éphémère et tout lui revenait très vite à l'esprit, exactement au point où elle l'avait laissé la veille. Au début, Ted pensa que le mutisme d'Ann, ce repli sur elle-même qu'il ne pouvait pas ne pas remarquer, était dû à la mort d'Estelle et de Jonathon. Il se disait qu'il ne pouvait rien faire d'autre qu'attendre, et que cela finirait par passer tout seul. Mais au contraire, le silence et l'inertie derrière lesquels elle se retranchait ne faisaient qu'empirer et, sous la carapace de plus en plus épaisse qu'elle se constituait au fil des jours, il lui semblait presque percevoir le crissement des nœuds qu'elle s'appliquait à défaire, pour se détacher peu à peu de lui. Pour la première fois, il connut l'angoisse d'être enfermé dehors — quand ce qui rend fou n'est pas seulement de frapper en vain à une porte fermée dont on a perdu les clés, mais surtout de ne pas savoir s'il y a quelqu'un derrière ou non. Elle ne lui posait plus jamais de questions, ne s'apercevait même plus de ses retards, ni de ses changements d'humeur. Elle ne se souciait plus de l'affronter, ni de faire la paix avec lui. Elle semblait tout simplement morte pour lui. De plus en plus inquiet, Ted aurait fait n'importe quoi pour provoquer une réaction de sa part, même infime. Il essaya de s'éloigner d'elle, de se montrer distant, de rentrer encore plus tard le soir et, voyant que cela n'avait aucun effet, qu'elle ne réclamait rien de lui, il s'efforça à l'inverse de devenir le mari qu'elle avait toujours désiré, omniprésent, prévenant, attentionné. Mais malgré tous ses efforts, il fut incapable de trouver le chemin qui la ramènerait à lui.

Un soir, en rentrant tôt du bureau, il la trouva dans la cuisine en train de préparer un ragoût. Il ouvrit une bière, et s'adossa au réfrigérateur. A l'étage, les filles étaient censées terminer leurs devoirs, mais on entendait d'en bas le son d'un feuilleton à la télévision.

— Je croyais que la règle, dans cette maison, était « Pas de télé avant le dîner » ?

Ann haussa les épaules sans se retourner. Elle alla jusqu'à l'évier pour rincer des pommes de terre dans une passoire et, en revenant vers la cuisinière, elle vit Ted remuer son ragoût avec la cuillère en bois, puis s'emparer de la grande salière et l'agiter calmement au-dessus de la marmite.

— Qu'est-ce que tu fais ?

— Tu ne mets jamais assez de sel.

— Si j'avais voulu ajouter du sel, je l'aurais fait.

— Ça t'a peut-être échappé, lâcha-t-il d'une voix méchante, mais tu n'es pas toute seule, dans cette maison.

Elle lui lança un regard plein de haine, lui ôta la salière des mains, en dévissa lentement le bouchon, et en versa tout le contenu dans le ragoût. Il la fixa un moment dans les yeux, comme s'il était sur le point de lui bondir dessus, mais elle soutint crânement son regard et il sortit de la cuisine en claquant la porte.

Quand elle entendit les pneus de la voiture crisser dans l'allée, elle laissa le ragoût mijoter sur le feu pour préparer calmement trois sandwichs au thon, qu'elle posa sur un plateau et monta dans la chambre des filles, qui suivaient un épisode de « Beverly Hills » à la télévision.

— Le dîner est servi, dit-elle en souriant, et en s'asseyant par terre entre elles.

— Où est papa ? demanda Julia d'une voix suspicieuse.

— Il a été obligé de retourner au bureau. Tenez, les filles, j'ai acheté les chips que vous aimez. Goût barbecue.

Elles se mirent à manger du bout des lèvres, en jetant des regards vers leur mère entre deux bouchées, comme si elles croyaient qu'en l'observant assez attentivement, elles pourraient retrouver les habitudes familiales réconfortantes, les petites règles de la maison et les fameux emplois du temps, la présence sensible et attentionnée de leur mère, tout ce qui avait si brusquement disparu ces derniers temps. Sans ces repères, elles se sentaient complètement déboussolées, comme des marionnettes lâchées dans le vide.

Il était plus de dix heures quand Ted revint à la maison. Ann était déjà couchée, et il vint s'asseoir sur le bord du lit avant même d'avoir ôté sa veste.

— Je suis désolé, dit-il posément. Je t'aime. Je ne comprends rien à ce qui se passe, mais je t'aime.

— Tu te souviens, fit-elle en le fixant d'un air pensif, de cette époque où tu me disais que, d'après toi, on pouvait très bien aimer quelqu'un sans rien attendre de lui? Tu disais que c'était exactement le genre d'amour que tu éprouvais pour moi. Tu te rappelles? Tu voulais qu'aucun de nous deux n'attende quoi que ce soit de l'autre. Est-ce que j'ai dit quelque chose, à cette époque-là? Non, je m'y suis faite. Alors qu'est-ce qui t'arrive, aujourd'hui?

— J'avais peut-être tort.

— Tu avais peut-être raison, Ted.

— Arrête, dit-il.

— Arrêter quoi? D'être comme toi?

— Qu'est-ce qu'il y a, Ann? Tu as l'air de tellement m'en vouloir... Je t'ai fait tant de mal que ça?

— Ça n'a pas grand-chose à voir avec toi. Ce que je regrette, c'est ce que j'ai fait, ou ce que je n'ai pas fait. Ce n'est pas ta faute, si je pensais avoir tant besoin de toi.

— Et alors, il n'y a pas de mal à avoir besoin de quelqu'un. J'ai besoin de toi, moi.

— Maintenant, oui...

Le voile du silence fut déchiré cette nuit-là, et laissa la place à un torrent de disputes violentes, ce qui était totalement nouveau pour eux, un affrontement constant de désirs et d'opinions : ils se querellaient pour des riens, se hurlaient dessus à propos des choses les plus futiles : une chaussette dans le salon, le réservoir vide de la voiture, une serviette laissée en boule sur la table — des scènes grotesques qui s'achevaient toujours sur une litanie de vieux reproches amers.

Il y avait cependant quelques éclaircies, des accalmies soudaines, lorsqu'ils étaient tous les deux envahis par la crainte de perdre l'autre, de se perdre, et dans ces moments-là, intenses mais brefs, ils retrouvaient un peu de leur amour au lit, avec cette rage désespérée des couples à la veille de la guerre.

Julia et Ali jouaient un peu le rôle d'un public tapi dans l'ombre. Car la lumière était si crue et si éblouissante sur la scène de leur couple, qu'ils ne parvenaient plus à discerner précisément le visage de leurs filles; ils savaient seulement qu'elles continuaient à vivre et à les observer, quelque part par là.

146

Un jeudi après-midi, à la fin de l'automne, Mrs. Murphy, la conseillère d'orientation de l'école, qui avait surtout la fonction de conseillère psychologique, leur téléphona pour leur proposer un rendez-vous avec elle le soir même, afin de parler de Julia.

Quelques heures plus tard, Ted et Ann étaient assis sur deux petites chaises de bois face à son bureau, qui croulait sous les aloès, les cactus, et les ouvrages sur la psychologie de l'enfant. Mrs. Murphy avait les cheveux gris et coupés très court, pas un soupçon de maquillage, et portait un grand collier de perles et de corail, ainsi que des bracelets en argent. Elle avait l'accent traînant et monotone du Middlewest, et se penchait en avant lorsqu'elle parlait, comme si des années passées à s'adresser aux enfants avaient fini par déformer sa colonne vertébrale.

— Se passe-t-il actuellement chez vous quoi que ce soit qui pourrait perturber Julia? demanda-t-elle.

— Non, s'empressa de répondre Ted.

— Pourquoi? demanda Ann.

— Nous avons quelques problèmes avec elle depuis quelque temps. Je suppose que vous êtes au courant de ce qui s'est passé ce matin?

— Non... reconnut Ann comme si elle se sentait déjà coupable, négligente, indigne.

— Je vois. Voilà, Julia a jeté une boîte métallique à la tête de l'un de ses professeurs.

— Mon Dieu! s'exclama Ann.

— Elle l'a touchée?

— Qu'elle ait bien visé ou non n'est pas vraiment la question ici, répondit sévèrement Mrs. Murphy. Et ce n'est pas le premier incident de ce genre, loin de là. Elle a violemment agressé certains de ses camarades de classe. Elle a triché à un contrôle. Aussi, j'espérais que vous nous aideriez à découvrir ce qui peut provoquer ces dérapages, en nous parlant des problèmes auxquels elle pourrait avoir à faire face en dehors de l'école.

— Des problèmes? demanda Ted.

— Oui, quelque chose qui ne se passerait pas très bien à la maison, par exemple.

— Je vous ai déjà dit que tout allait parfaitement bien.

— Je vois... Bien, il faut que vous compreniez que s'il arrive encore chez nous des incidents semblables, même minimes, nous nous verrons dans l'obligation de vous suggérer une assistance psychologique pour votre fille. Si elle compte rester parmi nous, bien entendu. Pour tout dire, je vous conseille fortement d'y réfléchir dès maintenant. Avant que les choses ne s'aggravent.

— Nous y penserons, fit Ted en se levant.

— J'espère, fit Mrs. Murphy en se levant à son tour et en leur serrant la main. Il faut éviter que cela n'aille trop loin, vous savez. Personne n'a envie de voir arriver cela ici.

Dans la voiture, Ann et Ted roulèrent un moment en silence, comme si Mrs. Murphy pouvait encore les entendre et utiliser contre eux ce qu'ils diraient. Ce n'est que quand l'école eut depuis longtemps disparu dans le rétroviseur qu'Ann se décida à parler, d'une voix posée mais ferme.

— On ne peut pas continuer comme ça.

— Qu'est-ce que tu veux dire?

— Tu sais très bien ce que je veux dire.

Ted accéléra, passa en trombe à un feu orange, et ne ralentit que quelques centaines de mètres plus loin.

— Pourquoi on ne s'en irait pas un peu, tous les deux? Juste pour changer d'air.

Sa voix semblait déjà portée par le projet qui venait de naître en lui, dynamisée par l'espoir.

— Où?

— Ça n'a pas d'importance. N'importe où. Où tu veux. Quelque part où il fait chaud. La Floride, par exemple.

— Et les filles?

— Sandy peut les garder quelques jours. Ann, ne cherche pas des complications à tout prix. S'il te plaît. Dis oui. Laisse-nous encore une chance.

Ann se contenta de hocher doucement la tête, et ils poursuivirent en silence leur route jusqu'à la maison — Ted échafaudait déjà le plan qu'il mettrait bientôt en pratique, avec son allié le soleil, pour la reconquérir.

5

Le tribunal de Hardison, un immeuble de 1840 qui imitait le style grec, étincelait sous les rayons crus d'un soleil matinal. A l'intérieur, les vieilles conduites d'air soufflaient et crachaient pour répandre un peu de chaleur dans la salle surpeuplée. Assis devant une grande table de chêne aux côtés de son avocat, Harry Fisk, Ted tiraillait jusqu'au sang une petite peau de son index droit. Il s'était rasé pour l'occasion, et portait le costume bleu marine qu'il avait acheté pour l'enterrement d'Estelle et de Jonathon, deux ans plus tôt. Il essuya le sang de la plaie sur son pantalon, et leva nerveusement les yeux. En face de lui, sur le mur du fond, la devise de son pays s'étalait en grandes lettres d'or : « *In God We Trust.* » Au-dessus, le drapeau américain pendait mollement, lugubre, miteux, comme si on ne l'avait ni lavé ni repassé depuis des siècles. De l'autre côté de l'allée centrale, à la table de l'accusation, le procureur Gary Reardon ne cessait de remettre de l'ordre dans ses notes, une sorte de tic nerveux qui devait lui permettre de se concentrer, en alignant avec le plus grand soin le bord de ses feuilles jaunes, qu'il tapotait sans arrêt sur la table. Le fauteuil du juge était encore vide.

La foule, dont une bonne partie mettait les pieds pour la première fois dans un tribunal, s'entassait en rangs d'oignons sur les longs bancs de bois — qui rappelaient un peu ceux d'une église, mais d'une couleur plus pâle, celle des tables d'école — et gigotait d'impatience, tapotait des pieds, jetant des coups d'œil fébriles à droite et à gauche; une foule carnassière, dont le murmure permanent était un mélange de ragots, de théories sur l'affaire et de projets pour le déjeuner. Au dernier rang, deux hommes d'un certain âge étaient si serrés l'un contre l'autre que leurs chevelures blanches et ébouriffées se touchaient presque. Ils discutaient du dernier procès auquel ils avaient assisté et des qualités du juge qui allait présider celui-ci — deux inconditionnels du tribunal qui connaissaient tous les officiels par leur nom, deux redoutables critiques des débats et des verdicts, qui ne manquaient jamais un jour d'audience. Sandy était assise près de John, au premier rang de la section réservée à la famille. Il lui parlait — de l'assistance? du temps? juste quelques mots de réconfort? —, elle ne l'écoutait pas. Elle gardait les yeux fixés sur la nuque de Ted, au moment où celui-ci se tournait vers Fisk et lui racontait à l'oreille quelque chose qui les fit rire brièvement tous les deux — rire ici, maintenant... Elle le méprisa instantanément pour ce petit éclat de rire, comme elle le méprisait pour tout le reste, et même plus encore : ce léger mouvement de tête, ce rire commencèrent à partir de ce moment-là à la hanter jour et nuit, comme une épine plantée dans son âme, douloureuse et indestructible — la seule explication, la seule preuve dont elle aurait jamais besoin.

L'huissier s'avança dans l'allée centrale et balaya longuement la salle d'un regard neutre et froid. C'était un homme courtaud et gras, dont la tête chauve était entourée d'un demi-cercle de cheveux ras au-dessus des oreilles, et qui portait une petite moustache grise. Derrière des lunettes à monture d'acier, ses yeux vitreux semblaient parfaitement entraînés à l'indifférence.

— Mesdames messieurs, fit-il d'une voix profonde et claire, la cour! L'audience du Tribunal supérieur de l'Etat de New York, comté de Hardison, est à présent ouverte. Les débats seront présidés par l'honorable juge Louise Carruthers.

Le juge Carruthers entra à grands pas par une porte latérale, enveloppée dans une ample robe noire, les cheveux de cette couleur caramel qu'adoptent les femmes grisonnantes qui n'ont pas encore tout à fait choisi entre le châtain et le blond. Elle avait les traits encore fins, et une drôle de voix, grave et enfantine à la fois, comme celle d'une fillette qui aurait vieilli trop vite. Le col rouge vif d'un chemisier de soie émergeait des lourds replis de sa robe noire : elle l'ajusta machinalement avant de s'asseoir. Elle s'empara du pichet noir et jaune que l'on avait posé sur son majestueux bureau, et se servit un verre d'eau. Après en avoir bu une gorgée, elle releva les yeux et fit un petit signe de tête à l'huissier pour qu'il ouvre les débats.

— Le ministère public est-il prêt à entamer la procédure? demanda-t-il.

Reardon, qui se tenait déjà assis droit comme un piquet depuis un moment, se redressa plus encore sur son siège.

— Le ministère public est prêt.

— La défense?

— La défense est prête, répondit énergiquement Fisk.

Les yeux de l'huissier s'attardèrent un moment sur lui, avant de se détourner lentement. Il fit un signe de tête à peine perceptible à l'agent responsable du jury, qui ouvrit doucement la lourde porte de chêne près de laquelle il se tenait.

Les cinq femmes et sept hommes qui composaient le jury, accompagnés de deux remplaçants, entrèrent en file indienne, des gros et des maigres, des jeunes et des vieux, en jean ou en costume. Ils tournaient des yeux anxieux vers l'accusé, le juge, l'assistance, et l'on devinait que leur curiosité avide n'était tempérée que par le sens du devoir dont ils se sentaient soudain investis. Une fois assis sur leurs chaises de bois, ils croisèrent tous bras et jambes pour se mettre à l'aise, à l'exception d'une géante en pantalon de flanelle qui étendit les jambes devant elle.

Le juge Carruthers attendit qu'ils soient tous installés, puis se tourna vers eux.

— Bonjour, mesdames et messieurs.

Les jurés, impressionnés par sa robe et la hauteur de son bureau, murmurèrent de timides « bonjour » en réponse. Sans s'attarder sur eux, Carruthers se tourna vers la table de l'accusation :

— Mr. Reardon, c'est à vous.

— Merci, Votre Honneur.

Reardon se leva lentement. C'était un homme de faible corpulence, dont les cheveux couleur de blé étaient coupés en brosse, dont les traits secs semblaient également taillés au rasoir, un homme dont toute la vie était basée sur la rigueur et la discipline. Entier et extrémiste dans l'âme, il avait cependant fini par accepter, après vingt et un ans de barreau, les nuances et les zones d'ombre de la loi, l'inévitable relativité des notions de culpabilité et d'innocence — même si ces concessions restaient pour lui purement intellectuelles, car au fond de lui, il continuait à se révolter. Il trouvait cette affaire particulièrement déplaisante, avec tout ce qu'elle impliquait de mécanismes détraqués, un système immunitaire familial qui s'était retourné contre lui-même en phase terminale, quelque chose qu'il ne pouvait ni tolérer ni même comprendre. Il était resté marié dix-neuf ans à la même femme et, malgré quelques déceptions, des désaccords fréquents, l'absence d'enfants, ils avaient bâti leur vie sur la conviction qu'un couple ne pouvait trouver de racines solides que dans la douceur, la patience et le compromis. Poli, distant mais généreux, il n'était pas particulièrement réputé pour son sens de l'humour. Il était surtout l'un des rares procureurs à ne pas avoir d'ambitions politiques.

— Mais c'est encore pire, avait dit Fisk à son client lorsqu'ils avaient découvert à qui ils auraient affaire, il a un sens profond de la morale. C'est la seule chose qui soit plus dangereuse que l'ambition.

Reardon contourna sa table et s'avança vers le jury à pas lents.

— Votre Honneur, mesdames et messieurs les jurés...

Il les dévisagea chacun à leur tour, de ses yeux clairs et patients, puis secoua lourdement la tête, comme sous le coup d'une profonde tristesse.

— C'est l'une des affaires les plus ignobles dont vous entendrez jamais parler. Dans les jours qui vont suivre, vous en apprendrez les détails horribles, vous saurez comment, dans la nuit du 22 octobre, la victime, Ann Waring, fut sauvagement exécutée à bout portant, dans sa propre maison, devant sa propre fille. Exécutée par cet homme, Theodore Waring.

Il pointa un doigt accusateur vers Ted, et en une fraction de seconde les jurés eurent le temps de percevoir la lueur de surprise et d'effroi dans les yeux de ce dernier, avant qu'il ne reprenne le contrôle de lui-même et ne leur offre de nouveau un visage impassible.

— Des témoignages et des preuves vous apprendront que Mr. Waring a pénétré dans la maison en possession d'un fusil chargé, et qu'après s'être disputé avec sa femme, il a visé délibérément et a fait feu, la tuant sur le coup. Mais, aussi atroce que ce soit, ce n'est pas le pire, car cette exécution a été commise devant un témoin, leur fille. Oui, mesdames et messieurs. Julia Waring se tenait à moins d'un mètre d'eux lorsqu'elle a vu son père lever le fusil et viser la tête de sa mère. Dans une tentative désespérée pour sauver la vie de sa maman, elle a bondi sur lui, espérant pouvoir lui arracher le fusil des mains, mais il était malheureusement déjà trop tard. Sa mère est morte sous ses yeux. Je vous demande, mesdames et messieurs, d'essayer de vous mettre à la place de cette petite fille, ne serait-ce qu'une seconde.

Il s'interrompit et ferma lentement les yeux, comme s'il tentait d'imaginer la scène pour donner l'exemple, de se mettre à la place de Julia, et grimaça douloureusement lorsqu'il voulut faire comprendre qu'il venait d'y parvenir.

— Ce dont il s'agit ici, c'est d'une perte de contrôle fatale, c'est un tragique exemple des drames auxquels peuvent conduire des tempéraments trop instables et trop agressifs. Ce que vous aurez à juger, mesdames et messieurs les jurés, n'est rien d'autre qu'un homicide volontaire, commis par un homme éconduit. Un homme qui a soudain réalisé, dans un éclair de lucidité meurtrière, qu'il avait perdu à tout jamais l'amour de sa femme, et qui n'a pas pu supporter l'idée de la voir avec quelqu'un d'autre. Un homme devenu alcoolique. Un homme sans moralité, sans scrupule, sans remords. Un homme, comme vous le constaterez à l'écoute des témoignages, réputé pour son caractère particulièrement irritable, et son manque de maîtrise de soi. Ted Waring a assassiné sa femme, mesdames et messieurs. Peut-être ne l'avait-il pas prémédité, mais il s'agit bel et bien d'un meurtre. Lorsque vous aurez pris connaissance des preuves accablantes qui ont été réunies contre lui, vous constaterez qu'il n'y a qu'un seul verdict possible à ce procès : Ted Waring est coupable des faits qui lui sont reprochés, et devra être puni en conséquence.

Sans laisser le temps aux jurés de reprendre leurs esprits, il pivota en faisant claquer ses talons sur le marbre et retourna s'asseoir à sa table.

Fisk, en prenant soin de ne pas laisser transparaître sa surprise face à la brièveté de l'exposé de Reardon, se leva sans attendre, pour ne pas laisser le silence imprégner le prétoire et donner ainsi à l'assistance l'occasion d'arrêter d'ores et déjà une opinion. Comme Reardon, il posa sur les jurés un regard triste et calme. Avant de commencer à parler, il s'appuya des deux mains sur la balustrade de bois qui le séparait d'eux.

— Nous sommes habitués au pire, dans ce métier, mesdames et messieurs. Mais certaines affaires touchent encore profondément les plus blasés d'entre nous. Et celle-ci en fait partie. Personne, personne au monde, ne peut rester insensible à cela : une vie perdue, une famille brisée. A cause d'un accident tragique. Un accident abominable. Mais un accident, néanmoins. Un terrible coup du sort. Il n'est pas rare...

Il s'interrompit, comme pour mieux laisser son auditoire se préparer à l'importance de ce qu'il allait dire, se redressa lentement, puis jeta un bref coup d'œil vers la table d'accusation, avant de se tourner de nouveau vers les jurés.

— Il n'est pas rare, reprit-il, lorsqu'un accident aussi dramatique cause une douleur trop violente et plonge toute une famille dans le malheur, il n'est pas rare que l'on cherche désespérément un coupable, quelqu'un sur qui reporter le chagrin et la rage que suscite une telle injustice du destin. J'irai même jusqu'à dire que c'est compréhensible. Mais cela n'a rien à voir avec la justice, celle des hommes. Car elle n'a pas pour fonction de rattraper à n'importe quel prix les injustices du destin. Or votre travail, mesdames et messieurs, est de rendre la justice — même dans les circonstances les plus délicates.

Il fit une nouvelle pause, durant laquelle il observa longuement le visage des jurés pour qu'ils soient bien conscients de toute la responsabilité qui pesait sur eux.

— En une seconde, la nuit du 22 octobre, en une seconde fatale, quatre vies ont été détruites. Oui, j'ai bien dit quatre. Car la vie de Ted Waring a également été brisée cette nuit-là. C'est ce que nous comptons démontrer au cours de ce procès : loin d'en vouloir à son épouse, loin des intentions meurtrières que certains lui prêtent, Ted Waring est entré dans la maison ce soir-là avec un seul désir en tête, celui de reprendre la vie commune avec sa femme. Il l'aimait, mesdames et messieurs, il l'aimait comme on ne peut aimer qu'une personne avec laquelle on a longtemps vécu, avec laquelle on a grandi, pour ainsi dire, avec laquelle on a fait et élevé des enfants, et avec laquelle, je n'ai pas peur de le dire, on a traversé des tourmentes. Certains d'entre vous vivent peut-être une histoire d'amour semblable à celle-ci. C'est du véritable amour que je parle. Alors ceux-là savent à quel point leur chance est grande. Et ils seront les premiers à comprendre que dans cette triste affaire, personne ne souffre autant que Ted Waring.

Il scruta une nouvelle fois les jurés, en faisant quelques pas devant eux, comme s'il cherchait dans leurs yeux les lueurs d'approbation qui révéleraient les véritables amoureux. Son petit tour terminé, il reprit sur un ton plus énergique :

— Dans le passé de Ted Waring, vous ne trouverez pas la moindre trace de violence physique d'aucune sorte. L'unique témoin de ce drame est une jeune fille de treize ans, manifestement perturbée, qui souffre depuis un an de difficultés telles que les dirigeants de son école se sont vus obligés de conseiller vivement à ses parents de lui adjoindre une assistance psychologique. Une gentille fille au demeurant, mais qui a été gravement désorientée par la séparation de ses parents, et qui serait aujourd'hui prête à faire ou à dire n'importe quoi pour faire payer à son père ce que, dans sa naïveté, elle pense être sa faute : tout simplement parce qu'il se trouve que c'est lui qui a dû quitter le domicile familial. Et une fille qui se sent peut-être coupable, également : car elle sait que c'est *son* geste qui a provoqué, bien malgré elle, la mort de sa mère. C'est terrible à dire, mais c'est la vérité : Julia Waring a brusquement bondi sur son père ce soir-là, et c'est ce qui, par malheur, a fait partir le coup de feu. Je vous le répète, mesdames et messieurs, c'est une affaire à laquelle on ne peut pas rester insensible, et à laquelle on ne peut pas se réjouir de participer, même si l'on sait être dans le camp de la vérité. Mais je vous demande une fois de plus de l'examiner avec le plus grand soin, sans vous laisser influencer par les apparences ni préjuger de quoi que ce soit, et de rendre tout simplement la justice.

Fisk inclina légèrement la tête en direction du jury, avant de retourner vers la table où Ted était assis, les yeux baissés, comme il le lui avait appris, pour manifester son chagrin. La salle d'audience s'emplit aussitôt d'un brouhaha de toux éparses, de gargouillements d'estomacs, d'éternuements, et de toutes les paroles non dites qui semblaient gronder sourdement du besoin d'être prononcées.

Le juge Carruthers reposa le verre d'eau qu'elle avait déjà rempli et bu deux fois, à petites gorgées, pendant les exposés de Reardon et de Fisk. Elle avait arrêté de fumer cinq jours plus tôt et, bien qu'elle eût pris l'habitude d'enfourner dans sa bouche d'énormes boules de chewing-gum à tout moment de la journée, ce n'était de toute évidence pas très approprié à l'intérieur du tribunal. L'eau faisait plus ou moins l'affaire. Elle se tourna vers le jury :

— Je suis navrée, mesdames et messieurs, un fait nouveau vient d'intervenir dans une autre affaire dont je m'occupe. J'espère que cela ne vous dérange pas trop, mais nous sommes donc obligés d'interrompre les débats. L'audience est suspendue jusqu'à demain matin.

Ted redressa la tête. Il se leva en essayant de maquiller son soulagement sous une apparence d'effort pénible, et, le dos droit et la tête haute, presque provocant, il traversa l'allée centrale, passa devant Sandy et John, au milieu des spectateurs, de tous ces inconnus parasites dégoulinants de curiosité malsaine, passa devant les deux vieux accros du tribunal, devant Peter Gorrick, qui essayait de faire l'intéressant face à deux reporters envoyés par des grands journaux de l'extérieur, et franchit les lourdes portes de bois sculpté, en ne pensant qu'à ce cadeau inattendu que lui faisait le juge, un après-midi de libre avant la reprise du procès.

Debout sur les marches de l'école, toute seule au milieu des petits groupes compacts que formaient les autres élèves, Julia attendait Ali. Ses camarades de classe, accoutumés depuis longtemps aux barrières qu'elle avait érigées pour préserver sa solitude (même si, de bonne foi, elle aurait prétendu que c'était eux qui avaient créé ces barrières, avec leurs petites bandes, leur langage codé, leurs plaisanteries malveillantes et les rires qu'ils étouffaient à son approche), se tenaient pourtant à distance encore plus respectueuse que d'habitude ; lorsqu'elle tournait les yeux vers eux, elle ne croisait le regard de personne. Mais elle ne s'en souciait guère, au contraire. Elle avait passé des heures et des heures devant le grand miroir de sa chambre pour s'entraîner à rester immobile, impassible, afin de décourager tous les regards. Et ce n'est qu'au bout de cinq minutes qu'elle changea de jambe d'appui, et passa son sac à dos de l'épaule gauche à la droite.

Ted, caché derrière le volant de sa voiture de l'autre côté de la rue, la vit se retourner vers l'école, puis baisser les yeux sur sa grande montre de plastique noir. Il ouvrit précipitamment la portière, et s'élança vers elle.

Mais avant même qu'il n'eût atteint le bord du trottoir, un autre homme, qui semblait surgir de nulle part, se faufila au milieu des enfants jusqu'à elle.

Ted revint en vitesse à la voiture, se tapit sur son siège, et attendit.

— Salut, Julia.

Julia, en permanence sur ses gardes, leva des yeux pleins de méfiance.

— Tu te souviens de moi?

— Pas vraiment, non.

— Je m'appelle Peter. Peter Gorrick. Je travaille au *Chronicle* avec ta tante, Sandy. Elle nous a présentés quand vous avez visité la salle de rédaction, ta sœur et toi, il y a deux ou trois mois.

— Ah oui...

— Je peux t'offrir un Coca, ou quelque chose?

Julia jeta un coup d'œil autour d'elle sur les marches, vers les groupes d'enfants soudain silencieux, comme des petits satellites curieux, qui les observaient, elle et son visiteur.

— J'attends ma sœur. Il faut que je la ramène à la maison.

— Bon, alors je te propose un truc. On fait juste une petite balade autour du pâté de maisons. Ça t'évitera d'attendre, comme ça. Le temps qu'on revienne, elle sera sûrement là, tu ne crois pas?

— Peut-être, marmonna Julia d'une voix hésitante.

Tout ce qu'elle voulait, c'était fuir cet escalier, fuir ces regards. Peter Gorrick lui sourit. Le soleil se refléta un instant dans ses lunettes teintées, et il inclina la tête pour l'éviter.

— Allons-y...

Sans attendre sa réaction, il se retourna et commença à descendre l'escalier, en espérant que Julia le suive.

— Pourquoi vous voulez me parler? demanda-t-elle en le rejoignant.

— Je me disais que dans ces moments difficiles, tu avais peut-être besoin d'un ami. Quelqu'un à qui parler, quoi. Tes copains ne sont pas très sympa avec toi, hein?

— Je m'en fous.

— Tu sais, Julia, j'avais le même âge que toi quand mes parents ont divorcé.

— Et alors?

— Rien. Je sais que ce n'est pas facile, c'est tout.

— Vous habitiez ici?

— Non, j'ai grandi en ville.

— Quelle ville?

— New York.

Elle hocha pensivement la tête. S'il le lui avait demandé, elle aurait pu lui citer les chiffres de la population, les données démographiques des différentes ethnies, la superficie de Central Park.

— Et vous êtes venu habiter ici? demanda-t-elle d'une voix incrédule.

— C'est si terrible que ça, ici? fit-il en riant.

Julia ne répondit pas tout de suite, et accéléra un peu le pas.

— Je partirai dès que je pourrai. Je hais cet endroit.

La véhémence de ces paroles cloua quasiment Peter sur place, mais il retrouva vite ses esprits, rattrapa Julia, et calqua son pas sur le sien.

— Je suis resté avec ma mère, moi aussi, quand mon père nous a quittés.

— Je veux pas parler de ma mère.

— D'accord, pas de problème. Si tu n'as pas envie d'en parler, on n'en parle pas.

Il fouilla dans la poche de son pantalon kaki et en sortit un paquet de chewing-gums à la chlorophylle. Il en prit un pour lui, et tendit le paquet à Julia.

— Tu veux un chewing-gum?

Julia jeta un coup d'œil sur le paquet; l'extrémité des papiers argentés étincelait sous le soleil.

— Non.

Peter haussa les épaules, et remit le paquet dans sa poche. Ils avaient tourné trois coins de rues maintenant, et Julia, en pensant à Ali qui devait déjà l'attendre sur les marches, accéléra encore le pas.

— Ton père est entrepreneur, non?

— Ouais.

— Il paraît qu'il n'a pas très bon caractère, hein?

Julia s'arrêta net et se tourna brusquement vers lui.

— Pourquoi vous me parlez? Qu'est-ce que vous me voulez?

Elle le regarda droit dans les yeux — son visage de beau gosse, bronzé, aux traits fins et harmonieux, ses cheveux ébouriffés, couleur fauve. Il passa furtivement la langue sur ses dents de devant.

— Je te l'ai dit, répondit-il d'une voix tout à fait calme, je pensais que tu pourrais avoir besoin d'un ami. Tu sais ce qu'on peut faire? Je vais te donner mon numéro de téléphone, d'accord? Comme ça, si un jour tu as besoin de parler à quelqu'un, tu me passes un petit coup de fil. Tu n'hésites pas, hein? Pour quoi que ce soit.

Il lui tendit un morceau de papier, sur lequel il avait pris soin d'inscrire à l'avance son nom, son numéro de téléphone personnel et celui de son bureau au journal.

Elle le prit et le fourra dans son sac à dos sans y jeter le moindre regard.

— Il faut que j'y aille.

Gorrick, en faisant claquer son chewing-gum, la regarda s'éloigner d'un pas rapide. Fils unique, il avait passé des heures dans son enfance à discuter en cachette avec un copain qu'il s'était inventé, Spencer, à lui écrire de longues lettres pour lui raconter sa vie, lui parler des disputes de ses parents, de l'indifférence et parfois du mépris de ses camarades de classe. Il lui arrivait même de rédiger des lettres à la place de Spencer, en utilisant un stylo d'une autre couleur, des encouragements et des conseils, un peu de compassion, des lettres qu'il mettait ensuite de côté pendant quelques jours, pour les oublier un peu et jouer la surprise lorsqu'il les lisait. Il sortit son chewing-gum de sa bouche, l'enroula soigneusement dans son papier argenté, et repartit vers sa voiture.

Ali attendait sur les marches, seule. Les petits groupes qui entouraient Julia quelques minutes plus tôt s'étaient en grande partie dispersés, mais Ali souriait avidement aux enfants qui restaient, même à ceux qu'elle ne connaissait pas. Certains répondaient à ses sourires, d'autres l'ignoraient, d'autres encore se retournaient vers leurs amis et se mettaient à chuchoter et à glousser. Elle jeta un coup d'œil sur sa gauche, où le grand terrain de sport longeait la rue, puis sur sa droite, par-delà le parking de l'école, mais toujours pas de Julia. Elle tripotait nerveusement sa longue queue-de-cheval, ramenée par-dessus son épaule, en en entortillant sans arrêt l'extrémité autour de son doigt.

Elle s'était retournée vers les grandes portes vitrées de l'école, qui se refermaient silencieusement derrière le professeur de gymnastique — toujours pas de Julia —, lorsque Ted s'approcha d'elle à pas feutrés, enroula un bras autour de ses épaules rembourrées par le duvet de son anorak, et se posa un doigt sur les lèvres pour lui faire signe de se taire.

— Chut...

Il lui fit un sourire rassurant, complice, l'entraîna au bas de l'escalier et lui fit traverser la rue. Il ne prononça pas un mot avant de l'avoir conduite à l'abri derrière la voiture, et là, s'accroupit devant elle.

— Mon Dieu, ce que je suis content de te voir ! s'exclama-t-il.

Du bout des doigts, il replaça délicatement une mèche de cheveux derrière son oreille, et s'attarda un instant sur la peau douce et satinée de son lobe dodu, en le pressant tendrement entre son pouce et son index.

— Tu vas bien, mon ange? demanda-t-il à voix basse. Ils s'occupent bien de toi?

— Ça va, oui.

— Tu ne peux pas savoir à quel point vous me manquez, ta sœur et toi.

— Tu me manques aussi.

Il ne put s'empêcher de la serrer dans ses bras, pour sentir contre lui ce petit corps emmitouflé dans l'anorak, d'abord tendu, puis semblant s'abandonner peu à peu à lui, lui offrir sa souplesse et sa chaleur. Il la relâcha et posa doucement les mains sur ses épaules, les yeux à hauteur des siens.

— On va se retrouver très bientôt, ma chérie. Tu vas voir ça, ils ne vont pas nous embêter longtemps. Ali, tu veux m'aider?

Elle fit un signe du menton presque imperceptible, en clignant des yeux. Ted n'avait pas besoin d'autre réponse.

— Tu as envie qu'on habite ensemble, comme avant? Oui? Alors il faut que tu réfléchisses bien, mon ange, il faut que tu fouilles dans ta mémoire. Tout ce que tu as à faire, c'est te rappeler que tu as vu Julia sauter sur moi. Tu t'en souviens? Dis-moi.

— J'étais dans la cuisine.

— Je sais, mais je suis sûr que tu as passé la tête par la porte et que tu as vu Julia me sauter dessus. Réfléchis bien, Ali. Tu ne te souviens pas de ça?

— Je sais plus.

— Essaie de te souvenir, je t'en prie.

Elle le regardait avec des yeux vides. Il sentit un rictus d'impatience et de nervosité se dessiner sur ses lèvres, et le dissimula aussitôt derrière un large sourire.

— Ali, je veux que tu parles à Julia.

— De quoi?

— De ce qui s'est passé ce soir-là. Je ne sais pas pourquoi, mais elle ne dit pas la vérité. Je crois qu'elle est assez troublée. Bon, je ne lui en veux pas du tout. Mais il faut absolument arranger ça. Tout ce que tu as à faire, toi, c'est de lui faire dire que c'était un accident. Tu comprends? C'est la vérité, tu sais. Il faut qu'elle arrête de mentir. Je n'aurais jamais fait de mal à ta mère. Ni à vous deux. Jamais. Tu le sais bien. Et ton travail, mon ange, c'est de lui faire dire la vérité.

Ali plongea ses petits poings serrés dans ses poches, bras tendus, sans dire un mot.

— On pourrait se retrouver très bientôt, toi et moi. Et Julia aussi. Ça ne dépend que de toi. Il suffit que tu lui parles. D'accord?

Ali continuait à le fixer silencieusement.

— Maman me manque, finit-elle par dire.

— Elle me manque aussi, tu sais.

Il jeta rapidement un regard inquiet autour d'eux, et se releva.

— Tout ce qu'on vient de dire, ce serait bien que ça reste juste entre nous deux, Ali. On dit que c'est notre petit secret, d'accord ?

Ali acquiesça docilement de la tête. Il se pencha une dernière fois vers elle et l'embrassa sur le front. Lorsqu'il se redressa, une mèche de cheveux resta un instant collée à ses lèvres.

— Il faut que je parte, maintenant. Et rappelle-toi : motus et bouche cousue. C'est notre secret.

Il lui adressa un dernier sourire et se glissa dans la voiture. Quand Ali revint sur les marches de l'école, Julia l'attendait impatiemment.

— Tu étais où ?

— Là-bas.

— Allez, viens. On rentre à la maison.

Elles commencèrent à marcher sans parler, l'une à côté de l'autre, sur le large trottoir recouvert d'une fine pellicule de neige sale et fondue — la première neige de l'année était tombée la veille au soir. Après avoir longuement hésité, Ali décida de se lancer :

— Julia ?

— Quoi ?

— Pourquoi tu leur as dit que papa avait fait exprès de tirer sur maman ?

— Parce que c'est vrai.

Ali leva les yeux vers sœur, puis de nouveau droit devant elle. Elles continuèrent à marcher en silence.

Ce soir-là, elles étaient couchées à un mètre l'une de l'autre, dans les lits jumeaux que Sandy venait de leur acheter, sous des couettes blanches à petites fleurs qui sentaient encore l'odeur de neuf du film de plastique dans lequel elles étaient enveloppées quand le livreur les avait apportées. Les draps, assortis, blancs à petites fleurs, étaient rêches et empesés. Sur le mur où se trouvait la veille encore le canapé-lit, il restait un rectangle de papier peint plus clair. Le bureau de Sandy, qu'elle avait récemment vidé et nettoyé, paraissait énorme dans la chambre obscure.

Les lumières étaient éteintes depuis près d'une heure quand Julia entendit la respiration d'Ali s'accélérer, jusqu'à s'emballer et se transformer en halètements et en gémissements étouffés. Elle se glissa hors de son lit et grimpa sur celui d'Ali à l'instant précis où celle-ci était réveillée par ses propres cris, paniquée, en nage. Elle se redressa brusquement sur son lit, toujours aux prises avec

160

son cauchemar, les yeux exorbités. Julia la recoucha gentiment en maintenant sa tête d'une main, et lui caressa les cheveux jusqu'à ce que ses yeux retrouvent calme et confiance, papillotent de sommeil, se ferment.

Julia avait assisté à ce genre de scènes presque chaque nuit de la semaine précédente. Elle essayait toujours d'intervenir avant que les gémissements ne deviennent trop bruyants, pour que personne d'autre ne risque de les entendre, de venir voir ce qui se passait.

Elle continua encore un moment à caresser les cheveux humides de sa sœur, d'une main lente et douce. Lorsqu'elle fut enfin certaine qu'Ali avait retrouvé un sommeil stable, elle descendit du lit avec précaution et alla sur la pointe des pieds jusqu'au bureau, sur lequel était posé son sac à dos. Elle en ouvrit lentement la fermeture Eclair, sans quitter Ali des yeux — celle-ci remua un peu sous sa couette, mais replongea vite dans le sommeil. Dans la pénombre de la chambre, Julia récupéra le petit mot de Peter Gorrick au fond de son sac, le lissa entre ses doigts, et suivit doucement du bout de l'index les lettres et les chiffres qu'il avait tracés. Puis elle ouvrit délicatement le tiroir supérieur gauche du bureau, au fond duquel elle avait caché un sac en papier kraft. A l'intérieur, elle avait mis la petite culotte qu'elle avait dérobée dans la commode de Sandy, un tube de rouge à lèvres qu'elle avait volé au supermarché, Framboise Glacée, et le petit mot qu'Ann avait enfoui dans son sac quand ils étaient partis camper sans elle, lors de ce dernier week-end. Elle glissa le papier de Peter dans le sac et s'apprêta à le replacer au fond du tiroir, mais elle le rouvrit au dernier moment et en sortit le mot de sa mère. C'était un petit Post-it rose dont le bord supérieur collait encore, plié en quatre. Il provenait du bloc accroché dans la cuisine de Sycamore Street, celui qu'Ann utilisait pour toutes les listes qu'elle rédigeait à longueur de journée et collait dans les tiroirs, dans les agendas, dans son sac à main. Celui-ci avait été plié et déplié tant de fois qu'il menaçait de se déchirer au moindre mouvement brusque. Julia le rapporta dans son lit et, après avoir passé une main sous le matelas pour trouver la lampe de poche que son père lui avait offerte à l'occasion du même week-end, elle se glissa tout entière sous la couette, braqua la lampe sur le papier et se mit à le lire lentement, même si elle le connaissait par cœur depuis longtemps.

> *Julia, ma chérie,*
> *Tu me manques déjà. Ta vieille mère est sûrement trop sensible, mais comme dit ta chanson préférée, tu fais partie de ma vie. J'espère que tu vas bien t'amuser pendant ce week-end, et*

que tu ne seras pas trop dure avec ton père (ne fais pas cette
tête, mon ange, tu sais très bien ce que je veux dire).
Tu es ma petite fille adorée. Sois sage.

Je t'aime. Maman.

Julia replia soigneusement le papier, éteignit la lampe de poche, et traversa la pièce pour aller le remettre dans le sac de papier kraft. En revenant, elle trébucha contre le pied de son lit, dans cette chambre obscure qui ne lui était pas familière.

Elle n'avait jamais compris comment sa mère pouvait aimer cette affreuse chanson. Elle passait son temps à charrier Julia avec ces paroles grotesques, à se moquer d'elle, car elle savait à quel point cela gênait sa fille — elle et ses avis si tranchés sur ce que l'on pouvait se permettre de faire ou non, sur ce qui était ridicule ou non. Ann souriait malicieusement en tournant autour d'elle, et chantait faux : « Maman, tu fais partie de ma vie, chaque jour commence avec toi... »

Au fond de son lit, presque sans s'en apercevoir, Julia se mit à fredonner à voix basse. « Je ne respire que par toi... »

Elle s'interrompit brusquement. Dans le silence de la maison, elle percevait faiblement les voix de Sandy et de John, un murmure lointain, sourd et régulier, qui semblait s'écouler jusqu'à elle comme de la lave — et dans ce filet de voix brouillées, elle crut reconnaître son nom. Elle ne bougeait plus, elle écoutait.

Reardon se leva solennellement.

— Le ministère public appelle Nolan Parsell à la barre.

Parsell, qui avait pris énormément de poids ces dernières années, s'avança d'un pas lourd dans l'allée centrale de la salle d'audience. Malgré sa corpulence, il paraissait tout petit, écrasé par la hauteur considérable du plafond — qui avait sûrement été conçu ainsi, comme les cathédrales, pour rappeler la présence d'une puissance supérieure. Ses semelles de caoutchouc couinèrent sur le marbre du sol quand il s'arrêta pour prêter serment. La main qu'il posa sur la bible ressemblait à un gros crabe, étranglée par l'alliance, rougeaude et boursouflée.

Il alla s'asseoir à la barre des témoins, à la gauche du juge Carruthers, face au public, et Reardon s'approcha de lui à pas lents. En comparaison, il paraissait encore plus sec, plus soigné, tout en nerfs et en angles sous sa chemise blanche amidonnée, impeccablement repassée, et son étroite cravate noire.

— Mr. Parsell, connaissez-vous l'accusé, Ted Waring ?

— Oui.

— Comment le connaissez-vous ?

— Il a été mon employé pendant sept ans.

— Durant ces sept années, avez-vous eu l'occasion d'observer Mr. Waring de près ?

— Sûrement pas d'aussi près que j'aurais dû, vu ce qu'il m'a fait ensuite.

— Nous allons y venir, Mr. Parsell. Dites-moi, quels étaient les rapports de Mr. Waring avec ses collègues ?

— Ils gardaient leurs distances avec lui. Waring n'est pas quelqu'un de très sociable. Pas vraiment le type du bon camarade, voyez.

Parsell sourit, pas mécontent de sa remarque, et la graisse rose de ses joues menaça d'engloutir sa bouche.

— Pouvez-vous nous expliquer cela ?

— Ce n'est pas un grand spécialiste du compromis, si vous voulez. Celui qui fréquente un peu Waring comprend vite qu'avec lui, soit on fait les choses exactement comme il l'entend, soit on ne les fait pas du tout. Quand je le mettais à la tête d'un projet, il était parfait, je ne peux pas dire le contraire. Mais alors, s'il fallait qu'il bosse d'égal à égal avec quelqu'un d'autre, ce n'était même pas la peine.

— Que pouvez-vous nous dire de son caractère ?

— Il en avait, si c'est ce que vous me demandez.

— Pouvez-vous nous donner un exemple ?

— Un seul ?

— Un seul suffira pour commencer, oui.

— Les histoires de respect, par exemple. Une véritable obsession. Dès qu'il a l'impression que quelqu'un lui manque de respect, il voit rouge. Un peu comme un parrain de la Mafia, si vous voyez ce que je veux dire.

— Objection ! cria Fisk. Le témoin n'a pas à extrapoler de la sorte.

Reardon attendit en silence, sans même tourner la tête vers Fisk. Depuis le début du procès, il n'avait pas une fois croisé le regard de Fisk, et celui-ci, notant à présent ce qu'il ne pouvait considérer autrement que comme une nouvelle marque de mépris, un nouvel affront, avait terminé sa phrase sur un ton plus irrité qu'il ne l'aurait souhaité.

— S'il vous plaît, ordonna le juge Carruthers, veuillez vous en tenir uniquement aux faits.

— J'en ai autant que vous voulez, dit Parsell, si excité qu'il en postillonna sur la rampe de bois qui se trouvait devant lui. Un jour, Shepard, un autre gars de la boîte, est parti en vacances au truc de l'espace, là, je ne sais plus comment ça s'appelle. Vous savez, en Floride, l'endroit d'où ils lancent toutes les navettes? Bon, bref, en revenant il nous a ramené à tous des grosses tasses avec notre prénom et une photo de la navette dessus. Donc il en donne une à Ted, avec marqué « Ted » en bleu blanc rouge, et l'autre la prend en faisant une grimace et dit à peine merci. Bon. Peut-être vingt minutes plus tard, j'entends un grand bruit qui vient du bureau de Ted. Genre vaisselle cassée, voyez. Alors je vais voir ce qui se passe, et vous savez ce qu'il avait fait? Il avait balancé la tasse à travers son bureau, contre un poster sous verre qui était accroché sur son mur, et il avait tout cassé. Des éclats de verre partout. Je lui demande pourquoi il a fait ça, et vous savez ce qu'il me répond? Il me dit qu'il n'en voulait pas, de cette tasse, parce que ça l'énervait de penser qu'il y avait des milliers d'autres Ted dans tout le pays qui se servaient de la même. « Je suis le seul », qu'il me dit.

Parsell observa l'effet produit sur les jurés par sa petite anecdote, secoua lourdement la tête, et laissa échapper un petit rire gras.

— Vous voyez le genre?

— Dans quelles conditions Ted Waring a-t-il quitté votre entreprise? demanda Reardon.

— Il est parti comme un voleur.

Fisk se leva comme un diable, visiblement exaspéré.

— Objection, Votre Honneur. C'est une opinion tout à fait subjective et diffamatoire. Et hors de propos, qui plus est.

Carruthers approuva de la tête et s'adressa à Reardon d'un ton courtois mais ferme :

— Où voulez-vous en venir, Mr. Reardon?

— En étudiant le comportement passé de l'accusé, nous avons l'intention de mettre en évidence un schéma psychologique particulier, qui peut s'avérer déterminant dans cette affaire. Rien qui soit contraire à la procédure.

— Bien. Dans un premier temps, j'entendrai ce témoignage en l'absence du jury. Je prendrai ensuite ma décision quant à la validité de l'objection.

Elle indiqua aux jurés — qui s'étaient tous appliqués jusque-là à prendre beaucoup de notes, à l'exception d'un homme à la peau grêlée et aux cheveux huileux qui lui tombaient sur les épaules, qui gardait les yeux fixés dans le vide — qu'ils allaient devoir quitter temporairement la salle d'audience. Décontenancés par ce que certains ressentaient comme une injustice, et d'autres même comme une réprimande, ils se levèrent de mauvaise grâce, en jetant des coups d'œil par-dessus leurs épaules avant de sortir, persuadés que, d'une façon ou d'une autre, on était en train de les berner.

Quand la porte se referma derrière eux, Reardon poursuivit :

— Pouvez-vous nous expliquer ce que vous entendez par « il est parti comme un voleur » ?

— Je lui faisais confiance. Je ne peux m'en prendre qu'à moi, vous me direz. En fait, dès que je tournais le dos, il recopiait mes dossiers, toutes mes informations financières, le nom de mes fournisseurs, de mes futurs clients, tout. Il a passé son temps à me mentir, vous comprenez. Il disait qu'il n'y avait que l'entreprise qui comptait pour lui, qu'il ne pensait qu'à la faire prospérer, il se faisait passer pour un type droit et honnête. Alors qu'il préparait son coup depuis des mois.

— Objection, dit Fisk d'une voix plus lasse, en se levant une fois de plus. Les déclarations de Mr. Parsell n'ont aucun fondement. C'est de la projection pure et simple.

Carruthers soupira et se tourna vers le témoin.

— Encore une fois, Mr. Parsell, je dois vous demander de vous contenter des faits, s'il vous plaît.

Parsell fit la moue, manifestement agacé par ces trouble-fête.

— Bon. Il part un beau jour, sans préavis, pour ouvrir sa propre affaire, et il se débrouille pour me voler la moitié de mes clients, en leur faisant des offres inférieures aux miennes. Voilà les faits, puisque c'est ce que vous voulez. On ne met pas les gens en prison, pour délit d'initié ? Enfin, quelque chose comme ça ?

— Diriez-vous que Ted Waring est un honnête homme, Mr. Parsell ?

— Vous m'avez écouté ou non ? Ce type me souriait tous les matins en arrivant, il m'invitait même de temps en temps à dîner, et qu'est-ce qu'il faisait pendant ce temps-là ? Il essayait de couler mon business. Il y a sûrement pas mal de mots pour décrire ce genre de gars, mais sûrement pas « honnête homme ». Nom d'un chien, je n'ai jamais vu un menteur pareil, si vous voulez savoir. Il m'a roulé dans la farine.

Il se pencha en avant, en appuyant sur la rampe les deux saucisses qui lui servaient de bras, et lança vers Ted un œil plein de haine. Celui-ci soutint son regard sans ciller — en le voyant, il n'avait qu'une image en tête : une pièce de bœuf sanguinolente et grasse dans la vitrine d'une boucherie. Il finit par détourner les yeux, et les replongea dans les ombres qui se dessinaient sur le grand mur blanc derrière Parsell, et s'allongeaient au fur et à mesure que le jour avançait.

— Mr. Parsell, reprit Reardon, dans la semaine qui a suivi l'inauguration de l'entreprise de Ted Waring, lui avez-vous rendu visite dans ses locaux ?

— Oui.

— Et pouvez-vous dire à la cour ce qui s'est passé à cette occasion ?

— J'avais juste besoin de lui dire ce que je pensais de lui, vous comprenez ? Parce que bon, c'était clair, il me prenait pour le dernier des abrutis. Alors un matin, à dix heures, je me suis pointé là-bas. Je ne sais même pas exactement pourquoi. Je crois que je voulais juste voir ça de mes yeux, quoi, et lui balancer ses quatre vérités. Bref, avant que j'aie eu le temps de dire deux mots, ce saligaud me fusille du regard et me prévient que si jamais je remets les pieds dans les parages, il va s'occuper de moi.

— S'occuper de vous ? Comment avez-vous compris cela ?

— C'était assez clair, non ? fit Parsell avec un petit rire grinçant. Je suppose qu'on peut appeler ça une menace... Mais je vais vous dire une chose, je n'ai pas vraiment cherché à en savoir plus, sur le coup. Je me méfie de ce gars-là, je vous le dis. Je crois qu'il est capable de tout. Tout.

Reardon attendit quelques secondes, laissant ces derniers mots planer au-dessus de l'assistance muette.

— Je n'ai pas d'autre question.

Fisk et lui levèrent la tête ensemble vers le juge.

— Ce témoignage n'a pas de lien direct avec l'accusation d'homicide qui nous concerne ici, déclara-t-elle. Nous ne le retiendrons pas, l'objection de la défense est accordée.

Fisk se permit un léger sourire.

— Faites entrer le jury, ordonna Carruthers à l'huissier.

Dès que les jurés furent de nouveau installés, ils se mirent à scruter attentivement les visages des magistrats et de l'accusé, à la recherche d'indices de ce qui s'était passé en leur absence, comme s'ils testaient l'air pour y percevoir un éventuel changement de température. Fisk se dirigea lentement vers la barre des témoins, lança un regard peu amène à Parsell, puis se tourna vers le jury. Avant de revenir au témoin, il secoua la tête d'un air affligé.

— Mr. Parsell, commença-t-il, pendant les sept années que Ted Waring a passées dans votre entreprise, lui avez-vous confié des responsabilités de plus en plus importantes ?

— Oui, mais...

— Et n'est-il pas logique de dire que vous ne l'auriez pas fait s'il ne vous avait pas donné entière satisfaction dans son travail ?

— Eh bien... si, mais...

— Lorsque vous le nommiez seul à la tête d'un chantier dans lequel des centaines de milliers de dollars étaient en jeu, lui faisiez-vous confiance ?

— Je suppose que oui.

— Vous a-t-il jamais volé de l'argent, Mr. Parsell ?

— Il m'a volé mon foutu business, nom d'un chien !

— Je répète ma question. Vous a-t-il volé de l'argent ?

— Pas en liquide, non.

— Il était en contact avec de nombreux fournisseurs, n'est-ce pas ? Et de nombreux clients. Il y avait là beaucoup d'opportunités pour lui de céder à la tentation de pots-de-vin, ou de choses de ce genre — car j'ai cru comprendre, sans vouloir vous offenser, que c'était malheureusement un problème fréquent dans votre milieu. Y a-t-il des preuves que Mr. Waring ait jamais pris part à quoi que ce soit de cette nature ?

— Non. Et vous m'offensez, monsieur. Mais excusez-moi, je ne savais pas que *votre* profession venait de remporter le championnat du monde de l'intégrité.

La salle et les jurés éclatèrent de rire, et Fisk aussi ; il y était obligé.

— Bon, continua-t-il, est-il arrivé, pendant ces sept années, qu'un client vienne se plaindre à vous du travail ou de l'attitude de Mr. Waring ?

— Non.

— Est-il arrivé que Mr. Waring ne soit pas à l'heure à son poste ?

— Pas que je me rappelle, mais...

— Est-il arrivé qu'il oublie de payer son café ? Autre chose ? Quoi que ce soit d'autre, Mr. Parsell ?

— Rien de tout ça. Mais il a...

— Mr. Parsell, n'est-il pas exact que votre entreprise croulait tant sous les dettes, même du temps de Mr. Waring, que vous avez frôlé le dépôt de bilan à plusieurs reprises ?

— Et alors ?

— N'est-il pas exact que Ted Waring n'a quitté votre entreprise que lorsque vous n'aviez plus que des tâches secondaires à lui confier ?

— Il avait du travail.

— Et n'est-il pas également exact que beaucoup des clients qui ont suivi Mr. Waring l'ont fait parce qu'ils craignaient un dépôt de bilan de votre entreprise ?

— Nous nous en serions très bien tirés si Waring ne m'avait pas planté un poignard dans le dos.

— Vous avez l'air de lui en vouloir beaucoup, Mr. Parsell.

— C'est simplement que je n'aime pas les hommes auxquels on ne peut pas faire confiance, répliqua Parsell.

— Ou peut-être les hommes qui réussissent mieux que vous, non ?

— Objection, interrompit Reardon.

— Je retire la question. Parlons de cette visite que vous avez rendue à la société Waring et Freeman, Mr. Parsell. Ne croyez-vous pas plutôt que c'est Ted Waring qui a pu se sentir menacé par votre présence, quand vous avez déboulé dans son bureau, avide de vengeance ?

— Je n'étais pas avide de vengeance, comme vous dites.

— Alors que veniez-vous chercher, Mr. Parsell ?

— Je n'en sais rien.

— Je n'ai pas d'autre question.

— Il ne se sentait pas menacé, il se sentait coupable, lâcha Parsell d'une voix hargneuse. Coupable.

Fisk fit objection, et le juge ordonna que les derniers mots prononcés par le témoin soient supprimés du procès-verbal que tapait le sténographe.

Mais quand Parsell descendit finalement de la barre des témoins, il s'arrêta à moins d'un mètre de la table de la défense, et ses yeux étincelèrent d'une lueur sournoise et victorieuse quand il croisa le regard de Ted.

Sandy était le seul témoin à qui l'on avait accordé une dérogation spéciale pour assister au procès même lorsqu'elle n'était pas directement impliquée dans les débats — les autres ne pouvant assister à l'audience que le jour où ils étaient appelés à témoigner. Mais elle avait été obligée de partir avant la fin du témoignage de Parsell, car Ray Stinson, lui, ne lui avait malheureusement pas accordé de dérogation, et elle devait jongler sans arrêt entre le procès et le journal, ce qui ne manquait pas de nuire aux deux. Elle était à présent assise au fond d'une salle de classe, au troisième étage de l'école, où se tenait une réunion spéciale du conseil municipal, organisée à la hâte pour discuter du remplacement du chef de la police de Hardison — qui, après dix-huit ans de service, venait de faire part de son intention de démissionner à la fin du mois. Beaucoup de voix s'étaient élevées pour protester contre un préavis si court, mais les rumeurs d'impératifs médicaux — cancer des poumons ? de la prostate ? — avaient fait taire la plupart des plaintes.

Sandy laissait errer ses yeux vers les grandes fenêtres de la salle, écrans de verre propre entre la grisaille du dehors et la grisaille du dedans. De l'autre côté de la rue, un camion à ordures ramassait lentement les poubelles rouges, bleues et jaunes qui attendaient devant chaque maison. Ces derniers temps, le *Chronicle* avait été submergé de lettres de lecteurs qui se plaignaient de l'inefficacité du nouveau système de recyclage. Il y avait également ceux qui soupçonnaient que le contenu de toutes les poubelles, qu'elles soient rouges, bleues ou jaunes, était déversé pêle-mêle dans une décharge commune dès que le camion était sorti de la ville. Les gens avaient besoin de preuves. Comme toujours.

Elle tourna de nouveau les yeux vers la longue table autour de laquelle étaient assis les six membres du conseil municipal, à l'autre bout de la classe. Devant chacun d'eux s'étalaient des emballages de beignets, des barquettes vides, des gobelets à café en polystyrène. Ils semblaient très loin d'elle, flous, comme si elle suivait la réunion sur un mauvais écran — un vieux film rayé, dont les images sautent et le son crachote. Les voix de plus en plus vives et emportées ne changeaient rien à son indifférence. Le bloc-notes qu'elle avait posé sur ses genoux restait vierge, le stylo, immobile au-dessus du papier.

Webb Johnson donna un violent coup de poing sur la table.

— Nom de Dieu! s'écria-t-il. Qu'est-ce que vous avez dans le crâne? Vous croyez que vous allez faire venir ici le meilleur flic de New York? Primo, vous n'y arriverez pas. Les cadors de là-bas ont autre chose à faire. Et deuzio, qu'est-ce qu'on a besoin d'un type comme ça? Pourquoi on ferait appel à un étranger alors qu'on a un gars du pays sous la main, un gars qui se défonce au service de la communauté depuis dix ans : l'inspecteur Rick Gerard? Personne ne connaît mieux que lui les problèmes de cette ville.

Les autres membres du conseil écoutaient poliment. Rick Gerard était le beau-frère de Johnson. Un brave type, mais dont l'intelligence n'était certainement pas la qualité principale.

— Ecoutez, Webb, commença Dina Frederickson. Nous savons tous que Rick Gerard est un excellent policier. Mais les choses changent, dans la région. A Hardison, le taux de criminalité a augmenté de plus de cinq pour cent en un an. Alors, je ne sais pas ce que vous en pensez, mais en ce qui me concerne, je ne crois pas que l'on puisse se permettre de prendre cela à la légère.

Aux mots « taux de criminalité », les membres du conseil regardèrent anxieusement vers le fond de la salle, où se trouvait Sandy. Ils étaient depuis longtemps habitués à sa présence lors de ces réunions, et s'en trouvaient même plutôt flattés : il n'était pas rare qu'ils lèvent discrètement les yeux pour voir si elle prenait des notes lorsqu'ils parlaient, dans l'espoir de voir leur nom apparaître dans le journal. Mais depuis peu, ils ne savaient plus trop comment se comporter vis-à-vis d'elle, et rien ne les embarrassait tant que les allusions aux problèmes criminels ou judiciaires de la ville, même s'ils ne pouvaient les éviter. Le mot « crime » les mettait plus mal à l'aise que tout autre, car il semblait s'être cramponné à elle et émettre en permanence ses vibrations insidieuses autour d'elle, à chaque battement de son cœur, de ses tempes, de sa nuque.

Dina Frederickson lui lança un regard curieux et impatient à travers ses petites lunettes de lecture, lui sourit pour la forme, et revint sans tarder à ce qui la préoccupait.

— Messieurs, s'il vous plaît, votre attention.

On parlait beaucoup du comportement plus nerveux et plus acariâtre de Dina Frederickson depuis le début de l'affaire Ann Waring. Le nom de son ex-mari ne manquerait pas d'être cité au tribunal.

— Nous avons un ordre du jour chargé, rappela-t-elle aux membres du conseil.

Ils se remirent au travail à contrecœur.

Sandy se souvint de ce jeu auquel se livrent les enfants, qui consiste à soutenir le regard de l'autre le plus longtemps possible sans cligner des yeux, sans regarder ailleurs, et sans rire. Elle gagnait toujours, et pouvait continuer à fixer son « adversaire » d'un œil dur, froid et inébranlable, longtemps après que celui-ci avait abandonné. Ce n'était pas un don qui la rendait particulièrement populaire, mais elle était fière de cette maîtrise de soi. Elle dévisagea les membres du conseil municipal, un par un, jusqu'à ce qu'ils baissent la tête les uns après les autres sur leurs dossiers. Elle n'écrivit pas un mot.

Lorsqu'elle revint au journal une heure plus tard, Sandy alluma son ordinateur d'une pichenette, et commença à rédiger un résumé de la réunion avant d'oublier ce qui s'était dit. Même si elle n'avait pas voulu leur donner le plaisir de la voir prendre des notes, elle savait que cette séance du conseil était importante, et savait également que Ray Stinson gardait l'œil sur elle, relisant ses papiers avec plus d'attention et d'exigence que de coutume, interprétant chacune de ses attitudes. Si elle avait jamais eu un mentor, c'était lui. A son contact, elle avait toujours essayé de faire preuve d'une objectivité sans faille, mais il lui arrivait depuis peu de se demander si cette impartialité parfaite à laquelle il accordait tant de valeur ne le désappointait pas d'une certaine manière à présent, comme elle en désappointait sans doute beaucoup, qui devaient se sentir privés de quelque chose.

Elle leva les yeux vers Peter Gorrick, qui tapait son texte à toute vitesse à quatre bureaux d'elle. Le tapotement ouaté de ses doigts sur le clavier, clic clic clic, l'agaçait, la déconcentrait, et elle perdit le fil de sa pensée. Elle le fixa pendant encore un long moment, puis se leva, se dirigea vers lui, et s'assit sur le bord de son bureau.

— Alors, dit-elle en se penchant vers lui, vous l'avez eu, ce contrat avec *Vanity Fair*?

— Pardon? fit Gorrick en levant les yeux.

— Non, rien, simplement, je ne serais pas surprise que vous essayiez de fourguer cette histoire à l'un ou l'autre des grands magazines du pays. Ce n'est pas ce que font les gens comme vous, d'habitude?

— Les gens comme moi? fit-il en enlevant ses doigts du clavier. C'est-à-dire?

— Faites le malin. Vous vous croyez irrésistible, hein, Mister Charme?

Gorrick détourna les yeux. L'un de ses professeurs l'avait averti qu'il allait devoir choisir entre être apprécié de son entourage ou être un bon journaliste : « Votre problème, Peter, c'est que vous voulez le beurre et l'argent du beurre. Et c'est impossible. Quand vous aurez trouvé ce qui est le plus important pour vous, vous saurez si vous avez ou non la trempe d'un bon journaliste. » En travaillant pour le journal de l'université, et de temps en temps comme pigiste pour les quotidiens de Boston, il s'était rendu compte qu'il était incapable de contredire ou de pousser dans leurs derniers retranchements les personnes qu'il interviewait et, même lorsqu'il réussissait à leur poser une question un peu dérangeante, il avait immédiatement tendance à combler le silence gêné qui s'ensuivait, en bredouillant nerveusement comme s'il était le plus embarrassé des deux, craignant de s'être montré insolent. Plus tard, quand il faisait chez lui le compte-rendu de l'entretien, il enfouissait si profondément les aspects négatifs de l'interviewé dans le portrait qu'il en traçait qu'il était le seul à pouvoir les retrouver. « Vous devez exprimer votre point de vue », insistait le même professeur. Peter essayait bien de défendre son style en prétendant qu'il voulait avant tout exposer les faits et laisser le lecteur se construire sa propre opinion, mais il savait que ce n'était pas vrai. D'après lui, c'était cette sorte de mollesse propre à ses articles qui l'avait empêché de décrocher une place dans un journal plus renommé. Et c'était cette mollesse qu'il était bien décidé à vaincre au *Chronicle*, retouchant et resserrant ses papiers jusqu'à ce qu'ils soient solides, tranchants et inattaquables. La nuit, dans le calme de son appartement en ville, il écoutait souvent de vieilles interviews qu'il avait sur cassettes, relisait de vieux reportages et essayait de les remodeler en se servant de l'expérience qu'il avait acquise. Célibataire, il ne fréquentait quasiment personne et sortait peu dans les bars, au cinéma, ou dans les autres endroits où il aurait pu faire des rencontres. Il n'avait pas l'intention de rester à Hardison plus qu'il ne serait nécessaire.

— Je suis occupé, Sandy, dit-il, les doigts posés sur le bord de son bureau. Qu'est-ce que vous voulez?

— Je vais plutôt vous dire ce que je ne veux pas. Je ne veux pas que des petits malins comme vous viennent tourner autour de ma famille. Allez fourrer votre nez ailleurs.

— C'est mon travail, répliqua-t-il. Vous feriez exactement la même chose.

— Comment savez-vous ce que je ferais?

— Tout simplement parce que je sais que vous êtes la meilleure journaliste du coin.

— Tout ce que je vous demande, c'est d'arrêter de fureter autour de ma famille, fit-elle sèchement après quelques secondes de réflexion.

Elle descendit de son bureau, retourna au sien, et se mit à tapoter les touches de son clavier du bout des doigts jusqu'à ce que plus rien d'autre n'existe pour elle que le rythme régulier des lettres, des mots. Depuis toujours, ce n'était que dans l'acte d'écriture qu'elle parvenait à perdre la notion du temps, de ses soucis et de ses angoisses. Mais à présent, même cette échappatoire ne suffisait plus. Quand le téléphone sonna, elle se jeta littéralement dessus.

— Oui?

— C'est juste pour savoir comment tu vas, dit John.

— Je vais bien.

Il avait toujours l'impression qu'il lui fallait un prétexte pour l'appeler; il se demandait si cette femme serait un jour à lui, s'il pourrait l'appeler sans raison, naturellement. Il y eut un moment de silence.

— Qu'est-ce que tu veux manger, ce soir? demanda-t-il. Je me disais que je pourrais passer prendre ça en rentrant du magasin.

Elle se mordit les lèvres. Il n'avait jamais été explicitement question qu'ils dînent ensemble ce soir. Elle n'arrivait plus à se souvenir du moment où cela avait basculé — ce moment, dans un couple, à partir duquel les choses de ce genre vont de soi. Depuis quand? Depuis trois mois? Six? Dans toutes les histoires qu'elle avait eues jusqu'alors, elle avait toujours réussi à se sauver avant de franchir ce cap.

— J'avais prévu de rester toute seule ce soir, répondit-elle.

— Ah...

En percevant dans sa voix la déception qu'il ne parvenait pas à cacher, elle tressaillit d'irritation.

— Il faut que je consacre un peu de temps aux filles, ajouta-t-elle d'une voix presque coupable.

— Bien sûr, oui.

172

— Je t'appelle demain.

— Ce soir, insista-t-il pour la taquiner — en s'efforçant d'avoir l'air de la taquiner, du moins.

— Ce soir, d'accord. Je t'appelle ce soir.

Elle raccrocha le téléphone et essaya de se replonger dans son texte. Depuis des mois, depuis qu'elle fréquentait John, elle se demandait ce qui lui manquait. Quelque chose. Leur histoire était peut-être trop calme, trop sage, quand elle aurait préféré du mouvement, de l'inattendu, peut-être même des difficultés. Même lorsqu'il lui faisait l'amour, il se montrait souvent trop poli, avare de gestes brusques, de cris et de sueur. Et plus le temps passait, plus elle comprenait que ce qui lui manquait sans doute, c'était l'opposition. La violence, voire la souffrance. Elle relut son texte depuis le début, puis fit une liste de tous les candidats possibles pour le poste de chef de la police municipale, en notant soigneusement, pour chacun d'eux, le pour et le contre.

Quand Sandy rentra chez elle ce soir-là, la maison était si paisible, si silencieuse, qu'elle pensa que les filles étaient parties. Toutes les lumières du rez-de-chaussée étaient éteintes, et seul le crépuscule d'hiver éclairait un peu le vestibule.

— Julia ? appela-t-elle. Ali ?

Elle les trouva à l'étage, dans leur chambre. Ali sur son lit, Julia assise au bureau. Elle s'étonnait toujours que, même en son absence, les filles se cantonnent obstinément dans leur chambre, refusant d'investir la maison tout entière, comme si elles tenaient à ne laisser aucune empreinte de doigt, aucune trace, sur ce qu'elles considéraient comme n'appartenant qu'à elle. Lorsqu'elle entra, elles levèrent les yeux poliment.

— Vous avez faim, les filles ?

Ali fit oui de la tête avec enthousiasme.

— Une pizza, ça vous dirait ?

— Ce que tu veux, répondit Julia.

Sandy redescendit et téléphona à la pizzeria du coin. Elle espérait que les filles descendraient pour l'aider à commander — poivrons ? oignons ? double-cheese ? — mais elle dut se fier à son instinct et à ses souvenirs d'enfance pour déterminer si elles aimeraient ou non tel ou tel ingrédient. Elle alluma la télévision et s'assit en face des informations jusqu'à l'arrivée de la pizza.

Après que le livreur l'eut apportée dans l'emballage de plastique bleu qui la maintenait au chaud, elle la posa sur la table basse et alla chercher des assiettes et des serviettes en papier dans la cuisine. Elle prit la télécommande, sélectionna la chaîne qui diffusait le jeu télévisé qu'elle avait vu les filles regarder la veille, et les appela au bas de l'escalier.

Elles mangèrent sagement, en empilant dans le carton vide, en petite pyramide marron et flasque, les champignons qu'elle avait malencontreusement commandés. Elles ne répondaient pas aux questions du jeu comme elles le faisaient la veille, et ne s'indignaient pas des réponses stupides des candidats. Pendant les publicités, Sandy reposa sa part sur son assiette et essaya d'engager la conversation, mais toutes ses tentatives — « Ça s'est bien passé, à l'école, aujourd'hui ? Il y a des beaux mecs, dans votre classe ? » — n'obtinrent rien de plus que des « oui » ou des « non » en réponse. Elle se souvenait de l'époque où elle n'était encore que leur tante, quand elles venaient lui rendre visite en toute décontraction, délivrées de leurs parents. Elles devaient certainement s'en souvenir aussi, comme elles se souvenaient de tant d'autres choses heureuses, lointaines, auxquelles elles ne pouvaient plus croire aujourd'hui. Elles terminèrent leur pizza en silence.

Dès que la dernière bouchée fut avalée, Julia se leva.

— J'ai encore des devoirs à faire, je monte.

Elle se dirigea vers l'escalier sans attendre de commentaire et se retourna lorsqu'elle eut posé un pied sur la première marche.

— Ali, tu n'as pas fini les tiens, toi non plus.

Ali, confortablement recroquevillée sur le divan, si proche de Sandy qu'elle sentait la chaleur de ses cuisses, de ses hanches, n'osa pas lever les yeux vers sa sœur.

— Si, j'ai fini.

Julia fronça les sourcils mais n'insista pas, monta l'escalier d'un pas irrité, et claqua la porte de leur chambre.

Assises l'une contre l'autre, Sandy et Ali se laissaient envelopper par le silence de plus en plus dense, de plus en plus doux, troublé seulement par le son familier de la télévision. Centimètre par centimètre, Ali se tortillait pour se rapprocher de Sandy, jusqu'à poser sa tête au creux de son bras, puis sur ses genoux, sans quitter l'écran des yeux, indolente et muette, tandis que Sandy lui caressait les cheveux.

Elles restèrent ainsi pendant deux heures, devant les restes de pizza froide et les émissions de télé qui se succédaient, jusqu'à ce qu'Ali laisse échapper de petits ronflements de bien-être. Sandy la souleva tendrement et la porta jusqu'à la chambre. En les entendant approcher, Julia s'empressa d'éteindre sa lampe, et fit semblant de dormir pendant que Sandy posait Ali sur son lit, lui ôtait ses tennis, et remontait la couette sur elle sans l'avoir déshabillée.

— Raconte-moi une histoire, dit Sandy, les genoux relevés sous la couverture, le téléphone coincé entre l'oreille et l'épaule.

— Quel genre d'histoire ?

— N'importe quoi. Une belle histoire. Comme celles qu'on raconte aux enfants pour qu'ils s'endorment.

— Une histoire avec des fées et des princes charmants ?

— Si tu veux. Une histoire qui parle de nous.

— Je vais te raconter notre première sortie ensemble, suggéra-t-il.

— D'acc.

— Bon. On avait décidé d'aller au champ de courses. C'était au début de l'automne, il faisait froid. Tu n'avais encore jamais mis les pieds sur un hippodrome. Tu étais un peu déprimée par l'aspect lugubre de l'endroit, les tickets perdants éparpillés par terre, les hommes à la peau grise, tout voûtés, avec leur clope au bec. Tu me demandais sans arrêt : « Ils n'ont pas de travail ? » Ce jour-là, c'était les trotteurs. On pariait sur les chevaux dont les noms nous plaisaient bien : Une Femme Sous Influence, Mon Dernier Dollar. On n'arrêtait pas de perdre. Sur une course, on a joué la moitié des chevaux à nous deux, et on a quand même perdu. Tu as voulu suivre une course du bord de la piste, pour voir les chevaux et les drivers de plus près. Tu avais un gros pull rouge. L'un des drivers a porté une main à sa toque en passant devant toi. Et moi je ne pensais qu'à une chose : te faire l'amour. Je n'osais pas te toucher, je n'arrivais même pas à te prendre la main. Tu avais l'air si indépendante. Si sauvage, presque. On est partis avant la dernière course.

— Est-ce qu'elle a une fin heureuse, ton histoire ? demanda-t-elle d'une petite voix.

— Oui. On est rentrés chez toi, on a fait l'amour, et on ne s'est plus quittés depuis.

— J'ai toujours aimé les contes de fées.

— Tu crois que tu vas réussir à t'endormir, maintenant ?

Pendant un moment, John n'entendit dans le combiné que le faible grésillement de la liaison téléphonique.

— Je rêve d'elle, dit-elle calmement. D'Ann. Elle ne dit jamais rien, mais son visage est toujours déformé, ses yeux dégoulinent dans ses joues, sa bouche flotte.

— Je sais. Je rêve encore de ma sœur, et ça fait trente ans. Ils m'ont emmené la voir à l'hôpital deux jours avant sa mort. Elle avait l'air si maigre, dans ce grand lit blanc. Un cadavre. J'ai fait le même cauchemar pendant des années, et encore maintenant des lambeaux de chair qui se détachent de son corps et qui tombent à mes pieds. Je me réveille toujours juste avant qu'elle ne soit plus qu'un squelette.

Sandy serra le combiné plus fort contre son oreille : pendant un long moment, elle n'entendit rien d'autre que le sang qui battait dans sa tempe.

— J'aimerais que tu fasses un peu plus d'efforts avec elles, dit-elle.

— Avec qui ?

— Avec Ali et Julia. Que tu sois moins distant.

— D'accord.

— D'accord-d'accord, ou d'accord-arrête-de-me-gonfler ?

— Ecoute, Sandy, il est tard, et je dois être au magasin de très bonne heure demain matin.

Il y eut un long silence.

— Bleu, finit-elle par murmurer.

— Quoi, bleu ?

— Le pull que je portais au champ de courses ; il était bleu.

— Bonne nuit, fit-il en riant.

— Bonne nuit... Je t'aime, ajouta-t-elle, à voix si basse qu'il ne réalisa ce qu'elle venait de dire qu'après avoir raccroché.

Reardon, d'une voix forte et claire, appela à la barre une femme qu'il avait rencontrée pour la première fois quatre jours auparavant, lorsqu'elle s'était présentée d'elle-même à son cabinet, en lui disant qu'elle détenait des informations qui pourraient l'intéresser.

Lucy Abrams, longs cheveux châtains et visage soigneusement maquillé, était entrée d'un pas incertain dans son bureau, la lèvre inférieure agitée d'un tic nerveux.

— Asseyez-vous, avait-il dit en allant refermer la porte.

Elle s'était assise timidement au bord d'une chaise de moleskine noire, face au bureau parfaitement rangé de Reardon, les mains sur les genoux, et s'était mise à examiner la pièce d'un œil distrait, n'osant pas croiser le regard du magistrat.

— C'est la première fois de ma vie que j'entre dans le cabinet d'un avocat.

Elle parlait d'une voix hésitante mais forte, qui laissait deviner qu'en d'autres circonstances, le manque d'assurance n'était pas vraiment l'un de ses problèmes majeurs.

— Ce n'est pas tout à fait aussi terrible que chez le dentiste, avait dit Reardon en souriant, pour essayer de la mettre à l'aise. Bien, si vous me disiez ce qui vous amène ?

Pour la première fois, elle avait braqué sur lui ses grands yeux noisette, mouchetés d'or.

— C'est à propos de Ted Waring.

A présent, Lucy Abrams avançait vers la barre des témoins, dans l'allée centrale, vêtue d'une robe de lainage rouge très moulante. Sandy l'examina attentivement, remarqua ses escarpins de daim noir et ses mollets musclés et bien galbés, certainement le fruit de longues et pénibles séances de gym. Ses cheveux tombaient dans son dos en cascade soyeuse, maintenus en arrière par un étroit bandeau de velours noir. En passant près de Ted, elle tourna très légèrement la tête dans sa direction, une fraction de seconde, comme si ce n'était qu'un réflexe. Il eut une moue de dégoût à peine perceptible, et croisa les bras en la regardant prêter serment.

— Miss Abrams, pouvez-vous dire à la cour de quand date votre première rencontre avec l'accusé, Ted Waring?

— C'était l'année dernière. En décembre, je crois.

— Et où l'avez-vous rencontré?

— Dans un bar. Le Handley Inn.

Sa lèvre inférieure, rouge et brillante, tressaillit du même tic que dans le bureau de Reardon.

— Pouvez-vous nous dire quelle était la nature de vos relations avec Mr. Waring, s'il vous plaît?

Lucy Abrams baissa les yeux vers le sol, un marbre gris pâle tacheté de noir, puis tourna très brièvement vers Ted un visage fermé, des yeux étincelants et durs. Elle ne put déceler aucune réaction particulière de sa part. Elle revint enfin au procureur et lâcha :

— Nous avons eu une liaison.

— Combien de temps a duré cette liaison?

— Pas plus de deux semaines.

Sandy remua inconfortablement sur son siège, et se pencha en avant pour mieux observer le témoin. Elle était bien trop maquillée — une habitude, sans doute, qui avait dû lui rester d'une adolescence déséquilibrée.

— Mr. Waring était-il marié, à cette époque-là?

— Il me disait qu'il venait juste de se séparer de sa femme.

— Paraissait-il en souffrir?

— Parfois oui, parfois non.

Ted décroisa les jambes, en reposant bruyamment son pied sur le sol, et Fisk lui fit un petit signe discret de la main pour le rappeler au calme.

— C'est un homme très difficile à cerner, continua-t-elle. Il était d'humeur très changeante, vous voyez ce que je veux dire? A certains moments il semblait accablé par cette séparation, il parlait d'elle avec la gorge serrée, et trois minutes plus tard il disait qu'il n'en avait absolument rien à faire.

— Miss Abrams, pourquoi avez-vous cessé de fréquenter Mr. Waring?

Elle hésita un moment avant de répondre, mais cette fois sans quitter Reardon des yeux.

— Il s'est passé quelque chose.

— Que s'est-il passé, Miss Abrams?

— Un soir, il a débarqué chez moi. J'ai tout de suite vu qu'il avait bu. Je ne sais pas ce qui s'était passé ce soir-là, quelque chose avec sa femme, je suppose, peut-être une dispute au téléphone. Il n'arrêtait pas de parler d'elle, Ann ceci, Ann cela. Bon, vous savez, une femme ne raffole pas vraiment d'entendre parler d'une autre femme. Je suis quelqu'un d'assez ouvert, d'assez compréhensif, mais il y a des limites. Je ne me rappelle plus ce que je lui ai dit, quelque chose comme « Arrête de te torturer, elle a dû se trouver un nouveau mec, et puis c'est tout ». Ensuite, je n'ai pas eu le temps de dire ouf, il m'a jetée sur le divan et il m'est tombé dessus. Au début je croyais qu'il plaisantait, comme une petite bagarre d'amoureux, quoi. Mais il est devenu vraiment violent, il s'est mis à m'étrangler. Je lui ai crié d'arrêter, mais je crois qu'il n'entendait plus rien.

— Ted Waring vous a-t-il dit quelque chose, à ce moment-là?

— Ouais. Il a dit que je me trompais, que sa femme n'irait jamais avec un autre homme.

— Aviez-vous peur de lui, Miss Abrams?

— J'étais terrorisée.

— Je rêve... marmonna Ted.

Elle reporta son attention sur lui pendant un instant et le regarda droit dans les yeux, avant de continuer:

— Il était comme fou. Je crois qu'il avait beaucoup bu.

— Que s'est-il passé ensuite?

— Je ne sais pas ce qui lui a traversé l'esprit, mais il s'est calmé d'un coup. Il m'a lâchée et il s'est relevé. Ça s'est arrêté aussi brusquement que ça avait commencé. Ensuite, il a gardé les yeux baissés pendant un long moment, comme s'il ne savait plus du tout où il en était.

— Avez-vous revu Ted Waring après ce soir-là?

— Oh non! Simplement à l'idée de me trouver dans la même pièce que lui, j'aurais été morte de peur.

— Je n'ai pas d'autre question.

Fisk prit son temps pour se lever, et resta volontairement près de la table de la défense pour son interrogatoire, comme s'il refusait de s'approcher de Lucy Abrams.

— Miss Abrams, vous disiez que vous aviez rencontré Ted Waring dans un bar?

— Oui.

— Passez-vous beaucoup de temps dans les bars, Miss Abrams?

— Objection, fit Reardon. Nous ne faisons pas ici le procès du témoin.

— J'essaye simplement de m'assurer de la moralité du témoin, protesta Fisk à l'intention du juge.

— Objection rejetée, fit Carruthers. Vous pouvez poursuivre, Maître. Mais n'abusez pas de ce genre de questions.

— Passez-vous beaucoup de votre temps libre dans les bars, Miss Abrams?

— Le Handley Inn appartient à mon beau-frère. J'y vais de temps en temps.

— Bien. Et avez-vous... rencontré beaucoup d'hommes là-bas?

— Objection.

— Accordée.

— Pendant combien de temps avez-vous fréquenté Ted Waring, Miss Abrams?

— Comme j'ai dit tout à l'heure, à peu près deux semaines.

— Vous donnait-il l'impression d'un homme qui aime encore sa femme?

— Peut-être, je n'en sais rien. Mais si oui, c'était vraiment une drôle de façon d'aimer quelqu'un.

— Pendant la période où vous fréquentiez Ted Waring, voyiez-vous d'autres hommes?

— Je ne m'en souviens pas. Non. Je ne crois pas.

— La nuit du petit incident dont vous nous avez parlé, aviez-vous bu, vous aussi?

— Je n'étais pas saoule.

— Aviez-vous bu, Miss Abrams?

— Peut-être un verre de vin, je ne sais plus.

— Avez-vous appelé la police, cette nuit-là?

— Non.

— Avez-vous appelé un voisin pour lui demander de l'aide?

— Non.

— Pourquoi? Il y a quelques minutes, vous avez affirmé que vous étiez terrorisée, pourtant.

— Je ne l'ai pas fait, c'est tout.

— Combien de temps Mr. Waring est-il resté chez vous après cette prétendue agression?

— Je ne m'en souviens pas. Une demi-heure, peut-être.

— Vous permettez à quelqu'un qui vous terrorise, quelqu'un que vous pensez physiquement menaçant, de s'attarder chez vous?

— Je ne savais pas comment me débarrasser de lui.

— Miss Abrams, n'est-il pas exact que vous étiez plus attachée à Ted Waring qu'il n'était attaché à vous?

— Non.

— N'avez-vous pas souffert qu'il interrompe votre liaison? N'en avez-vous pas été blessée?

— Non. Je n'ai rien ressenti de ce genre, non.

— Je n'ai pas d'autre question à poser à ce témoin.

Fisk se rassit brutalement, sans souci de politesse, avec l'air de tirer définitivement un trait sur cette femme.

Lucy Abrams, une goutte de sueur froide au creux du décolleté, descendit de la chaise des témoins et repassa devant Ted. Elle se garda cette fois de tourner les yeux vers lui, mais elle fut certaine de l'avoir entendu grommeler quelque chose en passant.

Ted avait déjà pris des habitudes, ou du moins un semblant d'habitudes. Chaque jour après le procès, il prenait sa voiture et rentrait directement à Royalton Oaks, où il restait assis dans le salon gris en attendant la nuit.

Il essayait parfois de lire, mais les mots lui filaient sans cesse sous les yeux, et il passait son temps à lire et à relire la même page, sans en retenir une ligne. Même ses grands préférés — Tchekhov, Cheever — ne se laissaient plus saisir. La plupart du temps, il se contentait donc de rester assis, en écoutant d'une oreille distraite les sons qui lui parvenaient des appartements voisins — la vieille femme du dessus, qui prenait un bain chaque soir à six heures exactement, le bruit des canalisations et de l'eau dans la baignoire; l'opéra de son voisin de palier; les discussions téléphoniques du plus jeune de l'étage avec sa mère, tous les soirs —, servant de fond sonore à ses pensées disparates. Certains soirs, il ne bougeait que lorsqu'il était temps de préparer le dîner, n'importe quoi qui se cuisine vite, qui ne réclame aucun effort de pensée, et qui soit aussi simple à préparer qu'à manger — un plat surgelé, la plupart du temps, dans lequel il piochait du bout de la fourchette en continuant d'écouter les bruits de l'immeuble.

Mais d'autres soirs, quand la nuit était tombée, il prenait la voiture et roulait pendant des heures, rassuré par le voile protecteur de l'obscurité.

Il allait jusqu'à la maison de Sandy, avec ses filles quelque part à l'intérieur.

Il allait jusqu'au terrain où s'élevaient les premières pierres de la maison des Briar, entre les piquets métalliques des fondations, lugubres et menaçants dans la nuit. C'est lui qui en avait conçu le projet, et quelqu'un d'autre se chargeait à présent de la bâtir. Parfois, il se surprenait à se demander le prix qu'avait réclamé le nouvel entrepreneur, ou s'il avait fait appel à des sous-traitants pour l'installation électrique et la plomberie.

Il terminait toujours ces longues excursions nocturnes par un détour vers la maison de Sycamore Street.

Avant celle-ci, il n'avait jamais eu de maison à lui ; l'idée même lui paraissait inconcevable. Sa famille avait déménagé sept fois avant sa fuite vers Hardison, à l'âge de seize ans : sa mère pensait invariablement que la maison suivante résoudrait leurs problèmes, même si elle était toujours plus petite que la précédente, et se resserrait inévitablement autour de la violence, la condensait à l'intérieur.

Une nuit, en passant devant ce qui avait été sa maison et en jetant un coup d'œil sur les fenêtres éteintes, il eut une pensée pour le sous-sol qu'il avait entièrement aménagé lui-même : ses outils rutilants rangés avec le plus grand soin, les ciseaux, les burins, les maillets et les marteaux suspendus par ordre de taille, l'établi propre et huilé, les lames de scie régulièrement aiguisées, tout cela sans doute aujourd'hui recouvert d'une fine pellicule de poussière. Au fond du grand classeur métallique, dans un coin du garage, étaient enfouis les dessins qu'il avait réalisés des années plus tôt, à l'époque où il s'intéressait aux brochures d'écoles d'architecture. Il avait passé des heures et des heures à s'entraîner avec des crayons parfaitement aiguisés, des règles graduées, des rapporteurs et des compas, copiant ses plans sur les modèles qu'il avait étudiés à la bibliothèque. Il n'avait aucune véritable connaissance technique, mais il apprenait peu à peu, au fil des longues soirées qu'il passait sur son bloc à dessins, reproduisant méticuleusement sur le papier les maisons qu'il avait déjà mille fois construites en pensée — des plans de débutant, qu'il n'avait jamais eu le cœur de jeter.

Il était souvent plus de minuit quand il garait la voiture dans le parking de Royalton Oaks et, bien qu'il dût se lever de bonne heure le lendemain matin, il n'était jamais pressé de se laver et d'aller se coucher. Il dormait par à-coups, se réveillant en sueur à quatre ou cinq heures du matin sans se souvenir des détails de ses rêves, heureusement peut-être, mais avec la *sensation* d'Ann, de sa présence près de lui, en lui, au milieu d'un tourbillon de souvenirs et de regrets de toutes sortes. Des petites choses, la plupart du temps. Par exemple, de ne pas lui avoir offert pour son trentième anniversaire le pendentif auquel elle avait fait de petites allusions pendant des mois, de ne pas le lui avoir offert justement parce qu'elle avait fait toutes ces allusions et que, sensible à toute forme de manipulation, il s'était entêté à trouver autre chose. Un petit cœur en argent, plat et asymétrique, un objet tout bête, vraiment, dans la vitrine du bijoutier de Main Street. Quelques mois plus tard la même année, la veille de Noël, il était retourné l'acheter, mais le bijoutier l'avait déjà vendu. Des regrets aussi de ne pas lui avoir dit qu'il était impressionné par le travail qu'elle faisait, qu'il l'admirait, et que s'il ne voulait pas entendre parler des détails des maladies, c'était simplement parce qu'ils lui portaient sur le cœur (il lui était arrivé de s'évanouir pendant une prise de sang, et même une fois en assistant à une scène d'opération dans un film, ce qui avait obligé la direction du cinéma à appeler une ambulance). Ce qu'il aurait voulu lui dire, c'est qu'il était fier d'elle, tout simplement. Qu'il l'aimait tout entière. Il n'avait jamais repensé à Lucy Abrams, et n'avait jamais été suffisamment attaché à elle pour considérer leur histoire comme autre chose que la plus passagère, la plus insignifiante des aventures — un moment fantôme dans sa vie avec Ann. Il aurait voulu lui dire qu'il n'aimait qu'elle.

Et tant d'autres regrets.

Il était allongé dans son grand lit, les yeux fixés au plafond. L'immeuble était maintenant paisible, et seuls lui parvenaient les rires préenregistrés d'une télévision encore allumée quelques portes plus loin. Il se disait que s'il tendait suffisamment l'oreille, il pourrait entendre les voisins respirer, dormir. Il essaya de fermer les yeux mais, malgré l'épuisement, ses paupières semblaient refuser de rester closes.

La tête d'Ann posée sur ses genoux, le trou au-dessus de l'œil, le sang, la tête d'Ann sur ses genoux — même dans un moment pareil, il avait remarqué qu'elle s'était récemment lavé les cheveux et, sans réfléchir à ce qu'il faisait, il s'était appliqué à les écarter soigneusement de la blessure, comme s'il tenait par-dessus tout à les garder propres, purs.

Il se souvenait de l'odeur de ses cheveux, de leur éclat, de leur douceur sur ses doigts pendant qu'il les écartait de la plaie, qu'il les écartait du sang.

Une question le hantait : pour qui s'était-elle lavé les cheveux ? Pour lui, pour son retour ? Ou pour son rendez-vous avec le Dr. Neal Frederickson ?

Il se mit en chien de fusil et tira la couverture sur sa tête.

Le lendemain, l'inspecteur Frank Banyon témoigna que Ted Waring avait 1,6 gramme d'alcool dans le sang le jour « des faits » — deux fois le taux d'alcoolémie légal.

— Inspecteur Banyon, fit Reardon, pouvez-vous nous dire ce que vous avez vu en arrivant sur les lieux?

— Ted Waring était assis au bas de l'escalier, et tenait la tête de sa femme sur ses genoux. Julia Waring était debout près d'eux. Ali Waring se trouvait dans le fond de la pièce.

— Julia a-t-elle dit ou fait quelque chose?

— Elle s'est tournée vers moi quand je suis entré, et m'a dit: « C'est lui qui a fait ça. Il lui a tiré dessus. »

— Il?

— Mr. Waring.

Banyon pointa un index courtaud vers le visage de Ted. Tous les jurés suivirent son geste, et virent Ted lever les yeux et soutenir obstinément le regard de l'inspecteur. Il avait recommencé à tirer sur la petite écorchure de son doigt, qui saignait de nouveau.

— Lorsqu'elle vous a déclaré cela, Julia paraissait-elle nerveuse, confuse, ou plutôt sûre d'elle?

— Tout à fait sûre d'elle. Elle m'a d'ailleurs répété clairement: « Il lui a tiré dessus. Il a tiré sur ma mère. »

— Ali a-t-elle contredit les propos de sa sœur, de quelque façon que ce soit?

— Non.

— Je n'ai pas d'autre question.

Fisk s'approcha du témoin avec un certain dédain au fond des yeux.

— Diriez-vous que Julia Waring avait l'air choquée quand vous êtes arrivé, inspecteur?

— Je dirais qu'elle semblait sous le choc, oui.

— Et selon vous, un enfant sous le choc, comme vous dites, qui vient d'assister au plus atroce des accidents, peut-il être considéré comme un témoin fiable?

— Objection, Votre Honneur, protesta Reardon. Cette question relève de la médecine, ou du moins de la psychologie. Ce témoin n'a aucune compétence dans ce domaine.

— Objection accordée. Votre témoignage doit porter uniquement sur ce que vous avez vu, indiqua le juge Carruthers à Banyon.

— Inspecteur Banyon, poursuivit Fisk sans se démonter, que vous a dit Ted Waring quand vous êtes arrivé sur les lieux?

— Il a dit: « C'est un accident. »

— A-t-il semblé surpris par le comportement de sa fille?

— Oui.

— Peut-on même dire qu'il a paru complètement abasourdi par sa déclaration?

— Sans doute, oui.

— Et qu'a-t-il fait ?

— Il a dit à sa fille : « Dis-leur la vérité, Julia. Dis-leur ce qui s'est vraiment passé. C'est un accident. »

— Merci, Mr. Banyon.

Fisk tourna souplement les talons, se dirigea vers sa table sans que ses fins mocassins fassent le moindre bruit sur le marbre, et lissa son pantalon avant de s'asseoir.

Banyon jeta autour de lui un regard perplexe, légèrement désappointé que son tour soit passé si vite. Ce n'est que lorsque le juge Carruthers lui fit un petit signe de tête pour l'inciter à se lever qu'il se décida à abandonner sa place à la barre. Il faillit trébucher en descendant, sans doute à cause de ses chaussures trop neuves, et sortit le plus dignement qu'il put par l'allée centrale — son visage habituellement blafard se teintait d'un rose vif.

Avant d'appeler son témoin suivant, Reardon attendit que la lourde porte de chêne du tribunal se fût doucement refermée derrière Banyon.

— Le ministère public appelle le docteur Samuel M. Peloit.

Un petit homme rondouillard en costume bleu marine s'avança d'un pas confiant. Sa peau avait cette teinte orange foncé que donne le bronzage artificiel, et ses cheveux fins, à peu près de la même couleur, étaient plaqués en arrière sur le sommet de son crâne dégarni et luisant, abondamment laqués. Pendant qu'il prêtait serment, l'odeur puissante de son eau de Cologne semblait former un halo gazeux autour de lui. Une fois assis, il ajusta méticuleusement ses poignets de chemise avant de lever les yeux vers le procureur.

— Au service de qui travaillez-vous, Dr. Peloit ? commença Reardon.

— Je travaille pour le coroner du comté de Hardison.

— Depuis combien de temps ?

— Onze ans.

— Et en quelle qualité ?

— Je suis le médecin légiste en chef.

Peloit avait une voix calme et posée, qui tempérait de manière assez déconcertante les atrocités que sa fonction lui valait d'énoncer. Et bien qu'en général cette habitude vienne vite et naturellement dans cette profession, il avait pour sa part été obligé de beaucoup travailler pour acquérir une telle neutralité.

— De quelles institutions êtes-vous diplômé, Dr. Peloit ?

— De l'Université d'Etat d'Albany, et de l'Ecole de médecine Cornell.

— De quelles associations professionnelles êtes-vous membre ?

Avant de répondre, Peloit se pencha en avant et croisa les mains.

— La Société Médicale du Comté de Hardison, la Société Médicale de l'Etat de New York, l'Association Médicale Américaine, l'Association Américaine de la Médecine Légale...

— S'il vous plaît, interrompit le juge Carruthers. Est-il réellement indispensable d'énumérer tout cela?

Fisk approuva ostensiblement de la tête.

— Votre Honneur, dit Reardon, l'accusation cherche simplement à démontrer que le Dr. Peloit est un expert des plus compétents dans le domaine de la médecine légale.

— C'est bien noté, fit le juge Carruthers en inclinant la tête.

Peloit se pencha en arrière, l'air bougon. Ils n'allaient même pas lui laisser l'occasion de donner la liste des nombreux articles qu'il avait publiés, des conférences qu'il avait données, du nombre considérable d'affaires dont il s'était occupé.

— Avez-vous été impliqué dans l'enquête engagée contre Theodore Waring, Dr. Peloit? demanda Reardon en attirant de nouveau son attention.

— Oui.

— A quels examens avez-vous procédé dans le cadre de cette affaire?

— J'ai examiné le corps d'une femme de race blanche, âgée de trente-six ans, Ann Leder Waring.

— Avez-vous déterminé la cause de la mort?

— La mort est due à une blessure par balle à la tête.

— Pouvez-vous décrire cette blessure à la cour?

— La balle a fait un trou de neuf millimètres de diamètre dans la boîte crânienne, deux centimètres au-dessus du sourcil gauche.

Un soupçon d'excitation filtra dans la voix de Peloit malgré lui. Il n'y avait presque pas assez de boîtes crâniennes perforées dans le comté de Hardison à son goût — ou pour son ambition.

— Je n'ai relevé aucune brûlure due à la poudre, ajouta-t-il en retrouvant vite son ton de professionnel.

— Approximativement, quelle distance séparait la victime du fusil, selon vous?

— Je dirais un mètre cinquante, plus ou moins quelques centimètres.

— Avez-vous été en mesure de déterminer la trajectoire de la balle?

— La balle a perforé la peau et le muscle frontal avant de pénétrer dans le crâne : elle a traversé l'os frontal, puis est ressortie par la partie arrière droite du crâne, en traversant l'os occipital. Le cuir chevelu a été déchiré sur deux centimètres et demi.

Sandy, assise à quelques mètres de là, ferma les yeux.

— La victime est morte sur le coup.

185

Reardon attendit quelques secondes avant de continuer. Plusieurs jurés se tournèrent une nouvelle fois vers Ted, pour observer sa réaction, mais il gardait les yeux baissés, impénétrable.

— Dr. Peloit, étant donné la trajectoire que vous venez de nous décrire, peut-on supposer que le coup de fusil a été tiré à hauteur d'épaule ?

— Oui.

— Nous pouvons donc affirmer que le coup n'a pas été tiré à hauteur de hanche, ni même de poitrine, comme cela aurait pu être le cas, disons, si quelqu'un avait sauté sur le bras de la personne qui tenait le fusil ? C'est votre conclusion, Dr. Peloit ?

— Oui. Lorsque le coup est parti, le fusil ne pouvait être qu'à hauteur d'épaule.

— Merci, Dr. Peloit. Je n'ai pas d'autre question.

En laissant à peine le temps à Reardon de rejoindre sa table, Fisk s'avança jusqu'à la barre des témoins.

— Dr. Peloit, étiez-vous présent au 374 Sycamore Street, le soir du 22 octobre ?

— Non.

— Vous n'avez donc pas physiquement assisté aux événements dont il est question ici ?

— Non, répondit Peloit d'une voix sèche, la bouche légèrement déformée par un rictus de mépris.

— L'examen que vous avez effectué sur le corps de la victime vous permet-il de savoir si le coup a été tiré volontairement ou accidentellement ?

— Non, admit Peloit.

— Merci. Je n'ai pas d'autre question.

Debout derrière le comptoir de son magasin de sport, John Norwood dévisageait Sandy.

— Je reviens les chercher à quatre heures, dit-elle.

— Mais...

Elle lui tourna le dos et poussa résolument la lourde porte de verre, sans lui avoir laissé une seconde pour protester.

John la suivit du regard jusqu'à ce qu'elle monte dans sa voiture, et finit par se décider à baisser les yeux vers Ali et Julia, debout devant lui, visiblement aussi mal à l'aise que lui.

— Bon...

Ali lui fit un grand sourire, l'air d'attendre impatiemment la suite, et Julia croisa les bras sur sa poitrine.

— Bon, bon, bon. Voyons...

— Sandy a dit qu'on pourrait travailler ici, rappela Ali, pleine d'espoir.

— Elle a dit ça, hein ?

Ali opina énergiquement de la tête.

— Il ne veut peut-être pas qu'on l'aide, grogna Julia.

— Bien sûr que si, fit Ted en fronçant les sourcils. J'ai toujours besoin d'aide. Venez là-derrière, on va voir ce que j'ai pour vous.

Il les invita à le suivre dans la réserve ; Ali était si pressée qu'elle faillit le faire trébucher en lui marchant sur le talon.

— Voilà, on va commencer avec ça.

Il se mit à leur montrer comment trier et empiler des boîtes de chaussures, tennis et baskets, selon la taille et le style. Après leur avoir donné l'exemple, il les regarda attraper à deux mains les boîtes qu'il transportait si aisément d'une seule, sérieuses et concentrées, leurs petits doigts potelés, leurs ongles courts et propres.

— Je pourrais venir travailler ici tous les jours, suggéra Ali, en s'emparant d'une boîte derrière lui.

— Et l'école ?

— Oh, je préfère ça.

— Je crois qu'il faudra que tu te contentes des week-ends, pour l'instant. Disons pendant encore une petite dizaine d'années. Bon, il faut que je retourne dans le magasin, maintenant. Vous voulez bien ranger toutes les boîtes de baskets sur cette table ? Les grosses chaussures, là, celles qui se gonflent avec le...

— On sait ce que c'est que des baskets, fit Julia.

— Holà, pardon... Bon, vous pouvez faire ça ?

Elles acquiescèrent toutes les deux de la tête.

Il resta encore un moment à les regarder faire, résistant à l'envie réflexe d'aligner plus soigneusement les boîtes qui commençaient à s'entasser sur la table, puis retourna à l'avant du magasin, où un client essayait de rendre à son vendeur une veste de survêtement bleue qui avait manifestement déjà été portée. Une grosse tache de sauce ou de moutarde maculait l'une des manches, mais le jeune homme s'entêtait farouchement à prétendre qu'il l'avait achetée dans cet état. Le vendeur, l'un de ces lycéens qu'il mettait un point d'honneur à engager le week-end et pendant les vacances d'été, implorait l'aide de John du regard.

Julia et Ali n'entendirent que les échos de l'âpre discussion qui s'ensuivit ; sans y prêter attention, elles continuaient à examiner les étiquettes collées sur les boîtes pour les ranger en conséquence.

— Tu crois qu'on va habiter tout le temps avec Sandy, maintenant ? demanda Ali en tendant une boîte à sa sœur pour qu'elle la pose sur une étagère qu'elle ne pouvait pas atteindre.

— Je sais pas.

— Papa me manque.

— Pas à moi.

— Pas du tout ?

— Non.

— Mais si on pouvait empêcher que..

— Empêcher quoi ?

— Je veux pas qu'il aille en prison.

Julia posa la boîte sur l'étagère, se retourna vers Ali, et la fixa durement.

— Je le hais. Je voudrais qu'il soit pas notre père. Je veux plus jamais le revoir.

Ali tourna le dos à sa sœur, et se mit à entortiller le lacet d'une basket autour de son index jusqu'à ce qu'il en devienne violet.

John, qui les observait depuis un moment, à quelques pas de la porte, fit demi-tour et retourna lentement vers son comptoir.

Cette fois, quand Julia aperçut Peter Gorrick s'avancer dans l'allée de l'école, à l'heure de la sortie — à grands pas décontractés, en pantalon kaki bouffant et en Reebok — elle ne fut pas surprise. Mais elle se sentit tout de même rougir à son approche : c'était l'une des rares choses qu'elle ne parvenait pas encore à maîtriser, malgré ses efforts de concentration et de nombreux exercices d'entraînement ; ce voile rouge qui s'étendait sur son visage et son cou quand un professeur l'appelait au tableau, quand elle entendait d'autres élèves murmurer son nom dans son dos. Elle aurait pourtant dû pouvoir le contrôler plus efficacement, elle contrôlait tant de choses. Elle espéra qu'il ne remarquerait rien.

— Salut, dit-il en souriant.

— Salut.

— Ta sœur reste à l'étude après l'école, non ? Ce n'est pas l'atelier de travaux manuels, aujourd'hui ?

Julia fit oui de la tête. Comme elle, c'était un collectionneur de faits, d'informations, et comme elle, il citait rarement ses sources.

— Je t'offre un hamburger quelque part ?

— Si vous voulez.

Elle monta dans sa voiture, une Volvo blanche qu'il avait achetée d'occasion trois ans plus tôt. Il alluma le chauffage, qui se mit aussitôt à souffler vers eux des bouffées de chaleur par les grilles de ventilation poussiéreuses. Elle n'était encore jamais montée toute seule en voiture avec un homme, sauf avec son père ; toutefois, elle ne savait pas trop si Peter Gorrick pouvait être véritablement considéré comme un homme, c'est-à-dire comme un adulte, avec son pantalon bouffant, le clin d'œil qui accompagnait souvent ses sourires. Mais tout de même, ce n'était pas rien. Elle s'assit bien droite et essaya de prendre un air nonchalant et détaché, tandis qu'il branchait l'autoradio sur une station pop.

— Le Platter Puss, ça te dit?

C'était à sept ou huit kilomètres de l'école; on risquait moins de les rencontrer tous les deux par là-bas.

— O.K.

— Les autres enfants sont durs avec toi? lui demanda-t-il pendant qu'ils attendaient à un feu rouge.

— C'est pas grave.

— Le truc, c'est de ne pas leur faire voir que ça te touche. Ça va les rendre fous, s'ils ont l'impression qu'ils ne peuvent pas t'atteindre.

— Je sais.

Ils roulèrent quelques centaines de mètres en silence.

— Vous habitiez dans quelle rue, à New York? demanda Julia.

— Soixante et unième.

Il revit furtivement le grand appartement dans lequel il avait grandi, plein de coins et de recoins, un héritage qui dissimulait le dénuement dans lequel vivait désormais sa famille. Il était inscrit dans une école privée pour garçons, tout près de chez eux, grâce à une bourse.

— Pourquoi tu me demandes ça?

— Juste par curiosité.

La semaine précédente, elle avait emprunté un guide de New York à la bibliothèque, avait étudié attentivement les plans, suivi du bout du doigt les longues lignes des rues et des avenues, se demandant où il avait pu habiter, où il avait pu se promener.

Ils se garèrent dans le parking du Platter Puss. Peter descendit le premier de la voiture et en fit le tour pour aller ouvrir la portière de Julia, mais elle était déjà sortie. Il réussit en revanche à lui tenir ouverte la porte de verre du restaurant, et la regarda passer. Elle espéra que les autres clients avaient remarqué.

Ils s'installèrent à une table de deux, près d'une baie vitrée qui donnait sur le parking, et Peter leur commanda deux hamburgers, des Coca, et une grande assiette de frites.

— Ta mère vit toujours là-bas? demanda Julia.

— A New York? Oui.

— Dans la Soixante et unième Rue?

— Oui.

— Et ton père?

— Il est parti vivre en Californie. A Sausalito. Il habite sur une péniche, avec une infirmière qui s'appelle Fiona.

Peter arrangea devant lui son set de table de plastique jaune. Il se rappelait vaguement que Fiona était plutôt dentiste, et que son père avait eu encore trois ou quatre autres maîtresses après elle. Mais la dernière en date s'appelait Theresa, cela sonnait beaucoup moins bien. Il n'avait pas prémédité ce mensonge, mais depuis son plus jeune âge, les histoires sortaient toujours de sa bouche d'elles-mêmes, très facilement ; il en était souvent le premier surpris. Jusqu'à présent, il avait plutôt considéré cela comme un défaut que comme un don particulier, mais pour la première fois, il entrevoyait de quelle manière cela pourrait lui être utile dans son travail.

— Ta mère était infirmière aussi, non ? demanda-t-il.

— Je vous ai dit que je voulais pas parler de ma mère.

Peter hocha la tête, avec l'air un peu désolé de celui qui ne veut pourtant pas insister. La serveuse apporta ce qu'ils avaient commandé, et ils se mirent aussitôt à manger. Julia prenait de petites bouchées de son hamburger, mâchait et avalait aussi silencieusement que possible, en essuyant délicatement sa bouche avec le coin de sa serviette pour être sûre qu'il ne reste pas de miettes traîtresses. Elle prenait garde de ne prendre les frites qu'une par une dans l'assiette commune, et en alternance avec lui, en lui laissant soigneusement le temps de retirer ses doigts avant d'approcher les siens.

— On ne s'est jamais très bien entendus, mon père et moi, dit Peter. Il avait un de ces caractères, je ne t'en parle pas. Il suffisait qu'il soulève un sourcil, et tout le monde s'enfuyait au fin fond des montagnes.

— Vous m'avez dit que vous habitiez en ville...

— C'est une image, fit-il en riant. Tu es une jeune fille bien prosaïque, dis donc.

Elle n'était pas sûre de savoir exactement ce que cela signifiait, et se demandait si elle devait considérer cela comme une critique.

— Est-ce que vous allez le voir, en Californie ?

— Pas souvent. Pour te dire la vérité, j'ai le mal de mer, sur cette foutue péniche. Et puis je ne porte pas vraiment Fiona dans mon cœur. Ça me fait une drôle d'impression, de voir mon père avec sa maîtresse.

Il s'accouda sur la table et se pencha un peu vers Julia. Elle baissa les yeux et but une gorgée de Coca. La glace pilée s'était changée en eau, et il ne restait plus une bulle.

— Vous aviez peur de lui ? demanda-t-elle.

— De mon père ?

— Oui.

— Parfois, répliqua-t-il. C'était un gueulard. Et il avait de la puissance dans les poumons, je t'assure. Le problème, c'est qu'on ne pouvait jamais deviner ce qui allait le mettre en rogne, tu vois ? Je crois que c'était ça le pire. Quand on faisait quelque chose, on ne savait jamais s'il allait exploser de rire ou de colère. Tu as peur de ton père, toi ?

— Non.

Peter enfourna le dernier morceau de son hamburger dans sa bouche, sans insister davantage.

— Vous écrivez sur nous dans le *Chronicle*, non ? Sandy cache les journaux, mais je le sais quand même.

— Elle veut bien faire, tu sais. Elle doit avoir peur que ça vous fasse du mal.

— Pourquoi vous écrivez sur nous ?

— Je n'écris pas vraiment sur vous, je raconte le procès. C'est mon travail. Mais je n'écrirai rien de ce que tu me diras, sauf si c'est toi qui me le demandes. D'accord ?

Elle approuva de la tête, et reprit une gorgée du Coca sans goût.

— Allez, il faut que je te ramène à l'école, maintenant. C'est bientôt l'heure de la fin de l'étude, pour Ali.

Il prit la dernière frite qui restait dans l'assiette, la trempa dans le ketchup, mordit dedans, et lui tendit l'autre moitié.

— Les bons comptes font les bons amis, dit-il en souriant.

Elle ouvrit la bouche pour la prendre, et lui effleura les doigts du bout des lèvres.

Ce soir-là, Peter Gorrick s'assit à la table de sa cuisine et sortit le cahier dans lequel il prenait note de tout ce que lui disait Julia. Au départ, il avait décidé de retranscrire leurs entrevues pour analyser son propre comportement autant que celui de la jeune fille, en relisant ses notes d'un œil critique : j'aurais dû dire ceci, j'aurais dû demander cela, voilà ce que je devrai faire la prochaine fois. C'est comme ça que j'y arriverai.

Il prit son stylo et se mit à écrire.

Julia avait encore le goût sur les lèvres, couchée dans l'obscurité, le goût salé de sa peau mate, le goût de ses doigts ; elle se tournait et se retournait dans son lit, le goût dans la bouche, enroulait les draps autour de ses jambes, les repoussait, se retournait. Dans le lit voisin, Ali dormait calmement, pour une fois — paisible.

Elle se glissa hors du lit et se dirigea sur la pointe des pieds vers le tiroir secret, vers le sac secret. Elle en sortit le morceau de papier sur lequel étaient inscrits le nom et le numéro de téléphone de Peter, l'examina longuement, et le remit en place. Puis elle sortit délicatement le string en dentelle de Sandy. Fin, léger, fragile. Elle remonta sa chemise de nuit sur sa taille et ôta sa culotte de coton.

Le string était trop large pour ses hanches encore droites. Elle fit lentement glisser sa main le long de son ventre plat et lisse, jusqu'à la dentelle. Encore un peu. Entre les jambes. A peine quelques poils.

— Tu es une fleur tardive, disait Ann. Comme moi.

Le visage de sa mère, souriant, réconfortant, insouciant.

Non, je ne suis pas comme toi. Je ne suis pas du tout comme toi.

Elle retourna dans son lit, laissant la culotte de coton par terre devant le bureau.

Depuis l'aube, la neige tombait, d'abord en petits flocons timides, puis de plus en plus lourds et serrés au fur et à mesure que le matin s'étendait sur la ville. On avait annoncé la première véritable tempête de la saison, et les quelques automobilistes qui n'avaient pas encore pensé à mettre leurs pneus neige faisaient la queue aux trois stations-service, maudissant leur manque d'esprit d'initiative et cherchant déjà des excuses pour expliquer leur retard à leur patron. La première tempête était toujours un événement dans la région : ses caractéristiques — sa puissance, sa durée, son taux d'humidité — étaient scrupuleusement analysées et servaient d'indices pour déterminer ce que réserverait la suite de l'hiver. Vers neuf heures et demie, les rues et les trottoirs étaient déjà tapissés d'une couche de neige blanche et pure de deux centimètres d'épaisseur, et le ciel avait cette pâleur et cette uniformité sournoises des tempêtes qui promettent de durer.

Ted détourna les yeux des hautes fenêtres à l'ancienne pour revenir au bureau du juge. L'air impatient, elle s'empara du pichet jaune et noir et se servit un nouveau verre d'eau en attendant qu'arrivent les derniers retardataires. Il remarqua que le bec du pichet était ébréché, et se demanda s'il l'était déjà les jours précédents ou si quelqu'un l'avait laissé tomber en nettoyant après l'audience de la veille. A côté de lui, Fisk fouillait nerveusement dans sa mallette. Il aurait sans doute tué le temps avec l'avocat de la partie adverse, en plaisantant ou en échangeant des potins de tribunal, si ça n'avait pas été Reardon. Le bruit incessant des papiers que feuilletait Fisk, des dossiers ouverts et refermés sans raison, tapait sur les nerfs de Ted. Il finit par lui jeter un regard mauvais, et l'avocat fit mine de ne pas comprendre. Quelques secondes plus tard, l'audience put enfin commencer. Reardon se leva de sa table.

— Le ministère public appelle Sandy Leder à la barre.

Sandy avait revêtu pour l'occasion sa tenue la plus classique et la plus sobre, une jupe de lainage noir qui lui cachait les genoux, et un chemisier de soie crème. Elle avait perdu pas mal de poids pendant les dernières semaines, et sa jupe tournait quand elle marchait : lorsqu'elle s'arrêta pour prêter serment, la fermeture Eclair qui aurait dû se trouver dans son dos était déjà presque sur sa hanche. Elle se rajusta d'un geste nerveux pendant que l'huissier, dont le crâne chauve et luisant reflétait les lumières du plafond, lui tendait la bible.

— Miss Leder, commença Reardon lorsqu'elle se fut assise, pouvez-vous dire à la cour quel était votre lien de parenté avec la défunte ?

— Ann Waring était ma sœur.

— Ted Waring est donc votre beau-frère ?

— Oui.

Sans le voir, elle devinait Ted assis à quelques mètres d'elle, elle sentait son regard posé sur elle, comme un aimant qui tentait d'agir sur elle, qui l'attirait et la repoussait à la fois. Elle essayait de se concentrer sur Reardon, de fixer son visage austère, le blanc de ses yeux.

— Etiez-vous proche de votre sœur, Miss Leder ?

— Oui, nous avons toujours été extrêmement proches.

— Lui arrivait-il de se confier à vous ?

— Oui, souvent.

— Miss Leder, comment définiriez-vous le couple que formait votre sœur avec Ted Waring ? Diriez-vous que c'était une union harmonieuse ?

— Manifestement non, fit Sandy en plissant le front.

— Alors comment définiriez-vous cette union ?

— Houleuse, pour le moins.

— Pouvez-vous nous donner une idée de ce que vous entendez par là ?

— Ted Waring est un homme très caractériel. Et passablement autoritaire. Je crois qu'il rêvait d'exercer un contrôle absolu sur leur couple. Et c'était peut-être le cas au début. Elle était très jeune. Mais les choses évoluent, vous savez ; *elle* a évolué. Les derniers temps, elle n'avait plus envie de se laisser mener à la baguette. Et il ne le supportait pas.

— Objection, lâcha Fisk avec un dégoût manifeste. Tout cela n'est qu'un ramassis de suppositions tous azimuts. Quel genre de témoignage est-ce donc ? Nous sommes dans une cour de justice, Votre Honneur, pas dans un studio de reality show.

— Une simple objection suffira, Mr. Fisk, fit le juge Carruthers en fronçant les sourcils. Accordée.

— Dans vos souvenirs, poursuivit patiemment Reardon, sans se laisser troubler le moins du monde par l'intervention musclée de son opposant, Ann eut-elle une fois durant leur mariage une raison d'être effrayée par le comportement de son mari ?

— Oui. Je peux facilement vous citer un exemple.

Sandy entortilla une mèche de cheveux autour de son doigt, comme si elle cherchait les mots exacts, puis la relâcha et commença son récit d'une voix dans laquelle se mêlaient la tristesse, la colère et le défi :

— C'était à peu près un an avant leur séparation. Juste au moment où les choses ont commencé à aller mal entre eux. Ted rentrait d'un voyage à Albany où il avait raté un contrat pour un grand immeuble à construire. Je ne me souviens plus exactement de ce que c'était. Bref, quand il est arrivé à la maison, il était saoul. Je ne sais pas à propos de quoi ils ont commencé à se disputer. Tout ce que je sais, c'est qu'Ann m'a téléphoné vers vingt-trois heures ce soir-là. Elle avait si peur de lui qu'elle s'était enfermée dans leur chambre. Elle m'appelait du téléphone qui était près de son lit, et j'entendais Ted qui tapait à la porte et criait après elle. Elle m'a dit que quand il était dans des états pareils, rien ne pouvait le raisonner. Elle était complètement affolée, elle pleurait. Je ne pense pas qu'elle ait eu le courage d'ouvrir la porte avant le lendemain matin.

— D'après vous, elle avait peur qu'il ne lui fasse du mal *physiquement* ?

— Oui.

Ted, les sourcils froncés, repoussa sa chaise en arrière en la faisant grincer sur le sol.

— Miss Leder, selon vous, pourquoi votre sœur avait-elle engagé une procédure de divorce ?

— Parce qu'elle avait enfin retrouvé ses esprits.

Des gloussements se firent entendre un peu partout dans le prétoire, et le juge Carruthers, récemment divorcée, dut donner plusieurs coups de marteau, plus fort qu'à l'accoutumée, comme si elle avait besoin de se calmer elle-même autant que l'assistance.

— Leur mariage n'étant plus supportable, elle avait décidé qu'il était devenu inutile de s'acharner plus longtemps à sauver son couple, dit Sandy de sa voix la plus professionnelle, celle qu'elle utilisait pour les interviews, monocorde et distante.

— Pourquoi cela ?

— Ce n'était plus un simple problème de vie en commun. Leurs différends étaient tels qu'ils avaient des répercussions sur leur vie à l'extérieur, et surtout sur celle de leurs enfants.

— Dans quel état d'esprit s'est trouvée votre sœur après la séparation ?

— Objection, dit Fisk, sans prendre la peine de se lever. Le procureur demande au témoin de se projeter dans l'esprit de quelqu'un d'autre.

— Pas du tout, riposta Reardon en s'adressant au juge. Nous avons préalablement établi la complicité particulière qui existait entre les deux sœurs, et nous savons que Sandy Leder était parfaitement au courant des sentiments de sa sœur.

— Objection rejetée, conclut sèchement le juge Carruthers.

— Ann a repris le travail, dit Sandy. Elle pouvait enfin vivre pour elle-même. Elle paraissait se sentir libre pour la première fois de sa vie.

— Miss Leder, à votre connaissance, Ted Waring a-t-il essayé de se réconcilier avec Ann?

— Oui.

— Et savez-vous si votre sœur y réfléchissait, de son côté?

— Non. Absolument pas. Elle attendait impatiemment le jour où les papiers du divorce seraient enfin prêts.

— D'ailleurs, pendant ce dernier week-end, n'est-elle pas allée dîner avec un certain docteur Neal Frederickson?

— Si. Et elle attendait de le revoir avec impatience.

— Miss Leder, à votre avis, comment Mr. Waring aurait-il réagi s'il l'avait appris?

— Objection, cria Fisk. On réclame à nouveau une supposition de la part du témoin.

— Miss Leder, reprit Reardon sans même attendre l'opinion du juge, diriez-vous que Mr. Waring est un homme possessif ou non?

— Mr. Waring est un homme très possessif. Et je crois que cette nouvelle l'aurait rendu fou de rage.

— Bien. Je crois que Julia et Ali Waring vivent à présent sous votre toit...

— Oui.

— A ce que vous en savez, Julia Waring a-t-elle jamais menti à sa mère?

— Non. Julia a toujours été une enfant honnête.

— Et avez-vous quelque raison de croire qu'elle le soit moins aujourd'hui?

— Non.

— Une dernière question, Miss Leder. Depuis combien de temps connaissez-vous l'accusé, Ted Waring?

— Depuis seize ans.

— D'après ce que vous connaissez de Ted Waring, a-t-il pu être capable de tirer sur Ann Waring?

Sandy prit une profonde inspiration avant de répondre.

— Oui.

195

Le mot résonna d'une drôle de manière à ses propres oreilles, comme s'il était creux, sans véritable sens, et elle se demanda si elle avait le même regard vide et sonné que celui de la plupart des personnes qu'elle avait interviewées après des drames. Reardon la regarda droit dans les yeux, puis hocha lentement la tête.

— Je n'ai pas d'autre question, dit-il calmement.

Fisk fixa Sandy un long moment avant de commencer son contre-interrogatoire.

— Miss Leder, vous n'avez jamais été mariée, n'est-ce pas?

— Hors de propos, objecta Reardon.

— Objection accordée.

— Très bien, continua Fisk. Vous avez témoigné qu'Ann et Ted Waring se disputaient fréquemment.

— Oui.

— Selon vous, cela ne pouvait-il pas être en quelque sorte le mode de fonctionnement de leur couple, simplement une manière de communiquer entre eux?

— Ce n'est pas vraiment ce que j'appelle de la communication.

— Mais n'est-il pas possible qu'*ils* aient considéré cela comme un moyen de communication, Miss Leder?

— J'en doute, mais je n'en sais rien.

— J'aimerais que vous me disiez, Miss Leder, si ce comportement a mené, ne serait-ce qu'une fois, à une forme quelconque de violence? Pendant toutes ces années de mariage, votre sœur vous a-t-elle une seule fois confié que Ted Waring l'avait frappée, ou violentée de quelque façon que ce soit?

— Non. Mais...

— En fait, vous n'avez aucune raison de croire que Ted Waring ait jamais fait preuve de violence physique à l'encontre de votre sœur, n'est-ce pas?

Sandy baissa les yeux sur ses mains gercées, sur ses ongles rongés. Elle parut réfléchir un long moment avant de répondre et, lorsqu'elle le fit, ce fut d'une voix à peine audible :

— Non.

— Si je ne me trompe, vous avez affirmé que votre sœur et vous étiez assez proches l'une de l'autre.

— Oui.

— Vous devez donc savoir que Julia Waring a traversé une période relativement difficile, au point que son école a insisté pour la faire suivre par un psychologue, n'est-ce pas?

— Ann m'en a parlé, oui.

— Savez-vous également qu'elle a plusieurs fois fait preuve de violence physique à l'école, et d'un comportement général que l'on peut qualifier de perturbé, ce qui ne manquait pas d'inquiéter Ann et Ted Waring?

— Je ne me souviens pas qu'Ann ait été particulièrement inquiète, non.

— Diriez-vous que Julia et son père avaient des relations difficiles ?

— Je dirais que beaucoup de gens avaient des relations difficiles avec Ted.

— Répondez à ma question, s'il vous plaît. Julia avait-elle des relations difficiles avec son père ?

— Je suppose, oui.

— Miss Leder, vous vous trouviez dans la maison de Sycamore Street le soir où Ted Waring et ses filles sont rentrés de leur week-end de camping, n'est-ce pas ?

— Oui.

— Votre sœur paraissait-elle heureuse de les voir ?

— De voir les filles, en tout cas.

— Ce soir-là, avez-vous assisté à une dispute, ou même à un début de dispute, entre Ann et Ted Waring ?

— Non, mais...

— Vous n'avez pas été témoin du moindre soupçon de dispute, n'est-ce pas, Miss Leder ? Répondez par oui ou par non, je vous prie.

— Non.

— Lorsque vous avez quitté la maison, où se trouvait Julia Waring ?

— Dans le salon.

— Se tenait-elle près de ses parents ?

— Elle était dans la même pièce qu'eux.

— Elle se tenait donc près de Ted Waring ?

— Je n'ai pas dit cela.

— Vous aimeriez conserver la garde des enfants, n'est-ce pas, Miss Leder ?

— Objection ! fit Reardon en se levant. Nous sommes ici pour juger un meurtre, pas une affaire de droit de garde.

— Objection rejetée. Le témoin répondra à la question.

— En tout cas, fit Sandy, je pense que Ted Waring ne devrait pas être autorisé à les reprendre avec lui.

— Vous n'aimez pas tellement votre beau-frère, n'est-ce pas, Miss Leder ?

— Pour vous dire la vérité, pas tellement, non.

— Je n'ai pas d'autre question.

Avant de quitter la barre, Sandy resta un moment immobile, la tête lourde et cotonneuse. Dans l'allée centrale, elle avança d'abord lentement, comme si elle testait la solidité de ses jambes, puis de plus en plus vite. Elle se tourna vers Ted en passant devant lui : il se redressa sur son siège et la regarda droit dans les yeux.

Dans ses notes, Peter Gorrick, qui les observait du troisième rang, décrivit cet échange de regards d'un mot : « corrosif ».

Sandy regardait John dormir, son visage doux, lisse et paisible. Dehors, la tempête avait fini par s'atténuer, laissant la ville comme assourdie et pétrifiée sous un manteau blanc de vingt centimètres d'épaisseur. Le ciel, parsemé ici et là des têtes d'épingles lumineuses des étoiles d'hiver, était d'un noir clair, entre le gris et le brun, comme si la journée de neige avait réussi à le purger. Sandy prenait soin de tourner doucement les pages de son magazine, mais il ouvrit les yeux.

— Tu n'arrives pas à dormir ? demanda-t-il.

— Non.

Il jeta un coup d'œil au petit réveil de voyage qu'elle avait sur sa table de nuit — elle se demandait parfois si ce n'était pas un signe révélateur et inquiétant que même son réveil soit portatif, si léger et si facile à déplacer. Il marquait 3 h 17, en chiffres gris à peine lisibles.

— Il faudra que tu changes les piles, dit-il.

— Je sais.

Ils restèrent silencieux pendant quelques minutes. Il posa tendrement une main sur son ventre, mais elle ne réagit pas.

— Tu sais, dit-elle d'un air pensif, je fais souvent des rêves avec des enfants. Une nuit, j'ai rêvé qu'il y avait un bébé qui s'accrochait dans mon dos : il enroulait ses petits bras autour de mon cou, et il essayait de m'étrangler. Une autre fois, j'ai rêvé que j'étais dans la rue et que je donnais des coups de pied dans un bébé comme dans un ballon de football.

— On fait toujours des cauchemars, quand on a peur de quelque chose. C'est pour exorciser, je suppose.

— Tu as une excuse pour tout, hein ?

— Qu'est-ce que tu veux que je te dise ? Que tu es quelqu'un d'odieux et que je peux à peine supporter ta présence ?

— Dis ce que tu veux, ça m'est égal.

— Pourquoi tu n'essaies pas de dormir un peu ? Tu veux que je te prépare du lait chaud ?

— Non, j'ai pas envie de lait chaud. Qu'est-ce que tu veux que je foute avec du lait chaud ?

— Bon, ça t'ennuie si j'essaie de dormir, moi ? A moins que Rosemary n'ait encore besoin de confier quelques-unes de ses obsessions au grand spécialiste ?

198

— Je suis désolée, John, soupira-t-elle, épuisée. Dors, excuse-moi.

Elle se pencha vers lui, l'embrassa rapidement sur le front, et le regarda fermer les yeux.

Elle se souvint de la nuit où Julia était née... Ted l'avait appelée de l'hôpital, *on a réussi, on a réussi*, en plein milieu de la nuit, en août, elle était en sueur, réveillée en sursaut par le téléphone, *on a réussi, on a réussi*, puis il avait raccroché tout de suite, comme s'il avait oublié qu'il était en ligne, qu'il lui parlait, il y avait plus urgent, Julia, le matin suivant, blottie contre la poitrine d'Ann, Julia, encore toute fripée, toute mouillée, Sandy s'était dit pendant des semaines qu'elle ressemblait plus à une grenouille qu'à un être humain, *on a réussi, on a réussi*, le sourire épuisé d'Ann, *l'amour ne vient pas spontanément*, avait-elle avoué à Sandy une fois que l'infirmière était sortie avec le bébé dans les bras, *on pense que ce sera automatique et ça ne l'est pas, je ne la connais même pas*. Par la suite, Ann ne se rappelait pas avoir dit une telle chose, elle avait fait remonter jusqu'aux tout premiers instants l'amour qui s'était soudain déclenché avec une telle force quelques jours plus tard, elle l'avait fait remonter jusqu'à la naissance, *on a réussi, on a réussi*, cette étouffante nuit d'été, Sandy en nage, et plus personne à l'autre bout du fil.

L'après-midi suivant, Mrs. Murphy, la conseillère d'orientation du collège de Hardison, appela Sandy au *Chronicle*.

— Je crois qu'il est de mon devoir de vous dire, Miss Leder, que malgré tous nos efforts, nous ne faisons pas le moindre progrès avec Julia.

— C'est-à-dire? demanda Sandy, hérissée par le ton guindé de son interlocutrice.

— C'est-à-dire, tout simplement, qu'elle semble avoir claire-ment décidé de ne pas s'impliquer de manière utile dans nos ten-tatives de discussion. Elle a l'air de se dire qu'il est moins contrai-gnant pour elle de rester assise pendant toute la séance sans dire un mot. Ou bien, si elle parle, ce n'est que pour me donner de manière très lapidaire la réponse que, selon elle, j'attends de sa part. Je me vois donc malheureusement dans l'obligation de vous suggérer de l'orienter vers un autre psychologue, qui sera sans doute à même de lui consacrer plus de temps. Et vous devriez peut-être commencer à envisager quelque chose de similaire pour Ali, même si elle nous paraît un peu mieux adaptée que sa sœur.

— Très bien, répondit sèchement Sandy.

Ignorant son ton agressif, Mrs. Murphy donna à Sandy les coordonnées de deux psychologues pour enfants rattachés à l'hôpital de Hardison.

— Puis-je donc considérer, Miss Leder, que vous irez dans ce sens ?

— Vous pouvez considérer tout ce que vous voulez, ne put-elle s'empêcher de rétorquer avant de raccrocher brutalement le combiné.

Elle fixa un moment le morceau de papier sur lequel elle avait consciencieusement noté le nom des deux spécialistes, puis l'enfouit au fond de son grand sac avec les contraventions qu'elle n'avait pas payées, les papiers de bonbons et les vieux Kleenex.

Ted faisait nerveusement les cent pas dans son salon, de la porte au mur du fond, de la porte au mur du fond, avec cette impression d'étouffement qu'il ressentait toujours dans ces moments-là.

Dehors, la couche de neige était bien trop épaisse pour qu'il puisse prendre la voiture ; il ne pouvait pas courir le risque de s'enliser, de devoir demander de l'aide.

Il ne savait pas quoi faire, il ne savait pas où aller.

L'une des choses qui lui manquaient le plus était le bruit, le bruit chez lui, dans son domaine, des sons qui lui appartenaient, les casseroles que l'on posait sur la cuisinière ou la vaisselle dans l'évier, ses filles qui se chamaillaient, riaient ou chantaient à tue-tête une chanson de leur invention, quelqu'un sous la douche : le ronronnement permanent de la vie de famille. Le téléphone restait muet. Presque plus personne ne l'appelait, désormais ; Carl, parfois.

Ce même sentiment d'absence et de vide s'était emparé de lui un peu plus d'un an auparavant, lorsqu'il avait quitté la maison de Sycamore Street pour emménager ici. Le silence, la propreté, l'ordre. Comment avait-il pu croire une seconde que c'était ce qu'il voulait ? La solitude, l'absence de famille — c'était précisément ce vide qu'il avait toujours plus ou moins consciemment cherché à remplir. Et par négligence ou par malchance, il avait une nouvelle fois tout perdu. A présent, bien sûr, c'était encore pire.

Il avait vu sa mère pour la dernière fois six ans plus tôt. Il travaillait alors sur un chantier en Pennsylvanie, et décida un après-midi de parcourir en voiture les cent vingt kilomètres qui le séparaient d'elle. A l'époque, elle tenait un motel en gérance avec son nouveau mari, et ils étaient logés gratuitement dans un petit appartement situé derrière l'accueil, une sorte de loge de

200

concierge. Le visage de sa mère lorsqu'il entra... *Vous désirez, monsieur ?* Ses cheveux teints en noir et rassemblés en un chignon grossier, ses gros bras blancs ; une masse de graisse boudinée dans une robe de coton tachée. Elle pesait alors près de cent cinquante kilos. Elle mit plusieurs secondes à le reconnaître.

Il s'assit dans leur cuisine minuscule, au milieu des notes de chambres, des cartes de tarifs, des messages pour les clients (les chambres n'avaient pas de téléphone), et partagea le dîner avec eux. Ils ne lui posèrent pas une question sur son travail, sa famille, sa maison, et ne parlèrent que de l'effondrement du marché de l'immobilier, de la baisse du tourisme, de leur motel qui ne marchait plus comme il devrait, de leur taux d'occupation des chambres qui était tombé à douze pour cent. A la fin du repas, il demanda à sa mère :

— Pourquoi tu n'irais pas faire un petit séjour dans l'une de ces cliniques pour maigrir, en ville ?

A cause de son poids considérable, elle avait les pieds couverts d'ulcères, et les mollets striés de varices hideuses.

— Un tas de bonnes femmes qui passent leurs journées assises à bavasser et à se plaindre de leur mari ? s'exclama le beau-père. Je paye pas pour ça, moi.

Il déclina leur offre d'une chambre gratuite pour la nuit et les quitta lorsqu'ils s'installèrent devant leur poste de télévision afin de suivre leur émission favorite.

— Ça te dérange pas, hein, si on allume un peu la télé ? On regarde ça toutes les semaines.

Sa mère mourut moins d'un an après, d'une crise cardiaque, à cinquante-trois ans — et son beau-père ne le lui apprit par courrier que trois mois plus tard.

— C'est la faute de ce connard, hurla Ted en donnant un coup de pied dans une chaise.

— Elle était responsable de son corps, Ted, fit Ann.

Même s'il savait pertinemment qu'elle avait raison, il ne pardonna jamais à son beau-père. Il restait à s'occuper de ses dernières volontés, rédigées sur une sorte de kit testamentaire qu'elle avait commandé par correspondance à une émission de télé-achat, et qui était censé se substituer à tout acte notarié. Ça ne collait malheureusement pas avec les lois de Pennsylvanie, et le testament fut déclaré non valide. Après cela, il n'adressa plus jamais la parole à son beau-père.

Il s'éloigna lentement de la fenêtre et s'assit sur le divan.

Il avait montré une photo d'Ali et Julia à sa mère, ce soir-là, avant de partir. Elle l'avait longuement observée, en souriant d'un air rêveur — *comme elles sont mignonnes*. Elle semblait ne plus pouvoir détacher ses yeux du visage de ses petites-filles, et ne lui avait rendu la photo que lorsque son mari l'avait appelée de la pièce voisine :

— Apporte-moi de la glace au café, tu veux ?

Cette photo était à présent posée devant lui, sur la table basse, encadrée.

Ses filles.

L'un des jurés était en retard, une femme dont la voiture était restée enlisée dans la neige à cinq kilomètres du tribunal. Depuis un moment, la foule attendait impatiemment dans la salle, murmurant et gigotant sans cesse — on entendit même quelques sifflets. Julia pivota sur son siège et aperçut Peter Gorrick qui la regardait, deux rangs plus loin. Lorsqu'il lui sourit, il plissa les yeux d'une drôle de manière et, curieusement, cela lui fit penser aux oiseaux ou aux bateaux en papier plié qu'elle aimait faire quand elle s'ennuyait. Elle était en train de lui rendre son sourire lorsqu'elle devina du coin de l'œil le regard insistant et désapprobateur de Sandy posé sur elle, et elle se retourna aussitôt vers le devant de la salle. A deux mètres d'elle, elle voyait la nuque de son père, une bande de peau cireuse entre ses cheveux sombres, soigneusement peignés, et le col de sa veste de costume. Elle ne l'avait plus revu depuis le soir où la police l'avait emmené. Elle fixa intensément cette étroite bande de peau, pâle et hérissée de quelques poils drus qui commençaient à repousser, et crispa les doigts de toutes ses forces sur sa jupe.

Sandy lança un regard mauvais à Gorrick et se tourna vers Julia, qui regardait à présent fixement le bureau du juge, comme si elle avait des œillères, les yeux obstinés et imperturbables. Sandy n'insista pas. Elle était en tout cas soulagée que l'accusation ait pris la décision, tard la veille au soir, de ne pas citer Ali à comparaître. Reardon n'était pas très rassuré quant à la description qu'elle pourrait faire de son père et de Julia tels qu'elle les avait vus, tous les deux par terre, le fusil entre eux. C'était le seul élément positif qu'elle pouvait lui apporter, et si elle ne décrivait pas clairement la scène, il n'était pas évident que ce serait parfaitement interprété par le jury.

— De toute façon, avait-il dit, la défense l'appellera dans quelques jours à la barre, et nous l'interrogerons à ce moment-là.

Avec Julia, évidemment, ce n'était pas la même chose.

Quand la retardataire — une jeune institutrice de maternelle en

202

après-skis jaunes, avec une permanente qui ne l'était plus vraiment — arriva enfin, encore tremblante d'énervement et se confondant en excuses, la cour entra et Reardon se leva sans perdre de temps.

— Le ministère public appelle Julia Waring à la barre.

Julia ne réagit pas, et Sandy fut obligée de lui toucher doucement la main pour qu'elle se lève; elle la regarda s'engager d'un pas plutôt assuré dans l'allée centrale, la tête haute. Ted essaya de croiser son regard lorsqu'elle passa devant lui, plus grande que lorsqu'il l'avait vue pour la dernière fois, si sérieuse, si froide, si loin de lui déjà; elle sembla tout de même faire un effort pour ne pas tourner les yeux vers lui.

Elle s'assit à la barre, et Reardon s'approcha d'elle.

— Bonjour, Julia.

— Bonjour.

— Julia, peux-tu dire ton âge à la cour, s'il te plaît?

— Treize ans.

— Bon, je sais que c'est difficile pour toi, alors n'hésite pas à prendre tout le temps que tu veux pour répondre. D'accord? Mais ne t'inquiète pas, je serai aussi bref que possible.

— D'accord.

— Tes parents étaient séparés, n'est-ce pas, Julia?

— Oui.

— Avec qui habitais-tu?

— Avec ma mère.

— Depuis combien de temps ta mère et ton père étaient-ils séparés?

— A peu près un an.

— Et pendant cette année, est-ce que ta mère t'a parlé d'un éventuel désir de se réconcilier avec ton père?

— Non.

— Elle n'a jamais évoqué le projet de revivre avec lui?

— Non. Elle était plus heureuse sans lui. Je le sais, et puis ça se voyait.

Pendant quelques secondes, elle tourna la tête dans la direction de son père, et ils se regardèrent droit dans les yeux. Il se pencha en avant, comme pour s'ouvrir à elle, la laisser venir à lui ou essayer de l'atteindre, de l'envelopper, de l'attirer, mais elle paraissait inaccessible. Elle se détacha la première, se détacha de son regard avant qu'une brèche ne s'ouvre, avant qu'un soupçon d'attendrissement, dont elle percevait déjà le murmure insidieux au fond d'elle-même, ne risque de la faire flancher. Elle cligna des yeux et tourna de nouveau son attention vers le procureur.

— Julia... J'ai appris que tu avais eu une longue discussion avec ton père, pendant ce week-end que ta sœur et toi avez passé avec lui à Fletcher's Mountain. C'est exact?

— Oui.

— Est-ce qu'il t'a dit qu'il voulait retourner vivre avec ta mère?

— Oui. Il a dit qu'il l'aimait toujours.

— Très bien. Ensuite, vous avez quitté tous les trois Fletcher's Mountain tôt dans l'après-midi de dimanche, et vous êtes rentrés à Hardison. Est-ce que vous vous êtes arrêtés en route?

— On s'est arrêtés une fois, au Burl's Lounge.

— Pour quoi faire?

— Il a dit qu'il devait aller aux toilettes.

Ted se demanda depuis quand elle avait cette voix d'adulte, ce ton si grave, si dur.

— Mais quand il est revenu, il sentait le whisky.

— Objection, dit Fisk en se levant.

— Objection rejetée.

— Julia, continua Reardon comme s'il n'avait rien entendu, nous allons maintenant être obligés de parler de ce qui s'est passé quand vous êtes revenus à la maison, ce soir-là. Qui portait le fusil, quand vous êtes entrés?

— Mon père.

— Par la suite, a-t-il quitté ses mains un seul instant?

— Non.

— Tu ne l'as jamais tenu ni touché, à aucun moment?

— Non.

Sa voix commençait à trembler très légèrement, sous la surface d'assurance, comme l'eau d'un lac gelé qui frémit à quelques centimètres sous la glace.

— Bien. Je voulais simplement que nous soyons bien clairs là-dessus. A présent, Julia, peux-tu me dire ce qui s'est passé quand vous êtes arrivés à la maison? Que s'est-il passé entre ta mère et ton père?

— Ils ont commencé à se disputer.

— C'était une dispute violente?

— Oui, très violente.

— Est-ce que tu te rappelles à propos de quoi ils se disputaient?

Le sténotypiste qui consignait les débats, un petit homme triste et maigre vêtu d'un costume marron démodé, leva un regard vide vers Julia — pendant que ses doigts, comme s'ils étaient indépendants du reste de son corps, continuaient à courir sans bruit sur les touches de sa machine.

— Ma mère était allée à un rendez-vous avec un autre homme, et mon père n'aimait pas ça.

— Est-ce qu'il avait l'air très en colère?

— Oui.

— Objection. L'accusation influence les déclarations du témoin.

— Accordée.

Reardon fit une pause de quelques secondes avant de reprendre :

— Te souviens-tu de ce que disait ton père, Julia ?

— Il disait qu'il ne la laisserait jamais partir. Il disait que si c'était ce qu'elle croyait, elle se trompait. Il disait qu'elle n'était pas au bout de ses surprises.

— Et qu'a fait ta mère ?

— Elle lui a demandé de se calmer, mais ça n'a servi à rien.

Reardon se tourna vers les jurés et posa sur eux un regard insistant, comme pour leur demander s'ils avaient bien entendu.

— Et que s'est-il passé ensuite ? demanda-t-il posément.

— Il lui a tiré dessus.

Julia avala sa salive et cligna plusieurs fois des yeux pour résorber les larmes qui menaçaient.

— Julia, écoute bien ce que je vais te demander, c'est très important : as-tu vu ton père lever le fusil et viser ta mère ?

— Oui.

— Elle ment !

La voix profonde et puissante de Ted déchira le silence du tribunal, emplit la salle, l'étourdit. C'était la première fois que les jurés l'entendaient prononcer un son, et ils se tournèrent tous vers lui comme un seul homme. Julia fut la seule à ne pas ciller, la seule à ne pas le regarder.

Le juge Carruthers donna un violent coup de marteau sur son bureau.

— Vous aurez tout le temps de vous exprimer plus tard, Mr. Waring. En attendant, je vous prierais de rester calme. Encore un débordement de ce genre et je vous fais exclure du tribunal.

Pendant quelques secondes, elle laissa posé sur Ted un regard lourd de reproches et de menaces, comme à l'école, avant de se retourner vers Reardon.

— Vous pouvez reprendre, Maître.

— Je suis désolé d'avoir à revenir là-dessus, Julia, mais il est nécessaire qu'il n'y ait pas le moindre doute. Tu as vraiment vu ton père lever le fusil vers ta mère et viser sa tête ?

— Oui.

Les poings crispés sur sa jupe, elle chiffonnait nerveusement le tissu rêche, jusqu'à le rendre aussi chaud et moite que ses mains.

— A quelle distance te trouvais-tu de ton père lorsqu'il a levé le fusil vers ta mère ? Est-ce que tu peux nous montrer, s'il te plaît ?

Elle regarda le procureur, puis baissa les yeux au sol sur l'espace qui la séparait de lui, environ un mètre.

— A peu près la même distance qu'il y a entre vous et moi.

— Bien. Maintenant, Julia, tends ton bras. Voilà. Encore, le plus que tu peux. Tu ne peux pas me toucher, n'est-ce pas?

— Non.

Elle avait déjà des fourmis dans le bras, comme si le sang n'y circulait plus, et elle le rabaissa lentement.

— Et c'est à cette distance que tu te trouvais de ton père quand il a tiré?

— Oui.

— Après que tu l'as vu lever le fusil et viser, que s'est-il passé? Est-ce que tu as fait quelque chose?

— J'ai crié : « Non! Arrête! »

— Et comment a-t-il réagi?

— Il a tiré quand même. J'ai essayé d'attraper le fusil, mais c'était trop tard.

Elle était une nouvelle fois au bord des larmes, et ses lèvres se déformèrent en articulant les derniers mots, qu'elle prononça plus lentement, comme un enregistrement passé au ralenti.

— Quand tu es arrivée sur lui, il avait déjà tiré?

— Oui.

Reardon lui fit un petit sourire triste avant de conclure :

— Je n'ai pas d'autre question.

C'était maintenant au tour de Fisk. Il connaissait mal le monde des enfants, ne les appréciait guère et avait toujours évité les contacts prolongés avec eux, surtout dans un tribunal, où ceux auxquels il avait eu affaire jusqu'à présent s'étaient avérés imprévisibles et entêtés. Mais au cours des dernières semaines, il avait passé beaucoup de temps au téléphone avec sa nièce de quatorze ans, pour essayer de s'accoutumer à sa façon de parler, à son rythme et à ses réactions, dans l'espoir de réussir à contrôler Julia.

Il marcha lentement vers elle, en souriant.

— Bonjour, Julia.

— Bonjour.

— Dis-moi, Julia, tu en as beaucoup voulu à ton père quand tes parents se sont séparés l'année dernière, n'est-ce pas?

Julia haussa les épaules.

— Tu n'étais pas très en colère contre ton père, quand il est parti de la maison?

— Non, fit-elle d'une voix soudain dure et provocante. J'étais contente qu'il parte.

— Tu n'aimes pas tellement ton père, hein, Julia? Tu sais ce que je crois? Je crois que tu lui en veux suffisamment pour essayer de lui faire du mal. Je me trompe?

Une nouvelle fois, Julia ne répondit pas.

— Julia, est-ce qu'il ne t'est pas arrivé de mentir à ton père, quand il téléphonait chez vous pour parler à ta mère ? Il ne t'est jamais arrivé de lui dire qu'elle n'était pas là alors que ce n'était pas vrai ?

— Je ne me rappelle pas.

— Tu as prêté serment, Julia. Tu sais ce que cela signifie, n'est-ce pas ?

— Oui.

— T'est-il arrivé de mentir ?

— Elle ne voulait pas le voir.

— S'il te plaît, réponds à la question, Julia. T'est-il arrivé de mentir ?

— Peut-être, lâcha-t-elle avec dédain.

— Voilà. Bon, tu nous as dit que pendant votre week-end à Fletcher's Mountain, vous aviez eu une sorte de petite discussion intime, ton père et toi. Il t'a dit qu'il aimait encore ta mère, c'est ça ?

— Oui.

— Très bien. Est-ce qu'il t'a dit qu'il voulait qu'elle lui laisse une seconde chance, ou quelque chose comme ça ?

— Oui.

— Je voudrais savoir quelque chose, Julia. Est-ce que tes parents se disputaient souvent ?

— Oui. Ils finissaient toujours par se disputer.

— Et dans toutes ces disputes, est-il arrivé une seule fois à ton père de frapper ta mère ?

— Je crois pas.

— D'accord. Julia, ce dimanche soir, tu en as beaucoup voulu à ton père, quand tu as vu qu'il recommençait à crier contre ta mère, non ?

— J'avais horreur de les entendre se disputer.

— Mais ce n'était pas inhabituel, d'après ce que tu nous as dit ?

— Non.

— Et tu nous as dit également que ça n'avait jamais mené à aucune forme de violence. C'est bien ce que tu nous as dit tout à l'heure ?

— Oui.

— Jamais ?

— Non.

— Julia, est-ce que tu sais pourquoi ton père a apporté le fusil à l'intérieur de la maison ?

— Il voulait me le donner.

— C'était un cadeau, bien. Dis-moi, Julia, quand tes parents ont commencé à crier, est-ce que tu ne t'es pas sentie comme trahie par ton père?

— Il m'avait promis qu'il ne crierait plus.

— Et quand tu as vu qu'il ne tenait pas sa promesse, ça t'a mise en colère? Oui ou non, Julia?

— Je sais pas, balbutia-t-elle. Vous m'embrouillez.

Elle lança un regard inquiet vers Reardon, qui hocha gentiment la tête.

— En réalité, est-ce que tu n'as pas crié « Non! Arrête! » parce que tu voulais qu'ils arrêtent de crier? Ça n'avait absolument rien à voir avec le fusil, n'est-ce pas, Julia?

Julia ne répondit pas. Du haut de son bureau, le juge Carruthers se pencha vers elle :

— Julia?

— Il a visé sa tête avec le fusil.

Fisk reprit le cours de sa pensée comme si elle n'avait rien dit :

— Je vais te dire ce qui s'est passé, Julia : sur le coup, tu en as tellement voulu à ton père que tu lui as sauté dessus pour le faire taire et que tu es tombée sur son bras droit, au bout duquel il tenait le fusil. J'ai raison?

— Non, non. Il lui a tiré dessus. Je lui ai sauté dessus qu'après, articula-t-elle en se penchant en avant et en empoignant la barre qui se trouvait devant elle. Après.

— Tu n'arrives pas à admettre que c'est arrivé par ta faute, n'est-ce pas, Julia? Que si tu n'avais pas bondi sur ton père, en voulant protéger ta mère d'un danger imaginaire, elle serait toujours en vie à l'heure qu'il est. Tu sais bien qu'elle serait toujours en vie, Julia.

— Vous mentez, dit-elle.

— Je n'ai pas d'autre question.

— Avez-vous d'autres témoins à citer? demanda le juge Carruthers en se tournant vers Reardon.

— Non, Votre Honneur. Le ministère public en a terminé.

— L'audience est suspendue jusqu'à lundi matin, déclara Carruthers en donnant un coup de marteau.

Elle s'engouffra rapidement dans son cabinet par la sortie latérale, et alluma une Camel Filtre dès qu'elle eut refermé la porte derrière elle.

Ted était comme paralysé; il ne pouvait que rester assis sans forces, lourd et abattu, à regarder Julia descendre de la barre et passer près de lui, si proche et si lointaine à la fois, tout près de lui, à des milliers de kilomètres de lui.

Finalement, il trouva le courage de se lever et sortit lentement de la salle d'audience, au milieu de la foule bruyante et des journalistes fébriles qui, menés par un Peter Gorrick de plus en plus énergique et agressif, le mitraillaient de questions auxquelles il n'avait pas envie de répondre. Lorsqu'il eut réussi à grand-peine à descendre les quelques marches du tribunal, il s'engagea rapidement dans l'allée qui menait à la rue, bordée de talus de neige dure.

Il se demandait si Julia se rappelait qu'il lui avait appris à faire des anges de neige, en se laissant tomber raide en arrière dans la neige fraîche, puis en battant des bras pour creuser les ailes et en écartant les jambes pour dessiner la robe. Se rappelait-elle qu'il venait ensuite derrière elle pour la relever toute droite, en la prenant sous les bras et en la soulevant délicatement pour ne pas gâcher sa création et que, l'un à côté de l'autre, ils admiraient alors fièrement leur œuvre? Quel âge avait-elle? Trois ans? Quatre? Tout cela avait sans doute disparu depuis longtemps dans la brume qui enveloppe toujours les souvenirs de la petite enfance. Comment pourrait-il lui en vouloir?

Fisk arriva à ses côtés sans qu'il l'eût entendu approcher.

— Je crois que nous avons marqué quelques points, Ted. Mais si vous avez un ou deux lapins blancs dans votre chapeau, c'est le moment ou jamais de les faire apparaître.

Ted ne répondit pas, mais hocha pensivement la tête.

La fille qui dansait sur la petite estrade avait les yeux à demi clos et ondulait langoureusement des hanches, son string à paillettes scintillant sous les spots. Ses seins nus étaient petits, mais ronds et fermes. Elle paraissait très lasse, ou défoncée, ou les deux. Ted détourna les yeux et se pencha au-dessus de son whisky. Dès qu'il eut fini son verre, il fit un signe au barman pour qu'il lui en remette un autre, et se leva en fouillant dans la poche de son jean pour trouver une pièce. Il alla d'un pas résolu jusqu'au téléphone qui se trouvait près des toilettes.

— Sandy? Ne raccroche pas.

Elle reconnut immédiatement sa voix et entendit le bruit de fond du bar. Sans prononcer un mot, elle raccrocha violemment.

— Salope!

Il chercha une autre pièce au fond de sa poche et recomposa le numéro.

— Attends une seconde. Avant que tu fasses encore mumuse avec ce téléphone, on a deux ou trois choses à se dire, toi et moi.

— Je n'ai absolument rien à te dire. Ni maintenant ni jamais.

— Tu en es sûre?

— Qu'est-ce que tu veux, Ted?

— Rejoins-moi à Jasper's Field.

— Ça va pas ou quoi? Je te rejoins nulle part.

— Si t'es pas là dans quinze minutes, menaça-t-il en serrant le combiné de toutes ses forces, je me sers de la dernière pièce qui me reste pour appeler ce connard de journaliste, je sais plus comment il s'appelle... Gorrick. Tiens, après réflexion, je t'attends dix minutes.

Cette fois, il raccrocha le premier. Il retourna au comptoir, but son verre d'un trait, posa deux billets sur le comptoir et sa dernière pièce en pourboire, et quitta le bar.

Sandy reposa lentement le téléphone. Elle jeta un coup d'œil vers John, qui feuilletait le dernier numéro du *Miroir du jogging* dans le salon.

— John, fit-elle en se levant, de la voix le plus calme possible. Je crois que je vais aller faire une petite balade en voiture. J'ai la tête qui va exploser. J'ai besoin de sortir un peu, de prendre l'air. Tu gardes un œil sur les filles? Juste cinq minutes.

— Ça ne va pas, chérie?

— Si, si, ne t'inquiète pas. Ça va aller. Il faut juste que je m'aère un peu l'esprit. Pour essayer de faire le point, quoi. Ça n'a pas été une journée facile, tu sais.

— Tu veux que je t'accompagne?

— Non, ça va. Il faut que quelqu'un reste ici avec les filles. Je n'en ai pas pour longtemps.

Elle l'embrassa sur le front et prit son manteau sur le dos du fauteuil.

Jasper's Field, l'un des terrains de sport de Hardison, était recouvert par une épaisse couche de neige. Tout autour, les gradins vides s'élevaient en ombres inquiétantes qui se découpaient sur le ciel immense et sombre. Sur le grand tableau de marque qui dominait le stade silencieux, on devinait à peine les mots HARDISON et VISITEURS, et les tunnels qui menaient aux vestiaires ressemblaient à deux grosses bouches noires qui plongeaient vers encore plus d'obscurité. L'unique éclairage provenait des phares de la voiture de Ted, contre laquelle il était adossé en attendant calmement Sandy. Elle arriva quelques minutes plus tard, gara sa voiture tout près de la sienne, et coupa aussitôt ses phares. Lorsqu'elle s'avança vers lui, ses chaussures crissèrent sur la neige durcie par le froid intense de la nuit.

— Je suis content que tu sois venue, dit-il.

— Arrête tes conneries de roman-photos, s'il te plaît. Si je suis venue, c'est seulement à cause d'Ali et Julia. Bon, qu'est-ce que tu veux?

— Je veux que tu te débrouilles pour que Julia change son témoignage.

— Et pourquoi je ferais ça?

— Je pourrais te dire que c'est parce qu'elle ment, mais tu t'en foutrais éperdument. Alors écoute bien, je vais te donner une autre raison de le faire. Si tu ne te débrouilles pas pour que Julia dise que c'était un accident, je te jure que je vais te le faire regretter. Et pas qu'un peu. Je ne retrouverai peut-être pas mes filles, mais tu ne les auras pas non plus. Ça te suffit, comme raison?

— Tu me menaces?

— Garde ton air supérieur à la con pour ton petit chéri. On n'a pas besoin de ça, nous deux, hein, Sandy? On sait de quoi on parle.

— Qu'est-ce que tu y gagnerais, Ted? Tu peux me dire ce que tu y gagnerais?

— La liberté, déjà. Et je t'assure que c'est pas rien. Débrouille-toi simplement pour que Julia change son témoignage.

— Qu'est-ce qui te fait croire que j'y arriverais, même si je voulais? Julia se moque complètement de ce que je peux dire.

— Bon. Ali, alors.

— Ali?

— Elle est sortie de la cuisine avant le coup de feu, tu n'as qu'à lui faire dire ça. Elle est sortie de la cuisine, et elle a vu que c'était un accident. Ecoute, je me fous de la manière dont tu t'y prends. Tout ce qui m'intéresse, c'est le résultat.

Une rafale de vent fit voler de la neige gelée des gradins jusqu'au sol, et ils restèrent un long moment immobiles, comme gelés eux-mêmes, les yeux perdus sur le terrain désert. Finalement, elle se tourna vers lui.

— Ali a déjà témoigné au commissariat. Elle n'a rien vu de ce qui s'était passé.

— Elle était traumatisée, sous le choc. Mais aujourd'hui, les choses lui reviennent clairement en mémoire.

— Et puis quoi, encore?

— Je ne plaisante pas, Sandy.

— Ça, j'ai cru comprendre.

Elle soutint son regard quelques secondes encore, puis partit brusquement vers sa voiture, s'installa à l'intérieur, et claqua la portière.

Il resta debout sans bouger longtemps après qu'elle fut partie, à fixer le stade vide et, au-delà, les quelques lumières de la ville.

Quand Sandy revint, John était toujours en train de lire son magazine.

— Tu te sens mieux? demanda-t-il.

— Oui, fit-elle en s'asseyant près de lui sur le divan. Prends-moi dans tes bras, John.

Il la serra contre lui et lui caressa doucement les cheveux, une main tendre et réconfortante, d'une main qui se voulait apaisante — pas du tout ce dont elle avait besoin.

— Tu m'aimes, John?

— C'est ce que j'ai essayé de te dire.

Elle ne rajouta rien, mais commença à déboutonner sa chemise et à se déshabiller elle-même, doucement d'abord, puis sauvagement, désespérément, en le griffant dans sa rage, plantant ses ongles dans sa peau comme pour se frayer un chemin vers l'intérieur, et trouver une place pour s'y perdre.

6

Assise à son petit bureau, Sandy fixait d'un œil perplexe la nuque d'Ann, qui terminait consciencieusement ses devoirs, allongée sur le ventre sur son lit. Elle travaillait même le vendredi soir. De l'autre côté de la porte, elle entendait Jonathon entonner à pleine voix une symphonie dont la partition n'existait que dans son esprit, bramant les notes d'une voix trop basse, sous les applaudissements fréquents d'Estelle. Sandy se leva de sa chaise et se mit à arpenter la chambre. A cette époque, il lui arrivait souvent de se sentir oppressée, comme prisonnière d'une camisole invisible. Certaines nuits, elle se réveillait en sursaut, apparemment sans raison, hors d'haleine et la poitrine en sueur. D'autres fois, en plein jour, elle ne parvenait soudain plus à respirer et, pendant plusieurs minutes, ne pouvait plus aspirer que de toutes petites quantités d'air, comme si ses poumons ne fonctionnaient plus naturellement, qu'elle était obligée de les actionner elle-même — l'air de la chambre, de la maison lui paraissait alors plus lourd et plus fétide que jamais. Dans ces moments-là, il lui semblait qu'elle allait mourir, elle suffoquait littéralement.

Elle continua un moment à marcher de long en large dans la chambre, le front plissé, en jetant de temps en temps un œil sur Ann, immobile, paisible et insouciante. Après quatre aller et retour d'un mur à l'autre, elle murmura « Et merde » comme pour elle-même, et ouvrit la porte de la chambre d'un coup sec.

Elle utilisa le téléphone qui était accroché dans le couloir :

— Il est pas trop tard pour que je change d'avis?

Dans le salon, elle passa devant Estelle et Jonathon, qui ne levèrent pas les yeux. Inutile de chercher un prétexte pour sortir, ils ne remarqueraient même pas son absence.

Il serait tout seul chez lui. Ses parents s'étaient offert des petites vacances d'une semaine, pour se détendre. En Guadeloupe. C'était ce genre de famille, ce genre de vie, ce genre de monde où les gens s'en vont se faire dorer au soleil en plein mois de février, juste parce qu'ils en ont envie. Elle longea les six pâtés de maisons qui la séparaient de chez lui en contractant chacun de ses muscles, dans le froid mordant. Les maisons devenaient de plus en plus imposantes au fur et à mesure qu'elle avançait, de plus en plus espacées aussi — lorsqu'elle approcha enfin de chez lui, il n'y avait plus que de vastes demeures victoriennes remises à neuf, séparées par de larges étendues de pelouse recouvertes de neige. On y entrait par de grands portails en fer forgé, près desquels se trouvaient des boîtes aux lettres qui ressemblaient à de véritables œuvres d'art — pas toujours de très bon goût.

Il était capitaine de l'équipe de basket, star de la cafétéria, l'un de ces garçons pour lesquels tout semble facile, et qui obtiennent toujours ce qu'ils désirent — les amis, les filles. Il savait raconter les blagues qui faisaient rire tout le monde. Sa petite amie avait de longs cheveux châtains et soyeux, la peau quasiment translucide, et de gros seins; une pom-pom girl, évidemment. Et pourtant, Sandy était amie avec lui. Ou, s'ils n'étaient pas vraiment amis, ils s'aimaient bien, à la manière espiègle et timide des adolescents. Il se moquait gentiment d'elle à propos de ses notes élevées et de son comportement réservé, jamais à propos de sa famille; elle le traitait de « grand abruti de sportif ». Ils souriaient ou se faisaient un clin d'œil quand ils se croisaient dans les couloirs et, lorsqu'ils discutaient, dans le hall ou dans les fêtes, c'était toujours sur ce ton blagueur et léger qui leur semblait très pratique à tous les deux. Tout paraissait ainsi très simple. « Tu veux passer à la maison? Mes parents sont partis. » Facile.

— Je suis content que tu aies changé d'avis.

Il lui tenait la porte ouverte en souriant, attendant qu'elle parvienne à enlever sur le paillasson la neige qui s'était collée à la semelle de ses bottes.

Elle le suivit à l'étage jusqu'à sa chambre, encombrée d'un bazar d'objets de toutes sortes, des haltères, deux ballons de basket, des disques de Ray Charles, des casquettes. Dès qu'elle entra, Sandy fut saisie par une forte odeur d'embrocation et d'eucalyptus.

— T'as envie de regarder la télé?

— Ouais, je veux bien.

Ils s'assirent sur la moquette, en s'adossant au bord du lit, sans se toucher, devant un vieux film avec Bette Davis. Il alluma deux cigarettes en même temps et lui en glissa une entre les lèvres.

— Tu veux pas que je te fasse un petit massage du dos?

Elle s'allongea à plat ventre sur le sol et enleva son chemisier. Ses mains, larges et calleuses, commencèrent à décrire des cercles hésitants sur ses omoplates, sur ses reins. Finalement, elle préféra s'asseoir, en lui tournant toujours le dos, et se laissa aller en arrière contre lui. Sans perdre une seconde, il se mit à pétrir ses seins comme de la pâte à pain. Au bout d'un moment, il proposa :

— On serait peut-être mieux sur le lit, non ?

Il éteignit la télévision, les lumières, et s'allongea tout habillé.

— Tu préfères peut-être te déshabiller après ? demanda-t-elle.

Comme souvent, les mots étaient sortis de sa bouche de manière plus cinglante qu'elle ne l'aurait voulu. Il rougit et émit un petit gloussement embarrassé.

— Euh... Je dois être un peu nerveux, là.

Ils se déshabillèrent chacun de leur côté, en silence. Dès qu'ils furent allongés nus l'un près de l'autre, il roula contre elle et lui plaqua une main entre les cuisses, sans faire preuve d'une délicatesse excessive. Elle se cramponna des deux mains à ses omoplates, et se mit à soulever ses hanches en rythme pendant que sa main allait et venait contre elle, prenait de l'assurance, un peu plus de douceur, et que ses doigts commençaient à s'insinuer lentement en elle.

— C'est la première fois, hein ? demanda-t-il.

— Oui.

Il lui sourit, vint sur elle, vint en elle. Elle n'arrivait pas à bien synchroniser les mouvements de son corps avec les siens, à prendre son rythme, et ils ne cessaient de se cogner l'un contre l'autre, par petites saccades brusques et maladroites. Sandy n'avait pas même imaginé qu'elle pourrait ne pas avoir d'orgasme, tant c'était facile à la maison, seule — sa main, l'oreiller, ses gémissements étouffés, Ann endormie tout près d'elle. Ann, l'innocente.

Quand il eut fini, il roula sur le côté et dit de la voix la plus décontractée possible :

— Je crois que ça n'a pas été une expérience vraiment géniale pour toi, hein ? Je suis désolé. J'avais encore jamais fait ça avec une fille vierge.

Il avait seize ans ; elle quinze.

— Si, si, ça va.

— Je mets la fin du film ?

— Si tu veux, oui.

Elle s'habilla pendant les pubs. Il la reconduisit en bas et lui ouvrit la porte. Ils ne s'embrassèrent pas pour se dire au revoir.

Sur le chemin du retour, l'air glacial engourdissait son nez, ses mains, ses pieds. Elle se demandait si elle avait changé, si elle paraissait différente. Si Ann, Jonathon et Estelle remarqueraient quelque chose. Elle se mit à marcher de plus en plus vite, puis soudain à courir en riant comme une folle, euphorique et sauvage, la tête dans les nuages, *maintenant je suis libre, libre !*

Lorsqu'elle referma la porte de la maison derrière elle, elle ne fit aucun effort pour se calmer. Quelque part au fond d'elle-même, elle voulait peut-être qu'ils s'en aperçoivent, qu'ils comprennent, *maintenant je suis libre*. Mais la maison était parfaitement silencieuse. Estelle et Jonathon étaient cloîtrés derrière la porte fermée de leur chambre, dans l'obscurité ; Ann, déjà couchée, lisait *Quinze Ans*. Et si elle s'aperçut de quelque chose, elle ne fit pas à Sandy le plaisir d'en émettre la remarque.

Sandy se déshabilla, non sans une certaine volupté, se coucha, et réapprit à respirer l'air étouffant de la maison.

La semaine suivante, Sandy se rendit à la clinique du planning familial, mentit sur son nom et son âge (dans ce genre d'endroit, en général, ils ne perdaient pas trop leur temps à vérifier), et s'installa sur un banc dans la petite salle d'attente miteuse, parmi d'autres femmes en robes de papier, en chaussons de papier. Elle venait se faire poser un diaphragme. La femme assise à côté d'elle était là pour se faire avorter ; les yeux dans le vague, elle faisait tourner entre son pouce et son index une cigarette qu'elle n'avait pas le droit d'allumer.

Dans la salle d'examen, minuscule et bien trop éclairée à son goût, Sandy regardait ses pieds posés dans les étriers de métal froid. Elle n'était encore jamais allée chez un gynécologue, n'avait jamais connu cette sensation d'être explorée, fouillée. Elle ferma les yeux et essaya de ne penser qu'au résultat final — la sérénité, l'indépendance. Le médecin perdit un peu de sa patience quand elle essaya d'insérer le diaphragme elle-même et qu'il vola à travers la pièce jusqu'au mur d'en face.

— Ce ne sont pas des choses avec lesquelles on plaisante, gronda-t-il.

— J'ai pas fait exprès, monsieur.

A chaque fois qu'elle regardait le petit étui de plastique rose — dans son sac à main ou dans le tiroir de son bureau — Sandy se sentait envahie d'un tout nouveau sentiment de pouvoir, et la manière dont elle pourrait le mettre à profit lui donnait le vertige. Elle savait qu'Ann rêvait de dîner aux chandelles, de fleurs, de miel et d'eau de rose, d'un amour pur comme seules pouvaient en rêver vraiment les adolescentes — et Estelle. Mais ce n'était pas du tout ce que Sandy recherchait. Sa peau brûlait du désir d'être touchée.

Elle n'y résista pas.

Elle ne se sentait pas coupable. Il n'y avait rien d'indigne à cela, rien de honteux ni d'illicite. La plupart du temps, elle aimait bien les garçons avec qui elle couchait. Il lui arrivait même de rester longtemps avec le même, parfois jusqu'à un mois ou deux.

La seule chose qui comptait pour elle, c'était ce moment où elle perdait contact avec le monde, où le plaisir lui faisait perdre la tête, ces secondes où plus rien n'existait.

A cette époque, elle s'acheta un carnet chinois couleur de jade, avec un dragon brodé sur la couverture, et commença à rédiger un journal intime dans lequel elle décida de consigner toutes ses rencontres en détail. Elle le laissait parfois volontairement à des endroits où Ann pourrait le trouver. Ann, la vertueuse.

Puis Ann rencontra Ted. Et elle se mit à son tour à se glisser furtivement hors de la maison la nuit, à revenir à une ou deux heures du matin, plus tard que Sandy — elle avait beau essayer de retarder son retour le plus possible, Ann rentrait toujours après elle. Et c'était toujours pour le même garçon. Chaque nuit, Sandy l'observait attentivement, étudiait son visage absent, son corps encore languide et lascif, comme si elle parvenait à faire durer le plaisir, à rester longtemps après dans cet état second que Sandy aimait tant. Et dès le premier. Etroitesse d'esprit, ou coup de chance?

De toute façon, ce n'était pas ce qu'attendait Sandy, c'était même précisément ce qu'elle voulait éviter à tout prix : avoir un homme, comme Estelle. Et pourtant... Cette lueur permanente dans les yeux de sa sœur, énigmatique...

Elle n'était pas le genre de fille dont les hommes tombent amoureux. Avant même de savoir ce que voulait dire être aimée par un homme, elle savait cela — à quinze, seize ans. Elle n'était pas le genre de fille à inspirer un homme, comme Estelle inspirait Jonathon — ou, désormais, comme Ann inspirait Ted. Elle était trop cynique. Les roucoulements, les petits bisous, ce n'était pas pour elle. Les mots d'amour et les flatteries non plus. Il ne serait venu à l'esprit de personne de lui jouer la grande scène de Roméo et Juliette. Mais elle en était consciente et décida de jouer cette carte à fond, de l'utiliser jusqu'à ce qu'elle soit couverte de traces de doigts, usée, décolorée. Elle n'imagina jamais d'en changer. Au moins, les cartes, c'était elle qui les distribuait, et qui passait quand elle en avait envie.

Il lui arrivait même de ne pas connaître le nom de famille des garçons qui s'essoufflaient sur elle.

Des odeurs de Clearasil, de café brûlé et de parfum bon marché se mêlaient dans la petite chambre que Sandy partageait avec une autre fille à l'université — Gloria, une fille pas très futée d'ailleurs, qui passait son temps à se mettre des bigoudis chauffants, et à mâcher un chewing-gum de régime qui ne semblait pas très efficace. Elle n'avait encore jamais réussi à séduire un garçon, mais croyait dur comme fer que tout était possible pour peu que l'on y mette du sien : il suffisait de savoir se préparer. Elle allait tous les dimanches à l'église, et verrouillait scrupuleusement la porte de leur chambre tous les soirs à onze heures — de sorte que, si Sandy était en retard, elle était obligée de dormir sur le canapé inconfortable de la petite salle de loisirs de l'étage. Même si Gloria ne le disait jamais, Sandy était persuadée que des mots comme « traînée » lui traversaient régulièrement l'esprit à son propos. Elle n'ouvrait jamais un journal, et ne semblait pas connaître le nom de la capitale des Etats-Unis. Lorsqu'elle entrait dans la chambre, elle humait l'air à la manière d'une institutrice mécontente pour savoir si Sandy avait fumé de l'herbe pendant son absence. Après l'avoir supportée pendant quelques semaines, Sandy prit un rendez-vous avec le psychiatre de l'université, lui raconta que la promiscuité la perturbait au plus haut point, et réussit à obtenir une chambre pour elle toute seule.

En cours d'année scolaire, la seule chambre vacante était une chambre double, située au premier étage du même bâtiment. La nuit qui précéda le « déménagement », elle était allongée sur son lit dans l'obscurité, écoutant la respiration pénible de la grosse Gloria et rêvassant avec délice à la chambre qui l'attendait deux étages plus bas, spacieuse et vide, enfin une chambre à elle, sans odeurs étrangères, sans bigoudis qui traînent, sans bagarres perpétuelles pour la conquête du territoire.

Le matin suivant, à peine levée, elle descendit son unique valise, sa machine à écrire et ses manuels scolaires. La chambre avait deux lits, deux bureaux, deux armoires, deux lampes. Toute la journée, en cours, au gymnase, Sandy pensa à cette grande chambre vide et calme, qui n'attendait qu'elle. Elle décommanda son rendez-vous du soir.

Elle installa sa machine à écrire sur l'un des bureaux, ses livres sur l'autre. Elle s'allongea sur le lit qui se trouvait près de la fenêtre, puis sur l'autre, contre le mur. Elle se leva au bout d'un moment, changea la machine à écrire de bureau, retourna sur le lit près de la fenêtre, et savoura pendant de longues minutes cette solitude à laquelle elle avait tant et tant de fois rêvé depuis des mois. Elle se tournait et se retournait sur le lit étroit, se mettait dans les positions les plus saugrenues, comme pour se prouver qu'elle pouvait faire ce qu'elle voulait. Même en tendant l'oreille, elle ne percevait pas le moindre son. Le monde était totalement silencieux; ils étaient partis, tous. Elle n'entendait qu'elle-même, les bruits que produisait son corps, les gargouillements de son ventre, les bourdonnements de ses oreilles, les sifflements de ses poumons, les battements de son cœur. Des bruits effrayants qu'elle n'avait encore jamais remarqués. Elle se mit à penser à la division des cellules, au vieillissement des cellules, au cancer des cellules, au grondement sourd de la décomposition.

La chambre semblait s'agrandir de plus en plus dans la pénombre, jusqu'à ce que les murs et le plafond disparaissent et s'ouvrent sur l'infini.

Plus de limites, plus de frontières. Seuls existaient encore les contours de son corps, imperméables : elle se sentait comme une silhouette bordée d'un épais trait noir, mais qui risquait à tout moment de s'ouvrir comme la chambre, de se dissoudre dans l'infini. Elle effleura son ventre du bout des doigts, ses jambes, croisa les bras sur sa poitrine, mais cela ne fit rien pour la réconforter. Elle se releva dans l'obscurité, et marcha en trébuchant jusqu'à l'autre lit. Il était quatre ou cinq heures du matin. Elle finit par tomber dans un sommeil superficiel et agité, durant lequel elle rêva de la maison, d'Ann, d'Estelle et de Jonathon, qu'elle distinguait comme à travers une cloison de Cellophane ; ils ne la voyaient pas, ne l'entendaient pas, et jouaient tous les trois de drôles d'instruments biscornus qui ne produisaient aucun son.

A partir de cette première nuit, elle en vint chaque jour à redouter le moment où il faudrait qu'elle aille se coucher toute seule.

Elle le retardait donc aussi longtemps que possible. Elle allait boire quelques verres au Ratskellar pour passer le temps, jouait au flipper et riait trop fort aux plaisanteries triviales des garçons ; elle se mit à boire un peu trop ; elle regardait des films médiocres à la télé, dans la salle de loisirs, jusqu'à trois heures du matin ; mais elle avait beau traîner le plus possible, à un moment ou à un autre, chaque nuit, il fallait retourner dans cette chambre.

Elle pensait souvent à Ann, qui avait à présent leur chambre pour elle toute seule, dans la maison de Rafferty Street. Avait-elle réparti ses affaires dans toute la pièce ? Respirait-elle différemment, dormait-elle différemment ? Pensait-elle à elle ? Est-ce qu'elle lui manquait ?

Elle l'appela un soir, à une heure où elle savait qu'Estelle et Jonathon seraient endormis. Elles parlèrent un moment de leurs études, du métier d'infirmière qui attendait Ann, des mérites du régime au pamplemousse, puis Ann demanda :

— Alors c'est comment, de vivre toute seule ?

— Génial.

— Je suis fière de toi, tu sais, Sandy. Vraiment.

Sandy ne dit rien, ce qu'Ann interpréta comme un silence de modestie.

— Je parie que tu t'amuses trop par là-bas pour avoir envie de venir passer les vacances de printemps à la maison? demanda Ann.

— Non, je viendrai.

Allongée sur son lit, sur les bosses familières de son vieux matelas, Sandy tendait l'oreille aux bruits de la maison. Ann nettoyait la cuisine après le dîner. Parmi les bruits de chaises déplacées, de vaisselle et d'eau, elle l'entendait chantonner. Estelle et Jonathon, épuisés par la présence inhabituelle d'une invitée, s'étaient retirés tôt dans leur chambre, et Sandy percevait les gémissements et les grognements que poussait toujours Estelle lorsqu'elle était abattue ou contrariée, une longue et indéchiffrable litanie de mécontentement. Dans la cuisine, l'eau s'arrêta de couler, et elle entendit Ann se diriger d'un pas léger jusqu'à la salle de bains et s'y brosser les dents.

— Bon, demanda celle-ci en entrant dans leur chambre, qu'est-ce que tu penses de lui?

— De Ted?

— Non, du pape. Bien sûr, de Ted.

Sandy resta un moment silencieuse en regardant sa sœur, comme si elle cherchait les mots exacts.

— Il est sympa.

— Merci bien!

— Qu'est-ce que tu veux que je te dise, Ann?

— Je ne sais pas. Vous avez l'air de bien vous entendre, tous les deux, articula-t-elle d'une voix hésitante, semblant se méfier un peu de cette complicité qui était née si naturellement entre Ted et Sandy, de ces plaisanteries et de ce face-à-face spirituel dont, trop sérieuse, maladroite, elle se sentait exclue.

— Tu es amoureuse de lui, hein?

— Oui.

Sandy se redressa sur son lit, s'appuya sur un coude, et fixa attentivement sa sœur avant de lui demander, d'une voix soudain plus grave :

— Tu penses que c'est réciproque?

— Oui, répondit Ann avec un sourire dans lequel Sandy reconnut la vanité timide de celle qui se sait aimée.

— Je le voyais pas comme ça, tu sais...

— C'est-à-dire?

— Je sais pas, je te voyais plutôt avec quelqu'un de plus... Je croyais que tu recherchais quelqu'un d'un peu plus rangé, quoi. Moins original, plus calme. Je pensais pas que c'était ton genre, tu vois ?

— Je n'ai pas de genre, Sandy. C'est ton truc, ça. Non, pardon. Excuse-moi. C'est juste que... j'aimerais vraiment que tu l'apprécies, quoi.

— Mais c'est le cas, Ann. Je l'apprécie, comme tu dis. Il me plaît bien, même, si tu veux savoir.

Ann sourit et se pencha brusquement pour dire bonne nuit à sa sœur en l'embrassant, quelque chose qu'elles ne faisaient jamais d'habitude.

— Je savais que tu l'apprécierais, dit-elle joyeusement en se glissant dans son lit. J'en étais sûre.

Sandy écouta la respiration de sa sœur s'installer peu à peu dans ce rythme lent et régulier qui lui était si familier, et semblait aussi naturel à Ann que le battement de son cœur. Elle se mordit les lèvres et se tourna de l'autre côté. Pourquoi Ann ?

Lorsque Sandy rêvait d'hommes, ce n'était jamais vraiment de sexe, de concrétisation, de satisfaction, mais plutôt de *désir*, de cette souffrance lancinante du désir mutuel inassouvi, l'irrésistible attirance, viens vers moi, j'ai envie de toi, approche, viens plus près, plus près.

Mais elle se réveillait toujours avant la rencontre, avant l'union qui apaise, et restait pantelante sur son lit, seule, meurtrie jusqu'au plus profond d'elle-même par la brûlure du manque.

Trois semaines plus tard, Ann appela Sandy à l'université. Il était près de minuit, et la sonnerie du téléphone la fit sursauter.

— Je te réveille ? demanda Ann.

— Non. Qu'est-ce qui se passe ?

Jonathon, Estelle.

— Rien de grave, ne t'inquiète pas. Sandy... Bon, voilà : je t'appelais juste pour te dire que je m'étais mariée.

— Que tu t'étais quoi ?

— On s'est mariés, Ted et moi.

— Pourquoi ?

— Comment ça, pourquoi ?

— Pourquoi tu t'es mariée, Ann ? Tu es tellement jeune... Putain, comment tu peux savoir que c'est vraiment ce que tu veux ? Pourquoi tu ne t'es pas laissé une chance, Ann ?

— Hein ? Une chance de quoi ?

— De voir un peu ce qu'il y a à côté.

— Pas la peine, Sandy. Je sais exactement ce que je veux. Je l'aime, ce n'est pas plus compliqué. Ça t'ennuierait, d'être tout simplement contente pour moi?

— Je suis contente pour toi.

— Tu parles!

— Non, je ne plaisante pas, Ann. Je suis contente. Mais... tu es vraiment sûre?

Ann éclata de rire, et ne répondit pas à la question.

— Je te rappelle bientôt, Sandy. Je vais te laisser, maintenant. Tu as sûrement des cours demain matin.

Elle lui dit au revoir et raccrocha avant que Sandy n'ait eu le temps de la féliciter.

Sandy faisait de moins en moins d'efforts pour assister à ses cours, et carrément aucun pour ceux du matin. Même si elle essayait de prendre de temps en temps de bonnes résolutions, elle se levait deux jours sur trois dans les marécages de la gueule de bois, la bouche pâteuse, la tête pâteuse. De toute façon, rien ne l'attirait réellement en classe, rien ne l'intéressait, ni même ne la distrayait dans les cours d'art préhistorique, de psychologie ou de littérature américaine du siècle passé. La plupart du temps, elle dormait jusqu'à une ou deux heures de l'après-midi, se forçait à travailler une petite heure, puis allait en ville au B&G Bar, pour l'*happy hour* — la première année, elle y buvait du whisky-soda, puis ce fut de la vodka pure. A une époque, elle parvint presque à se convaincre qu'elle était amoureuse d'un garçon dont la chambre se trouvait à l'étage du dessus, un beau gosse d'un mètre quatre-vingt-dix, qui faisait son droit. Un col roulé vert sombre et des chaussures de randonnée qu'elle suivait dans le campus, se familiarisant peu à peu avec son emploi du temps et ses habitudes, et essayant de reconstituer sa vie à partir de petits morceaux. Elle rêvait de ses bras, de ses mains sur elle. Mais il se mit à fréquenter une certaine Susie, qui se barbouillait la bouche d'un rouge à lèvres criard et portait des pulls bleu pâle ou rose avec des marguerites brodées dessus. Il y avait des tas d'autres garçons, de toute façon.

Elle hésitait désormais de plus en plus à appeler Ann dans sa nouvelle maison, comme si la présence de l'autre ne laissait plus de place à ce qu'elles avaient été. Ann lui envoyait des cookies et des brownies faits maison, avec des petits mots qui parlaient de sa vie quotidienne et faisaient le même effet à Sandy que des cartes postales envoyées de l'autre bout du monde. Elle les épinglait sur le tableau de liège au-dessus de son bureau, et les étudiait longue-ment.

Un soir, elle téléphona chez ses parents et essaya de parler à Jonathon.

— Je ne sais pas ce que j'ai envie de faire, dit-elle. Je cherche, mais je ne trouve rien. Comment font les autres pour être si sûrs de ce qu'ils veulent?

— Parce que ce sont soit des imbéciles, soit des génies. Et toi, ma fille, tu n'es ni l'un ni l'autre.

Il marmonna quelque chose qu'elle ne comprit pas, puis ajouta d'une voix stridente :

— De toute façon, écoute-moi bien. Tu m'écoutes? Quoi que tu fasses, ne prends pas de notes. Ne prends jamais de notes. Tu as compris? Ça ne te servira à rien d'autre qu'à faire tiens les préju-gés de quelqu'un d'autre. Pourquoi faudrait-il que tu retiennes des idées fausses? Tu peux me le dire? Promets-moi de ne jamais prendre de notes pendant les cours, Sandy.

— Pas de problème.

Mais au début de sa seconde année d'université, Sandy décou-vrit le journalisme — par pur hasard. Il ne restait plus une place dans le cours qu'elle voulait suivre au départ, « Relations inter-raciales pendant la reconstruction de l'Union ».

Chaque matin, dès que tout le monde était assis, le professeur de journalisme leur racontait une histoire :

— Un accident a eu lieu sur la route 91. Deux voitures sont entrées en collision, une Chevrolet qui transportait une famille de quatre personnes et un break Pontiac avec un garçon de dix-sept ans au volant. La Pontiac a fait un écart sur l'autre voie et a heurté la Chevrolet qui venait en sens inverse. La mère, qui était assise près du conducteur, a été tuée sur le coup. L'adolescent est dans le coma. Il pleuvait. Vous avez cinq minutes. Faites-moi ça en un feuillet et demi.

Sandy découvrit alors un moyen de faire passer le temps, de perdre du temps — et surtout de se perdre elle-même, ce moi gênant, lourd, inquiétant, de s'oublier plus longtemps que pendant ces quelques secondes d'absence qu'elle n'obtenait jusqu'à présent que dans le lit de certains garçons. Organiser et coucher les faits sur le papier, des faits réels, qu'elle pouvait observer, peser, éva-luer. Des faits qui, si on les étudiait sous tous les angles, si on les creusait un peu, si on les accolait l'un à l'autre, pouvaient fournir des explications, ou du moins des indices. La logique qui reliait la cause à l'effet la fascinait, la séduisait : c'était la promesse que, si on allait voir en profondeur, si on posait les bonnes questions, on pouvait trouver une raison à tout. Et en réalité, cela prouvait que le hasard n'était après tout qu'une apparence, que l'on pouvait le vaincre, faire tomber son masque, se montrer plus malin que lui. Ce n'était qu'une question de persévérance. Elle commença à cette époque à se voir dans la peau d'un chasseur, sans états d'âme et sans merci, œil de lynx et pied agile.

Elle laissa tomber tous ses autres cours et consacra toute son énergie au journalisme. Elle se mit à rédiger des articles pour le journal des étudiants. Le refus des dirigeants de l'université d'accéder à la demande de titularisation du professeur Chasen. Des sportifs que l'on faisait injustement passer pour qu'ils puissent continuer à tenir leur place dans l'équipe de foot ou de basket l'année suivante. Les réunions hebdomadaires, les décisions et les revendications de l'Association des Etudiantes.

La première fois qu'elle vit son nom imprimé sous un titre, en caractères gras, impossible à éviter, elle sentit enfin un poids s'ancrer tout au fond d'elle, là où il n'y avait toujours eu que du vide.

Elle acheta un magnétophone de poche et un micro, et se rendit compte que, lorsqu'il était allumé, elle pouvait demander n'importe quoi à n'importe qui, de sa voix neutre et calme. D'instinct, elle savait comment laisser s'installer un silence inconfortable entre elle et l'interviewé, jusqu'à ce qu'en émerge la réponse qu'elle attendait. Elle savait parfaitement écouter les histoires des autres, à la fois patiente, curieuse, et toujours à la frontière entre l'impertinence et l'inconvenance.

Elle posait sur son bureau ses notes, des coupures de presse et les transcriptions de ses interviews et passait des heures à travailler toute seule dans sa chambre, en jouant avec les faits et les fragments de la vie des gens comme avec les pièces d'un puzzle, les déplaçant sans cesse sur une grande feuille de papier en essayant toutes les combinaisons possibles jusqu'à ce que naisse une forme significative, une image qui ait du sens. Comme ça? Ou peut-être comme ça?

Elle ignorait complètement les garçons qui lui faisaient des avances, et même ceux qui ne lui en faisaient pas — toujours plus intriguants.

Elle se mit à rêver en paragraphes.

Sandy fit ses valises le matin de son dernier examen de fin d'année, choisit le test de trois heures, et attrapa aussitôt après un bus Greyhound pour Hardison. La cérémonie de remise des diplômes ne l'intéressait pas du tout ; d'interminables discours sur les possibilités merveilleuses qu'offrait l'avenir, et des embrassades plus ou moins avinées avec des gens qu'elle aurait déjà oubliés un mois plus tard. Personne ne serait venu, de toute façon. Ann lui avait écrit sans enthousiasme débordant pour lui demander comment se déroulerait la cérémonie, et Estelle et Jonathon n'avaient même pas pensé à faire semblant de s'y intéresser. Mais ça n'avait pas d'importance. Tout ce qu'elle voulait, c'était partir, et pouvoir enfin se lancer.

Pendant le mois de juillet, tandis que la chaleur étouffante se condensait dans la maison aux volets fermés, comme retenue prisonnière par le désordre et la torpeur ambiants, Sandy resta allongée presque en permanence sur son lit, ne se levant de temps à autre que pour faire quelques pas léthargiques jusqu'à la fenêtre ou jeter un coup d'œil sur ses papiers, en prenant bien soin de n'investir que son côté de la chambre — même si Ann n'était évidemment plus là, et ne reviendrait jamais.

Couchée en chien de fusil sur le lit défait, molle et moite, elle se mit à fixer d'un œil hagard son CV posé par terre, hors de portée de sa main, au milieu d'un tas de grands quotidiens éparpillés, qui dataient de plus en plus, et dont elle avait entouré en rouge l'adresse et le nom du rédacteur en chef. La première semaine qu'elle avait passée chez ses parents, sur son élan — *je ne resterai pas ici* —, elle avait posté ses articles du journal de la fac à quatre d'entre eux, et avait reçu quatre refus polis. Il y en avait d'autres, bien sûr ; elle le savait. Elle se retourna vers le mur. Estelle regardait un feuilleton dans le salon. De temps en temps, Sandy allait s'asseoir avec elle en fin d'après-midi, orientait le petit ventilateur entre elles deux, et écoutait Estelle lui expliquer qu'un tel était en train de mourir de telle épouvantable maladie, qu'un tel trompait sa femme sans vergogne, et qu'une telle ne couchait avec un tel que pour son argent.

Quand elle entendit retentir la musique du générique du dernier feuilleton du jour, Sandy se leva paresseusement, sortit de sa chambre comme un fantôme, et alla s'installer dans le fauteuil de Jonathon, tout près de celui d'Estelle.

— Bonjour ma crotte, fit Estelle. Je ne savais pas que tu étais là.

— Où voulais-tu que je sois, au bar du Plazza à siroter des *mint juleps* ?

— Ton père est chez Tommy Bloodworth. Avant, les parents laissaient un peu leurs enfants tranquilles avec les leçons pendant les grandes vacances, mais alors maintenant, on dirait qu'ils n'en ont jamais assez. Tout le monde prend des leçons de quelque chose, de nos jours. Tu sais quoi ? Il paraît qu'ils donnent des leçons de natation aux bébés, cette année, à la piscine du lycée. Non, mais tu imagines, des bébés qu'on jette dans l'eau, tu sais, comme les sorcières, avant, pour voir s'ils coulent ou s'ils flottent ? Je te jure, hein... Tiens, ta sœur a apporté un gâteau vraiment délicieux, l'autre jour. Tu ne veux pas aller nous en chercher une part ?

Dans la cuisine, Sandy avait commencé à découper deux grosses parts de gâteau au chocolat — un gâteau vraiment au chocolat, vraiment au sucre surtout, et plus vraiment frais — quand le téléphone sonna.

— Tu réponds, ma crotte ? cria Estelle du salon. C'est sûrement Meg Hollister qui appelle pour donner des nouvelles de son procès, et je n'ai pas trop envie de lui parler. Elle est bavarde, tu ne peux pas savoir. Dis-lui que je ne suis pas là.

Sandy resta pétrifiée sur place, le couteau à la main, les doigts pleins de chocolat.

Elle respira profondément, sortit de la cuisine, et se planta devant Estelle, qui feuilletait un vieux magazine le plus tranquillement du monde.

— Estelle, Meg Hollister est un personnage d'un de tes feuilletons. Elle n'existe pas. Elle ne peut pas te téléphoner.

Estelle leva les yeux, des yeux qui semblèrent légèrement égarés pendant une fraction de seconde. Elle se replongea dans son journal sans rien dire. Le téléphone arrêta de sonner.

Sandy apporta les parts de gâteau, qu'elles mangèrent en silence. Puis elle examina attentivement Estelle, guettant avec inquiétude un nouveau signe de dérapage, une nouvelle fissure, plus grave que les fréquents et légers décalages auxquels ils étaient depuis longtemps habitués ; une nouvelle perte de contact, manifeste et brutale, avec la réalité. Elle la surveilla pendant l'heure qui suivit, le jour qui suivit, le lendemain encore — mais il ne se passa plus rien de semblable. Elle finit par penser que c'était peut-être elle qui s'était trompée, qu'elle n'avait peut-être pas bien entendu, ou tout simplement qu'elle avait accordé trop d'importance à ce qui n'était peut-être qu'une étourderie ; ou même une blague, peut-être.

Mais une semaine plus tard, très tôt le matin, Estelle frappa à la porte de sa chambre.

— Pourquoi tu n'es pas venue voir dehors, hier soir ? demanda-t-elle, visiblement très excitée. Tu ne m'as pas entendue ou quoi ?

— Entendue ?

— J'ai frappé à ta fenêtre. J'étais dans le jardin. La nuit était magnifique — si tu avais vu ça! J'avais envie que tu viennes me rejoindre et que tu me parles un peu des étoiles, des constellations. Je n'y connais rien, je n'arrive jamais à me rappeler leurs noms, les ours et ces choses-là, mais toi tu es si intelligente...

— Je ne t'ai pas entendue frapper, non. Je n'ai rien entendu d'autre que les coups de tonnerre, cette nuit. Regarde par la fenêtre, Estelle : il a plu toute la nuit.

— Bon, je n'en sais rien, fit Estelle en détournant le regard, c'était peut-être la nuit d'avant. Ça revient au même.

Ce jour-là, Sandy resta au lit pendant toute la matinée. Elle se leva vers une heure, alla se préparer un sandwich dans la cuisine, et le rapporta dans sa chambre.

Elle n'avait pas mangé la moitié de son sandwich qu'elle le reposa soudain, se leva d'un bond, et se mit à fouiller au fond de ses sacs jusqu'à ce qu'elle parvienne à mettre la main sur son magnétophone et son micro. Elle testa les piles pour s'assurer qu'elles étaient toujours bonnes, et trouva une cassette vierge. A quatre heures, cet après-midi-là, elle le cacha dans la poche d'un blouson trop grand pour elle, et sortit de la chambre pour aller enregistrer Estelle.

Le lendemain matin, elle se leva de bonne heure, prit une douche, changea de vêtements pour la première fois depuis des jours, et marcha d'un bon pas jusqu'au drugstore, dont elle attendit l'ouverture sur le trottoir. Elle acheta deux paquets de dix cassettes vierges, des piles de rechange, une rame de papier pour retranscrire ses enregistrements, et une pochette de cinq stylos.

Assise dans la cuisine d'Ann, Sandy regardait travailler sa sœur. Le soleil matinal étincelait sur la table et le plan de travail rutilants, sur les vitres impeccables et la vaisselle encore humide. Elle changea de position sur la chaise de Formica, serrant ses genoux bronzés entre ses bras. Ann finissait de nettoyer la cafetière.

— Pourquoi tu ne m'as rien dit? demanda Sandy. Tu aurais pu me prévenir, quand même.

— Te prévenir de quoi?

— A propos d'Estelle.

— Qu'est-ce qu'elle a, Estelle?

— Qu'est-ce qu'elle a? Elle déraille complètement, c'est tout. Je veux dire, de temps en temps, elle perd vraiment la notion de la réalité. Elle n'était quand même pas comme ça avant. Je ne sais pas toi, mais moi je vois vraiment ça comme une nouvelle étape vers le délire total.

— Je ne sais pas de quoi tu parles, Sandy.

— Ann... Elle croit que les héros de ses feuilletons l'appellent au téléphone.

— Tu as toujours pris ça trop au sérieux, fit Ann en haussant les épaules. C'est une rêveuse, Sandy. Tu ne peux pas la laisser vivre, un peu?

— Une rêveuse? fit Sandy en fouillant dans le grand sac posé à ses pieds pour en sortir le magnétophone. Je vais te faire écouter un truc.

Elle monta le volume, appuya sur PLAY, et la voix aiguë et tremblotante d'Estelle retentit dans la cuisine. Ann se jeta sur l'appareil, et se mit à le tripoter nerveusement pour essayer de l'éteindre le plus vite possible. Elle foudroya Sandy du regard.

— Tu l'as enregistrée sans qu'elle le sache?

— Oui.

— Je ne peux pas le croire. Pourquoi tu as fait ça?

— Parce que dans cette famille, personne ne veut jamais voir la vérité en face. Alors la voilà, la vérité. Tu ne peux plus tourner autour.

— Attends, Sandy. Tu crois vraiment ça? Tu crois que tu as réussi à capturer la vérité avec cette misérable petite machine? C'est ce qu'on t'a appris à l'université? Ce que tu as si brillamment capturé, ma pauvre fille, ce ne sont que des mots. Ça n'a rien à voir avec la vérité. Tiens, tu peux la reprendre, ta prétendue vérité, fit-elle en repoussant violemment le magnétophone vers elle.

— Tu ne veux pas l'écouter, c'est tout, dit Sandy d'une voix irritée. Tu ne veux pas regarder les choses en face.

— Tu as raison. Je ne veux pas.

— J'aurais dû m'en douter, tu me diras.

— Qu'est-ce que tu essaies de prouver, à la fin? demanda Ann. Qu'est-ce que tu essaies toujours de prouver?

A la fin du mois, Sandy avait utilisé toutes les cassettes qu'elle avait achetées, et dut s'en procurer d'autres. Certains soirs, elle cachait le magnétophone sous la table de la cuisine, pendant le dîner. Une nuit, elle essaya même de le placer devant la chambre d'Estelle et Jonathon, mais elle n'obtint rien d'autre que le ronronnement de la bande. C'était plus facile l'après-midi, quand Estelle était seule, lasse, bavarde, libre.

Assise dans sa chambre fermée à clé, le casque sur les oreilles, Sandy passait des heures pénibles à retranscrire les enregistrements, en étiquetant et en datant les cassettes. Clac clac clac, sa machine à écrire crépitait des après-midi entiers, et noircissait des pages et des pages qu'elle avait l'intention d'étudier plus tard.

Obnubilée par ce travail, elle ne trouvait jamais le temps d'écrire à des journaux, d'envoyer des CV et des photocopies de ses articles. Elle verrait cela plus tard. Les vieux quotidiens restaient éparpillés sur le sol de sa chambre, oubliés, poussiéreux et déjà jaunis. Il lui arrivait même d'en déchirer des pages pour envelopper sa collection de plus en plus conséquente de cassettes enregistrées, avant de dissimuler ces paquets tout au fond de son placard. Ce n'est que lorsqu'elle eut épuisé les économies qu'elle avait mises de côté en travaillant comme serveuse à la cafétéria de l'école qu'elle réalisa qu'il allait vraiment falloir qu'elle se remue un peu. Elle emprunta la voiture de ses parents et se rendit au *Chronicle*, encore installé à l'époque dans le bel immeuble blanc de Main Street.

— Je voudrais parler à Ray Stinson, s'il vous plaît, dit-elle à la secrétaire.

— Vous avez rendez-vous ?

— Non. Mais je suis sûre qu'il sera intéressé par ce que j'ai à lui dire.

Le directeur de publication, qui entendait leurs voix de son bureau situé à quelques mètres de là, sortit pour voir qui était cette jeune femme qui semblait si sûre d'elle.

— Je suis Ray Stinson, dit-il. Que puis-je pour vous ?

En vérité, Sandy n'était pas vraiment sûre d'elle, mais comme elle n'avait toujours pas l'intention de rester à Hardison, et encore moins au *Chronicle*, elle avait cette confiance insouciante de ceux qui n'ont de toute façon rien à perdre.

— Je viens vous proposer mes services.

Une semaine plus tard, après avoir lu ses articles et son CV, Ray Stinson téléphona à Sandy pour lui proposer un mois d'essai, et lui demander si elle pouvait commencer dès le lendemain matin. Les premiers temps, on lui confiait tous les reportages dont les autres ne voulaient pas, une journée portes ouvertes à la station de télé locale, une exposition de peintures d'élèves au lycée — mais même ces papiers secondaires étaient passés au crible par l'œil critique de Stinson. Elle écrivait trop vite, ne réfléchissait pas assez, ne s'appliquait pas assez. Il pensait pourtant avoir embauché une jeune femme sérieuse. S'était-il trompé ? Assise en face de lui, elle baissait les yeux.

— Je vais vous dire une chose, poursuivit-il sévèrement. Si vous considérez que le travail que vous faites ici ne vaut pas le coup de se fatiguer, les lecteurs ne se fatigueront pas non plus à le lire. Alors je vous laisse le choix, Sandy : soit vous faites preuve d'un peu plus de conscience professionnelle, c'est-à-dire d'humilité, soit vous changez de métier. De journal, en tout cas. Vous comprenez ?

— Oui, répondit-elle d'une voix morne.

Même si elle lui en voulait de se montrer si dur, elle savait bien qu'il avait raison. Et à sa grande surprise, elle se rendit compte que les sujets qu'elle traitait devenaient bien plus intéressants lorsqu'elle y mettait vraiment du sien, et commença à poser davantage de questions, à prendre davantage de notes. Son nom apparaissait de plus en plus régulièrement dans les colonnes du quotidien. Elle se mit à travailler sans relâche du matin au soir, se lia d'amitié avec certains de ses collègues, et prit l'habitude de se promener dans les rues de Hardison pendant ses heures de repos, au volant de la voiture d'occasion qu'elle s'était offerte avec ses deux premiers mois de salaire, pour y découvrir des quartiers et des gens qu'elle n'avait encore jamais eu l'occasion de fréquenter, débarrassant ses yeux du voile d'indifférence qui l'avait aveuglée jusqu'alors et visitant la ville comme un zoo ou une galerie d'art, avec une toute nouvelle curiosité, en examinant ses habitants comme s'ils étaient des animaux étranges ou des appareils dont il fallait comprendre le fonctionnement. Elle enregistrait de moins en moins souvent Estelle et Jonathon, mais classa tout de même soigneusement tout ce qu'elle avait déjà recueilli, comme si elle pensait en avoir besoin un jour.

Cinq mois plus tard, quand elle emménagea dans l'appartement qu'elle avait trouvé à louer au-dessus de l'épicerie Riley's, Jonathon l'aida à porter le dernier carton jusqu'à sa voiture. Il ne lui avait jamais dit « Je suis fier de toi », ne lui avait jamais dit « Je t'aime ». Ce n'était pas son genre. Mais quand il se redressa après avoir déposé le carton sur la banquette arrière, il posa une main sur son avant-bras qu'il pressa légèrement — il ne s'était encore jamais montré aussi démonstratif envers elle — et disparut rapidement dans la maison, dans laquelle attendait Estelle, debout derrière le rideau de la fenêtre du salon.

Peu à peu, Ray Stinson commença à envoyer Sandy sur des reportages de plus en plus intéressants — les candidats au Congrès, une affaire de corruption à la mairie, des changements préjudiciables dans les lois régionales relatives à l'environnement, etc. Avec le temps et l'expérience, Sandy en vint à penser que toutes ces informations locales, qu'elle avait longtemps méprisées au fond d'elle-même, influaient en réalité beaucoup plus directement sur la vie des gens que la majeure partie des grandes nouvelles nationales, et ce sentiment naissant de responsabilité transparaissait dans son travail. Simplement, de temps en temps, elle se demandait si cette impression venait en effet de ce qu'elle avait appris en restant ici, ou si elle ne se laissait croire cela que pour justifier sa présence — qu'elle continuait malgré tout à considérer comme une sorte de lâcheté. Néanmoins, elle abandonna ses projets de grand départ. Et quand le journal quitta Main Street pour le Bunker, on lui proposa un grand bureau, tout près de celui du directeur. Quelques-uns des autres rédacteurs grinçaient des dents dans son dos, prétendaient qu'elle était loin d'être aussi bonne journaliste qu'on le disait, l'un d'eux fit même circuler la rumeur qu'elle couchait avec Stinson, mais dans l'ensemble elle s'entendait plutôt bien avec ses collègues les plus intelligents. Elle eut une petite aventure avec l'un des photographes du journal, mais cela lui apporta plus de tracas que de plaisir et elle se garda par la suite de mêler sa vie professionnelle et sa vie privée. Elle savait que l'on chuchotait à son propos quand elle avait le dos tourné — vingt-cinq ans, puis trente, et toujours pas mariée; à Hardison, c'était presque un scoop. Mais elle ne s'en préoccupait pas.

Un hiver, comme elle ne pouvait plus tenir en place et ne savait plus trop où elle en était, entre deux hommes, entre les crises de déprime et d'euphorie, elle décida brusquement de déménager et se trouva sans problème une petite maison dans Kelly Lane. Selon Ray, elle aurait mieux fait de commencer à penser à acheter quelque chose, ce qui lui semblait financièrement beaucoup plus intéressant, mais le conseil entra par une oreille et ressortit par l'autre. Pour l'instant, elle préférait ne pas se fixer. Elle signa le contrat de location de la maison immédiatement après l'avoir visitée, fit ses bagages en une matinée, et téléphona à la première société de déménagement qu'elle trouva dans l'annuaire. Elle n'avait pas une nature de collectionneuse; elle préférait de loin ne posséder que quelques affaires, aussi légères que possible, et donc facilement transportables.

Parfois, au cours des longues nuits qu'elle passait seule chez elle quand elle n'avait noté aucun rendez-vous sur son agenda, ou lors des dimanches après-midi pluvieux, elle ressortait de son placard l'épais dossier de cuir dans lequel elle conservait les transcriptions des enregistrements d'Estelle et Jonathon. Elle les étalait sur la table basse du salon et, stylo en main, essayait d'organiser les différents extraits de monologues ou de conversations dans l'espoir de faire apparaître une structure claire et éloquente, comme autrefois dans sa chambre d'université, mais elle n'y parvenait jamais. Comme un mot familier qui finit par se détacher complètement de son contexte et perdre tout son sens lorsqu'on le répète sans arrêt, elle ne se souvenait même plus de ce qu'elle avait espéré trouver au départ.

Il lui arrivait aussi de passer sa nuit à essayer de faire la liste de tout ce que le mariage avait si radicalement modifié dans la vie d'Ann — des changements tellement plus tangibles que la lente et imperceptible évolution de la sienne : le premier jour d'école de Julia, la naissance d'Ali, la nouvelle entreprise de Ted, toutes ces preuves concrètes de leur progression dans la vie.

Chaque été, à la même époque, Ann était reprise par l'envie de faire un grand barbecue à la maison, avec tout le décor traditionnel : des nappes à carreaux rouges et blancs, des serviettes en papier à motifs amusants, des couverts de plastique coloré, et les gosses du voisinage qui font les fous dans le jardin, tout dégoulinants de ketchup et de glace fondue. Elle le préparait longtemps à l'avance, avec tout le soin et le sérieux d'une petite fille qui joue à la marchande — Quelle quantité de viande ? Combien de hot dogs ? Quels motifs sur les serviettes ? Mickey ? Droopy ? Qui inviter ? Elle attachait toujours autant d'importance à tous ces rituels familiaux qui n'étaient restés que de lointaines rumeurs dans son enfance, des projets qui ne se concrétisaient jamais. Mais son obsession du détail, cette minutie qu'elle mettait à organiser ce qui aurait presque dû être improvisé, rendait toujours ces petites fêtes un peu bancales, empruntées. Tout semblait trop neuf, trop parfait, trop artificiel, et ses invités avaient souvent tendance à rester debout en petits groupes hermétiques, polis mais mal à l'aise, incapables de se décontracter tout à fait. Sandy, gênée pour Ann, ne prenait aucun plaisir à ces prétendues fêtes, mais ne pouvait cependant s'empêcher de se sentir curieusement fière des efforts de sa sœur, de son sens de l'organisation, et se faisait un devoir de laisser croire qu'elle s'amusait. Cette année-là, quand elle s'aperçut, au milieu du mois d'août, qu'elle n'avait toujours pas reçu l'invitation annuelle, elle commença à s'inquiéter. Ce fut finalement Ted qui lui téléphona.

— Dimanche prochain, ça te va ? demanda-t-il.
— Moi oui, mais... Tu crois qu'Ann aura assez de temps pour tout préparer ?
— Ben... Il n'y aura que nous, cette année, tu sais.
— Quoi ? Qu'est-ce qui se passe ? Elle n'est pas malade, au moins ?
— Malade ?
Ces derniers temps, combien de fois lui avait-il demandé si elle se sentait bien ? Avant, elle lui reprochait tout le temps de ne jamais s'inquiéter d'elle, de ne jamais lui poser la moindre ques-

tion. Et maintenant, bien sûr, elle ne prenait même pas la peine de répondre.

— Non, dit Ted. Elle va bien. Vers seize heures, c'est bon ?

Adossée contre un mur de la cuisine, Sandy regardait Ann presser un citron sur la salade de pommes de terre.

— Tous les voisins sont morts, ou quoi ? Où sont passées les foules affamées, cette année ?

— Ça n'a jamais rimé à grand-chose, si tu veux mon avis. Tous ces gens venaient s'empiffrer, et bonsoir tout le monde. Non, franchement, est-ce que quelqu'un nous a rendu l'invitation, ne serait-ce qu'une fois ?

— Je croyais que tu adorais organiser ces grands barbecues, moi. Ça faisait un peu partie de l'été, si tu veux, comme les piqûres de moustiques.

— Les choses changent, fit-elle en riant. Tu sais, tous les ans, Ted râlait des semaines à l'avance à propos du prix que ça allait coûter et du temps précieux que ça lui prenait. Quand je lui ai dit que je n'avais pas envie d'en faire un cette année, je croyais qu'il serait content.

— Et alors, non ?

— Non, répondit-elle avec un drôle de sourire. Tout ce que j'ai essayé de lui faire accepter pendant des années sans résultat, tout ce que je finis maintenant par laisser tomber en désespoir de cause, il se trouve que ça lui paraît tout à coup indispensable. Marrant, non ?

— Quoi, par exemple ? demanda Sandy. A part les barbecues, je veux dire ?

Ann haussa les épaules et tourna les yeux vers la fenêtre, mais elle ne vit pas ses enfants ni son mari dans le jardin. Elle n'y prêta pas attention, elle ne pensait qu'à cette maison éteinte de l'autre côté de la ville, avec ses pantalons soigneusement pendus dans le placard, ses piles de soupe à la tomate, ses meubles parfaitement à leur place, cette maison où l'attendait Mark Karinski.

— Je ne sais pas, Sandy. Rien.

Quelques instants plus tard, Sandy sortit dans le jardin pour apporter des cubes de viande crue à Ted.

— Elle ne t'a pas offert un tablier avec marqué « Papa », c'est toujours ça, dit-elle en riant et en lui tendant le plat.

Elle resta debout à côté de lui devant les braises fumantes, les yeux plissés, pendant qu'il commençait à piquer la viande sur les brochettes et à les poser sur le barbecue.

— Ann va bien, en ce moment ? demanda Sandy. On a oublié de me dire quelque chose ou quoi ?

— Ce n'est pas à moi qu'il faut demander ça, fit Ted avec un petit rire amer.

Certains jours, il téléphonait à la maison trois ou quatre fois, le matin ou l'après-midi, et personne ne décrochait. « Où étais-tu ? » lui demandait-il le soir. « Dehors », répondait-elle sans plus d'explications, avant de se mettre à préparer le dîner, ou à faire la vaisselle, ou des mots croisés.

— Qu'est-ce que tu en dis, toi ? demanda-t-il à Sandy.

— Ce que j'en dis de quoi ?

— De ça. Ça ne te tente pas ?

Il se retourna vers la maison derrière lui, entourée de lis tachetés orange, puis jeta un coup d'œil vers Julia et Ali, assises à quelques pas de là sur l'herbe fraîchement tondue, qui jouaient à faire des figures avec une ficelle entre leurs doigts, puis de nouveau vers Sandy.

— Non, répondit-elle sérieusement.

— On ne peut pas savoir si on va aimer quelque chose avant d'avoir essayé.

— Dit l'araignée à la mouche. On ne sait pas non plus si on est allergique à quelque chose avant d'avoir essayé.

— C'est souvent la même chose, tu sais.

Ann, qui les avait observés de la fenêtre de la cuisine, s'approcha d'eux et posa la salade de pommes de terre sur la table de jardin.

— Qu'est-ce que vous complotez, tous les deux ?

— On cherche des moyens de te faire plaisir, chérie, dit Ted.

Il posa les dernières brochettes sur le barbecue, puis passa un bras autour de la taille de sa femme. Sandy alla s'asseoir à table et regarda vers eux : ils lui tournaient le dos, immobiles, le bras de Ted autour de la taille d'Ann, celui d'Ann raide contre son flanc, puis, se levant lentement, visiblement sans enthousiasme, mais se levant tout de même, pour s'enrouler autour de la taille de Ted. Ann et Ted. Pour combien de temps ?

Elle ne les revit ensemble que trois semaines plus tard, exactement dans la même posture, encore l'un contre l'autre, aux funérailles d'Estelle et Jonathon.

Sandy inséra sa vieille clé dans la serrure de la porte d'entrée.

Rien n'avait changé depuis le lendemain de l'enterrement, quand elle était venue ici avec Ann pour inspecter la maison. Rien n'avait bougé. Quoi de plus normal, après tout ?

Deux ampoules avaient grillé, et il n'y en avait aucune de rechange. Même sans être jamais allumées, les ampoules d'Estelle et Jonathon continueraient à griller, les unes après les autres. Elle posa les deux paquets de sacs-poubelle qu'elle avait apportés sur la table du salon, au-dessus d'une pile de vieux journaux tachés. Les journaux à scandales que dévorait Estelle. L'agent immobilier venait le lendemain. Sandy avait été surprise quand Ann lui avait annoncé qu'elle préférait ne pas l'accompagner ici, et renonçait à prendre quoi que ce soit dans la maison, pas le moindre souvenir d'eux — mais quand elle avait essayé de trouver la cause de ce curieux revirement, qui ne collait pas du tout avec le sentimentalisme parfois même excessif de sa sœur, elle s'était heurtée à un mur.

— Vas-y toute seule, je te dis.

Elle prit un sac-poubelle dans l'un des deux paquets, alla jusqu'à la chambre d'Estelle et Jonathon, ouvrit la porte du placard et considéra un moment le fouillis qu'il y avait à l'intérieur, un tas de robes froissées, de châles, de chaussures.

Un mois avant l'accident, Estelle l'avait appelée au journal dans l'après-midi en lui demandant de venir au plus vite. L'électricité serait coupée s'ils ne payaient pas la facture avant dix-sept heures. Jonathon donnait une leçon quelque part, et Ann n'était pas chez elle. Sandy prit sa voiture de mauvaise grâce. Estelle l'attendait sur le perron avec le chèque.

— Je ne sais pas ce que je ferais sans toi, ma crotte.

Elle se pencha pour essayer d'embrasser Sandy, mais celle-ci eut un mouvement de recul.

— Tu ne peux pas me faire le coup à chaque fois, grogna Sandy. Ça ne peut pas durer éternellement, Estelle. Tu n'apprendras jamais à payer une facture ? Dis ?

Elle avait pris le chèque et était repartie vers sa voiture. Mais à présent, malgré tous ses efforts, elle ne parvenait plus à se rappeler si Estelle l'avait embrassée ou non, finalement.

Elle referma la porte du placard et s'allongea sur leur lit.

Un jour, elle était entrée dans leur chambre sans frapper, sans faire de bruit, et les avait trouvés tous les deux sur le lit, Jonathon assis et Estelle allongée, la tête sur ses genoux. Il lui caressait tendrement la main, effleurant chacun de ses doigts comme si rien au monde n'était plus fragile. D'une voix douce et câline, il lui expliquait pourquoi il l'aimait : pour chaque doigt, il lui donnait une raison différente.

— Parce que quand tu ris, tu restes pour moi la plus jeune fille du monde. Parce que quand nous sommes ensemble, plus rien d'autre n'existe.

De sa main libre, elle lui caressait affectueusement les cheveux, et ne quittait pas sa bouche des yeux, attendant les mots suivants, la raison suivante, impatiente et anxieuse, coquette.

Lorsqu'il avait aperçu Sandy, qui avait aussitôt fait demi-tour, Jonathon s'était levé et l'avait suivie dans le couloir.

— Ta mère est plus sensible et plus fragile qu'un petit oiseau, mais je l'aime plus que tout au monde. Je l'aime plus que ma propre vie, Sandy.

Elle écarta les vêtements qu'ils avaient laissés en vrac sur le lit, se glissa sous les vieux draps, si usés qu'ils en devenaient presque transparents, ferma les yeux, et laissa le soir tomber sur la chambre.

Il y en eut un qui l'appelait « bébé » et lui demandait de laisser un peu de côté tout ce qui était sérieux, intello ou contraignant — il y avait d'autres choses sur terre, et putain, quelles choses; il y eut aussi un beau gars de l'Ouest, aux dents blanches et aux yeux verts, et elle crut sincèrement que c'était Lui, que cette fois c'était Lui, mais il se lassa vite de toutes les questions qu'elle ne pouvait s'empêcher de lui poser; il y eut un grand timide dépressif, dont la mère était morte saoule au fond d'une baignoire, qui voulut se jeter par la fenêtre quand Sandy refusa de l'épouser et se déboîta l'épaule en se faisant remonter à l'intérieur de l'appartement par un ami; il y en eut un qui avait la plus grosse queue qu'elle ait jamais vue, et qui était obsédé par la vie privée de Lyndon Johnson; et il y en eut d'autres; et aucun, aucun d'entre eux ne caressa jamais ses doigts comme si rien au monde n'était plus fragile, en énumérant les raisons de son amour.

Sandy laissa finalement la maison comme elle était et donna de l'argent à l'agent immobilier pour qu'il fasse appel à une entreprise de nettoyage qui se chargerait de tout débarrasser.

Deux mois plus tard, elle partagea scrupuleusement en deux l'argent que rapporta la vente de la maison, en tenant compte de la somme qu'elle avait avancée pour le déblayage.

Avec sa part, Ann s'ouvrit un compte en banque pour elle toute seule, pour la première fois de sa vie — elle ne proposa pas à Ted d'y associer son nom.

— Et toi, qu'est-ce que tu vas faire avec ta part? demanda-t-elle à Sandy.

— L'argent, c'est tout ce qui t'intéresse?

Pour la première fois depuis bien longtemps, Sandy fut de nouveau en proie à la peur d'aller se coucher toute seule, de se laisser glisser dans le sommeil. Comme autrefois, dès qu'elle éteignait la lumière, sa respiration s'accélérait dangereusement — glisser, glisser.

Ils marchaient de l'autre côté de la rue, vers elle, elle ne traversait pas pour aller les voir. Ils marchaient de l'autre côté de la rue, vers elle...

Elle marchait dans Main Street avec sa nouvelle collègue, elles allaient déjeuner, ils regardaient la vitrine de la librairie, elle n'allait pas les saluer, n'allait pas vers eux...

Elle s'assit sur son lit, s'empara du téléphone posé sur la table de nuit, et appela Ann. Il était plus de minuit, mais le besoin de se confesser et de recevoir l'absolution de sa sœur était plus fort qu'elle.

— Toutes les nuits, quand je suis couchée et que je n'arrive pas à dormir, je revois cette scène. Les longs cheveux roux d'Estelle, la drôle de démarche de Jonathon, sur l'autre trottoir, ils avancent vers moi, ils avancent vers moi. A chaque fois j'essaie de traverser la rue, de me forcer, pour aller leur dire bonjour et les présenter à cette fille. Mais j'ai beau faire tous les efforts, je n'y arrive jamais. Je reste sur mon trottoir pour les éviter.

Ann, elle, semblait sereine. Elle n'avait pas besoin de se confesser, pas besoin d'absolution, elle avait toujours fait ce qu'il fallait faire de leur vivant — et à présent, comme elle disait, elle était libre.

Sandy se recoucha dans ses draps en bataille, ferma les yeux et finit par se laisser emporter par le sommeil.

Sa nuit fut peuplée de mannequins désarticulés, ceux que l'on utilise pour simuler les accidents de voiture, rembourrés, chauves, sans visage, des coutures apparentes reliant leurs gros bras roses à leur tronc. Ce n'est qu'au moment de l'impact, lorsque des éclats de verre et de métal déchirèrent leur tête de tissu, leurs bras et leur poitrine de tissu, qu'ils prirent soudain les traits d'Estelle et de Jonathon, transpercés, lacérés, les yeux grands ouverts, ensanglantés.

Elle s'assit dans son lit en criant, couverte de sueur froide.

Elle se leva à deux heures du matin, alla chercher son gros dossier de cuir au fond de son placard et descendit en vider le contenu dans la cheminée. Elle mit le feu au tas de feuilles tapées à la machine et resta un long moment debout à les regarder brûler. La fumée âcre lui piquait les yeux.

Plus tard, elle essaierait de savoir comment cela avait commencé. Elle essaierait de retrouver le moment précis, la minute — c'est là que tout a débuté, c'est exactement à cet instant-là, dans cet endroit précis. Voilà, tout est parti de là. Voilà pourquoi c'est arrivé. Elle comparaîtrait sans cesse devant le tribunal de sa conscience. Mais, avec toute la sincérité de son cœur, elle ne parviendrait jamais à retrouver trace d'un commencement net et concret. Elle ne s'était pas réveillée un matin en... Non, plus tard, elle ne pourrait se souvenir que d'une force souterraine qui avait toujours existé en elle, sans doute sans qu'elle en ait réellement conscience, une force qu'elle n'avait pas laissé s'exprimer tout de suite, mais qui était bel et bien présente. Alors, s'il n'y avait pas eu de véritable commencement, si elle n'avait rien déclenché sciemment, pouvait-elle être vraiment considérée comme responsable?

Après le travail, elle buvait un verre au comptoir d'un bar voisin pour retarder le moment de rentrer toute seule chez elle. Estelle et Jonathon étaient morts depuis déjà deux mois, mais elle se sentait toujours complètement perdue, déracinée, et ne dormait quasiment plus la nuit. Pour s'occuper, elle avait redoublé de travail au *Chronicle*, mais avait été obligée de revenir à un rythme plus normal quand on avait commencé à l'accuser de voler le travail des autres en squattant les colonnes du journal. Pendant une semaine, elle avait ramené tous les soirs chez elle un dentiste de Handley qu'elle avait rencontré dans une soirée, mais son métier le poussait à se laver les mains si souvent que la peau sèche et décolorée de ses longs doigts finit par devenir pour elle un véritable objet de répugnance — des mains de calcaire, des mains antiseptiques.

Penchée sur sa vodka, elle faisait tourner un glaçon au fond de son verre.

— Toi, toute seule? Dis-moi que je rêve.

Elle leva les yeux, Ted était debout près de son tabouret.

— Tu ne rêves pas, non.

— Qu'est-ce qui se passe, on t'a posé un lapin?

— Ça ne t'a jamais traversé l'esprit qu'une femme puisse avoir envie de venir boire un petit verre après le boulot, comme toi?

— Qu'est-ce qui te fait dire que je ne suis là que pour ça?

En la voyant froncer les sourcils, il émit un petit rire et s'assit sur le tabouret voisin du sien.

— Je plaisante, hein, dit-il en faisant un signe au barman pour qu'il lui serve un whisky et remette un verre à Sandy. Je suis passé devant la maison de Rafferty Street, hier soir. Il y avait une voiture garée dans l'allée. Un break, dis donc. Si ça se trouve, c'est la parfaite petite famille américaine, qui est venue s'installer là. Tu vois le genre? Un colley, un truc pour s'entraîner au golf dans le jardin, une piscine gonflable, tout le tralala. Tu n'as pas perdu de temps, Sandy. Bon boulot.

— Tu fais exprès de m'enfoncer, ou ça te vient naturellement?

— Excuse-moi, répondit-il avec une sincérité inattendue qui prit Sandy au dépourvu.

Elle lui jeta un regard en coin, puis se pencha de nouveau au-dessus de son verre.

— Qu'est-ce que tu fais ici, au fait? demanda-t-elle au bout d'un moment. Tu ne devrais pas être à la maison avec Ann, à cette heure-là?

— Elle ne s'en rendra même pas compte.

— Hein?

— Non, rien, fit-il avant de prendre une gorgée de son whisky.

— Mais qu'est-ce qui vous arrive, à tous les deux?

— Comment ça?

— Ecoute, pas besoin d'être un génie pour se rendre compte que vous n'êtes pas vraiment l'exemple type du couple idyllique, en ce moment.

— Ann t'a dit quelque chose? demanda-t-il en la regardant droit dans les yeux.

— Non.

— Tiens, je croyais que les femmes parlaient entre elles. Je croyais même que c'était ce qu'elles faisaient le mieux.

— Très drôle. Tu sais quoi? Moi, je croyais qu'une femme et son mari étaient censés parler entre eux, aussi.

— Je pense qu'elle traverse un moment très pénible, avec la mort d'Estelle et Jonathon. Ça doit être ça.

Ce ton réfléchi, sans ironie ni sarcasmes, était tout à fait inhabituel pour Ted, et donnait à ses paroles un tour intime qui mit Sandy un peu mal à l'aise.

— Ah oui? fit-elle. Je pensais qu'elle traversait un moment incroyablement paisible, plutôt que pénible.

— Qu'est-ce que tu veux dire?

— Elle m'a avoué qu'elle se sentait libérée.

Voilà. La première trahison. Infime, presque imperceptible, mais tout de même. Elle but une longue gorgée de vodka.

— Elle a dit ça?

— Oui.

— Libérée de quoi? De moi?

— Non. Je ne sais pas, de quoi. Peut-être qu'elle se sent libérée de ne plus avoir à tout réparer autour d'elle, à toujours s'occuper des autres.

— Quels autres?

— Estelle, par exemple.

Ils n'avaient encore jamais discuté aussi sérieusement, en tête à tête, et en ressentirent tous les deux une sorte de gêne. Ted détourna les yeux vers un grand gaillard en chemise écossaise qui défonçait les touches du juke-box plus qu'il ne les enfonçait, et Sandy se mit à dessiner une spirale du bout du doigt dans le sel qui restait sur l'assiette de cacahuètes.

— Et nous, ajouta Ted. Je crois qu'elle n'a plus très envie de s'occuper de nous, d'essayer de réparer notre couple.

— Votre couple a besoin d'être réparé ?

— On a besoin de quelque chose, mais...

— C'est comment, déjà, cette phrase ? « Chacun d'eux deux était trop occupé à se sauver lui-même. » Quelque chose comme ça.

— Quoi ? fit-il en reposant son verre.

— *Tendre est la nuit*. Fitzgerald. Tu sais, F. Scott Fitzgerald...

— Jamais entendu parler de ce type. C'est qui ? Un animateur de radio ? *Tendre est la nuit*, c'est le nom de son émission ?

En voyant Sandy écarquiller de grands yeux, Ted sourit, de retour sur un terrain plus familier.

— Je voudrais bien que tu arrêtes de me considérer comme un homme de Neandertal, Sandy. Pour tout te dire, c'est le seul livre de Fitzgerald que je n'aie pas lu. Tu sais, autrefois j'aimais bien me comparer à Gatsby.

Sandy se tourna brusquement vers lui et éclata de rire. Vexé, Ted revint sur la défensive.

— Je ne parle pas des grandes demeures et des chemises de soie, fit-il en tapotant du bout des doigts le comptoir de bois rayé. C'est l'idée de se réinventer soi-même qui me fascine. De tout créer tout seul, de tout sortir de son esprit comme d'un chapeau. J'ai beaucoup d'admiration pour ça. En tout cas, ça me semble être à peu près le seul moyen de s'en sortir correctement.

— Autrefois, tu disais ?

— Bah... fit Ted en haussant les épaules. Disons que ça ne s'est pas avéré aussi facile que je le pensais. Tu veux que je te dise ? A notre époque, réussir à ne pas couler trop vite, c'est déjà une grande victoire.

Sandy le dévisagea un instant, puis reprit deux petites gorgées de vodka.

— On a l'air fin, fit-elle. Tu nous as regardés ? On dirait deux étudiants qui sortent de cours, là. Non, parce que c'est vraiment la seule époque où il est à peu près excusable d'aller s'asseoir dans un bistrot pour discuter des personnages de F. Scott Fitzgerald comme si c'était important.

— Je ne savais pas, dit Ted.

Ils terminèrent tous les deux leurs verres en silence, presque gênés de s'être ainsi laissés aller.

— Tu l'as chez toi ? demanda-t-il.

— Quoi?

— *Tendre est la nuit.*

— Oui, je crois.

— Tu pourrais me le prêter?

— Bien sûr. Je l'apporterai la prochaine fois que je passerai chez vous.

Il hocha lentement la tête et sourit, les yeux dans le vide.

— Bon, je crois qu'il est grand temps que j'aille retrouver ma petite famille, moi. Le devoir m'appelle. Et toi? Tu restes ici en attendant un petit coup de chance, ou je te raccompagne à ta voiture?

— Je t'ai vu, alors je crois que j'ai déjà épuisé ma dose de chance pour la soirée.

Chacun paya ce qu'il avait bu, et ils sortirent ensemble du bar.

Le lendemain, au téléphone, Sandy ne parla pas à Ann de sa rencontre avec Ted. Il n'y avait pourtant rien à cacher, aucune raison de ne pas lui raconter qu'elle l'avait vu, mais elle ne lui dit rien.

C'était peut-être là, finalement. Le début.

Elle aurait dû s'étonner de le voir arriver chez elle deux jours plus tard, un soir en rentrant du bureau, mais ce ne fut pas le cas. Elle avait le curieux sentiment de l'avoir attendu sans en avoir vraiment conscience; sa venue paraissait tout à fait naturelle. Elle avait même déjà retiré le livre de son étagère, l'avait épousseté, préparé pour lui, et s'était demandé si l'histoire d'adultère et de lente décomposition du couple ne risquait pas de lui apparaître comme une sorte d'appel du pied, ou s'il n'y verrait qu'un cliché ridicule. En y réfléchissant, elle s'était mise à rire toute seule : c'était bien la première fois qu'elle se demandait ce que Ted penserait de son intellect. Quoi qu'il en soit, le livre l'attendait quand il 'arriva, même si elle prétendit le contraire et fit mine de devoir aller le chercher au fin fond de ses affaires.

— Ça ne t'embête pas, tu es sûre? demanda-t-il. Je n'arrive plus à trouver le temps de passer à la bibliothèque.

— Pas de problème.

Pendant qu'elle attendait dans sa chambre qu'un temps raisonnable se soit écoulé, il restait debout à la porte du salon, dont une seule petite lampe éclairait l'absence de désordre — que Ted prit pour de l'ordre, ce qui n'est pas tout à fait la même chose, les magazines soigneusement empilés sur la table basse, à côté du verre de vin blanc qui n'avait l'air ni à moitié vide ni à moitié plein, mais à moitié bu. De part et d'autre de la maison, chacun écoutait le silence de l'autre, l'immobilité de l'autre.

Elle revint en souriant, le livre en main. Elle lui tendit le livre, il prit le livre, et leurs doigts s'effleurèrent.

Là. C'était peut-être là, le début. A cet instant précis.

— Je te le ramène dès que je l'ai lu.

— Rien ne presse, tu sais.

— Merci.

Il s'attarda encore dans l'entrée pendant quelques secondes pesantes, avant de se retourner et de partir.

Si l'on s'efforce de situer précisément dans le temps le commencement de quelque chose, c'est que l'on croit inconsciemment être capable, une fois que le point de départ sera localisé sans doute possible, d'y revenir; cet espoir absurde de pouvoir retourner en arrière pour avoir le droit de recommencer — ou plutôt de ne pas recommencer, de tout changer — à partir de cet instant décisif. Et le point de départ, c'était là. Le livre. Si seulement elle s'était conduite autrement à ce moment-là, pendant ces quelques jours où tout pouvait encore basculer, si seulement elle s'était retenue. Mais elle... Ils ne s'étaient pas retenus. Elle comprendrait plus tard que cela leur avait été impossible. Même si, jusque-là, elle avait toujours fermement cru au libre arbitre.

Elle se demandait s'il avait dit à Ann d'où venait le livre, elle se demandait, assise dans son lit, un gros livre sur les genoux — un ouvrage ennuyeux sur le rôle des Églises dans les petites villes américaines, qu'elle lisait pour les besoins d'un article —, s'il en tournait une page à cet instant précis.

Il rapporta le livre quatre jours plus tard. C'était un lundi soir pluvieux, et le vent et l'eau précipitaient la chute des feuilles d'automne qui se répandaient au sol en flaques orange et marron, et collaient aux semelles des chaussures de Ted. Ses cheveux, trempés par le simple trajet de la voiture à la porte, lui tombaient dans les yeux. Une goutte d'eau pendouillait au bout de son nez. Elle éclata de rire en le voyant — un rire qui sonnait un peu faux.

— Entre, Homme de l'Atlantide.

Elle lui ôta son manteau et alla le mettre à sécher sur un cintre dans la cuisine.

— Je t'ai rapporté le livre, fit-il en la suivant.

— Ça a été rapide, dis donc.

Il hocha la tête et sortit le livre de la poche arrière de son pantalon, chaud et humide.

— Tiens.

Le livre, chaud et humide, la main de Ted, celle de Sandy.

— Qu'est-ce que tu en as pensé? demanda-t-elle.

— Pas mal. Mais tu sais, les problèmes des gens de la haute ne me passionnent pas trop. Je ne sais pas... C'est bien écrit, bien sûr. Mais ce type qui se torture l'esprit, et puis ce besoin obsédant d'être aimé... Ça m'échappe un peu, je n'accroche pas vraiment, quoi.

Le visage de Sandy s'assombrit, et le sourire qu'elle avait en l'accueillant s'affaissa en une petite moue de déception.

— Désolé, dit-il.

Elle sourit de nouveau, le plus aimablement qu'elle put, et haussa les épaules comme pour dire : « Les goûts et les couleurs, hein, on n'y peut rien. » Durant quelques secondes, il n'y eut plus rien entre eux que leurs souffles. Il était à vingt centimètres d'elle. L'odeur musquée de son pantalon de velours humide et froid, et de ses chaussures de cuir. Qui fit le premier pas, le premier geste, qui alla vers l'autre? Plus tard, cela aurait son importance. Elle tendit une main vers lui et écarta de son front une mèche de cheveux mouillés. Il tendit une main vers elle et la glissa sous ses cheveux, sur sa nuque. Alors qui? Finalement, ce n'était peut-être pas aussi simple. Peut-être qu'aucun d'eux deux n'avait fait le premier pas, n'avait cédé avant l'autre. En tout cas, plus tard, aucun d'eux deux ne pourrait endosser la responsabilité de l'histoire, ni la rejeter vraiment sur l'autre. Chacun s'abandonna simplement à l'autre, s'offrit à l'autre, glissa, tomba vers l'autre, puis tous les deux glissèrent, tombèrent sur le sol de la cuisine — une union fulgurante et totale que rien ne laissait prévoir quelques secondes plus tôt. Il prononça son prénom — un gémissement, une plainte, un appel.

Ça ne ressemblait pas à un début, mais à un apogée — ou plutôt, aux deux en même temps. Leurs corps nus sur le linoléum froid, fébriles. Muscles, chair, langue. Ici, ici.

Elle s'entendit gémir elle aussi, haleter, la bouche entrouverte, avide. Elle s'entendit crier. Elle n'avait encore jamais crié de cette façon, avec personne.

— Je te fais mal? demanda-t-il en se redressant sur ses coudes et en baissant les yeux vers son visage hagard.

— Non. Viens.

Elle planta ses ongles dans son dos et l'attira violemment contre elle, au plus profond d'elle — il jouit les yeux fermés et la bouche, la poitrine, les tripes ouvertes.

Après cela, plus un mot. Les bouches s'étaient refermées, et restèrent muettes. Couchés par terre, ils regardaient d'un œil vide l'eau de pluie qui dégoulinait de son manteau et formait une petite flaque sur le sol de la cuisine. Progressivement, et toujours en silence, ils commencèrent à se détacher l'un de l'autre, lentement, écartant un bras, dégageant une jambe, se décollant peu à peu.

— Tu as entendu? dit Sandy en relevant brusquement la tête.

— Quoi?

— Chut...

Elle tourna un regard inquiet vers la porte de la cuisine, qui donnait sur le jardin et qu'elle fermait toujours à clé. Mais tout semblait parfaitement immobile et silencieux.

— Bon... J'avais cru entendre quelque chose.

— Quoi?

— Je ne sais pas, un bruit de pas, peut-être.

— Je n'ai rien entendu. Tu te fais des idées.

Il s'agenouilla, le dos vers elle, puis se leva et se rhabilla sans se retourner, sans lui faire face. Elle restait allongée, les yeux fixés sur le mur du couloir; le papier jaune et blanc commençait à se décoller dans un coin. Elle ne se releva pour le suivre que lorsqu'il ôta son manteau du cintre de bois, l'enfila et sortit de la cuisine.

Il posa une main sur le bouton de cuivre de la porte d'entrée et commença à le tourner lentement. Elle n'arrivait pas à lever les yeux de cette main large et solide, de ces doigts recourbés sur le cuivre rutilant. Suspendant son geste, il soupira profondément et lâcha le bouton de la porte. Il se retourna vers elle et lui releva doucement la tête, un doigt sous son menton, jusqu'à ce que leurs regards se croisent. Ils avaient tous les deux les yeux sombres et humides. Il se mordit les lèvres; elle secoua lentement la tête; ils détournèrent les yeux ensemble. Il tourna rapidement le bouton de la porte et se glissa dehors.

Dès qu'elle entendit claquer la portière de sa voiture, elle courut aux toilettes et se mit à vomir, longtemps, un interminable flot de bile aigre emplissant sa gorge. Quand elle fut complètement vidée, elle se brossa les dents et s'aspergea le visage d'eau froide.

Mais elle ne prit pas de douche, ne se lava pas de lui, n'essuya même pas le sperme chaud et gluant qui dégoulinait lentement sur ses cuisses et séchait peu à peu.

Ils ne se téléphonaient jamais, même si cela n'aurait posé aucun problème, d'un bureau à l'autre. Qu'est-ce qu'ils se seraient dit, après tout? Excuses, regrets, justifications, accusations, culpabilité, désir?

Malgré elle — *plus jamais, plus jamais, plus jamais ça* —, Sandy se surprit les jours suivants à imaginer les moyens de le rencontrer par hasard. Elle se faisait croire que c'était simplement pour pouvoir lui parler, lui dire *plus jamais ça*. Lui montrer sa détermination. Après le travail, elle se rendit plusieurs fois au bar où ils s'étaient rencontrés. Elle passa deux jours de suite en voiture devant un chantier de la « Waring et Freeman », bien que ça lui fasse faire un détour de plusieurs kilomètres.

Pendant toute cette période, elle ne vit pas une fois sa sœur. Elle ne mit pas un pied dans leur maison, dans la maison d'Ann. Elle ne pouvait pas. Même pour ces petites visites qu'elle lui rendait souvent en fin d'après-midi. Comment aurait-elle pu ?

Elle restait dans sa maison silencieuse, seule, serrant ses genoux contre sa poitrine, se balançant d'avant en arrière pendant toute la nuit, répétant inlassablement, récitant, psalmodiant sa litanie : *plus jamais, plus jamais, plus jamais ça*.

La fois suivante, il n'eut pas besoin d'un prétexte. Pas de livre à rendre, pas de sucre à emprunter. Il était tard, presque vingt-deux heures — comme s'il n'était venu, ne s'était avoué vaincu, qu'après une longue lutte contre lui-même, après avoir résisté toute la soirée.

Et il ne venait pas pour discuter. Il n'y avait que ça entre eux. Il prit son visage dans ses mains. Plongea ses yeux dans les siens.

— Tu réalises, dit-il, que je vais être obligé de te haïr, après ?

Elle inclina la tête. Elle savait exactement ce qu'il voulait dire.

Sans un mot de plus, ils se laissèrent tomber sur le canapé. S'il avait fallu monter l'escalier, entrer dans le lit, tout aurait paru trop prémédité, comme s'ils craignaient que cette normalisation ne les souille encore plus, sous ses fausses apparences de confort domestique, d'union légitime. Dans ces moments-là, ils se jetaient littéralement l'un sur l'autre, brutaux et impudiques, poussés par un désir incontrôlable — un besoin. Ayant déjà franchi le pire des tabous, tous les autres leur paraissaient presque insignifiants en comparaison — *mets-toi là, touche-moi là, prends-la comme ça, plus fort, plus vite, encore*. Il n'y avait pas de règles, pas de lois. La honte ne venait que plus tard, après, lorsqu'elle se retrouvait seule — une honte vorace et malveillante qui happait tout ce qui passait à sa portée.

Elle mordit son épaule jusqu'au sang, sentit réellement le goût de son sang dans sa bouche, mais il ne se plaignit pas. Il savait exactement ce qu'elle voulait dire.

Ils restèrent ensuite un long moment affalés sur le canapé, la tête de Sandy posée sur le bras de Ted. Leurs jambes s'entrecroisaient encore, collées par la sueur. Il jouait avec une boucle de cheveux humides sur sa tempe. Il allait bien falloir qu'ils finissent par parler, mais de quoi, comment, quel langage pourraient-ils utiliser? Certainement pas le babillage enjoué des amoureux qui imaginent des voyages romantiques, des vacances, des aventures à deux — *Tu n'aimerais pas aller à...?* —, ces projets rêveurs qui donnent aux couples les plus éphémères la saveur douce et rassurante de l'avenir. Ils ne pouvaient pas non plus revenir au langage dont ils s'étaient toujours servis jusqu'alors, ce mélange de plaisanteries et de sarcasmes inoffensifs, qui sonnerait forcément creux sans public, sans Ann. Il était également hors de question de servir à l'autre les plaintes classiques des amants illégitimes — *ma femme ne me comprend pas*. Ted continuait à enrouler distraitement les cheveux de Sandy autour de son index.

— Ce qu'il y a, dit-il, c'est que nous sommes trop semblables.

Elle se raidit et leva la tête vers lui. Semblables? Elle n'avait jamais pensé une seconde être semblable à lui.

— Comment ça, semblables?

— Nous avons tous les deux passé notre vie à essayer de prouver que nous n'avions besoin de personne.

— Parle pour toi, protesta-t-elle. Je n'ai jamais voulu prouver quoi que ce soit de ce genre.

— Bien sûr que si, fit-il en souriant. Allons, Sandy, tu as même essayé de prouver que tu n'avais pas besoin d'un chez-toi, d'un foyer.

— Au contraire d'Ann, qui a passé sa vie à essayer de prouver qu'elle en avait un?

— Je ne veux pas qu'on parle d'Ann, dit-il d'une voix dure, en se levant si brusquement que la tête de Sandy heurta lourdement le bras du divan en retombant.

Quelle était la trahison la plus odieuse? Celle de la sœur ou celle du mari? Elle s'assit au bord de la baignoire, dans la lumière blanche et violente de la salle de bains, et se mit à gratter nerveusement une petite plaie sur son bras. Elle creusa la peau avec ses ongles jusqu'à la faire saigner — de petites gouttes de sang à la surface — jusqu'à s'arracher la peau, et continua à gratter encore et encore pour élargir et approfondir la blessure, continua longtemps à se mutiler ainsi, en quête d'une douleur différente.

Elle ne lui téléphonait jamais. Elle ne l'appelait pas, ne disait jamais « Viens », ni « Ne viens pas ». Même si elle en eut souvent l'envie, même si elle fut un grand nombre de fois sur le point de le faire, de lui demander de venir tout de suite, ou de ne plus jamais venir.

Elle lui laissait le pouvoir de décision. Elle lui laissait le mouvement et restait passive.

Elle ne pouvait qu'attendre chez elle, espérer impuissante sa présence ou son absence, désirant les deux, redoutant les deux. Elle tendait l'oreille à chaque crissement sur les graviers, à chaque bruit de moteur dans la rue — *c'est lui ?* Elle tendait l'oreille et la nuit s'épaississait, il ne venait pas, elle n'entendait bientôt plus rien d'autre que le tapotement de ses doigts sur la table et que ses longs soupirs de soulagement, de déception, de dégoût. *Plus jamais, plus jamais.*

Durant neuf jours, neuf nuits, rien.

Elle en vint à penser que c'était fini. Qu'elle avait réussi à le faire disparaître, et même à l'effacer de son passé.

Un samedi après-midi, elle gara sa voiture derrière le pub Bradley's et alla traîner dans Main Street, s'inventant des courses à faire, s'inventant des besoins qu'un simple passage à la caisse pouvait satisfaire. Elle passa par la pharmacie Frederick's pour faire une provision de savons et de bain moussant, puis au kiosque où elle acheta pour dix-huit dollars de magazines, avec l'intention de sélectionner ceux pour lesquels elle aurait envie d'écrire, et donc éventuellement de déménager, de changer de vie. A la librairie, elle se procura une cassette audio censée enseigner l'italien courant en moins de six heures. Elle resta un long moment devant la vitrine du magasin d'animaux à observer quatre petits chats à longs poils vaporeux, couleur de neige. Quelques années plus tôt, à l'université, elle était allée chercher à la fourrière un petit chat noir abandonné, Mingus, et l'avait adopté. Il dormait en boule entre ses jambes et la réveillait chaque matin en léchant ses yeux. Mais au bout d'un mois seulement, Mingus s'était sauvé. Le garçon qu'elle fréquentait à l'époque avait haussé les épaules et les sourcils d'un air entendu.

— C'est pas grave, avait-il dit. Et puis il y a rien d'étonnant, tu sais bien que t'es pas le genre de fille à pouvoir garder un animal.

Elle fut horrifiée de réaliser qu'elle était en train de pleurer, en pleine rue. Elle s'essuya les yeux d'un revers de manche, ramassa ses paquets, et s'éloigna en vitesse des éventuels témoins de son malheur.

Elle retournait vers sa voiture lorsqu'elle vit Ted sortir de la quincaillerie sur le trottoir d'en face, une grande pelle à neige à la main. Elle détourna brusquement la tête, mais il l'avait déjà aperçue, et elle le vit traverser la rue du coin de l'œil. Elle accéléra le pas. Elle le sentit se rapprocher d'elle au moment où elle s'engageait dans la ruelle qui longeait le pub et menait au parking.

— Sandy!

Elle se retourna lentement, s'adossa au mur du pub et le laissa s'approcher sans bouger, comme un soldat blessé qui attend que l'ennemi vienne l'achever.

Il lui faisait face, à quelques centimètres, en appui sur la pelle. Dans l'air glacial de ce mois de décembre, la buée de leurs souffles tourbillonnait entre eux, se mêlait, s'évaporait.

— Qu'est-ce que tu veux de moi? gémit-elle.

Il éclata de rire, un rire dur et sec comme du bois mort, qui s'enflamma et s'éteignit aussi subitement.

— Rien, dit-il d'une voix blanche.

Elle resta un moment immobile, à le regarder droit dans les yeux. Elle finit par détourner brusquement la tête et essaya de le contourner pour s'en aller, mais il l'attrapa par le bras, d'une main vive et ferme, l'attira durement vers lui, attira sa bouche vers la sienne, brûlante et profonde. Après quelques secondes d'un baiser fiévreux, il recula et la repoussa.

— Rentre chez toi, murmura-t-il avant de tourner les talons et de s'éloigner dans la ruelle.

Ann appela Sandy au *Chronicle* le lundi matin.

— Où tu étais passée, lâcheuse? Tu ne veux plus me voir ou quoi? Les filles espéraient bien que tu passerais, ce week-end, tu sais.

— Je suis désolée. Je n'ai pas eu une minute à moi.

— Même pas une minute pour déjeuner? Tu me manques, Sandy. Tu ne veux pas passer ici à midi?

— O.K.

Elles étaient assises l'une en face de l'autre à une table ronde au fond de la grande salle du Ginger Box, devant des bols de soupe aux lentilles et des petits pains. Elles avaient poussé le vase d'œillets roses sur le côté, avec le beurrier, qu'elles évitaient toutes les deux scrupuleusement.

— Mon Dieu, qu'est-ce qui est arrivé à ton bras? demanda Ann au moment où Sandy tendait la main vers la carafe d'eau.

— Rien. Je me suis brûlée. Tu me connais, j'ai toujours été une cuisinière minable. Bon, et toi ? Tu vas bien ?

Elle regardait Ann, pâle, visiblement un peu perdue, et craignait terriblement sa réponse. Elle craignait aussi son propre comportement, craignait qu'Ann ne s'aperçoive qu'elle jouait un rôle et parlait en play-back, ne lise la trahison dans ses yeux. Elle remplit son verre d'eau claire et fraîche. Mais Ann se contenta de soupirer :

— Je t'envie vraiment, parfois.

— Moi ? Pourquoi ?

— Parce que tu vis seule.

— C'est bizarre, je croyais que c'était plutôt quelque chose qu'on avait tendance à reprocher ou à plaindre, de nos jours. Tu sais combien d'argent se font les maisons d'édition en publiant des livres qui expliquent aux femmes comment éviter d'être seules ?

Ann prit de la soupe aux lentilles dans sa cuillère et la laissa dégouliner lentement dans son bol. Ça ressemblait à de la boue.

— Je ne sais même pas ce que c'est, de vivre seule. Tu avais peut-être raison, il y a des années, quand tu m'as dit que je m'étais mariée trop jeune.

Sandy ne put pas croiser le regard de sa sœur, et laissa errer ses yeux vers la caisse du restaurant, la porte, sa serviette.

— Qu'est-ce que tu racontes, Ann ?

— Je ne sais pas, fit-elle en accrochant le regard de Sandy. Quand il entre dans la pièce où je me trouve, j'ai envie de m'enfuir. Je hais la façon dont il respire, la façon dont il dort. Les seuls moments où j'ai encore l'impression de l'aimer, c'est quand je m'inquiète pour lui. Quand il est très en retard, ou quand j'entends parler d'un accident à la radio. Et là, tout à coup, je comprends que j'ai besoin de lui, de sa présence, je n'arrive plus à imaginer ma vie sans lui. Mon Dieu, si seulement je savais ce que je veux ! Comment tu fais pour être toujours si sûre de tes choix, si sûre de ta vie ?

— Tu crois ça ?

— En tout cas, tu as toujours su ce que tu ne voulais pas.

— C'est-à-dire ?

— Ce que j'ai, par exemple, fit Ann en repoussant son assiette. Tu crois qu'Estelle a douté, elle ?

— Non.

— Je ne crois pas non plus, fit-elle en levant les yeux, le visage adouci par un demi-sourire. Je suppose que ça ne vient que de moi. C'est peut-être juste une mauvaise période. Ça passera. Tu sais ce qu'il a fait ce week-end ? Il m'a fabriqué une fleur avec du cerisier et du bouleau. Une marguerite, parfaite, à laquelle il ne restait qu'un seul pétale. *Elle m'aime un peu, beaucoup, passionnément, à la folie...*

Ann s'interrompit un moment et hocha très doucement la tête en mordillant sa lèvre inférieure, les yeux absents, comme recouverts d'une pellicule vitreuse et impénétrable.

— On se doit quelque chose, lui et moi, poursuivit-elle calmement. Chacun doit quelque chose à l'autre, mais je ne sais pas exactement quoi.

Sandy fixa un moment la tête de sa sœur, à présent baissée, la nuque courbée sous le poids des souvenirs.

— Il faut que je retourne travailler, annonça-t-elle brusquement, en fouillant dans son grand sac à la recherche de son portefeuille.

Plus jamais, plus jamais, plus jamais ça.

Assise par terre, toute voûtée dans l'obscurité de la chambre d'amis à l'étage, elle grattait la moquette du bout du doigt. La sonnette de l'entrée résonna dans la maison pour la troisième fois, la quatrième fois. Puis il se mit à taper, à frapper la porte avec le plat de sa main, de plus en plus fort, de plus en plus vite.

— Sandy!

Il avait vu sa voiture dans l'allée, bien sûr, il savait pertinemment qu'elle était là, même si toutes les lumières étaient éteintes.

— Sandy, ouvre. Il faut que je te parle.

Elle serra ses genoux contre sa poitrine. Il frappait toujours. Puis soudain, les coups cessèrent et la maison fut replongée dans le silence pendant un moment. Mais elle l'entendit bientôt cogner au carreau de la porte de derrière.

— Il faut qu'on parle.

Elle se leva et commença à descendre l'escalier à pas feutrés, lentement, calmement.

Mais le temps qu'elle arrive à la porte, il était parti.

Elle sortit sur le perron et suivit des yeux les feux arrière de sa voiture, jusqu'à ce qu'ils disparaissent dans la nuit.

Le lendemain matin, elle l'appela à son bureau. Elle donna un faux nom à sa secrétaire — Linda, la première chose qui lui vint à l'esprit.

— Il faut que je te voie, dit-elle dès qu'il eut décroché.

— Oui. Il faut qu'on se voie.

— Tu peux passer ce soir en rentrant du travail?

— A sept heures, fit-il avant de raccrocher.

Il ne fit qu'un pas à l'intérieur de la maison, sans quitter son manteau.

— On ne peut plus continuer comme ça, lança-t-il d'une voix sèche, les yeux pleins de colère.

— Je sais.

Elle fut surprise de constater qu'elle lui en voulait terriblement d'avoir parlé le premier, de lui avoir volé cette rupture, qu'elle le détestait de l'avoir rejetée avant qu'elle n'ait eu le temps de le rejeter. Il hocha la tête, les mains dans les poches, mais il ne bougeait pas, ne partait pas. Elle se passa une main dans les cheveux.

— Une dernière chose, ajouta-t-il. Je sais que je ne devrais pas, mais je vais le dire quand même. Quoi qu'il arrive, tu dois me jurer de ne jamais parler de ça à qui que ce soit, *à qui que ce soit*. Jamais.

— Tu me prends pour qui ?

Il la dévisagea longuement, sans une expression, sans un battement de cils.

— La culpabilité fait faire de drôles de choses à certaines personnes, tu sais. Ça donne parfois le besoin de se confesser, par exemple.

— Mais pas à toi, hein ?

— Non, dit-il simplement. J'aime Ann.

— Moi aussi.

Il fronça les sourcils, avec une petite moue qui semblait signifier « On ne dirait pas ».

— Je rêve ou quoi ? fit-elle. Arrête ces conneries, s'il te plaît. Il me semble qu'on est à peu près à égalité sur le compteur du péché.

— Je n'ai pas entendu ce mot depuis la petite crise religieuse de ma mère, quand j'avais dix ans. Péché.

Il savoura le mot, l'enroula autour de sa langue, l'avala avec un petit sourire. Sans qu'il eût rien vu venir, elle le gifla de toutes ses forces. Ses yeux s'emplirent de larmes de douleur, mais il ne broncha pas.

— Si jamais tu fais quoi que ce soit pour lui faire du mal, je te tue, dit-il.

Il fixa sur elle ses yeux brillants pendant de longues secondes, puis pivota lentement et sortit.

Une semaine plus tard, Ann téléphona :

— Sandy, j'ai un grand service à te demander.

— Bien sûr. Quoi ?

— Est-ce que tu peux garder les filles pendant cinq jours ?

251

— Si tu veux, oui.

— On part en Floride, Ted et moi. Sandy ?

— Oui, oui, je suis là, je t'écoute.

— C'est une idée à lui, tu sais. Il pense que ça pourra aider.

— Aider à quoi ?

— Nous aider.

— Tu n'as pas l'air très convaincue...

— Je ne suis peut-être pas très sûre de vouloir vraiment nous aider, je ne sais pas. Ou j'ai peut-être tout simplement peur que ça échoue.

— Vous partez quand ?

— La semaine prochaine.

— Déjà ?

— Je ne crois pas que ce soit le genre de chose qu'on puisse retarder... On le fait ou pas. Alors bon, voilà... Tu es sûre que ça ne t'ennuie pas ?

— Non, non, je t'assure.

— Sandy, il faut que je te prévienne : il y a des petits problèmes, en ce moment. Avec Julia.

— Quel genre de problèmes ?

— Je crois qu'ils appellent ça « l'expression instinctive d'un malaise trop intériorisé, suscité par un environnement défavorable », ou quelque chose comme ça, fit-elle en riant nerveusement. Bon, en plus simple, ça se traduit par une sorte de comportement de révolte, si tu veux. Elle a eu des petits soucis à l'école, avec ses professeurs. On nous a convoqués la semaine dernière. Alors je ne sais pas... Ce qui se passe entre Ted et moi, bon, c'est vrai que ça ne doit pas être facile pour les filles. C'est d'ailleurs l'une des raisons pour lesquelles j'ai accepté de partir avec lui.

— Demande-moi ce que tu veux, Ann, je ferai tout ce que je pourrai pour t'aider.

Ann prit une profonde inspiration, comme si elle savait que ce serait très difficile.

— Alors souhaite-moi bonne chance, dit-elle.

— Bonne chance.

7

Assise près de la fenêtre, Sandy regardait pointer l'aube, le noir se changer en bleu sombre, puis s'éclairer peu à peu en passant par divers tons de rose et d'orangé, jusqu'à ce que la ville soit baignée d'une lumière pâle, couleur de pêche. Comme un bleu qui cicatrise, pensa-t-elle. Le carreau de la fenêtre était glacial quand elle appuya son front dessus; elle frissonna mais ne bougea pas. A quelques pas de là, John ronflait doucement. Sa respiration avait la régularité d'un métronome, paisible et solitaire, dans une maison déserte. Elle se tourna vers lui, souhaitant que cet instant dure toujours, qu'il continue à dormir ainsi jusqu'à la fin des temps, et que le matin flotte éternellement juste au-dessus de l'horizon.

Une fois de plus, elle inspecta une à une les possibilités qui s'offraient à elle, les étudiant sous tous les angles, les testant mentalement, se décidant pour l'une ou l'autre et les rejetant presque aussitôt. Elle repensait sans cesse à ce que Ted lui avait dit la veille au soir près des gradins vides de Jasper's Field, mais elle savait bien qu'elle n'avait aucune influence sur Julia, ou même pire, que Julia s'appliquerait à faire précisément le contraire de ce que Sandy lui demanderait. Ali, bien sûr, était plus malléable. Mais que pouvait-elle lui dire? Change ton témoignage, aide ton père, retourne vers lui?

Elle frissonna de nouveau, et déglutit pour tenter de réprimer une sensation de nausée.

Elle pouvait réveiller John, maintenant — se lever, marcher vers lui sur le carrelage froid, le secouer doucement, tout lui dire.

Et le perdre. Tout perdre.

Elle dessina un X du bout du doigt sur la vitre embuée, et l'effaça aussitôt. Elle pensa à toutes ces filles qui dessinaient des cœurs percés de flèches avec les initiales de leur copain sur les vitres des voitures, les fenêtres des classes — elle n'en avait jamais fait partie.

John grogna dans son sommeil, renifla, et reprit son ronflement tranquille. Elle entendit le journal tomber sur le perron, les filles commencer à se lever, la cafetière programmable se mettre en marche dans la cuisine; elle restait assise, immobile, les jambes lourdes, le front glacé.

Le juge Carruthers, qui couvait un rhume tenace depuis plusieurs jours, sortit un Kleenex de la boîte que l'huissier avait installée devant elle et se moucha bruyamment. Après avoir essayé encore deux fois de se dégager les sinus, elle enfouit le mouchoir en boule dans une poche profonde de sa robe et releva lentement la tête, parcourant des yeux la salle d'audience au-dessus de ses petites lunettes de lecture à monture noire, le nez rouge. Les jurés, silencieux mais impatients, remuaient sur leurs sièges, ouvraient ostensiblement leurs stylos, décroisaient les jambes. Au bout de la rangée, l'institutrice dont la permanente rendait l'âme avait fini par se couper les cheveux, et le juge Carruthers s'arrêta un moment pour considérer sa nouvelle coiffure, avant de porter son regard sur la salle bondée, qui parut se pétrifier instantanément. Ted fut le seul à bouger un peu, se retournant discrètement pour jeter un dernier coup d'œil derrière lui. Le siège que Sandy occupait depuis le début du procès était vide. Il fit de nouveau face au juge. Elle ôta ses lunettes et donna un petit coup de marteau.
— La défense peut appeler son premier témoin.
Fisk reçut le message avec cet air courtois qu'il avait décidé d'adopter envers le juge Carruthers, juste une légère inclinaison de la tête — sous une coiffure particulièrement soignée — et un clignement de paupières. Ce genre d'attitude avait porté ses fruits avec les autres femmes juges auxquelles il avait eu affaire dans le passé, ce soupçon de déférence distinguée, de galanterie qu'il s'autorisait à laisser poindre sous l'austérité professionnelle, même si c'était toujours un pari un peu risqué — à une ou deux reprises, cela avait été considéré comme une offense par des femmes qui refusaient catégoriquement toute distinction avec leurs collègues masculins. Il était devenu plus prudent, modulant ses effets, s'adaptant à chaque affaire en fonction de celle qu'il avait en face de lui. Il se leva et posa les mains à plat sur sa table, largement écartées, dans une attitude de puissance et de solidité.
— La défense appelle Mrs. Elaine Murphy.
Mrs. Murphy se leva du premier rang et s'avança vers la barre des témoins. Elle avait encore tondu ses cheveux gris, à présent parfaitement assortis avec ses boucles d'oreilles et ses larges bracelets d'argent. Elle portait une jupe de velours côtelé marron et des chaussures de marche.
— Mrs. Murphy, commença Fisk, quel est votre métier?

— Je suis conseillère d'orientation au collège de Hardison depuis onze ans.

— En quoi consiste le métier de conseillère d'orientation, Mrs. Murphy ?

— En théorie, je conseille les enfants dans leurs choix d'avenir. Mais en réalité, mon travail consiste surtout à aider les enfants en difficulté pendant l'année scolaire. Les professeurs m'envoient les élèves à problèmes et je m'entretiens avec eux, ainsi qu'avec leurs parents si nécessaire, pour essayer de trouver les solutions appropriées.

— Est-ce dans ce contexte que vous avez fait la connaissance de Julia Waring ?

— Oui.

— Dans quelles circonstances exactement, s'il vous plaît ?

— Julia connaissait de nombreux problèmes à l'école, depuis quelque temps. Ses notes avaient brusquement chuté, ce qui constitue toujours un signe alarmant chez un enfant intelligent. Ses relations avec les autres élèves devenaient de plus en plus difficiles, voire orageuses. Elle avait triché à un contrôle de géographie. Et enfin, elle venait de lancer à la tête de son professeur la petite boîte métallique dans laquelle les élèves classent leurs fiches de lecture.

— La liste est plutôt longue, remarqua Fisk.

— En effet.

Le juge Carruthers éternua bruyamment.

— A vos souhaits, dit Fisk en levant les yeux vers elle avec un sourire charmeur.

Elle fit la moue, car elle n'était pas en état de parler, et tira un mouchoir de la boîte pour essuyer son nez qui coulait.

— Continuez, ordonna-t-elle d'un ton sec.

Fisk inclina respectueusement la tête et se concentra de nouveau sur son témoin.

— Pouvons-nous nous arrêter un instant sur le détail de cette liste, Mrs. Murphy ?

— Bien sûr.

— Voulez-vous dire à la cour ce que vous entendez par « relations orageuses avec les autres élèves » ?

— Julia se montrait parfois très agressive, verbalement, continua Mrs. Murphy de sa voix patiente de professionnelle. Elle insultait ses camarades de classe, et se moquait d'eux régulièrement. Je dirais même que, pendant plusieurs semaines, elle est allée jusqu'à persécuter un garçon.

— Persécuter ?

— Elle le traitait si fréquemment de « débile » que ses parents ont fini par venir s'adresser à moi pour m'expliquer à quel point cela perturbait leur fils. Ils ont même sérieusement pensé à le faire transférer dans une autre école pour l'éloigner d'elle.

Au mot « débile », quelques gloussements se firent entendre dans la salle, et Mrs. Murphy leva un œil sévère sur l'assistance.

— Je ne parle pas ici de ces petites moqueries si courantes dans les cours de récréation, ajouta-t-elle gravement. Il y avait dans le comportement de Julia une constance et une méchanceté qui sortaient réellement de l'ordinaire. Cela semblait même tourner à l'obsession, chez elle.

— Vous nous avez dit également qu'elle trichait aux exa... aux contrôles, n'est-ce pas ?

— En une occasion, à ma connaissance, oui.

— Et qu'elle s'en était prise physiquement à l'un de ses professeurs ? demanda Fisk en s'autorisant une légère intonation de stupeur dans la voix.

— Oui. Mrs. Barnard, son professeur principal. Elle lui a jeté une boîte métallique à la tête.

— Savez-vous ce qui a motivé cet acte ?

— Les raisons sont sans doute multiples, soupira Mrs. Murphy, et il faudrait les chercher dans les semaines, voire les mois qui ont précédé ce regrettable incident. Mais si vous me demandez ce qui a déclenché son geste dans les faits, je peux vous répondre : Mrs. Barnard avait simplement réprimandé Julia parce qu'elle n'était pas suffisamment attentive en cours ce jour-là — comme souvent, d'ailleurs.

— Nous pourrions donc avancer sans nous tromper que Julia traduit ses sentiments de rancœur, de frustration ou de colère par des actes de violence physique ?

— Dans ce cas précis, oui.

— Diriez-vous que Julia est une jeune fille honnête ?

— Dans mon système de valeurs, tricher aux contrôles n'est pas vraiment une marque d'honnêteté, Mr. Fisk.

— Avez-vous reçu Julia à cette époque pour discuter de ses problèmes ?

— Oui.

— Pouvez-vous nous parler de cette entrevue, Mrs. Murphy ? Et de l'attitude de Julia, en particulier.

— Je me souviens d'avoir noté que Julia ne supportait pas la moindre forme d'autorité, de pouvoir sur elle. Et, étant une enfant très éveillée et plutôt brillante, elle savait se débrouiller pour retourner une situation à son avantage — du moins à ce qu'elle pensait être son avantage. C'est ce qu'elle a tenté de faire dans mon bureau.

— Voulez-vous nous expliquer cela plus précisément, s'il vous plaît ?

— Julia répondait à certaines questions en fonction de ce que j'attendais d'elle, d'après ce qu'elle croyait deviner. Ou en tout cas, elle donnait toujours la réponse qui lui permettait de se tirer au mieux des situations délicates pour elle. Je vais vous donner un exemple simple, pour que ce soit plus clair. Si je lui demandais « Te sens-tu nerveuse, en ce moment ? », elle répondait « Non », bien que ce fût manifestement le cas. On peut d'ailleurs noter que ce genre de mensonge, à un tout autre niveau, bien entendu, est relativement fréquent chez les malades placés dans des établissements psychiatriques.

Fisk sourit, pleinement satisfait de la performance de son témoin.

— Je n'ai pas d'autre question.

Gary Reardon se leva. Par nature, il éprouvait un dégoût très calviniste pour les psychothérapeutes et leur jargon, et savait qu'il lui faudrait prendre énormément sur lui pour le surmonter pendant son contre-interrogatoire. Il s'approcha du témoin avec une raideur presque hautaine, qui apparaissait comme une critique à l'air tranquille et assuré de Mrs. Murphy, bien installée dans le confort de ses certitudes psychologiques.

— Mrs. Murphy, votre métier vous amène-t-il à côtoyer beaucoup d'enfants de parents divorcés ?

— De plus en plus, malheureusement.

— N'est-il pas courant que ces enfants traversent une période très difficile, qui se reflète évidemment dans leur scolarité, lorsqu'ils doivent faire face chez eux à un problème aussi grave que la séparation de leurs parents ?

— Souvent, oui.

— Vous considérez donc qu'il n'y a rien là d'anormal ?

— Je considère que cela fait partie des réactions auxquelles on peut malheureusement s'attendre, en effet.

— Julia Waring vous a-t-elle déjà menti ?

— Personnellement ? Pas que je sache. Si ce n'est peut-être, comme je le disais à l'instant, sur ses propres états d'âme.

— Mrs. Murphy, n'avez-vous pas convoqué ses parents, Ann et Ted Waring, afin de discuter de ses difficultés avec eux ?

— Si. C'était mon devoir. Nous essayons toujours d'impliquer les parents dans le travail que nous faisons avec l'enfant.

— Quel sentiment avez-vous retiré de votre entrevue avec Ann et Ted Waring, à cette époque ? Avez-vous eu l'impression qu'il existait certains problèmes dans leur couple ? Ou du moins, que l'atmosphère qui pouvait régner à la maison n'était pas idéale pour l'équilibre d'un enfant ?

— C'est l'impression que j'ai eue, effectivement.

— Ted Waring se livrait-il facilement, sur ce sujet?

— Non. Au contraire, je dirais qu'il semblait plutôt sur la défensive.

— Une dernière question, Mrs. Murphy. En vous basant sur votre expérience professionnelle, diriez-vous que le genre de comportement que vous avez décrit à la cour, concernant Julia, est souvent la réponse de l'enfant à une certaine violence dont il pourrait être témoin chez lui?

— Cela arrive parfois, oui.

— Je n'ai pas d'autre question.

Le juge Carruthers se tourna vers Mrs. Murphy et baissa vers elle un regard vide. Son propre fils avait souvent atterri dans le bureau de la conseillère, dernièrement, pour avoir lancé des allumettes enflammées dans le gymnase, et elle ne gardait pas le meilleur souvenir de l'après-midi qu'elle avait passé sur la petite chaise d'écolier, en face de Mrs. Murphy, à essayer de ne pas rire devant son visage dégoulinant de sollicitude et de prétendue indulgence.

— Vous pouvez quitter la barre.

Il n'était pas venu depuis plus d'une semaine.

Dès que la dernière cloche de la journée sonna, Julia fourra en vitesse sa grenouille à moitié disséquée dans un sac plastique et se rua hors de la salle de biologie. Elle courut dans les couloirs, franchit les grandes portes vitrées, et s'arrêta en haut des marches. Il n'était pas là. Elle avait téléphoné quatre fois chez lui, écouté sa voix pressée sur le répondeur — *Laissez-moi votre nom et vos coordonnées, je vous rappellerai dès que possible. Ciao!* — et raccroché à chaque fois juste après le signal sonore. Elle se demandait s'il se doutait que c'était elle. Pouvait-il le deviner grâce au bruit du bip du combiné qu'elle raccrochait, de la tonalité? Non, c'était ridicule. Elle appelait, mais n'avait rien de particulier à lui dire, de toute façon. Il cherchait un scoop, au moins une information, elle en était bien consciente, mais elle ne savait pas vraiment ce qu'il fallait lui proposer, ce qui le contenterait, l'intriguerait, le séduirait. Et elle, que cherchait-elle au juste? Peut-être simplement le son de sa voix, le goût de ses doigts mats, salés.

Elle revint à l'intérieur de l'école, entra dans la cabine téléphonique qui se trouvait à côté de la cafétéria, en ferma soigneusement la porte, déplia le papier sur lequel il avait noté ses numéros de téléphone, et appela le *Chronicle*. Il décrocha à la deuxième sonnerie.

— Gorrick, j'écoute. Allô?

Il lui fallut déglutir avant de réussir à prononcer un mot :

— Allô ? C'est Julia Waring.

— Julia, dit-il d'une voix aussitôt amicale, accueillante. Salut.

— Salut.

Un garçon de sa classe s'approcha et appuya son visage contre la porte de verre jusqu'à l'aplatir complètement, grotesque et laid, le nez et la langue écrabouillés en un paquet de chair rouge et de buée. Il frappa une fois puis s'enfuit en riant bruyamment. Elle fronça les sourcils et tourna le dos.

— Julia ? Tu es toujours là ?

— Oui.

— Comment tu vas ?

— Bien. Vous m'avez dit que si j'avais quelque chose à vous raconter, je pouvais vous appeler.

— Oui, bien sûr. Qu'est-ce que c'est ?

— Je peux vous voir ?

— Pas de problème. Je peux être là dans un quart d'heure. Tu es à l'école ?

— Oui.

— Parfait. Attends-moi, j'arrive tout de suite. D'accord ? Tu m'attends, hein, Julia ?

— Oui.

— Je pars dans une seconde.

En réalité il était déjà debout, calepin et stylo en main.

Julia se rendit dans les toilettes des filles, au premier étage, et, pour la première fois — du moins ailleurs que dans sa chambre —, appliqua soigneusement sur sa bouche le rouge à lèvres Framboise Glacée qu'elle avait volé quelques semaines plus tôt. Elle rectifia légèrement sa coupe au carré pour lui donner cette forme parfaite à laquelle elle tenait tant, et alla attendre dehors, assise sur la chaîne qui marquait la frontière entre l'école et la rue. Les anneaux de métal froid s'enfonçaient dans sa chair tandis qu'elle se balançait d'avant en arrière, en pensant à ce qu'elle pourrait lui dire pour ne pas le décevoir, quelque chose qui serait juste assez intéressant pour le retenir, pour qu'il revienne vers elle, pour qu'il l'emmène ailleurs. Loin d'ici. Onze minutes plus tard, elle vit la Volvo blanche se garer dans le parking de l'école, et Peter Gorrick en sortir. Il portait une veste de toile beige qu'elle ne connaissait pas, avec un col chocolat. Son cœur se mit à battre plus fort lorsqu'elle se leva pour aller vers lui, ne sachant trop où mettre les yeux, n'osant pas croiser ceux qui la regardaient si directement parcourir les dix mètres — les dix kilomètres — qui la séparaient de sa voiture. Lorsque, arrivée près de lui, elle le regarda enfin, il souriait.

— Ça roule ? demanda-t-il.

— Ça va, répondit-elle d'une voix peu assurée.

— Tu as faim ? On se fait un petit hamburger ?

— Est-ce qu'on pourrait juste se promener un peu ?

— Pas de problème.

Cette fois, elle le laissa lui ouvrir la portière de la voiture. Elle se glissa à l'intérieur, se glissa dans son monde à lui, l'odeur épicée qui lui était si particulière, la boîte de Coca vide sur le tapis de sol, le tas de livres sur la banquette arrière, l'écharpe de laine à carreaux noirs et blancs qui était négligemment posée dessus, tout un univers condensé, un décor lourd de sens et de symboles qu'elle essaierait d'analyser plus tard, dans sa chambre, pendant une grande partie de la nuit. Quels livres lisait-il ? Avait-il acheté l'écharpe lui-même, ou était-ce un cadeau ? Et si c'était un cadeau, de qui venait-il ? Il monta à côté d'elle et démarra. Une nouvelle fois, la chaleur sèche de la ventilation les enveloppa comme une bulle protectrice tandis que, de l'autre côté des vitres fermées, le monde filait, le monde s'estompait.

— Qu'est-ce que tu voulais me dire ?

— Si je vous le dis, fit Julia après un long moment de silence, est-ce que vous l'écrirez dans le journal ?

— Tu veux ?

— Non.

— Très bien. Alors je ne l'écrirai pas. On appellera ça de la doc confidentielle. C'est ce qu'on dit quand quelqu'un nous donne des informations qu'on ne peut pas citer, ni utiliser directement. Mais ça fera avancer l'enquête.

— L'enquête ? demanda Julia.

— Je n'écrirai pas ce que tu vas me dire. Je te le promets.

Il tourna dans Harcourt Avenue et doubla deux voitures.

— C'est à propos d'Ali.

— Ali ? Qu'est-ce qu'elle a ?

— Elle ment.

— Comment ça, elle ment ? fit Peter en délaissant la route une seconde pour se tourner vers Julia.

— Elle ment quand elle dit qu'elle était dans la cuisine. Elle est sortie juste avant. Elle a tout vu. Elle l'a vu lever le fusil et viser sa tête.

Peter ralentit progressivement et se gara sur le côté de la route. Il coupa le moteur, se tourna vers Julia, et plongea ses yeux dans les siens.

— Pourquoi ment-elle ?

Julia tripota un moment le bas de la longue chemise blanche qui dépassait de son blouson, tira sur un fil pour l'arracher, mais ne réussit qu'à froncer le tissu.

— Elle veut pas qu'il aille en prison. Elle veut qu'on retourne vivre avec lui.

— Tu es sûre de ce que tu dis, Julia? Tu es absolument sûre qu'elle ment?

— Oui.

— Comment tu le sais? Elle te l'a dit?

— Je l'ai vue. Je l'ai vue sortir de la cuisine juste avant le coup de feu.

— Bon, fit Peter en détournant les yeux pour réfléchir aux conséquences de ce qu'elle venait de lui apprendre. Tu crois qu'elle changera la déclaration qu'elle a faite à la police? Tu crois qu'elle racontera ça devant le tribunal?

— J'en sais rien.

Il hocha longuement la tête, les yeux sur la route, les voitures qui passaient.

— Pourquoi tu me dis ça maintenant?

— Vous aviez dit que si je voulais vous parler...

— Bien sûr, bien sûr, fit-il en lui adressant un sourire rassurant. Tu as fait exactement ce qu'il fallait faire.

Il remit le moteur en marche et reprit la route. Ils roulèrent pendant quelques minutes en silence.

— Vous retournez de temps en temps à New York? demanda Julia après qu'ils eurent fait demi-tour pour retourner vers l'école.

— Ça m'arrive, oui.

— Je pourrai venir avec vous, la prochaine fois?

— Tu voudrais? demanda-t-il en se tournant vers elle, surpris.

— Oui.

— On verra, dit-il en souriant.

Ils se garèrent dans le parking de l'école.

— Elle est là, en ce moment? demanda Peter.

— Qui?

— Ali.

— Non.

— Où est-elle?

— Elle est chez une copine, cet après-midi.

— Je voudrais lui parler.

— Non, répondit-elle sèchement. Non parce que... Elle n'est pas encore prête. Je lui parlerai.

— Tu me téléphones?

Elle acquiesça de la tête, rougissant un peu de l'emportement dont elle venait de faire preuve malgré elle. Peter lui sourit, tendit une main vers elle et essuya gentiment une petite tache de Framboise Glacée sur l'une de ses dents de devant.

Sur son lit, Julia observait Ali, qui lui tournait le dos et arrangeait ses quatre animaux en peluche sur la petite étagère fixée au-dessus de son lit, les déplaçant de quelques centimètres avec une concentration intense, l'ours ici, le lion ici, un peu plus par là, voilà. Un an plus tôt, Ali, avec le zèle qu'elle mettait à copier Julia et à essayer de la suivre dans son abandon de l'enfance, avait ostensiblement mis tous ses animaux au placard — leur peluche râpée, leurs membres désarticulés, leurs yeux cassés et sales. Mais récemment, n'y tenant plus, elle avait demandé à Sandy de les retrouver, et Julia l'entendait souvent discuter en cachette avec eux, leur confier ses secrets, s'interrompant dès qu'elle craignait d'être espionnée.

Ali disposa avec soin la queue du singe sur l'étagère, l'enroulant minutieusement, centimètre par centimètre, jusqu'à ce qu'elle prenne exactement la forme de spirale qu'elle préférait. Elle savait que Julia la regardait et attendait d'entamer la leçon du soir. Mais elle ne se retournait pas, ne voulait pas donner à sa sœur l'occasion de s'infiltrer dans la brèche qu'elle ouvrirait en se désintéressant ne serait-ce qu'une seconde de ses animaux. Elle n'avait plus envie d'entendre ce que Julia avait à lui dire ; elle ne savait plus qui croire, et ne se souciait plus vraiment de savoir qui disait la vérité et qui mentait. Elle voulait être tranquille.

— Ali ?

— Je suis occupée.

Elle se consacra de nouveau à son lion, dont le petit museau de velours marron était maculé de vieilles taches de lait.

— Ali !

— Non.

Julia se leva de son lit comme un diable, marcha vers son bureau aussi bruyamment qu'elle put — pieds nus — et ouvrit d'un geste rageur son manuel d'anglais, dont elle se mit à feuilleter inutilement les pages.

Ali caressait tendrement le dos de son lion, en frottant le poil doux de son museau contre sa joue.

— Ma crotte, murmura-t-elle.

Par la porte entrouverte, Sandy les observait avec curiosité, sans vraiment comprendre ce qui se passait. Depuis quelques jours, elles n'étaient plus que des ombres pour elle, des marionnettes lointaines et inaccessibles qui ne prenaient un peu de réalité que par l'image qu'elles voulaient bien renvoyer d'elles — parfois nette et claire, parfois floue, indéchiffrable — et qu'elles projetaient sur l'écran blanc de son esprit. Elle éprouvait le sentiment d'avoir définitivement perdu le contact avec elles. Pendant ses longues nuits sans sommeil, ses nuits de tempête, ses journées de brouillard, elle essayait d'évaluer toutes les hypothèses, toutes les solutions, de recoller les morceaux épars du problème qui se posait à elle — « Je ne plaisante pas », avait dit Ted —, mais au bout du compte, tous ces éléments finissaient toujours par échapper à son contrôle, lui glissaient entre les doigts et s'éparpillaient de tous les côtés. Chaque fois qu'elle tentait de se concentrer, elle entendait sa voix : « Je me fous de la manière dont tu t'y prends. Tout ce qui m'intéresse, c'est le résultat. »

Ces derniers jours, Fisk avait téléphoné deux fois pour lui demander de lui amener Ali, afin qu'il pût discuter avec elle pour préparer son témoignage au tribunal — l'entraîner, en quelque sorte. Jusqu'à maintenant, Sandy avait réussi à trouver des excuses pour ne pas y aller, mais elle savait qu'il rappellerait.

Elle vit Julia se diriger d'un pas furieux vers son bureau, Ali continuer obstinément à s'occuper de ses peluches. Elle passa la tête par l'entrebâillement de la porte.

— Ali?

Ali leva les yeux, tenant fermement la queue du singe dans sa main.

— Oui?

— Je peux te parler une minute?

Julia, faisant mine de ne pas remarquer, se mit à griffonner rageusement quelque chose dans un cahier, tandis qu'Ali sortait et suivait Sandy dans le couloir jusqu'à quelques pas de la porte. Elle leva les yeux vers sa tante, attendant docilement de savoir ce qu'on voulait d'elle. Le visage d'Ali n'avait rien perdu de sa douce rondeur et, en baissant les yeux sur elle, Sandy se dit que sous une lumière suffisamment vive, on pourrait sans doute distinguer sur cette peau fraîche et tendue les empreintes de tous ceux qui l'avaient touchée. Elle s'accroupit devant elle pour se mettre à son niveau et la regarder dans les yeux.

— Chérie?

— Oui.

Sandy détourna le regard et ôta une poussière du tapis.

— Cette nuit-là, la nuit où ta mère...

Elle vit le corps d'Ali se tendre, se blinder. Face à cette toute petite fille, elle se sentit soudain vulgaire, odieuse de lui faire peur. Paralysée, elle attendit que les mots sortent, n'importe quels mots, mais ils restaient coincés dans sa gorge en un nœud inextricable. Elle secoua la tête et soupira.

— Non, rien. Ce n'est pas grave.

Immobile, Ali regarda sa tante dans les yeux pendant un long moment. Voyant que celle-ci ne semblait pas se décider à parler, elle finit par prendre les devants :

— Je peux retourner dans ma chambre, maintenant ?

Sandy acquiesça de la tête et regarda Ali lui tourner le dos et repartir vers son univers de peluches. Lorsqu'elle se redressa, ses genoux craquèrent douloureusement.

Elle alla jusqu'à la salle de bains d'un pas pesant. Dans le petit miroir de l'armoire à pharmacie, elle eut l'impression de regarder une inconnue dans les yeux. Elle s'attarda sur les petites pattes-d'oie qu'elle venait de découvrir au coin de ses yeux, très légères mais bien réelles, et se demanda si elles venaient tout juste d'apparaître ou si elles s'étaient formées peu à peu sans qu'elle s'en aperçoive. Elle tendit la peau sur ses tempes, la relâcha. Oui, indiscutable. Elle entendit le téléphone sonner dans sa chambre, mais ne fit pas un pas pour aller répondre. Elle savait que c'était Ted, que c'était également Ted qui avait refusé de laisser son nom cet après-midi à la standardiste du journal — Ted qui voulait savoir ce qu'elle avait décidé, ce qu'elle avait fait, Ted qui réclamait ses filles. Elle s'approcha de la glace, s'observa le fond des yeux, puis lissa du doigt un poil de sourcil rebelle. Estelle avait des sourcils parfaits ; c'était l'une des choses dont elle était très fière, ces deux arcs finement dessinés qui couronnaient ses yeux limpides. « Et vous en avez hérité, les filles », disait-elle en souriant. Elles avaient également hérité de ses chevilles épaisses, par la même occasion. On ne peut pas sélectionner... Elle soupira doucement par le nez, en s'excusant mentalement auprès de sa mère. Dans la chambre, le téléphone cessa de sonner.

Sandy s'aspergea le visage d'eau glacée, puis se força à descendre pour préparer le dîner des filles.

Assise dans le salon — Julia et Ali s'étaient réfugiées dans leur chambre aussitôt après avoir mangé ses spaghettis trop cuits, en écoutant presque forcées ses pauvres tentatives de bavardage —, Sandy fixait les cinq paquets de fiches classées par couleur qu'elle avait posés devant elle sur la table basse. Quand John lui avait demandé s'il pouvait passer, elle avait invoqué la montagne de travail en retard qui l'attendait, et ce n'était pas faux : son reportage sur les efforts de la municipalité pour empêcher la construction d'une décharge à trois kilomètres de la ville ne serait sans doute jamais rendu à temps. Elle feuilleta d'un œil absent les notes qu'elle avait prises sur les différents types de déchets : toxiques, faiblement radioactifs, biodégradables. C'était un sujet qui la passionnait, autrefois — les détritus, les restes et les traces de vie, et cette tendance instinctive à vouloir les repasser à quelqu'un d'autre, s'en débarrasser le plus vite possible, le plus loin possible — mais elle ne parvenait plus à se souvenir de ce qui la fascinait tant là-dedans.

Il était près de minuit. Elle se mit à battre ses fiches comme un jeu de cartes et les déploya en éventail dans sa main. Le téléphone sonna, ce qui la surprit tellement qu'elle laissa tomber toutes les fiches sur le sol. Elle se précipita sur la prise et la débrancha d'un coup sec. Elle ramassa ses fiches sur le tapis, les étala sur la table et les examina longuement, comme si elle attendait qu'elles se mettent en ordre toutes seules et fassent le travail à sa place; mais tout ce qu'elle obtint fut une sensation hypnotique assez désagréable. Depuis quelque temps, pendant ces minutes instables et floues qui précèdent le sommeil, il lui semblait avoir sous les yeux le visage de John, dans sa voiture par exemple, roulant tranquillement vers le magasin, son visage au moment où il apprenait la vérité sur la radio locale, son visage qui se décomposait soudain, se durcissait, se fermait, s'éloignait irrémédiablement d'elle. Loin, de plus en plus loin, jusqu'à disparaître. Et les filles, le visage des filles. Encore pire. « Je ne plaisante pas », avait-il dit.

Mais comment faire? Comment éviter cela? Malgré ses efforts, malgré sa bonne volonté, elle ne voyait aucun moyen de s'en sortir. Et comment se résigner à assumer aujourd'hui les conséquences de quelque chose qu'elle n'avait pas le sentiment d'avoir commencé? Car non, ce n'était pas sa faute, elle n'avait rien fait pour déclencher cela. Alors pourquoi serait-elle obligée d'aider ce monstre? Et pourtant...

Elle continua à fixer ses fiches jusqu'à ce que le sommeil s'empare d'elle, et elle se réveilla à l'aube sur le canapé, la joue droite zébrée de profondes marques rouges, comme marquée au fer par la spirale du cahier sur lequel était tombée sa tête.

Carl Freeman jeta un coup d'œil vers Ted, lui adressa un petit sourire confiant, et reporta son attention vers Fisk. L'avocat l'avait si soigneusement préparé à son rôle de témoin de moralité que Freeman répondait souvent aux questions avant même qu'elles soient entièrement formulées. Inquiet de l'effet que cela pourrait produire sur le jury, Fisk essayait le plus discrètement possible de le ralentir un peu, mais jusque-là il n'avait réussi qu'à faire traîner ses questions en longueur, ce qui donnait une allure plutôt étrange à son interrogatoire.

— Mr. Freeman, j'aimerais vous poser une ou deux questions supplémentaires au sujet des finances de votre société, si vous n'y voyez pas d'inconvénient. Tout comme vous, Mr. Waring avait librement accès aux fonds, n'est-ce pas?

— Bien sûr, oui.

— Pendant ces années de collaboration, avez-vous noté quoi que ce soit, avez-vous eu le moindre soupçon quant à d'éventuelles falsifications des registres auxquelles aurait pu se livrer Mr. Waring, avez-vous même relevé quelques opérations simplement nébuleuses, voire suspectes?

— Oh non, absolument rien de tout cela.

— Pour les comptes de la société, vous estimiez donc pouvoir lui faire confiance?

— Je confierais mon dernier *cent* à Ted Waring sans la moindre crainte. Ce gars-là est l'honnêteté même.

— Selon vous, Mr. Freeman, quel était le sentiment de vos clients à l'égard de Mr. Waring?

— Sans exagérer, je peux vous dire qu'ils étaient toujours ravis d'avoir affaire à lui. Alors ça, je peux vous l'assurer. Parce que lorsqu'il prenait un projet en main, ils savaient que les délais et le budget seraient impeccablement respectés. Toujours, au *cent* et à la minute. Ils savaient que, pour en arriver là, il serait prêt à travailler dix-huit heures par jour s'il le fallait. Et je sais de quoi je parle, c'est arrivé plus d'une fois.

Du fond du tribunal, deux insatiables grignoteurs de pistaches fournissaient un fond sonore particulièrement agaçant au témoignage de Carl Freeman. Le juge Carruthers, qui essayait de ne pas y prêter attention depuis le début des débats, finit par lever les yeux vers les deux vieux qui hantaient le tribunal depuis qu'elle y officiait, fidèlement présents à tous les procès, ces deux vieux pipelets qui chuchotaient constamment, ergotaient sans fin et essayaient d'anticiper toutes ses décisions (« Objection accordée, je te dis », « Rejetée, tu paries? ») de leurs voix chevrotantes mais sonores.

— Nous sommes dans une cour de justice, messieurs, pas dans un stade de base-ball, dit-elle d'une voix sévère. Je vous rappelle que des vies sont en jeu, dans cette salle. Je demande donc un minimum de respect. Dorénavant, je ferai exclure toute personne qui se permettra de manger ou de parler pendant les débats. Vous pouvez poursuivre, Maître.

— Continuons, Mr. Freeman. Dites-moi, n'avez-vous pas eu l'occasion de voir Ted Waring en famille à de nombreuses reprises?

— Effectivement, oui.

— Comment dépeindriez-vous ses relations avec ses filles?

— Il était... Il est fou de ses filles. Il les adore. Sérieux; c'est le père le plus fier de ses enfants que j'aie jamais vu.

— Se montrait-il affectueux avec elles, tendre?

— Oui.

— L'avez-vous déjà vu frapper l'une de ses filles?

— Oh non, jamais! Pour tout vous dire, il m'a même fait un jour le reproche d'avoir donné une fessée à mon garçon. Je ne l'avais pas frappé fort, attention, ne me faites pas dire ce que je n'ai pas dit, mais il se comportait vraiment comme un petit monstre et je lui avais donné deux tapes sur les fesses pour lui faire comprendre que cela ne pouvait pas durer éternellement. Je sais bien qu'on peut trouver ça un peu vieux jeu, de nos jours, mais si vous voulez mon avis, dans certains cas, c'est la seule chose qui marche. Enfin bref, si vous aviez entendu Ted me faire la morale... Il était vraiment furax, il m'a répété vingt fois qu'il n'y avait rien de plus dég... rien de pire que de frapper un gosse, quoi. Je le connais depuis un bon bout de temps, Ted, vous savez. Eh bien, je crois que c'est la seule fois où je l'ai vu vraiment s'énerver contre moi.

— Vous est-il arrivé d'assister à une quelconque scène de violence entre Ann et Ted Waring?

— Jamais.

— Mr. Freeman, avez-vous le sentiment que Ted Waring aimait toujours sa femme?

Freeman lança un bref regard vers Ted, qui hocha imperceptiblement la tête.

— Je suis persuadé qu'il l'aimait, oui.

Ted baissa les yeux sur un faux pli de son pantalon, qu'il avait observé toute la matinée, et mordit ostensiblement sa lèvre inférieure.

— Qu'est-ce qui vous permet de dire cela?

— Eh bien... Attendez, quand était-ce? Peut-être le mardi ou le mercredi qui a précédé le... la... enfin, vous voyez, quoi. Il est arrivé au bureau ce matin-là avec une drôle de petite lueur au fond de l'œil. Vous voyez ce que je veux dire? Une lueur de bonne humeur, quoi. Bon, Alice — c'est ma femme — Alice et moi on les avait vus tous les deux, la veille au soir, à la pièce de théâtre de l'école. Notre petit Bobby jouait dedans, avec Ali. Enfin bref, pour être clair : n'importe qui aurait pu s'apercevoir qu'il y avait encore quelque chose entre eux. Je crois même qu'ils sont repartis ensemble. Alors quand je l'ai vu arriver le lendemain matin, en sifflotant comme un adolescent, je n'ai pas eu trop de mal à deviner ce qui s'était passé, voyez. Bon, il ne m'a pas vraiment raconté les détails, ce n'est pas son genre, mais enfin il m'a clairement laissé comprendre qu'ils étaient sur le point de se remettre ensemble, tous les deux.

— Ted Waring paraissait-il s'en réjouir?

— S'en réjouir? Oui, monsieur. C'est le moins qu'on puisse dire. Je vous l'ai dit tout à l'heure; il aimait sa femme et ça se voyait. Ça aurait sauté aux yeux d'un aveugle.

— D'après ce que vous en savez, Mr. Freeman, Ann Waring se réjouissait-elle également à la perspective de renouer avec son mari?

— Objection. Ce témoin n'a aucune compétence pour juger de ce qui se passait dans l'esprit d'Ann Waring à cette époque.

— Accordée.

— Je vais reformuler la question, si vous le permettez. Ce soir-là, cinq jours avant la mort d'Ann Waring, lorsque vous l'avez vue avec son mari à l'école, pouvez-vous nous dire si vous avez noté quelque chose de particulier dans son attitude?

— Bon, Ann a toujours été une fille très calme, notamment lorsque Ted était dans les parages. Pas vraiment démonstrative, vous voyez. Mais ce soir-là, on sentait bien qu'elle était heureuse. N'importe qui aurait pu comprendre ça, simplement en regardant les yeux qu'elle posait sur Ted. Je connais le regard des femmes, vous savez. Alors aucun doute là-dessus. Enfin bref, on est sortis derrière eux, Alice et moi, et on a vu Ann s'approcher de Ted et l'embrasser avant qu'il ne monte dans sa voiture.

— Merci, Mr. Freeman. Je n'ai pas d'autre question.

Sans un regard pour Fisk lorsqu'ils se croisèrent, Reardon s'approcha de la barre des témoins.

— Mr. Freeman, n'est-il pas exact que vous avez essayé de réduire le plus possible les contacts de Ted Waring avec les clients, du moins en ce qui concernait les négociations, parce qu'il refusait si vivement de céder le moindre pouce de terrain, d'accepter des compromis, même sur les détails les plus insignifiants des projets, que cela risquait de nuire sérieusement à votre entreprise?

— Je viens de dire que les clients étaient ravis de travailler avec lui.

— Comme chef de travaux, sans doute. Mais comme négociateur? N'est-il pas exact que Mr. Waring est quelque peu... disons, rigide? Qu'il perd vite le contrôle de lui-même quand il n'obtient pas exactement ce qu'il veut?

— J'aime bien marchander, il préfère construire. Et alors?

— Quand Ted Waring a quitté sa femme, les premiers temps, dormait-il au bureau?

— Au début, oui.

— A cette époque, vous paraissait-il stable, équilibré?

— Il faisait parfaitement son travail.

— L'un de vos clients n'a-t-il pas demandé que Mr. Waring soit remplacé à la tête d'un projet parce qu'il le trouvait trop caractériel, d'humeur trop inégale?

— Il y a toujours des clients comme ça, vous savez. Il faut de tout pour faire un monde. Alors, il suffit que Ted oublie de se raser un jour, et ce type en fait une maladie. Non, je vous en prie.

— Rafraîchissez ma mémoire, Mr. Freeman. C'est bien Mr. Waring qui a abandonné Mrs. Waring et les enfants, n'est-ce pas ?

— Je ne sais pas si j'emploierais le mot « abandonner », personnellement. Ils traversaient une période très délicate.

— Une période très délicate, en effet, on peut appeler ça comme ça. Durant cette période qui a suivi son départ, a-t-il essayé de renouer avec sa femme, à votre connaissance ?

— Je ne sais pas.

— Vous avez dit tout à l'heure qu'il aimait encore sa femme, ou que c'était du moins l'impression que vous aviez. Vous l'a-t-il confié lui-même ? Explicitement, j'entends.

— Pas vraiment avec ces mots-là.

— Avec d'autres mots, Mr. Freeman ?

— Les hommes ne parlent pas comme ça entre eux, vous le savez bien.

— Je ne le savais pas, non. Bien ; faisait-il au moins des efforts pour améliorer ses relations avec ses filles ?

— Il les voyait tous les week-ends.

— Pendant qu'il couchait avec Lucy Abrams, entre autres ?

Ted grogna de dégoût, ce qui détourna pendant une seconde l'attention de Freeman. Il revint vite à Reardon, et lâcha d'une voix presque dédaigneuse :

— Je ne suis pas au courant de ces trucs-là.

— Vous n'êtes pas au courant de la vie privée de Ted Waring ? C'est curieux... J'ai dû me tromper, mais j'ai cru vous entendre témoigner du contraire, il y a quelques minutes.

Freeman leva les yeux au ciel et rougit de confusion et de colère. Il ajusta nerveusement la grosse boucle argentée de sa ceinture de cow-boy.

— Vous savez très bien ce que je veux dire.

— Pas vraiment, non, répliqua Reardon. Je n'ai pas d'autre question.

Le vendredi soir, assis à la table de sa cuisine, Ted examinait pensivement les feuilles de papier millimétré qu'il avait posées devant lui, avec le Rapidograph qu'il venait de s'acheter, un compas et une règle. Il écarta les plans qu'il avait tracés la nuit précédente et en recommença d'autres.

Il lui arrivait de plus en plus fréquemment de se mettre à imaginer des maisons. Pendant les heures interminables qu'il passait à ne rien faire dans le tribunal surchauffé, lorsque sa vie entière semblait réduite à des faits de procédure, de protocole, pendant les matins à traîner chez lui, quand il se réveillait à cinq heures et ne parvenait plus à se rendormir, il se surprenait à tracer des lignes et des angles sur sa cuisse du bout du doigt, des rectangles, des carrés, presque sans s'en rendre compte.

A une époque, avant qu'ils n'emménagent dans la maison de Sycamore Street, Ann et Ted avaient envisagé, comme le font rêveusement les jeunes couples, l'idée de construire leur propre maison — de partir de zéro, de tout créer, des chambres, des escaliers et des couloirs qui seraient exactement conçus pour eux. Et ce ne fut ni le manque de temps, ni le manque d'argent, ni même le manque de confiance en eux qui les poussa en fin de compte à abandonner — même si ces problèmes ne manquèrent pas de se poser — mais un obstacle bien plus délicat, voire insurmontable. Car, bien que cela ne fût jamais formulé clairement, il devint bientôt évident que si Ted rêvait de plans neufs, de murs neufs, Ann était en revanche plus attirée par une vieille maison, ses peintures écaillées, son vieux porche peut-être — et surtout son histoire, même si ce n'était pas la sienne. Et ce qui lui paraissait si émouvant, si romantique — Qui vivait ici avant nous ? Etaient-ils heureux ? Est-ce qu'ils s'aimaient ? Est-ce qu'ils sont morts ici ? — était précisément ce qui déplaisait à Ted, ce qui lui aurait donné le sentiment d'étouffer. Il aspirait à une maison qu'il concevrait et édifierait lui-même, sans que quiconque vienne y fourrer son nez, une maison qui ne serait pas souillée par le passé d'autres personnes.

Il gomma le mur sud et le retraça un centimètre plus bas.

Jusqu'à présent, il ne s'était jamais vraiment senti attiré par la terre, ni par celle qu'il pourrait posséder ni par les paysages dont il pourrait profiter — il ne songeait qu'à la maison en elle-même. Mais depuis peu, il se rendait compte qu'il pensait de plus en plus souvent aux collines qui dominaient la ville, aux routes étroites qui y menaient, si dangereuses en hiver et pendant les grandes pluies d'automne, il pensait à ces voisins qui seraient trop éloignés pour les voir, ses filles et lui, il rêvait de frontières, de barrières, d'isolement.

Il considéra un instant l'un des plans qu'il avait tracés la veille, une vue de la façade de la maison. Des lignes simples, des lignes pures.

Il avait beaucoup appris de l'étude des plans d'architecte qu'il était chargé de réaliser sur le terrain — personne ne regarde ce genre de projets d'un œil plus critique qu'un entrepreneur — et méprisait toutes ces fioritures qui n'impressionnent souvent personne hormis l'architecte lui-même.

Et chaque fois qu'un chantier démarrait, il éprouvait un petit frisson d'excitation au moment où il voyait les pelleteuses attaquer le sol, commencer ce qui abriterait la nouvelle vie du client, le matin du premier jour — un frisson inévitablement suivi d'un court moment de tristesse et d'amertume à la pensée que ce n'était pas sa terre que l'on creusait, que ce n'était pas sa maison, son commencement.

Il repoussa le plan de la façade et se mit à dessiner le rez-de-chaussée — un grand espace ouvert, exposé au sud-est, avec l'escalier en plein centre. A l'étage, il prévoirait une vaste chambre de chaque côté de la sienne, des chambres qui seraient idéales pour les filles, même lorsqu'elles seraient plus grandes, qui les protégeraient et les garderaient près de lui tout en leur laissant largement la place de respirer, des chambres claires, avec des placards de plain-pied et d'immenses baies vitrées — alors, ils pourraient tous les trois réapprendre peu à peu à marcher, comme un chien à trois pattes.

Il était plus d'une heure du matin quand il ouvrit une boîte de bière et rangea son matériel de dessin. Il se leva, s'étira, et sortit d'un tiroir un petit calepin et un stylo à bille. Il se mit à rédiger une liste détaillée de ce que lui coûterait cette maison : le bois de charpente, les chambranles des fenêtres, les portes, la plomberie, l'installation électrique, le ciment pour les fondations, la main-d'œuvre. Du total obtenu, il ôta la somme qu'il espérait obtenir de la vente de la maison de Sycamore Street.

La qualité dont Ted était le plus fier, c'était son sens pratique.

Il dormait tout habillé sur le divan lorsque le téléphone sonna, à six heures le lendemain matin. Il tâtonna un moment avant de réussir à s'emparer du combiné.

— Papa?

La bouche trop sèche pour articuler, il ne put émettre qu'un petit grognement.

— Papa? Tu es où?

Ali, qui n'avait qu'une très vague notion du procès et de ses conséquences éventuelles, était persuadée que Ted risquait d'être embarqué à tout moment, et qu'elle pourrait très bien se réveiller un matin en s'apercevant qu'il s'était évaporé sans laisser de trace, lui aussi. L'ombre de la prison restait présente en permanence dans un coin de son esprit, un énorme bâtiment aux contours flous, susceptible d'avaler son père d'un instant à l'autre. Elle avait appris son numéro de téléphone par cœur dès qu'il le lui avait donné — toujours ce besoin de localiser les gens qu'elle aimait pour pouvoir penser tranquillement à eux, les garder à portée de main — et elle éprouvait toujours le même sentiment de surprise et de soulagement lorsqu'elle l'entendait répondre « Je suis là ».

— Je suis là, mon ange.

Il s'assit péniblement sur le divan et passa une main dans ses cheveux. Lui aussi était soulagé d'entendre sa voix, de recevoir régulièrement ses appels, même à des heures si particulières — les seuls moments, imaginait-il, où elle pouvait s'éclipser sans attirer l'attention.

Leurs conversations, brèves, volées au reste du monde, se ressemblaient toutes ; cette répétition avait quelque chose d'apaisant, de rassurant. Elle lui demandait toujours ce qu'il portait, ce qu'il avait mangé au petit déjeuner, à quel endroit précis de la pièce il se tenait en lui parlant, ce qu'il ferait dans la journée, à quelle heure, avec qui. Quant à lui, il lui demandait si elle faisait correctement ses devoirs, si elle s'entendait bien avec ses professeurs. Ils ne parlaient jamais de la prison, ni du procès, ni de Julia, ni d'Ann.

— Ecoute-moi bien, chuchota Ted, même si personne ne risquait de l'entendre. J'ai une idée. Voilà ce que tu vas faire...

Ali écoutait attentivement, et hochait la tête dans le couloir désert.

Plus tard ce matin-là, Sandy était assise sur le divan, deux journaux ouverts sur les genoux. Bien qu'il fût presque midi, ses cheveux étaient encore tout ébouriffés, et son visage ni maquillé ni lavé. Debout devant elle, Ali se demandait si elle n'était pas malade : elle avait de gros cernes gonflés et violets sous les yeux.

— Est-ce que je peux aller chez ma copine Jackie Gerard ? demanda-t-elle.

Sandy leva vers elle deux yeux un peu perdus, comme si elle sortait d'un rêve.

— Où est-ce qu'elle habite ?

— A trois rues d'ici.

— Bon... Si tu attends une minute, je t'accompagne.

— Non, ça va. Je peux y aller toute seule.

— Comme tu veux. Tu rentres à quatre heures, d'accord ?

Ali acquiesça de la tête. Elle alla prendre son anorak sur le portemanteau de l'entrée et quitta la maison sans tarder, avant que Julia, qui rédigeait son journal à l'étage en cachant d'une main ce qu'elle écrivait, ne s'en aperçoive. Elle passa trois pâtés de maisons, puis tourna sur sa gauche en regardant derrière elle si personne ne l'avait vue.

Ted l'attendait au feu, tapi derrière son volant. Lorsqu'il vit son petit visage doux et tourmenté à la fois, sur lequel se mêlaient le soulagement et l'inquiétude, il s'empressa de tendre un bras pour lui ouvrir la portière. Elle se glissa à l'intérieur, près de lui. Il se pencha vers elle et l'embrassa sur la tempe, qui battait doucement — elle sentait la fraise, une odeur qui lui procura sans raison un sentiment presque désagréable.

— Où on va, mon ange ? A l'opéra ? A moins que tu ne préfères le Musée d'art moderne ?

— Papa.

— Paaaaaapa, imita-t-il pour la faire rire.

En réalité, le choix était très limité. Les restaurants ou les jardins publics de la ville étaient trop fréquentés, et même s'ils allaient chez lui, ils risquaient de croiser quelqu'un ; c'était trop dangereux. Depuis quelque temps, il avait le sentiment que Hardison avait rétréci, s'était comme concentré autour de lui, et il se sentait encerclé en permanence par ses yeux, ses langues, ses préjugés. Il ne manquait plus qu'il soit pris la main dans le sac, à outrepasser l'interdiction de droit de visite. Même si Ali ne connaissait pas les lois, elle sentait bien elle aussi que leur entrevue avait quelque chose d'interdit, et devait rester secrète.

— Motus et bouche cousue, lui avait-il dit. C'est notre secret.

Ils sortirent de la ville en évitant les grandes artères et se dirigèrent vers les collines environnantes. Un peu partout sur la route, ils voyaient des voitures avec des skis sur la galerie, pleines de vacanciers hilares dont le seul souci était sans doute la quantité de neige qu'ils trouveraient en arrivant. A chaque fois qu'il en doublait une, Ted en maudissait tous les occupants.

— Regarde sous ton siège, dit-il en se tournant vers Ali.

Elle se pencha en avant, tordit son bras sous les ressorts et en sortit un paquet plat, enveloppé de papier-cadeau rayé rouge et blanc.

— Qu'est-ce que c'est ?

— Ouvre, tu verras.

Elle défit soigneusement le paquet et découvrit trois rubans de velours, un noir, un bleu marine et un blanc.

— J'ai pensé qu'ils iraient très bien dans tes cheveux.

— Merci, fit-elle en les passant doucement sur sa joue.

— Oh, mais je vous en prie, mademoiselle, tout le plaisir est pour moi.

Cette petite parodie de cour galante était quelque chose de nouveau entre eux, de peut-être pas tout à fait innocent — comme s'il réalisait qu'il avait effectivement besoin de courtiser sa fille, de regagner ses faveurs, mais était incapable de le faire sans une certaine ironie maladroite.

Ali aligna méticuleusement les rubans sur ses genoux et pendant tout le reste de la route, elle les caressa tendrement, comme des petits animaux. A elle, rien qu'à elle.

— Alors, comment ça se passe à O.K. Corral? demanda Ted.

Il ne parvenait pas à dire « la maison », il ne parviendrait jamais à accepter que cet endroit soit considéré comme la maison de sa fille.

— Ça va.

— Oui? Tout est O.K. à O.K.? T'as le moral à Corral?

Ali poussa un petit grognement et tourna un œil d'une sévérité enfantine à son père.

— Est-ce qu'ils te nourrissent? Ils te donnent de l'eau et du pain?

— Papa...

— Je suis sérieux. Comment tu vas, mon ange?

Elle ne répondit pas. Il délaissa un moment la route pour jeter un petit coup d'œil vers elle. Il ne put voir que sa main sur les rubans, sa tête tournée vers la fenêtre.

— Et Julia? Comment va Julia?

— Elle va bien.

— Tu lui parles?

— Bien sûr que je lui parle.

— Non, je veux dire, de ce qui s'est passé.

— Non, préféra-t-elle répondre, par prudence.

— Tu sais, dit Ted en inclinant la tête, si tu te poses des questions sur quoi que ce soit, n'hésite pas, je serai content d'y répondre si je peux. Il y a quelque chose que tu voudrais me demander?

— Est-ce qu'on reviendra habiter avec toi, un jour? fit-elle en tournant légèrement la tête vers lui

— J'espère, ma chérie. Mais ça ne dépend pas de moi.

— Ça dépend de qui?

— Ça dépend du tribunal. S'ils pensent que c'était un accident, alors oui, on pourra de nouveau habiter ensemble. Tu comprends?

Ali hocha la tête et Ted jugea préférable de ne rien ajouter pour l'instant. Il ralentit au moment où ils arrivaient près d'une petite colline, au sommet de laquelle on devinait entre les pins le toit pointu d'un chalet, de la cheminée de laquelle une colonne de fumée blanche s'échappait.

— Tu aimerais habiter là? demanda-t-il.

— Dans cette maison, tu veux dire?

— Non, pas dans cette maison. Une autre, une maison toute neuve. Seulement pour nous. Ça ne te plairait pas?

— Mais pourquoi on peut pas juste revenir chez nous, dans notre maison d'avant?

— Ce sera mieux, tu verras. Ce sera notre nouvelle maison.

— On l'aura quand?

— Dès que tout ça sera terminé, ma chérie.

Ali posa son front contre la vitre froide, et ils continuèrent à rouler un moment en silence.

— Il faut que je rentre, dit-elle calmement au bout de quelques minutes. J'ai promis à Sandy.

— D'accord, mon ange. Si on s'arrêtait pour manger une petite glace, d'abord?

Il fit demi-tour dans le premier chemin latéral, reprit la route de Hardison, et s'arrêta devant une petite baraque grise à quelques kilomètres de la ville. Ils étaient les seuls clients et, plutôt que de rester dans cet endroit miteux, Ted proposa à Ali d'aller manger les deux grands cônes qu'il avait achetés — aux pépites de chocolat pour elle, au café pour lui — dans la voiture, où ils purent les déguster tranquillement à l'abri du froid, trop occupés à lécher la glace que la chaleur artificielle de la ventilation faisait fondre pour parler. Avant de redémarrer, il humecta un Kleenex avec sa langue et essuya les petites taches de chocolat sur le menton de sa fille, comme il avait vu Ann le faire un million de fois.

Ce n'est que longtemps après être rentré dans son appartement que Ted comprit l'origine de l'odeur de fraise qu'il avait remarquée en embrassant Ali. C'était le parfum de Sandy, de la peau de Sandy.

Fisk, qui travaillait en temps normal dans un vaste bureau d'angle à Albany, dont les deux grandes baies vitrées perpendiculaires donnaient une vue imprenable sur le Capitol, avait loué un appartement sur Main Street pour la durée du procès, au-dessus de la bijouterie Farrar's. Il n'y vivait que depuis deux mois, mais avait réussi à donner aux deux pièces cette touche « Vieux Monde » qui lui était chère : meubles en acajou, tapis persans, vieux ouvrages reliés cuir (quelques années plus tôt, il avait essayé le minimalisme et les divans italiens aux formes déconcertantes, pour faire comme la plupart de ses confrères, mais s'était rapidement découragé et avait préféré se rabattre sur la carte « classique »).

Sur son fauteuil de cuir bordeaux, en face du bureau de Fisk, Ted regardait autour de lui et se sentait de plus en plus mal à l'aise, comme à chaque fois qu'il venait ici : cette illusion de confort et de stabilité, si aisément créée, le déroutait et l'agaçait. Par ce petit intérieur reconstitué, et certaines remarques pas toujours très subtiles, Fisk laissait clairement entendre qu'il trouvait Hardison, sinon tout à fait affligeant, du moins bien au-dessous de ce qui pouvait convenir à un homme aussi cultivé et raffiné que lui. Où était-il censé manger, par exemple?

— Dimanche prochain, avait suggéré Ted, essayez les sardines grillées de l'Eglise luthérienne. C'est bien mieux que la soupe au lard que propose l'Eglise épiscopalienne.

Fisk l'avait dévisagé un long moment, sans expression. Il avait toujours du mal à savoir si Ted plaisantait, se moquait de lui, ou s'il était sérieux. Pourtant, d'habitude, il était très fier de sa capacité à comprendre et analyser ses clients au premier coup d'œil, comme de sa sûreté de jugement dans le choix et la récusation des jurés, en devinant d'après leur regard, la manière dont ils croisaient les jambes, leur façon de sourire, s'ils risquaient ou non de porter préjudice à son client. En règle générale, il ne se souciait de l'innocence ou de la culpabilité de celui-ci que si cela pouvait avoir un effet quelconque sur la méthode de défense qu'il choisirait mais, dans le cas de Ted, le fait de ne pas savoir réellement — même si, de toute façon, cela ne changeait rien à sa manière d'aborder l'affaire —, de ne pas réussir à le percer à jour aussi facilement que les autres, l'agaçait au plus haut point. Un peu comme un amoureux qui en veut à sa compagne de ce que lui-même ne parvient plus à la comprendre, n'est plus capable de la cerner, Fisk se sentait furieux contre Ted à la moindre remarque insignifiante de sa part, comme cette histoire de sardines grillées, ou a fortiori ce qui avait trait à sa prétendue innocence, et ses efforts pour dissimuler ce ressentiment — à Ted, au jury, à lui-même — consommaient une énergie qui aurait pu être dépensée bien plus profitablement à autre chose.

Il tapota une nouvelle fois ses notes sur son bureau, et détourna les yeux de l'écran de son ordinateur.

— Bon, fit-il. Il va falloir que vous m'expliquiez cela encore une fois, Ted.

— C'est simple. Tout ce que je veux, c'est que vous citiez Ali en dernier témoin.

— Vous ne pensez pas que ce serait plus raisonnable de me laisser me charger des questions de procédure?

— Jusqu'à preuve du contraire, c'est *ma* vie, qui est en jeu.

— Je sais bien, Ted. Mais si vous voulez que je vous défende correctement, vous devez me laisser faire mon travail.

— Bien entendu. Mais sur ce point précis, il va falloir que vous me fassiez confiance. Faites témoigner Ali en dernier.

— De toute façon, quel que soit le moment où elle témoigne, il risque d'y avoir un problème, lâcha Fisk d'une voix prudente.

— Quel problème ?

— J'ai appelé votre belle-sœur il y a quelques jours, pour lui demander de passer ici avec Ali afin que nous préparions son témoignage. Et selon elle, Ali refuse de venir me voir.

Ted changea de position sur sa chaise et ne fit aucun commentaire.

— Vous comprenez, je n'ai aucun moyen de forcer votre fille à venir dans ce bureau, rien dans la loi ne l'y oblige. Mais, malgré ce que vous en penserez peut-être, je n'ai pas l'habitude de faire comparaître des témoins à la barre sans savoir ce qu'ils sont susceptibles d'y raconter. Vous voyez ce que je veux dire ?

— Je m'occupe de ce qu'elle racontera, ne vous en faites pas.

— Vous oubliez que c'est justement pour m'occuper de ce genre de chose que vous me payez.

— Je connais ma fille mieux que quiconque. Je sais que ça ira. Elle a simplement besoin d'un peu de temps.

— De temps pour quoi ?

— Peu importe. Je serai le prochain témoin à comparaître, s'il le faut, je m'en fous. Attendez, pour Ali, c'est tout ce que je vous demande, fit-il en se levant brusquement de son fauteuil.

— Comme vous voudrez, dit Fisk en faisant la moue.

Dès que Ted fut parti, Fisk posa les pieds sur son bureau et tourna la tête vers la fenêtre. C'était peut-être la vie de Waring qui était en jeu, mais c'était la carrière de Fisk. Au départ, il n'avait accepté l'affaire que pour une seule raison : la publicité qu'elle ne manquerait pas de lui faire. Perdre à cause des désirs inconsidérés d'un client ne faisait vraiment pas partie de son plan. Malheureusement, il n'était pas sûr de pouvoir se permettre de renoncer au témoignage de la gamine. Elle restait sa meilleure carte. Il se mit à tapoter du talon sur l'acajou de son bureau, d'impuissance et d'énervement, en voyant Ted sortir de l'immeuble, s'éloigner seul dans la grande avenue bordée d'arbres, d'un pas rapide et impatient, la tête baissée, et disparaître au coin de la rue.

Fisk reposa ses pieds sur la moquette et se remit à consulter ses notes, au moment où une camionnette en piteux état passait dans Main Street en bringuebalant et s'arrêtait au feu dans un grincement lugubre.

De plus en plus souvent, lorsqu'elle restait assise trop longtemps à son bureau, le dos douloureux à force de se pencher sur le clavier, elle avait le sentiment que les mots et les lignes se dissipaient sous ses yeux, jusqu'à finir par perdre leur sens. Pire, il lui arrivait fréquemment de prendre un mot pour un autre — mort pour fort, incohérent pour incompétent ; elle ne comprenait plus rien aux notes ou aux interviews qu'elle était en train de consulter, et devait les relire plusieurs fois de suite, en secouant la tête pour tenter de dissiper le brouillard. Elle se demandait sans affolement, presque froidement, si elle ne commençait pas à « perdre la tête » — elle comprenait ce que l'on entendait par là, maintenant.

Un après-midi, Estelle lui avait confié que pour elle, c'était un peu comme ces ondes de chaleur que l'on aperçoit sur les routes les jours de canicule : devant elle, tout se mettait soudain à onduler et à miroiter. Elle lui avait dit cela avec un petit sourire enfantin, comme si elle lui livrait un précieux secret.

Sandy se mordit les lèvres et recommença la lecture de son paragraphe du début : « Le conseil municipal de Hardison s'est réuni une dernière fois pour nommer un nouveau chef de la police, en remplacement de... »

Gorrick n'était pas assis à son bureau, n'avait pas mis un pied au journal de l'après-midi, bien que le tribunal ne fût pas en session ce jour-là.

« ...Stanley Hanson, dont la démission prend effet mardi. Le maire de Hardison, Ronald Quinn, devrait annoncer demain à midi la nomination de Dave Kylie. »

Elle leva les yeux et s'aperçut que Ray Stinson l'observait, assis derrière son bureau, par la porte ouverte. Lorsque leurs regards se croisèrent, il lui fit signe de venir.

— Comment allez-vous, Sandy ? lui demanda-t-il pendant qu'elle s'installait sur le fauteuil en face de son bureau.

— Je vais bien. Pourquoi ? Vous avez des raisons de penser le contraire ?

— J'ai des raisons de penser que n'importe qui, dans votre situation, pourrait ne pas aller au mieux.

— Ma situation, c'est-à-dire ?

— Je ne vous ai pas demandé de venir pour une partie de cache-cache, Sandy.

— Pourquoi m'avez-vous demandé de venir, alors ?

— Parce que je m'inquiète pour vous.

— Il n'y a pas de quoi, je vous assure.

— Ça vous ennuie, hein ? demanda Ray en souriant. Que l'on s'inquiète pour vous...

— Ça ne m'ennuie pas, non. Mais il n'y a aucune raison de s'en faire pour moi, c'est tout.

— D'accord. Je me suis trompé, point. Alors, puisque tout va bien, où en est votre reportage sur la décharge ? Je pensais le trouver sur mon bureau la semaine dernière.

— Vous l'aurez bientôt. C'est plus compliqué que je ne pensais.

Stinson hocha doucement la tête et se cala au fond de son fauteuil, comme pour mieux observer Sandy.

— Alors, comment ça se passe, entre Gorrick et vous? demanda-t-il.

— Qu'est-ce que je dois comprendre là?

— Rien de plus que ce que j'ai dit. Comment ça se passe entre vous deux? Vous vous entendez bien?

— Nous n'avons aucune raison de nous entendre, ni bien ni mal. Je n'ai rien à voir avec lui. Nous sommes sur des lignes parallèles, vous savez.

— Vous ne cédez jamais d'un centimètre, hein? fit-il en souriant de nouveau. Bon, je suppose que ce n'est pas plus mal. Ecoutez, Sandy. Je veux simplement que vous sachiez que je comprends parfaitement à quel point tout cela peut être pénible pour vous, le fait que le journal couvre le procès, tourne peut-être un peu trop autour de votre famille à votre goût. Je ne suis pas en train de m'excuser, je dis simplement que je suis conscient que ce n'est pas une situation vraiment idéale.

— Je ne pense pas non plus que ce soit une situation idéale pour l'avenir du journal, dit sèchement Sandy.

— Qu'est-ce que vous entendez par là?

— Vous rendez-vous compte de la direction que le *Chronicle* est en train de prendre, avec ces saletés?

— Ces saletés?

— Le ton des papiers, ce côté vautour, aller fouiller comme ça dans la vie des gens, chercher le sensationnel à tout prix. Je n'avais pas l'impression qu'on donnait dans la presse-poubelle, avant cette affaire.

Ray déplaça une feuille sur son bureau et prit son temps avant de répondre.

— Pour tout vous dire, Sandy, j'y ai pensé. La presse-poubelle, vous y allez un peu fort, mais enfin il est vrai que les choses ne sont pas simples. Je vais vous dire ce que je pense : je pense que nous avançons sur un fil, mais que pour l'instant, nous parvenons plutôt bien à garder l'équilibre. Sandy, nous devons relater ce procès, c'est notre métier et notre devoir. C'est de l'info.

— C'est vous, qui avez décidé que c'était de l'info. Et en en parlant tous les jours de cette manière, c'est vous qui en faites effectivement de l'info.

— Non, je ne suis pas d'accord. Je crois que jusqu'à présent, nous avons réussi à rester aussi honnêtes que possible, Sandy, à traiter les faits, et rien d'autre. J'ai refusé beaucoup de choses, vous savez, beaucoup d'angles plus critiquables sous lesquels nous aurions très bien pu aborder l'affaire.

— Quelles choses? Quels angles?

— Ça n'a aucune importance.

— Gorrick, lâcha Sandy. J'imagine très bien le genre de papier que ce salaud aimerait faire passer.

Ray se pencha en avant et s'accouda sur son bureau. Il avait effectivement été obligé de freiner Gorrick à plusieurs reprises, mais son ambition n'était pas une mauvaise chose pour le journal, ses articles étaient soignés, intelligents et efficaces, et les ventes du journal avaient considérablement augmenté depuis le début du procès.

— Comme je vous l'ai déjà dit, Sandy, si vous ne vous sentez pas à l'aise ici en ce moment, je le comprendrais très bien.

— Vous comprendriez quoi? Vous me demandez encore de prendre un peu de repos?

— Seulement si vous en avez envie.

— Je n'en ai pas envie. C'est mon métier, Ray.

Pour la première fois, il perçut de l'égarement dans sa voix, des inflexions qui dénotaient un véritable trouble; et même si elle essayait manifestement de se maîtriser, il ne l'avait jamais vue si proche de la panique.

— C'est mon métier, répéta-t-elle.

— D'accord, Sandy, je n'ai rien dit.

Elle prit une profonde inspiration et se reposa lourdement sur le dossier de son fauteuil.

— Qu'est-ce qui vous arrive? demanda-t-elle. Vous venez de lire *La Sensibilité masculine en dix leçons*, ou quoi?

Il rit de bon cœur en secouant doucement la tête, mais redevint brusquement sérieux:

— Je ne vous demande qu'une chose, Sandy.

— Laquelle? Si c'est d'aller m'inscrire aux Dépressifs Anonymes, je vous dis non tout de suite.

— Vous êtes en train de rendre les correcteurs fous. Vous étiez si consciencieuse, si rigoureuse, avec les citations et les dates...

— Je le suis toujours.

— Non, dit-il. Vous ne l'êtes plus. Faites plus attention.

Elle baissa la tête. Elle rougissait encore à la moindre critique envers son travail, surtout si elle était justifiée, bien entendu, qu'elle soit faite de vive voix ou par l'intermédiaire du stylo rouge du rédacteur en chef.

— C'est tout?

— Oui.

Elle se leva et s'éloigna vers la porte.

— Quand vous dirigerez le journal, Sandy, vous pourrez repenser la ligne éditoriale, comme vous me l'avez si aimablement suggéré.

Interloquée, elle se retourna pour voir s'il était sincère ou cynique, mais il se plongeait déjà dans la relecture de la une du lendemain.

A seize heures trente, Julia vint chercher Ali à la sortie de l'étude, consacrée aux travaux manuels comme deux après-midi par semaine. On leur avait demandé de réaliser des collages, et Ali sortit en tenant fermement en main une grande feuille cartonnée, sur laquelle elle avait collé des morceaux de papier et de tissu multicolores.

— Ça représente quoi? demanda Julia.

Ali changea immédiatement son carton de main, pour le mettre hors de portée de sa sœur.

— Rien.

— Je veux le voir.

Ali lui tendit son travail à contrecœur, et Julia s'arrêta sur le trottoir pour porter la feuille à hauteur de ses yeux. Un grand ovale bleu semblait figurer un lac. Apparemment, quatre personnages étaient assis au bord de ce lac — une famille. Les cheveux de la mère étaient faits de rubans de feutre marron, si longs qu'ils dépassaient du carton et dégoulinaient sur la main de Julia.

— C'est le pique-nique qu'on a fait, dit Ali. Maman, papa et nous deux. Tu te rappelles? En été, au lac?

— Je me rappelle pas, non.

Elle rendit son œuvre à Ali, et elles reprirent le chemin de la maison en silence. Elles n'avaient franchi qu'une centaine de mètres lorsqu'elles entendirent quelqu'un appeler dans leur dos.

— Julia! s'exclama Peter Gorrick en les rattrapant. Salut, ça va?

— Oui.

Elle continua à marcher, les yeux braqués droit devant elle, le front légèrement baissé, le visage de plus en plus rouge. Il vint à leur côté et calqua son pas sur le leur.

— Tu ne me présentes pas ta sœur?

— Je vous présente Ali, grommela-t-elle. Voilà.

Peter sourit et tendit la main à la petite fille.

— Peter Gorrick, enchanté. Je suis un ami de ta sœur. Elle m'a beaucoup parlé de toi.

Ali le regarda prudemment, et lui tendit la main à son tour, une petite main chaude et potelée dans celle du journaliste. Elle la retira vite.

— Je peux me permettre de vous offrir un soda, mesdemoiselles?

Ali tourna la tête vers Julia, qui répondit aussitôt:

— Non merci. Il faut qu'on rentre à la maison. Viens, Ali, on est déjà en retard.

— Alors demain, peut-être ?

— Je sais pas. On a beaucoup de choses à faire, demain.

Gorrick regarda Julia enrouler un bras autour des épaules d'Ali et s'éloigner en vitesse avec elle, après avoir à peine marmonné « Au revoir ». Il lui faudrait essayer encore, s'approcher par des chemins détournés, plus discrètement, les atteindre par la bande.

— Qui c'était ? demanda Ali dès qu'elles eurent tourné le coin de la rue.

— Personne. Tu te rappelles pas ce que disait maman ? Il ne faut pas parler aux inconnus.

— Mais tu lui as parlé, toi.

— C'est pas grave, ça. Il faut que tu m'écoutes un peu plus, Ali.

Elle sortit sa clé de son sac à dos et ouvrit la porte d'entrée. Sandy avait pris l'habitude de laisser toujours les lumières allumées pour elles, n'aimant pas les imaginer entrer dans une maison sombre et déserte et Julia les éteignit d'une chiquenaude dès qu'elle eut refermé la porte — l'un de ses professeurs venait de leur parler des économies d'énergie. Lorsqu'elle leva les yeux, Ali était déjà dans l'escalier.

Cette nuit-là, pendant qu'Ali dormait, Julia retira précautionneusement le collage de sous le lit de sa sœur, où celle-ci l'avait caché. A la lumière de sa lampe de poche, elle caressa le visage des quatre personnages d'une main tendre, s'attardant plus longuement sur la femme, entortillant les longs rubans de ses cheveux autour de ses doigts. Elle se souvint de l'odeur de noix de coco de la lotion solaire que leur mère leur avait passée sur les bras et le dos ce jour-là, elle se souvint de la morsure de l'eau froide de ce début d'été sur ses cuisses, qui la faisait frissonner des pieds à la tête à chaque vaguelette, elle se souvint de s'être retournée une fois, dans l'eau jusqu'à la taille, et d'avoir aperçu son père et sa mère debout près de la grande serviette rayée : ils avaient détourné un instant les yeux du lac et s'embrassaient, tendrement enlacés. De loin, leurs visages ne faisaient qu'un. Julia avait plongé tête la première dans l'eau froide, heureuse.

Mais c'était il y a longtemps.

Elle ne savait rien, à l'époque. Elle n'avait conscience de rien.

Elle arracha l'un des rubans de la chevelure de la mère, de sa mère, et replaça sans bruit le collage sous le lit.

Puis elle se dirigea sur la pointe des pieds vers son tiroir secret et rangea la longue boucle de feutre dans le sac de papier kraft, avec la culotte de Sandy, le petit mot de sa mère et les coordonnées de Peter Gorrick.

Malgré les protestations de Julia, qui prétendait qu'elles étaient bien assez grandes pour rester toutes seules à la maison — *on le faisait toujours, avant* —, Sandy avait engagé une baby-sitter pour la soirée, une femme d'un certain âge aux cheveux gris permanentés, qui portait un cardigan bleu ciel trop ample sur ses maigres épaules.

— Bon, tu peux me dire ce qui se passe ? demanda-t-elle quand John vint la chercher à dix-neuf heures trente.

— Mais rien... Je te l'ai dit au téléphone, je pensais simplement qu'on avait besoin d'un petit break.

Elle observa le large sourire qui ridait le coin de ses yeux, un sourire plein de tendresse — et d'attente. C'était un cadeau qu'elle n'avait pas demandé, ce sourire, et qu'elle n'avait certainement pas mérité non plus. Malgré elle, elle ne pouvait s'empêcher de lui en vouloir un peu, car elle se sentait coincée, obligée de lui rendre la pareille d'une manière ou d'une autre.

— J'ai réservé aux Colonnades, dit-il quand elle fut installée dans la voiture.

— Oh non, grogna Sandy. Au secours, le cliché. Et si un type passe entre les tables en vendant des roses, tu vas m'en acheter une ?

— Moque-toi si tu veux, fit-il en riant. Sérieusement, il paraît qu'ils ont engagé un nouveau chef. Et je crois que c'est vraiment très bon, ce qu'il fait. Sois franche, Sandy : tu es déjà allée là-bas ?

— Bien sûr. Estelle et Jonathon nous y emmenaient tous les vendredis soir.

Il ralentit et tourna vers elle un œil à la fois sceptique et sévère.

— Bon, d'accord. Je n'y suis jamais allée, non.

— Alors si tu n'aimes pas, c'est juste par principe ?

— Evidemment. Ce n'est pas une bonne raison ?

— Tu es irrécupérable, Sandy.

— Disons que je me sens plutôt d'humeur Pizza Hut, en ce moment.

Sandy fronçait encore les sourcils lorsqu'ils pénétrèrent dans la vaste salle pourpre, et qu'un maître d'hôtel les conduisit entre les couverts d'argent et les verres de cristal jusqu'à une table ronde recouverte d'une nappe damassée, dans un coin tranquille.

— Tu crois que c'était là qu'étaient assis Ann et ce cher docteur, ce soir-là ? demanda-t-elle durement.

— Ô mon Dieu, je suis désolé... J'aurais dû y penser.

— Ça ne fait rien. Ça va.

Ils commandèrent des apéritifs et jetèrent un coup d'œil sur les autres clients du restaurant, costumes et robes de soie, en attendant leurs cocktails.

— En quel honneur, tout ça? demanda Sandy. On fête quelque chose? Ce n'est pas pour rien, tout de même.

— Non, fit John en souriant, ce n'est pas pour rien.

— Tu m'engraisses pour l'abattoir, hein?

— Je ne sais pas si j'appellerais vraiment ça l'abattoir.

— Quoi, alors?

Ils furent interrompus par l'arrivée des cocktails et des menus. Dès que le serveur fut reparti, John se pencha en avant et tendit les mains vers les siennes au-dessus de la table.

— Sandy, ce qu'il y a, c'est que...

Il la regarda un moment en silence, comme s'il voulait s'assurer qu'elle était prête à en attendre ce qu'il avait à lui dire, baissa les yeux sur son verre, puis les replongea dans les siens.

— Voilà, je crois qu'on devrait se marier.

Sandy leva légèrement les yeux au ciel et se laissa aller en arrière sur sa chaise, un petit sourire aux lèvres.

— Tu ne vas pas recommencer?

— Je suis sérieux, cette fois.

— Pourquoi, tu ne l'étais pas, les autres fois?

— Bien sûr que si.

— C'est bien ce que je disais, tu veux m'emmener à l'abattoir, remarqua-t-elle avant de prendre une gorgée de Martini — apparemment le seul apéritif en usage ici.

— Je ne plaisante pas, Sandy. J'aimerais vraiment qu'on en parle.

— Il me semble qu'on en a déjà un peu parlé, non?

— Non. On en a discuté en rigolant, on a tourné autour comme des gamins, mais on n'en a jamais parlé sérieusement. Ecoute... Je t'aime. Et je crois que tu m'aimes aussi. Je me trompe?

— Non, murmura-t-elle.

— Alors?

— Alors? Je ne vois pas pourquoi A plus B doit forcément être égal à C.

— Tu peux m'expliquer?

— On est heureux comme ça, non? Beurk, je déteste ce mot, « heureux ». On est bien, disons. Alors pourquoi changer les choses?

— Je ne suis pas heureux.

— C'est vrai? Tu n'es pas bien?

— Non, dit-il, si simplement qu'elle en eut un frisson dans le dos.

— Je ne savais pas.

— J'ai besoin d'autre chose, Sandy, j'ai besoin de plus que ça. Je n'ai plus envie de rester dans le provisoire, tu comprends?

— Oh, John... Pourquoi maintenant? Honnêtement, tu ne penses pas qu'on a assez de soucis comme ça, ces temps-ci? Comment peux-tu espérer que j'aie la tête à ça dans un moment pareil? Tu sais bien, pourtant. Ce n'est pas gentil.

— Justement, je me disais que le fait qu'on traverse ensemble cette période difficile te ferait réaliser à quel point il est important d'avoir près de soi quelqu'un sur qui l'on peut s'appuyer.

En réalité, il craignait qu'elle n'en tire justement la conclusion inverse, car depuis quelque temps, il était hanté par l'impression qu'elle lui échappait un peu plus chaque jour.

— Une sorte de partenaire, ajouta-t-il.

Elle garda les yeux fixés sur lui sans répondre.

— Sandy, explique-moi. Qu'est-ce que tu as contre le mariage, exactement?

— Tu veux dire, en tant qu'institution?

— C'est là qu'est tout le problème, justement. Tu t'acharnes à considérer le mariage comme une institution. Tu ne peux pas simplement penser à nous deux? Le mariage, c'est toi et moi, Sandy.

— Ce n'est pas si simple, John. C'est une institution, que tu le veuilles ou non, du point de vue de la loi comme de celui de la société. Admets ça, au moins.

— Je n'admets rien du tout.

— Je n'ai pas envie d'appartenir à qui que ce soit, tu ne comprends pas? Je n'ai pas envie qu'on me dise comment je dois vivre, et je n'ai pas non plus envie de dire à quelqu'un comment il doit vivre. Je me sentirais prisonnière.

— C'est bien beau, l'indépendance parfaite, mais ça me semble une manière assez triste et solitaire de traverser la vie, si tu veux savoir.

— Ah oui? demanda-t-elle.

— Oui. Et puis en plus, je t'aime comme tu es, Sandy, je n'attends vraiment pas de toi que tu deviennes quelqu'un d'autre, si on se marie.

— Non?

— Non.

— Pourquoi c'est si important pour toi, John?

— Je suis peut-être l'opposé de toi, répondit-il après un long moment de réflexion. Moi, c'est en ce moment que je me sens prisonnier. Comme si tu m'interdisais de ressentir certaines choses, de regarder vers l'avenir, de faire des projets. Comme si tu m'interdisais d'être moi-même, comme si tu me bridais. La seule façon pour moi de me sentir tout à fait libre avec toi, c'est de m'engager pour de bon. A ce moment-là, on pourra peut-être se relâcher un peu, tous les deux.

— Se relâcher, et puis quoi ?

— Et voir ce qui se passe. On se fait confiance, on ferme les yeux et on saute dans le vide, si tu veux.

Elle se mit à tripoter nerveusement la grande serviette de lin qu'elle avait déjà dépliée sur ses genoux.

— Je ne peux pas continuer éternellement comme ça, déclara-t-il d'une voix à la fois morne et résolue.

— C'est un ultimatum ?

— Non, bien sûr que non... Enfin, je ne sais pas.

— Tu as pensé à Julia et Ali ?

— Eh bien quoi ?

— Qu'est-ce que tu fais d'elles, dans ton joli plan d'avenir ?

— Je n'en sais rien, admit-il. Tu ne crois pas qu'on devrait déjà essayer de régler la question de « Sandy et John », avant de commencer à penser à ça ?

— Encore une fois, ce n'est pas si simple.

— Ecoute, fit-il en croisant les bras sur la table. Je ne suis pas idiot, je me rends très bien compte que je vais peut-être signer pour un lot. On prendra les choses comme elles viennent, et puis c'est tout. D'accord ?

— Même si ça signifie garder les filles ?

— Oui.

Elle le dévisagea suffisamment longtemps pour comprendre qu'il avait sérieusement réfléchi à tout cela avant de lui en parler.

— Laisse-moi un peu de temps, d'accord ? demanda-t-elle.

Il soutint son regard un long moment avant d'acquiescer lentement de la tête. Elle soupira et se détendit contre le dossier de sa chaise.

— On peut commander, maintenant ?

— Allons-y. Il paraît que leur sole est excellente, que c'est le plat à ne pas manquer ici.

— Où est-ce que tu as entendu ça ?

— Je l'ai lu, dit-il en souriant. Dans ton journal. Eh oui, on est encore quelques-uns à le lire.

— Je crois que je vais prendre le magret.

Pendant le reste du repas, ils parlèrent de ce qu'ils mangeaient, des investissements immobiliers de certains de leurs amis et de films sur lesquels ils n'étaient pas d'accord, épuisant un à un les sujets de conversation classiques comme si c'était leur premier rendez-vous. Sandy but plus que d'habitude, et sur le chemin du retour, dans la voiture, elle avait l'esprit trop confus et trop encombré pour discuter davantage. Elle soulevait le couvercle métallique du cendrier, le laissait retomber, le soulevait, le laissait retomber.

— Arrête, dit-il.

Elle ne prononça pas un mot jusqu'à ce qu'il se gare dans la petite allée qui menait à chez elle.

— Comment tu peux être aussi sûr de moi? demanda-t-elle posément après qu'il eut coupé le moteur. Je veux dire, de vouloir rester avec moi?

— Je suis sûr, c'est tout.

— Tu ne me connais même pas, John. Enfin, pas vraiment.

— Je crois que si. Et de toute façon, tu penses qu'on peut réussir à tout savoir de quelqu'un, à le connaître *vraiment*?

Elle ne répondit pas. Les phares projetaient des ovales blancs sur la façade de la maison. Au bout d'un moment de silence, elle se pencha vers lui et l'embrassa pour lui dire bonsoir. Il n'avait pas été question qu'il passe la nuit chez elle, et il eut la délicatesse de ne pas insister.

Sandy trouva la baby-sitter assise à la table de la cuisine, sirotant un verre qu'elle ne fit aucun effort pour cacher.

— Je vous dois combien? demanda Sandy.

— Pas assez.

Sans s'énerver, Sandy lui paya le tarif horaire sur lequel elles s'étaient mises d'accord, et la raccompagna jusqu'à la porte. Elle monta lentement l'escalier, entra dans sa chambre sans aller jeter un coup d'œil chez les filles, et s'allongea tout habillée sur son lit.

Ses chaussures tombèrent bruyamment sur le sol lorsqu'elle replia les jambes pour se mettre en position fœtale.

Elle n'avait jamais véritablement eu de premier amour, c'est-à-dire d'amour de jeunesse, n'avait jamais connu ces foudroyants élans de bonheur et ces chagrins de fin du monde que l'on ne peut éprouver que les toutes premières fois — car lorsque l'on commence à perdre son innocence, à partir d'un certain âge, d'un certain nombre d'aventures, on devient sans doute incapable de continuer à se laisser emporter de la sorte. Ces amours-là — elle se souvenait en particulier d'une histoire de ce genre, dont elle n'avait pas voulu à l'époque — réclament une dose de naïveté qu'elle n'avait jamais possédée.

Mais depuis quelque temps, elle pensait avec mélancolie à cet amour fou qu'elle n'avait jamais connu — le premier, le seul qui reste vraiment. A la place de ces doux regrets qui restent ancrés toute une vie dans le cœur, de cette nostalgie réconfortante qu'elle aurait aimé trouver au fond d'elle-même, il n'y avait qu'une liste de noms sans visages et de visages sans noms, un triste catalogue.

Elle serra l'oreiller un peu plus fort contre sa joue.

La première fois que John lui avait avoué qu'il l'aimait, ils étaient ensemble depuis déjà trois mois. Ce soir-là, ils étaient allés au cinéma, puis au restaurant, et pendant tout le temps qu'ils avaient passé assis l'un en face de l'autre au Tokyo Inn, il l'avait dévisagée avec un sourire si étrange qu'elle avait fini par aller faire un tour aux toilettes pour voir si elle n'avait pas un morceau d'algue ou de sushi coincé entre les dents. Et ce n'est que plus tard dans la soirée, comme ils étaient blottis dans les bras l'un de l'autre après avoir fait l'amour, qu'il avait dit :

— Je t'aime.

Ces mots étaient sortis de sa bouche enveloppés dans une sorte de petit rire de plaisir, comme un aveu qui soulage. Elle avait senti tout son corps se raidir, presque malgré elle, et n'avait pas répondu tout de suite. Au bout d'un moment, elle avait murmuré :

— Tu crois que ce n'est pas un pari trop risqué, de tomber amoureuse de toi ? Je peux miser ?

— Hein ?

— Non, je veux dire, quelle est la cote, pour nous deux ? Tu nous sens plutôt favoris ou toquards ? Si tu étais à ma place, tu tomberais amoureuse de toi ?

— Pourquoi, c'est si effrayant ? avait-il demandé en riant. Je suis certainement plus sûr que Mon Dernier Dollar, tu sais.

Elle avait posé doucement la tête contre son épaule. Et ce n'est que lorsqu'elle avait entendu le rythme de sa respiration ralentir qu'elle avait chuchoté :

— Je t'aime aussi.

En se laissant gagner par le sommeil, il l'avait serrée dans ses bras.

Elle suivit le fil du téléphone en tâtonnant pour trouver le combiné, complètement déboussolée par les vapeurs de sommeil et d'ivresse.

— Alors ? dit-il.

— Comment oses-tu m'appeler si tard ? marmonna-t-elle. Tu vas réveiller les filles.

— Tu lui as parlé ou non ? Tu m'écoutes ? Est-ce que tu as discuté avec Ali ?

— Je vais le faire, Ted, je m'en occupe. Laisse-moi un peu de temps.

— Ça tombe mal, parce que s'il y a bien quelque chose que je n'ai pas, c'est du temps. Ne t'amuse pas à me mener en bateau, Sandy. Je ne te laisserai pas me foutre en l'air.

— Tu fais ça très bien tout seul.

— Quoi?

— Non, rien. Je t'ai dit, je m'en occupe.

— Rappelle-moi. Et vite.

Elle ouvrit la bouche, mais il avait déjà raccroché.

— La défense appelle Theodore Waring.

Ted s'avança lentement dans l'allée centrale et prêta serment. Au moment où il jurait de dire la vérité, sa voix résonnait à ses oreilles comme une voix étrangère, lointaine, avec des inflexions sourdes et métalliques — cette sensation que peuvent provoquer le manque de sommeil ou les émotions violentes, lorsque la respiration s'accélère et que le ton et le sens des paroles se noient sous un flot incessant d'adrénaline. Il n'avait plus réellement conscience de lui-même, ne savait pas si ses gestes apparaissaient lents ou vifs, souples ou heurtés. En réalité, les efforts qu'il faisait pour rester calme et maître de lui-même lui donnaient une apparence de sérénité, voire d'indifférence, que beaucoup des personnes présentes dans le tribunal trouvèrent déplacée, pour quelqu'un qui s'apprêtait à témoigner à propos de la mort de sa femme.

— Pour le procès-verbal, commença Fisk, pouvez-vous donner votre nom entier, s'il vous plaît?

— Theodore Lionel Waring.

— Mr. Waring, quels étaient vos liens avec la défunte, Ann Waring?

— C'était ma femme.

— Depuis combien de temps étiez-vous mariés?

— Seize ans.

— Et au moment de sa mort, vous étiez séparés?

— Oui.

— Mr. Waring, j'aimerais que nous parlions un peu de la vie que vous avez menée avec votre épouse. Pour commencer, pouvez-vous nous dire comment vous l'avez rencontrée, je vous prie?

— Nous nous sommes rencontrés au lycée.

— Vous vous êtes mariés très jeunes, n'est-ce pas?

— Oui. Elle avait vingt ans, j'en avais vingt et un.

— Pouvez-vous nous parler de la relation que vous entreteniez avec elle, les premiers temps?

— C'était la seule chose qui ait jamais compté pour moi.

Il leva les yeux vers l'assistance, silencieuse et attentive dans le dos de Fisk, toutes ces rangées de visages anonymes qui emplissaient le tribunal, puis les baissa lentement sur ses doigts croisés, en battant deux fois des paupières. Dans le jury, deux femmes firent claquer doucement leur langue contre leur palais.

— Ce n'est pas une façon de parler, continua-t-il. Littéralement, rien n'avait jamais vraiment compté pour moi avant Ann, et je crois qu'elle ressentait à peu près la même chose à mon égard. J'en suis même sûr. C'est peut-être cela qu'on appelle trouver sa moitié, trouver l'âme sœur. Et lorsqu'on s'en rend compte, tout le reste, les hauts et les bas, toute la petite quincaillerie qui tourne autour, même les disputes, rien de tout cela ne compte vraiment, je vous assure. Enfin, voilà à peu près l'état d'esprit dans lequel nous étions quand nous nous sommes rencontrés. Et ce n'était pas qu'une impression fugitive, c'était comme cela en permanence. Nous ne voyions pas arriver le moment où nous pourrions nous marier. Bien sûr, nous étions jeunes, mais...

Il sourit, malgré les conseils répétés de Fisk pendant la préparation de son témoignage — l'avocat savait que les sourires apparaissaient souvent comme des marques de suffisance, de contentement de soi, qui ne pouvaient avoir que des effets néfastes.

— Mais vous savez, de toute façon, le mariage ne nous privait de rien, nous n'étions ni l'un ni l'autre du genre à fréquenter les bals de l'école ou les boîtes de nuit.

Ted lut la désapprobation dans les yeux de Fisk et se concentra pour redonner une expression plus grave à son visage.

— Nous étions simplement... murmura-t-il. Enfin, plus grand-chose ne compte, depuis.

La salle du tribunal était plongée dans un profond silence. Le juge Carruthers elle-même se penchait vers Ted, et attendait. Dans le fond du prétoire, l'un des deux vieux habitués se racla bruyamment la gorge.

— Je suppose que ces premières années n'ont pas été faciles, dit Fisk lorsqu'il estima que la salle était suffisamment imprégnée des dernières paroles de Ted. Rares sont les couples qui durent, en s'étant mariés si jeunes. Et pourtant, vous avez réussi à rester ensemble?

— Oui.

— Vous disputiez-vous parfois avec votre épouse, Mr. Waring?

— Evidemment. Deux personnes qui vivent ensemble en permanence se disputent forcément de temps en temps. C'est inévitable, n'est-ce pas? C'est même normal, et plutôt sain, à mon avis. Je ne ferais pas confiance à un couple qui me dirait qu'il n'a pas à faire face à quelques désaccords passagers. Soit ils mentent, soit ils sont complètement demeurés.

— Bien sûr, dit Fisk en écartant cela au plus vite. Durant toutes ces années de vie commune, vous avez dû traverser ensemble des moments plus ou moins difficiles, n'est-ce pas?

— En effet.

— Vous est-il arrivé de battre votre femme, Mr. Waring?

— Jamais.

— Même quand vous étiez en complet désaccord avec elle?

— Je n'aurais jamais fait une chose pareille. Ça ne m'aurait même jamais traversé l'esprit.

— Mr. Waring, au moment de sa mort, aimiez-vous encore votre femme?

— Oui. Je l'adorais, ajouta-t-il avec des tremblements dans la voix. Comment peut-on croire que l'amour va s'évaporer comme ça, simplement parce qu'un morceau de papier déclare qu'il devient hors la loi à partir de telle date?

— Désiriez-vous retourner vivre avec elle?

— Oui. Plus que tout au monde. Et c'est ce qui se serait passé, j'en suis absolument persuadé.

— Mr. Waring, quatre jours avant que vous n'emmeniez vos filles en week-end à Fletcher's Mountain, avez-vous vu Mrs. Waring?

— Oui.

— Dans quelles circonstances?

— Nous nous sommes rencontrés à la pièce de théâtre de l'école d'Ali.

— Ali est votre fille cadette?

— Oui.

— Et que s'est-il passé, ce soir-là?

— Vous savez... Lorsqu'on est assis l'un à côté de l'autre et qu'on regarde un enfant auquel on a donné vie, lorsqu'on se regarde ensuite... Nous sommes rentrés ensemble à la maison.

— Au 374 Sycamore Street?

— Oui.

— Que s'est-il passé alors, Mr. Waring?

— Nous avons fait l'amour.

— Votre femme était-elle consentante, Mr. Waring?

— Oui. Mon Dieu, bien sûr que oui! Je ne l'aurais jamais forcée. Et puis ce que vous devez comprendre, c'est qu'il y avait toujours cette force incroyable qui nous attirait l'un vers l'autre. Ça ne s'était pas atténué. Nous nous aimions toujours. Et je vous assure que cette nuit-là, c'était la chose la plus naturelle du monde. Nous avions commis une erreur épouvantable, en nous séparant. Tout ce qu'il nous restait à faire, c'était de le reconnaître. Et nous y étions prêts.

— Tous les deux?

— Oui.

— Diriez-vous que ce fut une soirée... romantique?

— Oui. Et d'une certaine manière, même plus romantique que lorsque nous étions jeunes. Nous avions grandi. Nous nous connaissions mieux.

— Vous êtes-vous disputés, cette nuit-là? Y eut-il des moments de tension?

— Non.

— Bien. Quand avez-vous revu votre femme, par la suite?

— Quand je suis passé chercher les filles pour les emmener en week-end.

— L'après-midi du vendredi 20 octobre?

— Oui.

— Pouvez-vous décrire à la cour votre entrevue avec votre femme, ce jour-là?

— Je lui ai dit que je voulais revenir vivre avec elle. Je lui ai dit que je l'aimais.

— Et quelle fut sa réponse?

— Elle m'a promis d'y réfléchir de son côté, de penser à notre éventuelle réconciliation.

— Pensez-vous qu'elle était sérieuse?

— Ann était toujours sérieuse.

— Ce jour-là, vous vous êtes donc quittés en bons termes?

— Oui. En très bons termes.

— Et vous avez emmené vos filles camper. Bien. Mr. Waring, comment décririez-vous vos relations avec Julia?

— Julia a très mal supporté notre séparation. Je suppose qu'aucun enfant n'aime voir ses parents s'éloigner l'un de l'autre. Ça me paraît tout à fait normal, d'ailleurs. Les enfants aiment que les choses soient exactement ce qu'elles doivent être. Ils ont besoin de leurs deux parents, de toute façon. Bref, toujours est-il qu'elle m'en a beaucoup voulu, même si sa mère et moi avons essayé de lui expliquer que ce n'était la faute de personne en particulier, que c'était la vie, que je n'étais pas plus responsable qu'Ann. Mais ce n'est qu'une enfant. Elle était désorientée. C'est compréhensible. Mais depuis, sa colère contre moi n'a fait que s'accroître.

— Comment se manifestait cette colère?

— Elle boudait lorsque j'étais là, elle se repliait sur elle-même, elle devenait cynique. Elle a même essayé de faire échouer mes tentatives de dialogue avec Ann.

— Comment cela?

— J'ai découvert plus tard que lorsque j'appelais à la maison pour parler à Ann, Julia ne lui disait pas toujours que j'avais appelé.

— Elle mentait à Ann ?

— Oui. C'était quelque chose qui commençait à nous préoccuper sérieusement, Ann et moi. Nous étions tous les deux très inquiets de certains aspects du caractère et du comportement de Julia. Et en particulier de ses mensonges.

— Je vois.

Fisk s'interrompit un instant. Il ne regarda pas directement les jurés dans les yeux, mais tourna néanmoins la tête dans leur direction — *vous avez entendu comme moi*.

— Avez-vous essayé de parler à Julia, pendant ce week-end à Fletcher's Mountain ?

— Oui. J'ai essayé de lui expliquer une fois de plus que ce qui s'était passé n'était pas ma faute, ni la faute de personne. Je voulais qu'elle sache combien j'aimais Ann, et combien je les aimais, Ali et elle. Je lui ai dit que je voulais que nous redevenions une famille, que nous soyons de nouveau tous réunis, que je le voulais de tout mon cœur. Et je lui ai promis que ce ne serait plus jamais comme avant.

— Qu'entendiez-vous par là ?

— A une époque, fit Ted en baissant la tête, nous avons vraiment vécu des moments difficiles, Ann et moi. Bon, je crois que tous les couples passent par des étapes de ce genre, quand les années passent, quand les choses évoluent. Je n'en suis pas fier, mais enfin ça arrive à tout le monde, et puis ça n'a rien de si tragique, après tout. Bref, en tout cas, il est certain que nous nous sommes plutôt mal débrouillés pour le cacher aux enfants. Si nous étions coupables de quelque chose, nous étions coupables de cela. Elles ont probablement entendu certaines choses qu'elles n'auraient pas dû entendre. Comment pouvaient-elles comprendre ?

— Pouvez-vous répondre à la question, Mr. Waring ? fit le juge Carruthers en se penchant vers lui.

— J'ai dit à Julia qu'il n'y aurait plus de disputes, dit Ted d'une voix blanche. Plus de cris. Je n'aurais pas dû, mais je ne l'ai compris que plus tard. C'était une erreur de ma part. Je l'admets. Mais c'est ce que je lui ai dit.

— Pourquoi était-ce une erreur, Mr. Waring ?

— Car lorsque nous avons malheureusement élevé la voix, Ann et moi, Julia ne l'a pas supporté. Ça l'a mise hors d'elle. Elle a sans doute mal interprété ce qui se passait, et je crois qu'elle a paniqué.

— Objection, fit Reardon en se levant brusquement. Le témoin ne peut pas savoir ce qui s'est passé dans l'esprit de Julia.

— Accordée, fit le juge Carruthers avant de se tourner vers le jury. Vous ne tiendrez pas compte de la dernière réponse.

Fisk jeta un coup d'œil aux jurés, puis au juge, respira profondément, et poursuivit son interrogatoire.

— Revenons-en à ce retour de week-end, si vous le voulez bien. Vous êtes rentrés le dimanche après-midi à seize heures, n'est-ce pas?

— Oui.

— Qui portait le fusil?

— Moi.

— Pourquoi avez-vous apporté le fusil à l'intérieur de la maison, Mr. Waring?

— Pour en faire cadeau à Julia. Nous avions passé un si bon week-end que je me suis dit que nous pourrions retourner à Fletcher's Mountain avant la fin de la saison de la chasse. Tous les quatre, cette fois. J'ai donc pensé que c'était aussi bien si Julia le gardait.

— A votre connaissance, le cran de sûreté était-il verrouillé, à cet instant?

— Oui. D'ailleurs, le matin même, j'avais montré le maniement du fusil aux filles, et j'avais tenu à leur apprendre à vérifier le cran de sûreté.

— Que s'est-il passé quand vous êtes arrivés à la maison?

Ted prit un moment avant de répondre, comme s'il lui fallait faire un effort considérable. Ses yeux de granit sombre s'obscurcirent encore plus.

— Nous avons commencé à nous chamailler, Ann et moi, dit-il calmement. Je voudrais que ce ne soit jamais arrivé, mais c'est comme ça. Ce n'était pas pire que les autres fois, pourtant. Une petite dispute comme nous en avions eu tant d'autres. Il fallait sans doute passer par là pour pouvoir vraiment nous retrouver ensuite. C'était notre façon à nous d'avancer, je suppose, de régler les problèmes. Mais après la discussion que j'avais eue avec Julia à propos de ce qui allait changer entre sa mère et moi, je crois que ce début de querelle l'a complètement perturbée.

— Comment a-t-elle réagi?

— Elle a crié : « Non! Arrête! »

— Et selon vous, pourquoi a-t-elle crié cela?

— Parce qu'elle voulait que la dispute s'arrête.

— Est-il possible qu'elle ait crié « Non! Arrête! » parce que vous veniez de lever le fusil vers sa mère?

— Non. Absolument pas. C'est impossible. Je vous l'ai dit, elle ne supportait pas nos disputes. Julia sait se montrer très intransigeante, vous savez. Je dirais même intolérante, parfois.

— Quand Julia a crié « Non! Arrête! », à quelle distance se trouvait-elle de vous?

294

— A une cinquantaine de centimètres. Peut-être un peu plus, mais à peine. Moins d'un mètre en tout cas.

— Que s'est-il passé ensuite?

— Elle m'a sauté dessus. J'aurais peut-être dû m'y attendre après son cri, je ne sais pas, mais je n'ai vraiment rien senti venir. Elle a bondi sur moi comme si elle venait de nulle part et elle est tombée sur mon bras droit.

— Vous teniez le fusil de la main droite?

— Oui.

— Pouvez-vous essayer de nous raconter ce qui est arrivé ensuite, Mr. Waring?

Ted passa ses deux mains dans ses cheveux, presque douloureusement. Il avait le visage décomposé et livide, comme s'il venait de vivre la scène à l'instant, et il dut attendre un peu avant de parler pour retrouver toutes ses facultés.

— Le coup est parti, dit-il doucement. Julia m'est tombée dessus en un éclair, juste sur mon avant-bras, de tout son poids et, le temps que je réalise ce qui venait de se passer, le coup était parti. Quand j'ai levé les yeux... Excusez-moi, ce n'est pas facile. Quand j'ai levé les yeux, Ann était effondrée au pied de l'escalier et sa tête...

Il ferma les yeux et soupira doucement, incapable de continuer.

— Vous êtes certain que le coup n'est parti qu'après que Julia vous est tombée dessus?

— Oui.

— Mr. Waring, vous n'avez levé le fusil vers votre femme à aucun moment? Vous n'avez à aucun moment visé sa tête?

— Non. Je l'aimais. Je l'aimais plus que tout au monde.

— Avez-vous volontairement appuyé sur la détente?

— Non. Non. Je le jure. Le coup est parti lorsque Julia est tombée sur le fusil. Je suppose que son poids sur mon bras droit a dû enlever le cran de sûreté d'une manière ou d'une autre, je n'en sais rien.

— Lorsque la police est arrivée, qu'avez-vous demandé à Julia?

— Je lui ai demandé de leur dire la vérité. Simplement de dire la vérité.

— L'a-t-elle fait?

— Non, répondit-il à mi-voix.

— Vous affirmez que Julia a menti à la police?

— Oui. J'aimerais savoir pourquoi. Mon Dieu, j'aimerais vraiment savoir. Tout ce que je peux imaginer, c'est qu'elle était épouvantée, qu'elle avait peur d'admettre ce qui s'était vraiment passé.

— Objection, fit Reardon en se levant sans se presser. Ce sont de pures suppositions.

— Accordée.

— Je n'ai pas d'autre question, dit Fisk d'une voix calme et sûre.

Ted respira profondément, content que ce soit terminé. Il frotta ses paumes moites sur ses cuisses et leva les yeux vers le juge Carruthers. Exactement comme son ex-mari, pensa-t-elle : plus il faisait l'humble, plus il semblait arrogant. Elle prit son marteau et tapa un petit coup sec.

— L'audience est suspendue jusqu'à demain matin.

À dix-huit heures, la maison était déjà plongée dans l'obscurité. Dans la salle de bains de Sandy, Julia entendait le murmure constant de la télévision, à l'autre bout de la maison, devant laquelle Ali était allongée et jouait avec son ardoise magique, ne levant que de temps en temps les yeux vers l'écran. Sandy n'était pas encore revenue du journal. Elle passait à présent bien moins de temps avec elles à la maison que lors des premières semaines, et même lorsqu'elle était là, elle restait plus discrète qu'un fantôme, rasant presque les murs, traversant les pièces et les couloirs sans regarder autour d'elle, parlant peu et ne réclamant quasiment rien d'elles. Julia, qui avait eu quelque temps plus tôt le sentiment de vivre un véritable enfer sous le regard omniprésent de Sandy, et qui passait son temps à essayer d'échapper à sa vigilance étouffante, se sentait maintenant à la fois libérée et un peu perdue dans cette grande maison vide et silencieuse, un peu perdue sans l'attention permanente de sa tante.

Debout face au miroir, elle fouillait délicatement dans le petit tiroir de l'armoire à pharmacie. Elle finit par se décider pour un eye-liner noir et souligna ses paupières d'un trait moins fin qu'elle ne l'aurait voulu. Elle remit le crayon à peu près à l'endroit où elle l'avait trouvé, puis se servit de son mieux du fard à joues de Sandy, de son rouge à lèvres corail et de son mascara noir. Elle referma soigneusement le petit tiroir, s'empara de l'atomiseur posé sur la tablette et se vaporisa un peu de Chanel N° 19 derrière chaque oreille, comme elle se rappelait avoir vu sa mère le faire dans les grandes occasions. Sous sa minijupe, elle portait déjà le string de dentelle de Sandy. Elle retourna dans la chambre, où Ali, à présent assise en tailleur par terre et ayant délaissé son ardoise magique, dessinait sur une grande feuille avec des crayons de couleur.

— Je vais faire un tour chez Molly Keenan, dit Julia en prenant soin de rester suffisamment loin d'elle pour qu'elle ne remarque pas son visage maquillé.

— Qui c'est, Molly Keenan ?

— Une copine.

Ali posa son crayon vert et leva vers sa sœur un regard plein de soupçon. Julia n'avait pas beaucoup d'amies.

— Si Sandy revient, tu lui dis que je reste manger là-bas, d'accord?

Toujours sceptique, Ali se contenta d'opiner de la tête. Julia ne s'attarda pas une seconde de plus dans la chambre et dévala les marches de l'escalier deux à deux. Elle quitta la maison en vitesse pour être sûre de ne pas croiser Sandy, et parcourut d'un bon pas les deux kilomètres qui la séparaient du centre-ville. Sans clair de lune, les rues obscures n'étaient éclairées que par les lampadaires qui longeaient le trottoir, et Julia se pressait d'un cercle lumineux à l'autre, aussi vite qu'elle pouvait sans courir, en faisant tout de même attention de ne jamais mettre le pied sur la frontière entre la lumière vive et l'ombre, pour se porter bonheur.

Elle ralentit en arrivant dans les quartiers plus animés, pour ne pas avoir l'air suspect, et marcha dans Fieldston Street du pas le plus naturel possible, jusqu'au numéro cinquante-quatre. Elle leva les yeux et découvrit un vieux bâtiment de bois jaune à trois étages. Elle repéra le nom de Peter Gorrick sur l'interphone, hésita une seconde, et appuya d'un doigt tremblant sur le petit rectangle de plastique.

— Oui? Qui est-ce?

— Julia.

Un bourdonnement résonna dans le hall d'entrée, et la porte s'ouvrit.

Il l'attendait au premier étage, en haut des marches.

— Julia, qu'est-ce que tu fais ici?

Elle le suivit à l'intérieur de l'appartement sans répondre. Une fois dans le salon, il se retourna vers elle :

— Comment tu as trouvé mon adresse?

— J'ai regardé dans l'annuaire.

Il hocha la tête et la dévisagea d'un air intrigué et curieux, visiblement pris au dépourvu mais plutôt amusé par l'étrangeté de la situation.

Elle jeta un coup d'œil circulaire dans la pièce. De grandes baies vitrées donnaient sur la rue, et deux fougères fanées pendouillaient dans des pots accrochés à la tringle à rideaux, comme de vieilles perruques oubliées là. Le salon était décoré de manière plutôt hétéroclite : un tapis oriental défraîchi, un vieux secrétaire plein de tiroirs minuscules, et un divan de toile rayé bleu marine et vert. Un verre de vin rouge était posé sur la table basse de laque noire, à côté d'une pile de livres, de cahiers et de journaux. Elle s'assit sur le divan sans attendre qu'il le lui propose et, sans avoir ôté son blouson. Il s'installa sur une chaise en face d'elle et la regarda fixement. Sous son œil droit, le trait d'eye-liner s'étalait comme une trace de charbon, une empreinte de pouce noire sur sa peau pâle.

— Je vous avais demandé de ne pas parler à ma sœur, dit-elle.

— Je voulais juste la rencontrer.

— Non.

— Pourquoi?

Avant de répondre, elle baissa les yeux — *parce que vous êtes à moi.*

— Parce qu'elle n'est pas encore prête pour vous parler.

— Je n'avais pas de mauvaises intentions, tu sais, dit-il en prenant son verre pour boire une gorgée de vin.

— Je peux en avoir?

— De quoi? Du vin? Dis, tu ne crois pas que tu es un peu jeune? fit-il en riant.

— Non.

— Ah bon. Alors la prochaine fois, peut-être.

Elle fit la moue, haussa les épaules, et balaya une nouvelle fois le salon du regard.

— Vous avez une petite amie?

— Pas en ce moment, fit Peter en souriant.

Elle hocha légèrement la tête, prenant note de l'information, l'assimilant, s'en délectant.

— Sandy a beaucoup de petits amis. Vous avez déjà couché avec elle?

— Non, répondit-il d'une voix neutre.

— Vous la trouvez jolie?

— Sandy?

— Oui.

— Plutôt, oui.

Julia hocha une nouvelle fois la tête, en détournant les yeux.

— Et moi, vous me trouvez jolie?

— Je te trouve plus que jolie. Je te trouve troublante.

— Et troublante, c'est mieux que jolie?

— N'importe qui peut être jolie. Mais seuls les gens un peu spéciaux peuvent être troublants.

Julia croisa lentement les jambes.

— Tu as dit que Sandy avait beaucoup de petits amis. Elle fréquente d'autres hommes, en dehors de John Norwood?

Julia haussa évasivement les épaules. Elle décroisa les jambes et, en le regardant droit dans les yeux, elle se pencha vers la table basse, s'empara délicatement de son verre et but une gorgée. L'âcreté inhabituelle du vin lui piqua les yeux, mais elle parvint à transformer la grimace qu'elle sentait monter en une moue gracieuse, et reposa le verre sur la table avec précaution. Il la regardait d'un œil amusé.

— Sandy sait que tu es ici?

— Non. J'ai pas besoin de lui dire tout ce que je fais, fit-elle en fronçant les sourcils. Vous allez rester à Hardison, après le procès?

— Je ne sais pas encore.

— Je partirais, si j'étais vous.

— Je sais, dit-il en se penchant en avant pour poser ses coudes sur ses genoux. Sois patiente, Julia. Quand tu seras un peu plus grande, tu pourras aller où tu voudras.

— Vous avez réfléchi à ce que je vous ai demandé l'autre jour?

— Qu'est-ce que tu m'as demandé?

— Si vous alliez m'emmener avec vous à New York, répondit-elle avec impatience.

— Ecoute, Julia, tu sais que je suis très occupé en ce moment, avec mon travail au journal, le procès...

Il avait prononcé le dernier mot d'une voix prudente, comme pour tester l'effet qu'il produirait sur Julia.

— Je ne pense pas que ce soit le moment idéal pour un voyage, conclut-il.

— Plus tard, alors?

— On verra. On en reparlera le moment voulu, d'accord?

— Promis?

— Promis.

Il l'observa un moment — ses longues jambes croisées sous sa minijupe, son visage, ce masque de maturité dont la peinture maladroite s'écaillait un peu en certains endroits.

— Quand penses-tu qu'Ali sera prête à me parler?

— Je sais pas.

— Je voudrais vraiment, Julia.

Elle détourna les yeux et changea de position sur le divan. Il attendit qu'elle soit à nouveau immobile, les bras croisés, la tête fixe et bien droite sur son cou gracile.

— Tu voulais me parler d'autre chose, Julia? Tu es venue pour me dire quelque chose de précis?

Elle changea une nouvelle fois de position, manifestement un peu nerveuse, se pencha légèrement en avant pour se rapprocher de lui d'un demi-centimètre — elle mesurait la distance qui les séparait en millimètres — et secoua la tête.

— Tu ne crois pas que Sandy va finir par s'inquiéter?

Julia haussa dédaigneusement les épaules et se pencha pour boire une nouvelle gorgée de vin — qui passa bien mieux.

— Est-ce que je peux venir ici après l'école, de temps en temps ? demanda-t-elle une fois qu'elle eut reposé le verre. Juste pour faire mes devoirs, quoi. C'est tellement bruyant, chez Sandy.

— On verra ça, d'accord ? Mais pour l'instant, il commence vraiment à se faire tard. Tu ne veux pas que je te ramène chez toi ? Je te laisse à une rue de la maison, si tu préfères que les voisins ne nous voient pas ensemble.

Il lui fit un petit sourire en coin, furtif et complice, et, comme souvent, elle ne parvint pas à l'interpréter avec certitude.

— Si vous voulez, fit-elle en inclinant la tête.

Elle le suivit dans l'escalier à contrecœur. Sa voiture était garée de l'autre côté de la rue, et elle attendit qu'il déverrouille sa portière et la lui ouvre, avec sa galanterie habituelle. Dès qu'elle fut assise, elle se pencha sur le côté et ouvrit la sienne de l'intérieur, un geste insignifiant en apparence, mais qui la faisait entrer en quelque sorte dans le monde des femmes ; car après tout, c'était ce que faisaient les femmes. Ils traversèrent la ville calme, dont la plupart des boutiques étaient closes et éteintes, hormis deux restaurants et le kiosque à journaux de Main Street, s'engouffrant dans les longues rues désertes de Hardison, coupant silencieusement l'épaisseur de la nuit. Julia prenait de profondes inspirations, s'enivrait de l'odeur de la voiture, de la proximité de son corps.

Il se gara le long du trottoir à un pâté de maisons de chez Sandy, et laissa tourner le moteur.

— On reparlera bientôt de ce voyage à New York, dit-il.

Elle lui sourit faiblement, se pencha soudain vers lui, l'embrassa sur la joue et se précipita hors de la voiture.

— Je vous rappelle que vous êtes toujours sous serment, Mr. Waring, fit solennellement le juge Carruthers.

Ted se contenta d'un petit signe de tête. Il en était arrivé à la conclusion que le juge ne l'aimait pas. Avec sa coiffure si soignée, son impressionnante collection de chemisiers de soie, sa voix sèche, elle lui rappelait quelques-unes des femmes les plus coriaces auxquelles il avait eu affaire depuis des années dans son métier, des femmes de haut niveau, avec des comptes en banque de haut niveau, qui paraissaient extrêmement fières d'être si difficiles à satisfaire. Il baissa les yeux vers le sténotypiste du tribunal, dont les doigts attendaient, en suspension un centimètre au-dessus des touches de sa machine.

Reardon se leva avec une certaine gravité, posa les mains sur sa table parfaitement en ordre, et plongea les yeux dans ceux de Ted pendant de longues secondes avant d'entreprendre son contre-interrogatoire.

— Mr. Waring, commença-t-il, vous avez témoigné hier que vous vous disputiez fréquemment avec votre femme, mais que cela se terminait toujours bien. Je vous avoue que je suis un peu surpris. Tout à fait perplexe, même. C'est forcément inexact puisque, si je ne me trompe, vous aviez entamé une procédure de divorce, avant la mort d'Ann Waring. N'est-ce pas ?

— Nous étions sur le point de nous réconcilier.

— Vous nous avez dit que vous l'espériez, certes, mais rien ne nous prouve, absolument rien, que cela ait été également le vœu de Mrs. Waring. Je dirais même que nous avons plus d'une preuve du contraire. Sauf erreur de ma part, de nombreux témoignages nous ont appris ces jours derniers qu'elle faisait son possible pour se détacher de vous, est-ce exact ?

— Non, je ne suis pas d'accord avec ces témoignages.

— Ce fut sans doute assez douloureux pour vous, non ?

Ted ne répondit pas à ce qui lui apparut comme une simple provocation.

— Vous décririez-vous comme un homme jaloux, Mr. Waring ?

— Je n'ai jamais désiré ce qui n'était pas à moi.

— Dois-je comprendre que vous considériez Ann Waring comme l'une de vos possessions ?

— Je n'ai pas dit cela.

— Selon votre témoignage, vous avez passé tout votre week-end à Fletcher's Mountain à envisager une possible réconciliation, en supposant que votre épouse faisait de même de son côté. Mais le dimanche soir, quand vous êtes rentré, Ann ne vous a-t-elle pas avoué que, loin de réfléchir à votre proposition, elle était allée dîner avec le Dr. Neal Frederickson, le vendredi soir ?

— Si. Mais ça ne signifiait rien du tout.

— Etes-vous en train de nous expliquer que les rendez-vous que votre femme pouvait avoir avec d'autres hommes ne signifiaient rien pour vous ?

— Ça ne signifiait rien pour elle, c'est ce que je voulais dire.

— Cela signifiait donc quelque chose pour vous ?

— Je n'en sais rien.

— Pourtant, vous avez déclaré hier que vous aviez commencé à vous disputer avec votre femme quasiment dès votre arrivée chez elle, n'est-ce pas ?

— Oui.

— Et ne vous disputiez-vous pas à propos du fait qu'elle était sortie avec un autre homme ?

Ted jeta un bref coup d'œil vers Fisk, puis se concentra de nouveau sur Reardon.

301

— Je n'ai pas tellement apprécié qu'elle soit sortie avec cet homme, c'est vrai. Mais je ne l'ai pas tuée pour autant.

— En réalité, vous étiez fou de rage d'apprendre qu'elle fréquentait un autre homme au moment même où vous pensiez qu'elle étudiait la possibilité de renouer avec vous. Est-ce exact, Mr. Waring?

— Elle comptait toujours revenir avec moi.

— Ça, nous ne le saurons jamais, n'est-ce pas, Mr. Waring? Lors de cette dispute, Ann ne vous a-t-elle pas dit qu'elle avait l'intention de continuer à voir d'autres hommes, qu'elle avait l'intention de commencer à se bâtir une nouvelle vie toute seule?

— Non. Nous allions redémarrer notre vie ensemble, insista-t-il.

— Et lorsqu'elle vous a annoncé cela, n'avez-vous pas crié « Si tu crois que je vais laisser les choses se passer comme ça, tu n'es pas au bout de tes surprises »?

— Je ne me souviens pas de ce que j'ai dit. On dit beaucoup de choses que l'on ne pense pas, quand on se dispute, vous le savez très bien. Ça ne veut rien dire.

— Vous ne pouviez pas supporter que votre femme échappe à votre emprise, Mr. Waring?

— Nous nous appartenions l'un à l'autre. Rien ne pouvait nous séparer.

Il sentait la colère monter dans sa gorge, une colère amère, sourde et violente, qu'il essaya aussitôt de réprimer. Mais malgré ses efforts, son aigreur filtrait sensiblement dans sa voix.

— Vous ne pouvez peut-être pas comprendre ça, mais elle si.

— Ce dimanche après-midi, ne vous êtes-vous pas arrêté au Burl's Lounge sur le chemin du retour, et n'y avez-vous pas bu plusieurs verres?

— J'ai bu un verre.

— Puis-je vous rappeler que vous êtes sous serment? Votre taux d'alcoolémie était deux fois supérieur à la limite légale. Ce qui correspond indiscutablement à plus d'un verre, Mr. Waring.

— Je ne m'en souviens pas.

— Vous ne vous en souvenez pas? Remarquez, il n'est pas très étonnant que les souvenirs que vous gardez de cette soirée soient assez flous, avec un taux d'alcoolémie de 1,6 gramme. D'après vos vagues souvenirs, donc, Mr. Waring, diriez-vous que vous êtes arrivé chez Ann Waring dans un état, disons, fébrile? Nerveux? Inquiet?

— Je suis arrivé à la maison avec pour seule intention d'emmener ma famille dîner.

— Et dans l'état d'ivresse dans lequel vous vous trouviez,

n'avez-vous pas réagi de manière complètement démesurée quand vous avez compris que ce n'était pas ce qui allait se passer, que vous seriez obligé de faire une croix sur le dîner et le reste, lorsque Ann vous a parlé de ses projets ?

— Non, répondit-il sans une seconde d'hésitation.

— N'avez-vous pas brusquement réalisé que votre mariage, la seule chose qui ait jamais compté pour vous, comme vous l'avez dit vous-même, était réellement et définitivement brisé ?

— Je vous l'ai dit, il n'était pas brisé. Il n'était pas brisé du tout.

— Vous avez vu se désintégrer sous vos yeux tout ce que vous aviez de plus précieux, Mr. Waring. Ce triste spectacle ne vous a-t-il pas rempli de fureur ?

— Objection ! cria Fisk. Maître Reardon harcèle le témoin.

— Objection rejetée.

— En réalité, continua Reardon sans prêter la moindre attention à Fisk, Julia n'a-t-elle pas crié « Non ! Arrête ! » lorsqu'elle vous a vu lever le fusil à hauteur d'épaule et viser la tête de votre épouse ?

— Non.

Le visage de Ted devenait de plus en plus rouge, et les veines de son cou palpitaient de façon presque visible.

— Non ! Ça ne s'est pas passé comme ça !

— Mr. Waring, n'a-t-elle pas bondi sur vous seulement après que vous avez tiré, dans un effort désespéré, et malheureusement trop tardif, pour arracher le fusil de vos mains ?

— Non. Je ne sais pas pourquoi Julia s'est conduite comme ça. Je n'en sais absolument rien. Mais ce n'est pas parce que j'ai pointé le fusil sur Ann. Je n'aurais jamais fait ça.

— Vous avez préféré tuer votre femme, n'est-ce pas, Mr. Waring, plutôt que de la voir avec un autre homme ?

— Non. Non, non, non. Je vous l'ai dit, c'était un accident. Je l'aimais.

Les mots raclaient douloureusement les parois de sa gorge, qui s'était soudain asséchée.

— Vous l'aimiez peut-être trop.

— Je ne savais pas que l'on pouvait trop aimer quelqu'un, répliqua-t-il.

— Même lorsqu'on confond amour et possession ?

Ted jeta un regard mauvais au procureur et ne jugea pas utile de répondre.

— Mr. Waring, selon votre témoignage, vous aviez des relations difficiles avec votre fille aînée, Julia, qui vous tenait pour responsable des problèmes de la famille.

— En effet.

— N'est-il pas possible qu'elle ait réagi comme elle l'a fait parce qu'elle avait assisté dans le passé à de nombreuses scènes de violence de votre part à l'encontre de sa mère ?

— Je ne sais pas pourquoi elle a réagi ainsi. J'aimerais le savoir. Mais en tout cas, je n'ai jamais levé la main sur Ann.

— Une dernière question, si vous permettez. A partir du moment où vous avez franchi la porte de la maison, et jusqu'à ce que le coup de feu soit tiré, quelqu'un d'autre que vous a-t-il eu le fusil en main ?

— Non.

— A aucun moment ?

— Non.

— Je n'ai pas d'autre question.

Depuis le début de son interrogatoire, Reardon n'avait pas bougé d'un centimètre. Il retira doucement ses mains de la table et se rassit sur son imposante chaise de bois, le dos parfaitement droit.

— Vous pouvez quitter la barre, annonça le juge Carruthers à Ted.

Mais il ne se leva pas, ne remua pas un cil, comme s'il n'avait pas entendu. Il observait fixement Reardon — son aplomb facile, ses discours faciles, sa vie facile.

— C'était un accident, murmura-t-il, les mâchoires crispées.

— Vous pouvez quitter la barre, Mr. Waring, répéta le juge Carruthers.

Après des heures passées dans les murs sombres du tribunal, Sandy plissa les yeux face à la lumière encore vive de cette fin d'après-midi. Elle avait encore mal aux doigts tant elle avait serré les poings pendant le témoignage de Ted. Elle descendit les marches en vitesse pour s'éloigner de lui, et ne ralentit le pas que lorsqu'elle approcha de sa voiture, garée au coin de la rue. Elle posa une main sur le capot pour rester calme et garder son équilibre tandis qu'elle fouillait au fond de son grand sac en bandoulière pour trouver ses clés. Mais dès qu'elle les eut trouvées, parmi les mouchoirs froissés et la petite monnaie, elle secoua la tête et les replongea au fond du sac. Elle s'écarta brusquement de la voiture en s'aidant de la main, comme une nageuse qui repart dans l'autre sens à l'extrémité du bassin, et reprit son chemin à grands pas rapides. Elle n'avait jamais particulièrement aimé marcher sans but, sans destination précise en tête — ce n'était pas une flâneuse —, mais à présent elle n'avait envie que d'avancer, d'avancer vite, comme si la vitesse était un but en elle-même. Elle passa devant la vieille bibliothèque de pierre, de laquelle sortait un groupe d'enfants derrière une institutrice, et se dirigea vers le bas de Main Street, en traversant juste au moment où le piéton passait au rouge.

Elle ne ralentit que lorsqu'elle approcha du bout de la rue, près de la zone industrielle et commerciale qui bordait la ville. On avait détruit depuis des années le vieil immeuble beige de l'école primaire qu'elle fréquentait avec Ann, pour construire à la place le supermarché Grand Union. A chaque fois qu'elle passait devant, elle se demandait ce qu'était devenue la sculpture de l'entrée de l'école, une sorte de gros rocher devant lequel Ann et elle avaient pris l'habitude de se retrouver à la sortie des cours.

C'est près de ce rocher qu'elle avait attendu Ann, le jour où elles avaient fugué.

Une voiture klaxonna nerveusement derrière elle, et elle se rendit compte qu'elle était debout au beau milieu de la voie de sortie du supermarché.

C'était une idée de Sandy, bien sûr, une idée née dans la petite chambre de Rafferty Street et longtemps couvée dans son atmosphère confinée, lorsqu'elles avaient huit et dix ans. Aussi loin que remontent ses souvenirs, elle avait eu ce projet en tête — comme si le besoin de s'échapper lui était venu en même temps que la conscience, que la mémoire — mais elle craignait de ne jamais parvenir à convaincre Ann de l'accompagner ; Ann qui entrevoyait sans doute le côté romantique de l'entreprise, mais n'en ressentait certainement pas la nécessité. Que s'était-il passé pour qu'elle change d'avis et accepte de se laisser entraîner ?

C'est Jonathon qui prépara le dîner ce soir-là, des saucisses de Francfort et de la purée de pommes de terre, et mit la table — des assiettes dépareillées qui provenaient de différents cadeaux de mariage, aujourd'hui ébréchées pour la plupart. Assise en face de lui, Estelle lui adressa un sourire reconnaissant mais las pour le remercier de ses efforts — elle était si fatiguée en ce moment. Elle planta sa fourchette dans le tas de purée qu'il avait déposé à la louche dans son assiette. Il la regarda la porter à sa bouche, en tenant le manche dans son petit poing fermé, comme une gamine.

Mais soudain, son visage se congestionna et devint cramoisi. Les yeux exorbités, elle enfonça deux doigts dans sa bouche et en retira une vis de deux centimètres de long, tout engluée de purée.

— Tu essayes de me tuer ! hurla-t-elle à Jonathon. J'ai toujours été un fardeau pour toi, et voilà, ça y est, tu as trouvé un moyen de me tuer !

— Ne dis pas de bêtises, fit-il en riant. Je n'ai pas la moindre idée de ce que ça fait là-dedans.

Il n'y avait pourtant vraiment pas de quoi s'étonner, vu l'état de la maison. Mais Estelle était à des kilomètres de ce genre de raisonnement, à des kilomètres de toute réalité.

— Tu veux te débarrasser de moi! Tu as toujours voulu te débarrasser de moi. Assassin!

Il se leva et s'approcha d'elle, de son visage moite et décomposé, lui caressa les cheveux, les joues, la prit dans ses bras et la serra fort contre lui.

— Non, je ne veux pas me débarrasser de toi. Pour rien au monde. Je t'aime. Je t'aime, ne cessa-t-il de répéter, jusqu'à ce qu'Estelle ravale peu à peu ses sanglots et lève doucement les yeux vers lui, égarée et livide, rompue par sa propre hystérie.

— Tu es tout ce que j'ai au monde, chuchota-t-il.

Il se pencha pour l'embrasser et elle ouvrit grande la bouche, une bouche chaude et gloutonne, sous les yeux d'Ann et de Sandy, assises les mains sur les genoux, qui ne pouvaient rien faire d'autre que de les regarder bêtement. A partir de ce moment, Jonathon et Estelle ne se retournèrent plus vers elles, ne prononcèrent pas un mot. Ils sortirent de la pièce comme si elles n'existaient pas, enlacés et fébriles, en tâtonnant, pressant, empoignant la chair l'un de l'autre à pleines mains sur le chemin de leur chambre. Ann et Sandy les entendirent fermer la porte à clé derrière eux. Elles se levèrent, vidèrent les assiettes encore pleines dans la poubelle et commencèrent à faire la vaisselle. C'est ce soir-là qu'Ann finit par accepter, allez, d'accord, on y va.

En partant à l'école le lendemain matin, elles emportèrent tout l'argent qu'elles purent rassembler, quatre dollars et trente-deux *cents*. Elles ne mangèrent pas le déjeuner qu'elles avaient préparé elles-mêmes avant de partir, comme tous les matins, préférant le garder pour plus tard, quand elles en auraient réellement besoin. Elles se retrouvèrent devant le rocher à quinze heures, et commencèrent à s'éloigner de la ville à pied, passèrent la station Mobil, l'église méthodiste, les derniers immeubles.

— Où on va? demanda Ann.

— Je sais pas.

Elles se dirigèrent vers les collines par la vieille route 93, qui s'élevait, virage après virage, au-dessus de Hardison. La luminosité diminuait, il commençait à faire froid, et elles eurent bientôt faim. Elles s'arrêtèrent sur le bord de la route, avalèrent leurs sandwichs en vitesse et reprirent leur marche sans perdre une minute. Mais tout l'enthousiasme, tous les rêves et toutes les envies de liberté de la nuit passée semblaient s'éloigner un peu plus d'elles à chaque pas.

Il n'était pas dix-huit heures quand Ann demanda :

— Où est-ce qu'on va dormir, cette nuit?

— A la belle étoile.

— Il fait froid.

— Et alors? On va pas en mourir.

Elles continuèrent à avancer, sur la route de plus en plus sombre qu'aucun lampadaire n'éclairait plus depuis deux bons kilomètres.

— Je crois qu'on devrait rentrer à la maison, dit Ann au bout de quelques minutes.

Elle s'était arrêtée, parfaitement immobile et visiblement décidée à ne pas faire un pas de plus. Au-dessous d'elles, elles apercevaient les lumières de la ville, les longues rues rectilignes, les quartiers bien délimités — tout cela leur paraissait plus ordonné, plus paisible que jamais. Ann fit résolument demi-tour et commença à redescendre.

Et Sandy la suivit. Elle la suivit sans un mot. Sans discuter, sans essayer de la convaincre, sans même la moindre protestation. Elle se contenta de faire demi-tour comme sa sœur et de la suivre silencieusement.

Sandy avait quitté le parking du Grand Union depuis longtemps et marchait sans vraiment s'en rendre compte, sans se soucier de la direction qu'elle prenait. Ce qu'elle n'avait jamais réussi à savoir, ce qu'elle ne savait toujours pas, c'était si Ann avait réellement pensé qu'elles partaient pour de bon, comme elle, si elle en avait réellement envie, ou bien si elle ne l'avait suivie que pour lui faire plaisir et ne pas être considérée comme une lâche — ce n'était peut-être qu'un jeu, pour elle, après tout. Elle y avait souvent pensé depuis, et avait même fini par poser la question à Ann, qui avait éclaté de rire:

— Holà, j'ai oublié tout ça depuis longtemps! Ecoute, de toute façon, on ne serait pas allées bien loin, avec quatre dollars et trente-deux *cents*, hein?

Sandy, elle, n'avait jamais oublié cet après-midi, l'avait revécu un million de fois en pensée, car ce jour-là, elle avait appris quelque chose de si surprenant et de si troublant que le choc de cette découverte laisserait toujours des traces en elle. C'était la première fois qu'elle s'était retrouvée face à face avec la peur, avec sa peur, et le goût de ces heures dans les collines persistait encore aujourd'hui dans sa bouche, le goût de la lâcheté qui s'était infiltrée insidieusement au plus profond d'elle-même ce soir-là, là où elle n'avait toujours pensé trouver que bravoure sans limites — un avertissement, un doute, un goût aigre et persistant dont elle ne pourrait jamais se débarrasser tout à fait.

Elle donna un coup de pied dans un petit caillou pour l'écarter de son chemin et repartit en direction de sa voiture.

Ce soir-là, alors que Sandy vidait dans la poubelle les boîtes du repas chinois qu'elles s'étaient fait livrer, Julia se tourna vers elle et lui demanda :

— Qu'est-ce qui va se passer, d'après toi ?
— Quand ça ?
— Au procès. Avec papa. Ils vont le libérer ?

Sandy soupira et tourna les yeux vers la fenêtre.

— Je n'en sais rien, Julia.
— Mais c'est possible ?
— C'est possible, oui.
— On devra retourner habiter avec lui, Ali et moi ?
— Je n'en sais vraiment rien, Julia.

Julia sortit de la cuisine, et ne se montra plus de la soirée.

Julia se faufila dans le couloir jusqu'à la chambre de Sandy et jeta un regard indiscret à l'intérieur. Elle dormait, silencieuse et immobile, apparemment paisible. Julia avança d'un pas prudent et s'approcha du lit. Elle resta là un moment sans bouger, à écouter la respiration régulière de Sandy, à fixer le bras nu, mince et pâle, qu'elle avait posé sur les couvertures. La masse sombre de ses cheveux lui cachait en partie le visage. L'un de ses pieds dépassait des draps ; le vernis de ses ongles semblait écaillé depuis longtemps. Julia recula prudemment sans quitter Sandy des yeux, et sortit en refermant la porte sans un bruit.

Elle retourna s'asseoir près de la fenêtre de sa chambre et serra ses genoux si fort contre sa poitrine que cela en devint presque douloureux. La nuit passait autour d'elle, certaines heures lui paraissant longues, étirées comme de la pâte, d'autres courtes et denses. Elle n'était encore jamais restée éveillée si tard, et n'avait conscience que d'une chose : le bourdonnement permanent et régulier de son esprit.

Elle quitta la fenêtre à six heures du matin, ôta sa longue chemise de nuit blanche, et sortit ses affaires du tiroir de la commode en attrapant au hasard ce qu'elle trouvait, une jambe de pantalon, une manche de chemise, une chaussette. Dans son esprit aussi, ce n'était qu'un tourbillon de pensées qui se cognaient les unes aux autres, qui semblaient rebondir contre les parois de son cerveau, toutes ces pensées en vrac qui s'entrechoquaient avec un bruit de ferraille, sauf une : *Non.*

Elle était en train d'enfiler un gros pull lorsque Ali ouvrit les yeux.

— Chut, murmura Julia. Ecoute-moi, Ali. Je suis obligée de partir tôt. Quand tu descendras, dis à Sandy que je suis allée à l'école pour bosser sur un exposé de sciences nat avant le cours. D'accord?

— Mais l'école est pas encore ouverte...

— Elle le sait pas.

— Tu vas où?

— Dehors.

— Tu reviendras?

— Oui.

— Quand?

— Je sais pas.

— Tu vas pas me laisser, hein?

— Non, Ali.

— Tu peux pas me dire où tu vas? S'il te plaît.

— Non, je peux pas. Je te le dirai après.

— Je peux pas venir avec toi?

— Non.

Julia passa devant la chambre de Sandy, jeta un dernier coup d'œil à l'intérieur, puis descendit l'escalier sur la pointe des pieds et quitta la maison.

Le matin commençait à se lever sur les rues calmes de la ville, humide et froid, fragile. Quelques cuisines s'allumaient au rez-de-chaussée des maisons, et de temps en temps, une voiture s'arrachait paresseusement à son garage, tandis que Julia courait, s'arrêtait quelques secondes pour reprendre son souffle, et reprenait sa course. En approchant du centre-ville, elle croisa un couple de retraités en survêtements et anoraks identiques, le journal du matin à la main. Elle tourna dans Fieldston Street.

Il venait de sortir de la douche quand il l'entendit frapper.

— Julia?

Elle fixait son torse imberbe et musclé pendant qu'il boutonnait sa chemise, en la dévisageant avec curiosité.

— Tu ne devrais pas être sur le chemin de l'école, à l'heure qu'il est?

— J'ai quelque chose à vous dire.

— Bien sûr, entre, fit-il en voyant son visage anxieux, les gouttes de sueur qui perlaient sur son front. Assieds-toi.

Elle se posa timidement au bord d'une chaise dans la cuisine, tandis qu'il se versait une tasse de café et s'asseyait en face d'elle.

— Qu'est-ce qu'il y a?

Julia sentit son visage devenir écarlate et brûlant. Elle détourna un instant les yeux vers le plan de travail, sur lequel une boîte de corn flakes était ouverte. Elle la fixa un long moment avant de se tourner de nouveau vers lui, lentement.

— Mon père a couché avec Sandy.

La moitié du café de Peter se renversa sur la table quand il reposa sa tasse.

— Attends, j'ai bien entendu, là? Oh, nom de Dieu... Qui est-ce qui t'a dit ça?

Les yeux de Julia s'emplirent de larmes, et elle les détourna une nouvelle fois avant de répondre.

— Personne me l'a dit. Je les ai vus.

Elle parlait d'une voix si faible qu'il dut se pencher au-dessus de la table pour l'entendre.

— Tu les as vus?

— Oui, fit-elle en levant soudain les yeux sur lui, craintive et provocante à la fois.

Il se laissa aller contre le dossier de sa chaise, passa rapidement la langue sur ses dents de devant et cligna des yeux.

— Quand?

— Il y a quelque temps.

— Quand ta mère était encore en vie?

Julia approuva de la tête, de nouveau au bord des larmes.

— Ton père habitait encore avec vous, à cette époque?

— Ouais, fit-elle d'une voix à peine audible, les lèvres tremblantes.

— Julia, dit Peter en écartant sa tasse de café pour s'accouder sur la table. Comment tu les as vus?

— Un soir, je revenais de chez ma copine Jenny Defoe. Elle habite près de chez Sandy. Il a commencé à pleuvoir et je me suis dit que Sandy pourrait peut-être me ramener à la maison en voiture, alors j'ai pris un petit raccourci que je connais pour aller chez elle et je suis arrivée à la porte de derrière.

Julia baissa la tête et passa la langue sur ses dents.

— Continue.

— Je les ai vus par la fenêtre de la cuisine, dit-elle en tripotant le bas de sa chemise. Ils étaient couchés par terre.

Elle lâcha sa chemise et regarda Peter, avec des yeux à présent plus clairs et plus durs, décidés, indignés.

— Nus.

— Tu es sûre que c'était ton père?

— Oui.

— C'était peut-être quelqu'un d'autre, tu as pu confondre.

— Non, insista-t-elle. Je vous dis la vérité.

— Pourquoi tu me dis ça, Julia? demanda Peter en se massant pensivement le menton.

— Ça prouve pas qu'il l'a tuée?

— Non, ça ne prouve rien du tout.

— Mais il a menti à ma mère. Il lui a menti! s'exclama-t-elle d'une voix aiguë. Vous pouvez pas écrire ça?

— Tu as pensé à Sandy? Tu es consciente de ce que ça va lui faire?

— Et alors?

— Tu n'as jamais parlé de ça à personne? Tu ne l'as jamais dit à ta mère?

Sa mère, qui pleurait et se torturait pour un rien. Julia secoua la tête.

— Tu es d'accord pour qu'on enregistre tout ça? demanda-t-il.

— Pour quoi faire?

— Parce que tu es ma seule source, pour le moment. Et il va falloir que je te cite, mot pour mot.

Julia hésita un instant, regarda autour d'elle comme si elle espérait y trouver une réponse, croisa et décroisa les jambes, et finit par murmurer :

— D'accord.

— Reste ici, dit-il. Ne bouge pas.

Il se leva et se dirigea vers le salon. Quand il revint, une minute plus tard, il tenait en main un petit magnétophone noir.

Derrière les fenêtres, la ville commençait à s'animer. Il écouta la cassette une dernière fois et éteignit l'appareil. Malgré l'heure matinale, il alla prendre une bière dans le réfrigérateur. Il avait réussi à se convaincre que ce serait en quelque sorte comme les guerres modernes, qu'il n'aurait pas à regarder ses victimes en face, qu'il pourrait frapper et disparaître sans être témoin des dégâts produits.

Il s'approcha distraitement de la fenêtre, jeta un coup d'œil dehors à travers les rideaux, puis se laissa tomber sur le canapé avec sa bière. Une brave fille, vraiment. Il lui donnerait un coup de main, plus tard, il l'aiderait à réaliser ce qui lui tenait le plus à cœur, s'en aller, il lui donnerait des conseils, des tuyaux, des adresses, tout ce qui lui restait de son existence passée, tout ce qui avait constitué son monde mais lui avait rendu si peu service, à lui. Il ferait ça pour elle. Il finit sa bière d'un trait et se releva. Il avait du pain sur la planche.

Hardison, N.Y., 24 février — Le Chronicle *a pris connaissance d'un fait nouveau et capital dans le procès pour meurtre engagé contre Theodore Waring. Une interview exclusive recueillie par notre reporter apporte la preuve que l'accusé a trompé sa femme, Ann Waring, avec la propre sœur de celle-ci. Selon sa fille de treize ans, Julia Waring, Mr. Waring a eu une liaison avec Sandy Leder, sa belle-sœur, alors qu'il vivait encore avec son épouse, aujourd'hui décédée. Julia Waring, qui avait douze ans à l'époque, a pu constater cela de ses propres yeux lorsque, par le plus grand des hasards, elle a surpris son père et sa tante alors qu'ils se livraient à des pratiques sexuelles. Trop bouleversée par sa découverte, la jeune fille n'avait pas eu le courage de se confier à qui que ce soit jusqu'à présent. Lors de son témoignage, Sandy Leder n'a rien mentionné de ce genre sur la nature de ses relations avec l'accusé. Toutes nos tentatives pour obtenir des réactions de la part de Mrs. Leder et de Mr. Waring sont restées sans réponse. Dans un bref communiqué qu'il nous a fait parvenir, le procureur Gary Reardon déclare qu'il ne fera aucun commentaire sur cette affaire pour l'instant. L'avocat de la défense, Harry Fisk, considère ces révélations comme « scandaleuses et déplacées ». Selon lui, il ne s'agit que d'une « rumeur sans fondement, qui n'a absolument pas sa place dans un procès digne de ce nom ». L'audience reprendra lundi matin avec le témoignage de la fille cadette du couple Waring, Ali Waring.*

John empoigna le journal à deux mains. La une était à moitié illisible, trempée par le café qu'il avait renversé dessus quelques instants plus tôt. Il reposa le *Chronicle* sur la table pour la troisième fois, le fixa quelques secondes encore, puis le froissa rageusement et le lança à travers la pièce. Tremblant de tous ses membres, les yeux fous, il donna un violent coup de poing sur la table. Après avoir frotté un moment sa main endolorie, il s'empara du téléphone mural et composa le numéro de Sandy. Elle décrocha à la quatrième sonnerie.

— Je veux juste savoir une chose, dit-il. C'est vrai ?
— Oui.

Elle l'entendit respirer difficilement, puis déglutir.

— John ? Je vais t'expliquer.

Mais il avait déjà raccroché.

Elle reposa lentement le combiné. Depuis qu'elle avait ouvert la porte pour prendre le journal comme elle le faisait chaque matin, à peine réveillée, se baissant vers le paillasson en bâillant, les yeux encore gonflés de sommeil, rien ne semblait plus avoir le moindre poids, la moindre consistance. Tout vacillait autour d'elle, et le sol se dérobait sous ses pieds comme des sables mouvants.

Elle monta à l'étage et se dirigea d'un pas d'automate vers la chambre des filles, qui commençaient à peine à s'habiller.

— Julia, viens ici.

312

Julia sortit dans le couloir la tête baissée, en traînant nerveusement les pieds. Sandy lui mit le journal sous les yeux.

— Comment as-tu pu faire ça?

Julia jeta un bref coup d'œil au journal, avant de lever sur Sandy un regard à la fois vide et insolent.

— Comment as-tu pu, Julia? Hein?

Face au mutisme obstiné de la jeune fille, et à tout ce qu'il sous-entendait sans doute, Sandy se sentit soudain lourde, assommée, paralysée. Elle réussit finalement à murmurer :

— Excuse-moi.

Julia leva une nouvelle fois les yeux sur elle, entrouvrit la bouche, mais tout ce qu'elle avait ruminé depuis cette soirée pluvieuse, depuis cette scène ignoble dans la cuisine, tous les mots qu'elle avait préparés et tant de fois répétés s'évaporèrent soudain. Il ne restait plus que ce sentiment diffus de libération, cette sorte de lassitude que procurent les grands soulagements, et qu'elle éprouvait depuis qu'elle avait parlé à Peter.

— Tu aurais dû venir me voir. Me parler, ajouta Sandy en essayant de soutenir le regard noir et buté de Julia — en vain. Mais aller raconter ça au journal...

Le silence s'épaissit entre elles, et toute la rage qui avait bouillonné dans le cœur et les tripes de Julia pendant l'année écoulée — *ils étaient nus par terre* —, toute cette fureur intime et vénéneuse s'éveilla de nouveau en elle. Elle tourna brusquement les talons, courut dans sa chambre et claqua la porte.

Sandy resta longtemps devant la porte fermée à écouter le bruit étouffé des sanglots de Julia. Deux fois, elle posa la main sur la poignée, s'apprêta à frapper, à aller vers Julia, mais n'en fit rien. Elle ne pouvait que tendre l'oreille, bloquée et impuissante, tandis que les pleurs et les halètements désespérés commençaient à s'atténuer derrière la porte.

Elle finit par redescendre, et décrocha le téléphone de la cuisine.

— John, tu n'es pas là? Non, écoute, je n'ai pas envie de parler à ton répondeur. Je sais que tu es là. S'il te plaît, John. Il faut qu'on parle. John, je donnerais n'importe quoi pour que tu n'aies pas appris ça de cette manière. Et je sais que je te dois une explication. Je ne sais pas s'il y en a une, mais sois gentil, décroche. Dis-moi quelque chose. Non? Tu ne veux pas, hein? O.K.

Elle attendit encore quelques secondes pour voir s'il ne se décidait pas à décrocher, puis reposa pensivement le combiné. Mais elle laissa sa main posée dessus et le reprit presque aussitôt pour composer un autre numéro d'un doigt sec et rageur. Elle écouta impatiemment la voix joyeuse et niaise de Peter Gorrick sur le message.

— Pauvre tas de merde! cracha-t-elle après le signal sonore.

Elle raccrocha si violemment que le plastique du combiné se fendilla sur le dessus. La cuisine fut soudain plongée dans un silence écrasant. Les murs semblaient se resserrer de plus en plus autour d'elle. Elle défit la ceinture de son peignoir mais ne parvint pas à mieux respirer pour autant. Elle avait l'impression que l'air restait coincé dans sa gorge, trop dense pour qu'elle puisse l'avaler, une boule d'air lourd qui commençait à l'étrangler. Son front et sa poitrine furent presque instantanément inondés de sueur froide.

Elle s'adossa au mur et se laissa glisser jusqu'au sol, anéantie, hébétée, les yeux grands ouverts.

Il était quatorze heures lorsque Sandy parvint enfin à s'habiller et à prendre la voiture jusqu'au magasin de John.

La boutique était envahie par le flot tumultueux des clients du samedi, qui enlevaient des tee-shirts ou des chaussures d'un présentoir et les reposaient n'importe où, couraient derrière leurs enfants turbulents entre les raquettes de tennis et les après-skis, et se plaignaient du prix exorbitant des baskets. Sandy observa John quelques instants de l'autre côté de la vitrine; l'air sérieux et absorbé, il tapait les achats d'un petit gros au crâne lisse comme une boule de billard. Dès que le client s'éloigna, son sac à la main, elle entra dans le magasin et se dirigea droit vers John.

Il leva les yeux, la fixa un moment en silence, puis s'empara d'une liste d'articles qu'il avait commandés, et commença à les rayer un par un à grands coups de feutre.

— S'il te plaît, fit-elle. Parle-moi.

— Et puis quoi? J'ai l'impression que tu as parlé à presque toute la ville, toi, sauf à moi.

— John...

— Tu dois me prendre pour un drôle d'abruti, hein? Putain, j'en suis un, d'abruti! Aucun doute là-dessus. Tu t'es bien amusée, Sandy?

— Amusée? Comment tu peux dire ça? Tu sais dans quel état je suis, en ce moment?

— Je me fous royalement de l'état dans lequel tu es en ce moment. Je suis occupé. Il va falloir que tu me laisses, excuse-moi.

— Je voulais te le dire, mais...

— Je n'ai pas envie d'entendre ça, Sandy.

John prit son gros registre d'inventaire et s'éloigna vers la réserve. Après quelques pas, il s'arrêta et se tourna vers elle.

— En tout cas, tu avais raison sur une chose, dit-il amèrement. Je ne te connais pas, après tout.

Il disparut dans l'arrière-boutique et Sandy dut s'accrocher des deux mains au bord du comptoir pour garder son équilibre, tandis que la vendeuse décolorée qui avait pris la place de John à la caisse la fixait d'un œil méprisant, en secouant doucement la tête.

La maison semblait déserte. Debout dans l'entrée, Sandy tendait l'oreille à d'éventuels signes de la présence des filles, mais n'entendait rien d'autre que le grincement des vieilles poutres de bois, qui travaillaient avec le froid. Elle accrocha son manteau et se traîna péniblement jusqu'en haut de l'escalier. La porte de la chambre des filles était entrebâillée. Elle l'ouvrit du pied.

Julia, qui lisait un guide sur Budapest, allongée à plat ventre sur son lit, leva les yeux par réflexe et les replongea vite dans son livre, en retrouvant sa ligne du bout de son index. Comme si Sandy n'existait pas, elle essaya de prononcer « Pourriez-vous m'indiquer le téléphone le plus proche? » en hongrois, en répétant deux fois les syllabes les plus délicates, puis tourna la page. Sandy changea de jambe d'appui et se passa une main dans les cheveux avant de demander :

— Tu veux qu'on parle?
— De quoi?
— De ce qui s'est passé.
— Non, répondit Julia en descendant son index d'une ligne.
— Je sais que je t'ai fait du mal, dit calmement Sandy. Tu as toutes les raisons de m'en vouloir. Ecoute, Julia, je ne sais pas trop quoi te dire. Je... Tu n'as pas envie de me parler? Julia... Je vous aime, Ali et toi.

Julia tourna une nouvelle page, se penchant un peu plus sur son livre pour cacher son trouble. Sandy, qui ne s'en rendait pas compte, soupira bruyamment.

— Où est Ali?
— Je sais pas.
— Comment ça, tu ne sais pas?
— Elle est partie.
— Où?
— Je t'ai dit, je sais pas.
— Quoi? Tu ne lui as pas demandé? Comment as-tu pu la laisser quitter la maison sans savoir où elle allait?
— T'es pas ma mère, lâcha Julia avant de se replonger dans son livre.

Interdite, Sandy fixa les cheveux de sa nièce pendant quelques secondes encore et quitta la chambre. Dès qu'elle fut sortie, Julia jeta son livre par terre. Elle se recroquevilla en position fœtale et se couvrit les yeux d'un bras, comme un chat.

Dans la cuisine, Sandy se prépara un sandwich au thon. Elle n'avait encore rien mangé de la journée, mais elle ne parvint pourtant qu'à grignoter les coins du pain de mie du bout des dents, avant de reposer le sandwich dans le réfrigérateur — la mayonnaise trop liquide dégoulina sur la petite assiette.

La cuisine s'obscurcissait. Sandy ne bougeait de temps en temps que pour consulter sa montre. Dix-sept heures. Dix-huit. Aucun bruit ne lui parvenait de l'étage.

A dix-neuf heures, alors qu'Ali n'était toujours pas rentrée, Julia vint traîner au rez-de-chaussée. Elle jeta un coup d'œil nonchalant dans la cuisine, en essayant sans grand succès de dissimuler sa curiosité et son inquiétude.

— Elle n'est pas là, dit Sandy.

Julia ouvrit le réfrigérateur et y prit le sandwich au thon de Sandy. Elle l'emporta dans le salon, alluma la télévision. Sandy reconnut le générique d'un feuilleton de science-fiction.

Elle laissa passer encore une demi-heure, puis rejoignit Julia dans le salon et lui demanda :

— Tu connais le nom de quelques-unes de ses copines?

— Pas beaucoup. Jackie Gerard. Ou peut-être Sue Hanson.

Elle avait du mal à cacher le tremblement de sa voix, mais ne détachait pas les yeux de la télévision.

Sandy revint dans la cuisine, consulta l'annuaire, et téléphona aux deux familles. Les mères lui répondirent d'une voix sèche, presque impolie. Evidemment, elles avaient sans doute lu le journal, elles aussi. *Vous ne pouvez même pas veiller sur la petite? De toute façon, on ne peut pas attendre grand-chose de quelqu'un comme vous.* « Elle n'est pas venue ici », dirent-elles toutes les deux.

Elle jeta un coup d'œil par la porte pour s'assurer que Julia était toujours dans le salon, éloigna le téléphone vers le fond de la cuisine, aussi loin que le fil le permettait, et appela Ted.

— Elle est avec toi? demanda-t-elle.

— Qui?

— Ali.

— Bien sûr que non. Qu'est-ce qu'il lui est arrivé? Qu'est-ce que tu as fait?

— Rien, murmura-t-elle avant de raccrocher.

Elle ferma les yeux, respira profondément, et recomposa aussitôt le numéro de John.

— John? Ne raccroche pas, je t'en prie. Pour Ali.

— Qu'est-ce qu'il y a? demanda-t-il d'une voix retenue par la méfiance.

— Elle a disparu.

316

— Qu'est-ce que ça veut dire, elle a disparu?

— Elle n'est pas là, elle n'est pas rentrée à la maison. Elle est sortie pendant que je n'étais pas là, je n'ai pas la moindre idée de l'endroit où elle peut être, il est tard, il fait nuit dehors, je ne sais plus quoi faire.

— Tu as appelé la police?

— Non.

— Je vais la chercher, fit John après un long moment de silence. J'ai une idée.

— Merci.

Après avoir raccroché, Sandy ouvrit la porte du réfrigérateur et examina les quelques aliments peu appétissants qu'elle avait entassés au fil des jours à l'intérieur. Elle sortit une bouteille de vin blanc ouverte depuis des semaines, et s'en servit un verre qu'elle apporta dans le salon.

Julia se décala de quelques centimètres à peine pour lui faire un peu de place sur le divan, et elles restèrent toutes les deux à absorber le flot de sons et de couleurs qui se déversait de l'écran, les publicités qui succédaient aux sitcoms qui succédaient aux publicités qui succédaient aux infos qui succédaient aux publicités. Pendant plus d'une heure, ni l'une ni l'autre ne prononça un mot.

Lorsque Ali se réveilla, la chambre était plongée dans une obscurité complète, et pendant quelques secondes elle ne sut plus vraiment où elle se trouvait. Peu à peu, elle parvint à habituer ses yeux à la pénombre en fixant le trait de lumière pâle qui filtrait entre les rideaux et courait sur la commode, les étagères vides. La maison.

Elle dégagea ses jambes de la couette, toute râpée à l'endroit où elle avait l'habitude de la suçoter en la serrant dans son poing. Elle avait le bras droit engourdi et dut le secouer doucement jusqu'à ce que les fourmis disparaissent. Elle écarta une mèche de cheveux qui lui tombait dans les yeux, posa les pieds par terre, encore endormie, et se leva prudemment, comme si elle n'était pas très sûre de ses jambes. En se guidant d'une main le long du mur, elle sortit de sa chambre à petits pas, longea le couloir, et pénétra dans celle de ses parents. La maison, enfin.

Lorsqu'elle appuya sur l'interrupteur, près de la porte, seule la petite lampe de chevet de sa mère s'alluma. Le lit était fait, sans un pli. Elle grimpa sur l'édredon lavande et s'assit en tailleur exactement au centre du lit. Sur la table de nuit qui se trouvait à droite, restaient une boîte de Kleenex, un magazine et un stylo. Celle de gauche était vide. Au début, lorsque son père était parti, elle avait toujours l'impression que la chambre allait basculer d'un côté — la commode, l'armoire, le lit semblaient si chargés et si vivants à droite, si propres et nus à gauche. Elle se glissa dans le lit comme une petite souris et installa un oreiller sous sa tête. Comme par des volutes de fumée légère, elle se laissait envelopper par les doux effluves fantômes du parfum de sa mère. Elle ferma les yeux pour mieux en profiter, ne désirant plus qu'une chose : rester ainsi, dans cette maison, pour toujours.

Elle rêva de terre.

La terre dont ils avaient recouvert sa mère sous ses yeux, pelletée après pelletée, jusqu'à l'enfouir complètement.

De la terre infestée de vers et de serpents qui se tortillaient pour en sortir, pour ramper vers elle.

De la terre qui s'entassait à ses pieds, qui montait sur ses chevilles, ses genoux, sa taille, qui montait, montait.

De la terre qui recouvrait ses yeux — elle ne voyait plus rien.

Mais ça n'avait plus d'importance.

Elle fut réveillée par un bruit au rez-de-chaussée, et eut l'impression d'émerger centimètre par centimètre du tas de terre. En entendant des pas s'approcher, elle tira vite l'édredon sur sa tête. Son souffle était chaud sous cet abri, et trop bruyant. Les pas s'approchèrent, s'approchèrent encore, et s'arrêtèrent tout près d'elle. Elle sentit l'édredon se soulever.

— Salut, dit John en souriant.

Sans bouger, elle le regarda du coin de l'œil.

— Qu'est-ce que tu fais là, ma puce ?

Toujours immobile dans la position qu'elle avait sous l'édredon, elle ne répondit pas.

— Il y a une ou deux personnes qui s'inquiètent un peu, tu sais.

Elle avait encore sur les joues les marques rouges des draps et de l'oreiller. Il s'assit au bord du lit et lui caressa tendrement le front.

— Viens, Ali, il faut qu'on y aille.

Elle secoua doucement sa petite tête endormie.

— Tu ne peux pas rester ici, dit-il gentiment.

Elle leva de nouveau les yeux vers lui, l'observa un moment. Un sourire calme et furtif passa sur ses lèvres, et elle ne protesta pas quand il la prit dans ses bras et souleva du lit son petit corps lourd et chaud.

Il la tint serrée contre sa poitrine en descendant l'escalier, tous les muscles des bras tendus, comme s'il avait peur de la laisser tomber. Mais la chaleur du corps d'Ali filtra progressivement dans le sien et le décontracta peu à peu. Il la déposa avec précaution sur le siège passager de sa voiture, en se penchant pour l'embrasser sur le front, les yeux fermés, comme elle.

Il la porta, encore endormie, ou faisant semblant de l'être, jusqu'à la porte de Sandy.

— Où était-elle ?
— Chez elle, dit-il.
— Comment a-t-elle pu entrer ?
— Elle a cassé une fenêtre de derrière.
— Et comment tu as su qu'elle était là ?

Il haussa les épaules et porta Ali dans l'escalier, en vacillant légèrement sur chaque marche.

Lorsqu'il redescendit, il se dirigea directement vers la porte.

— Attends.

La main sur le bouton de la porte, il se retourna vers Sandy avec un air d'impatience.

— S'il te plaît, John. Je vais faire du café. Ne pars pas tout de suite. S'il te plaît.

Il se sentit soudain trop fatigué pour résister, et la suivit dans la cuisine.

— Avant de dire quoi que ce soit, fit-elle en mettant trois cuillères de café moulu dans le filtre, écoute-moi. D'accord ? Je voudrais simplement que tu saches à quel point je m'en veux.

— De quoi ?
— Quoi, de quoi ?
— Oui, j'aimerais savoir pour quoi tu t'en veux, exactement. Tu t'en veux de t'être envoyée en l'air avec le mari de ta sœur ? Tu t'en veux de m'avoir menti ? Tu t'en veux de t'être laissé surprendre par Julia pendant que tu te vautrais sur le carrelage de la cuisine ? Tu t'en veux de bosser dans le même journal que ce petit connard ambitieux de Gorrick ? Dis-moi, Sandy, tu t'en veux pour quoi, au juste ?

— Pour tout, d'accord ? sanglota-t-elle. Je m'en veux pour tout. Tu ne peux pas savoir à quel point je m'en veux.

— Je crois que je ne sais pas grand-chose, en effet. Je ne demande pas mieux, pourtant. Tu as des révélations de ce genre à me faire à propos de quelque chose d'autre ? Ou plutôt, devrais-je dire, de quelqu'un d'autre ?

Une main sur l'évier, elle le dévisageait sans un mot, en larmes.

— Comment as-tu pu en arriver là ? poursuivit-il d'une voix triste. Comment as-tu pu ?

— Je ne sais pas. Je me pose cette question depuis plus d'un an. C'est comme si quelqu'un d'autre avait agi à ma place.

— Oui mais ce n'était pas quelqu'un d'autre. C'était toi. Alors dis-moi comment c'est arrivé. Je veux dire, exactement. Explique-moi clairement comment tu as fait pour te retrouver dans le lit du mari de ta sœur.

— Toi, tu crois toujours que la vie peut se ranger dans de jolies petites boîtes bien carrées, avec des étiquettes bien propres et bien claires.

Il recula un peu sa chaise et continua à la fixer d'un œil noir. Lorsqu'elle recommença à parler, ce fut d'une voix faible et distante.

— Ils ne s'entendaient plus très bien...

— Oh, s'il te plaît. Epargne-moi ça.

— Bon. Il est venu pour emprunter un livre. Et puis je ne sais pas, une chose en a entraîné une autre.

— Voilà, justement. C'est ce que je n'arrive pas à comprendre, tu vois. Dans mon monde — mais je suis peut-être anormal —, une chose et une autre n'entraînent pas... ça, fit-il avec un geste rageur.

Elle remplit leurs tasses de café et s'assit en face de lui. Sa voix devint plus froide, pensive.

— Je pourrais te donner un million de raisons, et j'aurais l'air de me trouver un million d'excuses. J'avais peut-être envie de ce qu'Ann avait. Je voulais peut-être simplement savoir si j'avais envie de ce qu'Ann avait. Pour me prouver une fois pour toutes que je n'en avais pas envie. Tout semblait toujours si facile pour elle. Pas un jour de sa vie, elle n'a été seule. J'avais l'impression que tout lui réussissait. Je ne sais pas. Tout semblait lui tomber dans les bras comme par enchantement, tu vois ?

— Tu avais raison. Ça ressemble effectivement à un beau paquet d'excuses. Des excuses bidon, d'ailleurs.

— Alors ça n'a peut-être rien à voir avec Ann. C'était peut-être simplement nous deux.

— Nous deux ?

— Ted et moi.

John tressaillit.

— On s'est détestés, pendant tout ce temps, dit-elle. On se détestait pour ce qu'on était en train de faire.

— Et c'est censé rendre la chose plus convenable ?

— Non.

— Alors c'est ça, fit-il après un instant de silence, qu'il y a derrière toute cette histoire ?

— Derrière quoi ?

— Ta conviction de la culpabilité de Ted. C'est une sorte de vengeance ?

— Non! s'écria-t-elle. Il l'a tuée! Je sais qu'il l'a tuée. John, il m'a menacée. Il a dit que si je ne forçais pas Ali à changer son témoignage, il raconterait tout ça.

— Tu es en contact avec lui depuis le début?

— Non. Si. Enfin, en quelque sorte.

— Ô mon Dieu, fit-il en levant les yeux au ciel. Sandy, s'il t'a menacée, c'est une tentative de subornation de témoin. Pourquoi tu n'en as pas parlé à la police?

— Tu as pensé aux filles, John? Tu ne comprends pas que je suis tout ce qu'il leur reste? J'étais presque prête à tout pour qu'elles n'apprennent pas ça. Je voulais les protéger. Pauvre conne que j'étais. Mais comment je pouvais savoir que Julia nous avait vus?

— Tu imagines dans quel état devait se trouver Julia pendant tout ce temps?

Sandy ne répondit pas et finit lentement son café. John ne savait plus que penser.

— Ecoute, dit-elle en reposant sa tasse, il y a autre chose. Un jour, il a menacé de me tuer. A la fin de notre... Bon, bref, il a dit que si je faisais du mal à Ann, avec cette histoire, il me tuerait. John, si tu avais vu ses yeux...

— Si tu savais qu'il pouvait être si violent, pourquoi tu n'as pas prévenu Ann?

— Je regrette de ne pas l'avoir fait.

— Quand avais-tu l'intention de me raconter tout ça, Sandy? Jamais?

— J'ai essayé.

— Non, ce n'est pas vrai. Si tu avais voulu me le dire, tu me l'aurais dit.

— Tu ne me facilites pas toujours les choses, dit-elle en le regardant droit dans les yeux.

Il ne dit rien, goûta son café froid, et reposa aussitôt la tasse.

— John, j'ai fait une bêtise. Une énorme bêtise. Mais c'était il y a longtemps. C'était avant de te connaître.

Elle attendit, mais il n'ouvrait toujours pas la bouche et restait parfaitement immobile, les yeux dans le vague.

— Qu'est-ce qu'on fait, maintenant? demanda-t-elle d'une voix douce.

— Je ne sais pas, Sandy. Je ne sais pas.

— John... Merci d'avoir retrouvé Ali.

Il hocha la tête et se leva pour partir. Elle le raccompagna dans l'entrée sans un mot, et lui ouvrit la porte. Avant qu'il ne parte, elle le regarda une dernière fois, les yeux rouges.

— S'il te plaît, ne me hais pas.

— Je ne te hais pas.
— Tu m'aimes encore ?
— Il faut toujours que tu en demandes trop...

Elle sourit tristement en inclinant la tête. Il la regarda un moment dans les yeux, et sortit.

Ted téléphona tard dans la nuit.
— Tu as retrouvé Ali ?
— Oui.
— Où était-elle ?
— Dans la maison de Sycamore Street, dit Sandy.
— Elle va bien ?
— Oui.
— Est-ce qu'elle a dit quelque chose ?
— A propos de quoi ?
— De demain.
— Non. Elle n'en a pas dit un mot.
— Alors tu ne sais pas ce qu'elle va leur raconter ?
— Non.

Il y eut un long silence. Ils avaient tous les deux le nom de Julia sur les lèvres, mais ni l'un ni l'autre ne parvint à le prononcer. Ted émit un grognement sourd et raccrocha.

Toutes les lumières de son appartement étaient allumées. Tout était en ordre, épousseté, rangé. Durant ces dernières heures interminables, il avait récuré l'évier de la cuisine, la baignoire, les toilettes, il avait écarté le réfrigérateur du mur de dix centimètres pour pouvoir nettoyer derrière, racler les vieilles traces de graisse noire.

En faisant les cent pas dans l'appartement, il fit lentement tourner son index sur le bord de son verre, puis sur sa cuisse nerveuse et tendue.

Lorsqu'il arrêta enfin de tourner en rond, il alla sortir les plans de sa future maison dans les collines du tiroir de son bureau, dans lequel il les rangeait soigneusement, enveloppés dans du papier de soie, protégés et vénérés comme un trésor porte-bonheur, un talisman. Il les apporta sur la table de la cuisine et commença prudemment, méthodiquement, à gommer et à redessiner les traits les plus fins, en attendant le matin.

Le plus âgé des deux vieux habitués était devant le tribunal depuis déjà plus d'une heure lorsque l'huissier, sirotant une boîte de Coca Light à petites gorgées, arriva pour ouvrir les portes. Le vieillard se faufila derrière lui et s'installa dans la salle déserte à sa place favorite. Il portait ce qu'il avait de plus beau, un blazer de Tergal à carreaux bleus et blancs, avec quelques petites taches jaunâtres sur les deux revers, et ses cheveux gris ébouriffés, qui rebiquaient de chaque côté comme de petites ailes, ne couvraient plus la zone chauve qu'il avait pourtant mis tant de soin à dissimuler le matin. La perspective des débats du jour l'excitait tant qu'il n'avait pas réussi à fermer l'œil de la nuit. Quand son ami — le deuxième spectateur à entrer dans la salle — se glissa près de lui, il lui tendit son sachet d'abricots secs, et tous les deux attendirent calmement le début de l'audience, en mastiquant bruyamment pendant que la salle se remplissait rapidement et que les gens se bousculaient autour d'eux pour trouver une bonne place.

A neuf heures et demie pile, Sandy guida Ali, vêtue d'une jupe plissée bleu marine et d'un pull blanc, jusqu'au premier rang. Les chaussures vernies que venait de lui acheter sa tante lui faisaient mal aux pieds et glissaient trop sur le sol de marbre, tandis qu'elle avançait dans l'allée centrale en baissant la tête, sous des centaines d'yeux curieux. Lorsqu'elles furent assises, Sandy serra sa main très fort, au moins autant pour se rassurer elle-même que pour rassurer Ali. Ted se retourna lentement et regarda sa fille, fraîche, timide et déconcertée. Il lui adressa un gentil sourire et vit ses lèvres se déformer légèrement en une petite moue qu'il ne parvint pas à interpréter. Remarquant ce qui se passait, Sandy se pencha vers Ali et lui caressa les cheveux pour la distraire. Ted n'insista pas, se retourna vers Fisk et lui murmura quelque chose à l'oreille — sans doute un dernier conseil pour aborder sa fille. Fisk hocha pensivement la tête, comme s'il pesait le pour et le contre. Malgré de nombreux coups de téléphone à Sandy, il n'avait pas réussi à faire venir Ali dans son bureau. Il tapotait nerveusement du pied sur le marbre, bien moins à l'aise que ses nombreuses années d'expérience ne l'auraient laissé supposer.

La porte du fond s'ouvrit une dernière fois, alors que le juge Carruthers était déjà installé. Sandy se retourna machinalement et vit John s'asseoir au dernier rang, en forçant ceux qui s'y serraient déjà à se tasser un peu plus. Gorrick était assis juste devant lui, calepin et stylo en main. Elle lui lança un regard mauvais auquel il répondit par la plus parfaite impassibilité.

— La défense appelle Ali Waring à la barre.

Sandy pressa une dernière fois les petits doigts d'Ali en murmurant :

— Dis la vérité.

Ali se dirigea d'un pas hésitant jusqu'à l'huissier qui l'attendait, pour prêter serment, puis s'installa à la barre.

Le juge Carruthers se tourna vers elle avec un sourire rassurant.

— Bonjour, Ali.

— Bonjour.

— Peux-tu nous dire ton âge ? demanda le juge.

— Onze ans.

— Un bien bel âge, autant que je m'en souvienne. Et où habites-tu, Ali ?

— J'habitais Sycamore Street. Mais maintenant, j'habite Kelly Lane.

— Avec qui habites-tu ?

— Avec ma tante Sandy.

— Ali, sais-tu ce qu'est la vérité ?

— Quelque chose qui s'est vraiment passé, non ?

— Très bien. Et sais-tu ce qu'est un mensonge ?

— C'est quand on invente quelque chose.

— Bien. Tu viens de prêter serment. Tu sais ce que cela veut dire ?

— Que j'ai promis de dire la vérité.

Le juge Carruthers la félicita et sourit, comme soulagée que tout se passe aussi bien jusqu'à présent, avant de se tourner vers Fisk.

— Maître ?

Fisk marcha jusqu'à Ali d'un pas lent, le visage éclairé par un sourire qu'il espérait réconfortant et encourageant, mais qui flanchait un peu au coin des lèvres.

— Bonjour, Ali.

— Bonjour.

— Nous allons essayer d'être aussi brefs que possible. Dis-moi, ma chérie, tu es bien allée passer un week-end avec ton père et ta sœur à Fletcher's Mountain, du 20 au 22 octobre ?

— Oui.

— Tu t'es bien amusée, là-haut, avec ton papa ?

Ali approuva énergiquement de la tête.

— Est-ce qu'il a parlé d'y retourner un jour ?

— Oui, il a dit qu'on irait tous ensemble, la prochaine fois.

— Avec ta maman aussi ?

— Oui. Tous les quatre.

— Le dimanche 22 octobre, vous êtes bien revenus en voiture à Hardison, ton père, Julia et toi ?

— Ben oui.

— Dis-moi, Ali, quand vous êtes arrivés à la maison, ce soir-là, ton père et ta mère ont-ils commencé à se disputer ?

— Oui.

— Et qu'est-ce que tu as fait, toi ?

Elle tourna furtivement les yeux vers Ted, penché en avant — penché vers elle.

— Je suis allée dans la cuisine pour boire un verre de jus d'orange.

— Où était Julia, à ce moment-là?

— Elle était restée dans le salon.

— Pendant que tu étais dans la cuisine, qu'est-ce que tu as entendu?

— Je les ai entendus se disputer.

— Tu les avais déjà entendus se parler comme ça, avant?

— Oui.

— Exactement de la même façon?

— A peu près, oui.

Fisk jeta un coup d'œil sur ses notes, puis vers Ted, mais son attention était entièrement tournée vers sa fille.

— Ali, as-tu entendu Julia dire quelque chose?

— Oui.

— Qu'as-tu entendu?

— Elle a crié : « Non! Arrête! »

— Et qu'est-ce que tu as fait, à ce moment-là?

— Je suis allée voir dans le salon.

Ali parlait d'une voix si calme que le juge Carruthers se pencha en avant et dit :

— Peux-tu parler un peu plus fort, ma grande?

— Je suis allée voir dans le salon, répéta Ali.

— Et qu'est-ce que tu as vu?

Sans quitter l'avocat des yeux, Ali se mit à jouer nerveusement avec ses doigts, les entrecroisant et les entortillant les uns sur les autres.

— Qu'est-ce que tu as vu? répéta Fisk.

Elle passa son index sur son pouce, son pouce sur son index.

— J'ai vu Julia sauter sur papa, murmura-t-elle.

Les épaules de Fisk se détendirent — plus visiblement qu'il ne l'aurait souhaité.

— C'est très important, Ali. Il faut que tu réfléchisses bien. Est-ce que Julia a sauté sur ton père avant le coup de feu, ou juste après?

Elle continuait à entortiller ses doigts.

— Avant.

— Excuse-moi, Ali, je n'ai pas entendu.

— Julia lui a sauté dessus avant le coup de feu.

Un grand brouhaha emplit la salle. Au fond, l'un des deux vieux tapa de si bon cœur sur le genou de son ami que celui-ci laissa échapper un petit cri de surprise, et les jurés tournèrent tous ensemble la tête vers lui, avant de vite retourner à Ali. Sandy enfonça profondément ses ongles dans ses cuisses, et ne put s'empêcher de jurer à voix basse en voyant un sourire se dessiner lentement sur le visage de Ted, de profil.

— Tu es bien certaine que le coup n'est parti qu'après que Julia a bondi sur ton père ? demanda Fisk d'une voix renforcée par la confiance qu'il n'avait fait que simuler jusque-là.

— Oui.

— Je n'ai pas d'autre question.

— Elle ment ! articula Sandy, prise de vertige, le souffle coupé.

— Silence, fit le juge Carruthers.

— Mais elle ment ! hurla Sandy en se levant et en s'agrippant à la rambarde de chêne qui se trouvait devant elle, comme si elle était ivre.

— Silence ! Je n'admettrai pas ce genre de manifestation dans ce tribunal !

Le juge Carruthers donna un coup de marteau sur le bureau de toutes ses forces.

Les rayons de soleil qui filtraient à travers le rideau de branches nues, juste devant les trois grandes fenêtres, s'étiraient sur le sol du living-room en longues traînées claires. Les ouvriers qui avaient travaillé sur la maison avaient plusieurs fois conseillé à Ted de déboiser davantage son terrain, mais il avait obstinément refusé. Aussi sobre à l'intérieur qu'à l'extérieur, la maison se dressait au cœur d'une forêt qui semblait menacer de l'engloutir à tout instant. Lorsqu'ils avaient emménagé, deux mois plus tôt, les dernières feuilles rousses effleuraient les fenêtres, et donnaient nuit et jour l'impression que de petits animaux grattaient aux carreaux. A présent, au milieu de l'hiver, il semblait ne plus y avoir autour de la maison que la neige qui s'était amassée sur le rebord des fenêtres, sur les branches, sur les collines alentour, et dont la luminosité violente se reflétait à l'intérieur, accentuant le côté dépouillé de la décoration : des meubles très simples, pas d'ornements inutiles, pas de couleurs vives, ni tableaux ni photos sur les murs. De la route, on ne pouvait pas apercevoir la maison. Elle était exactement telle qu'il l'avait rêvée.

Ted reposa sa tasse de café sur le comptoir de bois blanc qui séparait la cuisine du living-room. Autour de lui, tout n'était qu'ordre, calme, espace. Il essuya du doigt une goutte d'eau sur le comptoir et consulta sa montre. Après avoir terminé son café, il mit la tasse dans le lave-vaisselle et alla jusqu'au bas de l'escalier, exactement au centre de la maison.

— Julia ? Si tu veux y aller, tu ferais bien de te remuer un peu les fesses. Il est déjà trois heures. Tu viens ?

Il posa une main sur la rampe en attendant une réponse. Pour quelqu'un qui n'avait jamais été très patient, il lui avait fallu beaucoup attendre, depuis dix mois. Attendre que sa maison soit terminée. Attendre, malgré le verdict d'innocence, que les affaires reprennent, que l'ombre se dissipe. Attendre que ses filles tirent un trait sur le passé.

Il fronça les sourcils en tendant vainement l'oreille : pas un mot, pas un pas à l'étage. A quelques mètres de lui, recroquevillée au fond d'un fauteuil, Ali l'observait attentivement. Depuis qu'elle l'avait retrouvé, elle préférait ne plus le quitter des yeux. Pendant quelques semaines, après le procès, elle s'accrochait si tenacement à lui qu'il finissait par se demander si elle lâcherait un jour sa main, si elle le laisserait prendre un mètre d'écart. Il savait qu'elle ne faisait rien d'autre qu'encaisser son dû, il savait qu'il lui devait quelque chose. Mais il se demandait tout de même si elle serait rassasiée un jour. Il se retourna vers elle et lui sourit, avant d'appeler une nouvelle fois vers l'étage.

Julia finit par descendre, ses patins à glace à l'épaule, une mèche de cheveux coincée sous les lacets noués.

— J'ai pas envie d'y aller, je t'ai dit.

— Et moi, je t'ai dit que le dimanche après-midi était réservé à la famille. Enferme-toi dans ta chambre avec tes disques six jours et demi sur sept si ça t'amuse, mais pas le dimanche après-midi.

— Tu dis ça parce que c'est ce qu'avait décidé maman, c'est tout, lança Julia avec une grimace méprisante.

Ted lui lança un regard mauvais et secoua la tête. Julia, autrefois si avide de liberté, d'avenir, était devenue depuis peu la gardienne du passé, brandissant sans cesse le souvenir d'Ann devant lui comme une poupée vaudoue.

— Tu es prête ?

— Oui.

Ils prirent tous les trois leurs manteaux dans le placard de l'entrée, et Ted s'accroupit pour aider Ali à fermer son parka — elle observait ses grandes mains qui travaillaient sur elle, tête baissée, immobile et molle. Il ferma derrière eux et regarda Julia et Ali courir dans le froid jusqu'à la voiture garée au bout de l'allée. Elles s'assirent toutes les deux à l'arrière, mais chacune à une extrémité de la banquette, le nez contre la vitre. En les apercevant dans le rétroviseur, Ted fut une nouvelle fois déconcerté par le silence épais qui s'était installé entre elles, dense, impénétrable. Il alluma la radio et ils s'engagèrent sur la pente raide et sinueuse de Candle Hill, en écoutant la retransmission d'un match de football à Buffalo.

Quand ils se garèrent sur le parking de Hopewell Lake, Julia sortit la première de la voiture, bondissant dehors avant même que Ted n'eût enlevé la clé de contact. Et pendant qu'Ali et Ted marchaient encore vers le bord du lac gelé, en enfilant, l'un ses gants, l'autre ses moufles, elle était déjà assise sur un banc et glissait ses pieds dans ses patins, les yeux levés sur les autres patineurs, toutes ces casquettes, tous ces bonnets et ces anoraks multicolores qui virevoltaient entre la glace et le ciel blancs. Elle se dépêcha de se lever, juste au moment où Ali arrivait près d'elle.

Ted s'agenouilla sur la terre gelée et laça les patins d'Ali le plus serrés possible, pour que ses chevilles soient bien maintenues — même si cela ne semblait pas servir à grand-chose, car elle était repartie les deux dimanches précédents avec les muscles endoloris et les jambes tremblantes.

— Voilà, ça devrait aller. Je te retrouve sur la glace.

Il lui donna une petite tape dans le dos, comme pour l'aider à se lancer vers le lac, mais elle ne fit qu'un pas et se retourna vers lui, attendant patiemment qu'il ait fini de lacer ses grands patins noirs.

Ted cacha ses chaussures sous le banc, près de celles des filles, et prit la main d'Ali.

— Bon, d'accord, allons-y.

Tandis qu'ils faisaient leurs premiers pas hésitants sur la glace, il regarda autour de lui et aperçut au loin sur sa droite l'anorak vert et le jean moulant de Julia. Elle avait déjà trouvé le garçon qu'elle était venue voir. Il savait qu'elle n'acceptait ces sorties en famille qu'à cause de ce garçon, dont il ne connaissait pas le nom. Il n'était même pas sûr que ce fût le même toutes les semaines — probablement non. Il ne le lui avait jamais demandé, tout comme il évitait de penser à ces seins qui avaient semblé pousser du jour au lendemain pendant l'été, et aux emballages de tampons qu'il avait repérés dans la poubelle de la salle de bains. Ils étaient à présent blottis l'un contre l'autre, loin des autres patineurs, bougeant juste assez sur la glace pour garder leur équilibre. Il guidait Ali dans une promenade lente et incertaine, en se cantonnant aux endroits où elle se sentait tout à fait en sécurité, à quelques mètres du bord. Lorsqu'il la complimenta sur ses progrès, elle leva la tête vers lui et lui sourit, heureuse de lui faire plaisir.

— Je pense que tu devrais essayer toute seule, maintenant, dit-il.

— Je crois que je suis pas encore prête, papa.

— Allez, Ali, il faut se lancer.

Il lâcha sa main avant qu'elle n'eût le temps de protester, s'éloigna d'elle en vitesse, en respirant profondément, la gorge et les poumons emplis d'air glacial, et se retourna tout de même une fois pour être sûr qu'elle n'était pas tombée. Il passa près d'un couple qui patinait en tenant leurs mains croisées devant eux, chacun essayant de calquer son pas sur celui de l'autre en riant, s'efforçant maladroitement d'aller bien ensemble, timides, encore neufs. Le simple fait de voir des amoureux le déprimait, et il planta ses patins dans la glace pour accélérer et s'écarter d'eux le plus vite possible. Il se retourna vers le bord et vit Ali quitter prudemment la glace et aller l'attendre sur la terre ferme, les yeux fixés sur lui.

Pour ne pas lui céder trop vite, il fit un autre petit tour et aperçut Julia qui s'éloignait du garçon et fonçait vers le centre du lac, vers ces endroits où les lames des patins s'enfonçaient d'un demi-centimètre dans la glace plus molle, plus fragile. Il commençait à s'élancer vers elle lorsque le garçon la rattrapa, en criant son nom — de frayeur, d'admiration, de désir. Elle fit marche arrière de quelques mètres vers la zone plus sûre, en riant de la couardise de son prétendant. Ted fit un tour sur lui-même, qu'il essaya de maquiller en figure pseudo-acrobatique, et repartit vers le bord.

En réalité, il trouvait ces sorties au lac plutôt ennuyeuses et ne leur avait acheté les patins que parce qu'il n'avait pas la moindre idée de ce qu'ils pourraient faire d'autre le dimanche après-midi. Et Julia avait raison, bien entendu. A l'origine, c'était une idée d'Ann, imaginée et instaurée à l'époque où il passait trop de temps loin d'elles. Avec un sourire où se mêlaient la conviction, le plaisir et la confiance, elle appelait ça le « Jour de la Famille » — comme on dit le jour du Seigneur.

En s'éloignant de Julia, il se souvint du dimanche qui avait suivi le procès. A peine deux jours après le verdict, il était allé chercher les filles chez Sandy, dès huit heures du matin, et avait trouvé Ali déjà prête près de la porte, seule, sa valise à ses pieds, ses manuels scolaires dans un sac à l'épaule, toute fébrile d'impatience et de soulagement.

— Tu n'es pas le genre à faire attendre un homme, hein? fit-il en riant.

Il se pencha pour embrasser sa joue fraîche et douce. Elle leva les yeux vers lui avec un sourire radieux, et lui prit la main.

— Où est Julia? demanda-t-il.

Toujours sans un mot, Ali montra le salon du doigt. Ted s'approcha de quelques pas et glissa un œil par la porte entrebâillée. Julia était assise sur le canapé dans l'obscurité, les pieds posés sur la table basse, les bras croisés.

— Tu es prête? demanda-t-il. Julia? Tu es prête?

— Je viens pas.

— J'ai bien peur que si, fit-il en avançant dans l'embrasure de la porte.

— Sandy a dit que je pouvais rester avec elle.

— Sandy n'a pas à se mêler de ça.

Elle tourna légèrement les yeux vers Sandy, qui s'était approchée derrière lui sans bruit, la valise de Julia à la main.

— Je suis désolée, Julia, dit-elle à voix basse.

— Viens, ma grande, fit Ted comme s'il n'avait pas remarqué la présence de Sandy. Ça va aller, tu verras.

Julia donna un coup de pied rageur dans la table basse et deux magazines tombèrent sur le tapis.

— Tout de suite, insista-t-il.

Quelque chose dans le ton de sa voix lui fit comprendre qu'elle n'avait plus intérêt à résister, et elle se leva avec un sourire méprisant, en mordant sa lèvre inférieure — mais elle se leva néanmoins, et suivit son père. Sandy lui tendit sa valise au passage.

— Julia? murmura-t-elle.

Mais, si Julia entendit, elle ne répondit pas. Elle traîna sa valise jusqu'à la porte d'entrée, qu'Ali tenait ouverte, et elles sortirent toutes les deux sous le regard de Sandy, muette, abattue par sa propre impuissance. Lorsque les filles eurent descendu les marches du perron, elle tira Ted en arrière par la manche.

— Je garde un œil sur elles, dit-elle.

— Je crois que ce serait mieux si tu ne les voyais pas pendant un moment, répondit-il d'une voix neutre, avant de s'éloigner à son tour et de monter dans la voiture pour les emmener chez lui, à Royalton Oaks.

Ce premier soir, il déplia le canapé-lit sur lequel Ali et Julia dormaient côte à côte lorsqu'elles venaient lui rendre visite, avant la mort d'Ann, et tapota leurs oreillers.

— Je dors pas avec elle, déclara Julia en sortant de la salle de bains.

— Et pourquoi?

Elle le dévisagea longuement, avec toute son assurance et sa rigueur adolescentes, pure, imperturbable.

— Parce que je dors pas dans le même lit qu'une menteuse.

Ali, qui se tenait à deux pas d'eux, un verre de lait à la main, ne dit pas un mot.

— Ne revenons pas là-dessus, Julia, dit calmement Ted. Essayons d'oublier tout ça.

— Tu crois peut-être que tu as gagné, cracha Julia, mais toi et moi, on sait très bien qu'elle n'a rien vu.

Ted resta un long moment silencieux, sans la moindre expression sur le visage.

— Dors dans le lit ou dors par terre si tu veux, ce n'est pas moi qui me lèverai avec des courbatures, fit-il en tournant les talons pour quitter la pièce.

— Où tu vas? cria Julia. Retrouver une de tes maîtresses?

Il se retourna lentement vers elle, plongea les mains au fond de ses poches et la regarda droit dans les yeux pendant de longues secondes.

— Je suis désolé pour ce que tu as vu, dit-il. Je suis désolé pour ce qui s'est passé. J'ai fait une erreur. Mais la seule chose qui compte, c'est que j'aimais ta mère, Julia.

Il continua à la dévisager un moment encore, comme s'il attendait de voir ses mots l'imprégner, s'insinuer en elle. Lorsqu'elle baissa les yeux, le front plissé, il pivota et quitta lentement le salon.

Julia prit un oreiller sur le lit et, comme toutes les nuits qui suivirent à Royalton Oaks, dormit sur la moquette grise — elle se réveillerait le lendemain, comme tous les matins ensuite, avec les marques des brins de moquette sur la joue.

Peu à peu, l'intensité de sa fureur contre Ali s'atténua, et il ne resta plus en elle qu'un mépris cinglant pour sa petite sœur — et parfois de la pitié, car l'euphorie d'Ali avait peu à peu laissé la place à une sorte d'incertitude, de malaise permanent qui la forçait à regarder de plus en plus souvent par-dessus son épaule et la réveillait la nuit en sursaut. Mais Julia ne fit jamais un effort pour apaiser Ali lorsqu'elle l'entendait gémir dans son sommeil à quelques centimètres au-dessus d'elle, toute seule dans le grand lit. Elles ne parlaient jamais du témoignage d'Ali ; ni accusations ni explications ; pas de confidences. Ali, qui ne demandait pas mieux que d'effacer le passé au plus vite, tendait toutes les perches possibles à Julia, s'épuisant en supplications muettes et pleines d'espoir : elle proposait timidement de partager un sandwich, une place sur le canapé devant la télévision, lui demandait de l'aider pour ses fiches de lecture ; mais après s'être heurtée pendant plusieurs semaines à un mur de silence, elle n'eut plus qu'à retourner dans son coin pour attendre l'éventuel pardon de Julia, trouvant tout de même son compte et son bonheur avec son père. Les dimanches se passaient en sorties moroses, au centre commercial ou au cinéma, là où l'absence de dialogue se faisait moins sentir.

Au bout de deux mois, ils louèrent la maison d'un professeur de mathématiques qui avait pris une année sabbatique à Londres. Julia renversa une bouteille d'encre noire sur son tapis marocain et refusa de la nettoyer. Jusqu'à leur départ, la tache resta intacte au centre du salon, dans lequel ils n'étaient jamais tous les trois en même temps.

Dès le début des travaux, Ted emmena les filles sur le chantier le dimanche pour voir l'évolution de la maison de Candle Hill, les fondations, la charpente, puis le toit, les fenêtres, tout cela s'élevant au fil des semaines sous leurs yeux. Julia restait à distance, furieuse et désespérée par le côté inéluctable de ce cauchemar qui prenait forme devant elle, tandis qu'Ali serrait la main de Ted et discutait avec lui de la couleur des peintures.

Ted jeta un coup d'œil vers la berge et vit Ali se résoudre finalement à aller s'asseoir toute seule sur le banc. Elle délaça laborieusement ses patins, remit ses chaussures, et croisa les bras pour observer les patineurs. En arrivant à Candle Hill, c'était Ali qui avait défait ses valises la première, qui était sortie la première de sa chambre; Ali qui s'était assise pour dîner à six heures et demie tapantes et avait appelé Ted et Julia à table, plusieurs fois; Ali qui s'était souvenue, lors de leur sinistre Thanksgiving, qu'ils n'avaient pas fait la corne d'abondance qu'Ann disposait chaque année sur la table — des noix, des fruits et des abricots secs qui se déversaient d'une corne qu'elle avait trouvée chez un brocanteur — et qui avait refusé de manger jusqu'à ce qu'ils réussissent à confectionner quelque chose de vaguement approchant.

Il quitta la glace et s'avança d'un pas mal assuré, les jambes molles, jusqu'au banc où elle était assise.

— On peut rentrer à la maison, s'il te plaît? demanda-t-elle.

— Tu as froid?

Elle secoua la tête. Elle n'aimait plus sortir, se montrer en public, voir des copines. Elle n'aspirait qu'à rester dans cette maison, dans sa chambre à l'étage, à l'abri les voilages blancs derrière lesquels se dessinait la silhouette arrondie et rassurante des collines environnantes.

Ted lui sourit et se leva. Dans ses chaussures de ville, ses pieds lui semblaient soudain lourds et plats. Il marcha jusqu'au bord du lac et appela Julia. Il savait qu'elle l'entendait, même si elle continuait à patiner comme si de rien n'était.

— Julia! hurla-t-il une fois de plus, en mettant ses mains en porte-voix.

Julia se retourna vers lui, le regarda fixement, et repartit en patinage arrière vers le centre du lac, aidée par le garçon, qui essayait de lui apprendre la technique. Elle écartait et resserrait les pieds, il la poussait tendrement.

— Pourquoi tu t'arrêtes? demanda le garçon.

Les yeux soudain braqués vers quelque chose au-delà de son épaule, Julia ne répondit pas. A une quinzaine de mètres d'eux, Sandy, dont les jambes minces flageolaient sous elle, éclata de rire en s'affalant sur la glace au moment où John arrivait, trop tard pour la rattraper. Leurs regards se croisèrent.

— Julia, viens ici! cria Ted.

Elle se détourna de Sandy, du garçon, et patina vers la berge.

— Qu'est-ce qu'il y a?

— C'est l'heure de rentrer.

— Allez-y. Colin me ramènera.

— Va lui dire au revoir et rejoins-nous à la voiture. Tout de suite.

Il la regarda s'éloigner en traînant les patins, manifestement folle de rage, mais muette.

Sandy frottait sa hanche meurtrie, dans la voiture qui les ramenait chez eux.

— Je te l'avais dit, fit-elle, je déteste ce genre de truc.

— Tu m'as dit que tu n'avais jamais fait de patin à glace.

— Et alors? Je n'ai jamais fait le service militaire non plus, et je n'ai pas besoin de le faire pour savoir que je n'aimerais pas ça.

— Des compromis, tu te souviens? C'était censé être la règle entre nous. Alors un dimanche tu choisis ce qu'on fait, et le suivant c'est moi.

— Pitié, John, marmonna-t-elle. Tu ne peux pas arrêter deux secondes de nous considérer comme des boy-scouts?

— J'arrêterai quand tu arrêteras, toi, de nous considérer comme deux employés à l'essai.

— Pourquoi? On n'est pas à l'essai, peut-être?

Il détourna brièvement les yeux de la route, mais ne parvint pas à croiser son regard.

— Ça ne marchera jamais, si tu vois ça comme ça.

Ils se garèrent devant la maison sans avoir prononcé un mot de plus. John sortit le premier, alla ouvrir la porte d'entrée et la laissa passer devant lui. Quelques cartons de Sandy étaient encore entreposés dans le salon (il avait déballé les siens dès le week-end qui avait suivi leur emménagement) et la plupart de ses vêtements étaient toujours dans ses valises, ou accrochés dans le placard sous leurs housses.

— Et maintenant? fit-elle en se tournant vers lui.

— Quoi?

— C'est bien ton dimanche, non? Alors qu'est-ce que tu as envie de faire, maintenant?

— On n'est plus des gamins, Sandy, fit-il, vexé. Tu comprends? On n'est pas à un rendez-vous d'amoureux, là. C'est ta maison, c'est notre maison. Alors fais ce que tu veux. Monte, allonge-toi, lis un bouquin, n'importe quoi.

Sandy hocha la tête et monta à l'étage. Elle s'allongea sur le grand lit et fixa le plafond en écoutant les pas de John en dessous, la porte du réfrigérateur s'ouvrir et se refermer, le couvercle de la poubelle claquer. Elle savait qu'il avait raison. Ils n'avaient peut-être qu'une chance sur cent, mais si elle voulait leur laisser cette chance, il fallait absolument qu'elle arrête d'analyser leur vie en permanence, de mesurer leurs progrès, de se demander tous les soirs avant de s'endormir s'ils avaient enfin réussi à être « normaux ». Car de toute façon, elle ne pourrait jamais savoir quand ils y parviendraient : les seuls couples qui auraient pu lui servir de modèles étaient Estelle et Jonathon et Ann et Ted.

Après le procès, ils s'étaient tous les deux rendu compte avec une certaine surprise qu'ils étaient toujours ensemble, malgré tout, et qu'ils pouvaient choisir de le rester.

— Mais on ne peut plus reculer, maintenant, avait dit John quelque temps plus tard, avant de suggérer un essai de vie en commun.

Elle avait approuvé de la tête, mais avec plus d'appréhension que d'enthousiasme. Après des nuits et des nuits passées à éviter soigneusement toute allusion à Ted, le fil qui les liait l'un à l'autre était encore fragile. Mais Sandy avait le sentiment de ne pas avoir le choix : c'était la vie avec John, ou une solitude de plus en plus pénible à supporter dans cette maison qui lui paraissait « pleine d'absence », de souvenirs en tout cas, les lits jumeaux des filles à présent vides, les couloirs sombres et silencieux. Malgré cela, il n'était apparemment plus question de mariage entre eux, ils ne parlaient pas plus de l'avenir que du passé. Une nuit, peu de temps après la fin du procès, il était resté chez elle jusqu'à l'aube, allongé tout habillé sur son lit, refusant de la toucher, de lui parler, mais refusant aussi de partir.

— J'en étais incapable, avait-il expliqué plus tard.

Il avait trouvé leur nouvelle maison une semaine après qu'elle eut dit oui.

Elle l'entendit mettre sur la chaîne du salon le disque qu'il s'était acheté la veille, les plus grands succès de Peggy Lee. Elle s'empara du livre posé sur la table de nuit, mais les paroles des chansons attiraient son attention et l'empêchaient de se concentrer sur sa lecture, même après qu'elle se fut levée pour fermer la porte. Elle reposa le livre sur sa poitrine.

Les yeux de Julia, sur la glace, son regard si dur ; ses cheveux qui lui tombaient à présent sur les épaules, comme ceux d'Ann.

Au début, Sandy avait surveillé Julia et Ali à distance : elle passait en voiture devant l'école à l'heure de la sortie, elle appelait des connaissances communes pour contrôler l'évolution de la situation, guetter les dégâts — comme si elle attendait une explosion tangible, quelque chose de si violent, de si flagrant, qu'elle le verrait de loin, l'entendrait à des kilomètres. Elle attendit avec angoisse, jusqu'à ce qu'elle ne sache même plus vraiment ce qu'elle redoutait pour elles. Contre quoi voulait-elle tant les protéger ?

La première fois qu'elle avait garé la voiture devant l'école, en était sortie, leur avait fait signe, Julia s'était plantée devant elle, les mains sur ses hanches.

— Pourquoi tu passes toujours dans le coin sans jamais t'arrêter ? Tu crois qu'on te voit pas ?

Sandy, prise comme une gamine en faute, penaude et confuse, ne répondit pas.

— Vous voulez que je vous ramène à la maison ?

Les filles, Ali la première, grimpèrent à côté d'elle sur la large banquette avant et lui indiquèrent la route vers la maison qu'ils louaient au professeur de maths, à trois kilomètres de Sycamore Street.

— Ça marche, à l'école ? demanda Sandy, mal à l'aise, d'une voix qu'elle voulait décontractée.

Elle observa Julia du coin de l'œil, guettant des signes d'accalmie, de pardon.

— J'ai Mrs. Fineman, répondit Ali. Elle a les cheveux rouges et elle est tellement maigre qu'on voit à travers sa peau. Tu la connais ?

— Je ne pense pas avoir l'honneur, non, fit Sandy en souriant. Et toi, Julia ?

— Ça va.

Sandy avait entendu dire que Julia avait des problèmes, pourtant. On parlait de cours particuliers, de conseillers psychologiques, de dispenses spéciales. Mais Julia ne dit rien de plus. Elle se cala contre le dossier de la banquette et se mit à observer attentivement Sandy qui conduisait, la ligne de son avant-bras, sa nouvelle coiffure, les cheveux regroupés sur sa nuque en un chignon savamment négligé. Parfois, durant une fraction de seconde — quand le coin de ses lèvres s'affaissait un peu, quand elle se penchait sur le volant en attendant qu'un feu passe au vert —, elle ressemblait à Ann. Mais la ressemblance s'évaporait toujours avant que Julia ne parvienne à la capter, à la retenir, et sa mère disparaissait pour laisser de nouveau place à Sandy.

— On va avoir une nouvelle maison, dit Ali.

— Ah bon ?

— Bientôt, ajouta Ali. On la construit nous-mêmes.

Pendant les semaines qui suivirent, Sandy passait de temps en temps les chercher à l'école et les ramenait à la maison du professeur, plus tard à Candle Hill. Un jour, en l'absence de Ted, elle entra avec elles mais ne parvint pas à franchir la porte du salon, si propre, si blanc, si neuf qu'elle en frissonna. Julia l'observait, et comprit. Chacune d'un côté de la porte, elles échangèrent un long regard, pendant lequel ni l'une ni l'autre ne prêta plus aucune attention aux gazouillements résolument enjoués d'Ali.

— Tu me reconduis jusqu'à la voiture ? demanda Sandy.

Julia sortit et la suivit dans l'allée.

— Tu te plais, ici ? demanda Sandy. Tout va bien ?

Julia haussa les épaules.

— Je sais que tu n'as pas beaucoup de raisons de me faire confiance, dit Sandy en s'adossant à la voiture, mais si un jour tu as besoin de quoi que ce soit, j'espère que tu sais que tu peux compter sur moi. N'hésite pas à m'appeler, hein ?

Encore une fois, Julia ne répondit pas et se contenta de stocker l'information au fond de ses poches, avec tous ses autres derniers recours. Ça pourrait servir.

Lorsqu'elle les ramena chez elles la fois suivante, Sandy ne sortit pas de la voiture. Elle ne sut jamais si les filles avaient parlé de sa visite à Ted. Probablement non.

La dernière chanson du disque venait de s'achever, et John ne se leva pas pour en remettre un autre. Sandy l'imaginait terminant la lecture du journal, en se massant inconsciemment l'oreille gauche. Parfois, pour qu'il arrête, elle lui sautait dessus et lui mordillait gentiment le lobe. Elle resta allongée quelques minutes encore, immobile, puis descendit le rejoindre.

Dès qu'ils furent revenus du lac, Julia grimpa directement dans sa chambre, claqua la porte derrière elle et la ferma à clé. Après s'être débarrassée de ses baskets en deux coups de pied, elle s'assit à son bureau et prit dans un tiroir le petit sac de papier kraft qu'elle avait commencé à remplir chez Sandy. Elle en retira la lettre qu'elle avait reçue de Peter Gorrick la semaine précédente.

Chère Julia,

Excuse-moi d'avoir un peu tardé à te répondre, mais ma mère ne m'a fait parvenir ta lettre qu'il y a quelques jours. Je n'habite plus chez elle, j'ai trouvé un appartement à l'autre bout de la ville (je t'ai mis l'adresse sur l'enveloppe). En ce moment, j'écris quelques articles pour le New York Globe, *et je fais un peu de free-lance pour d'autres magazines. La semaine dernière, je suis allé à Las Vegas aux frais de la princesse, pour interviewer Sylvester Stallone à propos de son dernier film. Je suis resté en tout et pour tout dix minutes seul avec lui, coincé entre cent autres journalistes, cent autres interviews sans doute exactement identiques. Et pour tout te dire, dix minutes avec Stallone, c'est à peu près neuf de trop. Bon, je ne me plains pas. J'ai eu un peu de chance à la roulette, et mon rédacteur en chef a bien aimé le papier. Que demande le peuple ?*

Je suis triste d'apprendre que tu n'es pas très heureuse là-bas. Te voir me ferait très plaisir, évidemment, mais tu sais, je suis obligé de beaucoup voyager pour le boulot, et je crois qu'il

serait plus raisonnable de remettre ta visite à un peu plus tard.
A propos de ta question sur Santa Fe : non, je n'y suis jamais
allé.
Julia, je sais que tu es sincère quand tu dis que tu ne peux
plus supporter Hardison. Je ne suis pas sûr de pouvoir t'être
d'une aide quelconque, mais en tout cas je n'ai pas oublié ma
promesse. Bon, il faut que je te laisse. J'ai un truc très urgent à
rendre, un article sur le divorce de Petra Garrison. Je ne pense
pas que tu la connaisses, mais c'est quelqu'un de très impor-
tant à New York, et figure-toi qu'elle m'a accordé une interview
exclusive.

Prends soin de toi,
Peter.

Julia replia la lettre et s'apprêtait à la remettre dans le sac
lorsqu'elle se ravisa et la déchira calmement en deux, en quatre, en
huit. Elle savait qu'il ne l'aiderait jamais. Cependant, elle remit les
morceaux de papier dans le sac au lieu de les jeter dans la cor-
beille qui était à ses pieds.

Elle referma le tiroir du bureau et alla entrouvrir prudemment
la porte de sa chambre. Du rez-de-chaussée lui parvenait l'odeur
des hamburgers que Ted était en train de préparer pour le dîner. Il
avait fait des progrès notables en cuisine depuis quelques mois,
mais Julia persistait à manger avec aussi peu d'intérêt que possible, s'empressant de quitter la table dès qu'elle avait fini.

Assis en face d'elle, il la regardait manger en vitesse d'un œil
patient et amusé, comme s'il croyait qu'elle allait rester là, près de
lui, à lui, pour toujours.

Elle ferma sa porte à clé, alluma sa chaîne stéréo, et mit le
volume à fond.

Le lendemain, assise à son bureau devant plusieurs mises en
pages possibles, Sandy essayait de mettre un peu d'ordre dans ses
pensées après la conférence de rédaction quotidienne qui décidait
du sommaire du lendemain. Depuis qu'elle avait été nommée
rédactrice en chef adjointe, elle redoutait ces réunions au cours
desquelles Ray Stinson, assis au bout d'une longue table d'acajou,
mitraillait de questions ses quatre rédacteurs en chef adjoints
pour savoir pourquoi ils considéraient que tel ou tel reportage
qu'ils proposaient méritait la priorité sur les autres. Sandy, qui
n'était jamais très sûre de ses choix et de ses opinions, avait tendance à trop préparer ses argumentations et à les réciter avec trop
de véhémence, déjà prête à riposter aux critiques. Ses relations

avec ses collègues, qui avaient connu jusqu'alors des hauts et des bas sans réelle conséquence, étaient devenues franchement tendues depuis sa promotion. Les premiers temps, elle pensait que ça n'était dû qu'à l'autorité que lui conférait sa nouvelle fonction — elle pouvait se permettre de couper des articles, de les modifier, ou de les refuser carrément. Mais elle avait fini par se rendre compte que c'était plus profond que ça, et qu'il fallait plutôt chercher du côté du procès, de Ted, d'elle en tant que femme. Ils voulaient qu'elle paye ce qu'elle avait fait, qu'elle paye d'une manière concrète, visible. Mais malgré tout, elle avait encore gagné aujourd'hui, et la série de trois reportages sur les problèmes budgétaires du comté, qu'elle avait commandée à un jeune pigiste, serait amorcée à la une pendant trois jours consécutifs.

Elle relut une nouvelle fois le premier des trois articles de la série, en mettant des points d'interrogation partout où elle pensait que le travail du pigiste serait meilleur s'il faisait des efforts de clarté. Dans les bureaux, personne ne lui demandait jamais si elle voulait du café, ou comment s'était passé son week-end. La seule personne qui se montrait vaguement aimable avec elle, prenait en tout cas la peine de s'excuser quand elle la bousculait, était la femme qui avait pris la place de Peter Gorrick.

Elle venait de commencer la lecture du deuxième article quand son téléphone sonna.

— Oui, allô ?

— Sandy ?

— Julia ? fit-elle en se redressant brusquement sur son siège.

— Oui.

— Qu'est-ce qu'il y a ? Ça va ?

Il y eut un long silence à l'autre bout du fil, que Sandy n'osa pas interrompre.

— Je peux te voir ?

— Bien sûr. Tu es sûre que tout va bien ?

— Oui.

— Où tu veux que je vienne te chercher ?

— Derrière l'école, répondit Julia avant de raccrocher.

Elle avait retardé longtemps ce coup de téléphone, aussi longtemps que possible. Elle avait même essayé de ne plus y penser. Mais elle n'avait plus d'autre solution. Elle sortit de l'école pour attendre Sandy.

L'aile de la vieille Honda bleu-vert bringuebalait, dans les petites rues proches de l'école. Sur le siège passager, Julia serrait les genoux contre sa poitrine, son sac à dos à ses pieds. Par la vitre, elle regardait d'un œil absent les sapins et les talus de neige qui longeaient la route. Elle devinait l'impatience de Sandy, pouvait presque la sentir dans l'atmosphère confinée de la voiture. Elle passa la langue sur ses lèvres gercées.

Sandy conduisait lentement, comme pour étirer le temps qu'elles passaient ensemble et permettre à Julia de vaincre son mutisme, comme elle avait commencé à le faire en téléphonant. En essayant de la faire parler, elle craignait que la jeune fille ne retourne derrière les murs qu'elle avait bâtis autour d'elle depuis plusieurs mois. Six kilomètres passèrent.

— Qu'est-ce qui ne va pas ? finit-elle tout de même par demander.

Julia ôta une poussière de la vitre et essuya son doigt sur le siège de la voiture.

— Est-ce que tu peux parler à mon père ?

— A propos de quoi ? demanda Sandy, soudain pâle, en serrant ses mains sur le volant.

— Ils ne vont pas me faire passer. Je n'ai pas la moyenne dans quatre matières. Mais Mrs. Murphy m'a trouvé une autre école, l'académie Brandston. C'est une école réservée aux enfants comme moi.

— Aux enfants comme toi ?

— Ouais. Les enfants qui ont besoin d'une attention particulière, fit Julia d'une voix sarcastique. Tu sais bien, les enfants à problèmes.

— Oui, je vois, dit Sandy, momentanément prise de court. Tu es une enfant à problèmes ?

Julia haussa les épaules et détourna un instant les yeux vers sa vitre.

— J'aurais une bourse.

— Bien. Et ton père ne veut pas que tu y ailles ?

— Si je lui demande, il me répondra pas. Il a vu Mrs. Murphy, mais je crois qu'il lui donnera pas de réponse non plus. Il fait traîner, tu vois. Le truc, c'est que dans une semaine, il sera trop tard pour s'inscrire.

— Tu as envie d'y aller, toi ?

— Oui.

Sandy tourna à gauche et prit la route étroite qui conduisait à Candle Hill.

— Julia, ton père et moi... Bon, disons qu'il n'attache pas beaucoup d'importance à mes opinions.

— Tu vas essayer, au moins ? fit Julia en se tournant vers elle.

Sandy s'assura que la voiture de Ted n'était pas là et se gara dans l'allée. Julia ne lui avait jamais rien demandé, et même à présent, sa requête n'avait rien d'une prière. Ce n'était qu'un atout qu'elle voulait mettre dans son jeu, en se disant qu'elle n'avait rien à perdre.

— J'essaierai, dit Sandy. Mais si j'étais toi, je ne compterais pas trop là-dessus.

Julia hocha rapidement la tête et sortit de la voiture sans la remercier.

Sandy regarda Julia entrer dans la maison et fermer la porte derrière elle. Elle recula lentement dans l'allée et s'engagea dans la descente de Candle Hill. La route était verglacée par endroits. Pendant un moment elle ne pensa à rien d'autre, se concentrant sur sa conduite.

Arrivée en ville, elle passa non loin de Sycamore Street et, bien qu'elle l'eût soigneusement évité toute l'année, elle fit cette fois le détour et s'approcha lentement de la maison. Aux fenêtres du salon, des rideaux jaune citron. Et collés sur celles du premier étage, des flocons de neige en papier.

A une époque, pendant la période Ted (elle ne trouvait pas d'autre terme pour ces semaines-là, refusant de les nommer de manière plus significative), il lui arrivait souvent de passer discrètement devant la maison en rentrant du journal, voire de faire un détour spécial pendant la journée, même si ce besoin lui faisait honte. La maison de sa sœur lui paraissait alors plus haute et plus imposante, un manoir de reproche. Mais peut-être avait-elle simplement besoin de se rappeler sa présence, l'existence de cette famille.

Elle fit le tour du pâté de maisons pour repasser devant, puis retourna vers le centre-ville, se gara derrière la grande épicerie de Main Street et marcha jusqu'au pub où elle avait pour la première fois rencontré Ted seul. Il fallut un moment à ses yeux pour s'habituer à l'obscurité ambiante et à la fumée. Elle s'assit sur un tabouret de comptoir et commanda une vodka, dont elle prit une gorgée dès que le barman lui apporta le verre. Elle avait depuis longtemps abandonné ses projets de quitter Hardison, n'achetait plus de cassettes pour apprendre les langues étrangères ni de grands quotidiens du pays, et ne prenait plus la peine de se chercher des excuses à quatre heures du matin. Après tout, elle se sentait chez elle. Ce n'était peut-être pas le paradis, mais c'était chez elle. Elle but son verre d'un trait et en commanda un autre — l'alcool lui embrumait déjà l'esprit, la troublait et lui donnait du courage à la fois. Elle apporta sa deuxième vodka jusqu'au téléphone qui se trouvait au bout du comptoir, et but une nouvelle gorgée avant de composer le numéro du bureau de Ted.

— Ne quittez pas, dit la secrétaire. Il allait partir.

Sandy attendit un instant, en enroulant le fil du téléphone autour de son doigt. Elle le relâcha dès qu'elle entendit sa voix.

— Oui?

— Ted? C'est Sandy.

Il ne dit pas un mot. Le juke-box entama un vieux tube des Four Tops ou des Temptations, elle n'était pas sûre.

— Je t'appelle à propos de Julia.

— Qu'est-ce qu'elle a, Julia?

— Je peux te voir?

En attendant une réponse, elle trempa son index dans son verre et le lécha.

— S'il te plaît, Ted.

— Qu'est-ce qu'il y a, avec Julia? répéta-t-il.

— Je ne veux pas en parler au téléphone, répondit-elle. Rejoins-moi au pub. O.K.? Tu sais lequel.

Elle était allée s'asseoir en salle et terminait son troisième verre lorsqu'il arriva. Il s'assit près d'elle sur la banquette. Ils inclinèrent légèrement la tête, n'ayant trouvé aucun autre moyen de se dire bonjour.

— Un Perrier, fit-il au barman.

— Tu ne bois plus?

Il haussa les épaules, préférant ne pas lui avouer qu'il avait arrêté l'alcool plusieurs mois auparavant, comme si c'eût été admettre les erreurs qu'il avait commises dans le passé.

— Avant que tu ne dises quoi que ce soit, commença-t-il sèchement, il faut que tu saches une chose. Je n'ai accepté de venir que pour une seule raison : te dire que je ne voulais pas que tu fourres ton nez dans les affaires de ma famille.

— Les filles font aussi partie de ma famille, répondit-elle calmement, le cœur chaviré par la quantité d'alcool inhabituelle qu'elle avait absorbée. Ali et Julia sont tout ce qu'il me reste d'elle.

Il ne fit aucun commentaire, et elle se redressa sur la banquette avant de poursuivre :

— Ecoute, Ted, ça ne m'amuse pas plus que toi.

— Viens-en au fait, Sandy, et finissons-en.

— J'ai appris que Julia avait des problèmes.

— Tout le monde a des problèmes, à cet âge-là.

— Arrête un peu tes conneries, Ted, d'accord? Arrête tes conneries. Julia a des problèmes. Soyons au moins honnêtes là-dessus.

Sans rien dire, il se mit à faire tourner doucement la paille dans son verre de Perrier. Elle l'observa de profil, ses yeux vides, sa tête penchée. Sans savoir pourquoi, elle se souvint soudain de la manière dont son sexe palpitait en elle quand il avait joui, et son ventre fut parcouru d'un frisson.

— Pourquoi tu ne veux pas qu'elle aille dans cette école Brandston? demanda-t-elle subitement.

— Je n'ai jamais dit que je ne voulais pas qu'elle y aille.

— Alors tu es d'accord?

— Je n'ai pas envie que qui que ce soit décide à ma place, c'est tout.

— Apparemment, quand tu décides les choses tout seul, ce n'est pas toujours une réussite...

— C'est l'impression que tu as? fit-il en se tournant brusquement vers elle.

Sandy se rejeta en arrière sur la banquette et ne répondit pas. En regardant droit devant elle, elle but le fond de son verre de vodka.

— Elle a peut-être besoin de s'éloigner un peu de nous tous, dit-elle calmement.

— Je ne vois pas en quoi ça résoudrait les problèmes.

— Là-bas, elle trouvera sans doute des gens qui sauront comment l'aider.

— Elle n'a pas besoin d'eux.

— Elle a besoin de quelque chose, pourtant, tu le sais bien. Quelque chose de plus que nous. Ecoute, je me fous de ce qui s'est passé, je me fous de tout ça, je ne veux plus en entendre parler. Laisse-la simplement y aller, d'accord? Laisse-lui cette chance. Tu lui dois bien ça.

Ted passa ses mains dans ses cheveux et se tourna vers Sandy. Ils se dévisagèrent un instant, mais tout ce que chacun comprit dans le regard de l'autre, c'est qu'ils ne seraient jamais complètement libérés l'un de l'autre. Ils détournèrent les yeux en même temps.

— Tu es toujours avec John? demanda-t-il.

Elle approuva de la tête, gravement.

— Tu devrais l'appeler pour qu'il vienne te chercher. Il vaut mieux que tu ne conduises pas dans cet état.

— Ça va très bien.

Ted se leva sans insister, mais laissa un gros pourboire au barman en allant le payer au comptoir.

— Rendez-moi un service, lui dit-il. Appelez le magasin d'articles de sport Norwood, et demandez à John Norwood de venir la chercher.

Il se retourna une dernière fois vers Sandy, et quitta le bar.

Les filles étaient couchées depuis longtemps. Allongé sur son lit, Ted regardait les ombres que créait la lampe de chevet sur son corps nu. Il éprouvait parfois un tel besoin d'être touché que sa peau lui faisait mal. Beaucoup de femmes l'avaient appelé après le procès, certaines avaient même réussi à entrer dans son bureau, sous prétexte de discuter avec lui de projets immobiliers — des femmes curieuses, des femmes audacieuses, des femmes qu'il méprisait.

Il roula sur le lit et glissa une main entre le matelas et le sommier, d'où il retira doucement un polaroïd : Ann, nue sur leur lit, à quatre pattes, ses seins ronds qui pendaient, ses fesses en l'air, sa tête rejetée en arrière avec un petit rire gêné.

A l'époque ils essayaient n'importe quoi, décoincés par leur mal de vivre.

Elle avait attrapé l'appareil et avait essayé de le prendre à son tour, mais de beaucoup trop près, des photos où l'on ne voyait que de la peau et des poils flous, qu'il avait toutes déchirées. Il ne restait que celle-ci.

Il caressa du bout des doigts la petite image brillante, puis la porta près de son visage, comme s'il espérait entendre son souffle ou sentir son parfum. Son autre main se glissa lentement entre ses jambes.

Au beau milieu de la nuit, Julia l'entendit errer dans la maison comme il le faisait souvent. Le bruit de ses pieds nus sur le parquet. Elle l'entendit ouvrir la porte d'Ali et entrer dans sa chambre, puis en ressortir quelques instants plus tard. Lorsqu'il s'approcha ensuite de chez elle, comme d'habitude, elle fit semblant de dormir en l'observant entre ses paupières : debout dans l'embrasure de la porte, il fixa son corps immobile pendant ce qui lui parut une éternité, avant de faire lentement demi-tour et de redescendre tourner en rond dans le living-room.

Et plus tard encore, elle l'entendit pleurer. Des sanglots étouffés, lointains, étrangers.

L'aube pointait déjà quand elle finit par s'endormir, ses premiers rêves à peine troublés par le bruit de la cafetière que venait d'allumer Ted.

Ted passa les mains sur ses joues piquantes et ferma les yeux. Le café trop fort lui faisait mal à l'estomac, et il repoussa la troisième tasse encore à demi pleine de l'autre côté de la table. Le matin gris inondait la cuisine de sa lumière sans ombres. Il entendit la chasse d'eau à l'étage, une porte s'ouvrir et se refermer. Il avait déjà préparé les bols de corn flakes des filles et deux verres de jus d'orange.

Elles descendirent ensemble et prirent leurs places à table. Il regarda Ali verser du lait sur ses corn flakes et les entamer de bon cœur. Julia, qui refusait son petit déjeuner depuis des mois, trempa à peine les lèvres dans son jus d'orange. Il se leva, alla jeter un coup d'œil sur le journal posé sur le comptoir blanc, et finit par lever les yeux sur elle. Elle tripotait son set de table, sa serviette.

— D'accord, dit-il avec lassitude.

— D'accord quoi? fit-elle en se retournant.

— D'accord, tu peux y aller.

Elle l'observa longuement, méfiante, cherchant sur son visage d'éventuels signes de plaisanterie, de provocation ou de faiblesse.

— Tu es sûre que c'est ce que tu veux? demanda-t-il.

— Oui.

— J'appellerai Mrs. Murphy tout à l'heure et on réglera ça.

Il vit ses yeux encore ensommeillés s'éclairer en comprenant peu à peu qu'il était sérieux, et il s'éloigna.

Quelques instants plus tard, il revint pour déposer les bols des filles dans le lave-vaisselle.

— Vous feriez bien de vous dépêcher un peu. Le bus de l'école sera là d'une minute à l'autre.

La veille de son départ, Julia attendit que Ted fût couché et se releva tranquillement. La porte d'Ali était fermée, la maison silencieuse.

Le living-room était plongé dans l'obscurité la plus totale lorsqu'elle le traversa à tâtons, son petit sac de papier kraft à la main. Elle descendit au sous-sol chercher une pelle et des bottes, et sortit dans la nuit.

Une lune ronde et pâle éclairait le sol à ses pieds. Elle marcha prudemment jusqu'au fond du jardin et posa son sac près du grand érable. La terre était gelée ; elle mit beaucoup de temps à creuser un trou de quelques centimètres — alors qu'elle se l'était imaginé profond d'au moins un mètre.

Avant d'enfouir son sac, elle l'ouvrit une dernière fois, caressa le petit mot de sa mère, *Julia, ma chérie, tu me manques déjà*, les numéros de téléphone de Peter et les morceaux de sa lettre, le long ruban de feutre du collage d'Ali, le string en dentelle de Sandy.

En frissonnant de froid, elle referma le sac et le déposa dans son trou de fortune, puis le recouvrit soigneusement à la main, avec de la terre, des pierres et de la glace.

Ali, pieds nus dans sa chemise de nuit à fleurs, regardait de sa fenêtre Julia revenir vers la maison, traînant la pelle derrière elle.

Elle observa encore un moment le jardin sombre et désert après que Julia fut rentrée, puis laissa retomber le léger voilage de dentelle et remonta tranquillement dans son lit.

Cet ouvrage a été composé par Interligne B-Liège
et imprimé par B.C.I. à Saint-Amand
pour le compte de LA MARTINGALE
27, rue Cassette, 75006 Paris
diffusion France et étranger : Flammarion

Achevé d'imprimer en septembre 1995

Dépôt légal : septembre 1995.
Nº d'édition : 7061. Nº d'impression : 1/2108.

Imprimé en France